KB140837

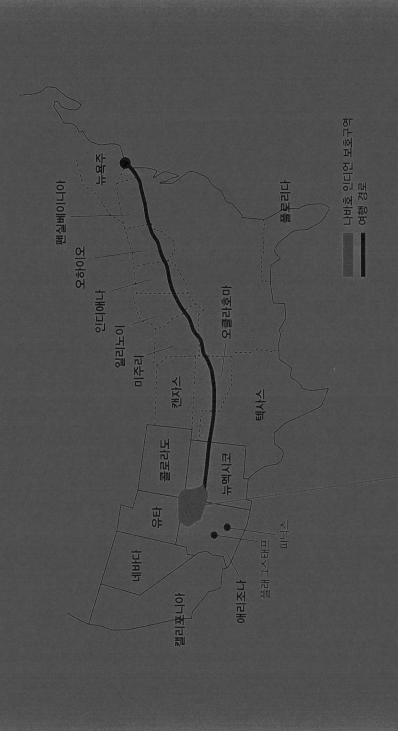

나바호 인디언 보호구역

여행 경로

뉴욕주

펜실베이니아

오하이오

인디애나

일리노이

미주리

캔자스

오클라호마

텍사스

플로리다

콜로라도

유타

네바다

캘리포니아

뉴멕시코

애리조나

플래그스태프

피닉스

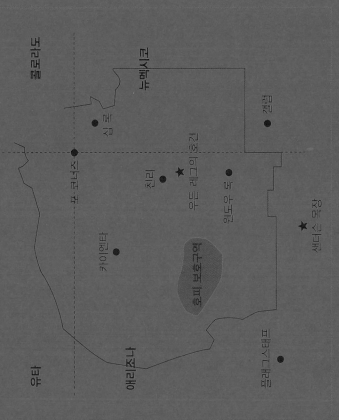

나바호 인디언 보호구역(호피 보호구역 포함)

콜로라도

뉴멕시코

유타

애리조나

포 코너즈

카이엔타

실록

챈리

우드 레그의 오두막

윈도우 록

갤럽

센터슨 목장

호피 보호구역

블래그스태프

1마일 ≒ 약 1.6킬로미터
1피트 ≒ 약 30센티미터

날개

# 날개

무라야마 유카
**장편소설**

김난주 옮김

**예문사**

차례

- **시노자키 마후유(머피)** – 뉴욕 대학교 대학원생.
  미국 주재원이던 아버지의 권총 자살 이후, 중고등학교 시절을 일본에서 어머니의 학대를 견뎌 내며 자랐다. 뉴욕 대학교 입학을 계기로 다시 미국으로 건너와 연인 랠리를 만난다.

- **로렌스 샌더슨(랠리)** – 뉴욕 대학교 교수, 마후유의 연인.
  인디언 여인과의 첫 번째 결혼으로 아들 팀을 얻었지만, 부인의 외도로 곧 이혼했다. 첫 결혼의 실패로 인한 마음의 상처를 마후유를 만나며 극복했다.

- **팀 샌더슨** – 랠리의 아들, 백인 아버지와 인디언 어머니 사이에서 태어난 혼혈아.
  어린 시절 어머니에게 학대받은 경험으로 인해 타인에 대한 믿음이 부족하다.

- **데니스 잭슨** – 정신과 의사, 랠리의 친구.
  랠리의 부탁으로 연인에게도 마음을 열지 않는 마후유의 심리 상담을 맡는다.

- **루시** – 마후유의 친구, WASP(백인 앵글로 색슨 신교도로 대표되는 미국 중산층)의 전형인 미국인.

- **산드라** – 마후유의 친구, 빨간 머리의 영국인 유학생.

- **동구** – 마후유의 친구, 한국계 미국인.

- **시릴 웡** – 팀의 보모, 아담한 체구의 중국계 미국인.

- **앤드류 비스티** – 시릴의 동거남, 카메라맨.

- **리처드 샌더슨** – 랠리의 아버지, 애리조나에 위치한 샌더슨 목축회사의 오너.
  거침없는 미국인의 개척 정신을 이어받은 탓에 사회적, 경제적 성공을 거두었으나 정작 가족들과의 유대는 끊어져 버렸다.

- **클레어 샌더슨** – 랠리의 어머니.
  창백한 피부에 풍성한 금발을 가진 전형적인 미인으로, 싸늘한 회색빛 눈동자에는 왠지 타인을 거부하는 분위기가 가득하다.

- **일라이자 샌더슨** – 랠리의 여동생.
  겉모습만으로도 성격이 드세 보이는 아가씨.

- **마이클 샌더슨** – 랠리의 남동생.
  뉴욕으로 떠난 큰형을 대신해 가업인 샌더슨 목축회사의 경영을 돕고 있다.

- **월트 맥키벤** – 리처드 샌더슨의 사촌 동생.
  베트남 전쟁에 참전했다가 한쪽 시력을 잃고 몸과 마음이 피폐해져 귀국한 그를 사촌
  형 리처드가 샌더슨가의 고문 변호사로 거두어 주었다.

- **브루스** – 샌더슨 목장의 인디언 목동.
  무뚝뚝한 성격이지만, 어떤 연유에서인지 리처드 샌더슨의 신임을 받고 있다. 선글라
  스 너머의 파란 눈동자에 사연이 담긴 듯하다.

- **우든 레그(나무 다리), 혹은 앵거스 베날리** – 나바호 족의 늙은 장로, 메디슨 맨.
  어린 시절 다리를 다쳐 나무 의족을 달게 되어 붙은 이름이다. 나바호 족 구성원 모두
  에게 두루두루 신뢰를 받고 있는, 진정한 리더다.

- **이글 하트(독수리 심장)** – 우든 레그의 외손자.
  어린 시절, 어머니의 죽음으로 인해 외할아버지인 우든 레그와 함께 나바호 인디언
  보호구역에 살게 되었다. 그의 이름 역시 외할아버지가 지어 준 것이다.

- **도로시** – 우든 레그의 딸. 이글 하트의 큰이모.
  어머니를 잃은 조카 이글 하트를 돌봐 준 마음씨 따뜻한 인디언 여성.

- **아마** – 우든 레그의 딸. 이글 하트의 작은이모.
  어머니를 잃은 조카 이글 하트를 언니인 도로시와 함께 돌봐 주었다.

- **빌, 러닝 호스(질주하는 말)** – 우든 레그의 아들. 이글 하트의 외삼촌.
  인디언의 전통을 고수하는 가족들에게서 벗어나, 플래그스태프에서 여행사를 운영하
  고 있다.

- **데릴라, 실버 위드(은색 풀)** – 도로시의 딸. 이글 하트의 사촌 누이.
  손재주가 좋아 인디언 전통 액세서리를 잘 만든다.

- **롱 토커(이야기가 긴 남자)** – 우든 레그의 친구.
  우든 레그와 함께 이글 하트에게 인디언의 정신과 전통을 전수해 준다.

- **펀치드 페이스(얻어맞은 얼굴)** – 이글 하트의 애견.
  코요테의 피가 섞인 혼혈 개. 한쪽 눈가에 검정 얼룩이 있어 붙여진 이름으로, 언제나
  이글 하트의 곁을 지키는 충견이다.

달은 떠올랐다가 질 때까지
그 모양이 바뀌지 않는 법이다.

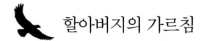

# 할아버지의 가르침

소년이 어머니를 땅에 묻은 그날, 한낮인데도 하늘에는 달이 떠 있었다.

지난 몇 달 동안 충분한 양의 비가 내리지 않았다. 황야는 메말라 쩍쩍 갈라지기 시작하고 세이지브러시 수풀은 뻘건 흙먼지에 뒤덮여 있었지만, 소년의 발치에 있는 선인장은 그 아침에 태양의 방울 같은 금색 꽃을 피웠다.

저 멀리 지평선은 유려한 호를 그리면서 엷은 보라색으로 어른거렸다. 높을수록 푸르름을 더하는 하늘 아래, 마치 신들의 식탁처럼 보이는 거대한 대지가 솟아 있다. 적갈색 바위는 겹겹이 쌓이고 쌓인 층 사이에 시간을 봉인하고 있었다.

"들리느냐?"

연로한 메디슨 맨이 나란히 서 있는 손자에게 속삭였다.

소년은 귀를 쫑긋 기울여 보았다.

그러나 아무 소리도 들리지 않았다. 자동차나 비행기가 다가오는 기척도 없었다. 어머니가 돌아가시고 없는 지금 그의 이름을 불러주는 이는 없다.

침묵한 채 머리를 옆으로 젓고는, 고개 숙여 어머니가 만들어준 모카신을 쳐다본다. 할아버지의 시선이 소리 없이 쏠리는 것을 느꼈다.

"눈을 감아 보거라."

소년은 눈을 감았다.

어디선가 불어온 바람이 귓불을 쓰다듬으며 다시 어딘가로 떠나간다. 세이지브러시 수풀이 흔들리자 이파리들이 부딪치는 희미한 소리와 함께 신성한 향이 사방에 퍼졌다.

근처 수풀에서 아기 새 우는 소리가 난다. 그 새를 노리는 것인지, 뱀이 관목들 사이로 천천히 빠져나가는 소리도 들린다. 소년은 뱀의 몸을 만졌을 때를 떠올렸다. 매끄럽고 싸늘한 감촉과 마른 비늘이 나뭇가지를 스치는 모습을 그렸다.

눈을 뜨고 할아버지를 올려다본다.

"귀를 기울이는 것이 아니다. 마음을 기울이는 게지."

할아버지는 미소를 지으며 고개를 끄덕여 보였다.

"그러면 이 세상 모든 것이 너에게 속삭이는 소리를 들을 수 있을 게다. 위대한 어머니인 대지의 목소리, 아버지인 하늘의 목소리. 바위와 풀과 꽃과 새가 너의 형제이며 자매다. 네가 꽃을 볼 때는 꽃도 너를 본다. 네가 바람의 소리를 들으려 하면 바람도 네게 말을 걸어 줄 것이다. 네가 어떤 돌을 집어들 때는, 돌도 너를 선택하는 것이다."

소년은 숨을 죽이고, 거뭇거뭇 빛나는 할아버지의 눈을 쳐다보았다. 할아버지는 천천히 말했다.

"잘 기억해 두어라. 너는 혼자가 아니야. 만약 네가, 동생이 형을 사랑하듯 그들을 사랑한다면, 그들 역시 너를 사랑할 것이다. 형이 동생을 돕듯이 너를 도와줄 게야."

그때 머리 위에서 날카로운 소리가 울려, 소년은 퍼뜩 하늘을 올려다보았다.

투명하고 검푸른 하늘 높이 거대한 독수리의 모습이 있었다. 새하얀 상현달을 중심으로 완벽한 원을 그리며 날고 있다.

소년은 넋을 잃고 올려다보았다. 열망이 8월의 번개처럼 몸을 관통해, 그는 자신도 모르게 발돋움을 하고 서서 두 팔을 하늘로 뻗었다.

그러자 독수리가 갑자기 선회를 멈추고 빙글 몸을 돌려, 눈에 보이지 않는 비탈을 매끄럽게 미끄러져 내려오듯 두 사람 가까이로 급강하했다.

놀라 뒷걸음질하는 소년의 어깨를 할아버지의 손이 잡는다.

독수리는 땅으로 내려앉아 대지와 격투를 벌이듯 몇 번이나 날갯짓을 하는가 싶더니, 다시 비스듬히 앞쪽으로 날아올랐다. 퍼덕이는 날개가 일으킨 바람이 이마를 스치는 순간, 노간주나무의 뿌리처럼 구부러진 발톱이 누런 뱀의 머리와 몸통에 파고드는 것을 똑똑히 볼 수 있었다.

마침내 멀어진 독수리의 모습이 검은 점이 되어 대지 저편으로 사라졌다. 그 너머에 둥지가 있는지도 모른다.

소년은 독수리가 내려앉았던 자리, 조금 전까지 뱀이 있었지만 지금은 없어진 그곳으로 뛰어갔다. 모래 위에 날개가 스친 흔적이 몇 줄이나 남아 있었다. 세이지브러시 줄기가 더러 부러지고, 그 끝에 깃털 하나가 걸려 있다.

소년은 살며시 손을 뻗었다가, 다시 움츠렸다. 만져도 좋을지 알 수 없었다. 독수리는 하늘 가장 높은 곳, '성스러운 사람들'에게 가장 가까운 곳을 난다. 이 깃털 또한 그 새와 함께 바람을 타고 구름을 가르며 여기까지 여행을 한 것이다. 그러니 당연히 하늘의 정령이 깃들어 있을 것이다.

주춤거리고 있는데, 뒤에서 할아버지가 말했다.

"줍거라. 그것은 너의 깃털이야. 네 부름에 답해 친구가 갖다 준 것이지. 경의를 표하고 올바르게 다루면 그 깃털은 너와 정령을 이어 힘을 선사해 줄게다."

소년은 조심조심 깃털을 주워들었다. 뾰족한 깃축 주위를 새 끼양의 털처럼 보드라운 솜털이 둘러싸고 있었다. 가지런히 뻗은 깃털의 끝은 짙은 갈색이었다. 태양에 너무 다가가 타들어 간 것일까, 그는 생각했다.

"…… 올바르게 다루려면, 어떻게 해야 하죠?"

어머니가 죽은 후 처음 입을 뗀 손자를, 연로한 메디슨 맨은 깊게 주름 잡힌 눈으로 내려다보았다.

"그것을 가르치는 것이 나의 역할이다. 이리 오너라. 너에게 새 이름을 주마."

# PART 1. 뉴욕

# 1

"벽이 ……."

아픔을 억누르듯이 눈을 찡그리고 그녀가 중얼거렸다.

"서재 문을 여는 순간, 빨간 벽이 눈에 들어왔어요. 아버지 책상 뒷벽이 마치 페인트를 쏟아 부은 것처럼 온통 ……."

"그때 몇 살이었지?"

"막 여덟 살이 되었죠."

"피는 본 적도 없었겠군."

"네 ……. 무릎이 까져서 살짝 피가 난 적은 있었지만, 그렇죠."

그녀는 입술 끝을 약간 비틀었다.

"그때 난, 아빠가 페인트 통에 엎어진 줄로만 알았 ……."

목을 떨며 말을 삼킨 그녀가 방구석을 쳐다본다.

"머피."

상대가 반응을 보이지 않자, 데니스 잭슨 의사는 목소리를 약간 높여 이름을 불렀다.

"머피."

그녀가 퍼뜩 고개를 들었다.

잭슨은 눈앞에 있는 젊은 일본 여자를 물끄러미 쳐다보았다.

"얼굴색이 몹시 안 좋군. 나머지 얘기는 다음에 할까?"

"아니요, 괜찮아요."

"그럼, 잠시 쉬었다 하지. 커피라도 마실까?"

"네, 미안해요. 아, 아뇨, 저 …… 감사합니다."

잭슨은 안다는 듯이 고개를 끄덕이고는 사이드 테이블에 놓인 포트를 기울여 커피를 따라 그녀에게 내밀었다.

일본어는 사죄와 감사를 표현하는 말의 경계가 애매하다. 언젠가 일본계 친구에게 그런 말을 들은 적이 있다. 일본 사람들은 툭하면 '미안하다'는 말을 하는데, 그런 언어 감각을 영어에도 적용하기 때문 아닐까, 하고 친구는 말했다. 그러나 눈앞에 있는 여자 시노자키 마후유가 그 두 말을 혼동한 것은, 잭슨이 기억하는 한 지금이 처음이다. 혼란스러운 것이다. 그럴 만도 하다.

시노자키 마후유가 구사하는 영어에서는 일본인 특유의 기묘한 악센트가 느껴지지 않는다. 그녀는 태어나서 여덟 살이 될 때까지, 그러니까 아버지 사건이 발생하기 전까지 세 가족이 보스턴에 살았다. 대형 의료기기 회사의 보스턴 지사장으로 부임한 미스터 시노자키는 일본 본사에 당당히 보고할 수 있는 실적을 올리기 위해 몸을 살라 일하다 팔 년 후에 죽었다.

알고 있는 건 거기까지다. 중요한 부분은 아직 어둠에 묻혀 있다. 시노자키 마후유가 말하려 하지 않기 때문이다. 아니, 말하려 해도 말할 수 없기 때문이다. 지금도 입을 꾹 다문 채 커피만 마시고 있다.

잭슨은 기다렸다. 직업상, 기다리는 일에는 익숙하다.

상담하러 온 사람들이 마음 편히 있을 수 있도록 블라인드를 내려서 방 안은 약간 어두컴컴하다. 베이지와 브라운을 기조로 한 차분한 분위기, 커다란 책상과 책꽂이는 어디에도 보이지 않는다. 대신 안락의자와 소파, 그리고 테이블이 안정감 있게 배치되어 있다. 그냥 봐서는 정신과 의사의 진료실이라는 것을 알 수 없을 정도다. 방음 유리창 덕분에 여기가 맨해튼 한가운데라는 사실조차 잊어버릴 것 같다.

잭슨은 건너 소파에 앉아 고개 숙이고 있는 머피를 넌지시 관찰했다.

청바지 위에 면 스웨터를 입고 있는 그녀는 귀 뒤로 넘겼던 머리가 후드득 앞으로 쏟아지는 데도 움직이지 않았다. 어깨 약간 위에서 찰랑거리는 검은 단발머리 한 올이 조그만 금색 피어스에 걸려 있다. 이목구비는 동양인치고 꽤 또렷하다. 미인이라고까지는 할 수 없어도, 짙은 눈썹은 곧게 뻗었고, 말 않고 있어도 말을 하는 듯한 검은 눈동자와 웃거나 생각에 잠길 때면 보조개가 생기는 입가가 인상적이다. 깍지 낀 두 손은 무릎에 놓인 가방에 올려져 있다. 그 손은 스웨터 색보다 한결 노란 크림색이다.

잭슨은 자신의 무릎으로 눈길을 떨어뜨렸다. 그녀보다 두 배쯤 큰, 커피브라운 색 두 손이 거기에 있었다.

"이제 좀 진정되었나?"

그가 물었다.

"…… 네."

그녀가 희미하게 미소 짓는다.

"그럼, 다시 시작할까?"

소파 깊숙이 몸을 기대고 그가 물었다.

"왜 아버지의 서재에 가 보려 했던 거지?"

가녀린 몸이 또 딱딱하게 굳는 것을 알 수 있었다. 그녀가 컵을 테이블에 내려놓고 말했다.

"소리가 났어요."

꿀꺽 침을 삼킨다.

"거실에서 혼자 놀고 있는데, 갑자기 2층에서 소리가 …… 소리가 들려서 ……."

"천천히 얘기해도 괜찮아."

"풍선이 터지는 소리인줄 알았어요. 그리고 바로 쿵 하고, 무거운 것이 떨어지는 것 같은 소리가 나서 …… 그래서 2층으로 올라가 본 거예요. 아빠가 뭘 떨어뜨린 거라면, 치우는 걸 도우려고요."

"아버지를 좋아했나?"

"네. 무척 좋아했어요."

그녀가 다시 입술 끝을 비틀었다. 미소를 지으려다 실패한 것인지 아니면 울음을 참으려다 성공한 것인지, 보고 있는 잭슨도 어느 쪽인지 알 수 없었다. 알 수 있는 것은 시노자키 마후유가 정말 강직한 여자라는 것뿐이었다. 울지 않는 것은 아니다. 오히려 눈물이 많은 편이다. 하지만 그 눈물에 휩쓸리지 않을 만큼의 강함도 있다.

심지가 굳고 독립심이 강하다. 굳이 바꿔 말하면 다소 고집스럽고 지는 것을 싫어한다. 사람들은 그녀에게 많이 의지하지만, 그녀 자신은 타인에게 의지하지 않는다. 때문에 누구의 도움도 원치 않는 것처럼 오해받기 쉽지만, 실제로는 마음 깊은 곳에 문제를 안고 있다. 그것도 상당히 심각한 문제를. 잭슨은 쩍 벌어진 그 상처를 보고 느낄 수 있었지만, 아직 손이 닿는 선까지는 가지 못했다.

시노자키 마후유("머피라고 불러도 괜찮아요")와 이렇게 얘기하는 것은 오늘로 일곱 번째다.

그녀를 데니스 잭슨에게 소개한 사람은 래리 샌더슨이었다. 뉴욕 대학교에 교수로 있는 그와 잭슨은 학생 시절부터 절친한 사이다. 래리는 백인이지만, 적어도 두 사람 사이에서는 피부색이 상관없었다.

마후유의 주된 고뇌는 두 가지였다. 한 가지는 때때로 어린 시절의 악몽에 시달린다는 것. 또 한 가지는 연인을 소중하게 아끼면서도 마음을 활짝 열고 자신을 내보이거나 맡기지 못한다는 것. 물론 거기에는 섹스 문제도 포함되어 있다.

잭슨은 그 정도 문제 가지고 자신을 찾을 것까지야 없지 않을까 생각했지만, 친구 래리가 마후유의 연인이다 보니 아무리 바빠도 거절할 수 없었다.

미안하지만 비는 시간이 화요일 오전 열 시뿐이라고 하는 잭슨에게 마후유는 괜찮다고 했다. 그녀 역시 시간에 쫓기는 몸이었지만, 지금까지 약속 시간에 늦은 적은 한 번도 없었다.

그 사건이 있은 후, 그녀는 어머니와 함께 일단 일본으로 돌아갔다. 그런데 열여덟 살이 되던 해, 자기 의사로 미국 국적을 선택하고 그다음 해부터 미국의 대학에서 공부했다. 그리고 지금은 경영학 석사 학위를 따기 위해 뉴욕 대학교의 대학원에 다니고 있다고 한다.

처음 그런 얘기를 들었을 때, 잭슨은 속으로 피식 웃으며 이렇게 생각했다. 전처에게 호되게 당하고 의기소침해진 줄 알았는데, 급기야는 제자에게 손을 대었군. 뭐, 안 될 거야 없지. 그 고지식한 녀석에게는 잘된 일이야.

그러나 지금은 같은 남자로서 친구의 기분을 어느 정도 이해한다. 시노자키 마후유에게는 이 나라에서 자란 여자는 도저히 풍길 수 없는 독특한 분위기가 있었다. 예를 들어, 아무리 격한 감정에 휩싸여 목소리가 떨릴 때조차도, 그녀 주변을 감도는 공기는 달빛처럼 의연하고 고요했다.

"오케이. 다시 얘기로 돌아가지."

잭슨이 말했다.

"어린 마후유 씨는 서재 문을 열고 빨갛게 물든 벽을 보았다. 그리고?"

"아빠를 불렀어요."

"대답은, 없었겠군."

그렇다는 대답만 하고 그녀는 또 입을 다문다. 지금까지도 그 사건 얘기는 몇 번이나 화제에 올랐다. 그러나 얘기가 이 언저리에 도달할 때마다 그녀의 입이 무거워졌다.

문득 떠올라, 잭슨은 질문을 바꿔 보았다.

"어머니는?"

움찔, 그녀의 눈썹이 움직였다.

"어머니는 그때 어디 있었지?"

"엄마는 …… 차를 타고, 쇼핑을 하러 나갔어요. 전날 밤, 아빠랑 큰 소리로 다퉜기 때문에 또 새 옷이나 뭘 사러 나갔겠지, 그렇게 생각했어요. 자주 있는 일이었으니까요."

"어머니는 그다지 좋아하지 않았나 보군?"

"……."

"좋아. 아버지를 불렀지만, 대답이 없었다. 그 다음에는?"

"방에 들어갔어요."

"그리고?"

"……."

"계속해 봐요."

"책상."

목소리가 갈라지면서 그녀가 기침을 했다.

"책상 밑에 의자 다리가 …… 저, 동그란 바퀴 달린 다리예요. 옆으로 삐쭉 튀어나온 그게 보여서, 옆으로 다가가 봤어요. 그랬더니."

그녀의 얼굴이 갑자기 일그러졌다.

"거기에 아빠가 …… 아빠가 누워서, 바닥에서 나를 올려다봤어요."

마지막 말은 거의 비명에 가깝게 들렸다.

"페인트가 아니었어요. 아빠는, 머리부터 가슴까지 피범벅이었고, 머리 밑 카펫도 검붉은 피바다 …… 그런데도 아빠는 아직 살아 있었어요. 차라리 그냥 죽었으면 고통 없이 끝났을 텐데."

마후유가 눈을 질끈 감았다.

"나중에 알았는데, 입에 …… 귀 …… 권총을 물고 방아쇠를 당기는 순간, 잠시 망설였는지 조준이 빗나갔다고 해요. 그래서 총알이 …… 뒤통수가 아니라, 귀 뒤로 빠져 나가서 ……."

그녀가 한 손으로 얼굴 반을 덮었다.

"머피, 괜찮아?"

몇 번이나 고개를 잘게 끄덕인 그녀는 가방에서 얼른 손수건을 꺼내 코밑을 눌렀다. 눈물이 뚝뚝 흘러 하얀 손수건에 배어들었다.

족히 일 분쯤 꼼짝 않고 그렇게 있다가, 코를 훌쩍이면서 조그만 소리로 "미안해요" 하고 말했다. 이번에는 정말로 미안하다는 뜻의 '미안하다'였다.

"사과 안 해도 돼. 우는 건 좋은 일이니까. 특히 당신 같은 경우는."

잭슨은 그녀를 안심시켰다.

"억지로 참을 필요 없다고."

그녀는 애써 입가를 끌어올렸다. 손수건을 집어넣을까 말까 잠시 망설이더니, 결국 손에 그냥 쥐고 있기로 한 모양이다.

"괜찮나?"

끄덕, 고개를 숙인다.

"그럼, 계속하지."

"아빠는 …… 그냥 나를, 물끄러미 올려다만 봤어요. 살려 달라는 몸짓도 하지 않았고, 무슨 말을 하려고도 하지 않았어요. 너무 무서워서 …… 흥건한 피 속에 선 채로 다리가 얼어붙어서, 눈앞은 새빨갛고 …… 아무튼 아무 생각도 할 수 없었어요. 울음도 나오지 않았어요. 그래서, 밖에서 돌아온 엄마가 2층으로 올라와서, 벽을 보고 자지러지는 소리를 지를 때까지, 그동안 나는 아무것도 못 하고 아빠를 …… 아빠가 천천히, 천천히 죽어 가는 걸 ……."

이번에는 꽤 오래 기다려야 할 것 같았다.

잭슨은 그녀 머리 뒤에 있는 시계를 슬쩍 쳐다보았다. 예정 시간보다 사 분 정도 지나, 시계 옆에 붙어 있는 조그만 박스에서 빨간 램프가 깜박이고 있었다. 비서가 보내는 신호였다. 다음 환자가 약속한 시간에 찾아와 기다리고 있는 것이다.

눈길을 돌린 잭슨은, 기분을 다잡으려고 몇 번이나 심호흡하는 마후유의 모습을 지켜보았다.

계속해서 가위에 눌린다는 음침한 꿈에 관해서는 오늘까지 들은 얘기로 대충 그림이 그려졌다. 아버지가 피투성이 손으로 발목을 잡는 꿈은, 마냥 서 있기만 했을 뿐 아무 손도 쓰지 못한 자책감 때문일 것이다.

하지만 그녀가 이렇게까지 사람을 믿지 못하는 이유는 무엇일까? 물론 아버지의 자살 현장을 목격한 체험은 악몽을 꾸기에 충분하고도 남을 원인일 것이다. 그러나 그것만으로는 인간에 대한 그녀의 뿌리 깊은 불신을 설명할 수 없다. 왜 그녀는 연인에게도 마음을 열지 못할까? 왜 주위 사람들과 필요 이상 친해지지 않으려 애쓰고, 자신을 외톨이로 만들려 하는 것일까? 아버지의 자살 사건 외에 또 다른 원인이 있는 것은 아닐까? 그 부분을 꼭 알고 싶은데 …… 하고 심각하게 생각했을 때, 잭슨의 머릿속에서 삐삐, 경보음이 울렸다.

잭슨은 조심스럽게 호기심 브레이크를 밟았다. 간혹 이렇게 멱살을 잡고 자신을 원래 자리로 돌려놓아야 할 때가 있다. 정신과 의사가 환자의 상황에 일일이 감정을 이입해서는 몸이 남아

나지 않는다. 언젠가는 너덜너덜해질 것이다.

"오늘은 여기까지 할까."

잭슨이 소파 등받이에서 몸을 일으키자, 그녀는 초췌한 얼굴을 이쪽으로 향했다.

"피곤한가?"

"…… 이 얘기를 남에게 한 거, 거의 십 년 만이에요."

혼자 중얼거리듯 그녀는 말했다.

"랠리에게도 아직 말하지 못했어요. 그렇게 걱정하고 있는데 당신에게 먼저 얘기하게 되다니, 왠지 미안한 생각이 드네요."

"그러기 위해서 굳이 당신을 내게 소개한 것 아닐까."

"그건 그렇지만요."

"신경 쓸 필요 없어요. 그게 내 일이니까. 게다가 내가 무슨 얘기를 듣고 무슨 얘기를 듣지 못했는지, 그런 게 다른 사람 귀에 들어갈 일은 절대 없어. 머피가 이 일을 랠리에게 털어놓고 싶다면 그렇게 하면 되는 거야. 싫으면 안 하면 그만이고. 지금은 얘기할 수 없어도 언젠가는 얘기할 수 있는 날이 올지도 모르고, 끝까지 안 올지도 모르고. 다만 머피, 아무튼 이렇게 입으로 얘기하는 것을 통해서, 아까 이 방에 들어왔을 때보다 한 걸음 앞으로 나아가게 된 거라고. 지금 중요한 것은 그 점이야. 알겠어?"

"…… 네."

"자신감을 가져요. 머피, 당신은 강한 여자니까."

그녀는 간신히 미소 짓고는 잭슨을 따라 소파에서 일어났다. 자세가 좋아서 그런지 떨어져서 보면 동양 여자치고는 키가 커

보이는데, 이렇게 가까이에서 보면 그렇지도 않다.

잭슨은 그녀의 등에 손을 대고, "자, 그럼 다음 주에 또" 하며 들어왔던 문과는 다른 문으로 그녀를 배웅했다. 입구와 출구가 다른 이유는 환자끼리 얼굴을 마주하지 않게 하기 위한 배려다.

조용히 문을 닫은 후, 그는 다음 환자가 기다린다는 것을 알면서도 담배에 불을 붙였다. 이 나쁜 습관만은 아내가 아무리 시끄럽게 잔소리를 해 대도 고칠 수가 없다. 기분이 이럴 때는 더욱 그렇다.

창문 블라인드에 집게손가락을 밀어 넣고 내다보니, 10미터 정도 아래에 있는 보도를 걸어가는 마후유의 검은 머리가 보였다. 횡단보도 신호등이 반짝거리는데 뛰어 건너지 않고 기다리기로 한 모양이다. 피부색도 차림새도 사용하는 언어도 저마다 다른 사람들 속에 자연스럽게 녹아 든 모습이 어엿한 뉴요커였다.

옛날에 잭슨이 근무하던 병원을 그만두고 독립하기로 결정했을 때, 존경하던 한 선배 의사가 이런 조언을 해 주었다.

"데니스, 정신과 의사만큼 심신이 고달픈 직업도 없어. 어차피 우리는 공중 화장실 같은 존재야. 모두들 마음에 쌓인 똥을 뱉어 내러 찾아오지. 비유가 좋지 않지만, 실제로 보상이 없는 일이라고. 환자를 위해 온 힘을 다하고 싶어 하는 성실한 의사일수록 점차 자신을 갉아먹게 되지. 의사 쪽은 한없이 주기만 하고, 환자 쪽은 한없이 빼앗기만 할 뿐이니까 말이야. 물에 빠져 허우적대는 사람이, 그를 살리기 위해 물에 뛰어든 사람을 무턱대고 잡고 늘어지는 바람에 둘 다 물에 빠져 죽는 거, 흔히 있는 일이잖

아. 자네도 그렇게 되지 않도록 항상 조심하라고."

'조심하고 있습니다, 선배 ……' 하고 잭슨은 생각했다. 그 때문에 내 자신이 몹시 냉정한 인간이거나 비굴한 위선자처럼 여겨질 때도 있지만요.

천천히 연기를 내뿜는다. 신호가 파랑으로 바뀌자, 마후유의 모습이 멈춰 선 자동차와 움직이는 사람들 사이로 섞여 들었다.

창가에서 물러나 담배를 재떨이에 꾹 눌러 끈 후, 잭슨은 문 쪽으로 가서 다음 환자를 맞았다.

# 2

"마후유(真冬), 이름이 왠지 춥게 느껴지네."

그 말이 지금도 귓속에 남아 있다.

아버지가 죽어 보스턴에서 일본으로 돌아왔을 때였다.

"오늘부터 우리와 함께할 새 친구 시노자키 마후유예요."

편입해 들어간 초등학교의 담임선생이 교단 옆에 그녀를 세워 놓고 소개한 후, 마치 사족을 갖다 붙이듯 그렇게 말했다. 이름이 왠지 춥게 느껴지네.

그녀의 일본말을 이상하게 여긴 반 아이들에게 괴롭힘을 당할 때에도 "친구끼리 따돌리면 안 되죠. 사이좋게 지내요"라는 말을 염불 외듯 반복할 뿐, 결국 아무것도 해 주지 않은 선생. 둔감해서 그랬지 악의는 없었을 거라고 지금은 객관적으로 생각할 수 있지만, 당시에는 물론 그럴 여유 따위는 없었다. 다니기 시작한 첫날부터 마후유는 학교도 일본도 딱 싫어졌다.

이름에 대해서도 만나는 사람마다 말이 많았다. 멋진 이름이라고 말해 주는 사람도 있었지만, '좀 이상하다', '쓸쓸한 이름'이라는 감상이 많았다. 간혹 누가 지은 이름이냐고 묻는 사람도 있었다.

한겨울인 동짓날에 태어나서 마후유. 이름을 지은 사람은 아빠라고 들었다.

이름을 참 안이하게도 지었지. 사춘기에 들어선 그녀는 그렇게 생각하게 되었다. 차라리 '후유미(冬美)'든지 '후유코(冬子) 같은 평범한 이름으로 지었으면 이렇게 튀지는 않았을 텐데. 그 담임선생의 대사는 그렇다 쳐도 딸의 이름을 아무 생각 없이 이렇게 썰렁하게 짓다니, 아빠가 자신의 탄생을 달가워하지 않은 건 아닐까 생각한 적도 있었다. 엄마와도 그렇게 만날 싸우기만 했을 정도니.

그렇게 생각하자, 그녀는 어렸을 때 아빠가 보여준 애정의 기억까지 가짜인 것만 같아 일본과 일본 학교만큼이나 자신의 이름을 싫어하게 되었다.


워싱턴 스퀘어의 거대한 분수가 역광을 반사하며 반짝이고 있다. 숲의 녹음은 물에 젖은 것처럼 선명하고, 부드럽고 화창한 하늘에 거대한 대리석 아치의 하얀색이 눈부시다.

이제 막 4월이 되었는데, 날씨가 계절을 잊게 할 만큼 따뜻하다. 때때로 불어오는 바람에 시원한 물안개가 하늘하늘 나부끼며 내려오고, 사람들의 웃음소리는 새들이 주고받는 지저귐처럼 뒤섞이며 교차한다.

마후유는 분수대를 둘러싼 돌계단에 앉았다.

이 부근은 뉴욕 대학교 캠퍼스의 일부다. 7번가에 있는 잭슨의 병원에서 나온 후, 곧바로 여기까지 걸어왔는데 랠리와 만나기로 한 시간까지는 아직 여유가 있다.

수면에 반짝거리는 햇살이 잠이 부족한 눈을 따끔따끔 찌른다. 돌아보니, 돌계단에는 열 몇 명 정도가 조금씩 거리를 두고 앉아 있었다. 학생도 있고, 그렇지 않은 사람도 있다.

아는 사람과 마주치지 않기를, 하고 마후유는 생각했다. 랠리와 만나는 장면을 보이고 싶지 않아서가 아니다. 지금은 아는 얼굴과 마주쳐도 반갑게 행동할 수 없을 것 같고, 왜 그렇게 기운이 없냐며 어깨를 툭 치면 더욱이 성가실 것 같아서다. 누군가에게 걱정하는 소리를 듣고 싶지 않다.

그렇게 자신을 드러내고 얘기하는 것이 과연 잭슨 말대로 한 걸음 앞으로 나아간 것인지, 그녀로서는 잘 알 수 없었다. 랠리를 안심시키기 위해서 그가 하라는 대로 하고 있다는 편이 진실에 가깝다.


처음 랠리에게서 정신과 상담을 받아 볼 생각이 없느냐는 소리를 들었을 때, 마후유는 순간적으로 짓궂은 농담인가 싶었다. 그런데 그렇지 않다는 것을 알고서 마음에 깊은 상처를 입었다. 온화하고 배려심도 넉넉하고, 열 살이나 나이가 많은 랠리에게 그렇게 화가 나기는 처음이었다.

"내 머리가 이상하다는 소리야?"

"그런 말이 아니지. 조금도 이상한 데는 없어. 다만 ……."

"다만, 뭐? 이상한 데가 하나도 없다고 생각한다면, 어떻게 그런 심한 말을 할 수 있지?"

"……."

랠리의 짙은 눈썹에 그늘이 어렸다. 어떻게 얘기하면 좋을지 고민하고 있다는 것을 알고서 마후유는 아랫배가 싸해지는 것을 느꼈다.

첼시 지구 어귀에 있는 그녀의 집에서 있었던 일이었다. 그날, 랠리가 연구실에서 사용하지 않는 책꽂이를 갖다 주었다.

그가 그녀 집에 온 것도 처음이었다. 방에는 중고품 가게에서 산 가구 몇 가지와 유일하게 새것인 조그만 침대가 놓여 있을 뿐이었다. 랠리는 그녀가 제 손으로 만들어 단 커튼과 벽에 걸린 조그만 액자를 보고서, "방이 아늑한데" 하고 말했다.

추운 날이었다. 집을 쉐어하고 있는 다른 방 친구들은 모두 외출하고 없어, 집에는 랠리와 마후유, 그리고 그녀가 키우는 수고양이 스노 부츠밖에 없었다.

좁은 방에 소파 따위가 있을 리 없으니, 침대에 앉아 얘기를 나누다 결국은 가장 따뜻해지는 행동을 시작하고 말았다. 그런데 안고 난 후에 이렇게 기분이 써늘해지는 말을 듣게 되다니……

그녀는 침대에서 일어났다. 침대 끝에 걸터앉아 차가운 바닥에 다리를 내린 채, 벗어 놓은 셔츠를 집어 들었다.

"머피?"

"그래."

그녀가 머리를 흔들었다.

"정말 이상한 건지도 모르지."

"누가 그런 말을 했다고 그래."

"그런가? 요즘 나, 밤중에 퍼뜩 정신을 차리고 보면 부엌에서 피 묻은 나이프 들고 있던 적도 있어. 발바닥은 온통 흙투성이인데, 어디서 뭘 하다 왔는지 기억도 나지 않는걸. 그뿐이 아니야.

갑자기 누군가의 머리를 택배로 보내고 싶어지기도 하고, 당신의 가죽을 벗겨 재킷을 만들고 싶어지기도 하고. 정말 어떻게 된 건가 생각했는데, 그래, 내 머리가 이상한 거 ……."

등 뒤에서 랠리가 어깨 너머로 팔을 뻗어 꼭 껴안았다.

"머피, 그만해."

낮은 목소리와 함께 따스한 숨이 귀 뒤에 닿았다.

"당신에게 상처를 줬다면 미안해."

마후유는 아무 말도 하지 않았다. 랠리의 깡마른 근육질 팔이 쇄골을 눌러 조금 아팠다.

"하지만 머피, 정신과 상담을 오해하고 있는 거야. 당신은 사이코패스 살인자 얘기를 하고 있잖아. 영화를 너무 봐서 그래."

"좀 극단적이었다는 건 인정하지만, 큰 차이 없어."

"무슨 소리야. 차이가 있지. 당신 나라에서는 어떨지 모르겠지만."

"'당신 나라'라는 말은 하지 마. 난 이 나라 사람이라고."

"미안해."

랠리는 순순히 사과했다.

"당신이 전에 살았던 나라는 어떨지 모르겠지만, 이 나라에서 정신과 의사에게 마음의 문제를 상담하는 것은 아주 평범한 일이야. 요즘은 기업이 나서서 사원들을 위해 전속 상담사를 두는 시대라고. 사람은 피로와 스트레스가 쌓이면, 마음에도 감기가 걸리는 법이야. 그러면 의사는 아스피린을 처방하는 대신 대화를 나누면서 문제를 정리하고, 해결의 실마리를 찾을 수 있도록 도와주지. 그러니까 특별한 일이 아니잖아?"

"특별한 일이야, 내게는. 무엇보다 난 스트레스 같은 건 없다고. 피곤하지도 않고."

"당신이 피곤해 보인다는 얘기를 하는 게 아니야. 또 화나게 만들지도 모르겠지만, 난 그보다 심한 중증이라고 생각해. 어제오늘 걸린 감기가 아니란 말이지. 아주 오래전에 입은 상처가 완치되지 않아서 지금까지도 고통스러워하는 게 아닐까 …… 그런 느낌이 드는군."

싸늘해진 마후유의 다리에 스노 부츠가 다가와 회색 털을 비벼 대며 어리광을 피웠다.

"나는 그저 당신과 나를 가르고 있는 게 뭔지 알고 싶을 뿐이야."

랠리는 그렇게 말했다.

"이렇게 가까이 있는데도, 아니지, 우리가 하나가 돼 있을 때조차 당신은 100퍼센트 내게 마음을 열지 않잖아. 마음 깊은 곳, 그 핵심은 언제나 깨어 있어."

"정말 심하네."

"오해하지 마. 난 당신이 섹스를 하면서 느끼는 척한다든지, 그런 말을 하고 있는 게 아니니까. 사실은 당신도 내게 모든 걸 맡기고 싶어 하지. 그건 알아. 나도 느낄 수 있어. 그런데 당신 내면의 무언가가 그걸 꾹 누르면서 감정에 순순히 따르지 못하게 방해하고 있을 뿐이야. 깨어 있는 게 아니라, 억지로 깨어 있으려 하는 거지. 안 그래?"

"……"

"끝난 후, 나는 잠이 드는데도 당신은 내내 깨어 있잖아."

마후유는 그를 돌아보았다.

"내가 모를 거라고 생각했어?"

랠리의 파란 눈동자가 마후유를 쏘아보고 있었다. 그녀는 그 눈을 피했다.

"머피, 내 옆에서는 쉴 수 없는 거야? 가르쳐 줘. 내가 그렇게 못 믿을 놈이야?"

"믿고 있어."

"거짓말. 내가 사랑한다고 몇 번이나 말하는데도, 전혀 믿으려 하지 않잖아."

"너무 여러 번 말하니까 그렇지."

"머피."

랠리는 답답한 심정에 마후유를 껴안은 채로 다시 침대에 누 웠다.

"좀 더 가드를 내려 봐. 당신이 그럴 마음만 먹으면, 인생은 훨씬 더 재미나고 편해진다고. 당신 자신도 알잖아. 마음속으로는 자신의 문제를 어떻게든 해결하고 싶어 하는데, 사람을 지나치게 믿지 않도록, 다른 사람에게 기대지 않도록 살아온 습관이 가로막아서 누구와도 의논할 수 없는 거잖아. 머피, 뻔한 말처럼 들리겠지만, 사람은 혼자서는 살 수 없어. 자기 힘만으로 부족할 때 다른 사람에게 의지하는 것은 죄도 아니고 부끄러운 일도 아니야. 이렇게 나이 많은 나도 당신에게 어리광을 부리고 싶을 때가 있다고. 그러니까 아무튼 난 당신이 나를 의지하고, 내게 어리광을 부려 줬으면 좋겠어."

랠리는 미소를 머금고 마후유의 코를 손가락으로 꾹 잡았다.

사랑한다는 말을 전하려 할 때 나오는 특유의 몸짓이었다.

"자립심이 왕성한 점은 무척 좋아하지만, 때로 아주 서글퍼진 다고. 당신 따위는 필요 없어, 그렇게 말하는 것 같은 기분도 들고 말이야."

"그렇지 않아!"

절대 그렇지 않다고 마후유는 필사적으로 부정했다. 갑자기 찌릿찌릿 기어오른 아픔에 휘둘려 그녀는 랠리의 목을 두 팔로 안았다.

자신의 고집스러움이 랠리에게 이런 고통을 주고 있었다니, 지금까지 생각해 본 적도 없었다. 이대로 마냥 껍질 속에 틀어박혀 있다가는 언젠가 그를 잃을지도 모른다. 마후유는 처음으로 그런 가능성을 깨달았다. 그것만은 참을 수 없었다. 두 번 다시 혼자가 되고 싶지 않았다. 이 따뜻함을 놓칠 수도 있다는 상상만 으로도 미쳐 버릴 것 같았다.

결국 그녀가 랠리의 제안을 따라 정신과 상담을 한번 시도해 보기로 마음먹게 된 것은 오로지 그를 잃고 싶지 않다는 심정에 서였다.

나이 차이가 많은 데다 교수와 학생이란 입장에서 알게 된 탓 인지도 모르지만, 랠리는 마후유에게 연인인 동시에 이느 정도 는 보호자이기도 했다. 그에게서 아버지를 보고 있는지, 잭슨이 물었을 때는 그렇지 않다고 분명하게 대답했지만, 자신의 마음 속을 거짓 없이 구석구석 들여다보면 그런 감정이 한 톨쯤은 굴러다닐지도 모르겠다는 생각도 들었다.

시작은 마후유의 대학 마지막 강의였다. 랠리가 그녀에게 돌려준 소논문에는 이런 메모가 적혀 있었다.

'강의가 끝난 후 남아 있을 것.'

평가를 나타내는 알파벳은 기록돼 있지 않았다.

마후유는 분개했다. 랠리와는 열심히 공부하는 몇몇 학생들과 함께 수도 없이 머리를 맞대고 토론을 벌였다. 강의 중에 질문하지 못한 사항까지 따로 가르침을 받았기 때문에 그 소논문에도 충분히 힘을 쏟았다고 생각했다. 평가조차 제대로 못 내릴 정도로 허접할 리가 없었다.

경우에 따라서는 단호하게 항의할 작정으로 계단식 강의실에서 나가는 학생들의 흐름을 거스르며 교단 앞으로 내려갔다.

랠리는 씩씩거리는 그녀를 보고 당황한 표정을 지었다.

"아, 아니, 그게 ……."

그리고 얼굴을 벌겋게 붉힌 채 몇 번이나 헛기침을 한 후에야 겨우 이렇게 말했다.

"점심, 벌써 먹었나?"

"네?"

"그러니까, 그게 …… 이탈리안 좋아해?"

그리고 어리둥절해 하는 마후유의 손에서 논문을 빼앗아 그녀가 보는 앞에서 A⁺를 적어 돌려주었다.

지금 돌이켜보면 부끄럼을 많이 타는 랠리치고는 꽤나 과감하게 행동했다 싶다. 빌리지 뒷골목에 있는 조그만 이탈리안 레스토랑에서 와인을 마시고, 카르파초와 뇨키를 먹으면서 그는 심각한 표정으로 말했다.

"지난 일주일 동안 커다란 나무를 찾아 나뭇가지가 튼실한지 살피고 다녔지. 일대 결심을 하고 데이트 신청을 하는 것까지는 좋은데, 막상 거절당했을 때 목을 맬 나무가 없어서야 너무 슬프잖아."

나이에 걸맞지 않게 세상 때가 묻지 않은, 랠리의 그런 점을 마후유는 사랑했다. 경영학이라는 학문의 복잡한 재미에 대해서, 정치가 경제에 또는 경제가 정치에 미치는 영향에 대해서, 기업이 앞으로 추구해야 할 가치에 대해서, 미국이라는 나라의 미래에 대해서 ……, 학생들을 앞에 두고 당당히 자신의 지론을 펼치는 그를 좋아했고, 그런 그를 계단식 강의실 꼭대기에서 내려다보는 시간을 좋아했다. 핸섬하게 변신한 우디 앨런 같은 풍모와 웃을 때면 눈가에 생기는 주름, 호리호리하게 마르고 긴 손발을 좋아했다. 침대에서 그녀를 더듬는 마디진 손가락과, 가지런한 등뼈의 오돌토돌한 느낌을 좋아했다. 약간 허스키하고 낮은 목소리와 볼을 비비면 느껴지는 텁수룩한 수염의 깔끄러운 감촉을 좋아했다.

랠리는 여러 가지 의미에서 공정한 남자였다. 공정하지만, 사람의 실수나 결점을 비난하지는 않는다. 누구와 얼마나 거친 격론을 펼치든, 상대가 마지막 도망칠 구멍은 절대 막지 않는다. 그런 성향은 자신감이 없어서 취하는 태도가 아니라 오히려 그 반대라는 것을 마후유는 머지않아 이해하게 되었다.

잭슨에게 한번 물어본 일이 있다. 자신이 지불하는 비용이 이상하리만큼 싸다는 사실을 알고서, 랠리가 부탁한 것은 아니냐고 추궁했던 것이다. 그런데 잭슨은 호탕하게 웃으면서 고개를 젓고는, 이런 일을 돈으로 환산하는 것은 원래가 어려운 일이라서 당연히 사람에 따라 비용에 차이가 난다고 대답했다. 과연 그 말이 맞는 것일까. 요금은 시간제로 정해져 있을 텐데, 하고 의심했지만 잭슨의 얘기는 거기에서 끝이었다.

랠리가 부족한 금액을 채우고 있는지, 아니면 친구의 연인이라는 이유로 잭슨이 특별히 요금을 깎아 주는지는 알 수 없다. 하지만 아무튼 랠리에게 큰 빚을 졌다고 마후유는 생각했다. 그 빚을 갚으려면 자신이 용기를 내어 과거와 마주하고, 껍질을 깨는 수밖에 없다. …… 상담의 효과가 조금은 눈에 보일 줄 알았다. 애당초 큰 기대를 했던 것은 아니지만, 두 달 가까이 매주 한 번 상담을 받으러 다니고 있는데 자신이 이전과 어떻게 달라졌는지 도무지 알 수 없다. 잭슨의 의사로서의 역량 문제는 아닌 듯하다.

미스터 프로이트가 잘못한 거지. 마후유는 생각했다. 영화와 소설에 등장하는 정신과 의사 대부분은 환자가 과거의 사건을 되새김질하며 트라우마의 원인을 인식하기만 하면 문제가 해결된다고 생각하고 싶어 했다. 진단을 내리는 과정이 어렵지, 문제의 원인이 어디에 있는지를 알면 그다음은 치유되는 일만 남는다고 말이다.

그러나 마후유는 벌써 오래전에 자신의 문제가 어디 있는지를 파악하고 있었다. 그 문제를 극복하기 위한 노력도 했다. 새삼스럽게 누군가에게 자신의 신상을 털어놓는다고 해서 뭐가 달라진다고는 도저히 믿을 수 없었다. 사람의 마음 문제는 결국 본인이 스스로 해결할 수밖에 없지 않을까?

'그래도 아무튼 시작했으니까, 뭐.'

마후유는 한번 시작한 일은 쉽게 포기하지 않는 성격이었다. 착실하게 다니다 정말 지금까지와는 다른 자신으로 새롭게 태어날 수 있다면 …… 랠리나 친구들에게도 자신을 솔직하게 드러낼 수 있게 된다면, 하는 마음에 할 수 있는 만큼의 노력은 해보자고 생각했다.

할 수 있는 만큼의 노력.

그러기 위해서는 엄마에 대해서도, 일본에 돌아간 후의 그 암울했던 날들에 대해서도 잭슨에게 시시콜콜 털어놓아야 할 것이다.

마후유는 몸을 푸르르 떨었다.


서늘함에 문득 고개를 드니, 바람에 날린 분수의 물방울이 옷을 축축하게 적시고 있었다.

손목시계를 들여다본다. 약속 시간이 십 분 정도 지났다. 목을 쭉 빼고 사방을 둘러보지만, 랠리의 모습은 아직 보이지 않는다.

오늘은 강의가 없을 텐데, 무슨 일이 있는 걸까? 늘 그런 것처럼 불안감이 뭉글뭉글 피어올라 위장을 압박하기 시작한다.

또 이러네. 마후유는 심호흡을 해 기분을 가라앉히면서 근거 없는 걱정을 머리에서 떨쳐 냈다. 좋지 않은 버릇이다. 뭐 하나 사소한 일이라도 생기면 금방 생각이 나쁜 쪽으로 흘러가고 만다. 최악의 사태를 상정해 두면, 나중에 그 일이 현실이 되어도 실망이나 충격이 최소한에 그칠 수 있기 때문이다.

이제 그만 이런 유치한 버릇은 버려야 한다. 여기가 일본도 아니고, 엄마의 영향력이 바다 건너 이곳까지 미칠 리 없다. 그리고 무엇보다 자신은 이제 어린아이가 아니니까.

마후유의 어머니는 손찌검까지 하지는 않았지만, 그 대신 말이라는 흉기로 딸을 공격했다.

"너란 아이는 어쩜 그렇게 못됐니."

"너는 저주받았어."

"네가 아빠를 죽인 거야."

"너에게 다가오는 사람들은 모두 불행해진다니까."

"너를 낳는 게 아니었어."

너는 못생겼다, 너는 조금도 귀엽지 않다, 너는 못난이다, 너 같은 애가 뭘 할 수 있겠냐, 너 때문에 내가 행복해질 수 없다, '그분'도 너는 재앙의 씨앗이라고 말씀하셨지, 너는, 너는, 너는……

얼마나 그곳에서 벗어나고 싶었던가. 그리고 실제로 벗어나는 데 얼마나 용기가 필요했던가. 그런데 아직도 그날들의 기억에 꽁꽁 묶여 있다니…….

"난센스야."

그만 소리 내어 말하고 말았다. 민망해서 슬며시 사방을 돌아보았지만, 근처 사람들은 조금도 신경을 쓰는 눈치가 아니다.

점심때가 훌쩍 지났는데 식욕이 전혀 없었다. 잭슨의 병원에서 돌아오는 길에는 늘 이렇다. 뼛속까지 지쳐서 아무것도 하고 싶지 않아진다.

돌계단 주변에 젊은이들이 삼삼오오 모여서 샌드위치를 먹으며 떠들어 대고 있다. 돌 울타리에 기댄 남학생은 백 팩에 턱을 괴고 책을 읽고 있다. 히피처럼 머리를 기른 남자는 웃통을 벗고

드러누워 상체를 태우고 있고, 새내기 엄마들은 유모차를 접어 놓고 아기를 두 팔에 안고 …… 저마다 오늘의 이 태양을 즐기고 있는 듯하다.

금발의 어린 소녀는 치마를 걷어 올리고 무릎 정도 오는 분수 물에 살금살금 들어가고 있고, 그 옆에서 검은 래브라도 레트리버가 몸을 푸르르 흔들면서 물을 튕기고 있다. 까르르 웃음소리를 내며 소녀가 뒤를 돌아보다가 엄마 옆에 있는 마후유와 눈이 마주치는 순간 깜짝 놀라는 표정을 짓는다. 동양인에게 익숙하지 않은지도 모르겠다. 싱긋 미소를 던지는 마후유에게 조심스러운 미소로 답한다.

'팀도 원래는 저 아이만큼 천진하게 웃을 수 있었을 텐데.'

그렇게 생각하면서 한숨을 쉬었다. 그때였다.

"머피!"

퍼뜩 돌아보자, 랠리가 저만치에서 손을 흔들고 있었다. 다른 한 손은 어린 아들 팀의 손을 꼭 쥐고 있다. 마후유는 안도와 함께 일어나 돌계단을 내려왔다.

랠리는 파란색 버튼다운 셔츠를 입고, 어깨에 감색 스웨터를 걸치고 있었다. 그에게는 파란색이 참 잘 어울린다. 눈동자와 같은 색이어서인지도 모르겠다. '폴 뉴먼처럼 파란 눈'이라는 말은 고리타분한 비유이지만, 랠리의 눈은 그보다 한결 깊은 파란색이라고 생각한다. 마치 동굴 속에 있는 호수처럼 투명해서, 보다 보면 빨려 들어갈 것 같다.

랠리가 그런 눈으로 자신을 똑바로 쳐다보고 있다는 것을 의식하면서 마후유는 둘에게 다가갔다.

"늦어서 미안해. 나오는 길에 사무국에서 전화가 와서 말이야. 많이 기다렸어?"

"별로."

"그래도 십오 분이나 늦었는데."

"칠."

"응?"

"십칠 분이야."

"그럼 중간인 십육 분 늦었다고 하면 어때?"

"깎아서 어쩌려고?"

둘은 훗훗 마주 웃었다.

"하이, 팀."

놀라지 않게 마후유가 조용히 인사를 건네자, 랠리의 손을 잡고 있는 소년은 부끄러운 듯이 아빠 뒤로 몸을 숨겼다. 검은 머리에 검은 눈동자, 태어날 때부터 햇볕에 그은 듯 불긋불긋한 피부. 마른 몸은 아빠를 닮았지만, 나머지는 거의 닮지 않았다. 오히려 일본 남자아이가 떠오르는 생김새다.

"그렇게 기다렸으니 배가 고프겠군."

그 물음에야말로 "별로"라고 대답하고 싶었지만, 마후유는 식욕이 없다는 말을 하지 않았다.

"팀은 뭐가 먹고 싶을까?"

"내게는 묻지도 않는 거야?"

실망한 척하면서 랠리가 아들 쪽으로 몸을 굽혔다.

"넌 뭐가 좋겠어?"

아빠가 들여다보자 팀은 다른 손의 손가락을 빨았다.

"어허, 갓난아기처럼."

랠리가 손을 잡고 입에서 빼내려 하는 순간, 팀은 아빠를 잡고 있던 손까지 뿌리치고 마후유의 다리를 꼭 부둥켜안았다. 그리고 끈적거리는 손가락으로 청바지를 움켜잡는다.

"요 녀석."

"괜찮아, 랠리."

마후유는 팀의 머리에 살며시 손을 올려놓고 말했다.

"혼내지 마. 예의는 더 커서 가르쳐도 괜찮아. 서둘면 안 된다고."

"…… 그렇군."

랠리는 약간 머쓱한 듯이 미소 지었다.

팀은 지금 네 살 반이지만 아주 작다.

빈약한 그 몸을 볼 때마다 마후유는 옛날에 행해졌다는 잔인한 실험 얘기가 떠오른다. 갓 태어난 아기를 방에 혼자 뉘어 놓고, 우유를 충분히 준다. 하지만 한 번도 안아 주지 않고 한 마디 말도 걸어 주지 않자 쇠약해져서 끝내는 죽어 버렸다고 한다. 애정을 쏟지 않으면 아이가 정상적으로 성장하지 못한다는 뜻이다.

마후유와 사귀기 시작하자마자 랠리는 전처에 대해 모든 것을 털어놓았다.

그와 이혼한 아내 이블린은 아메리칸 인디언의 피를 이은 몸집이 자그마한 미인이었지만, 어린 시절에 부모가 전혀 돌봐 주지 않았다. 그 탓인지 어른이 되어서도 애정을 받는 것에만 집착할 뿐 쏟을 줄 몰라, 자신이 낳은 팀을 제대로 보살피지 않았다.

아기가 아기를 낳은 셈이었다.

　그러다 이블린은 일이 바쁜 랠리가 자신을 돌봐 주지 않는 것을 더는 참지 못하고 당시 살던 아파트 관리인과 함께 집을 나가고 말았다. 팀은 놔둔 채 그때껏 저금한 돈을 대부분 챙겨 들고서. 두 해 전쯤 일이다. 이혼이 정식으로 성립된 것은 그로부터 얼마 후였다.

　아무튼 아내가 없어진 다음 랠리는 자기 손으로 팀을 목욕시켜야 했다.

　팀이 태어난 후로 한동안은 육아를 거들려고 애썼지만, 그 무렵 이미 대학 일에 정신이 팔린 나머지 집에는 늦게 들어가 잠만 잘 뿐이었다. 이블린이 넌더리를 낸 것도 무리는 아니었다. 랠리는 자조적으로 그렇게 생각했다. 목욕은커녕 깨어 있는 팀의 얼굴을 보는 것조차 따져 보면 오랜만이 아닌가.

　그런데 옷을 벗기려고 하자, 팀이 울면서 싫어했다. 달래고 달래어 겨우 바지를 벗긴 순간, 랠리는 숨을 쉴 수가 없었다.

　팀의 몸이 배꼽 아래로 온통 멍투성이였다. 허벅지 안쪽과 엉덩이처럼 눈에 잘 띄지 않는 곳들을 일부러 골라 그런 것처럼 손톱으로 꼬집은 흔적이 남아 있었다. 오래지 않은 것에는 보라색 피가 맺혀 있었고, 오래된 것은 누렇고 푸르죽죽한 점으로, 중간 것은 검푸른 멍으로 남아, 팀의 하반신은 마치 물감으로 얼룩진 팔레트 같았다.

　떨리는 두 팔로 안으려 하자, 팀은 뒷걸음질을 쳤다. 알몸인 채로 변기와 욕조 사이에 웅크리고서 겁에 질린 들고양이처럼 눈을 치켜뜨고 아버지의 눈치를 살폈다. 상대가 지금 자신에게 위해를 가하려 드는 것인지 아닌지 확인하는 눈빛이었다.

내 아들이 엄마의 애정 대신 학대를 받으며 자라 온 것인가.

참을 수 없어 랠리는 울었다. 이블린이 남기고 떠난 짧은 편지를 발견했을 때조차 냉정함을 잃지 않았는데, 그 멍을 보고는 참을 수가 없었다고 그는 마후유에게 고백했다. 아내를 그렇게까지 절박하게 만들고, 아들에게 이런 고통을 안기면서까지 바쁘다는 핑계로 아무것도 하지 않았던 자신. 그것은 자신의 한심함을 탓하는 눈물이었다.

그러나 그런 날도 이제 끝이다. 학생을 가르치는 일을 천직이라 자부하고 있고, 그 일을 빼면 자신에게 아무것도 남지 않지만 적어도 아들의 얼굴조차 볼 수 없을 정도로 바쁘게 살지는 말자. 앞으로는 엄마 몫까지 이 아이를 사랑하자. 아직 어린아이니 시간을 두고 천천히 소중하게 대하면 원래의 명랑함을 금방 되찾을 것이다. 랠리는 그렇게 생각했다.

그런데 그게 마음 같지 않았다.

몸에 든 멍은 사라져도 마음의 상처는 남는다. 저절로 치유되는 일은 없다.

어느 날, 마후유도 보고 말았다. 팀이 아버지가 키우던 카나리아를 잡아 죽이는 현장을.

그 참혹한 광경에 마후유는 할 말을 잃었다. 팀은 새장에 손을 집어넣어 카나리아를 쫓다가 손에 잡히자 그대로 꾹 힘을 주었다. 카나리아뿐만이 아니었다. 나비든 달팽이든 새끼 고양이든, 팀은 귀여워하는 것과 괴롭히는 것을 구분하지 못했다.

"왜 그렇게 괴롭히는 건데?"

마후유는 온화하게 물었다. 팀은 상대를 괴롭히면서 조금도 기뻐하는 눈빛이 아니었다. 오히려 그 자신도 괴롭힘을 당하는 쪽과 똑같은 아픔을 느끼면서 겁에 질려 고통스러워하는 것처럼 보였다. 마후유가 그를 가만둘 수 없었던 것은 그런 탓도 있었다. 팀의 내면에서 과거의 자신을 보는 듯한 기분이 들었던 것이다. 오래전, 아무리 울고 상처가 컸어도 누구 하나 도움을 주지 않았던 소녀에게 지금 어른이 된 자신이 손을 내밀고 있는 듯한, 그런 절박한 기분이었다.

팀은 처음에 마후유가 무슨 말을 해도 "바보"라는 말로 반응할 뿐이었다. 옆에 있는 것을 닥치는 대로 던지고, 그녀를 걷어차고 도망치면서 온 힘을 다해 반항했다. 사람을 시험하는 것처럼, 얼굴을 보면서 일부러 물건을 망가뜨렸다. 말도 일부러 얄밉게 했다. 일부러 약한 것을 괴롭혔다.

솔직히 말해서, 정말 밉다고 생각한 적도 한두 번이 아니었다. 그렇지만 마후유는 포기하지 않았다. 팀을 위해서, 혹은 랠리를 위해서가 아니라 자신을 위해서였다.

함부로 혼내지 않고 큰 소리를 지르지 않도록 있는 힘을 다해 답답함을 견디면서 그녀는 끈질기게 같은 질문을 계속했다.

"왜 괴롭혀. 그러면 불쌍하잖아."

변화는 갑작스럽게 찾아왔다. 언젠가 팀이 다리에 들러붙어 재롱을 부리는 강아지를 갑자기 발로 걷어차 강아지가 깨갱 하고 울었다. 마후유는 살며시 다가가 말했다.

"이거 봐. 강아지가 아프다고 하잖아. 예쁘다고 해 줘야지."

그렇게 달랬을 때, 팀이 마후유의 얼굴을 멀뚱멀뚱 쳐다보는

가 싶더니 마치 당연한 일이라는 듯이 말했다.

"치, 엄마도 나한테 이랬는걸 뭐."

마후유에게 그 얘기를 전해 들은 잭슨은 이렇게 설명했다.

"아이를 학대하는 엄마에게서 흔히 볼 수 있는 경향이지. 그녀들은 사랑한다고 말하면서 아이를 쪽쪽 빨고 귀여워하는가 하면, 갑자기 화를 내고 폭력을 휘둘러. 그러고는 금방 또 후회하면서 아이를 꼭 껴안고 사랑한다고 말하지. 매일이 그 반복이야. 팀의 엄마도 아마 그랬겠지. 그 때문에 아이가 잘못된 사랑을 배우고 말았어. 폭력이 애정을 표현하는 수단의 하나라고 말이야."

"그렇다면 일부러 어른의 기분을 거스르는 짓을 하는 건 왤까요? 그것도 애정의 표현인가요?"

"그 아이는 엄마가 아닌 어른을 어떻게 대하면 좋을지 모르는 거야. 자기를 사랑하는 사람은 공격도 한다는 생각이 머릿속에 고착돼 있는 거지. 이 사람도 나를 아프게 하지 않을까. 지금은 방긋방긋 웃고 있지만, 갑자기 화를 내면서 때리거나 꼬집지 않을까. 그런 불안이 풍선처럼 부풀어서 터지기 직전에 이르면, 아이는 그 마음을 그대로 껴안고 있을 수가 없어서 제 손으로 풍선을 터뜨리게 되지. 일부러 상대를 자극해 공격을 유도함으로써 자신이 품고 있는 공포를 현실화하는 셈이야."

"왜 …… 그런?"

"현실이 되고 나면 더는 불안해할 필요가 없기 때문이겠지."

잭슨은 안타깝다는 듯이 고개를 저었다.

"그러니까 그 도발에 자칫 걸려들어서 고함을 지르거나 때리면 머피가 지는 거야. 팀에게 자신의 인식이 옳았다는 것을 증명해 주는 꼴이라는 말이지."

폭력이 애정을 표현하는 수단.

자신을 사랑하는 사람은 자신을 아프게 하기도 한다.

지금도 그 잘못된 인식이 완전히 바로잡혔다고는 할 수 없다. 요즘은 아주 차분해졌고, 이렇게 만나면 마후유에게도 소극적으로나마 어리광을 부리게 되었다. 하지만 여기까지 오는 데 일 년이라는 긴 시간이 걸렸다. 아직도 처음 보는 사람에게 들러붙어 응석을 부리는 버릇은 고쳐지지 않았다. 상대가 어떤 인간인지 파악할 때까지는 가능한 한 공격을 받지 않도록 일단 굽실거리는 것이다.

"베이비시터에게 낮 시간 대부분을 맡겨야 하는 게 좋지 않다는 건 알지만, 도무지 방법이 있어야지. 아이를 데리고 학교에 갈 수도 없고."

랠리는 그렇게 말하고 분주한 웨이트리스에게 메뉴판을 받아 들었다. 점심때의 차이니즈 레스토랑은 안 그래도 시끌시끌한데 다들 목소리가 커지는 탓에 더욱 시끌시끌하다.

"음, 당신은 뭐로 할래?"

"글쎄. 팀, 뭐가 좋겠어? 우리 딤섬 먹을까?"

마후유는 옆에 앉은 팀과 함께 메뉴를 들여다보았다.

"나는 '오늘의 수프'와 샐러드나 주문할까 싶네."

"그것만?"

"아침을 너무 많이 먹어서 아직 배가 더부룩해."

랜리는 무슨 말이 하고 싶은 눈치였지만, 더는 따지지 않았다. 마후유가 다시 화제를 돌렸다.

"오초아 부인이 계속 봐주면 가장 좋은데."

"아버지가 병을 앓고 계시니 어쩔 수가 없지."

"입원하셨다면서?"

"응. 다음에 한번 병문안 삼아 다녀올까 해. 그래도 지금은 시릴이 열심히 잘해 주고 있으니까. 애정이 깊고 세심하게 돌봐 주는 건, 동양 여자라서 그런 걸까?"

랜리의 말에 마후유는 미소로 답하고, 보름 전쯤 새 베이비시터로 일하기 시작한 시릴 윙의 얼굴을 떠올렸다. 고개를 약간 숙인 채 조신하게 얘기하는, 초등학생이라고 해도 통할 만큼 몸집이 작은 중국계 여자. 나이를 물어봤다가 자신보다 세 살이나 위여서 놀랐다. 눈이 가늘고 입술이 얇아 다가서기 어렵겠다 싶었는데, 정작 얘기를 걸어 보니 가끔씩 수줍게 웃는 모습이 귀여웠다. 원래는 탁아소 직원이었다고 한다.

다만, 어째서인지 그녀가 온 후로 팀의 행동이 전으로 돌아간 것처럼 다소 난폭해진 듯이 느껴졌다. 늘 그런 것은 아니지만, 때로 뭔가 폭발한 것처럼 짜증을 부리는가 하면 엄지손가락을 물고 방구석에서 꼼짝 않고 있는 일도 있었다.

그러나 마후유는 그 얘기를 꺼내지 않았다. 면접을 보고 시릴을 고용한 사람은 아버지인 랜리인 데다, 옆에서 주제넘게 이렇다 저렇다 의견을 내세워 봐야 실제로 자신이 어떤 도움을 줄 수 있는 것도 아니다. 가족도 아닌 사람이 왈가왈부할 문제가 아니라는 생각도 들고, 무엇보다 이렇게 시끄러운 장소에서는 얘기를 제대로 나눌 수도 없다. 그들은 나온 음식을 먹는 데 전념하기로 했다.

꽤 맛있는 중국요리였다. 값이 싼 것치고는 양도 넉넉했다.

마후유는 수프만 먹고도 배가 부를 정도였는데, 팀은 식사 후에 디저트로 나온 푸딩까지 날름 먹어치웠다. 그러고도 손대지 않은 마후유 몫까지 먹고 싶은 듯이 쳐다봤다.

"괜찮겠어?"

마후유가 마주 앉은 랠리를 보면서 물었다.

"나야 괜찮지만, 당신은?"

"난 이거 냄새를 싫어하거든."

"그렇군. 팀, 마침 잘 됐네."

두 사람은 디저트 그릇을 껴안다시피 하고서 달콤한 푸딩을 입에 쓸어 넣는 팀을 바라보았다. 그렇게 정신없이 먹는 모습을 보다 그만 두 사람 다 말이 없어지고 말았다.

음식에 집착하는 습관은 학대받고 자란 아이들의 공통점이라고 한다. 잭슨에게도 그런 말을 들었지만, 랠리와 마후유 또한 그에 관련된 책을 샅샅이 찾아 읽은 결과 지금은 아동 학대의 대책과 후유증에 필요한 지식을 풍부하게 갖추고 있었다.

팀은 계산서와 함께 접시에 담겨 나온 포춘 쿠키 세 개까지 주머니에 집어넣으려 했다.

"그건 됐어, 팀. 가져가지 않아도, 집에 가면 과자가 많잖아."

그렇게 말하면서 마후유는 팀의 볼에 묻은 케첩을 냅킨으로 닦아 주었다.

"그 쿠키는 이 자리에서 깨는 거야. 안에서 뭐가 나올까?"

팀은 신기해하면서 조그만 복주머니처럼 생긴 쿠키와 마후유의 얼굴을 번갈아 쳐다보았다.

"깨뜨려 봐."

"…… 내가?"

"응."

"…… 괜찮아?"

"그럼. 아빠랑 내 것까지 대신 깨 줄래?"

팀의 눈이 반짝거렸다.

"부스러기 떨어지지 않게, 이 위에다 깨."

마후유가 접시를 내밀자, 팀은 순순히 접시 위에서 쿠키를 깨뜨렸다.

쿠키 안에 들어 있는 띠 모양의 종이에는 짧은 예언이나 격언이 쓰여 있다. 마후유는 옆에서 읽어 팀에게 들려주었다.

"아빠 거 먼저 볼까. 좀 보여 줄래, 팀. …… 어머나, '재난은 잊힐 무렵에 찾아온다. 늘 준비하고 기다려라'라네."

랠리가 건너편에서 "부" 하고 야유하자, 팀은 크크크 귀엽게 소리 내어 웃었다.

'너는 재앙의 씨앗이야.'

또다시 끓어오르는 불안을, 마후유는 마음 한구석으로 한껏 밀어냈다.

'너에게 다가오는 사람들은 모두 불행해진다니까.'

"마음에 안 드는 예언은 잊어버리는 게 최고지."

마후유는 애써 명랑하게 말했다.

"다음은 팀, 네 거야. 응? 뭐? 아, 괜찮아, 깨뜨린 다음에는 먹어도 되는 거야."

팀이 얼른 쿠키 조각을 입에 넣었다.

"음 …… 네 거는, 내가 읽어도 될까? '중요한 것은 넘어지지 않는 것이 아니라, 넘어질 때마다 다시 일어나는 것이다.' 그렇대. 음, 이 말은 진짜 중요하네. 안 그러니?"

곧잘 넘어져 우는 팀이 얌전한 표정으로 고개를 까딱 숙였다. 그 머리를 마후유는 잘 대답했다는 듯이 쓰다듬어 주었다.

"오케이. 이제 내 거네. 와, 이거 꽤 거창한데. '인생을 뒤바꿀 사건이 당신을 기다리고 있다.' 이건 무슨 말일 것 같니, 팀?"

팀이 조그만 머리를 옆으로 저었다.

"좋은 일이면 좋겠는데 ……."

문득 쏟아지는 시선을 느끼고 마후유는 고개를 들었다.

늘 그런 것처럼 눈가에 주름이 잡힌 랠리가 이쪽을 빤히 쳐다보고 있었다.

"왜?"

왠지 가슴이 두근거렸다. 마후유는 얼굴을 붉히고 다시 물었다.

"왜, 무슨 일 있어?"

"아니, 무슨 일은."

"무슨 말인가 하고 싶은 표정인데."

"그런가."

"아니야?"

"빙고. 사실은 하고 싶은 얘기가 있어. 언제 말을 꺼낼까, 계속 망설이고 있었어."

어느 틈엔가 손님들이 사라져 빈 의자가 많아진 레스토랑 안에 팀이 쿠키 조각을 오도독오도독 깨 먹는 소리가 경쾌하게 울렸다.

"과연 좋은 일이라고 생각해 줄지는 영 자신 없지만."

"무슨 ······."

마후유가 말을 하다 만다.

랠리는 미소 지으며 조용히 말했다.

"'인생을 뒤바꿀 사건이 당신을 기다리고 있다.'"

3

뉴욕 시티.

처음 이 도시를 봤을 때의 인상을 마후유는 또렷하게 기억하고 있다.

거대하고 험준한 산을 연상케 하는 맨해튼의 빌딩들. 햇살을 반사하며 눈부시게 빛나는 유리의 도시.

영화 등에서 보아 익숙한 것과 똑같은 광경이 수백, 아니 수천 배 스케일로 눈앞에 펼쳐졌다. 적어도 열 가지 이상의 인종을 태운 버스가 빌딩 숲 사이로 멀어져 가면 그녀는 자신이 나무 둥치를 기어 다니는 벌레가 된 기분이 들었다. 응축시킨 도쿄를 백 배 정도로 확대해 놓은 듯한 도시라고 생각했다.

'인종의 도가니' 따위의 말은 이미 고리타분하다. 서로 다른 인종이 쉽게 섞일 리 없으니, 섞이기를 굳이 거부하며 각 민족의 색깔을 존중해야 마땅하다고 생각하는 사람이 많은 탓에 지금은 '인종의 샐러드 볼' 또는 '모자이크'라는 표현이 쓰이고 있다. 마후유가 매력을 느낀 것도 바로 그 부분이었고, 뉴욕 대학교를 선택한 것도 원래는 사는 환경을 완전히 바꾸고 싶어서였다. 그야말로 일본적인 사고방식, 의리, 교제, 배려, 침묵, 얼버무림, 비아냥 …… 그런 것들을 다 떨쳐 버리고 처음부터 다시 시작하고 싶었다. 이 도시에서 살면 그게 가능하리라고 생각했다.

그러나 그녀는 뉴욕에 발을 디딘 지 오래지 않아 깨달았다.

여행객으로 며칠 지내는 정도라면 이 도시만큼 자신이 일본 사람임을 의식하지 않아도 되는 장소가 없을지도 모르겠다. 하지만 이 도시의 주민으로 생활하자니 얘기가 전혀 달라졌다.

십 년 이상 일본에 있는 사이에 그녀의 영어 실력은 녹슬었고, 감각도 생각보다 훨씬 일본 사람으로 변해 있었다. 매일 무슨 일이 있을 때마다 그녀는 '일본 사람인 자신'을 의식하지 않을 수 없었다. 미국에서 자란 사람과 사고방식의 차이를 인식하게 되거나 동양인에 대한 차별을 느끼고 또는 보다 기본적으로 개인과 에고의 문제에 부딪치거나, 원인은 전부 달랐지만 결과는 늘 똑같았다. 일본에서 십 년 남짓 받은 교육도, 뼛속까지 일본 사람인 엄마 손에 자랐던 열여덟 살까지의 세월도, 휴지 조각처럼 둘둘 말아 쉽게 버릴 수 있는 것이 아니었다.

마후유로서는 뜻하지 않은 계산 착오였다. 틀림없이 좋은 것이 있으리라 믿고 오른 산 위에서 무엇을 찾으면 좋을지 몰라 서성이다 해가 기울어 불안에 떠는 사람처럼, 한때는 머리가 이상해질 것만 같았다. 방에서 꼼짝 않고 있다 보면 사방의 벽에 짓눌려 뭉개질 듯한 기분이 들었다.

가방을 부여잡고, 보이지 않는 추적자를 따돌리려는 것처럼 혼자 여기저기를 돌아다녔다.

도시는 아름다웠지만 동시에 추악하기도 했다. 풍요와 빈곤이, 질서와 혼돈이, 결핍과 과잉이 당연한 일처럼 동거하고 있었다.

기온이 영하로 떨어지는 겨울에는 취객이 길바닥에서 얼어 죽는가 하면, 한여름의 뜨거움은 아스팔트를 프라이팬으로 만들었다. 밤낮으로 경찰차의 사이렌 소리가 끊이지 않았다. 보도에는 종이 쓰레기가 널려 있고, 도로 옆에는 더러운 물이 고여 있었다. 가게의 셔터는 매몰차게 사람을 거부했다. 심지어 개들도 그다지 행복해 보이지 않았고, 개를 데리고 다니는 주인도 마찬가지였다. 사람들의 표정은 웃고 있을 때조차 어딘지 모르게 언짢아 보이고 뭔가를 의심하는 듯이 느껴졌다. 어쩌면 마후유의 정신 상태가 그랬기 때문에 그렇게 보였는지도 모르겠다.

이 빠진 노숙자는 빈 깡통을 흔들어 짤랑짤랑 동전 소리를 내면서 쓰레기통을 뒤졌고, 지하도는 어디나 지린내가 났다. 온통 낙서가 휘갈겨진 벽에 기대어 팔짱을 끼고 있는 백인 남자의 어깨에서는 문신 속 미녀가 꿈틀거렸다. 미술관 앞 돌계단에는 전 세계에서 모여든 커플들이 어깨를 맞대고 앉아 있고, 보도 옆에서는 얼굴이 밋밋한 동양인이 조잡한 장난감을 늘어놓고 팔고 있고, 횡단보도의 신호등 옆에서는 가무잡잡한 히스패닉이 수레에서 주스와 프레첼을 팔고 있었다.

신호를 기다리는 일 분 남짓한 시간 동안 눈앞을 지나가는 사람은 더 이상 살이 찔 수 없을 만큼 뚱뚱한 이탈리아 여자, 인사 대신 손이나 팔을 툭툭 치는 흑인 젊은이들, 티파니 쇼핑백을 손에 든 일본인 관광객, 최신 유행하는 투피스를 차려 입은 흑인 여자, 알록달록한 색상의 사리를 펄럭이는 인도 여자, 온몸을 시커멓게 뒤덮은 유대인 신사, 막 정년퇴직을 하고 여행을 왔는지 지도를 손에 꼭 쥐고 있는 독일인 부부, 고급스러운 옷을 자연스러우면서도 멋스럽게 차려입은 게이 커플 …….

일터로 향하는 사람들은 순식간에 신문을 사고, 뻔뻔한 비둘기들은 제 세상인양 창문과 보도를 더럽히고, 이 사람이나 저 사람이나 신경질적으로 껌을 짝짝 씹어 대고, 언제 봐도 정체가 심한 도로에서는 온갖 차들이 쉴 새 없이 경적을 울려 대고, 관광마차를 끄는 말은 어디든 상관 않고 똥을 싸지르고 ……. 귀와 코를 막고 싶어지는 그 모든 소리와 냄새가, 올려다보면 빌딩 어귀로 간신히 보이는 파란 하늘을 뒤덮고 있었다.

바가지 택시 요금에 속아 넘어가는가 하면 소매치기를 당하다 못해 엘리베이터 안에서 가방을 날치기 당한 적도 있었다. 한번은 대낮에 가재도구를 몽땅 도둑맞은 일도 있었다. 당시 같은 아파트에 살던 주민들은 이사를 하는 줄 알고 아무도 의심하지 않았다. 이 도시에서는 누구도 타인 따위는 신경 쓸 여유가 없다.

그런데도 마후유는 이곳을 떠나 다른 곳으로 가야겠다는 생각은 한 번도 하지 않았다. 일본이 싫어졌던 것처럼 이 도시가 싫어지지는 않았다.

절반은 오기였는지도 모른다. 자신의 기대가 턱없이 빗나갔다는 것을 인정하기 싫었을 뿐인지도 모른다. 하지만 무언가를 꽉비틀어 막듯 하루하루를 건너고, 외로운 바람이 불어드는 구멍을 막으려고 기를 쓰며 몸부림치다 문득 자신을 돌아보니, 이곳생활이 오래 입어 편한 셔츠처럼 그녀의 몸에 배어 있었다.

그제야 비로소 그녀는 깨달았다. 지하철의 굉음과 자동차 경적 소리와는 전혀 다른 소리의 존재를. 이 도시의 온갖 곳에서 음악이, 상품화된 음악이 아니라 이곳에서 생활하는 사람들이

빚어내는 생생한 음악이 늘 울려 퍼진다는 것을. 시끌시끌한 소음 사이로 귀에 들리는 기타 소리와 노랫소리, 그리고 색소폰의 음색이 어느 틈엔가 부드럽게 감성을 건드려 떨게 하는 것은 왜인지를.

소리는 기억과 직결되어 있다. 그리고 환기된 기억은 마음을 새콤달콤하게 자극한다. 이 도시에서 지낸 시간이 쌓이고, 그 위에 별것 아닌 기억이 가벼운 먼지처럼 쌓이는 사이, 그녀의 내면에서 소리와 애틋함이 연결되고 만 것이었다.

마음속에서 겨울잠을 자고 있던 부분이 그 소리에 자극을 받아 꿈틀거리기 시작하면, 그녀는 불쑥 지금까지 느껴 본 적 없는 한없는 해방감을 느꼈다. 이곳에서는 마후유라고 이름을 말해도 사람들이 이상한 표정을 짓지 않는다. 이런 게 아니었는데, 하고 생각되는 일을 일일이 꼽아 봐야 아무것도 달라지지 않는다. 그러느니 아주 단순하게 즐거웠던 일을 한 가지씩 세면서 하루하루를 사는 편이 훨씬 낫다. 예를 들면 새 친구들이 지어 준 '머피'라는 갓 태어난 이름처럼.

그녀는 뉴욕이 좋아지기 시작했다.


페인트가 벗겨져 가는 격자 창문을 끼익 밀어 열자, 물 냄새가 희미하게 흘러들어 왔다. 허드슨 강이 가까운 탓이다.

오래 입어 물이 빠진 셔츠의 소매를 걷어 올리고, 마후유는 숨을 깊이 들이마셨다. 물기를 한껏 머금은 아침 공기가 머릿속에 아직 남아 있는 잠기운을 싹 몰아낸다. 이 부엌 창문으로는 앞마당의 잔디와 벽돌 깔린 주차장이 내다보인다. 그 너머에는 플라타너스 가로수가 그림자를 늘어뜨린 조용한 오솔길이 있다. 지금도 두 사람이 조깅을 즐기며 천천히 지나가고 있다.

첼시는 살기 편한 곳이었다. 얼마 전까지는 치안에 문제가 있었지만 요즘은 그렇지도 않다. 밤에 혼자 나다니지 않는 편이 좋은 것은 뉴욕 어디나 마찬가지다. 해묵은 타운 하우스가 줄지은 차분한 분위기의 동네를 바라보다 보니, 온몸 구석구석까지 정리되는 듯한 기분이 들었다.

뉴욕에서 처음 생활하기 시작했을 때, 마후유는 퀸즈에 독방을 빌려 살았다. 룸메이트와 방을 쉐어하면 집세를 절약할 수 있다는 걸 알았지만, 그럴 만큼 금전적으로 빠듯한 상황도 아니었다. 학비와 생활비는 나중에 성공하면 갚기로 약속하고 일본에 있는 외삼촌이 지원해 주고 있기 때문이다.

자식이 없어서인지, 외삼촌은 어렸을 때부터 마후유를 귀여워했다. 열여덟 살이 된 마후유가 미국 국적을 선택하려 하자, 어머니는 어떻게든 막으려 했지만 외삼촌은 반대로 용기를 북돋아 주고, 수속을 밟기 위해 미국으로 가는 길을 따라 나서기까지 했다. 이듬해 마후유가 대학을 결정하고 다시 미국으로 건너갈 때까지, 외삼촌 부부는 그녀를 가마쿠라에 있는 그들 집에 머물게 해주었다. 그는 친누나인 마후유의 어머니와 옛날부터 사이가 영 좋지 않았다. 적극적으로 마후유를 지원해 준 것도 그 반대급부인 요소가 많았다.

외삼촌이 보내 주는 생활비에 아르바이트를 해서 들어오는 수입까지 있는 한, 사치만 부리지 않으면 퀸즈의 방에서 이사할 필요 따위는 없었다.

그런데 친구를 통해 첼시의 아파트 얘기를 들었을 때, 마후유는 가타부타 따지지 않고 뛰어들었다. 통학이 편하다는 점도 물론 매력적이었지만, 도어맨이 없는 이전 아파트가 조금 불안했던 탓도 있었다. 하지만 무엇보다 큰 이유는 혼자 먹는 밥이 지독하게 맛이 없어서였던 것 같다.

쉐어 하우스의 친구들은 각자 개성이 넘쳤지만, 서로의 프라이버시에 대한 생각만큼은 분명했다. 집 전체가 해묵었어도 생활하기에는 아무 불편이 없었다.

1층에는 부엌과 거실, 화장실과 욕실, 그리고 방 하나가 있다. 2층에도 화장실과 샤워 룸이 따로 있고 방 세 개가 있다.

마후유는 1층 방을 사용하게 되었다. 전에 그 방을 쓰던 사람은 무슨 생각에서였는지 대학을 중퇴하고 수단인지 부탄으로 가 버렸다고 한다.

집주인인 로젠슈타인 부인은 마당 너머 바로 이웃집에 혼자 살고 있었다. 늘 새하얀 머리를 하나로 묶고 다니는 노부인으로 그녀가 정성을 다한 마당은 언제나 꽃이 만발해 있었다.

처음 인사를 했을 때, 마후유는 별 생각 없이 말했다.

"독일계 이름이네요."

그러자 로젠슈타인 부인은 언짢다는 표정으로 아무 대꾸도 하지 않았다.

마후유가 그 이유를 깨달은 것은 9월 하순의 어느 날, 이웃집 창가에 세워진 양초 일곱 개를 봤을 때였다. '로쉬 하사나' ― 유대교의 신년에 해당하는 축일이다. 로젠슈타인 부인은 독일인이 아니라 유대인이었던 것이다.

고민하다 못해 마후유는 실언을 사과하기 위해 로젠슈타인 부인을 찾아갔다. 부인은 그녀를 집 안으로 들이고 차를 대접해 주었다. 얼굴을 좌우로 부들부들 떠는 것은 나이가 많은 탓이었지만, 눈에 익을 때까지는 무슨 말을 해도 아니라고 부정당하는 것만 같아 기분이 묘했다.

로젠슈타인 부인은 처음에 그 쉐어 하우스를 B&B 형식의 숙소로 운영했다고 한다. 당신 손으로 숙박객의 침대를 세팅하고, 아침을 준비하고 ……. 그러던 어느 때 손님으로부터 클레임이 들어왔다. 식기와 포크, 나이프 등이 더러워 기분이 나쁘다는 내용이었다.

"나이를 이렇게 먹었으니 시력이 좋을 수가 없지. 내 딴에는 깨끗하게 씻었다 여겨도, 깨끗하지가 않았던 거야."

로젠슈타인 부인은 적막하게 말을 이었다.

"집을 세주고부터는 몸이야 편해졌지만, 옛날만큼 재미있지가 않아."

분명하게 물어본 적은 없지만, 나이가 상당할 것 같았다.

이웃집 창문의 커튼이 오늘 아침에도 열려 있는지 어떤지, 마후유는 창문 밖으로 몸을 쑥 내밀어 확인했다. 매일 아침의 일과다.

괜찮아, 이상 없네.

가스레인지의 불을 켜고 프라이팬을 올려놓았다. 버터를 잘라 넣고 달걀을 깨 떨어뜨린다. 토스터에는 빵을 넣는다.

왠지 어깨가 무겁다. 또 그 불길한 꿈을 꾼 탓인지도 모르겠다. 미국에 온 지 벌써 오 년 남짓 지나 맨해튼 지하철을 노선도 없이 타고 다닐 수 있게 되었다. 요즘은 꿈에서도 거의 영어로 말한다. 그런데 지금도 아침에 눈을 뜨면 자신이 어디에 있는지 몰라 어리둥절할 때가 있다. 오늘 아침에도 그랬다.

불을 줄이고 그녀는 다시 창가로 다가갔다. 목과 어깨를 천천히 돌리면서 위를 향했다가, 눈이 부셔 얼굴을 찡그렸다. 빛의 입자가 눈동자를 향해 똑바로 떨어져 내린다.

그렇게 좋아했던 아버지가 방아쇠를 당겼던 그 아침, 그 아침에도 하늘은 싹 씻어 낸 것처럼 맑게 개어 있었다 …….

탕! 하는 소리에 몸이 펄쩍 튀어 올랐다. 금방 2층 문소리라는 것을 알았지만, 심장은 이미 벌렁벌렁 날뛰고 있었다. 후우, 몸에서 힘을 빼고 사이드보드 위에 놓인 디지털시계를 쳐다보았다.

7:18 AM.

누구일까. 산드라는 벌써 조깅을 하러 나갔을 테고, 동구도 아닐 것이다. 그는 어젯밤 늦게 들어왔으니까. 그렇다면 어제 남자 친구와 다퉜다면서 울다 잠든 루시일까.

가스레인지 앞으로 다시 돌아갔다. 달걀 프라이가 조금 딱딱해졌다. 얼른 익어 입 모양 오븐 장갑을 끼고 프라이팬을 들어 따끈하게 데워 둔 접시로 옮긴다.

네 남녀가 함께 사용하는 부엌인지라 선반에는 서로 다른 취향의 그릇들이 복작복작하게 넘쳐난다. 만화 캐릭터가 찍힌 머그가 있는가 하면 하얀 바탕에 은박을 입힌 멋진 접시도 있다. '유기농 원료만 사용!'이라고 쓰인 콘플레이크 상자 옆에는 핥으면 혀가 형광 파란색으로 변하는 캔디 병이 놓여 있다. 언젠가 루시가 "빌리 밀리건(다중인격으로 유명한 미국의 범죄자)의 부엌"이라면서 좋아했던 기억이 떠올라 마후유는 키득 웃었다.

여기저기 흠집이 난 테이블에 버터와 잼, 드레싱을 늘어놓고 있는데, 계단을 내려오는 발소리가 들렸다. 은색 토스터에서 빵이 튀어나오는 동시에 부엌문이 열렸다. 들어온 사람은 역시 루시였다. 잠옷 대신 입은 티셔츠 위에 로브만 걸친 모습으로 회색의 짧은 단발 머리를 긁적거리면서 쩌억 하품을 한다. 가슴은 남보다 두 배는 크면서 얼굴은 남자처럼 생긴 탓에 어딘지 모르게 장난꾸러기 어린 악마 같은 매력이 있다.

"안녕, 루시."

마후유가 인사를 건네자, 그녀는 겨우 하품하던 입을 닫았다.

"안녕. 머피가 당번인 날에 일찍 일어나서 다행이네."

구석으로 가서 컵에 커피를 따르는 루시의 로브에서 허리끈 한쪽이 축 늘어져 바닥에 닿아 있다. 마후유는 오븐 장갑 낀 손으로 가리키며 말했다.

"앞섶 정도는 잘 여며야지. 동구가 일어나면 어쩌려고."

"동구?"

루시가 돌아보며 밝은 브라운색 눈을 동그랗게 떴다.

"걔, 들어왔어?"

"응, 밤늦게. 많이 지쳐 보이던데."

이 집을 쉐어하고 있는 네 명 중 유일한 남학생인 동구는 한국계 미국인으로, 일주일 전 큰누나의 결혼식 때문에 가족들이 사는 로스앤젤레스로 돌아가 있었다. 서해안의 대도시에 본가가 있는데 대륙의 정반대 쪽 뉴욕에서 대학을 다니는 점이 그답다.

행동력과 학구열의 화신 같은 동구는 어제도 식이 끝나자마자 피로연에도 참가하는 둥 마는 둥 비행기에 올라탔던 것이다. 오늘 오후에 있을 시험을 치르기 위해서라고 했다.

"그래서, 어땠대?"

루시는 빵을 접시에 담아 의자에 앉으면서 수프를 덜고 있는 마후유의 등에 대고 물었다.

"결혼식 얘기 안 했어?"

"남편이 좋은 사람 같아 보여서 안심했대. 폴라로이드 사진을 보여 줬는데, 누나가 정말 예쁘더라. 전통 의상도 엄청 멋졌고. 너도 나중에 보여 달라고 해."

"결혼식 때 엉엉 울지 않았대? 가기 전부터 걔는 그 걱정만 했잖아."

"아니. 안 그래도 위태위태했나 봐. 억지로 참고 또 참다가 울컥 올라올 것 같으면, 전혀 관계없는 생각을 하면서 기분을 진정시켰대. 루시, 너무하네. 그게 그렇게 웃을 일이야?"

"아니, 아니."

루시는 자지러지게 웃다가 꺼억꺼억 목이 메었다.

"그거, 그야말로 섹스할 때 얘기처럼 들리지 않니?"

"아이 정말, 넌 그런 생각밖에 머리에 없지?"

어이가 없어 핀잔을 주면서도 마후유는 덩달아 웃음을 터뜨리고 말았다. 덩치 큰 동구가 입매를 일그러뜨리고 울음을 참는 모습을 상상하니, 흐뭇해서 웃음이 절로 나온다. 그런 남동생이 있는 누나는 얼마나 행복할까.

"아무튼 울 만도 하지."

마후유가 말했다.

"어머니가 돌아가신 후로는 그 누나가 줄곧 어머니 역할을 대신했다고 하니까. 베이컨 먹을래?"

"물론. 아, 잠깐, 어쩌지 …… 아니야, 한 장만 먹을게."

"더 먹어도 돼."

마후유는 프라이팬을 들고 와 루시의 계란 옆에 자글자글 소리 나는 베이컨 두 장을 얹어 주었다.

"무리하게 다이어트하면, 생리가 멈출 수도 있다고."

"알아, 그 정도는."

루시는 한쪽 무릎을 껴안으면서 토스트를 깨물었다. 하얀 팬티가 그대로 보인다.

"얼마 전에도 아킨 교수 강의를 듣는 남학생이 여자 친구에게 임신한 것 같다는 말을 듣고 상심했다가 나중에 다이어트 때문이었다는 걸 알고 안심하던걸, 뭐."

"그래 봤자 안심할 수 있는 건 남자뿐이야. 여자는 그렇지 않다고."

"와, 그 대사, 왠지 산드라 같다."

"그렇잖아. 넌, 네가 생각하는 것만큼 뚱뚱하지 않아."

"흥."

루시는 마후유의 몸을 부럽다는 듯이 곁눈질했다.

"너처럼 말라깽이가 그런 말 하면 비아냥으로밖에 들리지 않는다고."

"아무튼, 빨리 그 로브나 여며. 다리도 가지런히 모으고. 동구가 보면 코피 흘리면서 기절하겠다."

마후유는 옆길로 샌 대화를 간신히 원래 자리로 돌려놓았다.

"후후훗. 그럴 게 아니라 아예 알몸으로 앉아 있어 볼까."

"루시!"

"왜, 어떤 반응을 보일지 궁금하잖아."

루시는 체셔 고양이처럼 히죽히죽 웃었다.

"요즘 같은 세상에 그렇게 순정파인 남자, 별로 없다고."

작년 1월에 졸업하고 떠난 조셉 대신 루시가 들어온 후로 이 집의 면면은 변하지 않았다.

알고 지낸 시간으로 치면 같은 대학원에 다니는 동구와 산드라 쪽이 길지만, 마후유는 지금 대학교 3학년인 루시와 있는 게 가장 마음 편했다. 요는 나이가 아니라 성격이 맞는 것이리라.

루시 자신의 표현을 빌리면 그녀는 '고스란히 옮겨 놓으면 그대로 홈 드라마가 될' 전형적인 백인 중산층 가정에서 자랐다. 네 남매 중 밑에서 두 번째, 오빠 둘에 남동생 하나. 그런데 두 오빠는 레슬링부이고, 남동생은 유도 검은 띠라고 한다.

"환경이 그런데 거칠지 않으면 기적인 거지."

그녀 말이 그렇다. 올곧은 성품에 솔직하고 대담한 말투. 기질은 남자 뺨을 치지만 인정과 눈물에 약하고, 고민거리라고는 자칫 긴장을 풀면 살이 찌는 체질과 바람기 많은 남자 친구, 그리고 B 이상을 넘지 못하는 리포트. 기껏해야 그 정도라고 거리낌 없이 공언하는 루시는 주위 사람에게 부정적인 감정을 안기지 않는 특징이 있었다. 어린 시절에 좋은 추억이 하나도 없는 마후유가, 부모님은 물론 할아버지 할머니에게까지 애정을 듬뿍 받고 자란 루시를 부럽게 생각하기는 해도 질투를 느끼지 않는 것

또한 그 태평스럽기까지 한 명랑함 때문인지도 모른다.

결국 루시는 베이컨을 한 장 반 먹고 남은 절반을 발치에서 기다리던 스노 부츠에게 주었다.

"그렇게 주면 버릇 돼."

"뭐, 어때. 예수님이 테이블에서 떨어진 빵 부스러기를 주워 먹어도 된다고 허락한 건 개였다고, 설마 그래서 고양이한테는 자격이 없다는 거야?"

"아이 참."

마후유는 한숨을 쉬었다.

"정말 말이 많다니까."

"그래, 그런 소리를 자주 듣지."

손가락에 묻은 기름을 차례대로 핥으면서 루시는 헤헤헤 웃었다.

"그건 그렇고, 머피. 너, 그 사람과는 어떻게 돼 가고 있어?"

"그 사람?"

"시치미 떼기는. 샌더슨 교수지, 누구야. 설마 내가 들은 소문은 아주 일부고, 사실은 다른 남자도 우글우글 ……."

"알았어, 알았다니까."

마후유는 또 한숨을 쉬었다. 손에 든 머그를 내려놓고, 용기를 내어 말을 꺼냈다.

"실은 말이지, 그러니까 …… 프러포즈를 받았어."

"뭐? 누구에게!"

"시치미 떼지 말라고 한 사람이 누구더라."

"그렇다면."

루시는 마후유의 눈을 밑에서 들여다보듯 살피며 물었다.

"정말, 정말이야?"

"응."

"오호, 그 중년이 코앞인 우디 앨런 씨가?"

"야, 너 좀 심하다."

"아이 딸린 후줄근한 중년 주제에, 열 살이나 젊은 너에게 프러포즈를?"

"열 살 차이 나는 정도는 그렇게 드물지도 않잖아."

"금발 머리 남자는 머리가 벗겨지니까 하는 소리지."

"루시, 너 혹시 시비 거는 거니?"

루시는 풋 웃음을 뿜었다.

"…… 흐음. 너도 반했구나?"

"그럼 안 돼?"

"안 될 거야 없지. 무슨 영화였더라, 그 영화가. 남편이 있는데 침팬지를 사랑하게 되는 여자가 나오는 거. 그 영화 보고 나 울었거든."

"…… 무슨 말이 하고 싶은 거니?"

"사람 취향이 각기 다르다는 말. 그래서 뭐라고 대답했는데?"

"그게, 아직 못했어."

"왜?"

"바로 대답하지 말라고 해서."

"진짜 이상한 아저씨네."

"그게 아니라, 천천히 생각해 달라는 뜻이지."

"그거야 알지, 그냥 해 본 말이야. 그럼, 질문을 다르게 해 볼

게. 뭐라고 대답할 생각인데?"

마후유는 침묵했다.

"아아, 그 얼굴 보니까 묻지 않아도 알겠다."

루시는 기가 차다는 듯이 고개를 저었다.

"있지 머피, 정말 잘 생각한 거야? 상대에게는 아이까지 있다고, 아이. 게다가 가령 전처가 낳은 아이라도 사랑하는 남자를 쏙 빼닮았다면 사랑할 수 있을지도 모르지만, 그 아이는 그를 조금도 닮지 않았잖아. 어디로 보나 인디언, 아니지, 네이티브 아메리칸의 얼굴이라고."

"그걸 어떻게 알아?"

"데리고 걷는 거 본 적 있는걸."

그때 현관문이 열리는 소리가 들렸다. 뛰어 들어온 사람은 신문을 손에 든 산드라였다. 헤드 밴드를 이마에 두르고, 긴 갈색 머리를 하나로 묶고 있다. 스포츠 웨어의 옷깃과 겨드랑이가 땀에 푹 젖어 있었다.

"안녕."

숨을 헉헉거리며 인사한 산드라는 회색빛이 감도는 초록색 눈으로 테이블 위를 쓱 쳐다보고는 싱긋 웃었다.

"금방 올 테니까, 치우지 말고 그냥 놔둬."

"알았어. 우리도 아직 덜 먹었으니까."

"금방 올 거야. 샤워만 하면 되니까."

나가는 산드라의 뒷모습을 확인하고서 마후유는 루시에게 얼굴을 바짝 들이밀었다.

"지금 한 얘기, 아직 비밀이야."

"글쎄, 내가 입이 가벼워서 말이지."

"루시!"

루시는 깔깔 웃었다.

"넌 정말 놀려 먹기 좋다니까."

말했던 대로, 산드라가 이내 다시 모습을 나타냈다. 마후유와 루시가 두 잔째 커피를 마실 무렵, 그녀는 눈동자와 비슷한 올리브그린색 티셔츠에 얇은 트레이닝 바지를 입고 부엌에 들어왔다. 늘 동작이 빠른 것은 걸 스카우트와 운동부 활동을 한 덕인 듯하다.

영국인 유학생 산드라는 정말 단정하고 우아하게 생겼다. 젖은 머리를 묶어 올린 옆얼굴에서는 청결한 섹시함마저 피어오르는 듯하다. 본인이 그렇게 단호하게 커밍아웃하지 않았더라면 그녀가 레즈비언이라는 사실을 아무도 믿지 못할 것이다.

"영국은 동성애자에게 아주 냉정한 나라야"라고 언젠가 산드라가 말을 한 적이 있다. 미국에 유학을 가겠다고 했더니, 가족이고 친구고 다들 반대하면서 바보 취급을 하더라고. 하지만 이 나라에 와서 얼마나 마음이 편해졌는지 모른다고.

"베이컨은 몇 장?"

그렇게 묻는 마후유에게 산드라는 또다시 싱긋 웃었다.

"세 장. 바삭하게 구워 줘."

"좋겠다. 살 찔 걱정 안 해도 되는 사람은."

"너도 같이 뛰면 좋잖아."

"농담해? 날 따라올 수 있을 거라고 생각하는 거야?"

처음에는 왠지 모르게 산드라를 멀리 하던 루시도 지금은 완전히 그녀를 수용하고 있다.

'레즈비언이라고 나를 경계하는 건, 남자를 볼 때마다 저 남자가 자신을 강간하지는 않을까 착각하는 것만큼이나 난센스라고.'

산드라의 그 말을 듣고 수긍이 간 모양이었다.

하지만 마후유도 솔직히 말하자면, 산드라 앞에서는 약간 긴장하게 된다. 물론 그녀가 레즈비언이라는 사실과는 무관하고, 영국식 딱딱한 말투 때문도 아니다. 마후유가 긴장하는 이유는 산드라 앞에서 얘기할 때, 가령 somebody를 그만 he로 받아들이거나, spokesman이라는 말을 하면 단박에 지적이 들어오기 때문이었다. 대학에서 산드라는 '남녀평등을 실현하기 위한 모임'의 리더로 활동하고 있다.

"남녀가 평등해지면, 우리는 점점 더 편해질 수가 없잖아."

간혹 루시는 그렇게 투덜거리지만, 아마 산드라의 머릿속에는 '편해진다'는 사고 자체가 존재하지 않을 것이다. 랠리에게 듣기로는 교수들도 산드라에게는 꼼짝 못하는 듯하다.

식빵 두 장을 토스트에 밀어 넣은 산드라는 머그를 한 손에 들고 신문을 펼쳤다.

"…… 어이가 없네. 또 총기 사건으로 사람이 죽었잖아."

마후유가 움찔 손을 떨었다. 계란을 잘못 깨서 노른자위가 터졌다. 스크램블 에그를 만들 수밖에 없을 것 같다.

"어디서?"

"사우스 브롱스. 경기장에서 돌아가던 길의 관광객, 뒷골목으로 길을 잘못 들었다가 '손들엇!'"

"저항한 거 아니야?"

"그랬나 봐."

"바보들."

"범인들은 바로 잡혔대. 다 열대여섯 살 애들이야."

"바보들."

"아무나 쉽게 총을 들고 다닐 수 있다는 게 문제지."

산드라가 씁쓸하게 말했다.

"루시, 슈퍼마켓에서 총기를 파는 게 허용될 수 있는 일이라고 생각하니? 토마토랑 호박 사이에 매그넘을 진열해 놓고 파는 셈이잖아."

"아무리 그래도 채소들 사이에 진열해 놓지는 않지."

"다를 게 뭐가 있어."

식빵이 톡 튀어나왔다. 산드라는 신문을 접고 일어섰다.

"이 나라가 노력하고 있다는 건 알아. 누가 뭐라 해도 이상을 실현하기 위해 열심히 시행착오를 거듭하는, 자유롭고 멋진 나라야. 그건 인정해. 하지만 총기류에 관한 안이함은 도무지 이해를 못하겠어."

"그야 개척 정신 하나로 이렇게 발전한 나라니까. 자기 목숨과 재산은 자기 힘으로 싸워 지킨다는 사고방식이 뼛속까지 물들어 있는데 어쩌겠어."

"그 말, 어디서 읽은 거야?"

마후유가 끼어들어 물었다.

"…… 전에 남자 친구가 한 말을 그대로 읊은 거지만."

루시는 그렇게 털어놓았다.

"그래도 지금 상태는 어느 모로 보나 이상해. 이 나라에 총을 파는 가게가 얼마나 많은지 알아? 맥도널드의 스무 배 이상이 래. 딸의 생일에 아빠가 권총을 사 주는 나라라고. 초등학교 교문 앞에서 학생이 권총을 소지하고 있지는 않은지 가방을 검사하는 일도 있고. 피자 배달하러 오는 사람을 어떻게 확인할지 암호를 정하지 않으면 문도 열 수 없다니, 이게 이상한 게 아니면 뭐가 이상한 거겠어?"

산드라는 그렇게 말하고 토스트에 버터를 바르면서 한숨을 쉬었다.

"비행기가 위험하다느니, 이슬람이 어떻다느니 하기 전에 플로리다를 보라고. 테러나 전쟁이 발생한 것도 아닌데, 어떻게 관광객이 줄줄이 죽어 나갈 수가 있냐고. 정말 이상한 나라야. 여행을 하는 자국 사람들에게도 어디어디는 뭐가 위험하다고 미리 알려 줘야 한다고 하잖아. 할로윈 날에는 루이지애나에 가지 마라, 가더라도 모르는 집의 문은 절대 두드리지 마라, 그렇게."

"그 말은 농담 같지 않다, 산드라."

"농담으로 한 얘기 아니야."

산드라가 그렇게 대답했을 때였다.

"아침부터 골치 아픈 얘기를 하고 있군."

아직 잠이 덜 깬 목소리와 함께 부엌을 들여다본 사람은 동구였다.

위아래로 트레이닝 웨어를 입고, 푸석푸석하게 자란 머리는 전부 천장을 향하고 있다. 동양인치고는 흔치 않게 키도 크고 어깨도 다부진데, 얼굴은 동그스름하고 친밀감이 느껴지는 동안이다.

"바로 먹을 거야?"

"아, 난 아침 됐어. 미안해, 머피."

정말 미안하다는 듯이 동구가 말했다.

"아니, 괜찮아. 나도 한 사람 안 먹어 주면 편하니까."

마후유는 그렇게 대답하고는 웃었다.

"그래봐야 내일은 동구 네가 당번이잖아."

"우웩. 내일은 나 늦잠이나 자야겠다."

루시가 말했다.


산드라는 강의를 들으러, 루시는 아르바이트를 하러 나간 후, 마후유가 부엌에서 설거지를 하고 있는데 동구가 커피를 마시러 내려왔다. 이런 경우는 물론 셀프서비스다.

"배가 왜 이렇게 더부룩한지 모르겠어. 기내식을 너무 성실하게 먹어서 그런가."

물 빠진 청바지와 대학 이름이 새겨진 트레이너로 갈아입은 동구가 머쓱하게 말했다. 머리도 말쑥하게 빗었다.

"커피보다는 소화제를 먹는 편이 좋지 않을까?"

"어차피 아픈 거, 커피 마신 후에 먹을래."

"머리 좋네."

마후유는 웃었다.

설거지가 끝난 접시를 닦아 식기 선반에 정리한다. 동구는 말없이 뜨거운 커피를 마시고 있었다. 문득 마후유는 등으로 그의 시선을 느꼈다.

"머피."

역시, 하고 그녀는 생각했다.

"응?"

"전에 내가 한 말, 생각해 봤어?"

"…… 아, 응."

"표정을 보니, 아직 고민하고 있나 본데?"

"고민한다고 해야 할지 ……."

마후유는 말을 흐리고 접시를 모두 선반에 정리한 뒤, 동구와 마주 보았다.

"그래. 아직 고민하고 있어."

전에 한 말이란, 동구가 친구들과 공동으로 시작하려는 사업 얘기였다. 그 사업에 스태프로 참여하지 않겠느냐고, 일주일 전 쯤 그가 마후유에게 제안했던 것이다.

크로스컬처 컨설턴트.

미국에 진출한 일본 기업을 대상으로 양국의 문화적 차이에서 비롯되는 손실을 미연에 방지하기 위한 조언을 해 주고 주재원 들에게 교육 프로그램을 제공하는 것이 그들이 추진하고 있는 사업의 내용이었다.

일본 사람은 인종차별이나 성차별 등의 개념 자체에 그다지 익숙하지 않다. 그런 문제들이 얼마나 뿌리 깊은지를 이해하지 못할 뿐 아니라, 어떤 행위가 차별에 해당하는지조차 잘 모르는 경우가 많다. 그렇기 때문에 아무 생각 없이 '남자 사원 모집, 백 인 희망' 따위의 광고를 내고 만다. 그래서 고소를 당하면 회사 측은 빠져나갈 구멍이 없다. 그런 뜻은 없었습니다, 하는 말은 이유가 되지 않는다.

"수요는 틀림없이 있을 거야."

그때 동구는 그렇게 말했다. 단, 순조롭게 시작한다 해도 궤도에 오를 때까지는 적어도 육 개월에서 일 년이 걸릴 것이다. 데이터베이스를 기반으로 전화를 걸어 담당자에게 취지를 설명하고, 그다음에는 직접 만나 이점을 피력해야 한다. 그리고 무엇보다 고객인 기업이 만족할 만한 서비스를 지속적으로 제공해야 한다.

"그러기 위해서는 일본에 대해 잘 아는 스태프가 꼭 필요해."

동구는 마후유를 설득했다.

"사업을 같이하기로 한 동료 두 명이나 나는 이 나라에서 자랐기 때문에 이 나라밖에 몰라. 게다가 나는 컴퓨터에 대해서는 잘 알지만, 소프트웨어에는 자신이 없거든. 일본식 사고방식과 시각을 객관적으로 분석할 수 있는 인재가 반드시 필요해."

"미안해. 조금 더 생각할 시간을 줘."

"아니야. 재촉하려는 건 아니니까. 그래도 뭘 그렇게 고민하는지 말해 주면 좋겠다. 네가 괜찮다면."

마후유는 망설였다. 말하면 동구는 이해해 줄까. 아니 그보다 제대로 설명할 수 있을까.

그녀의 침묵을 오해한 동구가 싱긋 웃었다.

"억지로 얘기할 필요는 없으니까, 신경 쓰지 마."

그야말로 곱게 자란 청년의 미소였다. 누나의 교육 방식이 좋았던 것이리라.

그리고 문득 생각했다. 같은 동양인이니까, 어쩌면 그는 자신이 하는 말의 의미를 이해해 줄지도 모른다.

"그게, 말하자면 이런 거야."

마후유는 단어 하나하나를 골라 가며 설명하려 했다.

"사실은 나, 일본이 너무 싫어서 참을 수가 없어서 이 나라에
왔어. 내 안의 일본인스러운 부분이 진짜 싫어서, 그런 걸 다 버
릴 수 있다면 얼마나 좋을까, 그렇게 생각했어. 그런데 아직도
별로 바뀐 게 없는 것 같아. 나는 그저 나로서 살아가고 싶은데,
법적으로는 미국 사람인데, 다들 내 얼굴을 보고는 일본 사람으
로밖에 여기지 않아. 차별이란 뜻으로 하는 말은 아니야. 예를
들어서 …… 나쁘게 받아들이지 않았으면 좋겠는데, 이번 사업
만 해도 그래. 내가 일본 사람이 아니었으면, 넌 내게 그런 제안
을 하지 않았을 거잖아. 안 그래?"

"그래, 그건 그렇다."

마후유는 미소 지었다.

"고마워, 분명하게 말해 줘서. 하지만 물론 너만 그런 게 아니
란 걸 알고는 있어. 이 도시에서 내가 운 좋게 일자리를 얻는다
해도, 십중팔구 일본 사람이라는 사실이 무기가 될 수 있는 직업
이겠지. 그러니까 일본 기업이나 일본인을 상대하는 일 말이야.
안 그래도 실업자가 넘쳐나고 있는데, 미국 기업은 당연히 이 나
라에서 태어나고 자란 사람을 고용하려 할 거야. 미국 국적을 막
취득한 나 같은 거보다는 그 편이 훨씬 안심될 테니까. 그건 어
쩔 수 없는 사실이지만, 그래도 …… 난 아직도 수용이 안 돼. 그
렇게 절박한 심정으로 일본을 뛰쳐나왔는데, 어디까지 가야 일
본이 따라오지 않을지, 결국 일본 사람으로 사는 길밖에 없나 생

각하면 기분이 착잡해져. 내 말, 이해하겠어?"

단숨에 많은 말을 뱉어내, 약간 어질어질했다.

잠자코 말이 없는 동구의 무릎에 스노 부츠가 폴짝 올라앉았다. 고로롱거리는 소리가 떨어져 있는 마후유의 귀에도 들린다.

"그래, 무슨 말인지는 알겠어."

동구는 고양이의 회색 등을 쓰다듬으면서 말했다.

"그런데 네가 왜 그렇게 느끼는지는, 솔직히 잘 모르겠어. 나는 졸업한 후에도 이 도시에 계속 남고 싶어서 내 손으로 사업을 시작하려는 거야. 그래, 난 이 도시가 좋아. 그렇지만 …… 내가 한국 사람이란 걸 버리고 싶다거나 잊고 싶었던 적은 한 번도 없어. 물론 때로 속이 부글부글 끓는 일은 있지. 차별이 어떤 건지는, 실제로 차별을 당해 보지 않고는 몰라. 나도 미국에서 태어났으니까 미국 사람인데, 피부색이 다르고 얼굴이 다르게 생겼다는 이유로 왜 이런 꼴을 당해야 하나 생각하면, 억울하고 한심해서 잠을 자지 못하는 밤도 있어. 그래도 한국 사람인 나를 부정하려는 마음은 없어. 머피, 자신의 뿌리를 버리려는 그런 슬픈 생각이야말로 버려야지. 정확하게 출발 지점에서 뛰기 시작해야 비로소 골을 지향할 수 있지 않을까? 자신이 누구인지도 모르는 사람은 소중하고 중요한 것을 잡을 수 없어."

"그럼 너는 자신이 누구인지 안다는 거니? 한국 사람이라는 것 외에?"

"그렇게 말하면 ……."

동구는 손가락 끝으로 스노 부츠의 긴 수염을 쓰다듬었다.

"나도 뭐 큰소리 칠 수는 없지만."

고양이가 기분 좋다는 듯이 눈을 감았다. 수컷인 주제에 남자의 무릎을 좋아한다.

"사업을 억지로 강요할 생각은 없어. 하지만 네가 가담해 주면 정말 큰 도움이 될 거야. 우리 모두 기대하고 있어."

"그렇게 기대하면 내가 곤란하지."

마후유는 당황했다.

"나는 그냥 일본에서 오래 생활했을 뿐이라, 아무런 도움이 안 돼. 그야 물론 …… 그렇게 말해 주는 건 고맙지만."

동구가 정말 이상하다는 듯이 웃어서 고양이도 마후유도 어리둥절했다.

"왜? 내가 무슨 이상한 말 했니?"

"너 말이야, 자신을 좀 과소평가하는 거 아니야?"

그가 아직 웃으면서 말했다.

"아니면 일본 사람들이 늘 그런 것처럼 겸손을 미덕이라 여기는 거야? 이 나라에서 그런 말을 하면, 타인의 디딤돌이 될 뿐이야. 머피, 너 자신을 좀 더 믿어. 인생에 벌레 먹은 사과만 있는 건 아니니까."

마후유가 쓰게 웃는 것을 보고 이번에는 동구가 "왜?" 하고 물었다.

"아니야. 전에도 다른 사람에게 비슷한 말을 들은 적이 있거든."

"애인?"

"음 …… 그렇다고 할 수 있지."

"그 사람, 널 무척 사랑하는구나."

놀리는가 싶어 동구를 쳐다보았지만, 그는 아주 진지한 표정이었다. 루시의 말이 뇌리를 스쳤다. '요즘 같은 세상에 그렇게 순정파인 남자, 별로 없다고.'

"동구."

마후유는 조막조막 타일을 이어 붙인 부엌 카운터에 기대어 자신의 팔을 껴안았다.

"뭐 하나 물어봐도 될까?"

"어서 하시죠."

"넌 '사랑한다'는 게 …… 어떤 거라고 생각해?"

"뭐?"

뜻밖의 질문이었는지 동구는 무슨 소리냐는 듯이 마후유를 쳐다보았다.

"그거, 무슨 철학 같은 의미로 묻는 거야?"

마후유는 고개를 옆으로 저었다.

"아니, 현실적인 의미로. '사랑한다'는 것과 '정말 좋아한다'는 것은 서로 다른 거니?"

"뜬금없이 그런 걸 물으니까 ……."

동구가 매끄러운 미간을 찌푸렸다. 고양이를 무릎에서 내려놓고 다리를 바꿔 꼰다.

"음, 어떻게 다른지는 잘 설명을 못하겠는데, 미묘하게 …… 아니지, 어쩌면 결정적으로 다르지 않을까. 그러니까 머피, '사랑한다'는 역시 그냥 '사랑한다'야. 다른 말로는 대체할 수 없는 거잖아. 그 상대가 아니면 절대 안 되고, 그 사람에게서 진심이 담긴 애정과 배려를 느끼고, 그 사람을 생각하면 지금 자신이 살아 있다는 것에 감사하게 되고, 그렇다면 사랑하는 게 아닐까? 어쩨 너무 당연한 대답밖에 못해서 미안하지만."

"그래. 아마 네 말이 맞겠지. 그런데 내 문제는 바로 거기에 있어."

크게 한숨을 내쉬고 마후유는 중얼거렸다.

"동구. 난 말이지, 네가 너무 당연하다고 여기는 '사랑'이 어떤 건지조차 상상이 안 돼. 전혀."

# 4

대체 언제부터 벌레 먹은 사과에만 눈을 돌리게 된 것일까, 마후유는 생각했다. 보스턴에서 일본으로 돌아간 후, 초등학교에서 따돌림을 받기 시작한 때부터일까. 아니면 아버지가 자살한 그 아침부터일까. 그것도 아니면 …… 부모님이 툭하면 말다툼을 벌이기 시작했던, 그 무렵부터일까.

그녀는 아직 한 번도 랠리에게 '사랑한다'는 말을 한 적이 없었다. 그를 사랑하지 않아서가 아니다. 말을 꺼내기가 부끄러운 것도 아니다. 동구에게 털어놓았던 대로, 사랑이라는 이름으로 부를 수 있는 감정이 어떤 것인지 잘 모르기 때문이었다.

사랑에 관한 말은 얼마든지 알고 있다. 사랑이란 서로를 바라보는 것이 아니라, 같은 방향을 바라보는 것. 사랑이 있는 곳은 언제나 낙원. 사랑에 비하면 재산도 지위도 먼지에 불과하다. 사랑이란 절대 후회하지 않는 것 등등 …….

굳이 고전이나 명언 사전을 들출 필요도 없다. 로마 교황과 텔레비전에 나와 신앙을 전도하는 종교인, 브로드웨이 무대와 낮 시간대의 드라마, 플래카드를 든 게이들과 에이즈를 앓고 있는 노숙자, 온갖 사람들이 사랑에 대해 자기 나름의 의견을 내세우고 있다. 하지만 그중 어느 하나도 그녀에게 사랑이란 것의 윤곽을 어렴풋하게나마 이해시켜 준 말은 없었다. 그 말들이 지닌 설득력은 마치 남극의 펭귄에게 산불이 무엇인지를 설명하는 정도에 지나지 않았다.

'사랑한다'는 역시 '사랑한다'야. 동구는 그렇게 말했다. 다른 말로는 대체할 수 없는 것이라고.

그렇다면 지금 자신이 랠리에게 품고 있는 감정은 무엇일까?

랠리를 소중하게 아끼는 것. 그의 아픔을 자신의 아픔처럼 느끼는 것. 그와 지내는 시간을 애틋하게 여기고, 그 또한 자신과 함께 있는 시간을 그렇게 여겨 주면 좋겠다고 바라는 것. 그의 몸짓과 목소리와 냄새에 안겨 있고 싶다고 바라고, 그가 편히 쉴 수 있는 장소를 마련하고 싶어 하는 것. 그가 옆에 없으면 가슴에 구멍이 뚫린 것처럼 불안하고, 다음 만날 때를 상상하면 온몸이 간질간질하면서 달콤한 기분에 젖는 것.

그 모든 감정이 랠리를 좋아하기 때문이라고 생각한다.

굉장히 좋아한다. 왜 그것만으로는 안 되는 것일까. 왜 랠리는 '사랑한다'고 말한 후에, 반응을 살피듯 기대에 찬 눈빛으로 나를 쳐다보는 것일까.

이유는 물론 알고 있다. 그는 '나도'라는 대답을 기다리는 것이다. 하지만 말이란 어차피 말일 뿐이다. 그런 말을 하든 안 하든, 그에게 품고 있는 감정 자체가 달리 변하는 것은 아니다.

마후유는 조금 답답해졌다. 변하는 것이 아니라면, 그리고 상대가 그 말을 듣고 기뻐한다면, 그냥 말해 버리면 모든 것이 원만하게 풀릴 텐데 그러지 못하는 어정쩡한 자신이 답답해진 것이다.

그러나 만약 이대로 망설임을 안은 채 '나도 사랑해'라고 대답하면, 그것은 거짓말이나 다름없다. 사랑하지 않으면서 사랑한다고 말하는 것은 그야말로 거짓말이지만, 사랑이 무엇인지 모르면서 사랑한다고 말하는 것도 똑같은 거짓말이지 않을까? 가령 그 감정이 세간에서 말하는 사랑과 동일한 것이라 해도 당사자가 확신을 갖고 말하지 않는 한, 그 말은 허망한 위선에 지나지 않는다.

그렇게까지 따질 필요가 없는지도 모른다고 마후유도 어렴풋이 알고는 있었다. 대부분의 사람들이 사랑이라는 것의 정의 따위는 정확하게 파악하지 않은 채, 상대가 좋으면 '사랑한다' 말하고 '나도'라고 대답하는 듯하다. 어지간한 사정이 없는 한 그런 말을 듣고 상처 입는 사람은 없을 것이다. 적어도 그런 말을 듣지 못해 상처 입는 사람의 수보다는 한결 적을 것이다.

사랑한다. 이 얼마나 따뜻한 말인가.


"그런데도 머피가 그 말에 대해 부정적인 감정을 품게 된 것은, 왜일까?"

잭슨이 물었다.

릴랙스하라며 반강제로 눕혀진 소파 침대에서 마후유는 우물거리며 말했다.

"아마 …… 엄마의 영향일 거예요."

고가의 가죽 소파 침대는 등에 착 밀착되는 구조였지만, 마후유의 기분은 릴랙스와 거리가 멀었다.

지난 몇 차례의 상담을 통해 잭슨이 간신히 얻어 낸 결과에 따르면, 보스턴 지사장까지 지낸 마후유의 아버지가 자살을 감행한 직접적인 원인은 회사 돈을 몇 년에 걸쳐 횡령한 사실이 밝혀졌기 때문이었다.

그러나 그런 지경에 이르는 동안 부부 사이에는 밤이고 낮이고 말다툼이 끊이지 않았다.

어머니는 일밖에 모르는 성실한 사람이었던 남편이 언제부터인가 격이 떨어지는 친구들과 돈을 걸고 포커를 치고 있다는 것을 알고 있었다. 처음 한동안은 별 대단한 금액이 아니었지만 점차 큰돈을 걸게 되었고, 그러다 결국 추락의 길을 걷게 되었다. 빚이 눈덩이처럼 불어났는데, 돌아보니 남편은 아주 낯선 사람으로 변모해 있었다. 아내가 가족을 생각하라고 잔소리를 할수록 성가셔 하고, 고함을 지르고, 급기야 손찌검까지 했다. 다만 딸에 대해서는 전과 다름없이 친절하고 자상한 아버지였던 것 같다.


"나를 사랑해서 그랬다고는 할 수 없을 것 같아요."

마후유는 스스로 분석했다.

"아무 문제없는 것처럼 좋은 아빠를 연출한 것은, 그저 현실을 외면하고 싶어서가 아니었을까요."

"호오, 그랬을지도 모르겠군. 하지만 그렇지 않았을지도 모르지. 당사자가 이 세상에 없으니 진실은 아무도 알 수 없겠지. 머피가 단정할 필요는 없지 않을까."

마후유는 대꾸가 없었다.

"아니면 그때 이미 아버지의 말이나 태도가 거짓이라고 느낀 건가?"

"…… 그런 건 아니었어요. 그 무렵에는 아빠가 정말 나를 사랑한다고 생각했거든요."


마후유의 어머니는 절대 못생긴 여자는 아니었지만, 부부 사이가 삐걱거리기 시작한 때부터 미간과 입가에 깊은 주름이 패이고 말았다. 내면의 분노가 드러난 험악한 표정이 남편을 더욱 멀어지게 했다는 사실을 그녀가 깨닫고 있었는지는 알 수 없다. 아무튼 어머니는 부엌에서 술을 마시게 되었고, 맨정신일 때조차 툭하면 딸에게 화풀이를 했다. 아버지가 죽어 일본으로 돌아간 후에는 그런 경향이 더욱 심해졌다. 아이라면 누구든 하는 실수를 저질렀을 뿐인데도 일부러 사람들 앞에서 요란하게 꾸짖었고(창피해서 죽고 싶을 정도였다고 마후유는 말했다), 한창 노느라 정신이 없어 어머니가 하는 말을 단번에 알아듣지 못했을 때에는 갑자기 머리채를 움켜쥐고 질질 끌었다.

원래 성격이 꼼꼼하고, 타인에게나 자신에게나 엄격했던 것 같다. 그녀는 생각대로 되지 않는 인생에 대한 울분을 딸에게 화풀이하는 것으로 풀려는 자신이 한없이 짜증스러웠을 것이다. 친척의 도움 없이는 살 수 없는 처지 때문에 자존심도 몹시 상했을 것이다. 그렇다고 달리 어떻게 할 방법도 없었다. 그저 짜증과 답답함만이 눈덩이처럼 불어났다. 마치, 과거에 남편이 진 빚이 그랬던 것처럼.

그녀에게 필요한 것은 모든 탓을 딸에게 돌리고 화풀이할 수 있는 그럴싸한 이유였다. 이때 절호의 빌미가 된 것이 '사랑'이라는 말이었다.


"일본 사람 대부분은 그 말을 하기를 주저한다고 들은 적이 있는데, 정말인가?"

잭슨이 그렇게 묻자, 마후유는 잠시 생각하고서 대답했다.

"그 점에 대해서는 전혀 거부감을 느끼지 못한 것 같아요. 어쩌면 …… 종교의 영향이 있었는지도 모르죠."

"종교?"

"일본에 돌아가서 얼마 후에 있었던 일인데, 엄마를 따라 시장에 갔을 때, 옛날 친구라는 사람을 우연히 만났어요. …… 여자였는데, 그 사람이 아마 엄마에게 권했을 거예요. 자세한 것은 잘 기억나지 않아요."

"어떤 종교였지?"

마후유는 난감한 표정을 지었다.

"광적인 사이비 종교 집단은 아니었어요. 나름 정상이었다고 생각합니다. 일본에서는 중간 정도 규모였고요. 그런데 그 좁은 우리 집에 때로 낯선 사람들이 잔뜩 모여서 기도를 하는 건지 염불을 외는 건지, 아무튼 …… 난 그게 너무 싫어서 견딜 수가 없었어요. 어렸을 때는 엄마가 시키는 대로 그 자리에 함께 앉아 있었지만, 조금 커서부터는 신자들이 집에 모이는 날에는 일부러 어두워질 때까지 집에 돌아가지 않았어요. 물론 나중에 눈물이 쏙 빠지도록 혼이 났지만요."

"싫다는 얘기를 어머니에게는 해 봤나?"

"어떻게 그래요!"

마후유는 눈을 부릅떴다.

"그런 말은 절대 할 수가 없죠."

"왜지?"

"…… 겁이 나서요."


종교에 의지한 후에도 어머니는 술을 끊지 못했다. 오히려 나쁜 습관이라는 것을 알고 죄책감과 함께 마시기 때문에, 취하고 나면 주사가 훨씬 심해졌다.

남편의 사랑을 한 몸에 받았던 딸에 대한 왜곡된 질투심. 남편이 죽을 때조차 옆에 있던 사람이 자신이 아니라 딸이었다는 소외감. 그때 자신은 뭘 하고 있었던가? 남편에게 앙갚음하려는 심산으로 값비싼 물건을 사면서 쇼핑으로 화풀이를 하고 있었다.

"네 얼굴을 보고 있으면, 정말 나쁜 기억만 떠올라."

어머니는 미워 죽겠다는 듯이 그렇게 말했다. 취해 있을 때면 평소보다 한층 예민해져서 사소한 일에도 버럭버럭 화를 내고, 벌을 준다면서 싫다고 울부짖는 딸을 캄캄한 벽장에 가뒀다. 그럴 때마다 어머니는 분노와 흥분, 그리고 수치심으로 얼굴이 벌겋게 달아올라 이런 말을 되풀이했다.

"나도 사실은 이렇게 하고 싶지 않다고! 너를 생각해서 이러는 거야! 너를 사랑하니까, 착한 아이로 키우고 싶으니까, 어쩔 수 없이 이러는 거라고!"

오랜 세월 반복된 그 행위 때문에 마후유의 뇌리에는 '사랑'과

'캄캄한 벽장'이 단단히 연결되어 입력되고 말았다. 지속적인 밝은 미래를 무조건 보장해 주는 사랑 따위는 아버지를 잃은 후로 경험해 본 적이 없었다.

어머니가 그녀에게 가르친 '사랑'은 상대에게 절대복종을 요구하는 것이었다. 평온함과 따스한 온기와는 전혀 거리가 먼 것. 거역하면 당장에 벌이 돌아오는 것. 그것이 '사랑'이었다. 그래도 마후유가 어머니의 품 안에서 꼼짝 않고 있는 동안에는 그다지 큰 문제가 생기지 않았다. 비교 대상이 없었기 때문이었다. 마침내 바깥세상으로 한 걸음 내디디고, 그때껏 자신이 품고 있던 '사랑'에 대한 인식이 송두리째 뒤집힌 후에야 비로소 그녀는 회오리 같은 혼란에 빠졌다. 그 혼란에서 벗어나려 몸부림치면 칠수록 실은 이리저리 엉켜 쉽게 풀 수 없는 단단한 매듭을 만들었다.

마후유가 성장하면서 어머니는 점차 주량이 늘었고, 그 입에서 나오는 말은 통제가 불가능해졌다.

"너는 아빠가 죽어 가는데도 그냥 내버려 뒀어. 재빨리 사람을 부르기만 했어도, 살 수 있었을지도 모르는데. 넌 그저 멍하니 서서 아빠가 죽어 가는 걸 보기만 한, 끔찍한 아이라고."

'끔찍한 아이'라고 할 때, 어머니는 마치 추악한 괴물이라도 보는 것처럼 얼굴을 일그러뜨렸다.

"아빠뿐이 아니지, 넌 내 인생까지 망가뜨렸어. 너를 낳은 탓에, 나는 아이를 더 낳을 수 없는 몸이 되었으니까. 보라고, 옛날부터 너랑 같이 논 아이는 모두 크게 다치거나 나쁜 병에 걸렸잖아. 언제나 상처 하나 없이 건강한 건 너뿐이었어. 남들에게는 피해만 주고. 넌 그분 말씀대로, 주위 사람을 불행하게 만드는 별 아래 태어난 거야."

어머니가 툭하면 내세우는 '그분'이란, 그녀가 교인으로 등록한 종교 단체의 지부장 자리에 있는 남자였다. '큰선생님'이라고 불리는 교조는 평범한 신자들에게는 구름 너머의 존재, 그에 비하면 비교가 안 되게 가까운 지부장조차 어머니는 벌벌 떨면서 고마워하고 추앙했다. 어째서였는지는 알 수 없지만, 딸을 신자로 만들려고 아등바등하지 않은 게 그나마 다행이었다. 자신의 영혼을 구제하는 것 말고는 관심이 없었는지도 모르겠다.

마후유의 눈에는 온 집 안에 차려놓은 제단에 허리 굽혀 기도하는 어머니의 모습이 우습게만 비쳤다. 뿐만 아니라 그녀의 과도한 진지함이 불길하게 느껴지기도 했다. 나이를 먹어 몸이 쇠하면서 어머니는 더욱 종교로 기우는 것처럼 보였다.

"그런데 말이야, 아버지가 정말 살 수 있는 상태였나? 지금까지 들은 얘기로는, 도저히 그럴 수 없었을 것 같은데."

"네, 그래요. 지금 생각해 봐도, 아빠가 살 수 있는 가능성은 없었어요. 내가 발견했을 때, 아빠는 이미 살아 있는 게 신기할 정도였으니까요."

그날도 마후유는 소파 침대에 누워 있었다. 누워 천장을 보고 있으면, 마후유는 늘 편안함은커녕 불안해서 견딜 수 없어진다. 왠지 자신이 아주 나약해진 기분이 드는 것이다. 혹시 잭슨이 그걸 미리 알고서 일부러 소파 침대에 누우라고 지시하는 것일까. 불안하고 나약하게 만들어 놓고 도움을 청하도록 하려는 것일까.

이 방에서 몇 번이나 아버지의 죽음에 대해 얘기한 결과, 요즘은 이전처럼 심한 혼란에 빠지는 일은 없어졌다. 기억이 되살아나면 가슴이 아픈 것은 여전하지만, 얘기하는 것 자체에 대해서는 마음속에 항체가 생겨나고 있었다. 몸의 일부, 가령 복근을 단련하는 것처럼, 마음의 일부를 단련할 때에도 반복은 유효한 듯하다.

"그러니까 머피는 아버지가 치명상을 입어서, 누가 어떻게 조치를 취해도 살아날 수 없다는 것을 분명히 인식했다는 거군."

"네."

"그렇다면 어머니가 지속적으로 주입한 암시 …… 라고 해도 좋겠지, 아무튼 머피가 죽어 가는 아버지를 그냥 내버려 뒀다는 엄마의 원망 때문에 고착된 죄의식도 극복할 수 있지 않을까?"

"그건 이미 극복했어요."

"그래?"

"믿지 않는 건가요?"

"질문은 내가 하고 있어. 머피는 정말 그렇게 생각하나?"

"…… 아니요."

두 사람 다 잠시 말이 없었다. 시계 초침이 경직된 소리를 내며 시간을 새기고 있다.

마후유가 점점 더 불안해져 벌떡 일어나고 싶어졌을 즈음에야 잭슨이 그다음 질문을 했다.

"어머니 곁을 떠나고 싶다고 생각한 건, 언제였지?"

돌이켜보니, 중학교 2학년이 끝나갈 무렵, 처음 남자아이에게서 편지를 받은 그날이 계기였던 것 같다.

마후유와 같이 도서위원을 맡고 있었던 그 아이에게 사실 마후유도 호감을 품고 있었다. 다른 반 여자아이들에게도 인기가 있었지만, 그걸 으스대는 일은 없었다. 그는 늘 남자 친구들과 함께였다.

도서실 구석에서 몰래 편지를 읽었다. 부끄럽기도 하고, 자랑스럽기도 하고, 울음과 웃음을 동시에 참고 있는 듯한, 그런 무방비한 기분으로 집에 돌아온 마후유는 일터에서 먼저 돌아온 어머니에게 들키지 않도록 편지를 책상 서랍 깊이 숨겼다. 그런데 목욕을 하고 나오니, 어머니가 부엌에서 그녀를 기다리고 있었다. 손에는 컵을 들고 있고, 테이블 위에는 술병과 그 편지가 있었다.

"이게 뭐지?"

마후유는 있는 힘을 다해 그날의 일을 시시콜콜 보고했다. 숨길 마음은 없었다, 왠지 쑥스러워서 말을 하지 않았을 뿐이었다고.

"그래. 어떤 남자애야?"

마후유는 어머니의 표정을 살피면서, 그녀를 거스르지 않도록 조심스레 대답했다.

"괜찮은 아이야. 다른 아이들에게도 인기 많고."

그러자 어머니는 갑자기 컵을 테이블에 탁 내려놓고, 외설스럽기 짝이 없는 뭔가를 보는 눈빛으로 그녀를 보면서 말했다.

"뭘 그렇게 히죽거리고 있어. 그 나이에 벌써부터 남자를 밝히고, 정말 징그러운 아이구나. 설마 이 편지가 진심이라고 생각하는 건 아니겠지. 이게 다 널 놀리는 거야. 모르겠어? 너처럼 못생기고 뭐 하나 잘난 데가 없는 아이랑 어떤 남자애가 사귀려 들겠니. 그렇게 빈틈이 많으니 남자애들이 놀리는 거지. 아니면 네가 먼저 마음이 있는 척 꼬리 친 거 아냐?"

그리고 어머니는 늘 이런 대사를 내뱉으며 말을 맺었다.

"너 같은 악귀를 사랑해 줄 사람은 자기 배 앓아 낳은 나밖에 없어. 잘 새겨 둬."


"어머니가 정말 머피를 사랑했다고 생각하나?"

잭슨의 물음에 마후유는 조금 주춤하다가 대답했다.

"모르겠어요. 분노를 터뜨릴 데가 없으니까, 그냥 내게 화풀이하려는 빌미였는지도 모르죠. 아니면 입으로 수도 없이 그렇게 말하다 보니까, 그 사람 자신도 사랑해서 그런다고 믿었는지도 …… 모르고요."

소파에 앉고 싶다는 마후유의 주장을, 그날만큼은 잭슨도 들어주었다.

"그러면 잘못된 사랑이라고 생각하는 건가?"

"그것도 잘 모르겠어요."

그녀는 솔직하게 대답했다.

"내가 어떻게 알겠어요. 잘못된 사랑은커녕 어떤 게 올바른 사랑인지도 모르는데."

"흠, 그건 그렇군."

잭슨의 짙은 눈썹이 양 옆으로 벌어졌다.

"그래서 어머니를 어떻게 생각했지?"

"어떻게라니 …… 딱히, 별."

똑같은 질문을 전에도 받았던 것 같다.

"미워하거나 원망한 적은?"

"없어요."

"한 번도?"

"…… 아니, 한 번이나 두 번은."

"좋았던 적은?"

"그래도 부모잖아요."

"부모라고 해서, 반드시 좋아할 수는 없지 않을까?"

"아니, 그런 게 아니라. 부모는 어디까지나 부모니까 좋아하는지 어떤지를 따로 생각해 본 적이 없다는 뜻이에요. 자식이 부모를 선택할 수 있는 것도 아니고 ……."

마후유는 잠시 머뭇거리다가 덧붙였다.

"피부색도 같고."

"피부색?"

"나는 황색. 선생님은?"

"흑색."

"예쁜 초콜릿색이죠."

마후유가 미소 지었다.

"그런데 피부색은 태어나기 전에 이미 결정돼 있는 거니까. 굳이 좋으니 싫으니 생각해 봐야 아무 소용없잖아요. 마음에 안 드는 경우에도, 어떻게든 타협해서 같이 가는 수밖에 없잖아요. 그러니까 내게는 엄마도 그런 존재였어요."

"그 말은 자신이 동양인이라는 것을 싫어하지도 않지만 자랑스럽게 생각지도 않는다는 뜻인가?"

"지금까지 다른 사람들도 비슷한 유의 질문을 여러 번 했어요."

마후유는 생각하면서 천천히 말을 이어 갔다.

"하지만 난 제대로 대답한 적이 없어요. 동양인이다, 일본 사람이다, 내 민족을 자랑스럽게 여긴다, 그런 개념을 잘 모르니까. 비겁한 대답이 되겠지만, 그렇게 생각해요."

잭슨이 기분 나쁘게 듣지 않았을까 싶어서 힐금 올려다봤지만, 그는 평온한 표정으로 그녀를 쳐다보고 있을 뿐이었다.

마후유는 용기를 내어 물었다.

"선생님은 아프리칸 아메리칸인데, 그런 자신을 자랑스럽게 여기나요?"

"아니 잠깐, 머피."

잭슨의 얼굴에 애매한 미소가 어렸다.

"뉴욕에는 아프리카계가 아닌 흑인도 아주 많지. 나는 푸에르토리칸이야."

"죄 …… 죄송해요."

마후유는 깜짝 놀라 손바닥으로 입을 눌렀다.

푸에르토리코 사람이라고 하면 떠오르는 것은 영화 「웨스트 사이드 스토리」에 등장하는 피부가 가무잡잡한 젊은이들뿐이다. 푸에르토리코에도 잭슨 같은 흑인이 있다는 것을 그녀는 지금껏 전혀 모르고 살았다.

"정말 한심할 정도로 무지하네요."

"무지는 알려고 하면 극복할 수 있어. 우리 아버지는 푸에르토 리코 이주민 2세대였지. 어머니는 3세대였고. 부모님이나 내 형제 자매는 모두 나보다 피부색이 옅어. 그래서 어렸을 때, 그들과 피부색이 비슷한 친척집에 가면 사촌들이 나만 따돌려서 서러웠지. 같은 피붙이인 가족들 사이에서도 피부색을 둘러싸고 그런 알력이 생기는 법이야."

잭슨이 다시 미소를 지으며 말했다.

"믿을 수가 없네요."

"하지만 그게 사실이야."

잭슨이 무의식적으로 윗주머니에서 담배를 꺼냈다가 움찔 놀라면서 다시 집어넣으려 했다.

"미안하군."

"피세요. 그냥 피세요. 난 괜찮으니까."

마후유가 말했다.

"고맙군. 머피는 내 아내보다 친절해."

"난 선생님을 사랑하지 않는걸요, 뭐."

잭슨은 풋 웃음을 터뜨리고는, 결국 담배를 집어넣었다. 그러고는 처음 보는 사람이라는 듯이 마후유를 쳐다보았다.

"일본에서는 영어 교육을 어떤 식으로 하지?"

"대개 열네 살 때부터 시작해요. 중학교 수업에서. 학교에 따라서는 좀 더 빨리 시작하는 곳도 있고요. 중학교에서는 일주일에 세 시간이나 네 시간 정도. 고등학교에서는 대학 입시를 위해서 숙어와 구문을 닥치는 대로 외우고, 대학에 가서는 오로지 사전을 찾으면서 …… 그러니까 대부분 졸업과 동시에 까맣게 잊고 말죠."

"그건 왜지?"

"말할 기회가 없잖아요."

"아하."

잭슨은 소파의 팔걸이에 턱을 괴었다.

"어렸을 때, 우리 집은 히스패닉 계들이 모이는 할렘에 있었어. 그래서 머피처럼 초등학교에 다니기 시작할 무렵에는 친구가 한 명도 없었지. 영어로 얘기해야 하는 반 아이들과는 친해질 수 없었거든. 집에서는 스페인어를 사용했기 때문에, 미국에 살면서도 영어를 몰랐던 거야. 그런데 스페인어로 얘기하는 친구들과도 친해질 수가 없었어. 아니지, 친해지려고 들지를 않았어. 조금이라도 빨리 영어를 배우고 싶었으니까. 그래, 나는 어떻게든 할렘을 벗어나고 싶단 생각으로 어른이 되었어."

잭슨이 자신에 대한 얘기를 꺼낸 것은, 생각해 보니 처음이었다. 당연한 일이다. 그는 의사고, 마후유 쪽은 환자니까.

그런데 잭슨은 전혀 거리낌없는 표정으로 얘기했고, 마후유도 약간 의외라고는 생각했지만 위화감은 느끼지 않았다. 이런 대화가 치유의 연장이든 아니든, 별 문제 아니라는 생각이 들었다. 저에도 잭슨은 지금 프로이트에게 물려받은 지식이 아니라 자신의 언어로 얘기하고 있다.

"피부색에 대한 자부심? 푸에르토리칸으로서의 자긍심?"

잭슨은 입술을 비틀면서 어깨를 으쓱했다.

"솔직히 말해서, 나도 잘 모르겠군. 나를 찾는 환자들은 물론 편견이 없는 백인들도 있지만, 주로 유색인종이 많아. 그들의 내면에 대해서는 속속들이 분석하고 있는데, 정작 나 자신에 대해서 말하자니 이렇군. 만약 내게 자부심을 느낀다고 분명히 말할 수 있는 게 있다면, 그런 아버지와 어머니 사이에서 태어나 그들 손에 자랐다는 것, 딱 그거 하나야."

"어째, 좀 …… 부럽네요."

의식하기 전에 그런 말이 입에서 나왔다.

"부럽다고?"

마후유는 대꾸하지 않았다.

잭슨이 손가락으로 팔걸이를 몇 번 톡톡 두드리고는 다시 말했다.

"머피. 조금 아까 어머니와 어떻게든 타협하는 수밖에 없었다고 했잖아."

"네."

"지금은 어떻게 생각하지?"

"네?"

"지금 말이야. 어머니 곁을 떠난 지 육 년이 지났는데, 옛날과 달리 지금은 그녀를 객관적으로 볼 수 있지 않을까?"

"……."

마후유는 꿀꺽, 침을 삼켰다.

왜 혀가 움직이지 않을까. 알고 있다. 용기가 없는 것이다. 자기 손으로 딱지를 떼기가 무서운 것이다.

상처는 오래전에 나았고, 이제는 피도 나지 않는다. 그러나 딱지를 떼면, 아직도 피가 흐를지도 모른다. 몹시 아플지도 모른다. 그래서 겁이 난다. 어머니를 비난하는 말을 한마디라도 꺼냈다간, 끔찍한 일이 벌어지지 않을까. 옛날에 말대답을 했을 때처럼, 시키는 대로 말을 듣지 않았을 때처럼, 얼굴을 흉측하게 일그러뜨린 어머니가 캄캄한 벽장 속에 가두러 오는 것은 아닐까 …….

어처구니없는 상상이라는 것을 이성적으로는 안다. 그러나 그 어둠에 대한 원시적인 공포가 마후유의 혀를 얼어붙게 했다.

정해진 상담 시간이 얼마 남지 않았다. 뒤에 있는 시계를 굳이 보지 않아도, 몇 달에 걸쳐 일주일에 한 번씩 다니다 보니 대충 알게 되었다. 대답을 끝내 하지 않으면, 잭슨은 이렇게 말하리라. 오늘은 여기까지 하지. 그리고 이 얘기를 되짚으려면 두 번이나 세 번은, 먼 길을 돌아가야 할 것이다. 아니면 더 걸릴까.

그런 여유를 부릴 수는 없었다. 마후유 자신도 그렇지만, 랠리도 고통스러워하며 기다리고 있다.

마후유는 딱딱하게 굳은 입을 억지로 비틀어 열었다.

"…… 지금은."

두렵다. 안 돼. 아니지, 말해, 말하는 거야!

다시 입을 벌렸다.

"지금은 ……."

눈을 꼭 감고 뛰어내렸다.

"나약한 인간이라고 생각해요."

몸을 움츠린다. (엄마, 미안해!) 엄마의 고함 소리가 머리 위로 떨어질 것이라 각오한다. (용서해 줘, 엄마. 캄캄한 벽장은 싫어, 싫어!) 몸이 경직된다. 무슨 일이 있어도 패닉에 빠지지는 말자, 추태를 부리지는 말자고 이를 악문다. 체온이 뚝 떨어진다. 그런데 ······.

아무 일도 없었다.

살며시 눈을 뜨고 고개를 들자, 건너편 소파에 앉아 있는 잭슨이 차분한 표정으로 쳐다보고 있었다.

"내가 ······."

목소리가 떨린다. 마치 비브라토 같다.

"내가, 무슨 말을 했나요?"

잭슨이 미소를 지었다.

"어머니를 나약한 인간이라고 생각한다, 그렇게 말했지. 별거 아니었지? 설마 벼락이라도 떨어질 줄 안 건가?"

"아, 네 ······. 아니요, 그랬어요."

갑자기 몸속에서 발작적으로 웃음이 끓어올라, 마후유는 입을 막고 그것을 꿀꺽 삼켰다.

"머피, 어렸을 때는 어머니가 운명을 좌우할 권리가 있는 전능한 신처럼 여겨졌을지도 모르지. 하지만 지금은 알잖아? 나이도 들었고, 몸도 쇠약해졌어. 그녀는 이제 머피에게 아무 짓도 하지 못해. 아무런 영향도 줄 수 없다고. 사실은 몇 년 전부터 그랬지. 머피가 일본을 떠나려고 굳게 결심했을 때, 그걸 막을 힘조차 없었으니까 말이야. 옛날에는 어땠을지 몰라도, 머피의 어머니는 이제 신이 아니야. 그저 나약한 인간일 뿐이지."

마후유는 잭슨이 한 말의 의미를 하나하나 확인하면서, 오래도록 침묵했다. 아주 오래.

그리고 마침내 그녀가 속삭였다.

"아니죠, 선생님. 사실은 옛날부터 그랬어요. 그 무렵부터 쭉 그랬어요."

지금에야 비로소 자신이 말할 수 있다는 것을 깨달은 사람처럼, 그녀는 한 마디씩 조심스레 입 밖으로 말을 밀어냈다.

"엄마는 …… 엄마는 언제나, 술과 종교에 의지하지 않고는 혼자 설 수 없는, 나약한 인간이었어요."

잭슨의 커다란 손이 마후유의 손을 꼭 감싸 쥐었다.

"그리고 머피는 강한 여자야. 전에도 내가 그렇게 말했잖아."

# 5

시릴 윙은 떨고 있었다.

소파 옆 창문으로 보이는 하늘은 금방이라도 빗방울이 떨어질 것처럼 흐리고, 방 안은 후덥지근할 정도다. 그러니 몸이 떨리는 까닭은 지금 그녀가 하려는 것에 대한 두려움 때문이었다.

그녀를 고용한 샌더슨 교수는 학교 연구실에 손님이 올 거라면서 나갔다. 그의 애인인 일본 여자도 오후에 수업이 있으니까 불쑥 나타날 염려는 없을 것이다. 시노자키 마후유가 강의를 빼먹는 일은 절대 없다.

시릴은 부러웠다. 자신도 대학교나 전문대학으로 진학해 유아교육 자격증을 땄다면, 이런 인생을 살지는 않았을지도 모른다. 어딘가에서 지금보다 훨씬 존경받았을 테고, 처음부터 정상적인 남자를 만나 그럭저럭 행복한 생활에 투덜거리면서도 평화로운 가정을 꾸렸을 것이다. 그랬다면 앤드류 비스티 같은 남자와도 평생 인연이 없었을 것이다.

시계 바늘이 오전 열한 시를 지나고 있다. 앤드류가 이 아파트에 와서 '그 짓'을 한 것은 6월 들어 오늘이 두 번째다. 그는 열한 시 반에는 도착하겠다고 했다. 그렇게 말했으니 그 시간까지는 분명히 나타날 것이다.

시릴은 얇은 눈썹을 찡그리고 방구석을 돌아보았다. 안쪽 벽 거의 전체를 차지하는 커다란 거울 앞에서, 팀은 아버지가 최근에 사 준 레고 블록을 가지고 놀고 있다. 요새나 성채라고 여기는지, 삐죽빼죽 볼품없게 쌓은 알록달록한 블록을 전차처럼 생긴 덩어리로 공격해 무너뜨리려 하고 있었다.

웅크리고 있는 팀과 그를 쳐다보는 자신의 모습이 고스란히 거울에 비쳐 보이는 것을 깨닫고서, 시릴은 아직도 떨리는 손으로 얼굴을 비볐다.

언제부터 이렇게 살이 빠졌을까. 안 그래도 몸집이 작아 곧잘 미성년으로 오해받는 가녀린 몸이 이대로 꺼져 버리는 게 아닐까 싶었다. 은근히 자랑스러웠던 검은 머리도 윤기를 잃어 퍼석퍼석한 나머지 슈퍼마켓 진열대에서 사흘이나 팔리지 않고 남아 있는 옥수수수염 같았다.

이렇게 흉물스러운 꼴을 하고 있으면 앤드류가 슬퍼할 텐데.

그런 생각을 하다 말고 시릴은 입술을 이죽거렸다. 어떤 꼴을 하고 있던, 그는 요즘 아무 말을 하지 않는다. 전처럼 옷을 사다 주지도 않고 브러시로 머리를 빗어 주지도 않는다. 변함없이 친절하게 대해 주기는 하지만, 그것은 무관심에서 오는 친절함에 가까운 것 같다.

온화하고 지적이며 은테 안경이 잘 어울리는 앤드류.

어디서 뭐가 어떻게 잘못돼 이렇게 된 것인지 시릴은 알 수 없었다. 앤드류와 함께 생활한 지 한 해 가까이 지나, 이제야 겨우 남들처럼 행복하게 살 수 있겠다고 뿌듯해했는데, 그의 관심은 이미 시릴에게서 다른 대상으로 옮겨가고 말았다. 아니 어쩌면,

인정하고 싶지 않지만 그의 목적은 애당초 그녀가 아니었는지도 모른다.

그를 만난 것은 시릴이 탁아소에서 일하던 무렵이었다. 오후가 되면 아이들의 손을 잡고 근처 공원으로 놀러 나가는 것이 스태프들의 일과 중 하나였다. 그때, 카메라를 들고 나타나 아이들의 표정을 열심히 찍는 남자가 있었다. 그 사람이 바로 앤드류 비스티였다.

참 차분하게 생겼다는 인상을 받았다. 처음에는 스쳐 지날 때 기껏해야 인사를 하는 정도였는데, 그러다 말을 나누게 되었고 마침내 그의 모습이 보이지 않으면 찾게 되었다.

다른 스태프들은 그녀를 놀렸다. 정말 홀딱 반했나 봐, 그러다 또 호되게 당하고 울어도 우리는 몰라.

그러나 번번이 시원치 않은 남자에게 걸려 돈을 뜯기고 버려지는 패턴을 반복했던 시릴의 눈에 앤드류의 언행과 분위기는 귀공자처럼 우아하고 신사적으로 보였다. 그는 지금까지 그녀가 알았던 남자들과는 하나부터 열까지 전부 달랐다. 같은 남자라고 여겨지지 않을 정도였다.

그는 "이래 봬도 전문 사진가입니다"라고 자기소개를 하면서, "아이들이 노는 모습을 찍어도 될까요?" 하고 시릴에게 부탁했다. 그녀뿐만 아니라 다른 직원들에게도 정중하게 취지를 설명하고, 개인전 기록과 작품집, 잡지에 작가 이름과 함께 실린 사진 등을 보여 주고는, 머지않아 빌리지 갤러리에서 세 번째 개인전을 갖는다고 했다. 찍은 사진을 사용할 때에는 반드시 탁아소를 통해 부모의 허락을 받겠노라는 약속까지 했기 때문에, 시릴과

스태프들은 의논 끝에 별 문제없을 것이라 판단하고 수락했다.

물론 문제가 없지 않았다. 하지만 이미 앤드류에게 푹 빠져 있던 시릴은 시간이 한참 흐른 후에야 그 심각함을 깨달았다.

금전적으로나 감정적으로 경영자와 마찰을 빚은 시릴은 탁아소를 그만두고 앤드류가 사는 아파트에서 같이 생활하기 시작했다.

시릴은 앤드류와 같이 지내는 나날들이 마치 꿈만 같았다. 살집이 없어 납작한 가슴과 미숙한 몸을 줄곧 부끄러워했는데, 앤드류는 마치 보물이라도 되듯 다루어 주었다. 누런 피부를 애지중지 쓰다듬으며 중국의 도자기라고 칭찬하고, 찢어진 눈을 신비하고 아름답다고 했으며, 침대에서는 늘 첫날밤처럼 부드럽게 대했다. 그런가 하면 줄줄이 새 옷을 사다 주기도 했다. 프릴과 리본이 달린 아동복 같은 디자인이 마음에 들지는 않았지만, 기뻐하는 그의 얼굴을 볼 수 있다면 가령 알몸으로 걸어 다니라고 해도 그렇게 하리라 생각했다. 그 무렵에는 그를 애인이라기보다 은인으로까지 생각하고 있었다.

그는 매일 밤, 시릴의 몸을 씻겨 주고 싶어 했다. 그것도 자신은 옷을 입은 채 욕조 밖에 쭈그리고 앉아 천천히, 오래오래 씻겨 주었다. 처음에는 이상한 기분이 들었지만, 이내 익숙해졌다. 욕조에 누워 그가 스펀지로 온몸을 닦아 주면 황홀했다. 양귀비라도 된 기분이었다. 일곱 형제 중 한가운데인 그녀는 태어나서 지금까지 이렇게 애정과 정성으로 자신을 대해 주는 이를 만나기는 처음이었다.

사랑받고 있다고 생각했다. 행복했다. 하늘에라도 오를 것처럼 행복했다.

그렇게 반년쯤 지났을 때, 그녀는 앤드류가 암실로 사용하는 방을 청소하다가 바닥에 떨어진 사진 한 장을 발견했다.

하얀 벽을 배경으로 세 살쯤 된 사내아이가 찍혀 있었다. 아이는 알몸이었다. 그 모습이 시릴에게는 알몸으로 있는 사내아이를 찍은 게 아니라, 벗겨 놓은 사내아이의 알몸을 찍은 것처럼 보였다. 무엇보다 거슬렸던 것은 그 아이의 눈빛이었다. 죄의식과 혐오감이 뒤섞인 눈빛. 두려움과 어리광도 약간 섞여 있었다. 탁아소에서 일할 때, 몇 번이나 이런 눈빛을 본 경험이 있었다. 잘못이라는 것을 알면서도 숨어서 몰래 뭔가를 할 때나 그 일이 발각되었을 때, 아이들은 하나같이 그런 눈빛을 보였다.

시릴은 사진을 쓰레기통에 버리고, 앤드류에게는 입 다물고 있기로 했다. 괜히 따지고 들었다가 그와의 관계에 금이 가는 것은 원치 않았다.

그러나 지금에 와서는 달리 생각한다. 어쩌면 앤드류가 자신을 시험하기 위해 그 사진을 일부러 떨어뜨린 것은 아닐까 하고. 그날을 경계로 그가 점점 대담해졌기 때문이다. 자신의 특수한 성벽을 거의 감추지 않았고, 급기야 그녀까지 공범으로 끌어들였다.

그는 시릴을 어린아이가 있는 집에서 베이비시터로 일하게 시키고는 시장을 보거나 산책할 때 데리고 나와 아파트에 들르도록 했다. 그리고 그녀더러는 다른 방에 가 있으라 하고, 과자를 주고 놀아 주면서 아이가 안심한다 싶으면 옷을 벗기고 사진을 찍었다.

그가 매번 어떤 말로 아이들을 설득해서(혹은 위협해서?) 옷을 벗기는지, 옷을 벗기고 사진을 찍을 때까지 대체 아이에게 뭘 하는지(혹은 뭘 시키는지?), 시릴은 절대 알려 하지 않았다. 마음의 눈과 귀를 막고, 있는 힘을 다해 거짓 웃음을 지으면서 아무 이상 없는 척했다. 그것은 정말 어리석은 짓이었다. 암실에 쳐진 로프에는 언제나 벌거벗은 아이들과 그 음부를 찍은 사진이 만국기처럼 걸려 있었다. 도저히 예술 작품 같지 않은 그 사진들을 보면 빈 시간에 앤드류가 무슨 짓을 하는지도 보나마나 뻔했다.

앤드류에게는 그야말로 취미와 실익을 동시에 충족시킬 수 있는 사업이었다. 성적인 만족감을 얻을 수 있는 데다 마니아들에게 사진을 비싼 값에 팔 수도 있었다.

아이들의 입은 죄의식만 심어 주어도 쉽게 막을 수 있었다. 어린아이들의 생각은 원래 자기중심적이기 때문에, 주위에서 일어난 일 모두가 자기 책임이라고 믿는 경향이 강하다. 앤드류가 그 점을 이용해서 아이들에게 조곤조곤 되풀이하는 말이 문을 넘어 들리곤 했다.

알겠니. 다른 사람에게 이 일을 얘기하면 네 엄마와 아빠는 무척 슬퍼할 거야. 엄마는 과자를 준다고 이렇게 나쁜 짓을 한 너를 싫어하게 될지도 모르고, 어쩌면 다른 아이랑 바꾸고 싶어 할지도 몰라. 그러면 너는 아빠랑 엄마와 떨어져서 병원에서 지낼 수도 있어. 가족이 뿔뿔이 흩어지는 거지. 그렇게 되는 건 싫지? 그러니까 아무에게도 말하면 안 된다. 네가 말하지 않겠다고 약속하면 나도 절대 말하지 않을게. 우리들만의 비밀로 하는 거야.

알겠지?

그 말에 어린아이가 어떻게 '노'라고 대답할 수 있을까. 시릴은 입술을 깨물었다. 아이들은 그렇다 치더라도, 어떻게 자신까지.

힘으로 제압한 것도 아니고 협박한 것도 아니다. 그런데도 …… 이제 이런 짓은 그만두라고 몇 번이나 말하려 했지만, 도저히 입을 뗄 수 없었다.

앤드류가 제 발로 샌더슨 교수의 집까지 오는 위험을 무릅쓰게 된 것은 그들 아파트에서는 팀이 전혀 말을 듣지 않기 때문이었다. 서너 번 시도한 후, 앤드류는 포기했다. 불안에 빠져 안절부절못하는 팀을 생각대로 조종하기가 쉽지 않았고, 자칫 입을 막기 위해 늘 하던 말도 효과가 없을 우려가 있었다. 그래서 어쩔 수 없이 장소를 바꾸기로 한 것이었다.

시릴은 지난번의 앤드류 얼굴이 떠올라, 또다시 몸을 푸르르 떨었다. 카메라를 들고 팀의 방에서 나왔을 때, 만족스럽게 코를 벌렁거리던 그 얼굴. 아마도 원주민 아이의 빨간 피부가 신기해서였을 것이다. 지금까지의 모델은 모두, 적어도 시릴을 고용할 수 있을 정도로 유복한 백인 가정의 아이뿐이었으니까. 앤드류에게는 성별과 인종에 대한 차별 의식이 조금도 없군, 하고 시릴은 아이러니하게 생각했다.

그토록 애먹이던 팀은 매일 밤 누워 자는 침대 위에서 사진을 찍으면 안심하는 듯했다. 자신이 무슨 짓을 당하고 있는지, 어린 그는 알지 못했다.

그날 저녁, 시릴이 욕실에서 목욕을 시키려 하자 그는 자신의 조그만 성기를 주물거려 바짝 세우고는, 칭찬을 기대하는 표정으로 그녀를 올려다보았다.

정신을 차렸을 때는 이미 뺨을 때린 후였다.

똑같은 행동을 했는데, 한쪽에서는 칭찬을 듣고 다른 한쪽에서는 뺨을 얻어맞아 겁을 먹고 혼란에 빠진 팀을 꼭 안고서 시릴은 엉엉 울었다. 울다 보니, 팀과 자신 중 어느 쪽을 동정해서 우는 것인지 애매해지고 말았다.

앤드류는 병적이다. 이성이 그렇게 속삭이고 있었다. 그러나 그 사실을 인정하고 싶지 않아서 시릴은 그가 피치 못하게 어린아이들에게 성적인 출구를 찾게 된 것은 자기 탓이라고, 자신이 그를 만족시키지 못했기 때문이라고 생각하려 했다. 이 지경에 이르러서도 그녀는 앤드류를 사랑하고 있었던 것이다. 아니 사랑이라고 착각하고 있을 뿐 사실은 집착에 불과한지도 몰랐지만, 아무튼 그를 잃고 이 집에서 쫓겨나느니 차라리 죽는 편이 낫다고 생각했다.

이 도시는 어쩌면 이렇게 잔인한 것일까, 시릴은 생각했다. 모든 것이 거짓으로 범벅이다. 밤에는 빛나 보이던 꿈도 눈을 뜨고 나면 허접한 가짜에 지나지 않는다. 모든 것이 그런 식이었다. 간신히 찾은 행복마저 역시 환상에 지나지 않았다. 이 도시에 사는 사람들은 그 환상을 환상이라고 인정하지 않으려 애쓰면서 겨우 제정신을 유지하고 있다 ……. 그런데 왜 자신은 이 도시를 떠나지 않는 것일까.

벽시계를 쳐다본다. 바늘이 너무도 빨리 움직여 움찔 놀라고 있을 때, 마치 그 시계로 잰 것처럼 정확하게 벨이 울렸다.

시릴은 휘청거리며 일어섰다.

팀이 까맣고 투명한 눈동자로 질문하듯이 올려다보았다. 또 그 사람? 이라고 묻는 듯한 눈빛이지만, 그는 어지간한 일이 아니고서는 자기 입으로 말하려 들지 않는다. 앤드류에게는 더없이 좋은 대상인 셈이다.

'미안해.'

시릴은 팀의 시선을 떼어내듯이 힘겹게 얼굴을 돌렸다.

'하지만 네가 좋아하는 과자를 또 받을 수 있어.'

그리고 문을 열기 위해 나갔다.


비가 내리기 시작했다. 데니스 잭슨 의사가 비서에게 빌려 주라고 지시한 우산을 펼치고 마후유는 걸음을 내디뎠다.

초여름에 어울리지 않는 가랑비였다. 우산에 닿는 빗방울 소리조차 들리지 않는다. 안개처럼 자잘한 물방울이 사방의 풍경을 소리 없이 적실 뿐이다. 오가는 자동차 와이퍼의 움직임은 완만하지만, 타이어 소리는 젖어 있었다. 파란 우산의 손잡이를 잡은 손이 물속에 가라앉은 하얀 조개처럼 파르스름해 보인다.

비는, 좋아한다. 천천히 걸으면서 마후유는 생각했다.

비는 평소의 더러운 거리를 아름답게 변모시킨다. 눈에 익은 광장이 불현듯 낯선 표정으로 눈앞에 나타난다. 눈에 거슬리는 배경은 전부 거무칙칙하게 가라앉고 선명한 색감만 떠올라 모든 것의 윤곽이 종이에 번진 잉크처럼 애매해진다. 그렇게 현실감이 사라진 풍경은 열에 시달리며 꾸는 꿈처럼 두서없다. 그런 불안함이 오히려 기분을 차분하게 해 준다. 오가는 사람들이 모두 조국에서 추방된 나그네처럼 불안해 보이기 때문인지도 모른다. 자신만이 이방인이 아닌 것처럼 여겨져 안도한다.

그렇게 근거 없는 생각은 아닐 것이다. 이 대륙은 콜럼버스가 발견하기 전부터 여기에 있었고, 백인이 대거 몰려오기 훨씬 전부터 인디언들이 살고 있었으니까. 아메리카 대륙은 원래 그들의 것이었다. 그들이 아닌 인간은 모두 이방인이었다.

언제였나, 랠리가 이렇게 말한 적이 있다.

"토지를 약탈하거나 같은 인간을 노예로 삼는 행위는, 전 세계 역사 속에 흔히 있는 일이었어. 그러나 전부터 살던 우호적인 사람들을 살육하고 멸종시키려 한 것은 우리들 백인뿐이야. 백인은 그들을 야만인이라고 불렀지만, 어느 쪽이 야만적이었는지는 따져 볼 것도 없지."

어디에선가 경찰차의 사이렌 소리가 울린다. 늘 있는 일이라 누구 하나 신경 쓰지 않는다. 머리를 신문이나 가방으로 가린 사람들이 잰걸음으로 갈 길을 서두른다.

약탈과 살육 끝에 세워진 미국이라는 나라. 지금, 이 땅 위를 걷는 사람들 대부분이 원래는 이방인이었다는 점에서 동일하다는 생각이 마후유의 마음을 다소 편하게 했다.

하지만, 하고 마후유는 생각한다.

동시에 다른 의미에서는, 이방인으로 취급되어서는 안 될 사람들이 부당한 취급을 받고 있기도 하다.

예를 들면, 잭슨. 그의 피는 푸에르토리칸이지만, 그는 미국에서 태어나고 자란 어엿한 미국인이다. 그런데도 이 나라 사람으로(또는 그저 인간으로도) 정당한 대우를 받지 못한 경험이 이루 헤아릴 수 없이 많을 것이다. 그가 정신과 의사로 개업하기까지 넘어야 했을 무수한 장벽과 지금도 여전히 감수하고 있을 굴욕의 질을 상상하면 속이 다 메슥거린다.

단, 이렇게 생각하는 것 자체가 오만함과 종이 한 장 차이라는 생각이 들기 때문에 어렵다. 그녀 자신도 스쳐 지나가던 사람이 "고 홈 잽!" 하면서 침을 뱉거나 가게에서 뭘 사려다 노골적으로 무시당한 경험이 몇 번이나 있었다. 훨씬 더 음습한 차별을 당한 적도 있었다. 하지만 그 정도 일은 태어났을 때부터 이 도시가 아니면 갈 곳이 없었던 잭슨의 심정과는 비교할 길이 없다. 자신에게 그나마 여유가 있기 때문에 그의 처지를 동정할 수 있는지도 모른다. 더 나아가 흑인이니 당연히 차별을 받았을 것이고 의사가 되어 개업하기까지의 길도 험난했을 것이라고 획일화된 결론을 내리는 것조차도 어쩌면 무의식 속에 숨어 있는 일종의 우월감이나 차별 의식의 표현이 아닐까 생각하면 그녀는 옴짝할 수가 없어진다. 무언가를 그럴 것이라고 단정하는 것은 그 일이 당연하다고 생각하는 것과 거의 종이 한 장 차이가 아닐까……

빵! 빵! 갑자기 경적이 울려 마후유는 화들짝 놀랐다. 하마터면 빨간 신호에 횡단보도를 건널 뻔했다.

옆에 있는 쇠기둥을 잡고 현기증을 참는다. 몹시 어지러웠다. 잭슨과 상담을 하면서, 적어도 며칠치 정신력을 한꺼번에 소진한 탓이다.

"…… 아, 짜증 나."

마후유는 중얼거렸다.

"아, 진짜 모든 게 짜증 나네."

오랜만에 입에서 나온 일본말이었다.

긴긴 세월, 마음속에 진흙탕처럼 끌어안은 채 밖으로 드러내지 못한 속내를 과감하게 토해 냈던 그 순간에는 하늘을 향해 고함이라도 지르고 싶을 만큼 기분이 후련했는데, 비 내리는 길을 걷느라 물기를 머금은 우산과 옷이 점차 무거워지자 피로감이 눅눅하게 온몸을 휘감기 시작했다. 자신이 지금 생물로서 몹시 약해져 있다는 것을 느낄 수 있었다. 뒤축에 납이 박혀 있는 느낌이다. 아무리 용을 써도 지금 도서관에 들러 자료 조사를 할 수 있을 만큼의 기운을 짜 낼 수 없을 것 같다. 오후 강의는 들어가 봐야 헛수고일 듯한 기분이 든다. 지금은 오로지 침대에 누워 편히 쉬고 싶을 뿐이다.

이유도 없이 불안했다. 길 잃은 미아처럼, 이대로 주저앉고 싶어진다. 누가 말을 걸기라도 하면 울음이 터질 것만 같다.

그러나 하필 이럴 때 랠리는 집에 없다. 프린스턴에서 손님이 온다고 학교에 갔다. 나가는 길에 저녁때나 되어야 돌아온다고 했다.

어쩌지.

신호등은 벌써 파란색으로 바뀌었는데 건너지 못하고 마냥 서 있다.

그의 집에서 기다려 볼까.

손목시계를 들여다보았다. 열한 시 반. 지금 가면 팀의 점심을 만들어 줄 수 있을지도 모른다. 만약 시릴이 그를 데리고 나갔더라도, 랠리에게 받은 보조 열쇠가 있다. 집 안에서 기다릴 수 있다. 그래, 그렇게 하자. 점심은 가볍게 먹고, 다 같이 디저트로 케이크를 먹는 것도 좋겠다. 시릴은 특히 홍차를 맛있게 잘 끓이니까. 그리고 한숨 쉰 후에 오늘은 그만 됐다고 하고서 일찍 돌려보내면 된다. 팀과 둘이 레고 놀이를 하면서 그가 좋아하는 디즈니와 옛날 영화 「E.T.」를 비디오로 같이 보고, 낮잠 잘 시간에는 책을 읽어 주고 …… 그리고 나도 그의 조그만 몸 옆에 누워 잠을 청하자.

마음을 정하고 나자 조금은 기운이 났다. 그런 소박한 위로야말로 지금 마후유가 가장 필요로 하는 것이었다. 어쩌면 랠리의 감미로운 애무보다도 더.

6번가에서 조금 들어간 카페에서 조각 케이크를 몇 개 사고, 천천히 걸어서 5번가를 향해 차를 조심하면서 건넜다.

랠리의 아파트는 그래머시 파크 바로 근처에 있는 오래된 벽돌 건물이다. 캠퍼스 내에 교수 전용 아파트가 있는데도 불구하고 집을 따로 빌릴 수 있는 여유가 있는 것은 그에게 대학만이 아니라 다른 곳에서 들어오는 수입도 있기 때문이다. 언젠가 "이 나이가 되도록 부모 덕을 보고 있는 격이지" 하며 피식 웃은 적이 있다.

랠리의 고향은 애리조나다. 부모님은 목축업에서 부동산까지 폭넓게 사업을 벌이고 있는데, 맏아들인 그가 가업을 이을 권리를 동생에게 양보하고 학자가 되겠노라 결의를 굳혔을 때, 아버지는 조건을 걸고서야 간신히 승복했다. '가업에 직접적으로 관여하지 않아도 좋다. 그러나 학생들에게 경영학을 가르칠 머리와 컴퓨터를 다룰 수 있는 지식이 있다면, 최소한 경영상의 조언

정도는 맡도록 해라. 일한 만큼의 급료는 지불하겠다.' 그것이 조건이었다.

"온정을 베푼 거지. 아버지의 방식으로."

랠리는 그렇게 말했다.

전처인 이블린이 팀을 남겨 둔 채 집을 나간 후로 랠리는 한 번도 고향에 내려가지 않았다. 마후유도 그 심정은 이해가 된다. 가족의, 특히 어머니의 결사반대를 무릅쓰면서까지 밀어붙인 결혼이었는데 결과가 이래서야 돌아가기 껄끄러운 것도 당연하다.

―결혼.

랠리는 프러포즈에 대한 마후유의 대답을 줄곧 기다리고 있다. 벌써 두 달이나 지났는데 그는 그 얘기를 한 번도 꺼내지 않았고, 마후유를 대하는 태도도 변하지 않았다.

케이크 상자가 비에 젖지 않도록 조심스레 안고 걸으면서 그녀는 불현듯 한숨을 쉬었다. 자기 얼굴을 제 손으로 찰싹 때려 주고 싶었다. 일로는 동구를 기다리게 하고, 결혼으로는 랠리를 기다리게 하고……. 머피 너, 네가 얼마나 멋대로 굴고 있는지 알기는 하니? 우유부단하고, 남 생각 못하고. 그러고 있다가는 정말 엉망이 될 거야. 상대에게 상처를 주고 싶지 않다는 건 그저 변명일 뿐, 사실은 너 자신이 상처 입고 싶지 않을 뿐이면서.

고개를 숙이고 걷다가 그만 아파트 앞을 지나치고 말았다. 마후유는 얼른 왔던 길을 되돌아갔다. 건물 입구에서 벨을 누르기도 전에, 안에 있던 도어맨 토니 디마지오가 쿡쿡 웃으면서 무거운 유리문을 열어 주었다.

"대체 어디까지 갈 생각이었죠?"

퉁퉁한 몸을 우아하게 옆으로 비켜 마후유를 맞으면서 그가 말했다.

"창피하게, 보고 있었어요?

"휙 지나가기에 꼭 닮은 다른 사람인가 했습니다."

마후유는 웃고서, 구석에 있는 엘리베이터 버튼을 누르고 기다렸다.

"우산 갖고 있길 다행입니다."

마음씨 좋은 이탈리아계 토니는 늘 이렇게 말을 걸어 준다.

"네, 그러게요."

"요즘 감기는 아주 고약하니까요."

그가 제복에 달린 단추를 만지작거리던 손으로 케이크 상자를 가리켰다.

"아주 맛있죠, 그 카페 케이크."

"그래요? 처음 사 봤는데."

"꽤 맛있습니다. 단것에 관해서는 이 몸이 좀 알죠."

토니는 그렇게 말해 놓고 또 웃었다.

"아, 손님이 한발 앞서 올라갔어요. 이십 분 정도 됐을 겁니다."

"손님?"

"아, 아닌가요? 비스티라는 사람이었는데, 몰라요?"

마후유는 고개를 옆으로 저었다.

"규정대로 인터폰을 통해 연락을 취했는데, 낮에 늘 있는 그 여자가, 음, 이름이 ……."

"미스 윙이요."

"아, 그렇지. 그 사람 목소리였어요. 들여보내라고 해서 문을 열어 줬는데."

"배달 온 사람이 아니고요?"

"그런 분위기가 아니었어요. 짐도 없었고. 핸섬하고 착실해 보이는 남자였습니다. 아, 카메라 가방을 들고 있었나."

카메라 가방? 마후유는 미간을 찡그렸다. 짚이는 사람이 없었다. 시릴의 지인일까. 그렇다면 왜 굳이 여기로 불렀을까.

"처음 보는 사람이었나요?"

"나는 처음이었어요. 스티브는 어떤지 모르겠지만."

도어맨 토니와 스티브는 교대로 근무하고 있다.

"아직 안 내려왔죠?"

"네, 그건 분명합니다. 내가 줄곧 여기 있었으니까요."

토니는 불안한 표정이었다. 땡 소리가 나고 엘리베이터 문이 스르륵 열렸다.

"혼자서 가도 괜찮겠습니까?"

"네. 미스 윙이 아는 사람이겠죠. 걱정 마세요."

"지금 올라간다고, 연락을 취해 둘까요?"

마후유는 잠시 생각하고서 고개를 끄덕였다.

"네, 그래 주세요. 부탁할게요."

손을 흔들고서 3층 버튼을 눌렀다. 문이 마주 닫히는 동시에 상자가 흔들리면서 웅 하는 소리와 함께 올라갔다.

비스티……? 대체 누구지? 역시 토니와 같이 올 걸 그랬나. 불안할 때일수록 오기를 부려 혼자서도 괜찮다는 표정을 짓고 만다. 하지만 시릴이 이름을 들은 후에 들여보내도 좋다고 했다니까, 강도가 아닌 것만은 분명한데 …….

엘리베이터에서 내려 앞에서 두 번째 문의 벨을 눌렀다.

반응이 없다.

다시 한 번 누른다. 꽤 오래 기다렸는데도 아무도 나오지 않았다.

혹시 시릴과 그 남자가 그런 관계인 것일까. 두 사람 다 지금 허둥지둥 옷을 입고 있는 것일까. 그렇다면 굳이 이쪽에서 신경을 써 줄 필요가 없다. 고용주가 없는 틈에 타인을 집으로 끌어들이다니, 절대 허용되지 않는 일이다.

그런데도 마후유는 가슴이 콩콩거리고 불안했다. 가방 안을 뒤져 보조 열쇠를 꺼내 열쇠 구멍에 꽂으려다 만다.

만약 그 남자가 몹쓸 인간이라면? 아무리 '핸섬하고 착실하게' 보였어도 이쪽에서 뭐라고 비난하는 소리에 신경이 곤두서면 무슨 짓을 할지 모른다. 이곳은 범죄의 도시 뉴욕이 아닌가.

열쇠를 꽂으려는 때였다.

안에서 부스럭거리는 소리가 들리더니 문이 빼꼼 열리고 시릴이 얼굴을 내밀었다. 방범용 체인은 걸려 있는 채였다.

"무슨 일이지?"

깜짝 놀라 마후유가 물었다.

"어디 아픈 거야?"

시릴은 핏기가 싹 가신 얼굴을 옆으로 저었다. 파랗게 질린 입술에 손잡이를 잡은 손까지 부들부들 떨고 있었다. 옷 매무새는 흐트러지지 않았는데, 어떻게 보나 정상이 아니었다. 몸이 안 좋아 남자를 부른 것일까?

"안에 있는 사람은 누구지?"

최대한 친절하게 들리도록 물었다.

시릴이 박제처럼 생기 없는 눈으로 마후유를 쳐다보았다.

"시릴, 이 문 열어."

심장의 쿵쿵거림이 점점 빨라졌다.

"당신이 부탁하면, 랠리에게는 말하지 않을게."

시릴의 시선이 허공을 맴돌았다. 얼굴이 일그러지면서 무슨 말을 하려고 입을 열었다가 다시 닫았다. 손이 슬금슬금 움직였다. 말은 한 마디도 하지 않은 채, 떨리는 손으로 간신히 체인을 벗기고 문을 살며시 열려고 했다.

그때 갑자기 다른 손이 시릴의 어깨 너머에서 쑥 나왔다. 자신도 모르게 비명을 지른 마후유는 획 열린 문에 튕겨 나가 복도 벽에 등을 부딪쳤다. 키가 큰 백인 남자가 뛰쳐나와 케이크 상자를 짓밟았다. 손에는 뚜껑 열린 카메라, 어깨에는 카메라 가방. 남자는 순간적으로 머뭇거리다가 오른쪽으로 뛰었다. 그리고 엘리베이터 옆 비상계단을 몇 단씩 건너뛰면서 내려갔다.

시릴이 휘청거리며 쫓아가 아래를 내려다보며 뭐라고 외치는 소리가 들렸다. 마후유는 비틀비틀 일어나, 닫히려 하는 문을 활짝 열고 안으로 구르다시피 들어갔다.

수상한 짓을 하지 않았다면 저렇게 헐레벌떡 도망칠 리가 없다. 뭔가 훔치려던 걸까. 집 안을 뒤진 흔적은 없지만 음산할 정도로 조용했다.

"팀!"

고요하다.

"팀!"

부엌을 들여다보고 거실을 돌아보았다. 바닥에 흩어져 있는 블록을 건너뛰어 아이 방으로 달려갔다. 문을 쾅 열자, 소리에 놀라 겁을 먹은 팀과 눈이 마주쳤다.

온몸으로 후, 숨을 쉰다.

"팀, 부르면 대답을 해야지. 걱정했 ……."

그 순간 눈을 움직일 수가 없었다.

침대에 동그마니 앉은 팀의 하반신이 고스란히 드러나 있었다. 벗은 엉덩이 주변에 과자 껍질이 흐트러져 있고, 평소 같으면 입고 있었을 청바지와 하얀 팬티가 옆에 있는 의자에 둘둘 말려 있고, 침대 발치 바닥에는 조그맣고 노란 종이 상자가 떨어져 있었다. 그것이 빈 필름 통이라는 것을 깨닫는 순간, 충격이 뺨을 때리듯 마후유를 덮쳤다.

달려가 몸에 손을 대기 전에, 팀이 팔로 기어오르듯 몸을 일으켜 마후유의 목을 꼭 껴안았다. 말도 하지 않았다. 울지도 않았다. 그저 매달리듯 그녀 목을 꽉 끌어안았다. 네 살짜리 사내아이라고는 여겨지지 않는 힘이었다.

"팀 ……. 이제 괜찮아 …… 팀."

주문처럼 그 말만 되풀이하면서 마후유도 팀을 꼭 껴안으며 그의 양 다리 사이를 더듬었다. 자신이 뭘 확인하려고 하는지 생각만 해도 구역질이 올라왔다.

뒤에서 찰칵 하는 소리가 들렸을 때, 마후유는 심장이 멈추는 줄 알았다. 돌아보니 문가에 시릴이 서 있었다.

"아무 짓도 안 했어요."

시릴은 유령처럼 멀거니 서서 중얼거렸다.

"그 사람, 그 아이에게 아무 짓도 안 했어요. 조금, 만지고 ……
제 손으로 만지는 거 가르쳐 주고 …… 사진을 찍었을 뿐. 그게
다예요."

"그게 다, 라고?"

폭발 직전의 목소리였다.

"부탁할게요."

시릴이 두 손을 마주 비빈다.

"그 사람을 용서해 줘요. 경찰에 신고하면 안 돼요."

"이런 짓을 해 놓고, 그런 말이 나와."

몸이 후들후들 떨렸지만, 공포 때문은 아니었다. 격렬한 분노
때문이었다. 마후유가 팀을 꼭 껴안은 채 노려보자, 시릴은 끝내
목을 놓아 엉엉 울었다.

"부탁이에요 ……. 사실은 좋은 사람이에요. 용서해 주세요.
그 사람, 병이에요."

"병이라면!"

마후유는 자신도 모르게 소리를 버럭 지르고는, 침착하려 목
소리를 억눌렀다.

"병이라면 제대로 치료를 받아야지."

시릴은 훌쩍거리면서 매달리는 눈빛으로 마후유를 보았다.

"나을까요? 고치면 낫겠어요?"

내 알 바가 아니지, 하고 고함을 지르고 싶은 것을 있는 힘껏
참았다.

"나을 거야. 정말 병이라면. 하지만 낫기 위해서는 우선 전문가를 찾아 가야지."

시릴은 다리에서 힘이 쭉 빠지는지, 흐물흐물 바닥에 주저앉았다.

"알고 있었어요."

시릴이 중얼거렸다.

"나쁜 짓이라는 거, 알고 있었어요. 하지만 어떻게 할 수가 없었어요. 정말, 정말 어떻게 할 수가 없었어요. 내 힘으로는 어떻게 ……."

미안해요 …… 미안해요 ……. 시릴은 울면서 그 말만 되풀이했다.

마후유가 팀을 침대에 내려놓으려 하자 그는 꽉 부여잡은 손을 절대 놓지 않았다. 어쩔 수 없어 팀을 안은 채로 시릴 옆을 지나 거실에서 전화기를 들고 와 그녀의 코앞에 내밀었다.

"자수해야 죄가 가벼워진다는 건 알고 있겠지?"

눈물범벅이 된 얼굴로 올려다보는 시릴에게 마후유가 말했다.

"정신 차려! 네 손으로 직접 전화해."

# 6


마후유는 현실이 아닌 장소에 발을 잘못 들이민 것처럼 기묘
한 감각을 어쩌지 못하고 있었다. 그 남자 — 앤드류 비스티가
자신을 어떻게 했는지, 들어왔을 때 집 안이 어떤 상태였는지,
팀은 어디에, 어떻게 있었는지. 경찰과 형사들 앞에서 사건 당시
상황을 하나하나 떠올리며 얘기하자니 상당한 집중력과 자제심
이 필요했지만, 그럼에도 때로 머리 한구석에 엉뚱한 생각이
('형사들은 정말 영화에서처럼 이인조로 찾아오네') 떠오르곤
했다.

마후유가 참고인 조사를 받고 있는 내내 팀은 한시도 그녀에
게서 떨어지지 않았다. 랠리가 안아 주려 해도 완강하게 손을 놓
지 않았다. 발작이라도 일으키는 것은 아닐까 불안해진 랠리가
몇 번이나 팀의 얼굴을 들여다보았을 정도다.

마후유가 랠리의 연구실에 전화를 건 것은 시릴을 설득해서
경찰을 부른 직후였다. 그가 멀리서 온 손님을 그냥 두고 집까지
뛰어오는 데 걸린 십오 분이 영원만큼이나 길게 느껴졌다. 팀이
품에 안긴 채 한시도 떨어지지 않는 통에 옷을 입히지도 못한
채 그저 담요로 둘둘 감은 조그만 몸을 안고 있다 보니, 마치 자
신이 그에게 안겨 있는 느낌이 들었다. 팀과 그렇게 서로를 꼭

껴안고 있지 않았더라면 벌써 이성을 잃었을지도 모른다.

한 시간쯤 지나자 무전기로 연락이 들어왔다. 비스티가 체포되었다는 보고였다. 아파트 주차장에 차를 가지러 갔다가 어이없이 잡혔다고 한다. 어딘가로 도망칠 생각이었던 것 같은데 집 주변에서 어슬렁거리며 모습을 드러낸 것을 보면 시릴이 그렇게 빨리 실토할 줄은 몰랐던 모양이다.

그의 집에서는 저질스러운 잡지 여러 종류와 더불어 다른 죄를 뒷받침할 수 있는 엄청난 수의 사진과 필름, 고객 리스트 등이 발견되었다. 형이 확정되면 비스티는 아마 전문의에게 넘겨질 거라고 형사는 말했다.

도중에 팀을 진료하는 의사가 찾아왔다. 듬성듬성한 흰머리에 매부리코의 그 남자는 말꼬리에 독일어 억양이 희미하게 섞여 있었다. 이런 사건은 흔히 겪어 익숙한지, 어퍼 이스트에 있는 자신의 클리닉에도 신체적으로나 성적으로 학대를 받은 아이들이 일주일에도 몇 명이나 찾아온다고 설명했다.

진찰 결과, 시릴의 말이 어떤 의미에서는 사실이라는 것이 밝혀졌다. 팀은 '아직' 아무 짓도 당하지 않은 상태였다. 그러니까 육체적으로는 상처가 전혀 없었다는 뜻이다.

의사는 조그맣고 하얀 알약을 팀에게 먹이고, 같은 약을 몇 알 건네주고 갔다. 물론 그런 약으로 모든 게 다 좋아지는 것은 아니다. 흥분을 진정시키는 역할을 할 뿐이다. 그가 상처 입은 곳은 눈에 보이지 않는 부분이었다.


마지막까지 남아 있던 경찰이 철수한 후, 집 안으로 몸을 돌린 마후유는 닫힌 문에 기대어 긴 한숨을 쉬었다.

늦은 오후의 햇살이 창문으로 희미하게 비치고 있었다. 비가 언제 그쳤을까. 잊고 있던 피로가 몇 배로 불어나 마후유를 덮쳤다. 그녀는 그대로 허물어지듯 바닥에 주저앉았다.

아이 방에서 나온 랠리는 눈을 감은 채 주저앉아 있는 마후유를 보자 옆으로 다가와 무릎 밑으로 손을 집어넣고 힘주어 끌어안았다. 마후유를 안아다 소파에 내려놓고, 자신도 곁에 앉아 그녀를 꼭 껴안았다.

잠시, 두 사람 다 아무 말 하지 않았다. 그저 서로를 껴안고 밖에서 들려오는 도시의 소리를 들었다.

마침내 갈라진 목소리로 마후유가 말했다.

"팀은?"

"응. 이제 진정됐어. 곤히 자고 있어."

"…… 믿을 수가 없네."

"응, 그러게. 약이 효과가 있나 봐."

"아니, 그런 뜻이 아니라. 이런 일이 생겼다는 게, 믿기지 않는다고."

"그래."

"너무하잖아. 너무해."

"일이 더 심각해질 수도 있었어."

랠리는 그렇게 속삭였다.

"당신이 막아 준 거야. 당신이 오지 않았더라면 어떻게 되었을지, 생각만 해도 끔찍하군."

랠리가 천천히 머리를 쓰다듬자, 마후유는 참고 있던 오열을 터뜨리고 말았다. 그의 몸을 꽉 끌어안고, 하얀 셔츠 입은 가슴에 얼굴을 묻는다. 경찰에 끌려가던 시릴 웡의 뒷모습이 눈에 새겨진 채 떠나지 않았다.

"어떻게 이럴 수가 있어."

마후유가 중얼거렸다.

"왜? 왜 팀만 이렇게 잔인한 일을 당해야 하는 거야?"

"그러게 말이야. 하느님은 대체 뭘 하고 있는 건지."

랠리는 천천히 고개를 저었다.

"없어, 하느님은 없어."

딱 잘라 말하고서 마후유는 랠리의 턱 밑에 이마를 대었다. 코를 훌쩍거리는 그녀에게 랠리가 사이드 테이블로 손을 뻗어 티슈를 뽑아 주었다.

"팀은 또다시 가위에 눌리게 될 거야. 꽤 좋아졌는데, 가엾게도."

"그렇겠지."

랠리가 마후유의 머리칼을 귀 뒤로 넘기면서 말했다.

"하지만 팀만 가여운 게 아니야."

"설마 당신, 그 남자에게 연민을 느끼는 거야?"

"아니."

"그럼, 시릴을?"

"아니, 당신."

마후유는 놀라서 몸을 일으켰다.

"나를?"

"응. 당신도 혹독한 일만 당하고 있잖아. 하느님은 없다고 단

언할 정도로."

"…… 잭슨에게서 무슨 얘기라도 들은 거야?"

"녀석이 그런 사내가 아니라는 거, 잘 알면서."

랠리는 이마를 마후유의 이마에 살며시 갖다 대었다. 마후유는 눈을 감았다. 그의 이마가 따스했다.

"당신은 애써 얘기를 안 하려고 하지만."

낮은 소리로 랠리가 속삭였다.

"내가 아무리 둔해도, 이렇게 가까이서 보고 있다고. 당신에게 얼마나 괴로운 과거가 있는지, 그 정도는 알 수 있어. 프러포즈의 대답을 듣는데 이렇게 오래 기다려야 하는 것도 그 탓이잖아."

"……."

"아니면 내 탓인가? 내게 불만이 있는 거야?"

"말도 안 돼!"

말이 떨어지자마자 부정했지만, 그다음 말을 이을 수 없어 마후유는 입술을 깨물었다.

"아이 딸린 중년 남자는 싫은 거야?"

"그렇게 보여?"

"아니. 적어도 팀은 진심으로 귀여워하는 것처럼 보여."

랠리의 말이 틀리지 않았다. 전에는 팀이 얄밉기도 했다. 좀처럼 정을 주지 않는 답답함에 짜증도 났지만, 지금은 다르다. 마후유의 몸에는 조금 전까지 자신을 꼭 껴안았던 조그만 손의 감촉이 아직도 남아 있었고, 지금이라면 그 아이를 …… '사랑한다'고 말할 수 있을 듯한 기분이었다. 팀에 대한 감정은 랠리에 대한 그것보다 훨씬 동물적이고 원시적이었다. 판단에 따른 결과도 아니었고 의문이 끼어들 여지도 없었다. 어떻게든 지켜 주고 싶다는 마음, 그 외에는 아무것도 필요치 않았다.

마후유는 몇 번이나 심호흡을 한 후, 용기를 내어 말했다.

"'너에게 다가오는 사람은 모두 불행해진다.'"

"뭐라고?"

당황한 랠리가 마후유의 얼굴을 들여다보았다.

"엄마가 내게 늘 하던 말이야. 언제나, 수도 없이, 입버릇처럼."

마후유는 이야기를 풀어놓았다. 아버지의 죽음에서 시작해, 조금씩. 지난 몇 달 동안 잭슨에게 그랬던 것처럼, 방의 한 구석을 쳐다보면서 천천히, 가능한 한 담담하게 말하려 했다.

학교에서 당한 따돌림. '마후유'라는 이름에 대한 불만. 어렸을 때 어머니에게 당한 체벌과 언어폭력. 아버지의 죽음에서 비롯된 무력감과 죄의식, 알코올과 종교에 완전히 의존하게 된 어머니와의 불화 ……

랠리는 간혹 목이 메는 그녀의 등을 조용히 쓰다듬어 주는 것 외에는 꼼짝 않고 그녀의 얘기에 귀를 기울였다.

"이해하겠지?"

관자놀이를 누르면서 마후유가 말했다.

"나는 그런 엄마 손에 자랐어. 한 번도, 정말 단 한 번도, 사랑받고 있다고 만족스럽게 느낀 기억이 없어. 엄마가 지금 맨 정신인지, 기분은 괜찮은지 …… 언제나 안색을 살피면서 컸어. 그런 점에서는 팀과 마찬가지지. 그런 데다 내가 누구를 조금이라도 좋아하게 되면 엄마는 아까 그 말을 했어. 너는 악귀다, 다가오는 사람을 모두 불행하게 만든다, 그런 말들을. 그런데 물론 우연이었겠지만, 그 말이 다 현실이 되니까 나도 속으로 엄마 말을 믿게 된 거야. 아빠가 돌아가신 후로, 내 주위에는 정말 좋은 일이 단 한 번도 없었거든. 정글짐에서 같이 놀던 남자애가 떨어져 목뼈가 부러졌어. 그 일이 있은 후로 자기 힘으로는 손가락 하나 까딱할 수 없었어. 목 위만 움직일 수 있었지. 그뿐이 아니야. 4학년 때는 간신히 친한 친구가 하나 생겼는데, 나를 쫓아 도로를 건너다 차에 치인 일도 있었어."

"죽었어?"

"아니, 목숨은 건졌지만 두 다리를 잃었어. 불과 서너 걸음 차이였는데, 나는 털끝 하나 다치지 않았고. 그런 일이 생길 때마다 엄마가 그랬어, 너는 불행을 부른다고."

흐트러진 숨을 고르려 마후유가 말이 없자, 랠리는 그 귓가에 살며시 입맞춤을 했다.

"있지."

"응?"

"이런 얘기, 동정을 사려 꺼냈다고 생각지 않았으면 좋겠어."

"그렇게 생각하지 않는데."

"않는데?"

"가엽게 여기지 말라고 하는 건 억지지."

마후유는 희미하게 웃었다.

"고마워."

"그리고?"

"그리고 …… 그러다 보니, 들개가 학교에서 키우는 토끼를 덮쳐서 모두 죽은 것까지 내 탓으로 여기게 되었지. 내가 너무 귀여워한 탓이라고, 그래서 토끼가 모두 죽었다고. 참 이상하지. 어렸을 때부터 엄마의 애정을 믿었던 적이 없는데, 엄마의 말은 그대로 고스란히 믿었다니. 그런데 지금까지 이래. 고쳐지지 않았어. 당신을 좋아한다고, 아니지, 이런 감정이야말로 사랑하는 것이라고 분명하게 인정하는 게 무서워서 견딜 수가 없어. 인정했다가는 당신과 팀에게 나쁜 일이 생길 것만 같아서."

랠리는 미소를 짓고 여전히 등을 쓰다듬으면서 말했다.

"바보로군, 머피. 나는 당신이 생각하는 것보다 터프한 남자야. 이렇게 호리호리해서 듬직하지 않게 보일지 모르겠지만, 이래 봬도 애리조나의 거친 자연 속에서 자랐다고. 자기 몸 하나는 스스로 지킬 수 있어. 그리고 당신도 지켜 줄 수 있을 거야. 물론 지켜 주지 않아도 된다고 하면 어쩔 수 없지만."

마후유는 맥없이 미소로 답했다.

"당신은 충분히 듬직한 사람이야. 그걸 의심한 적은 없어. 하지만 말이지, 난 …… 자신이 없어."

"자신? 무슨?"

"팀의 엄마가 될 자신. 생각해 봐. 사람을 어떻게 사랑해야 하는지 모르는 내가, 좋은 엄마가 될 수 있겠냐고? 지금껏 자신의 어린 시절에서도 헤어 나오지 못하고 있는데, 그렇게 상처가 많은 팀에게 뭘 해 줄 수 있겠어? 할 수 있는 일이 하나도 없어. 나, 사실은 엄마를 정말 싫어했어. 미워하지 않으려고 노력했지만 그래도 역시 미웠어. 그래서 나는 절대 이런 엄마는 되지 말자고 생각했어. 그렇다면 어떤 엄마가 돼야 할까, 그건 전혀 모르겠어. 모델이 없어서 상상이 안 돼. 반면교사로 삼기에는 그 사람, 상식을 완전히 뛰어넘었으니까 ……. 게다가 아무리 싫다 한들, 내가 그 사람의 피를 이은 딸이라는 사실은 변하지 않잖아. 나는 그런 엄마에게서 태어났어. 열여덟 살이 될 때까지 그 사람 손에 자랐고. 나도 모르게 닮지 않았으리란 법이 없잖아. 아니, 충분히 그럴 수 있지. 그래서 랠리 …… 난, 무서워. 정말 무서워. 언젠가 나도 자식에게 화풀이를 하는 엄마가 되지 않을까 싶어서 …… 내 몸 어딘가에 그런 기질이 숨겨져 있지는 않을까 그런 생각을 하면 겁이 나서 견딜 수가 없어. 마음속에다 흉악한 바이러스를 키우고 있는 기분이라고. 이해하겠어?"

"머피 ……."

랠리는 그녀를 꼭 끌어안았다. 그래도 부족하다는 듯이 그녀 몸을 자신의 무릎 위로 올리고 다시 안았다.

"이해해. 충분히 이해해. 나 역시 그런 처지에 놓여 있었다면 누구의 말도 믿을 수 없어서 심신이 황폐해졌을 거야. 브롱스 뒷골목에서 총을 난사했을지도 모르고. 그랬다면 지금쯤은 살아 있지도 않겠지. 머피, 당신은 정말 대단해. 괴로워하면서도 그런 지신과 필사적으로 싸우고 있잖아. 어떻게든 사람을 믿으려 하고 있잖아. 사람이라기보다 미래라고 해야 하나. 어쨌든 그게 당신에게 얼마나 용기가 필요한 일인지 상상이 가. 그래서 나는 더욱 당신을 자랑스럽게 여기는 거야."

"자랑 …… 스럽게?"

"그럼."

"아니지, 난 그럴 만큼 가치 있는 인간이 아니야."

"그건 내가 판단할 일이지. 그렇게 심한 일을 당하며 살아왔는데, 당신은 지금 이렇게 올곧잖아. 보통 사람 같으면 오래전에 비굴해졌을 거야. 그리고 타인을 원망하거나 미워했겠지. 그래도 이상할 게 없다고."

"아니야, 그렇지 않아."

마후유는 고개를 절레절레 흔들었다.

"내가 좋은 사람으로 보이는 건 올곧기 때문이 아니야. 그렇게 바람직한 게 아니라고. 그것 역시 나 자신이 무서우니까. 내가 어떤 식으로 앙갚음을 할지 겁이 나니까. 그래서일 뿐이라고."

"모르겠군."

"말했잖아. 나는 그 징크스를 믿었어. 내게 다가오는 사람에게는 나쁜 일이 생긴다고. 그러니까 상상만 해도 끔찍했던 거지. 만약 내가 누군가를 원망하거나 미워했을 때, 그 사람이 심하게 다치기라도 한다면 …… 죽기라도 한다면 ……."

"머피."

"그러니까 자랑스럽다는 말은 하지 마. 나는 그저 겁쟁이일 뿐이야."

랠리가 팔에 힘을 주었다.

"알았어, 말하지 않을게. 하지만 생각하는 것 정도는 상관없겠지?"

"랠리 ……."

"괜찮아, 머피. 그렇게 서둘러 대답할 필요 없어. 우리 같이 천천히 해 나가면 돼. 앞으로 남은 인생이 더 길잖아. 시간은 충분히 있다고. 괴로운 일도 있겠지만, 좋은 일이 그 두 배는 생길 거야."

그는 수염이 텁수룩하게 돋은 턱을 그녀의 싸늘한 이마에 비볐다.

"머피, 내가 팀의 엄마가 돼 달라고 부탁한 게 아니잖아. 안 그래? 나는 그냥 파트너가 돼 달라고 했어. 당신에게 필요한 것은 팀이 아니라, 나라고. 게다가 ……."

랠리는 마후유의 뺨을 두 손을 감싸고 그녀의 눈동자를 들여다보았다.

"진심으로 서로를 위하는 부부 사이에서 자란 아이는 절대 불행해질 수 없어. 안 그런가?"

"그건."

마후유는 주춤거렸다.

"그렇겠지. 하지만."

"하지만은 없어."

랠리의 손가락이 그녀의 입술을 더듬는다.

"그럼 프러포즈 받아들이는 거지?"

마후유는 망설였다. 그가 진지한 마음으로 말하고 있다는 것은 안다. 하지만.

"부탁이야. 예스라고 대답해 줘."

마후유는 반응하지 않았다.

"진부하게 들릴지 모르겠지만, 나는 정말 당신이 필요하다고. 말 그대로 당신을 만나기 전까지의 난, 그저 숨을 쉬고 있었을 뿐 알맹이는 죽어 있었어. 팀을 키우기 위해서 매일 아침 간신히 일어났을 뿐이야. 그런데 …… 당신과 얘기를 나누게 되면서부터, 내 안에서 무언가가 되살아났어. 당신이 열심히 질문해 주는 것도 정말 재미있었고. 나이 차도 많고, 나는 혹까지 달린 몸인데 안 돼지, 안 돼, 그렇게 생각하면서도 점점 당신에게 빠져들었어. 그전에는 대충대충 넘어가던 강의에도 정열을 쏟게 되었고. 좋아하는 교수가 돌아봐 줬으면 하는 마음에 좋은 성적을 따려 아등바등하는 학생이 많은데, 내 경우는 그 반대였던 셈이지. 그리고 당신이 데이트 신청을 받아 주었을 때, 나는 내 인생도 그렇게 나쁜 건 아닐지 모른다고 생각을 바꾸게 되었어."

랠리는 후욱 숨을 내쉬었다.

"약속할게, 머피. 평생, 당신의 신뢰를 무너뜨리지 않을게. 절대, 당신을 슬프게 하지 않을게. 힘으로 윽박지르지도 않고 말로 상처를 주지도 않겠다고 맹세할게. 그러니까 예스라고 말해 줘."

"……."

"부탁이야."

"……."

"무릎을 꿇고 부탁해야 되는 건가?"

그 순간 마후유의 눈썹 양 끝이 축 늘어졌다. 그리고 입가가 천천히 일그러진다. 또 우는 건가, 하고 랠리가 생각했을 때, 입술이 희미하게 움직였다.

"…… 예스."

그렇게 속삭이는가 싶더니, 아니나 다를까 또 울음을 터뜨렸다. 그러나 이번에는 응석부리는 어린아이 같은 울음이었다.

래리는 우는 그녀를 꼭 껴안고 자신도 모르게 소리 내어 웃고 말았다. 웃지 않을 수 없었다. 아들이 그런 일을 당한 직후라는 사실이 떠올랐지만, 아니 그래서 더더욱 웃음이 필요했던 것이다.

"괜찮아. 걱정하지 않아도 돼. 아무에게도 나쁜 일은 생기지 않을 거야."

품 안에 있는 그녀의 등을 래리는 부드럽게 쓰다듬었다.

"이렇게 하나씩 극복해 나가면서 당신을 옭아매고 있는 강박 관념을 끊어 내면 되는 거야. 그러면 언젠가는 자유로울 때가 오겠지. 나도 옆에서 도울 테니까."

그리고 래리는 손을 뻗어 늘 그렇듯 마후유의 코를 꾹 잡았다.

"사랑해, 머피. 당신을 낳아 준 어머니에게 감사하고 싶은 기분이라고."

# 7

"너 참, 어이가 없다!"

천장을 향해 그렇게 외치는 루시 옆에서, 산드라는 미소 지으며 마후유를 포옹하고 귓가에 소근거렸다.

"축하해."

동구는 말할 필요도 없이 환호했다. 마후유로부터 직접 개인적인 고뇌를 들었기 때문이기도 하고, 그녀가 예의 사업 건에 대해서도 긍정적으로 생각해 보겠다고 대답했기에 더욱이 그랬다.

"야, 요즘 들어 주위가 온통 결혼 붐이네, 붐. 나도 애인이 있었으면 좋겠다."

"지금이 어때서, 미녀 셋을 거느리고 있는 셈인데. 동구를 부러워하는 남자들도 우글우글할걸."

산드라가 그렇게 받아넘겼다.

그러자 루시가 팔짱을 끼더니, 후훗 웃었다.

"쑥스러워할 거 없어 동구. 왜 영화에도 그런 스토리 많잖아. 괜히 서로 빈정거리다가 가장 사이가 나쁜 사람들 사이에서 사랑이 싹트는 의외성을 노리는 패턴. 그리고 말이 나온 김에 실토하는데, 나 그 사람이랑 헤어졌어."

"아주 고마운 고백인데."

동구가 혀를 쑥 내밀고서 말을 이었다.

"사랑이 싹트기 전에, 너라는 의외성을 참아 낼 용기가 내게는 없다."


그런 일이 있은 후라 팀을 탁아소에 맡기기도 미덥지 않아 마후유는 요즘 낮 동안 팀을 데리고 다닌다.

래리는 결혼한다고 해서 팀을 보살피는 것까지 강요할 마음은 조금도 없고, 그녀가 일을 갖는 것도 대찬성이라면서 곧바로 베이비시터를 찾기 시작했지만, 결정에는 신중해지지 않을 수 없었다. 팀은 겉으로는 이전과 그렇게 다르지 않은 것처럼 보였지만, 간혹 밤중에 소리를 꽥 지르면서 눈을 뜨는 일이 있었다.

"그렇다고 머피가 학교를 그만둘 것까지는 없잖아."

주위 눈치를 살피면서 루시가 속닥였다.

22번가에 있는 커다란 책방 안이었다. 마후유는 미일문화 비교론 등 동구의 사업에 참고가 될 만한 책을 찾으러, 루시는 스티븐 킹의 소설 《그린 마일》의 속편을 사러 들어갔는데 마침 스토리 타임에 걸리고 말았다. 맨해튼 여기저기에 지점이 있는 이 책방이 매주 독자 서비스 차원에서 시행하는 어린이 책 낭독 시간이다.

"그만두겠다는 말은 하지 않았어."

행사장 앞쪽에 떨어져 앉아 있는 팀에게서 시선을 떼지 않은 채 마후유도 속삭였다.

"한동안 휴학을 할까 싶은 것뿐이지."

"그래도 그렇지, 사람이 너무 착한 거 아니니. 네 아이도 아닌데. 빨리 베이비시터를 찾아서 그 사람에게 맡기면 되잖아. 이제 한 걸음이면 석사 학위를 딸 수 있는 시기인데, 아까워서 그러지."

두 사람이 행사장 입구 근처에 서서 작은 소리로 소곤거리는 동안에도, 아이들에게 그림책을 읽어 주는 여자의 목소리는 끊이지 않는다. 이 서비스는 꽤 인기가 있는지 오늘도 부모와 아이들이 제법 많이 모였다. 온몸에서 프라이드가 풍풍 풍기는 교육 마마도 있거니와 마지막에 나눠 주는 장난감과 과자를 노리고 모여든 아이도 있다. 그러나 마후유는 우연히 팀을 이 자리에 앉히게 되었다. 다음 읽을 그림책을 소개하는 안내 방송이 귀에 들어왔기 때문이다.

그 그림책은 19세기 중반 두와미시 족의 추장, 시애틀(Seattle)이 백인들 앞에서 한 연설을 아름다운 삽화를 곁들여 재현한 것이었다. 조상 대대로 내려온 땅을 내주고 보호구역으로 이주하라고 지시하는 대통령의 비서관 앞에서, 시애틀 추장은 반대로 이렇게 물었다고 한다. 애당초 우리의 소유물이 아니었는데, 어떻게 사고자 하려는가? 한 편의 시 같은 그의 연설문은 이방인인 마후유까지 알 정도로 유명했다.

'당신들은 어떻게 하면 하늘을 살 수 있다 하려는가?
어떻게 하면 비와 바람을 소유할 수 있다 하려는가?'

아이들에게 책을 읽어 주는 여자의 목소리가 뒤에까지 낭랑하게 들린다.

'우리에게는 이 지구상에 있는 모든 것이 성스러우니

솔잎 하나하나도. 모래사장의 모래알 하나하나도.

어두운 숲에 떠다니는 안개도. 초원도.

붕붕 날아다니는 벌레들도.

우리에게는 이 세상 모든 것이 …….'

"이런 거, 좋아하니?"

루시가 얼굴을 들이밀면서 소곤거렸다.

"이런 거라니?"

"원주민의 가르침 같은 거 말이야. 정신세계를 다룬 글. 왜 여러 가지로 많잖아. 윤회도 그렇고, 임사 체험, 수정 구슬 점, 우주인을 만났다, 초능력이 어떻다, 돌고래가 사람을 치유한다, 하는 것들."

"질색이야. 미신이나 주술류는 특히 더 싫어. 사기 같고, 설교적이고, 아무튼 종교 비슷한 냄새만 나도 소름이 끼칠 정도니까."

루시가 깜짝 놀라는 표정으로 보기에, 마후유는 자신의 말투가 생각보다 강경했다는 것을 깨달았다.

"그러니까 …… 그런 것에 관심이 있어서 여기 있는 건 아니야."

어색함을 숨기려 슬그머니 웃으면서 마후유는 말했다.

"저 글은 원주민의 전통적인 사고방식이잖아. 그래서 팀에게 들려줘도 좋지 않을까 싶었을 뿐이야. 팀은 나바호 족의 핏줄이지만, 어느 부족이나 근본적으로는 사고가 비슷하잖아."

"저 아이를 인디언 전사로 키울 생각은 아니지?"

"설마. 하지만 자신의 뿌리를 전혀 안 알려 줄 수는 없으니까."

'…… 이 지구는 우리 것이 아니다. 우리야말로 이 지구의 것

이다 ······.'

"나는 저런 사고방식도 그렇게 싫어하지는 않는데."

루시가 그렇게 말하면서 어깨를 으쓱했다.

"콕 집어서 바른 말을 하고 있잖아. 하기야 이런 도시에 살면서, 저렇게 생각하기는 힘들지."

'······ 좋은 향기가 나는 꽃은 우리의 자매이며, 곰도, 사슴도, 위대한 독수리도, 우리의 형제이니 ······.'

낭독하는 소리를 음악처럼 들으면서 마후유는 넓은 책방 안을 둘러보았다. 냉방이 너무 세서 조금 싸늘하다. 여기저기에 20퍼센트, 30퍼센트 할인하는 책들이 꽂혀 있다. 각 코너에는 걸터앉아 책을 읽을 수 있도록 의자가 놓여 있고, 회전식 선반에는 그림도 색감도 다양한 각종 서적의 전단지와 책갈피가 진열돼 있다. 서 있는 두 사람 바로 옆 선반에는 에이즈 관련 도서가 꽂혀 있었다. 의학 전문 서적은 물론, 에이즈에 걸린 후 어떻게 살아야 하는 하는지를 논한 책이 많아 놀랐다.

마후유는 다시 팀에게로 눈길을 돌렸다. 하얀 티셔츠 위에 데님 오버올을 입은 작고 가녀린 몸. 언젠가 그가 어른이 되었을 때, 이 나라는 어떤 모습을 하고 있을까.

'반짝거리는 강물도 그냥 물이 아니다. 당신들의 할아버지, 또 그 할아버지의 몸을 흘렀던 피다. 강물의 중얼거림은 당신들의 할머니의 할머니, 또 그 할머니의 목소리다 ······.'

무슨 말인지 아는지 모르는지, 두 다리를 쭉 뻗고 앉은 팀은 때로 그림책에서 눈을 돌려 창밖을 오가는 사람들을 바라본다. 백인과 흑인 아이들이 뒤섞여 모여 있는데, 붉은 기를 띤 그의 피부색은 신기할 정도로 눈에 띄었다.

"있지, 머피."

"응?"

"저 아이가 정말 귀엽니? 아니면 그의 아이니까 받아들일 수밖에 없다고 생각하는 거니? 어느 쪽이야?"

"글쎄. 어쩌면 귀엽다는 것과는 좀 다를지도 모르겠네."

마후유는 그렇게 말하면서 딛고 선 다리를 바꿨다.

"오히려 그냥 내버려 둘 수 없다, 그런 느낌이야. 동물의 어미가 새끼를 키울 때 느낌이 그렇지 않을까? 애정이나 다른 것보다, 새끼의 구조 요청을 내버려 둘 수 없어서 돌아보고 또 보살피게 되는 것 아니겠어."

"그럼 사랑하는 사람의 아들이라는 것과는 무관하다는 거야?"

"음, 잘 모르겠네. 하지만 지금은 그 두 가지를 따로 생각할 수 없어. 다만 랠리와 함께 있을 때, 팀이라는 존재가 우리 사이에 있다는 게 뭐랄까, 내게는 구원이야. 실제로 그 자리에 있고 없고를 떠나서, 그 아이가 존재한다는 전제하에 그를 만나고 대하고 ……. 그 사람과 나 사이에 얇은 막이 쳐져 있는 것 같아 답답한 부분도 없지는 않지만, 만약 일 대 일로 그 사람을 대해야 한다면, 두려워서 결혼을 결심하지 못했을 거야."

"그러니까 저 아이가 콘돔 같은 역할을 한다는 뜻이니?"

"루시!"

마후유는 팔꿈치로 그녀를 쿡 찌르고는 주위를 흠칫 돌아보았다.

"비유가 너무 심하다."

"맞는 말이잖아. 답답하지만 무난하다. 부족하지만 안전하다."

"……."

마후유는 기가 차다는 표정으로 옆에 선 친구를 쳐다보았다.

루시의 짧은 블론드 머리는 이제 막 일어난 사람처럼 위로 치솟아 있다. 헝클어진 앞머리 밑에서 강아지 같은 갈색 눈동자가 걱정스럽게 마후유를 살핀다.

훗, 웃으면서 마후유는 말했다.

"루시, 너에게는 정말 감사하고 있어. 하지만 그렇게 걱정하지 않아도 괜찮아. 나, 이제 겨우 미래가 그렇게 어둡지 않다는 걸 믿게 되었는걸. 여러 가지 문제가 많지만, 그래도 어떻게든 되지 않을까, 그렇게 생각하게 되었다고. 난생처음 내 손으로 행복을 잡을 수 있겠다는 기분이 들어. 너는 팀을 걱정하지만, 솔직히 말하면 랠리와 단둘이 있을 때의 두근거림보다는 팀과 셋이 있을 때의 안도감이 내가 상상하는 행복의 이미지에 가까워. 그러니까 ……."

사방이 갑자기 웅성거려 마후유는 얼른 입을 다물었다.

시선을 돌려보니, 그림책의 마지막 페이지는 이미 덮였고, 고사리손 하나하나에 조그만 장난감이 배부되고 있었다. 팀도 건네받은 장난감을 신기하다는 듯 바라보면서 이리저리 만지작거렸다.

루시는 팀을 지켜보는 마후유의 입가에 절로 미소가 떠오르는 것을 보고는 두 손을 위로 쳐들고 어깨를 으쓱했다.

"응, 알겠어. 네가 그렇게까지 말한다면, 이제 걱정 안 할게."

"고마워."

"그래도 머피, 내가 엄청 좋아했던 할머니가 이런 말을 했거든. '행복을 잡을 수 있는 거라고 생각하면 안 돼. 그냥 느끼는 거야. 그때그때 느끼는 것으로 충분하지. 억지로 잡으려 하면 도망쳐 버려.'"

마후유는 갑자기 갈증을 느꼈다.

"…… 그래. 조심할게."

팀이 납죽 앉은 채 두리번두리번 사방을 돌아보고 있다. 마후유가 옆으로 다가가자, 그는 단박에 그녀 몸에 매달렸다. 겨드랑이에 손을 넣어 안아 올리고는 뺨에 뽀뽀를 하면서 생각했다.

'잡으려 하면 도망친다.'

마후유는 순간 눈을 꼭 감았다.

# 8

랠리가 애리조나의 고향집에 전화를 걸어 재혼하겠다는 의사를 전했을 때, 예상했던 대로 어머니 클레어 샌더슨은 결사반대했다.

"그러지 말고 한번 만나 봐요, 어머니. 정말 멋진 여자라고요."

"그 말은 지난번 결혼 때도 했잖니, 로렌스."

수화기 저편에서 들려오는 목소리는 매끄러웠지만 그 감촉은 드라이아이스 같았다. 랠리가 스물한 살이 됐을 때를 마지막으로 그녀는 아들을 더는 애칭으로 부르지 않았다.

"왜 좀 더 번듯한 집안의 아가씨와 결혼하지 못하는 거니? 언제나 근본도 알 수 없는 여자를 데리고 와서는. 전에는 인디언, 이번에는 어디라고? 차이니즈?"

"머피는 재패니즈라니까요, 어머니."

폭발하려는 감정을 간신히 눌러 참으면서 랠리는 애써 쾌활하게 말했다.

"물론 그녀가 어느 나라 사람이든 나는 상관하지 않지만요."

"네가 잘 몰라서 그래. 백인은 말이야 백인끼리 결혼해야지, 안 그러면 잘 풀릴 수가 없어."

"불쾌한데요, 그런 편견. 아들로서 부끄럽습니다."

"나도 다른 사람에게는 이런 말 하지 않는다. 네가 아들이니까 체면 불구하고 하는 거야. 하지만 그게 다는 아니지. 이걸 편견이라고 하면 세상의 진실은 모두 편견이 되겠지. 지난번 결혼으로 혼쭐이 난 줄 알았는데. 내 아들이 이번에는 누런 자식의 아빠가 된다고 생각하면."

"어머니!"

자신도 모르게 언성을 높였다가, 랠리는 말을 꾹 삼켰다. 위가 뒤틀리는 것 같았다. 그는 어머니를 사랑하지만, 이런 부분은 참을 수가 없었다.

"제발 부탁해요. 아버지 돌아오면 말 좀 잘 전해 주세요."

"말도 안 되는 소리 하지 마라. 안 그래도 요즘 또 심장이 안 좋아졌는데. 지병도 별다른 호전을 보이지 않고. 자칫 잘못 말했다가 충격으로 앓아누울 수도 있어."

그럴 리가 없다고 랠리는 생각했다. 아버지라면 분명 이해해 줄 것이다. 한 여자를 진심으로 사랑한다는 것이 어떤 의미인지, 아버지라면 틀림없이 알고 있을 것이다. 그러나 그 말을 어머니에게 할 수는 없었다.

"어머니가 얘기하면 괜찮을 거예요."

"그런 입에 발린 소리."

"아무튼 식에는 와 주실 거죠?"

"왜 결혼식을 꼭 뉴욕에서 올려야 하는 건데? 여기서 올려도 되잖아. 그래야 시장이나 상원의원도 초대할 수 있지."

"초대할 필요 없어요. 샌더슨가의 결혼식이 아니라, 어디까지나 나와 머피의 결혼식이니까요. 나는 이미 뉴욕 사람이고, 그녀도 그래요. 초대하고 싶은 사람도 모두 여기 있고. 물론 가족은 다르지만요."

침묵한 채 대답하지 않는 어머니에게 랠리는 다시 한 번 부탁했다.

"어머니, 부탁할게요. 우리 쪽 가족이 한 명도 참석하지 않으면 그녀가 얼마나 상심하겠어요. 아버지는 건강 때문에 힘들더라도, 어머니와 형제들은 꼭 왔으면 해요."

오랜 침묵 후, 들으란 듯이 수화기에 대고 한숨을 쉬는 소리가 울렸다.

"알겠다. 아무튼 아버지에게는 전할게."

"감사합니다."

"착각하지 마라, 로렌스. 내가 가는 건, 너를 위해서야. 절대 그 여자를 위해서가 아니다."

랠리가 뭐라 대답하려 입을 벌렸을 때, 전화는 이미 끊겨 있었다.


요란스럽게 치르고 싶지 않다, 혼인신고만 해도 된다는 마후유에게 결혼식을 올리자고 주장한 것은 랠리 쪽이었다. 자신에게는 두 번째지만 마후유에게는 처음인, 그리고 바라건대 평생에 한 번일 경험이다.

그는 이 행운이 지금도 믿기지 않았다. 이블린에게 호되게 배신당한 후, 눈에 보이는 모든 것이 잿빛이었고 뭘 먹어도 맛이 없었다. 그런데 마후유와의 만남이 그것들을 생생하게 되살려주었다.

상큼하게 생겼지만, 미스 캠퍼스에 뽑힐 만큼 미인은 아니다. 머리도 좋지만, 물론 노벨상을 받을 정도는 아니다. 평범하다고 하면 평범한 여자인데 무언가가, 그야말로 '무언가'라고밖에 할 수 없는 것이 시노자키 마후유라는 인간을 두드러지게 한다. 그녀가 내면에 숨기고 있는 의외의 강인함과 때때로 눈썹 언저리에 어리는 그늘.

랠리가 꼭 결혼식을 올리자고 고집을 부린 것은 자신의 생각을 관철하기 위해서기도 했다. 이블린에게는 해 주고 마후유에게는 해 주지 않은 일이 하나도 없게 하고 싶었다. 순백의 웨딩드레스와 아름다운 교회의 버진 로드를 동경하지 않는 여자가 있을 리 없다고 생각했고, 만약 그녀가 사양하거나 신경을 쓴다면 그럴 필요 없다고도 이해시키고 싶었다.

그런데 하는 말을 잘 들어 보니, 그녀는 정말 화려한 식을 피하고 싶어 하는 듯했다. 드레스와 버진 로드에도 별 관심이 없었다.

그래도 역시 식을 올리고 싶다면, 이렇게 하면 어떻겠느냐고 그녀가 제안했다.

"캐주얼하게 파티를 준비하고, 참석한 사람들 앞에서 결혼 서약을 하는 거야. 그리고 당신만 괜찮다고 하면 목사나 입회인이 없어도 되고. 신을 믿지 않는 내가 교회에서 사랑을 맹세해 봤자 아무 의미 없잖아. 난 하느님보다는 당신에게 맹세하고 싶어. 당신의 가족과 정말 친한 사람들이 그 자리에 함께하면, 그것만으로 충분해."

일본에 있는 어머니와 친척에게 알리지 않느냐고 묻자, 그녀가 잠시 복잡한 표정을 짓더니 외삼촌 부부와 어머니에게는 벌써 알렸노라고 했다. 신세를 많이 진 외삼촌에게 먼저 연락을 했는데, 그는 진심으로 기뻐해 주었지만 일이 바빠 한동안 시간을 낼 수 없다고 했다. 그때 통화에서 어머니 얘기가 나왔다.

"나이가 든 탓인지 마음이 약해진 것 같다고 하니까, 역시 좀 마음에 걸려서 …… 그래도 부모는 부모니까. 사흘이나 망설이고 또 망설이다가 결국 전화를 걸었어."

"그래서 어땠는데?"

"걸지 말걸 그랬어. 육 년이나 떨어져 지냈으니까 그 사람도 조금은 변했을 거라고, 그렇게 기대한 내가 한심한 바보였지."

"결혼한다는 말은 했어?"

"응."

"그러니까 뭐라고 하셨어?"

"갑자기 무슨 소린지 모를 염불 같은 걸 외더라."

마후유는 웃으려다 그만두었다.

"그게 끝이 아니야 ……."

"뭔데?"

"아니야."

"말해 봐."

"…… '너는 절대 행복해질 수 없다.'"

마후유의 목소리가 떨려 나왔다. 슬퍼서인지, 아니면 두려움이나 분노 때문인지 랠리는 알 수 없었다. 몇 달에 걸친 상담 치료 덕에 그녀가 다소 진정되고 과거의 상처와 마주할 수 있게 된 것은 분명하지만, 근본적인 치유는 아직 먼 일 같았다.

그가 할 수 있는 것은 그저 꼭 안아 주고, 어떻게든 신경을 다른 곳으로 돌리게 하는 것뿐이었다. 이미 떨어져 나갔어야 하는 과거보다 앞으로 이어질 미래로.

"새 가족을 만들면 되잖아, 머피. 당신과 나, 그리고 팀이랑. 그리고 언젠가 팀에게 동생이 생길 수도 있잖아. 아, 그렇지. 내 동생에게도 빨리 소개하고 싶군."

"어떤 사람인데?"

랠리가 미소를 머금었다.

"당신을 좀 닮았어."


7월 네 번째 수요일, 아침부터 날이 화창했다. 양쪽의 의견을 절충해, 두 사람은 시청에서 판사의 주례로 식을 올리고, 그다음 파티를 열기로 했다. 입회인 역할을 잭슨 부부에게 부탁하고, 초대한 하객은 애리조나에서 날아 온 랠리의 가족 네 명과 마후유의 친구 세 명뿐이었다.

시청 입구에 들어설 때, 마후유는 새하얀 드레스를 입고 있었다. 그날 아침 루시를 비롯한 세 친구가 불쑥 선물한 것이다. 하얀 반소매 면 원피스에 허리부터 아래로 섬세한 레이스가 겹겹이 붙어 있었다.

"나까지 억지로 바느질하는 거 도왔다고."

동구가 말했다.

"저기, 저 우글우글한 데가 바로 동구 솜씨야."

루시가 가리키자 동구가 그녀의 옆구리를 쿡 찔렀다.

"원피스는 바나나 리퍼블릭에서 싸게 산 것이고, 레이스도 커튼감이지만."

"어이, 그렇게 시시콜콜 밝힐 거 없잖아."

"뭐 어때. 스칼렛 오하라도 커튼으로 드레스를 만들었는데."

"머피, 너는 드레스 같은 거에 관심 없겠지만, 랠리는 드레스 입은 네 모습에 관심 있을 거야."

산드라가 늘 그렇듯 싱긋 웃으며 말했다.

마후유는 목까지 기어오른 감격을 간신히 집어삼켰다.

"드레스로 남자를 기쁘게 하다니. 산드라, 평소 너의 신념에 위배되는 거 아니니?"

"어머나, 남 얘기 하시네. 까칠한 페미니즘 전사같이 굴기는. 남자 비위를 맞추는 것과 사랑하는 사람을 기쁘게 하는 것을 혼동할 만큼 미련하지 않거든."

그리고 그녀는 하얀 장미 부케를 건네주었다.

"훔친 거 아니야."

동구가 끼어들었다.

"로젠슈타인 부인이 축하한다면서 보내 주셨어."

이웃인 주인집 마당에 피어 있던 그 장미를 보는 순간, 감정의 봇물이 터지고 말았다.

"아싸, 내가 이겼다! 다 같이 내기했었거든. 네가 어디쯤에서 울지."

루시가 주먹을 치켜들었다.

평소 캐주얼하게 바지를 즐겨 입는 탓에 드레스를 입은 마후 유의 모습은 신선하고 싱그러웠다. 어깨까지 내려오는 검은 머리를 산드라가 보기 좋게 묶어 올려 주었다. 그런 머리 스타일을 하자, 평소보다 한결 우아해 보였다. 정문 현관에서 만난 랠리가 세 친구와 함께 들어선 그녀를 보자마자 다짜고짜 껴안고 키스를 했을 정도였다.

"우와!"

루시가 눈을 동그랗게 뜨고 말했다.

"샌더슨 교수는 고지식한 사람인줄 알았는데, 이렇게 솔직한 사람이었어?"

팀이 세 친구가 놀리는데도 마후유의 손을 꼭 잡고 놓지 않는 아빠를 말똥말똥 올려다보더니 다른 손을 꼭 잡고 끌어당겨 주의를 끌었다. 그러고는 눈이 마주치자 웬일로 방긋 웃었다.

"요 녀석, 팀. 오늘은 머피에게 매달리지 마."

랠리가 말했다.

"어머, 괜찮은데."

"아니지, 머피는 오늘만큼은 아빠 거야. 너는 참아. 알았지?"

마후유가 옆에서 얼굴을 붉혔다.

"결혼식 하는 동안 얌전하게 있으면, 갖고 싶은 거 사 줄게."

"햄버거."

"너도 참 싸다."

랠리는 어이없어 하고, 마후유는 웃음을 터뜨렸다.

"좋아. 햄버거 정도는 백 개라도 사 주지."

팀의 온 얼굴에 웃음이 퍼졌다. 그가 그렇게 웃는 것을 보기는 오랜만이었다. 햄버거에 낚이기는 했지만, 아무튼 아빠의 거래 조건을 받아들이기로 한 모양이다. 여전히 마후유의 손을 꼭 잡고 또 말똥말똥 올려다본다.

"네 눈에도 예뻐 보이지?"

랠리가 번쩍 안아 올린다. 그 목을 껴안고 팀은 반짝거리는 검은 눈으로 마후유를 내려다보았다.

"어때, 팀. 아빠 신부 될 사람, 예쁘지?"

아빠의 말에 고개를 까딱거리면서 작은 소리로 소곤거린다.

"머피, 예뻐."

그렇게 말하고는 부끄러운 듯 랠리의 어깨에 얼굴을 묻은 팀의 머리를 마후유는 웃으면서 쓰다듬어 주었다.

이제 모든 것이 새롭게 시작되는 거야, 하고 절절하게 생각했다. 정말, 오늘, 지금부터.

랠리가 가족을 소개해 주었다.

아버지 리처드 샌더슨을 제외한 세 명은 오늘 아침 비행기로 도착해서 '플라자 호텔'에 막 짐을 풀고 왔다는데, 리처드는 목장의 목동이 운전하는 차를 타고 나흘 걸려 왔다고 한다. 그는 몇 년 전에 만성 림프성 백혈병 진단을 받았으며, 당장 목숨이 어떻게 되는 것은 아니지만 비행기를 타면 기압 때문에 심한 빈혈을 일으킨다는 것이다. 일단 그런 증상이 생기면 입원해서 링거를 맞지 않는 한 제대로 걸을 수도 없다고 한다. 돌아갈 때도 수천 마일을 차를 타고 갈 것이라 생각하니, 마후유는 이렇게 와 준 그의 마음에 감사하지 않을 수 없었다.

"오호, 자네가 머피로군."

호탕하게 반기는 리처드는 아들인 랠리보다 키가 크고 머리칼은 눈에 덮인 것처럼 새하얬다. 눈동자는 랠리와 비슷한 블루. 마치 온건한 존 웨인 같은 풍모다. 젊은 시절에는 꽤나 인기가 많았겠지, 하고 마후유는 생각했다.

"처음 뵙겠어요. 머피라고 불러 주세요. 이렇게 먼 길을 오시게 해서 정말 죄송합니다."

마후유가 내민 손을 리처드는 마른 손으로 꼭 잡아 악수하고는 다른 손으로 포근하게 감쌌다.

"그런 건 신경 쓸 필요 없어. 온 김에 이쪽에 사는 친구도 만났고 말이지. 그보다 자네를 만나게 돼서 기쁘군. 머피, 아들과 손자를 잘 부탁하네."

뜻밖이리만큼 온화한 울림을 지닌 목소리에 마후유는 또 코끝이 찡해지고 말았다. 오늘은 눈물샘이 어떻게 된 것 같다.

옆에 선 사람이 어머니 클레어였다. 날씬한 몸매에 고상한 검정 드레스가 잘 어울렸다. 금발이 너울거리는 단정한 얼굴에 세련된 미소를 머금고 있지만, 회색 눈동자에는 어딘지 모르게 사람을 거부하는 분위기가 감돌았다. 인사를 하고 악수를 나눌 때, 마후유는 리처드와는 대조적인 그 손의 싸늘함에 움찔 놀랐다.

클레어는 마후유의 눈을 보면서 말했다.

"이번에야말로 오래오래 볼 수 있기를 바라요."

"어머니!"

당황해서 제지하는 랠리 옆에서 마후유는 미소를 띠고 대답했다.

"네, 안심하세요. 절대 이 두 사람을 불행하게 하지 않을게요."

그렇게 대답하는 순간 랠리는 놀란 듯이 마후유의 얼굴을 들여다보았다. 그녀가 약간 긴장한 미소로 답하자, 그는 어깨를 팔로 감싸 꼭 껴안아 주며 귓가에 속삭였다.

"고마워."

랠리에게는 제대로 전달되었다고 마후유는 생각했다. 불행하게 하지 않을게요. 그렇게 분명하게 선언함으로써 자신이 마침내 과거와 결별할 각오가 됐다는 것을.

세 살 아래 동생이라는 일라이자는 아직 미혼이고, 머리칼도 눈동자도 브라운색인, 그냥 봐서도 성격이 드셀 듯한 여자였다. 시선에서는 거의 적의마저 느껴졌고, 마후유가 내민 손도 형식적으로 슬쩍 만지기만 했을 뿐 바로 놓아 버렸다.

한편 막내 동생인 마이클은 스물여섯 살. 어머니와 마찬가지로 금발에 회색 눈동자인데, 이렇게 분위기가 다를 수 있으랴 싶을 정도로 소탈한 인상에, 형보다 상당히 핸섬했다. 큰 키에 듬직한 체격, 카우보이 모자가 잘 어울릴 것처럼 훈훈했다. 그는 일라이자가 거부해 허공에 뜬 꼴이 된 마후유의 손을 옆에서 얼른 잡고 악수해 주었다.

마후유는 랠리를 올려다보며 말했다.

"당신이 말한, 그 동생이지?"

"뭐라고 했는데요?"

마이클이 물었다.

"그가 말했어요. 동생을 꼭 소개해 주고 싶다고."

랠리가 대꾸하려는데 판사가 들어와 그들에게 제자리에 서라고 재촉했다. 뒤이어 네 쌍이나 기다리고 있다고 한다.

랠리와 마후유는 팀을 데리고 앞으로 나아갔다.

결혼식 자체는 전에 마후유가 참석한 적 있는 교회 결혼식보다 훨씬 간단했다. 결혼반지를 교환하고, 랠리가 조그만 다이아

몬드가 박힌 가느다란 반지를 하나 더 끼워 주어 마후유를 감격시키고, 판사 앞에서 번갈아 서류에 사인하고, 그 서류에 잭슨 부부가 차례대로 사인하고 나자 끝이었다. 그다음은 시청의 다른 부서에 서류를 제출하면 그만이었다.

모든 절차가 끝나 명실상부한 가족이 되었다는 실감도 느껴지지 않는데, 팀의 손을 잡고 밖으로 나왔을 때였다.

지글거리는 하늘 아래, 갑자기 엘비스 프레슬리의 「러브 미 텐더」가 쩡쩡 울리면서 쌀이 쏟아져 내렸다.

"자, 잠깐."

깜짝 놀란 마후유가 쌀을 한 움큼 쥐고 있는 루시의 소매를 잡아당겼다.

"마음은 충분히 고마우니까, 이 정도만 해. 다른 사람들에게 폐가 되……."

"너의 나쁜 점은, 주변을 너무 배려한다는 거야."

루시는 발치에 놓인 CD 플레이어의 음량을 더 높이면서 웃었다.

"폐는 무슨 폐. 보라고, 저 사람들."

사방을 돌아보고서야 마후유는 비로소 사람들의 모습을 알아차렸다. 지팡이를 짚고 선 노부부, 학생들, 젊은 흑인 커플들이 모여 박수를 치고 있었다. 지나가는 차는 경적을 빵빵 울리고, 티셔츠 차림의 젊은이들이 앞뒤 창문으로 몸을 내밀고 휘파람을 불면서 "축하해요!" "속도위반 아닌가!" 하고 외쳐 댔다.

"거봐. 여긴 축제를 좋아하는 사람들이 모여 사는 도시라고."

"그래도 루시."

옆에서 산드라가 끼어들었다.

"조금 더 쿨한 곡은 없니?"

루시가 어깨를 으쓱했다.

"왜 어때. 핫한 곡이 좋잖아. 결혼식인데."

그녀는 랠리와 팀에게도 쌀을 뿌렸다. 팀은 손으로 얼굴을 가리고 깔깔 웃었다. 루시가 신이 나서 자꾸 뿌리자 너무 웃어 뒤로 넘어갈 뻔한 그의 몸을 랠리가 받쳐 주었다.

"아무튼, 그보다 어때? 새신부가 된 기분은?"

"내가 만약 지금 울면, 이번에는 누가 이기는데?"

마후유가 망연한 표정을 지으며 중얼거렸다.

"무슨 소리야, 이제 막 시작인데. 보라고!"

가리키는 곳을 돌아본 마후유와 랠리는 기겁을 하고 말았다.

핑크. 언제부터인가 모습이 보이지 않던 동구가 저쪽에서 차문을 열고 기다리고 있었다. 대체 어디서 그런 차를 빌려 왔는지, 눈이 번쩍 뜨일 만큼 쇼킹한 핑크색이었다. 게다가 지붕에는 'JUST MARRIED'라고 손으로 쓴 간판이 달려 있고, 뒷범퍼에는 빈 깡통 수십 개가 줄에 매달려 있었다.

"…… 부탁이야. 저것만은 좀 참아 줘."

마후유는 한숨을 푹 내쉬었다.

"포기해."

산드라가 가차없이 말했다.

"그럼 우리는 먼저 돌아가서 파티 준비를 할게. 아, 랠리가 타고 온 차는 동구가 몰고 갈 거야. 가족들과 적당히 나눠 타도록 할게. 그러니까 안심하고, 저 차 타고 천천히 오세요."

"그래, 손님들이 오는 건 저녁때부터니까 시간은 충분해. 뭣하면 맨해튼이라도 한 바퀴 돌고 와. 드라이브하기 최고로 좋은 날씨잖아."

멀거니 서서 아무 말도 못하는 마후유 옆에서 잭슨이 풋 웃음을 터뜨리자 아내 린다도 따라 키들키들 웃고, 끝내는 랠리까지 웃고 말았다.

잭슨 부부마저 떠나 버리자 랠리와 마후유, 팀만 핑크색 차와 함께 남겨졌다.

"참 훌륭한 친구들을 두었군, 우리 사모님."

"이렇게 드레스 입고 턱시도 입은 채로 지하철을 타는 게 차라리 낫겠네."

마후유가 투덜거렸다.

"친구들의 호의를 무시할 수는 없지."

"호의로만 이랬을 것 같아?"

"그야 물론 재미로 그런 것도 있겠지."

랠리가 씩 웃었다.

"아무튼 여기 그냥 세워 둘 수는 없잖아. 이제 그만 포기하고 배터리 파크 언저리나 드라이브하자."

"진심으로 하는 소리야?"

"물론이지. 오늘 같은 날은 페리를 타면 상쾌할 것 같은데. 어때? 관광객들 사이에 섞여서 말이야. 팀도 아직 배를 타 본 적이 없으니까. 자유의 여신상을 가까이에서 본 적도 없고."

"이 차림으로?"

"최고로 멋지잖아."

"랠리, 당신 정말 이상하다."

"그야 그렇지. 당신이랑 결혼했을 정도니까."

"심술궂기는."

마후유가 장난스럽게 던진 파티 백을 랠리가 얼굴 앞에서 간신히 받아들었다.

"말괄량이 아가씨."

랠리가 운전대를 잡고 도로로 들어서자마자 빈 깡통들의 요란한 소리가 뒤따라왔다. 팀은 처음에는 조수석에 앉은 마후유 품에 안겨 있다가 소리가 들리자 뒷좌석으로 옮겨 가 빈 펩시와 쿠어스 깡통들이 요동치면서 따라오는 것을 신이 나서 바라보았다. 마후유도 돌아보고는, 한숨을 푹 내쉬었다.

"걔네들이 적어도 팀에게는 큰 기쁨을 주었네."

"당신도 사실은 기쁘잖아."

"어머, 그럼 당신은?"

"물론, 모두가 사랑하는 여자를 부인으로 맞는 것은 기쁜 일이지."

좌우에 밀집한 빌딩가를 빠져나와 잠시 달려 도로 폭이 다소 넓어질 무렵, 마후유가 말했다.

"있지, 랠리. 다시 한 번 말해 줄래?"

"무슨 말을?"

"…… 부인이라고."

랠리는 주황으로 바뀐 신호에 차를 세우고, 조수석으로 몸을 향했다.

"사랑해. 샌더슨 부인."

그렇게 말하면서 마후유에게 키스했다.

"햄버거는?"

"뭐라고?"

팀이 뒷창문을 멋대로 내리고 팔을 내밀어 반대 차선 쪽에 있는 햄버거 가게 간판을 가리켰다.

"햄버거."

"팀, 손 집어넣어. 위험하잖아!"

"햄버거!"

"아, 참. 약속했었지."

"햄버거!"

"당신, 잊고 있었구나."

"응, 사실은 까맣게 ……."

"해앰버어거!"

랠리가 어이 없다는 듯이 눈을 치켜떴다.

"이런 때, 사 주지 않으면 아이에게 반항심이 생기게 될까요, 샌더슨 부인?"

"글쎄요. 하지만 약속을 지키지 않는 건 좋지 않겠죠, 샌더슨 씨."

마후유도 정색하고 대답했다.

"팀은 잊지 않고 약속을 지켰잖아요. 결혼식 내내 얌전하게 있었으니까."

"해앰, 버어, 거어어!"

"…… 옛서!"

끝내 웃음을 터뜨리면서 랠리는 신호가 파랑으로 바뀌는 동시에 기어를 넣고, 중앙분리대가 끝나는 지점에서 유턴해 햄버거 가게 주차장으로 들어갔다. 그러는 동안에도 깡통들은 요란한 소리를 냈고, 오가는 차에 타고 있던 사람들은 모두 이쪽을 가리키며 웃거나 손을 흔들어 주었다.

"우와, 인기 짱인데."

"포기하고 나니까, 기분이 그런대로 좋네."

드라이브 스루 입구의 차단기가 내려져 있어 랠리는 빈 공간에 차를 세웠다.

여름 하늘이 눈부셨다. 주차장 한쪽 구석에 서 있는 나무가 뭉게구름을 배경으로 무수한 잎을 반짝이고 있다.

차 바로 앞에 벽돌모양 싸구려 타일을 붙인 건물 모퉁이가 보였다. 마주 보고 왼쪽에 있는 문이나 도로 쪽으로 난 커다란 창문이나 모두 유리인데 노란 피에로 그림이 대문짝만 하게 그려져 있는 탓에 안은 잘 보이지 않고, 줄 서 있는 손님 머리만 더러 보였다. 잠시 기다려야 할 것 같았다.

"내가 사 올게."

랠리가 차에서 내려 창문으로 마후유를 들여다보았다.

"혹시 당신도 먹고 싶은 거 아냐?"

"아니. 나는 가슴까지 꽉 찼어."

마후유는 웃으면서 고개를 저었다.

"오호, 내 키스를 너무 먹었나."

"우엑. 올라올 것 같아."

"아니, 이렇게 품위 없는 부인이 있나."

랠리는 한쪽 눈을 찡긋 감고는 마후유와 팀에게 손을 흔들고,

문을 잠그라고 몸짓으로 지시하고는 가게 문을 힘껏 잡아당기면서 안으로 들어갔다.

마후유는 등받이에 몸을 한껏 기댔다. 에어컨이 너무 세 창문을 약간 열자, 의외로 상쾌한 바람이 들어왔다. 눈앞에 가로놓인 핑크색 보닛을 보고는 혼자서 쿡쿡 웃고 만다. …… 나 참.

"머피, 햄버거는?"

팀이 조수석 등받이에 손을 대고 몸을 앞으로 내밀었다.

"잠깐만 기다려."

마후유는 돌아보고 말했다.

"아빠가 금방 사 올 거야."

신이 난 팀의 얼굴에 함박웃음이 번진다.

웃으면 이렇게 귀여운데, 하고 마후유는 생각했다. 앞으로는 훨씬 더 많이 웃을 기회를 주고 싶다. 먹을 것에 대한 욕구가 충족되었을 때는 물론, 즐거운 놀이와 재미있는 농담, 그리고 사랑받고 있다는 만족감으로 웃게 하고 싶다.

사락사락사락, 나뭇가지를 스치는 바람 소리가 들렸다.

"팀."

어리둥절한 눈빛으로 그가 쳐다본다.

"사랑해."

마후유는 미소 지으며 태어나서 지금까지 누구에게도 하지 않은 말을 했다.

그 순간, 등 뒤에서 공기가 찢어졌다.

마후유는 퍼뜩 눈길을 돌렸다. 그리고 햄버거 가게의 커다란 유리창이 밀려오는 파도처럼 이 끝에서 저 끝으로 부서져 내리는 것을 보았다. 유리 조각이 비처럼 쏟아져 아스팔트 위에 흩어졌다. 화단의 이파리들이 찢겨나가고, 노란 피에로의 모습이 사라져 가게 안이 훤히 보였다.

띠리리리리리리링 ……. 방범 벨이 요란하게 울렸다. 그 소리에 섞여 연속적으로 울리던 총성이 그치자 사람들의 자지러지는 비명 소리, 누군가 하느님을 외치는 소리가 들렸다. 다시 한 번 타당 탕! 소리가 났다가 그치자 사람들 목소리도 그쳤다. 방범 벨만 요란하게 울리는 가운데, 젊은 남자 몇 명이 카운터 너머 계산기 안에서 지폐를 움켜쥐는 것이 보였다.

랠리!

마후유는 비명을 질렀지만, 실제로는 목소리가 나오지 않았다. 안 돼, 싫어, 그만해, 안 돼, 하고 갈라진 목소리로 몇 번이나 외친다.

모두 선글라스를 낀 피부가 가무잡잡한 남자들은 스포츠 가방에 지폐를 쑤셔 담고, 총을 한 손에 든 채 바닥에 쓰러진 손님들의 가슴에 손을 집어넣고 지갑을 빼냈다. 언제부터 가게 안에 있었던 것일까. 랠리가 들어갔을 때 이미 있었던 것일까. 아니면 뒷문으로 들어왔을까.

멀리서 경찰차의 사이렌 소리가 들려왔다. 안에 있는 젊은이 하나가 "서둘러!" 하고 외친다. 유리가 없어진 창틀을 뛰어넘어 남자 셋이 잇달아 튀어나왔다. 아직 소년이다. 주차장 구석에 세워 둔 찌그러진 차에 올라타자마자 쌩 출발한다. 끼이익, 타이어가 비명을 지른다.

마후유는 움직일 수가 없었다. 랠리가 있는 곳으로 가야 한다고 생각은 하는데, 얼이 빠지고 만 것이다. 팀이 뒤에서 몸을 내밀고 들여다보았다.

"머피?"

필사적으로 배와 무릎에 힘을 넣어, 부들부들 떨리는 손으로 문을 열고 밖으로 나갔다. 따라 나오려는 팀을 제지한다.

"여, 여기서 기다려."

문을 닫고 헤엄치듯이 허공을 헤집으면서 가게로 향했다. 지글거리는 태양 빛이 날카로운 고드름이 되어 몸을 찌른다. 춥다. 등이 써늘하다. 모든 소리가 멀어지고, 귓속이 진공이 된다. 가게 입구는 바로 코앞인데, 한없이 멀다. 몇 번이나 아득해지는 정신을 이를 악물고 붙잡았다. 안 돼. 정신 똑바로 차려. 랠리가 기다리고 있잖아.

기적적으로 깨지지 않고 남아 있는 문을 당겨 열려는데, 땀 때문에 손이 미끄러졌다. 손잡이를 다시 잡고 혼신의 힘을 다해 열었다. 벽에는 여기저기 구멍이 나 있고, 테이블은 모서리가 깨지고, 의자는 옆으로 쓰러지고, 그리고 바닥에는 사람들이 서로 겹치듯 쓰러져 있었다. 소리가 점차 돌아왔다. 처음 들린 것은 벨소리에 섞인 아기 울음소리였다. 여자가 흐느끼는 소리. 남자의 신음 소리. 흐느끼는 젊은 여자는 벽 앞에 웅크리고 있다. 다행히 다치지는 않은 듯하다. 마후유는 목소리를 쥐어 짜냈다.

"랠리! 어디 있는 거야?"

그 소리에 벽 쪽에 있던 여자가 절규하기 시작했다.

"살려 줘요, 살려 줘, 살려 ……."

"조용히 해!"

자신도 모르게 고함을 지르자, 그녀의 목소리가 잦아들었다.

"미안해요."

마후유마저 울음이 터져 나올 것 같다.

"아아, 랠리가 …… 랠리, 부탁이야, 대답해 줘, 랠리!"

방범 벨은 아직도 울리고 있다. 경찰차의 사이렌 소리는 바로 가까이까지 와 있다. 요란한 소리들 속에서 랠리의 대답이 들리지 않아 미칠 것 같았다.

"랠리! 대답해, 제발!"

경찰차가 주차장으로 들어오자, 사이렌 소리가 멈췄다.

으윽, 하는 신음 소리가 벨 소리에 섞여 희미하게 들렸다. 카운터 안쪽에서 검은 턱시도 바지 자락에 싸인 다리가 툭 튀어나와 있었다.

비틀거리며 다가가 쓰러져 있는 그에게 매달렸다.

어떻게 보나 그는 죽어가고 있었다. 얼굴은 이미 하얗게 핏기가 없고 식은땀으로 축축하게 젖어 있었다.

"랠리!"

비명 같은 소리가 나왔다.

…… 아아, 어떻게 이런 일이, 그러니까 말했잖아, 그렇게 여러 번 충고했잖아, 내게 다가오면 안 된다고, 틀림없이 나쁜 일이 생길 거라고 …….

그가 눈을 가늘게 떴다. 흰자위에 오싹하리만큼 뻘건 핏발이 서 있고, 파란 눈동자마저 검붉게 물들어 있었다. 초점이 맞지 않았다.

"머 …… 피."

왼손으로 피범벅이 된 배를 누르고 있다. 막 결혼반지를 낀 손가락을 조심조심 밀쳐내자 물컹대는 것이 삐져나와 있다. 마후유는 속이 뒤집힐 것 같았다. 몇 번이나 침을 삼킨다. 입안이 바싹 말라 목이 들러붙을 것 같다. 어떻게 징그럽다는 생각을 할 수 있을까. 이건 랠리의 …… 랠리의 몸인데.

다급하게 움직이는 소리가 들려 돌아보니, 경찰 몇 명이 깨진 유리 조각을 밟으며 들어오고 있었다. 총을 들고 있다.

"벌써, 도, 도망쳤어."

입구 근처에 있던 남자가 총에 맞은 팔을 누르면서 웅얼거렸다.

"세 명이야, 검은 차."

"빨리!"

마후유가 외쳤다.

"빨리 구급차를 불러요!"

"바로 옵니다."

경찰이 말했다.

방범 벨 소리가 갑자기 멈췄다. 진공 같은 정적 속에서, 다시 조그만 사이렌 소리가 들려온다. 귀에 익은 그 소리를, 이런 심정으로 듣는 날이 올 줄은 꿈에도 몰랐다.

"머피."

꺼져 가는 목소리로, 그러나 믿을 수 없을 만큼 억센 힘으로 랠리가 마후유의 팔을 꽉 잡았다.

"할 말이 ……."

"말하면 안 돼. 금방 구급차가 올 거야, 랠리."

"들어, 머피."

다짜고짜 그가 말했다.

"부탁이 있 …… 어."

"팀은 걱정 마."

"그 아이도 물론이지만, 먼저 …… 당신 자신이."

그가 숨을 거칠게 몰아쉬었다.

"부탁할게. 이 일로 자신을 몰아세우지 마. 절대 …… 절대, 당신 탓이라고 생각하면 안 돼. 절대. 누구도, 어쩔 수 없는 일이었어. 알겠어? 세상은 원래 불공평한 거야. 그것은, 당신 …… 당신 탓이, 아니야."

"그만해, 랠리. 말하지 마."

입이 부들부들 떨려 혀를 깨물 것 같았다. 떨면서 랠리의 머리를 껴안았다. 그도 떨고 있다는 것을 알 수 있었다.

"머, 피."

"부탁이야, 가만히 있어!"

"드레스가 피에 젖었군."

"그런 게 무슨 상관이야!"

"춥군. 추워. 아 …… 안아 줘."

마후유는 핏덩이 옆에 눕듯이 그에게 바짝 다가가 그 몸을 껴안고 온기를 전하려 했다.

"랠리, 부탁이야. 나 혼자 두고 가지 마. 제발, 나 혼자 두고 가지 마."

마침내 사이렌 소리가 가까이 다가왔다. 그 소리는 구급차가 갓길에서 가게 앞으로 올라설 때 한 번 퉁겼다가, 가게 바로 앞에서 멈췄다.

벌떡 일어나 돌아서서 외쳤다.

"여기요, 빨리!"

그렇게 외쳤을 때, 마후유는 보았다. 우왕좌왕하는 경찰과 구급대원들 너머에서, 뻥 뚫린 창을 등지고 팀이 이쪽을 쳐다보고 있었다.

"안 돼. 저쪽으로 가 있어!"

랠리가 쿨럭거리며 그녀의 이름을 불렀다. 얼른 그쪽으로 고개를 돌렸다.

"랠리, 이제 괜찮아. 구급차가 왔어."

"죽고 싶지 않군."

"랠리!"

"죽고 싶지 …… 않아."

"안 죽어. 죽을 리가 없잖아. 나를 슬프게 하지 않는다고, 당신이 그렇게 약속했잖아. 그거, 거짓말이었어? 응, 거짓말이었냐고?"

마후유는 그의 얼굴을 들여다보았다. 눈물이 앞을 가려 잘 보이지 않는다. 서둘러 눈물을 닦자, 그가 왼손을 배에서 들어 올리는 게 보였다. 하복부에 뚫린 구멍에서 쏟아져 나오는 피의 양을 확인하고 마후유는 충격에 휩싸였다.

"머 …… 피."

힘을 쥐어짜 들어 올린 피투성이 왼손이 마후유의 얼굴 앞으로 다가왔다. 제대로 보이지 않는지 그의 손이 허공을 두 번쯤 긁었다. 그가 늘 하던 것처럼 코를 집으려고 한다는 것을 알고서 마후유가 그 손을 잡으려 하는 순간, 실이 끊어지는 것처럼 손이 가슴 위로 툭 떨어졌다.

"…… 랠리?"

대답이 없다.

"랠리?"

반응이 없었다.

"…… 거짓말쟁이."

마후유는 그의 윗몸을 끌어올려 가슴에 안았다. 갓난아기를 어르듯 몸을 앞뒤로 천천히 흔든다. 따스한 그의 피가 드레스 자락과 속옷을 통해 몸까지 배어드는 것을 느낄 수 있었다.

조그만 운동화가 다가와 핏덩이 바로 앞에서 멈췄는데도 마후유는 얼굴을 들지 않았다. 말없이 그의 몸을 흔들었다. 마침내 누가 다가와 그에게서 억지로 몸을 떼어 낼 때까지, 그저 계속 흔들고만 있었다.

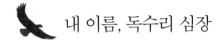# 내 이름, 독수리 심장

낡은 픽업트럭, 스프링이 튀어나온 조수석에 앉은 소년은 닫히지 않는 창문으로 먼 대지를 바라보고 있었다. 손에는 독수리의 깃털. 어제 세이지 수풀에서 주운 후로, 한시도 놓지 않고 손에 쥐고 있다.

동쪽 지평에서 나타난 도로는 구불구불 오르내리는 땅 위에 일직선으로 뻗어 마침내 서쪽 지평으로 사라진다. 앞을 가로막는 것은 무엇 하나 없다. 스쳐 지나가는 차도 거의 없다.

창문으로 불어드는 아침 바람 탓에 볼이 싸늘했다. 오늘 아침, 날이 밝기 전에 할아버지가 깨워, 소년은 태어나 칠 년 동안 지낸 집을 떠났다. 앞으로는 할아버지와 함께 보호구역 안에서 생활하게 된다.

사방이 조금 전부터 구석구석 밝아지기 시작했다. 동쪽에서부터 밤이 밝아오는 광경은 마치 누군가의 손이 이 세상을 덮고 있던 검은 커버 한끝을 쥐고 잡아당겨 스르륵 벗겨 내는 듯했다. 저 멀리에서 파란 하늘과 뻘건 대지가 서로 사랑하는 남녀처럼 포옹하고 있다. 아버지인 하늘과 어머니인 대지가 교접하는 한숨 소리는 향기로운 바람이 되어 황야를 질러 구름을 일으키며 하늘 높이 달려 올라간다.

때로 도로에서 새어 나와 키 낮은 풀과 세이지로 덮인 황야로 이어지는 가느다란 옆길이 보였다.

소년은 그 옆길 끝으로 시선을 던졌다. 평행한 두 줄기 바퀴 자국이 한가운데만 풀을 남기고 뻗어 있고, 그 끝에는 사발을 엎어 놓은 모양으로 모여 있는 작은 흙집 두세 채가 보였다. 나바호 족의 전통 주거 공간인 '호건(hogan)'이라 불리는 집이다. 그 옆에 높이 솟은 아름드리나무는 집 위로 그림자를 드리우고 있고, 조금 떨어진 곳에는 양 떼를 가둔 울타리도 있다.

소년은 아직 호건에서 살아 본 적이 없었다. 돌아가신 어머니가 남편, 즉 소년의 아버지에게서 보호구역 남쪽 어귀에 있는 일반 주택을 받아 거기에서 살았기 때문이다.

아버지는 백인이었다. 그는 소년의 어머니 '스마일링 버드(미소 짓는 새)'를 나바호 족의 전통에 따라 아내로 맞았다. 부모가 서로 사랑한다는 것은 소년도 분명하게 알 수 있었고, 그 자신 또한 믿음직스럽고 친절한 아버지를 좋아했다.

일주일에 몇 번 선물을 들고 찾아왔다가 밤이 깊으면 어딘가로 다시 사라지는 아버지를, 그는 이상하거나 불만스럽게 생각지 않았다. 아버지에게는 보호구역 밖에 다른 집이 있고, 그곳에서 다른 가족과 살고 있다는 사실을, 어머니는 아들에게 숨기려 하지 않았다. 나바호 족은 예로부터 경제력이 있는 남자가 아내를 여럿 거느리는 것에 대해 관대했다.

그러나 지난주, 어머니가 갑자기 뇌경색으로 돌아가셨을 때, 아들을 데려가고 싶다는 아버지의 요청을 할아버지인 앵거스 베날리 — 다른 이름은 '우든 레그(나무 다리)' — 가 거절했다.

"언젠가는 그런 날이 오겠지만, 아직은 때가 아니다."

한 자리에 모인 친족들 앞에서 우든 레그는 아버지에게 고했다.

"손자는 내가 맡겠다."

아버지는 그 말을 딱 잘라 거부할 수 없었다. 우든 레그는 특히 영험한 메디슨 맨으로 이 부근 나바호들의 존경을 한 몸에 받고 있는 인물이었기 때문이다.

과거 메디슨 맨은 추장에 버금가는 권위를 갖고 있었다. 부족 정부가 생겨 각 지구에서 선출된 의원이 정치를 맡게 된 후로 추장이라 불리는 존재는 무대에서 모습을 감췄지만, 제사를 집행하는 제사장이자 주술사이며, 약초를 사용해 병을 치료하는 의사, 또 위대한 정령의 목소리를 사람들에게 전하는 메신저이기도 한 메디슨 맨은 지금도 나바호를 비롯한 모든 부족에 존재한다.

소년은 운전석에 앉은 할아버지를 힐금 쳐다보았다. 은색으로 빛나는 긴 머리를 나바호 식으로 상투를 틀어 빨간 털실로 묶었다. 옆얼굴에는 깊은 주름이 무수히 패여 있다. 아니, 그것은 주름이라고 단순하게 표현할 수 있는 것이 아니었다. 마치 나이프로 새긴 흉터 같다고 생각했을 때, 할아버지가 이쪽을 돌아보았다.

"춥지 않느냐."

소년은 고개를 가로저으며 불현듯 그 뜨거운 스프를 떠올렸다. 어머니가 돌아가시던 밤 …… 사랑하는 사람을 잃은 슬픔과 죽은 사람의 얼굴을 봐야 하는 두려움으로 방구석에 몸을 잔뜩 웅크린 채 떨고 있을 때, 할아버지가 다가와 먹여 준 수프는 정신이 아득해질 만큼 맛있었다. 양고기를 뼈째 채소와 함께 고은 스튜의 맑은 웃물이었는데, 그 외에도 무슨 신기한 맛과 냄새가 났던 것을 기억한다. 다 먹고 나서 정신을 차려 보니 어느 틈에 아침이었고, 슬픔과 두려움도 조금은 줄어 있었다.

"저 ……."

소년은 용기를 내어 입을 열었다.

"한 가지 물어봐도 돼요?"

"무엇을 말이냐."

"새 이름을 지어 준다고 했잖아요."

"그래, 그랬지."

"그러면 아빠가 지어 준 지금 이름은 어떻게 되죠?"

우든 레그는 앞을 향한 채 미소를 지었다.

"지금까지 쓰던 이름을 버리라는 말은 하지 않았다. 끝에 가서 어느 쪽 이름을 쓸지는 네가 언젠가 어엿한 어른이 되었을 때, 스스로 선택할 일이지."

그리고 잠시 생각한 후 덧붙였다.

"그러나 백인이 지은 이름은 그 자체에 아무 의미가 없지. '빌'이나 '존'이라고 하는 이름은 A나 B 등의 기호와 다르지 않아. 우리 이름은 그렇지 않단다. 대부분이 본인과 깊이 관계된 삼라만상을 따라 이름을 얻게 된단다. 또는 본인의 개성이나 특질을 잘 나타내 주는 이름을 갖게 되지. '시팅 불(앉은 황소)'. '크레이지 호스(미친 말)'처럼. 내 이름은 어렸을 때 쓰러진 수레에 깔려서 왼쪽 다리를 잃는 바람에 의족을 하게 되어 얻은 이름이다.

그렇다고 경멸의 뜻을 담고 있는 이름은 결코 아니란다. 나는 무거운 짐을 지거나 빨리 뛸 수 없게 된 대신 메디슨 맨이라는 역할을 맡게 되었고, 마음을 하늘로 보낼 수도 있게 되었다. 모든 것이 나의 '나무 다리'에서 시작되었으니, 내 이름으로 더 이상 좋은 것은 없지. 삼 년 전에 죽은 네 할머니는 '스파티드 펀(얼룩무늬 새끼 사슴)'이라는 예쁜 이름이었지. 젊었을 때는 정말 사슴처럼 날렵하고 엄청난 미인이었다."

할아버지가 옛날을 그리워하듯 소리 내어 웃어, 소년은 약간 놀랐다.

"지금쯤 네 엄마와 둘이 마주 앉아 사이좋게 러그를 짜고 있겠지. …… 저길 보거라, 마을이 가깝다는 표식이다."

마디가 불거진 손으로 할아버지가 가리킨 쪽을 보니, 도로 한쪽에 나무 전신주가 나타났다가 뒤로 사라졌다. 길 안내를 하듯이 일정한 간격을 두고 나타났다가는 스쳐 지나 뒤로 멀어져 갔다.

먼 옛날부터 양을 키우며 생활해 온 나바호 족은 드넓은 목초지를 확보해야 하는 필요성 때문에 일정한 지역에 정착하지 않았다. 그 탓인지 편의를 위해 학교와 물물교환소, 주유소, 레스토랑과 모텔 몇 채가 듬성듬성 모여 조성된 마을 어디나 바람막아 줄 것 하나 없는 황야 한가운데에서 쓸쓸하게 흙먼지에 덮여 있었다.

소년이 할아버지와 함께 마침내 도착한 윈도우 록 마을도 예외가 아니었다. 나바호 족 정부의 수도라는 것은 이름뿐, 도로는 여기저기 패여 있고 오가는 사람들도 많지 않았다.

마을을 통과해서도 조금 더 달려, 키 낮은 피농 소나무가 빽빽하게 자란 숲을 지나자 할아버지는 픽업트럭을 세웠다. 껄떡껄떡 신음하던 엔진이 마지막으로 깊은 한숨을 몰아쉬며 멈췄다.

"자, 내리거라."

소년은 할아버지 말을 따라 조수석에서 땅으로 스르륵 내렸다. 나무 그늘 아래 공기가 한층 싸늘해, 숨을 들이쉬자 박하사탕을 먹었을 때처럼 가슴이 싸했다.

"여기다."

할아버지 목소리가 나는 쪽에 가려고 차 앞으로 돌았다. 왜 이런 곳으로 나를 데리고 왔을까, 소년은 생각했다. 웅크린 모양으로 돋은 풀과 뒤틀린 나무, 뻘건 바위밖에 없는 이런 곳으로.

사방을 두리번거리고 있는데 할아버지가 웃음을 머금은 목소리로 말했다.

"더 위를 보렴."

소년은 눈앞에 있는 거대한 암벽을 아래에서 위로 쭉 훑어 올라가다가 입을 쩍 벌리고 말았다.

윈도우 록.

마을의 이름 그대로, 머리를 덮치듯 솟아 있는 바위 가운데에 자연이 만든 거대한 창문이 뚫려 있었다. 바위의 사면은 불타오르듯 붉게 빛나고, 뻥 뚫린 둥그런 창문 너머로 하늘이 엿보인다. 파란색을 한없이 졸인 것처럼 새파란 하늘이 마치 다른 차원으로 가는 입구 같았다.

소년은 꿀꺽 침을 삼키고서 말했다.

"왜 저런 구멍이 뚫렸어요?"

"글쎄다. 오랜 시간 비바람에 패었는지도 모르겠다만, 정확한 것은 알 수가 없지. 나라고 줄곧 옆에서 지켜본 게 아니라서 말이야."

"왜 저 구멍 속만 하늘 색이 다를까요?"

"오호. 달라 보이느냐?"

"…… 저 구멍 속만 유난히 파랗잖아요."

할아버지가 미소를 짓자 눈가에 주름이 잡혔다.

"아무래도 넌 특별한 눈을 갖고 태어났나 보구나."

할아버지의 말이 떨어지는 순간, 소년은 입을 다물었다. 특별하다는 말을 듣는 것도 싫었지만, 누가 그렇게 말할 때마다 시선을 피하고 마는 자신의 소심함은 더욱 싫었다.

입을 꾹 다물고 있는 소년을 보면서 우든 레그는 말했다.

"착각하지 마라. 나는 사물을 올바르게 보는 좋은 눈이라는 뜻으로 한 말이다. 그래서 특별하다고 말이야. 좋은 눈을 갖고 있다는 것은 그의 마음 역시 좋다는 표시지. 눈은 마음의 창문이니까."

소년은 할아버지의 말을 자랑스럽게 생각하며 등을 약간 폈다.

"알겠느냐."

우든 레그의 목소리는 낮지만 또렷했다.

"우리에게 이곳은 성스러운 장소다. 우리의 집 입구가 모두 동쪽을 향하고 있는 것도 그 때문이지. 저 구멍 역시 동쪽을 향하고 있다. 아침 햇살을 가장 먼저 맞이할 수 있게 말이야. 그리고 춘분과 추분 날 아침, 태양이 저 거대한 창으로 떠오른단다."

키가 허리쯤 오는 손자의 어깨를 우든 레그는 꽉 잡았다.

"너에게 가장 먼저 이곳을 보여주고 싶었다. 동쪽은 좋은 것이 오는 방향. 아침은 모든 것이 시작되는 때이니라. 너 또한 이 성스러운 장소에서 걷기 시작하는 게 좋겠지."

"걷기 시작한다고요? …… 어디로 가는데요?"

"……."

할아버지는 굽은 집게손가락으로 소년의 심장을 가리켰다.


마을 학교에 다니면서 소년은 백인들의 언어와 역사, 그리고 종교 등을 배우게 되었다. 우든 레그와 마을 장로들의 입을 통해서는 보다 많은 것을 배울 수 있었다.

할아버지 혼자 생활하는 호건 옆에는 조금 새것으로 보이는 호건이 따로 서 있고, 거기에서는 소년의 큰이모인 도로시 일가 세 가족이 살고 있었다. 남편 사이먼과 열 살짜리 딸 데릴라다. 할아버지에게는 빌이라는 아들이 또 있었다. 대부분의 나바호 족 남자가 그런 것처럼, 그도 성인이 되면서 집을 나갔다. 딸이 집에 남고, 사내가 상대 집안의 데릴사위로 들어가는 것이 모계사회인 나바호 족의 관습인 것이다.

빌 베날리는 몇 년 전부터 100마일이나 떨어진 플래그스태프에 여행사를 차려, 지금은 그런대로 궤도에 오른 상태다. 약간 비뚤어진 구석도 있고 개성이 강한 남자이기는 했지만 간혹 고향 집에 돌아오면 바깥세상의 자극적인 얘기를 많이 들려주었기 때문에, 소년은 금방 그가 오기를 고대하게 되었다.

밭을 갈고 양을 돌보느라 바쁜 시기를 제외하면 하루하루가 천천히 흘러갔다.

여름에는 시원하고 겨울에는 따뜻한 호건 속에서, 또는 할아버지와 산과 들을 거닐면서 소년은 필요한 것을 하나하나 조금씩 배워 갔다. 그런 지식 모두가 한 사내로 인정받아 새 이름을 얻기 위한 준비이기도 했다.

어느 날, 할아버지와 개들과 함께 양 떼를 따라 걸으면서 소년은 물었다.

"왜 할아버지랑 가족들은 자신들을 '디네(Diné)'라고 불러요? 우리는 나바호잖아요."

"나바호라는 이름은 원래 우리를 이 땅에서 내쫓으려 한 백인들이 붙인 것이지, 우리의 원래 호칭이 아니란다."

할아버지는 무리에서 떨어져 나가려는 양을 채찍으로 몰면서 말을 이었다.

"아주 오래전, 이 부근을 정복하려 했던 스페인 사람들이 우리를 '아파치 데 나바(농경하는 아파치)'라고 불렀는데, 그 잔재라고 할 수 있지. 반면 디네는 '더 피플', 즉 사람이라는 뜻이다. 우리만 그런 것이 아니다. 백인이 아파치라고 부르는 부족 사람들은 스스로를 아파치라고 부르지 않는단다. 수우 족도 그렇지. 캐나다에 사는 에스키모들도 마찬가지야. 그들은 자신들을 에스키모라 부르지 않고 이누이트라고 하지. 어떤 부족이든 다 '사람'이라는 말에 해당하는 언어로 자신들을 부른단다. …… 그런데 그건 왜 묻지?"

걸음을 멈추고 고개 숙인 소년은 말을 우물거렸다.

"그럼 나는 …… 디네가 아니겠네요."

"어째서지?"

"아빠가 백인이잖아요."

우든 레그는 아직도 고개를 숙이고 있는 손자를 내려다보았다.

"다른 종족의 피가 섞였다고 해서 디네가 아니라면, 이 할아버지도 디네라고 할 수 없지."

"네?"

"내 할아버지는 멕시코 사람이었다. 더 거슬러 올라가면 스페인 사람의 피도 아마 섞였을 게야. 그런데도 나는 디네들 사이에서 자랐고, 지금의 너처럼 장로들에게 가르침을 받은 것은 물론 가장 높은 지위에 있는 메디슨 맨에게도 많은 것을 배웠다. 그러니 나는 디네야. 물론 너도 그렇지."

소년이 이마에 두르고 있는 파란색 반다나의 위치를 바로잡아주고서 우든 레그는 다시 걸음을 내디뎠다.

"잘 들어라. 어디서 누구의 자식으로 태어났는지는 중요한 문제가 아니란다. 아무 상관없는 일이야. 그보다 중요한 것은, 그 인간이 어디서 살아가기로 선택하고, 어떤 사람이 되려고 하는가, 그것이야. 알겠느냐?"

소년은 이해하기 어려웠다.


7마일 떨어진 이웃에 사는 밥 비센티, ― 다른 이름으로는 '롱 토커(이야기가 긴 사내)' ― 는 고물 픽업트럭을 타고 덜컹거리는 길을 달려와서는 바깥의 나무 그늘에서 할아버지와 얘기하는 게 낙이었다. 때로 트럭의 상태가 나빠지면 그는 나쁜 정령이 붙어서 그렇다면서 우든 레그에게 거의 억지로 액풀이를 부탁했다.

"트럭에 붙은 악령을 물리치는 일에는 나보다 조지 네즈 쪽이 적임자가 아닐까 싶은데."

우든 레그는 그렇게 투덜거렸다. 조지 네즈는 근처 친리 마을에 사는 수리공이었다.

겨울밤, 마을 장로들은 화로를 둘러싸고 호건 바닥에 앉아 소년에게 옛날이야기를 들려주었다. 나바호가 믿는 창세 신화는 놀랍고 신비하고, 가슴 뛰는 모험담으로 가득했다.

"지금 우리가 사는 이 세계는 다섯 번째 세계란다."

롱 토커가 그렇게 이야기를 시작했다.

"사람들은 지하에서 만들어져, 한 세계를 옮겨 다닐 때마다 조금씩 위로 올라와 겨우 지상으로 나오게 되었지. 첫 번째 세계는 캄캄한 어둠, 그리고 거기에는 세 가지 생명이 살고 있었어. '첫 남자'와 '첫 여자', 그리고 사기꾼 코요테. 그런데 첫 번째 세계가 너무 좁아 그들은 두 번째 세계로 올라가기로 했단다. 두 번째 세계에는 태양과 달이 살고 있었어. 태양은 '첫 여자'를 보자마자 한눈에 반하고 말았단다. 그래서 강제적으로 일을 치르려 했는데 ……."

"일을 치른다는 게 뭐예요?"

소년이 끼어들었다.

"네가 사내가 되면 알게 되느니라."

롱 토커는 대답 대신 그렇게 말했다.

"그러다 싸움이 벌어졌지. 그때 중재에 나선 것이 코요테였어. 코요테는 이곳이 너무 좁기 때문에 이런 문제가 생기는 것이라며 태양과 '첫 여자'가 멀리 떨어져 있을 수 있도록 차라리 다 같이 세 번째 세계로 올라가는 것이 좋겠다고 결정했지. 그런데 기껏 올라간 세 번째 세계에서 코요테가 나쁜 짓을 해 물의 괴물의 화를 돋운 바람에 홍수가 나고 말았지. 그래서 모두 더 높은 곳으로 피신하게 되었어. 꼿꼿하게 선 갈대의 줄기 속을 통해서."

"갈대 줄기는 너무 가늘지 않나요."

소년이 말했다.

"아주아주 큰 갈대였지."

롱 토커는 그렇게 우겼다.

"아무튼 그 안을 지나 네 번째 세계로 도망쳤는데, 거기서도 곤란한 문제가 생겼지. 남자들과 여자들이 대판 싸우기 시작한 거야. 여자들은 자기들이 더 잘났다고 했어. 불을 피우는 것도, 밭을 가는 것도, 자식을 낳는 것도, 자기들이 아니냐고 말이야. 남자들 역시 자기들이 더 잘났다고 물러서지 않았지. 사냥을 하는 것도, 처음 밭을 일군 것도, 성스러운 의식을 집행하는 것도, 자기들이 아니냐고 하면서 말이야. 그래서 결국은 남자와 여자가 강을 사이에 두고 이쪽저쪽으로 나뉘어 살게 되었지. 그러다 사 년쯤 지나자 여자 쪽 땅은 밭을 일굴 남자가 없어 황폐해진 나머지 아무것도 수확할 수 없게 되었지. 남자 쪽 땅도 밭을 가는 여자가 없어 수확을 할 수 없게 되었고. 게다가 그쪽도 무척이나 허전했고 말이야."

"그쪽이 어느 쪽인데요?"

"사내가 되면 다 알게 된다고 했을 텐데. 그렇게 되고 난 후에야 그들은 서로가 필요하다는 것을 깨닫고 화해하게 되었지. 마침내 사람들이 다섯 번째 세계, 그러니까 지금 우리가 사는 세계로 올라왔을 때였어. 태양이 하늘 한곳에서 움직임을 딱 멈춘 거야. 사람들은 큰일 났다 싶었지, 세상 만물이 지글지글 다 타 버리게 생겼으니. 그리고 깨달았어. 태양을 움직이기 위해 필요한 것은 인간의 '죽음'이라는 것을 말이야. 추장의 아내가 자신의 목숨을 내놓기로 했지. 그러자 그녀 몸 안에서 불던 바람이 점점 약해지다가 끝내는 사라지고 말았단다. …… 무슨 소린지 알겠느냐? 우리가 살아 있는 한, 우리 몸 안에서는 늘 바람이 불지. 그 바람이 몸으로 들어간 흔적이, 여기, 네 손가락 끝에도 남아 있지 않니. 그 소용돌이 말이다. 아무튼 그때를 시작으로 태양이 매일 돌고 돌기 위해서는 매일 아침 지상의 어딘가에서 누군가가 반드시 죽어야 한다는 결정이 내려졌단다."

"그럼 우리 엄마도, 그래서 돌아가신 건가요? 태양을 움직이게 하기 위해서?"

"암, 그렇지."

롱 토커는 야위어 푹 꺼진 눈으로 소년을 지그시 쳐다보았다.

"사람들은 각기 여러 부족으로 나뉘어 살 장소를 선택했다. 네 번째 세계에서 산에 살았던 자들은 다섯 번째 세계에서도 산의 부족으로, 들판에 살았던 자들은 역시 들판의 부족이 되었어. 그리고 우리 나바호의 조상은 네 산의 한가운데를 선택했지. 그것이 지금도 남아 있는 성스러운 네 산이란다. '첫 남자'와 '첫 여자'와 코요테는 태양과 달만으로는 세상을 비추기에 충분하지 않다 생각하고 별을 만들기로 했단다. 하늘 꼭대기에 '움직이지 않는 별'의 자리를 정하고, 그 주위에 별 일곱 개를 배치하기로 했지. 빨간 별도 던져 올렸어. '첫 남자'와 '첫 여자'가 땅에 천을 펼쳐 놓고 돌멩이를 늘어놓아, 다른 별의 위치를 생각하고 있을 때였다. 성질 급한 코요테는 답답한 것을 딱 질색하는 터라, 천의 한 끝을 잡고서 남은 별을 모두 하늘로 던져 버렸지. 돌은 하늘에 들러붙어 그곳에서 반짝반짝 빛나게 되었다. 이렇게 해서 다섯 번째 세계, 우리가 살고 있는 세계가 완성되었단다."

"여섯 번째 세계는 없나요?"

소년이 물었다.

"우리는 다른 세계로 안 가요?"

"그렇단다. 이제 우리는 두 번 다시 옮기지 않을 거야. 백인들이 뭐라고 위협하든 말이지. 이곳은 우리들의 땅이야."


위대한 정령의 가르침에 대해서. 대자연의 비밀에 대해서.

성스러운 의식에 대해서. 제사와 춤과 기도에 대해서.

소년이 새로운 것을 익히지 않는 날은 없었다.

마음을 강하게 단련하는 것은 물론, 몸을 좋은 상태로 유지하는 요령도 배웠다. 방울뱀을 만났을 때, 어떻게 하면 위기를 피할 수 있는지. 불행하게도 물렸을 때는 어떻게 대처하면 목숨을 건질 수 있는지. 동물의 발자국을 구별하는 법과 덫을 놓는 법, 물론 말을 타는 법도.

여자들에게서는 생활에 도움이 되는 기술을 배웠다. 날씨를 읽는 법, 양을 돌보는 법, 옥수수 씨를 뿌리는 법. 옥수수 씨는 한 구멍에 열두 개를 뿌린다. 네 알은 새가 먹고 다른 네 알은 흙 속의 벌레가 먹고, 나머지 네 알은 자라서 디네들의 입에 들어간다. 여자들은 또 어떤 풀을 만지면 두드러기가 돋고, 어떤 풀에 독이 있는지도 가르쳐 주었다. 그 독을 어느 정도 사용하면 병이나 상처를 고치는 약이 될 수 있는지는 할아버지의 영역이었다.

그리고 드디어 그날이 왔다.

야트막한 언덕의 바위에 앉아, 소년과 할아버지는 세계를 내려다보고 있었다. 눈 아래 펼쳐지는 메마른 황야 저 너머, 흐르는 구름의 그림자가 높이 치솟은 험준한 바위산을 천천히 애무하며 지나갔다.

"깃털은 가져 왔느냐."

할아버지가 물었다.

어머니를 땅에 묻었던 날 독수리에게서 받은 깃털은 오늘까지 나무 상자에 고이고이 간직해 왔다.

소년이 그것을 건네자, 할아버지는 투명하고 파란 하늘을 우러른 후 땅에 한쪽 무릎을 대고 소년의 눈을 똑바로 마주보았다.

예지와 힘으로 넘실거리는 눈길로 우든 레그는 손자를 쳐다보았다. 낮은 음성으로 기도의 말을 중얼거리면서 성스러운 옥수수 꽃가루를 뿌리고, 깃털 끝으로 소년의 머리와 어깨, 가슴, 팔, 등, 그리고 발끝을 차례대로 쓰다듬었다.

"위대한 정령이 지금 너의 새 이름을 가르쳐 주었다."

마치 다른 사람이 된 것처럼 엄숙한 목소리로 늙은 메디슨 맨은 말했다.

"네 안의 선한 마음이 더욱 강해질 수 있도록, 정령이 이런 이름을 주었구나. 자신의 진정한 이름을 언제나 네 가슴속 깊이 소중하게 간직하여라."

마지막으로 메디슨 맨은 깃털을 소년의 심장 위에 대고, 손바닥으로 꾹 누르면서 이름을 전했다.

"지금부터 너의 이름은 '이글 하트(독수리 심장)'다."

"…… 이글 하트."

떨리는 목소리로 소년은 다시 한 번 중얼거렸다.

"이글 하트."

그에 화답하듯 멀리서 천둥이 울렸다. 마치 강바닥에서 돌이 구르는 소리와도 비슷한 부드러운 소리였다.

갈색 깃털을 소년에게 돌려주고, 할아버지는 말했다.

"이제야 비가 올 모양이구나."

"이렇게 날씨가 맑은데요?"

"그럼."

할아버지가 다시 미소를 머금었다.

"천둥의 신이 네가 마음에 든 게로구나."

# PART 2. 루트 66

# 9

　시속 70마일을 유지하며 달리는 차의 양 옆으로 시선이 닿는 저 끝까지 옥수수 밭이었다. 코발트블루빛 하늘과 뭉게뭉게 솟아나는 구름을 배경으로, 갖가지 색감의 초록으로 덮인 대지가 가로놓여 있다. 차 안에는 에어컨이 작동하고 있지만, 창문으로 비치는 강렬한 햇살은 오후 세 시가 지나서도 조금도 지칠 기미가 없었다.

　하얀 4WD 닷지는 오 인분의 침묵으로 가득 차 있었다. 그 무게를 떠받치듯 낮은 엔진 소리만 쉴 줄 모르고 계속 울렸다.

　뒷좌석에는 팀을 무릎에 앉힌 마후유, 그 옆에는 랠리의 동생 마이클, 조수석에는 아버지 리처드, 운전을 하고 있는 사람은 선글라스 낀 덩치 큰 남자다. 마이클 말에 따르면, 그는 샌더슨 목장의 목동으로 이름은 브루스이며, 지난주 뉴욕까지 리처드를 데리고 온 것도 그였다고 한다.

　어제 아침, 애리조나를 향해 출발한 후로 벌써 몇백 마일을 달렸을까.

　등받이에 깊숙이 기대어 마후유는 멍하니 잠자리를 쳐다보고 있었다. 왼쪽 창문 바깥쪽에 들러붙은 잠자리의 시체는 강한 풍압에 펄럭거리면서도 신기하리만큼 끈질기게 버티고 있다. 길쭉한 날개는 헤지고 그 끝은 삐죽빼죽 찢겨 나갔지만, 엽맥 비슷한 모양의 자잘한 선 너머로 파란 하늘과 초록색 밭이 비쳐 보이는 모습은 미니어처 스테인드글라스처럼 아름다웠다.

"피곤한가 보군요."

옆에서 마이클이 돌아보며 말했다. 이렇게 늘 마음을 써 주는 그가 고마워 마후유는 애써 미소 지었다.

"네, 좀 그러네요."

무릎에서 내려오지 않는 팀을 다시 들쳐 안는다. 사실은 아까부터 다리가 저려서 꼼짝할 수가 없었다.

"어머니랑 같이 먼저 갈걸 그랬습니다."

미안하다는 듯이 마이클은 말했다.

"이렇게 오래 차를 타는 것도 중노동인데."

말은 그렇게 하지만 마이클로서는 비행기 삯이 절약되어 다행이었을 것이다. 이미 목장 경영에 관여하고 있는 그는 경제 관념이 명확해서, 레스토랑에서 식사를 할 때는 말할 것도 없고 주유소에서 생수 하나 살 때에도 꼭 영수증을 받는 사람이다.

"그래도 아이도 있고 하니까. 어렸을 때 난 비행기를 타면 귀가 아파서 자주 울었어요. 그렇게 울게 만들 수는 없잖아요, 가여워서."

머리를 쓰다듬어 주자, 팀은 볼이 움푹 들어갈 정도로 엄지손가락을 세게 빨면서 검은 눈동자로 마후유의 얼굴을 빤히 올려다보았다.

피바다에 누워 있는 랠리를 두 눈으로 본 후, 손가락을 빠는 버릇이 도지고 말았다. 아버지가 죽었다는 것을 아직 인식하지 못하는 듯, 간혹 마후유에게 "아빠는?" 하고 묻는다. 마후유는 아빠가 이제 돌아오지 않는다는 말을 차마 할 수 없었다. 그 사실을 인정하고 싶지 않은 것은 팀보다 그녀 자신이었다.

사건 발생으로부터 일주일이 지났다. 범인은 아직 잡히지 않았다. 그렇게 요란하게 습격했음에도 현장에는 이렇다 할 단서가 남아 있지 않았다.

랜리의 시신은 경찰 확인 작업을 거쳐 유족에게 인계되었고, 장의사를 통해 이미 애리조나로 운송되었다. 장례식까지 애리조나에서 완벽하게 보존하도록 조치를 취해 놓았다.

일본처럼 시신을 화장해 뼈만 고향으로 가져가는 것이 아니라, 내장을 제거한 시신 자체를 방부 처리해서 장례식까지 보존하는 절차가 마후유에게는 솔직히 괴로운 일이었다. 죽은 사람의 존엄성을 짓밟는 것 같아 견딜 수가 없었지만, 물론 그런 감상은 자신에게 아직도 남아 있는 일본적인 부분이라는 것을 알고 있었고, 더욱이 랜리의 부모가 그러기를 바라는 이상 잠자코 있을 수밖에 없었다.

어떤 형태로 애도하든, 랜리는 아무 신경도 쓰지 않을 텐데, 뭐……. 마후유는 속으로 그렇게 중얼거렸다. 앞으로 남은 일은 유족들이 어떻게 하면 슬픈 마음을 다스리고 그의 죽음을 수용하느냐 뿐이다.

랜리의 어머니 클레어와 여동생 일라이자는 한발 앞서 애리조나로 돌아가 장례 준비를 하기로 했다. 조문객의 수와 리처드의 건강 상태를 고려하면, 앞으로 두 주일은 걸릴 것이다.

리처드의 지병에 가장 좋지 않은 것은 생활의 리듬이 무너지는 것이었다. 피로가 쌓이면 면역력이 곧바로 떨어진다고 한다. 뉴욕으로 올 때는 브루스와 둘이었지만, 그런 사건이 있은 터라 심장 상태를 우려해 돌아가는 길에는 이렇게 마이클이 동행하게 되었다.

그들과 함께 차를 타고 가는 쪽을 선택한 것은 마후유 자신이었다. 팀을 위해서라기보다 사실은 그녀 자신을 위해서였다. 결혼식을 앞두고서도 샌더슨가의 여자들에게는 냉담한 거부밖에 느끼지 못했다. 랠리가 죽은 지금, 그녀들과 행동을 같이하자니 비록 잠깐이라도 고통스럽게 느껴졌다.

어제는 밤이 되도록 계속 달려 도착한 인디애나 주 리치먼드의 고급 호텔에 묵었다. 오늘 아침에 다시 출발해 고속도로를 타고 서쪽으로 서쪽으로 달려, 미주리 주 세인트루이스에서 점심을 먹고…….

두 시간쯤 전에 미주리 주와 오클라호마 주의 경계를 지났다. 도로 양옆에 서 있는 표지판은 이제 오클라호마시티가 머지 않았다는 것을 알려 주고 있다. 오늘 밤은 그 언저리에서 묵게 될 것 같다. 다른 사람은 몰라도 리처드가 무리해서는 안 된다.

지금 그는 조수석에서 고개를 푹 숙인 채 잠들어 있다. 완고한 서부 사나이답게, 눈을 뜨고 있을 때에는 약하게 보이지 않으려 등을 꼿꼿하게 펴고 있지만, 잠든 동안에는 그런 오기를 부릴 수 없다. 빛의 각도 때문에 간혹 사이드 미러에 비치는 리처드의 얼굴은 지난 며칠 사이에 몰라보게 초췌해졌다. 처음 만났을 때 인상에 비하면 체격마저 작아진 듯하다. 구불구불 풍성한 흰머리가 지금은 오히려 애처로워 보인다.

마후유는 뒤에서 그를 쳐다보면서, 랠리도 나이를 먹으면 이렇게 머리가 하얗게 변할까 궁금했다. 루시가 블론드는 반드시 대머리가 된다고 했지만, 이렇게 아름다운 백발이 된다면 나쁘지 않을 것 같다. 할아버지가 되어서도 파란색 셔츠가 잘 어울렸으리라.

가슴속에서 끓어오르는 것을 억누르려, 그녀는 어금니가 부서져라 꽉 깨물었다.

헛된 상상은 그만하자. 랠리는 떠나 버렸어. 이제 더는 나이를 먹지 않아.

그가 죽었는데도 자신이 이렇게 숨을 쉬고 있다는 게, 마후유는 이상해서 견딜 수가 없었다. 너무도 불합리한 일처럼 생각되었다.

언젠가 자신과 팀 역시 랠리의 나이를 넘어설 것이다. 그리고 그 후에도 인생은 별 재미 없이 계속되리라. 랠리에게 닥친 것처럼 갑작스러운 재난이라도 당하지 않는 한, 지금 달리고 있는 이 길처럼 끝없이, 담담하게.

운전석에서 브루스가 갑자기 손을 쭉 뻗어 백미러의 위치를 조정했다.

어깨 아래까지 내려오는 긴 검은 머리를 등 뒤에서 하나로 묶었다. 나이는 마후유나 마이클과 비슷한 정도일까, 아니면 조금 위일까. 마후유가 앉은 자리에서는 그의 가뭇가뭇하게 그은 옆얼굴과 백미러에 비친 얼굴 윗부분을 충분히 관찰할 수 있었지만, 햇볕이 강렬해 늘 선글라스를 끼고 있는 탓에 정면 얼굴은 여전히 인상이 희박했다.

그는 어제부터 줄곧 혼자서 운전대를 잡고 있다. 운전사이기는 하지만 이렇게 동행하고 있는 것을 보면 리처드의 신뢰가 두터운 것이리라.

실제로 팔짱을 끼고 서 있는 모습 하나만으로도 경호원 분위기가 나는 남자였다. 팔 근육은 금방이라도 티셔츠를 뚫고 나올 것처럼 우람하고, 떡 벌어진 어깨와 두툼한 가슴팍 역시 듬직하기 이를 데 없다. 그러나 그 근육들은 보디빌딩 따위로 부자연스럽게 만들어진 것이 아니었다. 나날의 노동과 타고 태어난 자질이 어우러진 결과로 자연스럽게 만들어진 것이었다. 역삼각형의 상반신에 비하면 하반신은 호리호리하고 가늘어서 균형감이 없어 보일 정도다.

마후유는 브루스가 언제 눈앞에 나타났는지 전혀 기억하지 못한다. 랠리의 죽음에서 비롯된 충격이 너무 커서 아직도 사건 직후의 기억에 군데군데 구멍이 있는 탓이다. 게다가 브루스의 행동거지 탓도 있는 듯하다.

지금 보니, 이렇게 존재감이 있는 남자인데 샌더슨가 사람들을 따라 움직이는 그는 마치 그림자처럼 소리가 없었다. 그런데다 어제부터 시작된 여행에서, 식사를 하러 차에서 내릴 때마다 어디론가 사라져 버렸다. 주변에 가게가 한 군데밖에 없는 곳에서는 리처드의 권유에 따라 같이 들어가 한 테이블에 앉기도 하지만, 입을 여는 일은 없었다.

처음에 마후유는 혼자 있는 걸 정말 좋아하나 보다고 생각했다. 아니면 그저 말수가 적은 사람일까. 가끔 뒷좌석에서 말을 걸어도 제대로 대답을 하지 않는 통에 내심 이상하게 여기고 있자니, 오늘 아침에 마이클이 설명해 주었다.

"사실 그는 인디언 부족 출신이거든요. 사용하는 말이 우리와 달라요. 하지만 우리가 사용하는 말의 의미는 충분히 알아들으니까, 괜한 험담은 하지 않는 게 좋을 겁니다."

"마이클."

다소 강경한 어조로 리처드가 나무라자, 마후유는 차 안의 공기가 미묘하게 팽팽해지는 것을 느꼈다. 그러나 백미러 속의 브루스는 비아냥거리듯 입술 한 끝을 비죽거렸을 뿐이다.


팀과 같이 목욕을 하면 그 사이 목욕물은 당연히 식고, 자신의 몸을 제대로 씻을 여유가 없다. 그러니 느긋하게 몸을 녹이며 피로를 푸는 것도 기대할 수 없다. 세상의 모든 어머니들이 이런 고생과 분주함에서 오는 스트레스를 견디고 있으리라 생각하니 절로 존경심이 우러난다.

평소와 다른 생활에 흥분한 탓인지 팀은 잠투정이 심했다. 열한 시가 되어서야 겨우 잠이 들었는데, 옆에 누운 마후유가 몸을 움직이자 뭐라고 잠꼬대를 하면서 그녀 몸에 찰싹 달라붙었다.

몸속 깊은 곳에서 고함이라도 지르고 싶을 만큼의 애처로움이 솟구쳤다. 몸이 뒤틀릴 것 같지만, 꾹 참는다. 랠리를 잃은 지금, 마후유는 자신이 사는 이유가 이 아이를 더는 불행하게 하지 않기 위해서라고 생각한다. 진심으로, 정말 그렇게 생각한다. 불쌍하니까, 혹은 떠맡은 이상 책임을 져야 하니까, 랠리가 남긴 유일한 핏줄이니까. 그런 것들은 그저 자잘한 이유에 지나지 않는다. 마후유에게 팀은 언제부터인가 목숨을 건 전쟁터에서 함께 살아남은 전우 같은 존재가 되었다. 둘 다 어머니의 방치 속에 자랐고, 하마터면 사람을 사랑하는 방법을 잃을 뻔 했는데, 간신히 되찾았다 싶으니 이번에는 가장 소중한 사람이 떠나 버렸다.

불현듯 뉴욕을 떠나던 어제 아침, 루시가 진지한 표정으로 건네던 말이 떠올랐다. 산드라, 동구와 함께 아파트 앞에 나와 배웅해 준 루시는, 마후유가 맡긴 스노 부츠를 가슴에 안고 이렇게 말했다.

"머피, 절대 잊지 마. 네 인생은 다 끝난 게 아니야. 네가 만약 그렇게 생각하고 있다면, 우리는 너무 슬플 거야. 지금은 눈앞이 캄캄해서 아무 생각도 할 수 없겠지만, 이거 하나는 꼭 기억해. 우리 셋이, 여기서 너를 기다리고 있다는 거. 여름방학 동안 그쪽에서 쉬면서 마음을 다독이고 싶다면, 그래도 좋아. 하지만 네가 돌아와야 할 곳은 여기야. 알겠지?"

그리고 안고 있던 고양이를 모래주머니라도 건네듯 동구의 가슴에 휙 던지더니, 마후유의 목을 꼭 끌어안았다.

"만에 하나 할아버지가 팀을 맡아 키우겠다고 하면, 안 된다고 고집 피우지 마. 그 아이에게는 그편이 행복할지도 모르니까."

마후유는 자신의 가슴에 꼭 안겨 잠든 팀의 얼굴을 내려다보았다. 검은 머리에 구릿빛 피부. 이십 년 정도 지나면 이 아이도 브루스처럼 과묵하고 건장한 젊은이로 성장해 있을까. 도무지 상상이 되지 않았다.

팀의 정수리에 똬리를 튼 조그만 가마에 마후유는 살며시 입맞춤을 했다.

불쑥, 기억의 일부가 되살아났다.

랠리가 죽은 그날 밤 ……. 자신도 지금의 팀처럼, 옆에 있는 누군가를 꼭 껴안고 잠에 빠졌다. 그 사람, 그 사람은 마이클이었다.

볼이 화끈 달아오르고 심장이 요동쳤다.

마이클은 가족과 함께 경찰에게 달려갔고(그러고 보니 그 자리에 브루스의 모습도 있었던 것 같다), 참고인 조사가 끝난 후에는 이성을 잃은 어머니와 여동생을 아버지 곁에 남겨 놓은 채 마후유를 데려다 주었다. 그녀는 자신의 집이 아니라 랠리의 집으로 데려다 달라고 부탁했다. 팀은 루시와 친구들이 경찰에게서 인계받아 첼시에 있는 집으로 데리고 갔지만, 그때는 도무지 그곳으로 돌아가고 싶지 않았다. 혼자가 되고 싶었던 것이다.

랠리의 아파트에 도착해서도 마이클은 마후유가 피 묻은 드레스를 벗고 샤워를 끝낼 때까지 기다려 주었다. 그리고 샤워실에서 나온 그녀에게 물컵과 수면제를 내밀었다. 먹고 싶지 않다는데도, 그는 마후유의 말을 들어주지 않았다.

억지로 침대에 기어들어가 간신히 찾아온 옅은 잠의 심연에서 마후유가 비명을 지르며 벌떡 일어나려 하자, 놀랍게도 그가 아직 옆에 있었다. 그리고 어둠 속에서 아이를 달래듯 뭐라 중얼거리면서 꼭 안아 주었다. 덕분에 마후유는 마치 아버지의 무릎에서 잠들었던 어린 시절처럼 편안하게 다시 잠에 빠질 수 있었다.

랠리에게 꼭 안겨 있는 꿈을 꾸었다. 다시 찾아온 잠은 너무도 안온하고, 깊고, 그리고 길었다. 다음 날 아침 늦게 혼자 눈을 떴을 때, 슬픔보다 자기혐오와 랠리에 대한 미안함 때문에 눈물을 흘렸을 정도로.

어쩌다 그렇게 중요한 일을 잊고 있었을까. 구멍 난 기억들은 앞으로 서서히 메워질 거라고 잭슨이 말했지만, 어쩌면 보다 중요한 다른 일을 까맣게 잊은 채, 잊었다는 것조차 모르고 있는 것은 아닐까.

마이클에게는 그때 고마웠다는 인사를 아직 못했다. 은혜도 모르는 여자라 여겨질지도 모르겠다.

마후유는 팀의 손을 조심조심 이불 안에 밀어 넣고, 살금살금 침대에서 빠져나왔다. 스탠드의 작은 불빛만 남겨 두고 다른 불은 다 끈 후에 침실에서 나와 조용히 문을 닫았다.

크게 숨을 내쉬고, 거실 소파에 앉는다. 그제야 천천히 방 안을 둘러볼 여유가 생겼다.

오클라호마시티에서 가장 비싼 호텔이 틀림없는 것 같았다. 남쪽 창문 전체를 뒤덮은 고상한 꽃무늬 커튼은 전자동 개폐식이고, 소파와 쿠션은 물론 캐노피가 달린 침대의 스프레드와 침대 보드까지 전부 같은 무늬로 통일되어 있다. 푹신한 카펫에는 얼룩 하나 없고, 대형 텔레비전은 티크 재질의 캐비닛에 수납되어 있다. 벽난로 모양의 대리석 콘솔 위에는 하얀 카사블랑카 백합이 풍성하게 꽂혀 있고, 소파 앞에 놓인 유리 테이블에도 아름다운 꽃과 우아한 사진집이 놓여 있었다. 팀을 목욕시킨 후 마후유가 걸친 목욕 가운도 타월과 똑같은 호텔 로고가 금실로 수놓인 고급 제품이었다.

어제나 오늘이나, 오는 길에 싼 모텔이 얼마든지 있었다. 홀리데이 인 체인은 이 호텔의 십 분의 일 가격에 보통 호텔과 다르지 않은 아담한 방을 제공해 준다. 그런데 마후유를 제외하고는 사람들 모두, 짠돌이 마이클조차 그런 유의 건물은 쳐다보지도 않았다. 전혀 열외라는 식으로.

마후유는 손을 뻗어 서비스 과일이 담긴 바구니에서 오렌지를 하나 집었다. 과일 정도는 어떻게든 넘길 수 있을 것 같았다.

여전히 식욕만큼은 왕성한 팀과 달리, 그녀는 저녁을 거의 먹지 못했다. 억지로라도 좀 더 먹으라고 리처드가 권했지만, 그렇게 말하는 그도 거의 남겼으니 별 설득력이 없었다.

오렌지의 두툼한 껍질을 손톱으로 가르자, 싱그러운 향이 퍼지면서 코를 자극했다. 한 조각 입에 넣고, 혀에서 목구멍으로 찌릿하게 번지는 새콤달콤한 맛에 미간을 찡그리면서 건너편 소파를 멍하니 바라보았다. 프런트에서 방을 요청할 때 있었던 사소한 사건이 아직도 머리 한구석에 남아 있었다.

객실 담당과 얘기한 사람은 마이클이었다. 그는 잠시 망설이다가, 마후유와 팀을 위해서는 스위트를 선택하고 아버지와 자신은 킹사이즈 침대가 둘인 트윈 룸을 요청하고는 끝이라고 했다. 그때 옆에서 리처드가 끼어들었다. 싱글이라도 괜찮으니 다른 방을 하나 더 부탁한다고.

마이클은 아버지를 돌아보며 뭐라고 불만을 토로하려다 그 뒤에 서 있는 마후유와 시선이 마주치자 그만 포기했는지 마땅치 않은 표정으로 입을 다물었다.

만약 그 자리에서 리처드가 끼어들지 않았다면 브루스는 어디에서 자게 되었을까. 마후유는 생각했다. 그야말로 홀리데이 인, 또는 더 싼 곳으로 갔을 것이다. 그렇다면, 왜? 부리는 사람까지 일류 호텔에서 재울 필요는 없다고 생각하는 것일까. 아니면 목장의 상하 관계는 그런 식으로 엄격하게 구별되는 것일까.

가장 생각하고 싶지 않은 가능성은 마이클이 백인이 아닌 브루스를 차별한다는 것이었다.

마후유는 마이클이 말해 주기 전에는 브루스가 인디언이라는 것을 알아보지 못했다. 늘 선글라스를 끼고 있어서 얼굴을 제대로 볼 기회가 없었고, 구릿빛 피부에 대해서도 밖에서 일하는 탓에 많이 탔나 보다고 생각했을 뿐이었다. 그런데 그렇게 알고 옆얼굴을 다시 보니 과연 튀어나온 광대뼈와 네모진 턱이 원주민의 특징처럼 보이기도 했다.

브루스라는 남자에게서 발산되는 거침과 격함에는 일종의 특별함이 느껴졌다. 하지만 그런 느낌이 실제로 그가 내면에 감추고 있는 어떤 것에서 비롯하는지, 아니면 마후유 자신이 무의식중에 품고 있는 서부극의 인디언 이미지 때문인지는 알 수 없었다. 어느 쪽이든, 솔직히 적극적으로 친해지고 싶은 사람은 아니었다. 물론 그의 피부색과는 상관이 없다.

오렌지 하나를 다 먹고 나서야, 생각보다 배가 고팠다는 것을 깨달았다.

마후유는 바구니에서 서양배 하나를 집어 들고 일어났다. 그리고 냉장고 위에 놓인 과일칼까지 들고 욕실로 향했다. 팀이 문소리에 깨지 않게 살며시 욕실 문을 닫고는 배를 깨끗이 씻은 다음 껍질을 벗기기 시작했다. 과일칼로 부드럽게 잘 익은 과육을 한 조각 잘라 입안 가득 물었다.

그 순간, 거울에 비친 자신의 모습이 눈에 들어왔다.

달콤한 과즙으로 젖은 입술, 손에서도 과즙이 뚝뚝 떨어진다.

그 모습을 천장에 붙은 부연 등이 비추고 있었다.

마후유는 칼을 냅다 내던지고 입안에 든 것을 모조리 뱉어내고는 입을 헹궜다. 세면대 안에 돌돌 말려 있는 껍질과 함께 남은 배를 쓰레기통에 버리고 칼을 씻는다. 그러는 내내, 그녀는 새하얘지도록 입술을 깨물고 있었다.

갑자기 배가 고프지 않게 된 것은 아니다. 리처드와 가족들 앞에서는 식욕이 없다고 해 놓고서, 나중에 이렇게 무의식적으로 필요한 양을 채우려는 자신에게 구역질이 났을 뿐이다. 랠리를 따라 당장 죽을 마음이 없다면, 제 앞에 나온 식사를 깨끗이 먹으면 될 일이다. 그런데 밤중에 혼자서 과일 따위를 쥐새끼처럼 아작거리다니.

손에 닿는 모든 것을 닥치는 대로 내던지고 싶은 충동을 간신히 억눌렀다. 몇 번 천천히 심호흡을 한 후 정신을 가다듬고, 욕조에 뜨거운 물을 받았다. 다 씻은 과일칼을 수건으로 닦고, 닦는 김에 그 수건으로 부옇게 김이 어리는 거울을 닦으면서 최대한 빨리 화장을 지웠다.

목욕 가운을 벗어 문 안쪽 고리에 걸고, 변기에 걸터앉은 그때였다. 눈물이 왈칵 쏟아졌다.

안 되겠다 싶었을 때는 이미 늦어, 마후유는 터져 나오는 오열을 억제하지 못하고 엉엉 소리 내어 울었다. 옆에 있는 화장지를 뜯어 코를 풀고, 코를 풀고는 또 울었다.

물을 내리고 일어나, 괴롭힘을 당한 아이처럼 엉엉 울면서 욕조로 들어갔다. 마개를 뽑아 이미 반쯤 고인 물을 흘려 버리면서 샤워 꼭지를 틀어 얼굴에 차가운 물을 맞았다. 다리가 잠겼던 물이 다 흘러 내려가는 사이, 쏟아지는 물의 차가움에 온몸에 오돌토돌 닭살이 돋았다. 끝내는 입이 다물어지지 않고 심장이 오그라들 정도로 얼어붙어, 덕분에 마냥 울고 있을 수만은 없게 되었다.

그런데도 잠시 더 찬물을 맞고 있다가 겨우 눈물을 틀어막고 나자, 마후유는 욕조에서 나와 다시 뜨거운 물을 틀었다. 얼어붙은 다리를 먼저 집어넣고, 이번에야말로 천천히 온몸을 담갔다. 오그라들었던 세포가 얼음이 녹듯 되살아났다.

욕조 가에 머리를 기대고 눈을 감는다.

그렇게 오그라들도록 몸을 식혔는데도 눈두덩 속은 여전히 뜨거웠다. 터져 나오지 못하도록 봉인된 용암이 땅속 깊은 곳에서 부글부글 끓는 것처럼.

# 10

텍사스 주를 지나 오후에 뉴멕시코 주로 접어들자 풍경이 완전히 변했다. 시야가 확 트인 대신 초록색이 눈에 띄게 줄어들었다.

모래 먼지가 날리는 뻘건 황야 저 끝에 테이블처럼 생긴 바위산이 소리 없이 모습을 드러냈다. 한참을 달려 그 바위산이 뒤쪽으로 멀어지면, 또다시 비슷한 바위산이 보였다. 그런 광경 저 너머로 가물가물 보이는 것은 아메리카 대륙의 등뼈인 로키 산맥의 능선이었다. 만년설에 덮인 꼭대기는 안개가 자욱해, 때로 구름 낀 봉우리와 구별되지 않았다.

마후유는 지금까지 살아온 인생에서, 이렇듯 거대한 풍경 속에 있었던 경험이 없었다.

'사람의 눈은 얼굴의 전면에 위치해 있다. 때문에 대상과의 거리를 측정할 수 있다.'

생물학 강의에서 그런 얘기를 들었던 기억이 있다. 하지만 그런 상식은 도화지처럼 닫힌 공간에서만 통용될 거라고, 그녀는 생각했다. 사방이 아득하리만큼 이렇게 트여 있으면 사람이 지니고 있는 기존의 잣대가 사라지고 만다. 좌우로나 상하로나, 어디가 어딘지 알 수 없다. 멀리 보이는 바위산이 불현듯 손에 닿을 것처럼 느껴지는가 하면, 자신이 바위산 위에 동그마니 떠 있는 듯한 착각마저 느껴진다. 이렇게 드넓은 공간에서, 모래 알갱이 하나만큼이나 보잘 것 없는 인간. 대체 그런 인간의 무얼 기준으로 뭘 잴 수 있다는 말인가. 바닷물을 귀이개로 파내려 하는 것이나 다름없는 짓이다.

마후유는 고개를 숙이고, 관자놀이 양쪽을 문질렀다.

"머리가 아파요? 감기라도 걸린 건가."

마이클이 물었다.

"아니에요. 지평선을 보고 있었더니 눈앞이 좀 어지러워서."

마후유는 후우 하고 숨을 크게 내쉬었다.

"놀랍네요. 랠리와 마이클 씨는 어렸을 때부터 이런 풍경을 보며 자랐겠죠."

"이쪽은 처음인가요?"

"네. …… 그런데 마이클, 좀 이상하지 않아요? 자란 환경이 이렇게 다른데도 우리는 비슷한 생각을 하기도 하고 똑같이 느끼기도 하잖아요."

"듣고 보니 그렇군요. 기쁘면 다들 웃고, 슬프면 다들 우니까."

"……"

"왜 그러죠?"

"아, 아니에요. 아무것도 아니에요."

그렇다, 사람은 기쁘면 웃고 슬프면 운다. 세상이 넓다지만, 반대로 반응하는 민족은 아마 없을 것이다.

하지만, 하고 마후유는 생각했다. 앞으로의 자신은 어떨까. 앞으로는 웬만큼 슬픈 일이 있어도 울지 않을 듯한 기분이 들었다.

심장이 코끼리 살갗처럼 두텁고 딱딱한 껍질로 덮이고, 아픔을 느끼는 모든 신경이 마비된 것처럼 느껴졌다. 랠리를 떠올리면 아직 얼마든지 울 수 있다. 하지만 그 눈물을 봉인하기로 결정한 이상, 비슷하거나 그 이상 슬픈 일이 생기지 않는 한 울지 못할 것이다. 하물며 언젠가 진심으로 웃는 날이 오리란 상상은 도저히 할 수 없었다.

옆에 놓인 가방에서 티슈를 꺼내 무릎을 베고 잠든 팀의 입가를 닦아 준다. 그는 또 뜻 모를 잠꼬대를 중얼거리고는 다시 잠에 빠졌다.

그때 푸싯 하는 소리가 마후유가 앉은 자리의 오른쪽 아래에서 들렸다.

"지금, 무슨 소리죠?"

"종이봉투가 깔린 거 아닐까?"

마이클이 말했다.

"그런가 ……. 아, 또 나는데."

푸싯 …… 푸우 …… 푸르르 ……, 이번에는 간헐적으로 들리기 시작했다.

브루스가 천천히 브레이크를 밟자 속도계가 시속 50마일, 40마일로 떨어졌다.

쾅! 하고 차체가 흔들려 마이클이 으악 소리를 질렀다. 그 소리에 조수석에 앉은 리처드가 눈을 떴다. 차의 후미가 덜컹덜컹 흔들리기 시작했다. 무릎에서 자던 팀이 잠이 덜 깬 눈으로 마후유에게 매달렸다. 차체가 요동치는 바람에 마후유 위로 덮치는 꼴이 될 뻔하자 마이클이 얼른 손으로 유리창을 짚었다. 브루스가 혀를 차고는 핸들을 꺾으며 브레이크를 밟았다. 요란한 경적 소리가 뒤에서 다가오더니 점점 커졌다. 마후유는 순간적으로 팀의 귀를 손으로 막았다. 바로 옆으로 차체가 긴 트레일러가 굉음과 함께 지나간다. 바람의 압력에 밀려 닷지의 오른쪽 허리가 거의 가드레일에 닿을 듯해 마후유는 팀을 꼭 껴안고 눈을 감았다. 바로 그 직전, 브루스가 핸들을 크게 꺾어 간발의 차로 위기를 모면했다.

여전히 두세 번 뒤뚱거린 끝에 간신히 평형을 찾아 속도가 완전히 떨어졌을 무렵, 모두는 식은땀에 푹 절어 있었다.

오른쪽 뒤 타이어를 통해 길에 구르는 자갈의 감촉까지 덜그럭덜그럭 전해졌다.

마후유가 아직도 매달려 있는 팀에게 작은 소리로 속삭였다.

"괜찮아, 팀."

그가 칭얼거리며 눈물을 짰다.

"울기는, 괜찮아. 자, 밖을 봐. 아무 일 없잖아."

그렇게 달래고 가슴에 꼭 안는다. 자신도 떨고 있다는 것을 들키지 않으려 그녀는 팀의 몸을 약간 흔들면서 얼렀다.

뒤에서 달려오는 차들이 몇 차례 경적을 울리고 지나갔다. 브루스는 오른쪽 차선 가장 바깥쪽으로 닷지를 바짝 붙이고 비상등을 켠 채 가드레일에 닿을 듯 말 듯 차를 세웠다. 기어를 내리고 사이드브레이크를 잡아당기자 그의 몸이 핸들을 덮치는 것처럼 축 늘어졌다. 그리고 후우 길게 숨을 내쉰다. 감색 티셔츠의 등과 옆구리에 땀이 스며들어 커다랗게 얼룩이 졌다.

"저 ……."

마후유가 뒤에서 말을 건넸다.

"고마워요."

브루스가 의심스럽다는 표정으로 돌아보았다. 또 묵살당하는가 싶을 정도로 시간이 흘러서야 성난 투로 그가 짧게 말했다.

"왜?"

뜻하지 못한 대답에 움찔하면서도 마후유는 선글라스 속의 눈을 쳐다보았다.

"당신 덕분에 살았잖아요."

"……."

아무런 반응을 보이지 않은 채 브루스는 다시 앞을 향했다. 석상만큼이나 표정이 없다. 사이드미러를 확인하면서 문을 열고 내려 차의 후미로 돌아갔다. 펑크 난 타이어를 살펴보더니, 트렁크를 열어 잭과 스페어타이어를 꺼낸다.

"마이클, 거들지 않아도 되나요?"

마후유가 조심스레 말을 꺼냈다.

"그냥 놔둬요."

"그래도 ……."

"출발하기 전에 좀 더 철저하게 점검했다면 십중팔구 미연에 방지할 수 있었어요. 머피가 고맙다고 할 것도 없었다고요. 이 일 자체가 저 사람 책임이니까."

마후유는 입을 다물고 말았다. 마이클은 알다가도 모를 사람이라고 생각했다. 가족에게는 물론 자신과 팀에게도 꼼꼼하고 친절하게 마음을 써 주면서, 유독 브루스만은 깔보듯 대하는 태도는 어째서일까.

운전석으로 돌아온 브루스가 키를 돌려 시동을 껐다. 조용해진 순간, 옆을 지나가는 다른 차의 소리가 갑자기 크게 들린다.

"우리도 내려야겠나?"

그렇게 묻는 리처드에게 그는 낮은 목소리로 짧게 대답했다.

"노."

좌석 밑에서 한참이나 금속 소리가 나는가 싶더니 오른쪽으로 기울었던 차체가 마침내 끼익끼익 올라가기 시작했다.

"마이클."

리처드가 돌아보았을 때, 마후유는 그가 이어 할 말을 정확하게 예측했다.

"내려서 도와주도록 해."

"하지만."

"왜? 내게도 펑크 난 게 그의 책임이라고 할 생각이냐?"

"……."

아버지에게는 들리지 않게 작은 소리로 혀를 차면서 마이클은 뒤에 오는 차가 없을 때를 가늠해 차에서 내렸다.

마후유는 백미러로 뒤를 바라보았다. 저 멀리 도로 위에, 찢어진 타이어의 검은 잔해가 마치 동물의 시체처럼 널려 있었다. 까딱 잘못했으면 지금쯤 전원이 죽었을지도 모른다. 랠리는 마후유에게 절대 자기 탓으로 여기지 말라는 유언을 남겼지만, 그것은 정말 어려운 주문이었다.

그때 리처드가 심하게 쿨럭거렸다.

"힘드세요?"

자신도 모르게 몸을 내밀어 묻자, 그는 아니라는 듯이 손을 저었다.

"물, 물 드시겠어요?"

그가 여전히 쿨럭이며 고개를 끄덕인다.

마후유가 무릎에서 팀을 내려놓으려 하는 순간, 아니나 다를까 떨어지지 않는다.

"팀, 부탁이야. 할아버지에게 물을 드려야지!"

절박한 목소리에 놀랐는지, 팀이 손을 놓았다. 그를 옆자리에 앉히고 마후유는 발치에 놓인 아이스박스 뚜껑을 열어 얼음을 채운 비닐 주머니 속을 뒤져 생수 페트병을 꺼냈다. 젖은 채로 비틀어 실을 뜯어내고 주방 세제와 똑같이 생긴 마개를 위로 당긴 후 리처드에게 내밀었다.

"물기를 닦아야 하는데."

기침을 하면서도 "아니, 괜찮다" 하고 대답한 그는 입구에 입을 댄 채로 물을 마셨다. 몇 번 컥컥거리다, 마시기가 힘든지 뚜껑을 떼어 냈다. 다시 입을 대고 꿀꺽꿀꺽 몇 차례 마시고는 크게 숨을 쉬었다.

마후유가 페이퍼 타월을 건넸다.

"미안하군."

그가 입가를 닦고, 병에서 떨어지는 물방울과 손을 닦았다.

오른쪽 창문 밖에서는 스패너를 손에 든 브루스가 일어섰다 앉았다 하고 있었다. 그 뒤에서 마이클이, 몸을 구부리고 일하는 브루스의 모습을 짜증스럽다는 듯이 지켜보고 있다. 뒤에서 오는 차 대부분이 거리가 좁혀지면 속도를 늦추고 무슨 일인지 호기심에 찬 시선으로 들여다보고 갔다. 차고가 높은 닷지는 바람이 불면 좌우로 흔들렸다.

"이거, 하마터면 큰일 날 뻔했군."

리처드가 말했다.

"여기까지 왔으니, 내일이면 도착할 텐데 말이야."

"심장은 어떠세요? 아프지 않으세요?"

"멈추기 직전까지 갔지."

"네?"

새파랗게 질린 마후유를 보고서 리처드는 눈가에 미소를 머금었다.

"너도 그렇지 않았느냐."

마후유는 순간적으로 어리벙벙해졌다. 그러고는 맥이 빠진 나머지 어깨를 축 늘어뜨렸다.

"아이 참. 놀래지 마세요."

리처드는 피곤한 표정으로 웃었다. 그가 뚜껑을 닫은 병을 돌려주려 하자, 팀이 좌석에서 스르륵 내려가 손을 뻗었다.

"너도 마시련?"

까딱 고개를 끄덕인다.

리처드는 뚜껑을 열어 팀에게 건네주고, 손자가 조심스레 병을 기울여 물을 마시는 모습을 바라보면서 중얼거렸다.

"할아버지라."

"아, 죄송해요. 귀에 거슬렸다면."

"아니다, 그렇지 않아. 오히려 그 반대다."

그렇게 대답하고, 리처드는 간신히 병에서 입을 떼고 씩씩거리는 팀의 머리에 두툼하고 커다란 손을 올려놓았다.

"머피."

"네?"

"기분 나빠하지 말고 들어 주면 좋겠는데."

마후유는 무릎 위에 두 손을 모았다.

"네."

"자네는 그 녀석에게서, 아니지, 랠리에게서 전처에 대해 어느 정도까지 들었나?"

"…… 아마, 대충은."

"지금 그녀가 어디서 뭘 하고 있는지도 알고?"

"플로리다에서 살고 있다고 들었는데요."

"같이 도망친 남자와 함께?"

"글쎄요, 거기까지는."

"흐음."

리처드가 한숨을 쉬었다.

"이 얘기도 대충 들었겠지만 …… 랠리는, 전처가 그렇게 떠나 간 후로 고향에는 통 내려오지 않았어. 어린아이를 데리고 고생 이 말이 아니었겠지."

마후유는 고개 숙인 채 잠자코 있었다. 식어 가는 라디에이터 소리가 틱 …… 틱 …… 하고 울리다, 점차 간격이 벌어졌다.

"우리가 그렇게 만든 거야. 랠리도 원래 고집이 센 녀석이지 만, 우리가 애당초 이블린을 따뜻하게 맞아 주었다면 그 녀석이 그렇게 강경하게 나오지는 않았겠지."

"하지만, 미스터 ……."

"그냥 리처드라고 불러도 된다."

"리처드. 그 사람은 가족들을 나쁘게 말한 적이 없어요."

마후유는 눈을 들고 말했다.

"가끔 자신이 자란 목장과 가족 얘기를 들려주기도 했고요. 그런 때 그는 늘 편안해했어요. 얘기를 듣는 저까지 그립고 애틋한 기분이 들 정도로요. 그는 행복한 추억만 얘기했어요."

시아버지가 미소 지었다.

"머피, 자네 참 좋은 사람이군."

"사실을 말씀드렸을 뿐이에요."

"게다가 다부지기도 하고."

"……."

"서부에서 자란 성질 고약한 말도 그 정도는 아닌데 말이야."

마후유도 미소로 답했다.

"평생 흘릴 눈물을 다 흘렸는걸요. 눈물은 다 말라서 한 방울도 남아 있지 않아요."

"포기할 것까지야 없지. 언젠가 다시 웃을 날이 오면, 눈물도 고이는 법이니까."

마치 자신이 조금 전까지 생각하던 것을 다 꿰뚫어본 듯한 말투였다.

"그런 날이 올까요."

"오고말고. 시간이 걸릴 테지만, 반드시 올 거야."

"그런데 …… 그런 생각이 들지 않아요."

"믿도록 해, 머피. 나는 사랑하는 사람을 잃는 일에는 이골이 난 사람이야."

브루스가 타이어를 휠에서 빼내려는 참이었다. 마이클은 부루

통한 표정으로 거들고 있다.

"내 인생은 상실의 연속이었다 해도 과언이 아니지."

창밖의 두 사람을 쳐다보면서 리처드가 말했다.

"그런 내가 하는 말이니, 틀림없을 거다. …… 아, 그런데 저렇게 많이 마셔도 되는 거냐?"

팀이 병에 남은 물을 거의 다 마셔 버렸다는 것을 그제야 알아차리고 마후유는 허둥지둥 막았다.

"어머나 팀, 그렇게 많이 마시면 화장실에 들락날락해야 하는데. 이제 이리 줄래. 나중에 목마르면 언제든지 꺼내 줄게."

받아들어 뚜껑을 눌러 막고 아이스박스에 넣는다. 얼굴을 드는데, 리처드의 파란 눈과 마주쳤다.

"저 아이는 언제부터 그런 거냐?"

'그런'이 뭘 뜻하는지 금방 알았다. 식사를 하러 가면 팀은 접시에 있는 것을 죄다 입에 쑤셔넣는 것도 모자라 주스는 마지막한 방울까지 핥아 마시고, 마후유가 남긴 빵까지 몰래 주머니에 집어넣는다. 그 모습을 이상하게 여기면서도, 지금까지 아무도 굳이 자세하게 묻지 않았다.

마후유가 머뭇거리자, 리처드가 물었다.

"이블린과 관계있는 것이냐?"

마후유는 깜짝 놀랐다.

"어떻게 그걸?"

"그냥 감이야. 그런데 역시 그런 모양이구나."

"전 …… 그녀를 나쁘게 말하고 싶지 않아요."

"안다. 난 그저 사실을 알고 싶을 뿐이야."

바람에 날린 모래가 차에 부딪쳐 자글자글 조그만 금속성 소리를 냈다.

스페어타이어를 끼워 넣고, 너트 하나하나를 꼼꼼하게 조이는 소리를 들으면서 마후유는 일의 전말을 간단하게 설명했다. 감정적으로 들릴 수 있는 말은 최대한 피하고 사실만을 객관적으로 전하려 애썼다. 이블린뿐만 아니라 앤드류 비스티 건까지 얘기하고 나자, 리처드의 미간에 깊은 주름이 패었다.

"아직까지도 그 남자에게 배운 동작을 할 때가 있어요. 대개는 어른의 비위를 맞추려고."

"그런 때는 어떻게 대처하고 있지?"

"꾸짖지 않으려고 해요. 그래서 가능하면 무시해요. 랠리 말이 …… 랠리가 그랬거든요. 강압적으로 그만두게 하려고 화를 냈다가, 성 자체를 나쁜 것으로 여기게 되면 곤란하니까 가만히 내버려 두자고요."

"흐음. 그래, 그러는 게 옳겠지."

"학대받으며 자란 아이가 음식에 집착하는 것은, 젖을 빨았던 아깃적 기억과 관련이 있다고 해요. 갓난아기는 젖을 먹으면서 만족하고, 그게 바로 부모에게 사랑받고 있다는 만족감으로 이어진대요. 그래서 부모를 믿지 못하는 아이는, 자신이 얻을 수 없는 사랑 대신 음식을 입에 넣어 마음을 채운다네요. …… 이건 전부 책을 읽어 알게 된 것이지만, 맞는 말이라고 생각해요. 음식은 언제든 만족을 보장해 주고 인간을 배신하지 않으니까요."

"그러니까 그 말은, 이 아이도 그렇다는?"

"네, 아마 그렇겠죠."

"자네가 이렇게 잘 돌봐 주고 있는데도, 아직 애정에 주려 있다는 말인가?"

마후유는 가져 온 장난감을 시트 위에 어지럽게 늘어놓은 팀을 쳐다보았다.

"아직 많이 모자라는 거겠죠. 저만으로는 역부족일지도 모르고요. 그런데 이렇게 아빠까지 없어지고 말아 ……."

"흠. 그나저나 만약 이블린이 이 아이를 돌려달라고 하면, 그때는 어쩔 생각인가?"

마후유는 눈썹을 찡그리고 시아버지를 돌아보았다.

"말도 안 돼요. 이혼한 이블린이 무슨 권리로 ……."

"권리는 있지. 랠리와는 헤어졌지만, 이블린이 이 아이의 엄마라는 사실은 변함없으니까. 친권의 우선순위는 그녀에게 있어."

마후유는 망연해졌다. 그럴 가능성 따위는 생각해 본 적도 없었다.

랠리가 죽고 없는 지금, 이블린이 팀을 학대한 사실을 직접적으로 아는 사람은 하나도 없다. 증거도 물론 없다. 만약 그쪽에서 친권을 주장하고, 합의가 이뤄지지 않아 재판이라도 붙게 된다면 …… 어쩌면 이쪽에서 팀을 포기해야 할지도 모른다.

마후유는 손을 뻗어 팀의 가녀린 어깨를 껴안았다.

"이블린에게 …… 의사를 확인해 보실 생각인가요?"

그 물음에는 대답하지 않고, 리처드가 도리어 물었다.

"자네는 그 아이를 어떻게 하고 싶은가?"

마후유가 대답하기 전에 차체가 쑥 가라앉았다. 브루스가 닷지의 트렁크를 열어 잭과 타이어를 실었다. 타이어는 노면과 접촉한 부분만 도넛 모양으로 찢겨 나가고 없었다.

마이클이 옆자리로 돌아왔다. 마후유는 트렁크를 닫고 운전석에 올라탄 브루스와 그에게 물에 적신 페이퍼 타월을 건넸다. 물론 고맙다는 말은 마이클밖에 하지 않았다.

"어디 가서 타이어를 노멀 사이즈로 바꿔 끼우는 게 좋을 듯한데."

얼룩이 묻은 손을 닦으면서 마이클이 말했다.

"노멀 사이즈요?"

"지금 끼운 스페어타이어는 한 사이즈 작은 거라서."

"아직 갈 길이 먼데, 바꿔 끼우는 편이 좋겠지. 또 무슨 일이 생기면, 그때는 꼼짝달싹할 수 없을 테니."

"그러니까 바꾼다고 하잖아요."

마이클이 퉁명스럽게 말대꾸를 했다.

결국 브루스는 고속도로에서 빠져나오자마자 정비 공장으로 차를 몰았다.

종업원이 새 타이어로 교환하는 동안 마이클은 주임과 흥정에 나섰고, 상대방의 얼굴이 일그러지도록 값을 깎았다.

등받이가 없는 의자 몇 개가 놓여 있을 뿐인 작은 휴게소였다. 마이클은 셀프서비스로 제공되는 밍밍한 커피를 종이컵에 따라 마후유에게 건넸다. 벽은 낡고 더러웠지만, 냉방만큼은 빵빵하게 나오고 있다.

오후 네 시인데 바깥은 대낮처럼 덥다. 이 시기의 여름은 밤 아홉 시나 되어야 해가 떨어지고 사방이 어두워진다.

브루스는 작업장 저쪽에서 팔짱을 끼고 선 채, 여전히 입을 꾹 다물고 일하는 정비원을 지켜보고 있다. 리처드는 팀의 손을 잡고 마당을 거닐고 있다. 언뜻 보면, 어디에나 있는 아주 평범한 할아버지와 손자의 행복한 풍경이었다.

"목장의 재정 관리는 그쪽이 다 맡고 있나요?"

마후유가 물었다.

"전부 일임하고 있는 것은 아니죠. 난 미덥지 못한 사람이니까."

"그럴 리가요."

"아니, 사실이 그렇습니다."

마이클은 감정이 복잡하게 얽힌 미소를 얼핏 머금었다.

"옛날에는 아버지 동생이 …… 그러니까 삼촌이 경영과 재정을 도맡았죠. 아버지는 원래부터 스스로 몸을 움직이는 편을 좋아하는 사람인 터라. 땅 위를 걷는 것보다 말 등에 타고 있는 시간이 길었던 인생이죠. 무슨 일이든 대충대충이랄까, 장부상 숫자가 한두 자리쯤 틀리는 것에는 관심이 없어요. 그런데 삼촌이 돌아가시고, 그 후 바로 아버지도 몸이 저 모양이 됐잖아요. 그래서 내가 경영 쪽만 인수하게 된 거죠. 아, 그러고 보니 머피도 경영학을 공부한다고 했나요?"

"네."

"그럼, 앞으로 잘 배워야겠습니다."

"좋은 생각이네요. 목장이 망하기를 원한다면."

마이클이 웃었다.

"아무튼 지금은 곤란한 일이 생기면 형이 의논 상대가 되어 주니까."

"…… 네?"

"아."

어색하게 시선을 돌리며 마이클은 혀를 찼다.

"참 나, 무슨 소리를 하고 있는 건지. 미안합니다."

"아니에요. 신경 쓰지 말아요."

마후유는 커피를 마시는 척하면서 눈을 내리깔았다.

"사실은 말이죠, 머피."

그의 목소리가 평소보다 낮았다.

"나는 아직 형이 죽었다는 걸 실감할 수가 없어요. 지금도 전화를 걸면, 형이 아무 일 없다는 듯이 받을 것 같거든요."

"그 심정, 충분히 알아요."

"머피도 그런가요?"

"네. 멍하니 있다 보면 문득 '있잖아, 랠리'라는 말이 입에서 나오려고 해요. 그러다 퍼뜩 알아차리고선 '바보, 그 사람은 이제 없는데' 하고 혼자 중얼거리곤 하죠. 그러다 또 잠시 지나면 같은 일이 벌어져요. 도무지 적응이 안 되네요."

"아직 열흘도 채 지나지 않았으니, 당연하죠."

마이클이 킁 하고 콧소리를 내고는 마후유의 손에서 종이컵을 가져갔다.

"이렇게 맛없는 커피, 억지로 마실 거 없어요."

눈을 어디다 두면 좋을지 몰라 난감한 마후유가 유리창 밖을 쳐다보았다. 그 순간, 저쪽에 서 있는 브루스가 이쪽을 보고 있는 듯한 느낌이 들었는데, 그는 이내 정비원 쪽으로 고개를 돌리고 말았다.

"어쩌면 말이죠. 장례식이란 거, 이런 기분을 떨쳐 버리기 위해 하는 건지도 모르겠습니다."

중얼거리듯 마이클이 말했다.

"…… 그렇기도 하겠네요."

그럴지도 모르겠다, 하고 마후유는 생각했다.

검은 옷을 입고, 명복을 비는 기도 소리를 듣고, 사람들이 흐느껴 우는 소리에 귀 기울이며. 그 의식이 끝나면 랠리의 죽음을 받아들일 수 있을지도 모르겠다고.

뚜껑이 닫힌 관이 땅속 구멍에 내려지는 것을 두 눈으로 보기 전까지는 그의 죽음을 수긍하지 못할 테니까.

# 11

꿈에서 깼더니, 팀이 침대 머리맡에 앉아 마후유의 어깨를 흔들고 있었다. 무슨 일이 있나 싶어 깜짝 놀랐는데, 그렇지는 않은 듯하다. 창밖은 벌써 아침, 오늘도 하늘에는 구름 한 점 없다.

"왜?"

잠에서 막 깬 탓에 목소리가 거칠다. 배가 고픈 거야? 하고 이어 물으려다 말을 삼켰다. 어젯밤, 리처드에게 주의를 들은 탓이다. 팀이 자기 입으로 말을 잘 하지 않는 것은 주위 어른들이 그가 할 말을 미리 알아서 챙기기 때문 아니냐. 아낌없이 애정을 쏟는 것과 과보호하는 것은 다른 얘기다, 하고.

마후유는 침대에 팔꿈치를 대고 윗몸을 일으켰다.

"응? 무슨 일인데?"

팀의 눈을 들여다보며 다시 물었다.

그가 작은 목소리로 대답했다.

"머피, 울고 있었어."

움찔 놀라 얼굴을 만져 본다. 볼도, 눈가도 젖어 있지 않았다. 그러나 가슴속에는 조여 드는 듯한 아픔의 여운이 남아 있었다. 조금 전까지 꿈을 꾼 탓일까. 기억은 잘 나지 않지만, 아무리 쫓아가도 원하는 무언가에 손이 닿지 않는, 그런 꿈이었다.

"그래서 깨운 거야?"

팀은 주춤거리면서 고개를 끄덕였다. 깨워도 되는 건지, 혼자서 꽤나 망설였을 것이다.

"있지."

마후유는 팀의 손을 잡았다.

"굉장히 무서운 꿈을 꿨어."

"…… 귀신 꿈?"

"응. 고마워, 팀. 무서운 귀신에게서 구해 줘서."

마후유가 미소를 짓자, 이제야 안심이라는 듯 그도 웃었다.

쫓기듯 다급하게 출발하지 않아도 되는 아침은 나흘만이었다. 어제 저녁때 알부쿼키까지 왔기 때문에, 애리조나 주 경계까지는 이제 한 걸음이다. 열한 시쯤 호텔에서 출발하면 날이 어둡기 전에 집에 도착할 테니 느긋하게 쉬라고 리처드가 말해 주었다. 그 자신도 피로가 극에 달했는지 모르겠지만, 마후유에게도 반가운 휴식이었다.

오늘 저녁이면 클레어와 일라이자와 마주쳐야 한다. 무슨 말을 하든 흘려 듣고 마음에 담지 않기 위해서는 상당한 체력이 필요할 듯하다. 남편은 없는데 시어머니와 시누이만 있다니, 그녀는 한숨을 쉬었다. 너무하네.

자신은 식욕이 없어도 팀은 먹여야 한다. 아무튼 잠을 쫓으려 뜨거운 물로 샤워를 하고, 팀도 의자에 올라서서 스스로 세수를 하게 했다. 그리고 둘이 아래층에 있는 레스토랑으로 내려갔다. 엄청나게 북적거렸다. 학교가 일제히 여름방학에 들어갔고, 게다가 생각해 보니 오늘은 토요일이다.

"한참 기다려야겠는데요."

호텔 종업원이 말했다.

"그럼, 나중에 다시 올게요."

돌아서려는데, 팀이 꼭 잡은 손을 끌어당겼다.

"왜?"

"……."

"왜 그러는데?"

"배, 고파."

마후유는 난감해서 그 자리에서 움직임을 멈췄다.

방으로 올라가 룸서비스를 요청하는 수밖에 없을까. 하지만 이런 호텔의 룸서비스는 눈이 튀어나올 만큼 비쌀 것이다. 호텔비까지 다 내주고 있는데, 거기까지 신세지고 싶지는 않았다. 리처드는 눈 하나 까딱하지 않을 테지만, 마이클은 어떨지 알 수 없다. 그렇다고 자기 지갑에서 내자니 부담스럽다.

마후유는 손목시계를 보면서 잠시 생각한 후, 로비 밖을 내다보았다. 입구에서 대각선상에 파란 차양이 보였다. 하얀 벽과 대조되는 색감이 청결한 인상을 주는 조그만 카페테리아였다.

"그럼, 우리 밖에서 먹을까?"

"응!"

팀은 신이 나서 깡충깡충 뛰었다.

그런데 도로를 건너가 가게 문을 연 마후유는 그만 실망하고 말았다. 여기도 손님들로 북적북적, 금방 앉을 수 있는 자리는 없어 보였다.

그때, 팀이 갑자기 손을 뿌리치더니 안으로 뛰어 들어갔다.

"팀, 기다려!"

점원에게 부딪칠 뻔하고는 사과하고, 뛰어가는 그를 허둥지둥 쫓아갔다. 팀은 창가 테이블에서 신문을 읽고 있는 손님 앞에서 거의 고꾸라질 듯 멈췄다.

"그럼 안 되지, 팀."

간신히 뒤쫓은 마후유가 그의 양어깨를 잡고 손님에게로 몸을 틀었다.

"죄송해요, 실례를 ……. 어머."

펼친 신문 너머에서 넘겨다보는 사람은 브루스였다. 얼른 알아보지 못한 것은 선글라스를 끼고 있지 않아서였다. 등지고 있는 창문의 절반까지 내려온 블라인드 틈새로 강렬한 햇살이 새어들어 하얀 테이블클로스와 펼친 신문 위에 줄무늬를 그리고 있었다.

웨이트리스가 다가와 브루스에게 물었다.

"동행인가요?"

그가 대답하기 전에 마후유가 얼른 말했다.

"저 …… 같이 앉아도 될까요? 자리가 없는 것 같은데."

브루스는 턱으로 건너편 의자를 가리켰다. 앉고 싶으면 멋대로 앉으면 될 것이지, 거의 그런 몸짓이었다.

"고마워요."

그런데도 마후유는 정중하게 인사하고 팀을 앉히기 위해 의자를 당기려 할 때였다. 마후유가 손을 대지도 않았는데 의자가 저절로 스르륵 움직였다. 팀이 깜짝 놀라 뒤로 물러나며 눈을 동그랗게 떴다.

마후유는 힐끔 브루스를 보았다. 그는 시치미 뗀 표정을 하고는 신문으로 눈길을 떨어뜨렸는데, 그녀가 다시 손을 내밀려 하자 또 의자가 스르륵 움직였다.

"어떻게 하지, 팀. 이 의자가 살아 있나 봐."

마후유와 의자를 번갈아 보던 팀의 표정이 갑자기 전깃불이라도 들어온 것처럼 밝아졌다. 그가 테이블클로스 밑으로 기어들어가 외쳤다.

"찾았다!"

얼굴을 내밀고 집게손가락으로 브루스를 가리킨다.

"머피, 이 아저씨가 밀었어. 의자가 살아 있는 게 아냐."

브루스가 히죽 웃자, 팀도 소리 내어 웃었다.

뜻밖이었다. 팀이 정확한 문장을 스스로 말한 것도 놀라웠지만, 브루스에게 이런 장난기가 있다는 것이 놀라웠다.

팀을 안아 의자에 앉히고 마후유도 옆 의자에 앉아 웨이트리스에게 모닝 세트 둘을 주문했다. 그러는 동안 브루스는 조그맣게 접은 신문을 읽으며 입을 꾹 다물고 있었다. 건너편에 앉은 마후유는 '나바호 타임스'라는 글자만 겨우 읽을 수 있었다. 그런 신문이 있다는 것조차 그녀는 몰랐다. 기사는 어떤 언어로 쓰어 있을까. 그도 나바호 족 출신인 것일까.

차라리 이 아이도 나바호의 피를 물려받았어요, 하고 말해 볼까 생각했다가 역시 그만두었다. 뉴욕에서 생활하면서 그녀는 웬만큼 친한 상대가 아니면 인종에 관한 화제는 꺼내지 않는 게 좋다는 교훈을 얻었다. 특히 브루스가 영어를 잘하지 못하는 이상 심각한 화제는 피하는 편이 무난할 것이다.

그의 앞에서 약간 긴장하고 있는 자신을 깨닫고서 마후유는 왠지 조금 화가 났다. 늘 쓰던 선글라스를 끼고 있지 않은 탓이다. 맨얼굴을 무방비하게 드러내놓고 있는 그는 마치 지금 처음 만나는 사람 같았다.

절대 핸섬하다고는 할 수 없다. 그렇다고 못생긴 것도 아니다. 오히려 거칠게 깎아 낸 조각상에 가깝다. 예리한 끌로 윤곽만 새겨놓았지 사포질로 마무리 작업을 하지 않은 조각 같다.

검은 머리를 아무렇게나 틀어올려 이마가 넓게 드러나 있고 광대뼈가 유난히 높다. 코는 미간 사이 뼈가 약간 튀어나와 있고, 전체적으로는 매부리코 모양이다. 각지고 탄탄한 턱 한가운데에 엷은 입술이 일직선으로 그려져 있다. 그런 얼굴을 받치고 있는 목은 얼굴 너비만큼이나 굵었다.

이렇게 야성적인 이목구비의 인간과 마주하기는 처음이었다. 얼룩말을 타고 손도끼를 휘두르는 전사 역을 하면 잘 어울릴 것 같다고 생각했다가 이내 반성했다. 이런 유의 사고방식이 아직도 자신의 내면에 남아 있다니, 한심했다.

인디언 …… 아니, 네이티브 아메리칸은 이제 머리에 깃털 장식도 하지 않거니와 텐트나 전통적인 주거지에서 살지도 않는다. 물론 얼굴에 천연염료로 무늬를 그리지도 않고 알몸으로 말을 타고 달리면서 괴성을 지르지도 않는다. 전체적인 거주 수준으로 보면 빈곤하지만, 생활 형태는 백인과 거의 다르지 않다. 이 정도는 상식으로 충분히 알고 있는데, 막상 브루스 앞에 있으니 그런 모습만 연상되는 것은 왜일까.

아무래도 싱숭생숭해서 마후유는 팀의 셔츠 깃을 똑바로 여며 주는 척을 하는가 하면 흐트러지지도 않은 머리칼을 괜스레 손가락으로 빗어 주었다. 뭘 하든 브루스는 전혀 상관하지 않는 표정이었다.

신문을 펼쳐든 그의 손목에는 폭이 넓은 은색 팔찌가 끼워져 있었다. 색감이 서로 다른 터키석이 여러 개 박힌 정교한 세공품이었다. 마후유는 전에 들어가 본 적 있는, 5번가의 인디언 주얼리 가게를 떠올렸다. 그곳에서 판다면 아마 몇백 달러는 할 것 같았다. 가게 여직원이 터키석에는 부적의 의미도 있다는 말을 했다. 그의 구릿빛 피부에 선명한 파란색 돌이 무척 잘 어울렸다.

달리 할 일이 없어지자 마후유는 테이블 한가운데 어색함이 뭉쳐 있는 듯한 기분이 들기 시작했다. 주방이 분주한지 주문한 음식은 아직 나올 기미가 없다. 주변 테이블 사람들이 시끌시끌 담소하며 웃고 있는 탓에 더욱이 침묵을 견딜 수 없어, 그녀는 결국 입을 열었다.

"저 ……."

브루스가 힐끗 눈을 치켜떴다.

"오늘도 참 더울 것 같네요."

그녀가 그렇게 말을 잇는 순간, 아니나 다를까 그는 어깨만 으쓱하고는 다시 신문으로 눈을 돌렸다.

뭐야, 하고 마후유는 생각했다. 하나 마나 한 말을 꺼낸 자신도 참 바보스럽지만, 그래도 사람이 하는 말을 이해했다면 한마디 대꾸 정도는 해 줘도 좋지 않을까. 그런다고 뭐가 어떻게 되는 것도 아닌데.

어쩌면 이 남자는 지독하게 오만하고 불손한 타입인지도 모르겠다. 이럴 줄 알았으면 합석을 부탁하지 말걸 그랬다. 그렇게 생각하고 있는데 브루스가 주문한 세트가 먼저 나왔다.

웨이트리스가 브루스 앞에 베이컨에그 접시를 내려놓으려 할 때였다.

"아, 저 아이에게 먼저 주지."

마후유는 어리둥절해서 브루스를 빤히 쳐다보았다.

"그리고 주스도 한 잔 부탁해."

사투리 하나 없는 매끄러운 영어. 발음이며 억양이며, 완전히 원어민의 말투였다.

유니폼 가슴에 '바바라'라 쓰인 명찰을 달고 있는 빨간 머리 웨이트리스는 크림 수프 컵을 팀 앞에 내려놓으면서 브루스를 향해 방긋 웃었다.

"오렌지 주스로 할까요?"

"아, 좋지."

"오케이."

마지막으로 샐러드 접시를 내려놓은 웨이트리스가 팀에게 말을 건넸다.

"헤이, 보이. 많이 먹어요."

그리고 마후유에게도 미소를 건넨 후 사라졌다.

마후유는 입고 있던 카디건을 벗어 평평하게 접어서는 팀의 엉덩이 밑에 깔아 주었다. 종이 냅킨을 옷깃에 끼워 주고, 베이컨을 조그맣게 잘라 준다.

"영어, 할 줄 아네요."

순간 무슨 소리냐는 표정을 짓더니, 그가 코웃음을 쳤다.

"당신, 설마 마이클이 한 소리를 진담으로 받아들인 거야? 지금까지?"

자연스럽게 얘기하고 있는데 목소리가 상당히 낮다. 약간 허스키하게 울리는 그 목소리가 왠지 마후유의 신경을 건드렸다.

"의심할 이유가 없잖아요."

"우리를 뭐라고 생각하는 거지? 미개한 원시인?"

상대를 바보 취급하는 듯한 말투로 그는 말했다.

"요즘 세상에 어지간한 노인네가 아니면 인디언도 다 영어를 사용해. 부족어를 할 줄 모르는 젊은이는 있어도 영어를 모르는 경우는 아주 드물다고. 그 정도는 누구나 안다고 생각했는데."

"그 정도는 나도 알고 있어요."

그녀가 말을 되받았다.

"그런데 마이클이 그런 식으로 말하니까 …… 당신에게 무슨 특별한 사정이 있나 하고, 그냥 믿었을 뿐이죠."

"사정이라. 가난해서 학교에도 못 갔다, 아무것도 없는 허허벌판에서 자랐다, 뭐 그런 건가?"

"나는 그런 말 하지 않았어요. 그리고 그때는 당신도 부정하지 않았잖아요. 나와는 대화는커녕 대답도 제대로 ……."

더 다그치려 했지만, 처음 나누는 대화가 말다툼이란 게 어이가 없어서 마후유는 한숨을 쉬고 말았다. 팀은 두 사람이 뭐라고 떠들던 상관없다는 듯이 열심히 베이컨만 먹고 있다. 의자에서 거의 일어설 기세다.

"마이클이 왜 그렇게 얘기했는지 모르겠네."

"글쎄. 재치 있는 농담이라 여겼겠지."

브루스는 의자 등받이에 기대어 팔짱을 꼈다.

"아니면 당신이 속여 먹기에 딱 좋은 착한 사람으로 보였든지, 둘 중 하나겠지."

"그럴지도 모르겠네요."

마후유는 처음으로 브루스를 똑바로 쳐다보았다.

"착하다는 게 죄는 아니잖아요? 그런데 당신은 왜 그렇게 시비조예요?"

자세히 보니 그의 눈동자는 검은색이 아니었다. 빛을 등지고 있어 검게 보이지만, 무슨 색인지는 분명하지 않다. 그 눈으로 마후유를 뚫어져라 보면서 그는 말했다.

"시비조인 건 당신 같은데."

"당신이 먼저 시작했죠."

"그랬나."

"내가 당신에게 거슬리는 말을 했나요?"

"…… 딱히."

브루스는 그 말을 끝으로 침묵했다.

그러다 음식이 나오자 허겁지겁 싹 해치우고는 자리에서 일어나 팀의 머리를 톡 치고는 나가 버렸다. 마후유가 지불하겠다고 하는데도 계산서를 억지로 집어 들고서.

뒤에 남은 그녀는 마음을 진정시키고, 기름과 소스로 범벅인 팀의 입가를 닦아 주었다.

'시비조인 건 당신 같은데.'

인정하자니 화가 나지만, 그의 말에도 일리는 있다. 안 그래도 식욕이 없는데 ……. 몇 번째인지 모를 한숨을 또 쉰다. 오늘 아침은 영 최악이다.

"천천히 먹어, 팀."

맥 빠진 목소리로 마후유는 말했다.

"아까 그 아저씨처럼 허겁지겁 먹으면 몸에 안 좋아."

"그럼, 머피는?"

마치 여자애처럼 귀여운 목소리로 팀이 물었다.

"내가 뭐?"

"빨리 먹었어."

"내가? 나는 먹지도 ……."

순간적으로 자신의 접시를 내려다보고는, 화들짝 놀랐다. 접시는 어느 틈엔가 거의 비어 있었다.

순간 누구 다른 사람이 먹었나? 하고 생각했다. 그러나 다시 생각해 보니, 기억이 났다. 바삭하게 구운 베이컨의 식감도, 스크램블 에그의 조금 강했던 짠맛도, 더없이 달았던 데니시 ……. 그렇다, 전부 자신의 입으로 들어갔다. 브루스의 태도 때문에 신경이 곤두섰던 탓인지, 먹는 동안의 기억이 별로 없을 만큼 정신이 다른 데 가 있었다. 아무튼 랠리가 죽은 후로 나온 음식을 제대로 다 먹기는 이번이 처음이었다.

지난 며칠 동안 조그맣게 쪼그라들었던 위가 갑작스러운 포만감에 놀랐는지 욱신욱신 아팠다. 마후유는 얼굴을 찌푸리고 등받이에 몸을 기댔다.

아닌 게 아니라, 이렇게 먹는 건 몸에 나쁘다.

# 12

밖에는 아직 태양이 높이 떠 있는데, 월트 맥키벤의 침실 창문에는 두꺼운 커튼이 쳐져 있었다. 떳떳하지 못한 정사에 어울리는 어둠이다.

클레어 샌더슨은 몸을 뒤척이며 벽 쪽을 향했다.

그녀 등 뒤에서 월트는 천장을 향하고 벌렁 누워 거친 숨을 가다듬었다. 녹작지근한 만족감은 있었지만, 평소보다 죄책감이 심했다. 오늘은 이럴 마음이 없었다. 그런데 랠리의 죽음에서 비롯된 여러 가지 문제를 얘기하는 도중에 클레어가 흐느껴 울기 시작했고, 그런 그녀를 꼭 껴안고 달래주다 보니 결국 늘 하던 대로 되고 말았다. 오늘 중에 리처드가 돌아올 것이라고 들었기 때문인지도 모르겠다.

월트 맥키벤은 샌더슨가의 고문 변호사로, 땅딸막한 체구에 사냥개처럼 슬픈 눈을 지닌 사람이다. 리처드 샌더슨과는 사촌 지간, 따라서 태어났을 때부터 잘 아는 사이다. 그리고 그의 아내 클레어와 이런 관계에 빠진 지도 벌써 오 년이 지났다.

월트는 옆에서 등을 보이고 있는 클레어 쪽으로 몸을 돌렸다.

오랜 세월 그가 남몰래 흠모했던 클레어의 몸은 오십 대 중반에 들어서도 거의 탄력을 잃지 않았다. 옆구리에도 군살이 없고,

등에도 주근깨가 올라오지 않았다. 사십 대 초반이라 해도 의심하지 않을 정도다. 평소 피트니스 클럽에서 열심히 몸을 가꾸고, 일주일에 한 번은 피닉스에서 가장 호사스러운 뷰티 숍에 다니며 손톱 끝까지 완벽하게 관리를 받고 있기 때문일 것이다.

매끄러운 어깨가 파르르 떨리는 것을 알아차리고, 월트는 팔을 뻗어 그녀의 몸을 자기 쪽으로 돌려놓았다. 클레어는 또 소리 없이 울고 있었다. 잔주름이 파인 눈가에서 눈물이 관자놀이를 타고 금발 머리 안으로 흘러들어 간다.

랠리의 죽음이 안타까워 우는 것만은 아님을 월트는 알고 있었다. 그녀는 후회하고 있는 것이다. 아들의 장례도 아직 치르지 않았는데 이렇게 침대를 함께하고 만 것을. 그것도 남편이 아닌 남자와. 아니, 어쩌면 그녀는 오 년 전 어쩌다 그와 관계를 맺고 만 자체를 후회하고 있는지도 모른다.


옛날에, 감각적으로는 바로 얼마 전처럼 느껴지지만, 월트는 지원병으로 베트남에 파병되었다가 한쪽 시력을 잃고 본국으로 송환되었다. 미군 병사 하나가 베트콩이 설치한 부비 트랩을 밟았는데, 그 옆에 있던 월트의 얼굴 오른쪽 절반에까지 폭풍과 함께 파편이 쏟아졌던 것이다. 상처가 다 나을 무렵엔 해방전선의 총공세에 밀려 사이공의 미 대사관은 이미 점거되었고, 케산 기지의 미군도 일소된 상태였다.

월트가 잃은 것은 오른쪽 눈만이 아니었다.

믿어 의심치 않았던 정의를 위해 몸 바쳐 싸운 전쟁터에서 돌아왔는데, 본국에서는 하필 반전 운동이 불길처럼 번지고 있었다. 각지에서 대규모 반전 집회와 데모가 벌어졌고, 그 광경이 하루가 멀다 하고 텔레비전에 방영되었다. 학자와 각계 지식인들은 미국의 베트남 전쟁 개입에 대한 합법성을 놓고 토론을 벌였다.

뉴욕 타임스가 펜타곤이 작성한 비밀 보고서를 공개한 것은 1971년 중반이었지만, 그 무렵 월트의 내면에서는 절대적이었던 조국에 대한 자긍심과 신뢰감이 완전히 허물어져 있었다. 무적의 나라 미국도 처음으로 패배에 직면해 있었다.

두 번 다시 나라를 믿지 않겠다고 그는 다짐했다. 추락한 이상 따위는 개나 물어 가라고 생각했다. 어차피 한 번은 끝난 것이나 다름없는 인생이다. 남은 것을 덤이라고 생각하면 멋대로 다 써버렸다고 아쉬울 것도 없었다. 남에게 부림이나 당해서야 말이 안 된다. 이제부터는 남을 부리면서 살아남겠다.

그렇게 작심하고 대학 법학부에 다시 다니기 시작해 변호사 자격증까지 따기는 했지만, 현실은 그렇게 녹록지 않았다. 언제 독립할 수 있을지 앞날이 불투명한 채, 그는 고향 유타의 조그만 사무실에서 쓰레기 같은 소송건이나 다루는 답답한 나날을 보내고 있었다. 그때 그에게 열 살 위인 사촌 형 리처드 샌더슨이 손을 내밀었다.

리처드는 월트를 애리조나로 불러들였고, 저금리로 개업 자금을 대출받을 수 있도록 은행을 설득했을 뿐더러 자진해서 보증인으로 나섰다. 덕분에 그는 플래그스태프에 그런대로 번듯한 변호사 사무실을 차릴 수 있었고, 몇 년 후에는 샌더슨 목장의 새 고문 변호사라는 지위까지 얻게 되었다. 그 바람에 해고된 노런한 변호사와 옥신각신하는 사태가 있었던 것 같지만, 리처드는 걱정할 것 없다는 한마디뿐이었다. 그는 아버지 대부터 이어져 내려온 목장의 고루한 체질을 개선해야겠다는 확고한 신념을 품고 있는 듯했다.

월트 맥키벤은 시니컬하기는 해도 은혜를 모르는 사내가 아니었다. 배신과 질투, 선망과는 무관한 사람이라고 스스로를 자부하기도 했다. 다만 그것은 시력이 남아 있는 왼쪽 눈으로 클레어 샌더슨을 보기 전까지의 얘기였다.

애리조나로 온 월트가 처음 클레어를 소개받은 것은 그녀가 리처드와 결혼한 지 십일 주년을 맞고, 막내아들 마이클이 막 아장아장 걷기 시작할 무렵이었다. 스무 살 남짓한 나이에 맏아들 로렌스를 낳은 클레어의 당시 나이는 서른, 세 아이의 어머니라고는 도저히 여겨지지 않을 만큼 아름다웠고, 허리는 마치 여왕벌처럼 매혹적인 선을 그리고 있었다. 거칠고 상스러운 목동들이 그녀를 외설적인 농담의 대상으로 삼지 못한 것은 리처드가 늘 감시하는 탓도 있었지만, 그녀 자신에게 그런 시선을 허용하지 않는 어떤 유의 엄격함이 감돌았기 때문이기도 했다. 젊은 나이에도 불구하고 그녀는 명실상부한 샌더슨 목장의 여주인이었던 것이다.

그러나 월트는 그녀가 행복하지 않다는 것을 한눈에 꿰뚫어보았다. 부모끼리 전화로 하는 얘기를 얼핏 들어 리처드가 과거에 다른 여자와 문제를 일으켰다는 것은 알고 있었지만, 그 문제가 클레어를 불행하게 하는 직접적인 원인은 아닌 듯했다. 아니, 처음 원인은 그것이었지만 시간이 흐르면서 미묘하게 변화했다고 해야 할지도 모르겠다.

클레어는 나이 차가 많은 남편을 사랑했지만, 배신당했다는 것을 알았을 때의 아픔이 아직도 가시지 않은 데다 원래부터 센 자존심과 오기 때문에 온전히 마음을 열지 못하고 있었다. 크리스마스나 부활제 때, 모처럼 가족끼리 모인 단란한 자리에서도 그녀는 남편이 즐거워하는 것은 아이들과 있기 때문이지 자신과 단둘이었다면 이렇지 않았으리라 생각하고 얼굴을 찡그렸다. 사업차 출장을 떠났던 남편이 돌아오는 길에 선물을 사 오면, 또 새 여자가 생겨 같이 가지는 않았을까, 그것을 숨기려 자신에게 이런 선물을 들이미는 것은 아닐까, 의심하면서 빈정거리고 싶은 소리를 늘어놓았다. 모든 것은 본심과는 다른, 남편의 마음을 얻기 위한 말이요 태도였지만, 리처드의 눈에는 과거의 실수에 대한 비난으로밖에 비치지 않는 듯했다. 급기야 그는 아내와 점점 더 거리를 두게 되었고, 그런 악순환 속에서 두 사람은 거의 대화가 없는 부부가 되고 말았다.

세상 어디에나 있는 가정불화의 한 예였지만, 젊은 날의 월트 맥키벤에게는 특수한 사태였다. 클레어를 처음 본 순간, 타오르는 연심을 느꼈기 때문이었다.

나이도 얼마 차이 나지 않는데, 월트에게 그녀는 마치 여신처럼 범접해서는 안 되는 존재였다. 설사 그녀가 리처드의 부인이 아니라 홀몸이었다 해도, 그녀 쪽에서 먼저 말을 걸지 않는 한 멀리서 바라만 보며 흠모하는 수밖에 없었을 것이다.

그런데 클레어는 리처드와 말다툼을 하고 나면 반드시 월트에게 매달려 울었고, 억지로 놀러 가자고 하면서 기분을 풀려고 했다. 그녀는 월트의 속마음을 알고 있었지만, 그가 강제로 어떤 행위를 저지를 사람이 아니라는 것도 간파하고 있었다.

그렇게 그녀 좋을 대로 이용당하면서도 월트는 기뻤다. 다른 여자와의 결혼은 한 번도 생각하지 않았다. 클레어가 약한 모습을 보이는 상대는 자기뿐이라고 생각하면, 그것만으로도 만족스러웠다. 아니, 만족한다고 생각하려 했다. 그는 은혜를 입은 사촌 형을 미워하고 싶지 않았다.

월트는 밤마다 공상 속에서 클레어를 품에 안았다. 온갖 방법으로 클레어를 능욕하는 장면을 상상했지만, 설마 이십 년이나 지나 현실로 이뤄질 줄은 꿈에도 몰랐다.

계기를 만든 쪽은 클레어였다.

랠리가 이블린과 결혼하겠다고 통보했을 때였다. 상대가 나바호 출신 여자라는 것을 알고 결사반대하는 클레어와 다 큰 자식이 하는 일에 토를 달지 말라고 하는 리처드 사이에 대판 싸움이 벌어졌다. 그러다 공격의 화살이 서로의 문제로 향한 듯했다. 그녀는 한밤중에 집을 뛰쳐나와 차를 몰고 월트의 아파트로 왔고, 스스로 옷을 벗어 던졌다.

처음에 월트는 클레어가 드디어 집을 나와 자기 것이 되려는 생각인가 싶어 하늘을 나를 듯한 기분이었다.

그런데 그렇지 않았다. 다음 날이 되자 그녀는 어젯밤에는 여자 친구 집에서 잤다고 하겠노라며 월트에게 키스하고는, 당신에게 감사한다며 눈을 내리깔았다. 아마 그 한 번으로 끝내려 했던 것이리라.

그러나 그녀도 미처 예상치 못한 일이 있었다. 리처드와 부부 관계를 하지 않은 후 몇 년 만에 경험한 격렬한 섹스가 그녀 안의 말라붙었던 '여자'를 다시 일깨웠던 것이다.

그녀는 마치 남편에게 복수를 하듯 탐욕스럽게 월트를 원하게 되었다.

죄의식은 섹스에 좋은 양념이 되었다. 하지만 몇 번을 계속해도 월트는 그녀를 가졌다는 느낌이 단 한 번도 들지 않았다. 그와 땀범벅이 되어 뒤엉켜 있을 때에도 클레어의 마음은 리처드를 향하고 있었다. 설령 그것이 증오라는 형태라 할지라도.


"나 ……, 지옥에 떨어질 거야."

클레어가 조용히 말했다.

월트의 팔베개에 볼을 대고 그녀는 그의 가느다란 가슴 털을 손가락으로 배배 꼬았다. 이제 울지는 않는다. 은회색 눈은 무언가를 보고 있는 것처럼 움직이지 않았지만, 적어도 눈에 보이는 무엇은 아니었다.

"그럴 일 없어."

"아니, 떨어질 거야. 내가 천국의 그 좁은 문을 지날 수 있다면, 살인마 잭도 천사가 될 수 있겠지."

"클레어 ……, 어떻게 그런 말을 해. 천국이나 지옥은 다 이 지상에 있는 거라고."

월트는 그녀의 머리를 쓰다듬으면서 말했다.

"천국의 희열이든 지옥의 고통이든, 살아 있어야 경험할 수 있는 거야. 그리고 정말 지옥을 경험해야 할 사람은 당신이 아니야. 당신에게 이런 고통을 주고 있는 리처드지."

그래, 당신이 아니야. 월트 맥키벤은 그렇게 생각했다.
그리고 나도 아니고.

# 13

미합중국의 각 주에는 저마다 애칭이 있다. 예를 들어 플로리다는 선샤인 스테이트, 알래스카는 라스트 프론티어, 그리고 뉴욕은 엠파이어 스테이트.

마후유를 비롯해 샌더슨 일가를 태운 차는 열두 시가 되기 전에 알부쿼키를 출발해 몇 시간 만에 마지막 주 경계선을 넘었다. 도로 양옆에 커다란 표지판이 서 있었다.

'어서 오십시오. 그랜드 캐니언 스테이트, 애리조나에'

마후유는 사진과 영상으로만 봤던 그랜드 캐니언을 눈앞에 떠올려 보았다. 그 장대한 협곡이 이곳에 있다는 생각만으로도 신기한 기분이 들었다. 그런데 불과 보름 전만 해도 랠리와의 결혼으로 이래저래 머리가 복잡했다는 사실을 생각하니, 자신이 지금 이런 곳에 있다는 것이 믿기지 않았다.

"이제 머지않았다. 이 속도로 가면 예상보다도 빨리 도착하겠어."

리처드가 무릎에 앉힌 팀의 얼굴을 들여다보면서 말했다.

지루하고 긴 여행에 심심해서 어쩔 줄 모르던 팀이 앞좌석으로 가겠다고 떼를 부렸을 때, 마후유는 시아버지의 몸 상태를 고려해 제지했다. 그런데 당사자는 웃으면서 그 말을 가로막으며 하고 싶다는 대로 하게 놔두라고 했다.

"그러고 싶은 것은 사실 아버지 아닌가요?"

마이클이 뒤에서 농담을 던졌다.

그래서 팀은 지금 한껏 신이 나 옆자리에서 운전하는 브루스를 흉내 내며 놀고 있다.

뉴스를 들으려고 켜 놓은 라디오에서 초콜릿 바 광고가 흐른다. 음악은 한없이 쾌활한데, 마후유의 기분은 어두웠다. 목장이 다가오면 다가올수록, 기분이 더욱 무거워졌다.

뉴욕을 출발하기 전날의 일이었다. 리처드가 마후유에게 장례식이 끝난 후에도 한동안 애리조나의 목장에서 휴양을 취하면 어떻겠느냐고 제안했을 때, 아내 클레어는 싸늘한 미소를 머금고 이렇게 말했다.

"그래, 원하면 그러는 것도 좋겠어요. 그쪽이 우리 집에서 머문다고 편히 쉴 수 있을지는 의문이지만, 하고 싶은 대로 해도 괜찮아요."

말투는 정중했지만, 환영하는 것처럼 들리지는 않았다. 목화솜에 둘러싸인 바늘처럼, 그녀의 말은 때로 예상치 못한 날카로움으로 그녀를 찔렀다. 그것이 사랑하는 아들을 잃은 충격 때문에 일시적으로 보이는 태도인지 어떤지는 판단하기 어려웠다.

장례식이 끝나면 최대한 빨리 팀을 데리고 뉴욕으로 돌아가자고 마후유는 생각했다. 끝난 후 길게 봐서 일주일 정도 머무른 다음 돌아가겠다고 하면 별 무리가 없을 것이다.

라디오에서 흘러나오던 CM 송(전자레인지 하나로 오케이! 호화로운 디너, 아빠, 엄마, 그리고 나도 신이 나서 오케이!) 소리가 도중에 작아졌다. 그러더니 곧 지직거리는 잡음이 섞였다. 전파가 잡히는 지역을 벗어나고 있는 것이다. 대신 묘한 노랫소리가 점차 커지더니 분명하게 들리기 시작했다. 지역 방송국인 듯하다.

'······ 아이야 ─ 에이노야하 ─ ······ 헤이야 ─ 헤이 ······.'

갈라지고 쉰, 노인의 목소리였다. 노래라기보다는 주문이나 기도문처럼 들렸다.

'헤이에이와 ······ 아와에이야 ─ 에이노하 ······.'

팀이 재미있어 하면서 엉터리로 따라 하기 시작했다. 브루스가 웬일로 후훗 웃고는 낮은 목소리로 라디오의 노랫소리에 맞춰 노래하기 시작한 순간,

"채널 바꿔!"

움찔 놀란 팀이 마이클을 돌아보고는 엄지손가락을 입에 물었다. 마이클은 짜증스럽다는 표정으로 고개를 창밖으로 돌렸다.

쉰 목소리가 침묵의 틈새를 흘렀다. 마후유가 숨을 죽이고 있자, 브루스는 별 이의 없다는 듯이 라디오의 채널 버튼을 눌렀다. 디지털 숫자가 파락파락 넘어가다가 멈춘 곳은 컨트리 & 웨스턴 채널이었다. 기타와 바이올린의 여유로운 간주 다음에 젊은 남자의 노랫소리가 흘러나왔다.

'당신처럼 나를 사랑해 주는 여자는 없을 거야. 나만큼 당신을 사랑하는 남자도 없을 거야. 하지만 이해해 줘. 나는 여행을 떠날 수밖에 없었어. 영원히 당신 곁을 떠나 영원히 당신을 홀로 남겨 둔 채 ······.'

마후유가 두 손으로 귀를 막고 싶어졌을 때, 브루스가 다시 손

을 뻗어 라디오를 껐다.

한없는 저 끝까지, 기복이 완만한 목초지가 펼쳐져 있었다. 오래도록 비가 내리지 않아 풀잎 끝이 누렇게 변해 있었지만, 그런데도 줄곧 적갈색 황야만 보면서 온 마후유 눈에는 마치 오아시스처럼 비쳤다.

그녀는 얼이 빠지고 말았다. 랠리는 이렇게까지 광대한 목장이라는 것을 가르쳐 주지 않았다.

석조 기둥에 '샌더슨 목축회사'라는 철제 글자가 박힌 문을 지나 목초지 사이로 뚫린 포장도로를 한참 달리자, 집들이 스무 채 정도 모인 마을이 나타났다.

"부지 안에 마을이 있나요?"

마후유가 묻자 리처드는 웃었다.

"마을이 아니다. 목장에서 일하는 사람들의 집이지."

여기저기 꽃이 핀 앞마당에 팀 정도 되는 아이들과 강아지들이 뛰어다니고, 닭들도 자유롭게 노닐었다. 처마 밑에는 난로에 땔 장작이 쌓여 있다. 어느 집에나 정면에는 작게나마 포치가 있고, 벤치와 쿠션이 놓여 있거나 이 인용 그네가 흔들리고 있었다.

"저 …… 소들은 어디 있어요?"

"여기서 북쪽으로 조금 더 가면 골짜기에 여름용 목초지가 있는데, 거기다 풀어 키우고 있지. 이 계절에는 거기에 신선한 풀이 많거든. 이제 두 달쯤 지나면 이쪽 목초지로 다 몰고 올 텐데, 목동들이 저마다 소몰이 솜씨를 한껏 뽐내지."

그러고도 십 분을 더 달리자, 앞 유리창 너머로 구릉 위에 우뚝 선 거대한 건물이 보였다. 리처드가 돌아보며 자랑스럽게 말했다.

"증조부 대에 지은 건물이다."

마후유는 어안이 벙벙해 입을 벌리면서, 저건 집이라고 할 수 없지, 하고 생각했다. 저런 것은 저택이라 불러야 마땅하다.

"1902년에 준공되었으니, 대충 백 년 전이로군. 지금은 일 년 내내 어디든 수리를 해야 하지만, 그렇다고 철거하고 다시 짓고 싶은 마음은 없어서 말이지. 내가 살아 있는 동안은 저대로 놔둘 생각이다. 아들들이 …… 아들 녀석이 어떻게 할지는 모르겠다만."

브루스가 액셀을 꾹 밟자 차는 마지막 언덕길을 힘차게 올라갔다.


집 안에서 차가 다가오는 소리를 가장 먼저 들은 사람은 일라이자였다.

그녀는 2층 자신의 방에서 그 소리를 들었다. 창가로 뛰어가 격자창 너머로 내려다보니, 목초지 한가운데로 난 비스듬한 언덕길을 하얀 닷지가 올라오고 있었다. 조수석에 앉은 아버지는 생각보다 기력이 있어 보인다. 운전하고 있는 브루스가 현관 앞 로터리를 돌기 위해 핸들을 꺾자, 앞 유리창 표면에 저녁 햇살이 반사되어 번쩍 빛났다.

일라이자는 블라우스의 옷깃을 여미고 거울 앞에 서서 헝클어진 진한 갈색 머리를 가다듬고 방에서 나왔다. 어머니의 침실 앞을 지나다 문을 두드리며 말을 건넸다.

"엄마, 안에 있어? 아빠 도착했는데."

대답은 들리지 않았지만, 그대로 계단을 뛰어 내려가 묵직한 현관문을 열었다.


긴 여행의 피로가 한꺼번에 몰려와 마후유는 차가 현관 앞에 완전히 멈췄는데도 한동안 움직일 수가 없었다. 몇 번이나 자신을 채찍질하지 않고는 등받이에 기대 축 늘어진 몸을 일으킬 기력조차 없었다.

마이클이 차에서 내려 조수석 문을 열 때에야 그녀는 겨우 문 손잡이를 잡으려 했다. 그때 밖에서 문이 활짝 열렸다.

마이클일 줄 알았는데, 브루스였다.

그는 말없이 긴 몸을 꺾어 안을 들여다보고는, 마후유의 무릎에서 팀을 안아 올려 먼저 내려 주었다.

"…… 고마워요."

마이클이 또 언짢아할까 봐 걱정스러운 그녀가 조그만 소리로 그렇게 말하자, 아니나 다를까 브루스는 비아냥거리듯 어깨를 으쓱했다. 마후유는 이제 그의 그런 태도에 별 신경을 쓰지 않았다. 그의 버릇이라는 것을 알았기 때문이다.

일라이자가 넓은 널마루 포치에 나왔을 때, 차에서 먼저 내린 아버지와 동생이 그녀를 보고 손을 흔들었다. 일라이자도 적당히 손을 흔들어 답했지만, 시선은 차 쪽에 고정되어 있었다.

브루스가 일본인 여자를 위해 뒷좌석 문을 잡아 주고 있었다.

'아니, 브루스가.'

광대한 저택의 지붕을 올려다본 마후유는 감탄한 나머지 숨을 몰아쉬었다.

건물 자체는 나무와 돌로 된 골조에 회칠이 돼 있었다. 복잡하게 얽힌 삼각지붕은 사방을 향하고 있고, 맞은편 왼쪽에는 석조 굴뚝이 솟아 있다. 몇 번이나 개축을 했는지 오래된 집 치고는 창문이 크고, 그중 몇 개는 무채색의 고상한 스테인드글라스였다.

기둥과 돌계단이나 사방을 두르고 있는 누런 돌담은 한 세기에 달하는 세월을 묵어 그윽한 풍취를 풍기고 있었고, 건물 양옆에는 이름 모를 거목이 뿌리를 단단히 내리고 시원한 나무 그늘을 만들고 있었다. 현관 앞쪽의 정원은 돌이 빙 둘러 박혀 있고, 꼼꼼하게 손질돼 있었다. 측백나무 울타리에 등나무와 인동덩굴 아치. 장미 넝쿨은 외벽을 타고 기어 올라가 2층 베란다 난간까지 휘감고 있고, 로터리 중앙은 마치 골프장처럼 잔디가 촘촘하게 깔려 있었다. 강수량이 많지 않은 이 지역에서 식물이 이렇게까지 싱그럽게 자라려면 얼마나 많은 물과 인력이 필요할까. 설마 클레어나 일라이자가 엎드려 정원에 돋은 잡초를 뽑지는 않을 테니, 물론 전속 정원사가 있을 것이다.

포치에 일라이자가 서 있다는 것을 이제야 알아챈 마후유가 눈으로 인사하자, 상대는 아무런 반응을 보이지 않은 채 아버지와 마이클 쪽으로 시선을 돌렸다.

마음에 담지 않겠다 생각하면서 마후유는 차 쪽으로 몸을 돌려, 남은 트렁크와 가방을 내리는 브루스를 도와주려고 했다.

"괜찮아요. 머피가 그런 것까지 안 해도."

마이클이 마후유의 손을 잡았다.

"그래도 ······."

"짐은 나중에 방에다 갖다 둘 겁니다. 그보다 우리 집 내부를 안내하죠."

마이클이 등 뒤로 팔을 둘러 떠밀듯이 재촉하자, 그녀는 마음만 남겨 놓고 팀의 손을 잡았다.

"일라이자, 엄마는?"

포치의 돌계단을 올라가면서 마이클이 묻자, 그녀는 기가 차다는 눈빛으로 힐끔 동생을 보고 대답했다.

"다녀왔다는 인사 정도는 해야 되는 거 아니니? 안에 있어, 걱정하기는."

팀에게 속도를 맞춰 천천히 돌계단을 올라가던 마후유는 마치 거실처럼 넓은 포치와 거기 놓인 등나무 가구의 아름다움에 화들짝 놀랐다. 베이지색 다마스크 패턴 쿠션과 테이블클로스가 그늘진 포치 전체를 밝게 채색하고 있다.

"안녕하세요."

일라이자는 소리 내어 인사하는 마후유를 머리부터 발끝까지 훑어보고는 간신히 입을 열었다.

"어서 와요."

아무튼 무시당하지 않은 것에 마후유는 안도했다.

마이클이 묵직한 참나무 문을 당겨 여자 둘을 먼저 안으로 들여보냈다. 저택 내부는 바깥의 더위가 무색할 정도로 서늘했다. 냉방 때문이 아니었다. 벽이 두껍기 때문에 외부의 열기가 전달되지 않는 것이다. 테라코타 타일 바닥도 열기를 식히는 데 한몫하는 듯했다.

현관 홀은 저 높은 천장까지 뻥 뚫려 있고, 2층으로 올라가는 나선형 계단의 반짝거리는 난간 사이로 길쭉한 복도와 방문 몇 개가 보였다.

"엄마는 모르는 거 아니야?"

"아까 말했어."

마이클은 마후유를 돌아보며, 따라오라는 식으로 고개를 옆으로 기울였다.

팀의 손을 잡고 그를 따라 아치형 벽을 지나자, 복도 끝 왼쪽에 넓은 거실이 나왔다. 돌로 된 거대한 벽난로가 설치되어 있고, 그 양옆으로 천장까지 닿는 창문에서는 저녁의 마지막 햇살이 비쳐 들고 있었다. 중앙에 깔린 멕시코 문양 러그 위에는 낮은 마호가니 테이블이 놓여 있고, 그 주위를 갈색 가죽 소파가 에워싸고 있었다.

"앉아서 기다려요. 시원한 걸 가져오라고 할 테니까."

거실에서 나가는 마이클의 뒷모습을 보면서 마후유는 소파에 앉았다. 공간이 너무 거대해서 오히려 불안했다. 마치 호텔 로비에 있는 기분이었다.

팀이 옆으로 올라와 몸을 돌리고는, 마후유와 나란히 앉아 발을 쭉 내밀더니, 하아, 하고 어른처럼 한숨을 쉬었다.

"피곤하니?"

마후유가 얼굴을 들여다보자, 팀은 고개를 갸우뚱했다.

"'피고하니'가 뭐야?"

마후유는 희미하게 웃었다.

"축 늘어졌다는 거. 아무것도 할 기운이 없다는 거."

"난, 기운 있어."

생활의 변화 때문인지, 아니면 마후유와 리처드가 일부러 여러 가지 질문을 하고, 대답을 하면 요란하게 칭찬해 주기 때문인지, 어제부터 팀의 말수가 부쩍 많아졌다. 웃는 횟수도 는 듯하다.

"다행이네."

마후유는 애틋하게 말했다.

"머피는?"

"응?"

"머피는 피곤해?"

"응, 조금. 팀이 기운 좀 나눠 줘."

그 말이 떨어지자마자 팀이 소파 위에서 벌떡 일어나더니, 그녀의 무릎 양쪽으로 다리를 벌리고 마주 섰다. 그리고 어깨에 두 손을 올리고 자신의 이마를 마후유의 이마에 대고는 눈을 빤히 들여다본다.

"뭐 하는 건데?"

당황스러워 묻는 마후유에게, 팀은 진지한 표정으로 말했다.

"나눠 주는 거야."

"뭐?"

"기운, 나눠 주는 거."

그 말을 듣고서야 마후유는 기억이 떠올랐다. 전에 팀이 감기에 걸려 열이 올랐을 때, 랠리가 이마를 맞대고 이렇게 말했다.

— 아빠의 기운을 나눠 줄 테니까, 빨리 낫는 거야. 알았지?

마후유는 눈을 감고 팀을 꼭 안은 채 볼을 비볐다.

"머피, 기운, 이제 됐어?"

"아니, 조금 더. 이번에는 볼로 나눠 줘."

"응."

팀이 힘껏 볼을 누른다.

따스하고 촉촉하고 시큼한 냄새가 나는 이 부드러운 생물.

마후유는 콧속이 타들어 가는 것처럼 찡한 아픔을 참았다. 울고 싶은 기분이 난동을 부렸다. 그녀는 억지로 눈을 부릅뜨고 위를 보면서 그 기분을 짓눌렀다.

통나무와 통나무 사이에 회칠한 건너편 벽, 그 위 가장 높은 대들보에 대형 러그가 걸려 있었다. 회색과 엷은 황갈색을 비롯해, 갖가지 갈색으로 물들인 굵은 털실이 지그재그와 올록볼록, 미로처럼 복잡한 기하학적 문양을 그리고 있다.

"나바호가 손으로 직접 짠 러그다."

퍼뜩 놀라 돌아보니, 바로 옆에 리처드가 서 있었다.

마후유를 마주하고 소파에 앉을 때, 그는 허벅지에 손을 대고 몸을 받치듯 천천히 허리를 구부리다가 털퍼덕 주저앉았다.

"요즘 들어 신경통이 영 심해져서 말이야."

그가 쓸쓸하게 웃으면서 변명하듯 말했다.

"젊은 시절에 로데오를 하다가 미쳐 날뛰는 소에게 무릎을 밟혔는데, 이렇게 세월이 한참 흐른 뒤에 아파지니 도무지 견딜 수가 없구나. 이제 말도 제대로 탈 수가 없겠어. 이래서야 말이 우습게 볼 테니."

늙은 몸을 보고 있다는 걸 알지 못하게 다른 쪽을 보는 척할걸 그랬다고 후회하면서, 마후유는 팀을 무릎에 앉히고 화제를 돌리려 했다.

"저 ……, 저 러그는 정말 나바호 족 사람이 짠 건가요?"

시아버지는 팔짱을 끼고 그녀의 속을 전부 꿰뚫고 있다는 듯이 쳐다보았다.

"암, 그렇고말고. 저렇게 큰 건, 한 장을 짜는데 몇 년이 걸린다는군. 그들의 러그는 품이 많이 드는 만큼 비싸기도 하지. 색과 무늬의 정교함에 따라 몇만 달러를 호가하는 것도 있단다."

"몇만 달러!"

"굉장하지? 직물을 짜는 건 옛날부터 여자의 일이었어. 기술과 도구 모두 어머니로부터 딸에게 전수되지."

"저렇게 복잡한 무늬를 전부 손으로 짠다는 말이에요?"

"그럼. 하나하나의 무늬에는 각기 의미가 담겨 있다. 축복에 이르는 길을 나타내기도 하고, 물이나 힘, 그리고 생명을 상징하기도 하고 말이야. 짜는 단계만 손으로 하는 게 아니야, 그전에 실이 만들어지는 단계도 그렇지. 자기들 손으로 키운 양의 털을 깎아서 그 털을 한없이 빗으로 빗어 이물질을 제거한 다음 기계를 사용하지 않고 손으로 꼬아 털실을 만들지. 그리고 초목과 황토를 끓여 만든 염료로 물을 들이고. 그러고 난 다음에야 간단한 수직형 틀을 땅에 세워 놓고, 일일이 손으로 씨실을 밀어 넣고 북을 당기면서 조금씩 짜 나가는 거란다."

"비쌀 수밖에 없겠군요."

마후유는 감탄하며 말했다.

"그런데 나바호 족에 대해서 잘 알고 계시네요."

"그야 당연하지."

훗, 하고 리처드가 아주 짧게 웃었다.

"왜 그런데요?"

"뭘 말하는 거지?"

"왜 '그야 당연하지'라고 하시나 싶어서요."

"아, 그건 …… 우리 가게에서도 러그를 취급하니까."

"가게도 경영하시나요?"

"다섯 군데 정도. 게다가 나바호 보호구역이 바로 근처에 있거든. 이 부근에 사는 사람들도 내가 지금 한 말 정도는 다 알아."

그때, 키가 작고 뚱뚱한 여자가 아이스티가 여러 잔 담긴 쟁반을 들고 들어왔다.

"아, 소개하지. 해리엇 로마테와야. 이 집의 자잘한 일을 전부 도맡고 있는 사람이다."

붉은 기를 띤 가무잡잡한 피부에 광대뼈가 튀어나온 얼굴. 마후유도 한눈에 그녀가 인디언이라는 것을 알 수 있었다.

"해리엇, 이 사람이 자네가 그리 좋아했던 랠리의 아내야. 머피 …… 마후유 샌더슨."

마후유는 자신도 모르게 리처드를 쳐다보았다. 시아버지도 그녀를 돌아보았다. '왜 뭐가 잘못 됐나?'라는 듯이 하얀 눈썹 한쪽을 찡긋거린다.

그녀는 해리엇에게 시선을 돌리고, 팀을 안은 채 일어나 오른손을 내밀었다.

"만나서 반가워요, 로마테와 씨. 머피 샌더슨이에요."

누구보다 자신을 향해 다짐하듯 그렇게 말했다.

해리엇이 쟁반을 테이블에 내려놓았다. 마후유를 향해 다시 고개를 들었을 때는 검은 눈에 눈물이 그렁그렁 맺혀 있었다. 그녀는 두 손으로 마후유의 손을 감싸 쥐고 자신의 흘러내릴 듯 풍만한 가슴에 껴안다시피 하고서 말했다.

"해리엣이라고 부르셔도 됩니다. 이렇게 사랑스러운 부인을 두고 가시다니, 얼마나 미련이 크셨을까요."

하마터면 덩달아 눈물을 흘릴 뻔한 마후유는 얼른 팀을 흔들었다.

"팀, 인사해야지."

"…… 안녕하세요."

신기한 듯이 해리엣의 얼굴을 말똥말똥 쳐다보며 팀이 말했다.

"아이구, 이렇게 많이 크다니."

해리엣은 움푹 패인 눈을 동그랗게 떴다.

"요만한 아기였을 때 한 번 만났는데, 기억 못하겠죠."

팀은 엄지손가락을 입에 물고 고개를 저었다.

"이렇게 어린아이를 두고 ……."

"미안하네만, 해리엣. 내게는 뜨거운 커피를 한잔 내주면 좋겠는데. 요즘 차가운 것만 마셔서 그런지 몸이 영 나른해."

고개를 끄덕이며 거실에서 나가려던 해리엣이 때마침 들어오던 마이클과 정면으로 부딪치고 말았다. 마이클은 그녀의 뚱뚱한 몸에 튕겨 휘청거렸으면서도 한껏 남자다움을 내보이며 이렇게 말했다.

"앗, 해리엣. 괜찮아?"

마후유는 다시 소파에 앉으면서 해리엣의 모습이 보이지 않을 때까지 기다렸다가 리처드에게 물었다.

"저분도 나바호 출신인가요?"

"아니, 그녀는 호피 족이야. 그런데 그건 왜 묻지?"

"아니에요. …… 친절한 분이네요."

"내가 어렸을 때부터 이 집에서 일하고 있죠."

마후유 옆에 앉은 마이클이 말했다.

"그녀는 우리 가족의 시중을 들고 있고, 남편은 우리 소들을 돌보고 있죠. 가족이나 다름없는 사람들입니다."

역시, 하고 마후유는 생각했다. 마이클은 원주민들을 다 차별하는 게 아니었다. 그가 유독 브루스에게만 적개심을 드러내는 것은 단순히 성격이 맞지 않을 뿐인지도 모른다. 그렇게 생각하자, 다소나마 마음이 가벼워졌다. 이유는 모르지만 랠리가 꼭 소개해 주고 싶어 했던 마이클이 피부색이나 태생으로 사람을 차별하는 부류라고 믿고 싶지 않았기 때문이다.

"클레어는 뭘 하고 있지? 일라이자는?"

"엄마는 머리가 아파서 조금 전까지 쉬고 있었답니다. 둘 다 곧 내려올 거예요."

마이클이 걱정스러운 표정으로 대답했다.

"괜찮을까요."

마후유는 팀을 고쳐 안으며 말했다.

"만약 저희 때문에 내려오시는 거라면 그냥 쉬시라고, 마이클이 그렇게 전해 줘요."

"그럴 필요 없어요."

목소리와 함께 클레어가 들어왔다. 검은색 조젯 블라우스에 검은 타이트스커트. 땋아서 뒤로 낮게 틀어 올린 머리에도 검은

핀이 꽂혀 있다.

딱 봐도 상복이라는 것을 알 수 있는 차림새의 시어머니 앞에서 마후유는 단박에 불안해지고 말았다. 늘 팀이 입으로 빤 손가락으로 잡아 쉬이 더러워지는 탓에, 오늘도 청바지 위에 랠리가 쉬는 날 곧잘 입었던 반소매 데님 셔츠를 입고 왔다. 물론 리처드와 마이클도 비슷한 차림이었기 때문에 별 신경 쓰지 않았는데, 최소한 오늘만이라도 좀 단정하게 입고 올걸 그랬다. 하지만 후회해 봐야 이미 늦었다.

"여행은 어땠나요? 피곤하죠? 우리와 같이 왔으면 좋았을 텐데."

클레어가 입구 근처에 선 채로 물었다.

"감사합니다. 하지만 좋은 경험이었어요. 지금까지 뉴욕과 보스턴을 제외하면 거의 모르고 살았으니까요."

시댁 여자 식구들을 피해 온 자신을 조금 부끄럽게 생각하면서 마후유는 애써 밝게 말했다.

"그보다 몸은 괜찮으신가요?"

"아, 괜찮아요."

클레어는 성가시다는 듯이 고개를 저었다.

"병이 아닌걸, 정신적으로 좀 힘들 뿐이지. 좋겠네, 젊은 사람은. 이렇게 빨리 기운을 차릴 수 있다니, 부러워."

마후유는 자신도 모르게 긴장했다. 동시에 리처드가 그녀를 나무랐다.

"클레어, 그런 식으로 말하면 안 되지."

"어머, 내가 무슨 틀린 말이라도 했나요. 마음이 강하다는 건 좋은 일이죠."

그렇게 말하면서 클레어는 복도를 슬쩍 지나가려는 딸을 돌아 보았다.

"어디 가는 거니, 일라이자. 너도 이리 오너라."

"어차피 저녁 식사 때 만날 거잖아."

마후유가 있는 위치에서는 팔락거리는 일라이자의 치마만 보였다.

"고집도 참."

한숨을 쉬면서 클레어가 남편 옆에 앉았을 때, 현관문이 쾅 닫히는 소리가 울렸다. 거실 입구에 얼굴을 들이민 사람은 브루스였다.

"짐을 가져 왔는데."

브루스가 턱으로 마후유를 가리키며 말했다.

"어디다 갖다 놓으면 되지?"

시선은 똑바로 클레어를 향하고 있다.

고용주의 부인에게 삐딱한 투로 말하는 그를, 마후유는 숨죽이고 쳐다보았다. 자신이 옮기겠다고 말할 분위기가 아니었다. 클레어가 매섭게 야단을 치지 않을까 생각하니, 뼈가 삐걱거리는 기분이었다. 몸도 마음도 지칠 대로 지쳐, 더 이상 사람들이 말다툼을 하거나 서로 으르렁거리는 모습을 보게 되면 견딜 수 없을 것 같았다.

그런데 클레어는 브루스의 태도에 별다른 반응을 보이지 않았다.

"서쪽 건물의 손님방에 옮겨 놔요. 그 방 전망이 가장 좋으니까.”

브루스는 대답도 않은 채 뒤돌아 나가려 했다.

“아, 잠깐.”

클레어가 브루스를 불러 세우고 일어났다. 그리고 옆에 있는 조그만 책상의 서랍을 열어 안에 든 지폐함에서 지폐를 몇 장 꺼내며 불쑥 말했다.

“그러게, 오늘 밤은 우리 가족이 모두 식사를 같이할 수 있겠네. 여기에 로렌스만 있었으면 얼마나 ……. 안 그래요, 머피?”

“네? 아, 네.”

순간적으로 말문이 막힌 마후유가 뭐라고 대답을 하려 했지만, 클레어는 이미 눈길을 저쪽으로 돌린 후였다.

“먼 길 오느라 수고 많았어. 오늘 밤은 이걸로 맛있는 거 먹고 와.”

그러나 브루스는 받으려 하지 않았다. 입을 꽉 다물고 클레어를 쳐다볼 뿐이었다.

“자, 얼른 받아.”

그녀가 지폐를 쥔 손을 살짝 흔들었다.

“왜 그래? 사양할 거 없잖아.”

브루스의 입술이 언젠가 그랬던 것처럼 한쪽만 치켜 올라갔다. 거의 낚아채듯 클레어의 손에서 지폐를 받더니 그는 그대로 몸을 빙 돌려 거실에서 나갔다.

“저 자식이.”

들으란 듯이 마이클이 말했다.

“사람을 뭐로 보는 거야. 어머니, 늘 저렇게 빈정거리는 꼴상식한 녀석에게 괜한 돈 쓸 필요 없다고요. 월급도 꼬박꼬박 주고 있는데."

현관문이 닫히는 소리에 마후유는 움찔했다.

지금 오간 대화를 들었는지, 해리엣이 아까보다 조심스러운 태도로 들어와 모두 앞에 커피 잔을 내려놓고는 그대로 얼른 나가 버렸다.

마후유는 리처드를 살며시 쳐다보았다.

시아버지는 자신이 커피를 청했으면서, 소파 등받이에 몸을 깊이 묻고 눈을 감고 있었다. 마치 오래된 상처의 아픔을 참고 있는 것처럼, 미간을 약간 찡그리고서.

14

장례식 날짜는 두 주 뒤, 8월 중순 수요일로 예정되어 있었다.

랠리의 시신은 지금 장의사의 냉동실이나 어딘가에 만반의 준비를 갖추고 보관되어 있을 것이다. 그가 홀로 떨고 있을 것이라 생각하면 마후유는 당장이라도 담요를 들고 뛰어가고 싶었다. 랠리는 추위를 많이 타는 사람인데.

샌더슨가의 여자들 사이에 한바탕 입씨름이 벌어진 것은 목장에 도착한 지 일주일이 지났을 때였다. 리처드와 마이클은 일 때문에 밖에 나가고 없었다.

발단은 상복이었다. 마후유는 포멀한 자리에 입고 나갈 검은 원피스가 없어 루시에게 빌려 왔는데, 그 옷이 클레어의 검사를 통과하지 못한 것이다. 시어머니의 기준에서 루시의 원피스는 '싸구려에 인격이 의심스러워지는' 것이었다.

"일라이자 옷을 빌려 입었으면 좋겠구나. 아무리 근본이 없어도 그렇지, 로렌스의 아내 되는 사람이 그런 술집 여자 같은 꼴로 사람들 앞에 서다니, 나는 용납할 수 없다."

일라이자에게 옷을 빌려 달라고 하려니 마음이 무거웠지만, 시어머니의 체면을 봐서 마후유는 순순히 옷을 빌리기로 했다.

그런데 실제로 옷을 빌려입어 보니, 어깨며 허리 사이즈가 너무 달랐다. 요즘 들어 입이 짧은 탓에 더욱 그랬지만, 안전핀이나 벨트로 어떻게 할 수 있는 범위의 문제가 아니었다.

일라이자의 기분이 상했다는 것은, 무슨 말이 나오기도 전에 분위기로 알 수 있었다.

"내가 뚱뚱하다고 생각지 않았으면 좋겠어. 옷 사이즈 때문에 곤란했던 적은 한 번도 없으니까."

마후유가 벗어 놓은 치마와 자신의 치마를 겹쳐 놓고 허리 사이즈를 비교한 그녀는 어이가 없다는 표정으로 고개를 저었다.

"이 나라에서는 내가 표준이야. 너는 발육 미달이고."

그러고는 벽장문에 기대어 팔짱을 끼고서 마후유를 뚫어지게 쳐다봤다.

"오빠가 살아 있었어도 힘들었겠네. 그렇게 부러질 것 같은 허리로 어떻게 후계자를 낳겠어."

마후유는 눈동자만 돌려 일라이자의 침대 끝에 걸터앉은 팀이 혹시나 장난을 치고 있지 않은지 확인했다. 침대 스프레드며 커튼이며, 패브릭 대부분이 로라 애슐리의 꽃무늬였다. 마후유는 처음 이 방에 들어왔을 때, 나이가 일곱 살이나 많은 시누이가 뜻밖에 소녀 취향이라 깜짝 놀랐다.

헐렁헐렁한 원피스를 끌어내리면서 마후유는 조용히 말했다.

"후계자로는 이 아이가 있잖아요."

일라이자는 코웃음을 쳤다.

"이 아이가?"

팀 쪽으로 한 손을 흔들면서 그녀는 말했다.

"이렇게 머리가 모자라는 아이가 샌더슨가의 후계자라고? 웃기고 있네. 사람이 묻는 말에 대답 하나 제대로 못하잖아."

"겁을 주지 않으면 충분히 대답할 수 있어요."

자신도 모르게 울컥해 마후유는 말대답을 하고 말았다.

"팀은 똑똑한 아이에요. 말 않고 가만히 있다고 아무것도 모르는 게 아니라고요. 게다가 이 아이는 샌더슨가가 아니라 어디까지나 랠리의 후계자입니다. 그는 이 목장을 물려받을 뜻이 없었으니까요."

일라이자는 흥, 하고 콧방귀를 끼었다.

"건방진 소리 하고 있네. 이 아이가 정말 랠리 오빠의 아이인지 어떻게 알지? 보라고, 머리며 눈동자며 어디 하나 닮은 구석이 없는데. 석탄처럼 시커먼 머리하며, 제 엄마만 꼭 닮았지. 그런데 랠리가 아빠인지 아닌지 어떻게 알겠어."

그렇게 말하더니 갑자기 기대 있던 문에서 등을 떼고 팀의 눈앞에 얼굴을 바짝 들이밀고는 간살스러운 목소리로 말했다.

"가르쳐 줄래? 네 진짜 아빠는 누구야?"

"그만해요."

마후유가 팀에게로 뻗으려는 손을 그녀가 홱 밀쳐 냈다.

"대답해 봐. 겁주지 않으면 대답한다면서? 응, 누구야?"

팀은 우물쭈물 중얼거렸다.

"…… 아빠."

"그러니까 그 아빠가 누구냐고 묻잖아. 역시 너, 바보로구나."

그런데 팀이 그런 일라이자는 상관하지 않고 대뜸 물었다.

"머피, 아빠는?"

목이 메는 마후유를 올려다보며 또 묻는다.

"아빠, 언제 와?"

일라이자는 머리를 뒤로 젖히고 깔깔 웃더니, 그 웃음소리에 점차 훌쩍거리는 기묘한 울림이 섞였다.

"아빠, 네 아빠는, 죽었어. 이제 두 번 다시 돌아오지 않는다고. 그런 것도 몰라?"

그러고는 마후유에게로 몸을 돌렸다.

"아아, 짜증 나. 정말 꼴도 보기 싫네. 데리고 오지 말걸 그랬어. 얼굴도 랠리를 닮은 데가 하나도 없잖아. 마음씨 좋은 랠리가 그 망나니 같은 이블린에게 속아서 다른 남자의 애를 떠안았을 뿐이라고."

그 말을 완전히 부정할 수 있는 근거 따위는 없다는 것을 알면서도 마후유는 단호하게 맞섰다.

"아니요. 팀은 랠리의 친아들이에요. 당신이 지금 한 말은 이 아이뿐 아니라 랠리를 모욕하는 거예요. 이 이상 그런 소리를 하면 당신이 그의 여동생이라도 용서하지 않겠어요."

일라이자가 눈을 부릅떴다.

"뭐라고!"

일라이자가 짙은 갈색 머리를 뒤로 휙 넘기고는 마후유를 노려보았다.

"입이 있다고 아무 말이나 하면 다 되는 줄 알아? 너, 네가 뭐라도 되는지 아는 모양인데, 랠리와 결혼했다고 해서 우리 가문의 일원이 되었다고 생각하면 큰 오산이야."

마후유가 아무 대꾸 없자 일라이자는 의기양양해서 목소리를 높였다.

"가르쳐 줄까. 아버지가 너를 이 집에 데려온 건, 너를 며느리로 인정했기 때문이 아니야. 결혼을 했다는데 장례식 때 부인 모습이 안 보이면 체면이 말이 아니잖아. 그래서 데려온 거야. 사건 기사가 신문에 대문짝만 하게 실렸으니, 너에 대해서도 다들 알고 있다고. 샌더슨가의 장남이 인디언에 이어 잽과 결혼했다는 것만 해도 가십거리인데, 그 새 아내마저 도망친 것처럼 여겨지면 그 수모를 어떻게 감당하겠어? 아니야? 잘 기억해 둬. 내가 분명하게 말하는데, 이 집안의 누구도 너와 그 멍청한 아이를 환영하지 않아, 믿지도 않고. 네가 아무리 얌전한 척 굴어도, 일본 사람이 속으로 무슨 생각을 하는지 어떻게 알겠어. 방심하면 끝이지. 알겠어? 알았으면 장례식 끝나자마자 그 아이 데리고 뉴욕으로든 일본으로든 썩 꺼져 ……."

말이 끊기고, 일라이자의 안색이 싹 바뀌었다.

마후유가 돌아보니, 문 앞에 클레어가 험악한 표정으로 서 있었다. 그녀는 성큼성큼 방 안으로 들어와 딸을 똑바로 보며 마주섰다.

"그만해, 일라이자. 들어 줄 수가 없구나."

일라이자는 반항하듯이 턱을 쳐들었다.

"왜, 다 사실이잖아."

"입 다물어. 너는 그 나이가 되도록 해도 되는 말과 해서는 안 되는 말을 구별하지 못하는 거니?"

일라이자가 불쾌한 표정으로 어머니의 눈을 피하려 고개를 돌렸는데, 갑자기 그 입이 O자 모양으로 쩍 벌어졌다.

"이 바보야, 손대지 마!"

어느 틈에 자리를 옮겼는지 베개 위에 앉은 팀이 겁먹은 표정으로 돌아보았다. 손에는 묘하게 생긴 목각 인형을 쥐고 있었다. 새 인간이 날개를 펼치고 춤추고 있다. 어른 손바닥만 한 크기의 알몸이 원색의 물감으로 채색되어 있기는 한데, 군데군데 칠이 벗겨져 나무가 드러나 있다. 머리와 손발에 붙어 있는 하얀 깃털도 상당히 빛이 바래 있었다.

"이리 내놔!"

저벅저벅 침대로 다가간 일라이자는 팀의 팔을 비틀어 인형을 빼앗고는 그것을 그의 손이 닿지 않는 서랍장 위에 올려놓고 마후유를 돌아보았다.

"대체 어떻게 교육을 시킨 거야!"

"미안해요. 팀은 색이 예쁜 것을 무척 좋아해서 …… 정말 미안해요. 지켜보지 않은 내 잘못이에요."

"일라이자, 어린아이를 상대로 그렇게 화를 낼 건 없잖니. 그렇게 낡은 카치나(kachina) 정도는 줘도 괜찮잖아."

옆에서 클레어가 나무랐다.

"싫어, 이건 ……."

뭐라 말을 이으려다 일라이자는 고개를 옆으로 저었다.

"아무튼 싫어."

"왜?"

"왜는, 싫으니까 싫은 거지!"

일라이자가 팀에게로 눈을 돌리고 소리를 질렀다.

"너, 언제까지 남의 베개에 앉아 있을 거야!"

그러고는 그의 바지춤을 움켜잡고 침대 옆쪽으로 끌어내렸다.

허리가 고무줄로 된 반바지가 절반쯤 벗겨지고 조그만 엉덩이가 고스란히 드러났다. 그때, 일라이자가 숨을 삼키며 손을 얼른 놓았다.

"저, 저게 …… 뭐야."

목소리가 달랐다.

그녀가 응시하고 있는 것은 팀의 엉덩이에 번져 있는 멍이었다. 가뭇가뭇한 피부색 아래, 검푸르게 색소가 침착돼 있었다.

"아니, 대체 ……."

그렇게 중얼거린 것은 시어머니였다.

"머피, 어떻게 된 일이지? 네가 때렸니?"

"아니에요!"

화들짝 놀라 마후유는 말했다.

"저 점은 원래부터 있던 거예요. 멍이 아니라고요. 잘은 모르겠지만, 아마 태어났을 때부터 있었을 거예요. 일본 사람도 갓난아기 때는 다 저런 점이 있어요."

여자 둘의 표정이 그 말을 못 믿겠다는 듯이 변했다.

"다 그렇다고?"

한쪽 눈썹을 추켜올리며 일라이자가 말했다.

"그럼 너에게도 똑같은 멍이 있단 말이야?"

"아니죠, 그건. …… 성장하면서 저절로 없어져요. 그러니까 내게는 없어요. 어렸을 때만 있는 점이니까."

두 사람 다 믿지 않는다는 것을 느끼고, 마후유는 당황했다.

"정말이에요."

"하지만 지금 그런 건 관계없잖아?"

클레어가 말했다.

"이 아이는 일본 사람이 아니잖아. 절반이 인디언일 뿐이지."

"그건 그렇지만……."

"그럼 왜 이렇게 시퍼런 멍이 있는 거지? 엉덩방아를 찧었다 쳐도, 이렇게 엉덩이 위쪽에 멍이 생기지는 않잖아. 아무리 봐도 이건 맞아서 생긴 거야. 네가 한 짓이 아니라면, 누가 그랬다는 거야? 혹시라도 랠리 탓으로 돌리면 가만있지 않을 거야."

일라이자가 클레어를 거들고 나섰다.

문밖 복도에서 해리엇이 이쪽을 신경 쓰며 서성이고 있었다. 하고 싶은 말이 있는데 망설이는 투였다.

"뭐야?"

일라이자가 매섭게 다그치자, 그녀는 얼른 고개를 젓고는 말을 삼키고 말았다.

"머피, 이 자리에서 네 잘못을 규탄하자는 게 아니야."

클레어가 한결 부드러운 목소리로 달래듯 다시 말을 이었다.

"네 심정도 모르지 않고. 의지했던 로렌스를 잃고, 자기 핏줄도 아닌 아이를 키우게 됐으니 얼마나 스트레스가 클지는 충분히 상상이 가. 머피뿐만이 아니라, 젊은 부모들이 아이를 이렇게 다루는 케이스가 요즘 많다는 얘기도 들리고. 하지만……."

"잠깐만요, 나는 그런……."

"그렇다고 간과할 수는 없어. 머피도 법률은 알고 있겠지? 아동 학대 사실을 알게 되면 곧바로 신고를……."

"나는 학대하지 않았어요! 왜 믿지 않는 거죠?"

마후유는 외쳤다.

얼굴에서 핏기가 가시는 것을 느끼면서도 마후유는 두 사람을 똑바로 쳐다보았다. 떨리는 목소리로 한 마디씩 정확하게 말했다.

"나는, 절대, 이 아이를, 때리지 않았어요. 절대."

클레어가 긴 한숨을 내쉬었다.

"이걸 어쩌나."

그녀가 일라이자를, 그리고 팀을 바라본다.

"어쩌면 좋지."

"말도 안 되는 소리 그만해요!"

마후유는 끝내 큰소리를 지르고 말았다.

"내가 그런 짓을 했는지 안 했는지, 아이에게 직접 물어보면 되잖아요!"

당사자인 팀은 엉덩이를 드러낸 채 침대에 납죽 앉아 어쩔 줄 모르는 표정으로 어른들을 올려다보고 있다.

"보라니까. 저렇게 금방 화를 내잖아."

일라이자가 말했다.

"아이가 하는 말을 어떻게 믿을 수 있겠어. 어차피 겁이 나서 있는 그대로 말을 못할 텐데. 안 그래요, 엄마? 이런 일은 우리끼리 해결하려 하면 안 돼요. 아빠가 돌아오면 의논해서 정식으로 신고하는 편이 좋지 않겠어요? 나도 이 여자를 믿고 싶지만, 서로를 위해서도 분명히 하는 게 좋아요. 정말 아무 짓도 안 했다면, 혐의가 없다는 게 금방 밝혀질 테니까."

"그렇기는 하지만……."

클레어는 마후유에게서 눈을 돌리고 주저했다.

"명예롭지 못한 일은 최대한 피하는 게 좋지."

마후유는 두 주먹을 꽉 쥐었다. 그렇지 않고는 두 사람에게 달려들 것 같았다.

어떻게 하면 믿어 줄까. 아니 그보다 왜 이렇게 모욕적인 대우를 받아야 하는 것일까. 일방적으로 죄를 덮어씌우고, 말조차 제대로 들어 주지 않다니. 아아, 이런 때야말로 랠리가 있었다면 ……. 서러움과 분노로 이가 딱딱 부딪히는 소리까지 났다.

그런데 팀을 보고 있던 클레어의 표정이 점점 일그러졌다. 마후유도 팀을 돌아보고는 속이 메슥거렸다.

팀이 고개를 숙이고 자신의 조그만 성기를 만지작거리고 있었다. 그러고는 고개를 반짝 들어 어른들을 돌아보며 애매하게 웃었다.

일라이자가 땅이 꺼질 듯한 목소리로 말했다.

"저런 짓까지 가르친 거야?"

"아니, 아니라고요! 얘기하자면 길어져요, 하지만 ……."

마후유는 신음하고서 자기 입을 막았다.

"리처드에게는 말씀드렸어요. 이 아이, 베이비시터의 남자 친구에게 성추행을 당한 적이 있어요. 경찰 조사까지 받았고, 전문의와 상담도 …… 이 얘기도 어차피 믿지 않겠지만!"

똑똑, 소리가 났다.

활짝 열린 문의 안쪽을 노크하는 그를, 마후유는 거의 매달리다시피 간절한 눈빛으로 바라보았다.

"말씀 중인데, 실례."

육중한 몸으로 문을 가로막은 브루스는 조롱하듯 세 사람을 죽 훑어보았다. 그 시선이 스치고 지나간 무언가를 알아보고 되돌아오는 순간, 움직인 것은 일라이자였다. 그녀는 서랍장 쪽으로 뛰어가 그 위에 놓아둔 새 인형을 집어 등 뒤에 숨겼다. 브루스는 뜻밖이라는 표정으로 그녀를 빤히 쳐다보았다. 일라이자는 입술을 깨물고 얼굴을 돌렸다.

"무슨 일이지, 브루스?"

클레어가 냉담하게 물었다.

"집 안을 멋대로 어슬렁거리지 않았으면 좋겠는데."

"해리엇이 부탁해서 부엌 선반을 수리하고 있는 중이야."

"여기는 부엌이 아니잖아."

"그야 보면 알지. 그런데 이쪽에도 도움이 필요할 것 같아서 말이지."

선글라스를 끼지 않은 브루스의 얼굴에 창문으로 비치는 햇살이 닿아, 마후유는 그의 눈동자가 파란색이라는 것을 처음 알았다.

"도움?"

클레어가 눈썹을 찡그렸다.

"해리엇이 중재를 하라고 보냈나 보군, 괜한 신경을 써서 말이야."

"그녀는 디스포저 상태를 좀 봐 달라고 했을 뿐이야."

브루스는 침대에 있는 팀을 쳐다보며 쓸쓸한 미소를 띠었다.

"어이."

그가 마후유 쪽을 향해 턱을 치켜들었다.

"바지나 빨리 입혀 주지."

그제야 마후유는 겨우 몸을 움직일 수 있었다. 다리가 아직도 후들후들 떨렸지만, 억지로 참으면서 침대로 다가가 무릎 언저리에 돌돌 말려 있는 팬티와 반바지를 끌어올려 주었다. 그러자 팀이 두 팔을 벌리고 마후유에게 안겼다. 그를 안아 올려, 그래 착하지 …… 하고 속삭이면서 꼭 껴안는다.

"정말 학대를 당했다면, 저렇게 안기겠어?"

브루스가 말했다.

"보면 알 수 있을 것 같은데."

"아이들은 사랑을 얻기 위해서라면 무슨 짓이든 하는 법이야. 아무튼, 브루스. 그만 나가 줘. 네가 나설 자리가 아니니까."

그는 눈을 찌푸리듯 클레어를 내려다보았다.

"내 생각은 다른데. 당신은 인디언에 대해서 잘 모르잖아."

"그래서 어쨌다는 거지?"

"저 아이 엉덩이에 있는 점. 하기야 몽고점은 처음 보겠지."

"…… 몽고점?"

"몽골로이드의 엉덩이에 태어날 때부터 있는 점이지."

클레어의 안색이 파랗게 변했다.

"하지만 …… 이 아이는 일본 사람이 아니라 인디언이잖아."

"물론 인디언이지. 나와 같은."

클레어가 움찔 볼을 떨었다.

"그러니까 당신들 둘은 인디언이 일본 사람과 같은 몽골로이드라는 것을 전혀 몰랐다는 얘기지."

가장 놀란 것은 마후유 자신이었는지도 모른다.

"뭐야? 당신도 몰랐던 거야?"

브루스는 어이없어 하며 마후유를 쳐다보았다.

"옛날에는 내 엉덩이에도 같은 점이 있었지. 지금도 있다면 여러분께 꼭 보여 드리고 싶은데, 아쉽군."

얇은 입술 끝이 또 실룩 올라갔다.

"무 …… 문제는 그게 다가 아니야."

"아, 그렇겠지. 이 아이가 하마터면 변태의 먹이가 될 뻔했다는 얘기는 나도 랠리에게 들었어."

마후유는 다시 한 번 놀랐다. 랠리가 왜 브루스에게? 두 사람이 그렇게 친했던 것일까?

"뭐, 난 그 말을 하려고 왔을 뿐이야. 그리고 끼어든 김에 한마디 더 하겠는데 …… 신참을 그렇게 구박하면 안 되지."

브루스가 방에서 나가 계단을 내려가는 발소리가 사라진 후에도 한참이나 누구 하나 입을 열지 않았다.

일라이자는 더없이 불편한 표정으로 허공만 쳐다보았다. 눈을 내리깐 클레어의 얼굴도 딱딱하게 굳어 있고, 입가에는 깊은 주름까지 생겼다.

그렇게 심하던 마후유의 떨림도 간신히 진정되었다.

마후유는 안고 있던 팀을 침대에 살며시 내려놓고 허리를 구부려 눈높이를 맞춘 후에 차분하게 말을 건넸다.

"팀. 고모에게 사과해야지."

일라이자가 움찔 놀라며 이쪽을 본다.

"너, 아까 고모 인형을 만졌잖아."

팀이 고개를 까딱 숙인다.

"남의 물건을 마음대로 만지면 안 되는 거야."

"왜?"

"그 사람에게는 아주 소중한 것일지도 모르잖아. 혹시 떨어뜨려서 깨지기라도 하면, 너는 고칠 수 없잖아."

"…… 응."

"그러니까 마음대로 만지기 전에, 만져 봐도 괜찮으냐고 물어봐야지. …… 그렇지?"

"응."

"자, 이제 미안하다고 말해."

"됐어, 됐다니까. 나도 뭐, 어른스럽지 못했으니까."

일라이자가 신경질적으로 말했다.

"팀."

"…… 미아네요."

팀이 그렇게 중얼거리자 일라이자는 고개를 옆으로 획 돌렸다. 그리고 손에 쥐고 있던 새 인형을 서랍장 위에 다시 올려놓고는 어머니 옆을 지나 도망치듯이 방을 빠져나갔다.

마후유는 팀을 꼭 안고서, 착하네, 하고 속삭였다.

침대 반대쪽이 삐걱거리면서 푹 꺼졌다. 걸터앉은 클레어가 마후유를 불렀다.

"머피 ……."

마후유는 고개를 들지 않았다.

"미안해요, 머피. 용서해 줘."

진심으로 후회하고 있는 듯 그녀의 목소리는 착 가라앉아 있었다.

"머피가 아니라고 하는데도, 그만 화가 솟구쳐서 그렇게 단정적으로 말하다니. 내가 한심하네."

"괜찮습니다. 다 끝난 일이에요, 이제."

마후유는 말했다.

"아니, 아직 끝나지 않았어. 그냥 이대로는 너에게, 아니 로렌스에게도 면목이 없지."

클레어가 한 손으로 머리를 쓸어올리는 기척이 느껴졌다. 그리고 이어 한숨을 내쉬며 자조적으로 웃는 소리가 들렸다.

"머피, 부끄러운 얘기지만 솔직히 말해서 난 조금 전까지 너를 로렌스의 아내로 인정하지 않았어. 착한 그 아이가 또 정에 이끌려 당치도 않은 여자에게 걸려들었다고만 여겼지. 리처드와 마이클이 머피 너는 그런 사람이 아니라고 싸고돌 때마다, 어쩌면 남자들은 하나같이 저렇게 사람 보는 눈이 없을까, 한탄했을 정도였지. 화가 나서 견딜 수가 없었어."

마후유는 조용히 팀을 안고 있었다.

"그런데 말이야. 지금 막 그런 생각을 깨끗이 떨쳐 버리게 되었어. 사람을 제대로 보지 못한 건 나였어. 브루스도 잘못을 지적했는데, 나나 일라이자는 사과도 하지 않았지. 쓸데없는 자존심 때문에 말이야. 그런데 머피 너는 달랐어. 우리가 그렇게 심한 말을 했는데도, 오히려 다가와 도우려 했지."

"무슨 그런 ⋯⋯."

"아무나 그럴 수 있는 것은 아니야."

클레어가 주춤거리며 손을 뻗어 팀의 머리를 만졌다. 팀은 순간적으로 몸을 움츠렸지만, 클레어가 천천히 머리를 쓰다듬자 몸에서 힘을 뺐다.

클레어가 후훗 웃었다.

"이 아이 옆얼굴이 …… 로렌스 어렸을 때랑 똑같네."

놀라서 고개를 든 마후유에게 클레어는 눈물을 글썽거리며 물었다.

"안아 봐도 될까?"

마후유는 미소로 답했다.

"그럼요. 보기보다 좀 무거워요."

일어나 팀을 들쳐 안고 클레어 옆으로 돌아가 무릎에 앉혀 준다. 팀은 클레어의 가슴에 조그만 머리를 기대고 엄지손가락을 입에 물었다.

시어머니가 외로운지도 모르겠다고 마후유는 생각했다. 아들의 아내로 인정하지 않으려 애썼던 것도, 매몰차게 대했던 것도, 사랑하는 아들을 빼앗겼다고 생각해서였는지도 모른다. 그런데 랠리가 앞서 세상을 저버리고 말았다. 일라이자와 마이클은 이미 성인이 되었고, 남편 리처드와도 금슬이 좋다고 할 수 없다. 결국 남은 것은 아들의 모습을 떠올리게 하는 어린 손자뿐이다.

몇 번이나 팀의 머리를 쓰다듬던 클레어가 마침내 입을 열었다.

"이 아이도 제대로 꼴을 갖춰야지."

"네?"

"장례식 때 말이야. 뭘 입힐 생각이지?"

"하얀 셔츠와 회색 반바지를 준비했는데요."

팀의 옷 중에서는 그나마 나은 것이다.

"재킷은?"

"없어요. 더구나 지금은 여름이고."

"얇은 마 재킷을 입히면 되지 않을까. 넥타이는? 구두는 있어?"

"아니요. 저 …… 필요할까요?"

"당연하지. 샌더슨가의 직계인데, 격조 없는 꼴을 하고 있어서는 안 되지. 그렇구나, 네 드레스도 서둘러 찾아봐야겠다. 품위 있는 것으로."


다음 날 클레어는 팀과 마후유를 데리고 피닉스까지 쇼핑을 하러 나섰다. 마후유는 물론 사양했지만, 일단 자신이 뱉은 말에는 양보가 없는 사람이었다. 목장에서 피닉스까지는 직선거리로도 150마일이나 된다.

"세스나(경비행기 메이커)를 타고 가면 돼."

흔들리는 차에 다시 몇 시간이나 몸을 실어야 하나 걱정했는데, 클레어는 그렇게 말했다. 가장 가까운 플래그스태프에도 괜찮은 부티크가 없기 때문에 그녀나 일라이자는 옷을 살 때 반드시 피닉스까지 간다고 했다.

목장 한 귀퉁이에 조그만 비행장과 활주로가 있고, 자가용 세스나와 헬리콥터가 나란히 햇살을 번쩍번쩍 반사하고 있었다.

클레어가 먼저 올라타, 귀마개를 한 팀을 마후유에게 받아 안아 올렸다. 나이 차가 많은 리처드와 비교하는 탓에 더욱 그렇게 느껴지는지도 모르겠지만, 시어머니의 행동거지는 정말 반듯하고 젊었다.

조종석에 검은 머리를 뒤로 묶은 남자가 앉아 있었다. 뒷모습이 꼭 브루스 같았다. 순간적으로 가슴이 콩콩거린 마후유는 그런 자신을 이상하게 생각하는 동시에 어색함을 느꼈고, 또 그런 어색함을 느끼는 것 자체가 껄끄러워 의식적으로 그 생각을 머릿속에서 몰아내려 했다.

세스나기 내부에는 엄청난 열기가 고여 있었지만, 상공으로 올라가 기수가 수평을 유지할 무렵에는 창문으로 흘러드는 바람에 시원해졌다.

세스나기는 세상에서 가장 황량한 풍경 위를 날았다. 키 낮은 수풀이 드문드문 보일 뿐 그저 넓기만 한 황야가 계속되는가 하면 느닷없이 공룡의 등뼈처럼 울룩불룩한 대지가 절벽 같은 바위산으로 이어지기도 했다. 바위는 지층의 질이나 빛과 그림자의 각도에 따라 누런색, 회색, 적갈색 등 다양한 색으로 변화했다. 마치 지구가 갈라진 틈처럼 깊은 계곡 아래로 번들거리는 강물이 구불구불 흘러간다.

사방으로 펼쳐지는 풍경의 거대함에 마후유는 공중에 정지해 있는 것처럼 느꼈지만, 창 아래를 내려다보면 비행기 그림자가 풍화된 바위와 주름진 대지 위를 슬금슬금 기어올랐다 기어내리듯 이동하고 있었다.

# 15

랠리, 로렌스 에드워드 샌더슨의 장례식이 거행된 늦은 오후, 태양은 조문객들의 머리 위에서 지글거렸다. 이 지역 유지인 샌더슨가의, 그것도 맏아들의 장례식이다 보니 주지사 대리, 상원의원과 시장까지 얼굴을 비쳤고, 묘지에 모인 사람들은 목장 사람들까지 포함해서 이백 명이 넘었다.

뉴욕에서는 대학원 관계자 몇 명과 잭슨 부부를 비롯해 랠리와 절친했던 친구 몇 명이 참석해 주었다.

그러나 마후유는 외로웠다. 랠리 역시 외로우리라 생각되었다. 간소하나마 뉴욕에서도 장례식을 치렀다면, 그를 잘 아는 친구와 학생 들이 많이 참석했을 것이다. 그리고 그들은 랠리의 죽음을 진심으로 추도하고 안타까워했을 것이다.

관 뚜껑 위에는 하얀 꽃다발이 가득 놓여 있고, 주위에는 달짝지근한 백합향이 맴돌았다. 고개를 숙이고 목사의 기도에 귀 기울이고 있는 사람들 사이로 가끔씩 바람이 지나가, 모래 먼지가 날리고 상복 자락이 휘날렸다.

어떻게 보나 백인이 아닌 팀과 어떻게 보나 동양인인 마후유 두 사람은 자세한 사정을 모르는 참석자들의 호기심 가득한 시선을 받지 않을 수 없었다. 그녀가 이쪽으로 온 후로 처음 만난 흑인이 장례식을 위해 뉴욕에서 날아온 잭슨 부부였을 정도니, 애리조나에서는 네이티브와 히스패닉계가 아닌 유색 인종은 거의 보기가 힘들다.

하지만 누가 아무리 무례하게 쳐다보든 마후유는 눈길을 피하지 말자고 생각했다. 고개를 똑바로 들고 가슴을 좍 펴고 의연하게 대처하자고 생각했다.

자신은 머피 샌더슨이다. 결혼 생활이 불과 한 시간 만에 끝났다고 해서 주눅 들 필요는 없다. 결혼식 때 누구나 하는 결혼 서약을 랠리는 마지막까지 지켜 주었다. 말 그대로 '죽음이 두 사람을 갈라놓을 때'까지 변함없이 사랑해 주었다. 절대 슬프게 하지 않겠다는 약속은 지키지 못했을지언정.

마후유는 팀과 손을 꼭 잡고, 관이 땅속으로 내려지는 광경을 지켜보았다. 리처드가 먼저 흙을 한 줌 쥐고 관 위에 뿌렸을 때, 일라이자와 해리엇은 소리 내어 울었고, 클레어는 손수건으로 입을 막았다. 마후유만 눈물을 흘리지 않았다.

그런 모습이 사람들 눈에 어떻게 비칠지 고려하지 않은 것은 아니었다. 하지만 이를 악물고 억지로 참은 것도 아니었다. 굳이 애쓰지 않아도 침착하고 담담하게 지켜볼 수 있었다. 아니, 아무리 노력해도 이성까지 잃어 가며 엉엉 울 수 없었다고 하는 편이 옳겠다. 랠리가 죽은 후로 삼 주일이 지났다. 그동안 절대 울지 않겠다고 자신의 감정을 마비시키다 보니 끝내는 어떻게 우는지를 잊어버린 식이었다. 새장에 갇힌 새가 나는 법을 잊어버린 것처럼.

장례식이 끝난 후, 위로의 말을 건네기 위해 다가오는 사람들

대부분을 알지 못하는 터라 마후유는 가족들에게서 한발 물러
난 자리에 팀과 서 있었다.

새로 산 검은 드레스가 태양열을 빨아들여, 등을 타고 흘러내
리는 땀방울이 느껴졌다.


해 질 무렵, 마후유는 처음으로 혼자 포치에 나갔다. 애리조나
에 와서 처음 갖는 혼자만의 시간이었다.

팀은 꽤 피곤했는지, 거실 소파에서 잠들었다. 서쪽 방으로 안
아 옮기려 하는 마후유를 만류한 사람은 리처드였다.

"여기에서 재우면, 깨어났을 때 누구라도 있을 거야. 그러니
네가 없어도 울지 않을 게다. 머피, 너도 좀 쉬어라. 아이 곁을
지키느라 쉴 틈이 없지 않았니."

눈앞에 드넓게 펼쳐진 목초지로 바람이 질러간다. 그럴 때마
다 거대한 생물이 호흡을 하듯 풀들이 천천히 물결치다 제자리
로 돌아왔다.

상복은 아까 벗었다. 지금은 평상복 원피스를 입고 있는데, 상
복을 산 피닉스의 부티크에서 클레어가 사과의 뜻이라며 함께
사 준 것이다. 흰색과 검은색이 섞인 체크무늬가 멀리서는 부드
러운 회색으로 보인다. 면과 마가 반반인 간이라 피부에 닿는 감
촉도 시원하고, 둥그런 옷깃과 넓은 치맛자락으로 바람이 불어
들 때마다 돛처럼 부푸는 것도 상쾌했다.

포치의 등나무 의자에 앉아 그녀는 루시가 친구들과 함께 써
서 잭슨 편에 보낸 편지를 무릎에 펼쳐 놓고 다시 읽었다.

편지지는 대학 로고가 비쳐 보이는 리포트 용지였다. 루시의

필체로 시작되었다. 초등학생처럼 글자를 동글동글하게 쓰기 때문에 금방 알아볼 수 있다.

하이, 머피. 잘 지내니?

장례식에 못 가서 정말 미안해. 우리 셋 다 아르바이트 해야 하는 가난한 신세다 보니, 애리조나까지 오가는 비용도 그렇고 시간도 그렇고, 무리였어. 하지만 같은 날 같은 시간에 셋이 모여 그의 명복을 빌기로 했어. 아, 무자비한 신이여. 나가 죽어라, 아멘. 그렇게.

머피, 어서 돌아와. 네가 없으니까 모든 게 엉망이야. 아침 식사 당번도 금방금방 돌아오고. 덕분에 나도 음식 솜씨가 좋아지기는 했지만. 돌아오면 특별히 내가 솜씨를 부려서, 스칸디나비아 요리를 풀코스로 대접할게.

사랑을 담아, 루

친애하는 머피에게

조금은 안정을 찾았니?

집주인 로젠슈타인 부인이 무척 걱정하고 있어. 어서 돌아와 기운찬 얼굴을 보여 주면 좋겠다.

리틀 팀은 잘 있어? 만약 다시 데려온다면, 우리도 힘을 다해 도울게. 아이를 위해 가장 좋은 선택을 하길 바라.

괴롭고 힘들겠지만, 시간은 네 편이야. 물론, 우리도. 네가 없으니까 쓸쓸해.

산드라가

안녕, 머피. 우리는 모두 잘 지내고 있어.

꼬박꼬박 잘 챙겨 먹고 있나 모르겠군. 더 이상 마르면 거꾸로 세워서 마당 쓰는 빗자루로 쓸 거니까 알아서 해.

예의 사업 건은 준비가 순조롭게 진행되고 있어. 다들 네가 협력해 주기를 기대하고 있어. 돌아오면 학교와 병행하느라 바빠질 테니까, 지금 천천히 쉬면서 체력을 비축해 두라고.

네가 없으니까 이 집도 왠지 조용하다. 너는 늘 얌전하게 소리 없이 지냈는데, 왜 그럴까. 우리 셋이서는 와자지껄하게 굴 마음도 생기지 않는 것 같아.

빨리 보고 싶다.

동구

P.S. 루시의 스칸디나비아 요리는 뭐랄까, 진짜 굉장해.
각오하는 편이 좋을 거야.

그리고 동구의 추신을 향해 화살표가 그려져 있고, '이 녀석은 맛치야!' 하고 커다랗게 흘려 쓴 루시의 글이 덧붙여져 있었다.

그 밑에는 고양이 발자국이 매화꽃 모양 스탬프처럼 찍혀 있고, 이번에는 동구의 글씨로 이렇게 적혀 있었다. '완전 뚱보가 되었어요. 루시가 식사 당번을 할 때마다 남은 음식을 전부 먹이기 때문이죠. 스노 부츠.'

그리고 또 그 밑에는 산드라의 글씨로 이렇게 적혀 있었다.

'루시가 또 반격에 나서려고 하는데, 끝이 없을 테니 이만 줄

일게. 아무튼 몸조심하고. 안녕.'

마후유는 처음부터 몇 번이나 다시 읽고는 그들의 글자와 스노 부츠의 발자국을 손가락으로 살며시 쓰다듬었다.

"아주 소중한 편지인가 보군."

널마루를 밟는 소리가 다가오고 있었기에 마후유는 놀라지 않았다.

"네."

대답하며 얼굴을 들자, 리처드가 흐뭇하게 미소 띤 얼굴로 내려다보고 있었다.

"뉴욕에서 집을 같이 쓰는 친구들이 보냈어요."

"아, 결혼식 때 왔던 ……."

리처드는 바로 옆에 있는 벤치에 천천히 걸터앉으며 말했다.

"그 재치 있는 젊은이들 말이군."

"기억하세요?"

"잊을 리가 있나. 그들만 봐도 네가 사랑받고 있다는 것을, 랠리가 너를 왜 사랑하는지를 알 수 있었는데."

마후유는 애써 미소 지었다.

"읽어 보실래요?"

리처드는 편지지를 받아들자 손을 쭉 뻗어 멀찌감치에서 찬찬히 읽고는 웃음과 함께 마후유에게 돌려주었다.

"향수병에 걸린 건 아니겠지?"

그녀는 편지지를 곱게 접으며 대답했다.

"조금은, 그러네요."

"그렇다고 금방 돌아가겠다는 소리는 하지 말아다오. 여러 가

지로 하고 싶은 얘기가 많아. 보여 주고 싶은 것도 많고. 동부와
는 전혀 다르지만, 서부는 아름다운 곳이야. 랠리 녀석은 대학
에 들어가기 전까지 이곳에서 자랐다. 말도 마이클보다 훨씬 잘
탔지."

마후유는 시아버지의 옆얼굴을 쳐다보았다. 태양이 건물 서쪽
으로 기운 후라, 해 질 무렵의 파르스름한 공기에 그의 파란 눈
동자가 한층 깊어 보였다.

"랠리가 아버님을 참 많이 닮았어요. 친절하고, 타인을 배려할
줄 알고, 유머 감각도 뛰어나고, 믿음직스럽고 ……."

"그렇게 추켜세워 봐야 나올 게 없는데."

리처드가 웃었다.

"사실이 그런데요, 뭐."

"아니지 ……. 그 녀석이야말로 나를 제일 안 닮았어. 물론 친
절했지. 책임감이 강해서 사람을 배신하지도 않고."

그 말은 리처드가 누구를 배신한 적이 있다는 뜻일까.

"아니죠. 랠리도 배신했어요."

마후유가 중얼거렸다.

"이렇게 우리만 남겨두고 떠나 버렸잖아요 ……."

랠리와 꼭 닮은 눈길이 마후유를 쳐다본다.

"그 녀석을 정말 사랑했나 보구나."

그래요, 단 한 번도 말로 전하지는 못했지만, 하고 그녀는 생각
했다. 상대가 이미 죽고 없으니 무슨 말을 한들 지금보다 나빠질
수는 없다. 아이러니한 일이지만, 그렇게 생각하자 신기하게도
안도감이 밀려왔다.

"네, 사랑했어요. 아주 많이."

마후유는 그렇게 속살거렸다.

그때 불쑥 리처드가 목이 멘 것처럼 컥컥거렸다.

마후유는 자신도 모르게 벌떡 일어나려 했지만, 그는 몸이 아파 고통스러워하는 것이 아니었다. 바지 위로 커다란 물방울이 뚝뚝 떨어져 짙은 얼룩을 몇 개나 만들었다.

다 큰 어른이 흐느껴 우는 모습은 태어나서 처음 보는 것이었다.

마후유는 의자에서 조용히 일어나 벤치 옆으로 다가가 시아버지의 왼팔에 손을 올려놓았다. 주름이 자글자글한 오른손이 그녀의 손을 잡고 천천히 부드럽게 감싸 쥐었다.

리처드는 무슨 말을 하려다가 입을 다물기를 몇 번이나 반복했다.

그 상태가 진정될 때까지 그리 오래 걸리지는 않았다. 그는 두 손으로 얼굴을 쓱쓱 문지르고 콧물을 훌쩍거리더니 겸연쩍은지 마후유를 보며 쑥스럽게 웃었다.

그리고 낮게 갈라진 목소리로 중얼거렸다.

"나도 그렇단다."

# 16

클레어가 침실로 사용하는 방은 남쪽으로 튀어나온 구역의 2층에 있었다. 넓은 거실은 늘 빛으로 환하고, 동쪽으로 난 창문으로는 현관과 포치, 저택 전면의 로터리, 그리고 그 너머로 펼쳐지는 목초지가 멀리까지 내다보였다.

남편 리처드와 침실을 따로 사용한 지 벌써 몇 년이나 되었을까. 막내 마이클이 고등학교에 들어가기 전부터였으니, 적어도 십 년은 지났다.

그 십 년 동안 클레어 자신이 먼저 리처드의 침실을 찾아갈까 생각한 밤이 수없이 많았다. 부부 사이가 이렇게 된 근본적인 이유를 생각하느라 잠들지 못한 밤은 더욱 많았다.

남편은 그녀와 월트의 관계를 아직 눈치채지 못했을 것이다.

그러나 마냥 이대로 지내야 하는 것일까. 남편으로 채워지지 않는 것을 다른 남자에게 갈구하고, 그럼에도 다 채우지 못한 채 인생을 끝내야 하는 것일까.

아들의 장례를 치른 날 저녁, 창가에 서서 무심히 아래를 내려다보다가 마후유 앞에서 울음을 터뜨리는 리처드를 봤을 때 …… 그녀는 자신의 눈을 의심했다.

처음 떠오른 생각은 '믿을 수 없다'였다. 그 생각은 곧 '믿고 싶지 않다'로 바꾸었다.

결혼하고 삼십오 년, 리처드가 우는 모습은 단 한 번도 본 적이 없었다. 그는 절대 자신의 약한 모습을 타인에게 드러내지 않았다. 속마음을 드러낸다는 것은, 상대에게 밀고 들어올 여지를 제공하는 일일 수도 있다. 리처드는 아들들에게 곧잘 이런 말을 했다. '천 길 높이 둑도 개미구멍 때문에 무너질 수 있다.' 광대한 목장과 수많은 부동산을 관리하고 운영하려면 언제나 강해야 하고, 비정할 때도 있어야 한다는 것이 그의 신조였다.

소녀 시절부터 존 웨인, 일명 '듀크'의 팬이었던 클레어에게 리처드 샌더슨은 한없이 이상형에 가까운 남자였다. 외모와 분위기가 비슷한 것은 물론이요, 그는 듀크가 영화를 통해 몸소 보여 준 미국의 혼, 진짜 사나이의 모습을 싫으나 좋으나 물려받은 것처럼 보였다. 통솔력이 뛰어나고 용감하며 자신의 신조를 지키기 위해서라면 싸움도 불사한다. 무뚝뚝하지만 유머 감각도 있고, 사내들 사이의 우정도 두텁고, 여자에게는 서툴게 굴지만 친절하다. 그렇다, 스크린 속의 듀크는 의외로 여자에게 약했다. 그러나 아무리 요염한 미녀가 사랑을 속삭여도 아내와 연인을 배신하는 짓은 하지 않았다. 그런데 그 점이야말로 리처드가 듀크와 다른 부분이었다.

2층 창가에 서서 흐느껴 우는 모습을 스스럼없이 드러낸 남편을 망연하게 바라보면서 클레어는 비로소 생각하게 되었다. 지난 수십 년 동안 자신이 그에게 추구했던 것은 무엇일까.

그녀가 이상형으로 여기는 남자는 죽어도 마음 약한 소리를 해서는 안 되었다. 리처드가 바로 그런 사람이라는 것은 아내로

서의 긍지이기도 하다고 굳게 믿고 있었다.

그럼에도 정작 그의 약한 모습을 두 눈으로 보고 나니, 끓어오르는 것은 환멸이 아니라 뜻밖에도 마후유에 대한 맹렬한 질투였다. 리처드가 다른 사람 앞에서 처음으로 눈물을 흘리게 된다면, 그때 옆에 있어야 할 사람은 반드시 자신이어야 하는데 ……. 남편의 고통을 공유하고 위로하고 다독이는 역할이 허락된 사람은 단 한 명, 아내인 자신이어야 하는데.

그러나 리처드는 그 고통을 털어놓을 상대로 죽은 아들의 아내, 만난 지 채 한 달도 되지 않는 저 일본 여자를 선택했다. 삼십오 년을 부부로 함께해 온 클레어가 아니라.


포치에서 두 사람을 보고 있던 인물이 또 하나 있었다. 그는 그 장면을 목격했을 뿐만 아니라 대화의 내용까지 듣고 말았다.

"머피가 혼자 어쩌고 있나 걱정스러워서."

하얀 포드 세단을 운전하면서 마이클이 말했다.

"그래서 보러 갔더니, 그런 비극적인 장면이 펼쳐지고 있잖아. 나서고 싶은데 나설 수가 없었어."

"나서고 싶은데 나설 수가 없었다면, 물러나 지켜볼 수도 있었을 텐데."

마후유는 농담을 하듯 가볍게 그를 나무랐다.

"…… 미안하군."

그는 머쓱한 표정을 지었다. 가벼운 말투에 숨은 속내를 알아차린 듯하다.

"머피 말이 맞아. 하지만 …… 지금 다시 그런 상황에 놓인다

해도, 역시 난 물러날 수 없을 거야. 당신은 잘 모르겠지만, 아버지가 운다는 거, 내게는 산이 움직이는 것만큼이나 있을 수 없는 사건이니까."

장례식으로부터 나흘째 되는 날이었다. 두 사람은 목장에서 타고 온 세스나기에서 내려, 그랜드 캐니언을 향하는 중이었다.

마이클이 가자는 말을 꺼냈을 때, 마후유는 물론 그럴 기분이 아니라고 거절했다. 그런데 그는 이렇게 주장했다.

"애리조나까지 와서 그랜드 캐니언을 보지 않고 간다는 것은 뉴욕을 구경하러 가서 엠파이어 스테이트 빌딩에 오르지 않는 거나 다름없는 일이라고."

그런 사람도 많을 테고, 무엇보다 자신은 구경하러 온 게 아니라고 반박했지만, 아무튼 집에만 갇혀 지내면 몸에 좋지 않다면서 마이클은 마후유를 세스나기 뒷좌석에 억지로 밀어 넣었다.

별다른 기대는 하지 않았다. 서부의, 아니 미국의 상징이라고도 할 수 있는 대협곡의 풍경은 사진이나 영상으로 얼마든지 봤다. 새삼스레 실물을 본다고 해서 크게 감동할 리도 없을 것이다. 기껏해야 텔레비전에서 본 장면과 비슷한 수준일 것이다. 전망대 역시 세계 각국에서 온 관광객들로 북적거리고, '와!' 하는 감탄사로 시끌시끌할 테니까.

그래도 오랜만에 이렇게 녹음이 풍성한 장소에 오니, 나름의 효과는 있었다. 산속을 뚫고 지나는 완만한 오르막길 양옆에는 숲이 울창하고 간혹 저 멀리 사슴의 모습도 보였다.

"왠지 신기하네."

앞 유리창 너머 침엽수림 위로 한없이 펼쳐지는 하늘을 올려다보면서 마후유는 중얼거렸다.

"뭐가 신기한데?"

"이런 일로도 치유될 수 있나 싶어서."

마이클은 눈만 옆으로 돌려 마후유를 보았다.

"요즘 옆에서 보기가 딱할 정도로 어깨에 힘이 들어가 있었어. 밖에서 아무 생각 않고 멍하게 지내는 시간이 필요했다고."

"그렇긴 하지만, 어깨에 힘을 주지 않으면 제대로 서 있을 수가 없는걸. 이제 삼 주일이 지나 그나마 좀 나아졌지만."

"형이 그리운가?"

"당연한 질문은 안 해 줬으면 좋겠네."

마후유는 한숨을 쉬었다.

"어떻게 그립지 않겠어. 너무 외로워서 미칠 것 같은데. 원래 같으면 깨를 볶아야 할 신혼이라고. 이번 여름방학 동안에 좀 더 넓은 집을 구할 계획이었어. 그런데 그 사람은, 이제 어디에도 없잖아. …… 가슴이 아파 견딜 수가 없어. 그 아픔을 자칫 랠리에게 돌리면서 원망하고 싶을 정도야."

마이클은 잠시 아무 말이 없다가, 앞을 본 채로 입을 열었다.

"머피. 당신만 좋다면, 여기 계속 있어도 괜찮아."

마후유는 깜짝 놀라 마이클을 보았다.

"그러니까 그런 선택을 할 수도 있다는 얘기야. 물론 당신은 아직 젊으니까 굳이 샌더슨이라는 이름으로 살 필요는 없지. 다 깨끗하게 떨쳐 버리고 다시 시작하는 편이 좋다는 생각은 나도 하지만, 만약 외로워서 어쩔 수가 없다면 우리와 같이 살아도 괜찮아. 그러다 보면 언젠가는 기운을 되찾겠지."

형보다 약간 밝은 금발 머리 아래에서 회색 눈동자가 나뭇잎 사이로 새는 햇살에 반짝거렸다. 마치 수은 같았다. 사건 당일 밤, 그가 안아 준 덕분에 잠들었던 일이 문득 떠올라 마후유는 자기도 모르게 눈길을 돌렸다.

"고마워. 하지만 난 조금 더 있다가 돌아가야 해. 랠리를 잊기 위해서가 아니라, 오래오래 기억하기 위해서."

"무슨 말이지?"

"내게 랠리는 어디까지나 뉴욕 사람이야. 그 도시에 있으면, 언제나 그가 지켜 주고 있다는 걸 느낄 수 있을 거야. 대학원 과정도 아직 남아 있고, 그 사람이 옆에서 응원해 주었던 일까지 포기하고 싶지 않아. 팀을 데리고 앞으로 어디까지 할 수 있을지는 모르겠지만 ……."

마후유는 시계를 들여다보았다.

"그 아이, 얌전하게 있을지 모르겠네."

팀은 지금 목동들과 함께 있을 것이다. 처음에는 함께 데리고 갈 생각이었는데, 차를 타고 비행장으로 가다가 마구간 옆을 지날 때, 울타리를 수리하고 있는 남자들 사이에 있는 브루스를 보고 마이클은 마후유에게 의논도 하지 않은 채 팀을 봐 달라고 부탁했다. 실제로는 부탁이 아니라 명령에 가까웠고, 마후유도 팀과 떨어져 있기가 불안했지만 반대하기가 어려웠다. 브루스를 신뢰하지 않는 것으로 비쳐지고 싶지 않아서였다.

팀 역시 마이클보다 브루스를 잘 따르기 때문인지, 마후유와 떨어져 혼자 남게 되는 것을 조금도 마다하지 않았다. 오히려 그녀 쪽이 어리둥절할 정도였다. 보다 솔직히 말하면, 속으로 좀 실망했다. 자신을 귀여워해 주는 사람이면 상대를 가리지 않는다고 생각지 않을 수 없었다.

그런데 그때 팀이 가장 혹했던 것은 브루스 본인이 아니라 그의 개였던 것 같다. 오른쪽 눈가에 검은 테두리가 있다고 이름이 '펀치드 페이스(얻어맞은 얼굴)', 평소 펀치라 불리는 그 개는 일하는 목동들을 방해하지도 않을 뿐더러 거들지도 않고, 그저 묵묵히 그들 발치에서 어슬렁거렸다. 털색이나 체형이 어딘지 모르게 늑대와 비슷해서, 몸 전체는 회색인데 발끝만 하얗고 반대로 등은 거뭇거뭇하다.

남자들 중 하나가 "안 무니까 만져 봐"라고 하자 팀은 조심조심 손을 내밀어 머리를 만졌고, 펀치는 기분 좋은 듯이 눈을 지그시 감았다. 그렇게 쓰다듬다가 예전 버릇대로 팀이 갑자기 귀를 힘껏 잡아당겼을 때, 마후유는 물리는가 싶어 비명을 질렀지만, 개는 입을 꾹 다물고 참았다. 브루스도 아무 말 하지 않았다.

"아마 지금쯤 노느라 흙투성이가 돼 있을 거야. 떨어져 있는 동안만이라도 느긋하게 지내도록 해."

"그러고 있어. 이렇게 느긋하게 시간을 보내는 거, 얼마 만인지."

"이렇게라도 떨어뜨려 놓지 않으면, 그 아이에게 휘둘리다 얼마 안 있어 과로사하지 않을까 싶었다고."

마후유는 피식 웃었다.

"리처드에게도 비슷한 말을 들었는데, 내가 그렇게 휘둘리는 것처럼 보여?"

"이렇게 말해서 미안하지만, 막 베이비시터 아르바이트를 시작한 여고생 같다고나 할까. 갓난아기 때부터 키우지 않아서 그런지, 아니면 친아들이 아니라서 그런지 잘 모르겠지만, 뭐랄까. 적응을 못하고 있달까, 너무 조심스럽게 다루잖아? 혼낼 때도 그래. 내 사촌은 아이가 나쁜 짓을 하면 머리채를 움켜쥐고 고함을 지른다고. 그렇게까지 하란 말은 아니지만."

하라고 해도 그렇게 할 수는 없다. 한 번이라도 힘으로 억누르면, 지금까지 쌓아 온 팀과의 신뢰 관계가 순식간에 무너져 버릴 것이다.

"아이 키우기에는 좋은 곳이라고 생각해. 특히 사내아이에게는. 무엇보다 놀이터가 여기저기 널려 있잖아."

"그건 그러네."

마후유는 높은 구름을 올려다보며 말했다.

"이런 곳에서 자란 사내아이가 어떤 어른으로 성장하는지는, 가까이에 실례가 많으니까 충분히 알겠어. 강하면서 오만하지 않은 남자는 많이 없거든."

"글쎄, 그건 어떨지 모르겠군."

마이클이 웃었다.

"적어도 샌더슨가에는 오만하지 않은 남자가 없으니까. 다만 그런 성품을 타인에게 알리지 않는 기술이 탁월할 뿐."

"의외로 삐딱하네."

"어쩔 수 없잖아. 막내는 가족 모두를 관찰하면서 자라게 되니까, 피치 못하게 이런 인간이 된다고."

"그래도 랠리는 당신을 자랑스러워했어. 전에도 말했지만, 결혼식 날짜가 정해졌을 때 그 사람은 동생을 소개해 주고 싶다고,

그날이 기대된다고 했어. 어떤 사람이냐고 물어도 가르쳐 주지 않았고. 만나면 알게 된다고 하면서."

마이클은 잠시 아무 대꾸가 없었다.

마침내 입을 열었을 때는 몹시 씁쓸해하는 투로 어감이 바뀌어 있었다.

"형은 누구에게나 친절한 사람이었어. 나는 어렸을 때부터 그런 형을 부러워했지. 아버지처럼 힘으로 이끌어 가는 타입도 아니었고 머리도 좋아서 다들 형을 신뢰했어. 그래서 형이 가업을 잇지 않고 학자가 되겠다고 했을 때, 아버지와 어머니는 말도 못하게 낙담했지. 마치 당신들에게는 아들이 하나밖에 없는 것처럼 말이야."

"그럴 리가. 두 분 다 당신을 의지하고 있잖아."

"그야 점차 몸이 말을 듣지 않게 되니까 그렇지. 하지만 난 알고 있었어. 언제나 형이랑 비교되고 있다는 거. 옛날에 형이 집을 떠났을 때, 이제 비교당하지 않겠구나 싶어 얼마나 안도했는지 몰라. 그런데 결국 아무것도 변하지 않았어. 죽고 없는 지금도 역시나 변한 게 없고. 부모님에게는 내가 여전히 믿음직스럽지 못한 '막내아들 마이클'일 뿐이지. 그렇다 보니 이제는 '로렌스가 살아 있었다면' 하는 말이 나오는 거야."

마후유는 뭐라 대꾸하지 못했다.

"…… 괜한 고민을 털어놓아서 미안하군."

그가 피식 웃으면서 말했다.

"내가 어쩌자고 이런 불만을 털어놓았는지 모르겠군. 머피, 당신 무슨 특별한 능력을 갖고 있는 거 아니야? 당신에게는 그만 속내를 털어놓게 되니 말이야. 아버지가 그렇게 울었던 것도, 지금은 이상하지 않다는 기분이 들어."

"공치사가 심하네."

마이클은 슬쩍슬쩍 그녀를 돌아보면서 다시 말을 꺼냈다.

"머피, 당신은 자신에 대해서는 별로 얘기하지 않는군."

"무슨 얘기를 해야 하는 건데?"

"평소 무슨 생각을 한다든지, 어떤 인간이라든지."

"어떤 인간인지는 나 자신도 모르는데 어떻게 말해."

"그래도 굳이 말하자면?"

"음 …… 굳이 말하자면, 이곳에서는 살아갈 수 없는 인간이라고 생각해."

"왜?"

마이클이 깜짝 놀라며 물었다.

"글쎄, 왤까. 공기도 깨끗하고, 넓고, 이렇게 그냥 있기만 해도 마음이 치유되고 …… 환경은 더없이 좋은데 말이야. 그래도 난 아마 여기서 살 수 없을 거야. 겨우 두 주 남짓 떠나 있었는데 벌써 그 도시의 자극이 그리워. 물론 싫은 일도 많지. 사람도 차도 너무 많고, 공기는 더럽고, 범죄도 …… 믿고 싶지 않지만, 랠리가 당한 사건만 해도, 현실적으로는 매일 그 도시 여기저기에서 벌어지는 사건 중 하나에 불과한걸. 그러니까 범인이 잡히지 않는 것도 당연하지. 경찰은 언제나 일할 마음이 없든지, 마음은 있어도 손이 부족하든지, 그런 상황이니까."

"도무지 이해가 안 되는군. 그렇다면 형은 그 도시에 살해당한 거나 다름없잖아. 그런데 그 도시의 어디가 좋다는 건지."

"좋고 나쁘고의 문제가 아니야. 그런 게 아니라, 뭐랄까 ······."

마후유는 뭐라 설명하고 싶었지만, 말이 궁해 그만 포기하고 말았다.

"미안해. 말로는 설명을 잘 못하겠어. 나 자신도 잘 모르는 것 같아."

"그냥 그렇게 믿는 것 아닐까. 정 붙이고 살면 어디든 고향이라고 하잖아. 처음부터 뉴욕이 그렇게 마음에 들었어?"

"그런 건 아니지만."

"그것 봐. 오 년이나 살다 보니 익숙해져서 그렇게 생각할 뿐이라고. 인간은 마음만 먹으면 어디서든 살 수 있어. 그야 처음에는 물론 각오가 필요하겠지만."

어디서든? 정말 그럴까? 자신도 마음만 먹으면, 각오만 굳히면, 일본에서도 계속 살 수 있었을까?

그렇다는 생각은 들지 않았다.

"그럼 마이클 당신은 그 도시에서 살 수 있겠어?"

"달리 살 곳이 없으면, 그런대로 즐기면서 살 수 있을지도 모르지. 난 비교적 무엇에든 순응하는 성격이거든."

"그래. 좋겠네. 하지만 난 그게 잘 안 돼."

하늘이 쓰윽 어두워졌다. 군데군데 구름이 끼기 시작했다.

얼마쯤 달리다, 그가 마침내 차를 세웠다. 사방이 숲으로 둘러싸인, 평범한 주차장이었다.

"여기야?"

"그래."

마후유는 사방을 휘 돌아보았다. 관광버스와 승용차가 빼곡하게 주차돼 있을 뿐, 사방에는 관목림밖에 보이지 않았다.

"어디가 그랜드 캐니언인데?"

마이클이 웃으면서 턱을 치켜올렸다.

이상하게 여기면서 사람의 흐름을 따라 숲을 지났는데, 갑자기 몰아치는 바람에 몸이 휘청거렸다. 그리고 그 순간, 눈앞에 펼쳐진 광경에 앗 하고 외치고는 그만 할 말을 잃고 말았다.

빨려 들어가겠어! 하고 생각했다.

기묘한 광경이었다. 다른 차원의 공간으로 이동했다고밖에 느껴지지 않았다.

발밑으로는 수직으로 툭 떨어지는 단애(斷崖) 절벽.

눈앞에는 하늘.

눈 아래로는 한없이 이어지는 적갈색 바위, 바위, 바위가 겹치고 꿈틀거리며 황량한 지층을 드러내고 있었다. 강물과 비바람에 깎여 나간 골짜기는 미로처럼 이리저리 얽혀 있고, 이어졌다가는 갈라지고, 합쳐지고, 용솟음치고, 우뚝 서고, 뒤틀리고, 찌그러지고, 떨어져 나가고, 찢기고, 패이고, 이어지고, 끊어지고, 또다시 이어지고 이어지고 이어져 …… 바위는 오른쪽으로, 왼쪽으로 한없이 이어져, 마치 지평선을 무시하듯 엷은 보라색으로 흐려졌지만, 그래도 여전히 이어져 있었다. 과연 그 끝은 어디인지.

사방에 거대한 기암괴석이 서 있다. 구름이 갈라져 빛이 비칠 때마다 바위들은 살아 있는 생물처럼 불쑥 몸을 일으켰다. 서로가 거느린 그림자는 까맣고, 햇살에 불타오르는 표면에서는 지층의 한 줄 한 줄이 모두 다른 색을 지니고 무지개처럼 떠올랐다. 저 먼 구릉 사이, 1마일이나 뚝 떨어진 골짜기에는 콜로라도 강이 은실처럼 반짝이며 흐르고, 때로 바람의 방향이 바뀌면 콸 콸 흘러가는 물소리가 귀에 들렸다. 공기가 맑아 멀리 있는 것도 가까이 있는 것처럼 보이고, 시선을 움직이면 초점이 바로 맞지 않아 어지러웠다.

그것은, 가려지지 않은 무한(無限)이라고 표현해야 할 무엇이 었다.

눈에 보이는 모든 것의 거대함에 짓눌려 호흡마저 어려웠다. 마후유는 드문드문 잔 숨을 내쉬었다. 자신이 지금 보고 있는 것은 그냥 풍경이 아니라 '시간' 그 자체라는 생각이 들었다. 주변에 있는 관광객 따위는 의식에서 사라져 전혀 문제가 되지 않았다. 인간이 얼마나 모여 있든 개미로밖에 여겨지지 않을 정도로, 그녀는 이억 년 시간의 흐름에 그저 압도되어 있었다.

얼굴에 닿는 세찬 바람이 대지가 내쉬는 숨결처럼 느껴진다.

머리 위에서 피리 소리처럼 높고 날카로운 새소리가 울려, 번 뜩 고개를 쳐들면 또 현기증이 나 비틀거렸다.

커다란 독수리의 배가 머리 위를 지나는 중이었다. 독수리는 날개를 몇 번 펄럭여 허공을 치고는 날개 끝을 손가락처럼 쫙 펼치고 그에게만 보이는 바람을 움켜쥐면서 하늘로 미끄러졌다. 그다음 긴 울음소리를 남기면서 비스듬히 아래로 떨어지듯 골짜기로 빨려 들어갔다.

끝없이 펼쳐지는 광경 속에서, 움직이는 것은 그 까만 점뿐이 었다. 오직 그 점만이 마후유에게 시간이 멈춰 있지 않다는 것을 가르쳐 주었다.

골짜기에서 불어 올라오는 바람에 떠밀려 마후유는 엉겁결에 낮은 쇠 난간과 마이클의 팔을 꽉 잡았다.

"세스나를 타고 하늘을 나는 것보다, 우선은 여기 서게 하고 싶었어."

그의 목소리가 아득하게 들렸다.

"호피 족 전설로는 여기가 세계의 중심이라는군. 그리고 인간은 바위들이 갈라진 저 틈새에서 태어났다고 해."

둘은 저녁때가 돼서야 목장으로 돌아왔다.

저 멀리 바위산 위 하늘에서 늘어진 회색 오로라 같은 엷은 암막이 커튼이 닫히듯 조금씩 움직이고 있다. 때로 그 속에서 번쩍 번개가 선을 그으며 산에 꽂혔다.

"저기만 비가 내리고 있는 거야. 이쪽까지 비구름이 몰려올 것 같지는 않군."

우르릉 천둥소리가 희미하게 들렸다. 마이클은 차를 마사 앞에 세웠다. 입구에는 사람이 말을 탄 채 들어갈 수 있도록 높은 문이 달려 있다.

안으로 들어갔지만, 목동들의 모습은 없었다. 울타리 너머에서 말 수십 마리가 바깥 냄새를 묻히고 온 두 사람을 향해 목을 쭉 내밀고 코를 벌름거린다. 내부는 구석구석까지 깔끔했다. 망가져 고치고 있던 울타리 판자도 말끔하게 수리돼 있었다.

마이클은 자신의 말에게 다가가 상태를 살피면서 팀이 걱정스러워 불안한 표정을 짓는 마후유에게 말했다.

"괜찮다니까. 도저히 못 보겠다 싶을 때는 누군가가 안채로 데리고 갔을 거야. 그냥 아무 데나 내버려 두지는 않는다고."

그때 입구 쪽에서 무언가가 움직였다.

활짝 열린 문의 네모난 역광 속에 서서 이쪽을 쳐다보고 있는 것은 오늘 아침에 본 펀치드 페이스였다. 떨어져서 보니 상당히 깡말랐다. 휙 시선을 돌리고 성큼성큼 문 앞을 지나가는 개를 마후유는 허겁지겁 뒤쫓았다.

"머피?"

"미안한데, 기다려 줘. 잠깐 보고 올게."

펀치가 가는 곳에 브루스도 있지 않을까 생각했다. 가능하면 얼굴을 마주보고, 팀을 봐 줘서 고맙다는 말을 전하고 싶었다. 그러려면 마이클이 옆에 없는 편이 좋다.

그런데 길쭉한 마사 한가운데 통로를 뛰어 밖으로 나갔을 때, 펀치의 모습은 이미 없었다. 하늘에 구름이 낀 것인지 정체 모를 신비로운 빛이 마른땅 위를 묵직하게 비출 뿐이었다. 멀리서 비가 내리는 탓인지, 눅눅하고 후덥지근하다.

왼쪽은 이제 눈에 익은 목초지, 오른쪽에는 희멀건 흙을 평평하게 고른 광장이 있고, 임시 가옥 같은 기다란 건물이 서 있었다. 몇몇 창문 안쪽에 빨았어도 여전히 더러운 빨래가 걸려 있는 것을 보면 혼자 사는 목동들의 숙사일까. 마후유에게 보이는 것은 뒤쪽인 듯, 낡은 픽업트럭과 지프차가 몇 대 서 있었다.

그리 멀지 않은 곳에서 말소리가 들렸다. 아니, 그것은 말소리가 아니라 기묘한 노랫소리였다.

마후유는 소리가 나는 쪽으로 걸어갔다.

건물 반대편으로 돌아가자, 거기에도 조그만 광장이 있었다.

그 개가 있었다. 낮에 마사에서 일하던 목동들 서너 명이, 건물 벽 앞에 놓인 의자에 앉아 쉬고 있었다. 브루스와 팀의 모습도 있었다. 브루스는 선 채로 벽에 기대어 있고, 팀은 ― 마후유는 눈썹을 찌푸렸다 ― 의자에 앉은 낯선 여자의 품에 안겨 손가락을 물고 있었다. 여자는 대충 서른이 넘었을까. 볕에 그은 것처럼 까만 피부와 묶어 올린 검은 머리, 그리고 밋밋한 얼굴로 보아 아마도 원주민인 듯하다.

기묘한 노랫소리는 목동 중 한 명이 몸을 흔들며 부르는 것이었다. 언젠가 차의 라디오에서 흘러나왔던 노래와 비슷했다. 젊은 목동들 가운데, 노래하는 남자만 쉰이 넘어 보였다. 그 역시 백인이 아니었다. 체크무늬 작업복과 청바지 차림인 것은 다르지 않은데, 얼굴은 어느 모로 보나 다른 부족 출신이었다. 그는 노래하면서 때로 노란 가루를 뿌리고는 팀의 머리와 몸을 살며시 만졌고, 만진 후에는 또다시 이야기하듯 노래하고 있었다.

"이게 무슨 짓이야!"

분통이 터진다는 듯이 소리를 지른 사람은 언제 따라 왔는지 마후유 옆에 선 마이클이었다.

"뭐 하는 거지?"

당황한 마후유가 물었다.

"저 가루는 뭔데?"

"옥수수 꽃가루야. 저 사람들이 의식 때 사용하는 거지. 칼리는 메디슨 맨이야."

"메디슨 맨?"

"물론 제멋대로 지껄이는 소리일 뿐이지. 말하자면 주술사야.

인디언 부족에게는 반드시 그렇게 불리는 사람들이 있지. 그 사람들은 풀과 나무뿌리로 병을 치료하기도 하고, 없어진 물건을 찾아내기도 해. 그들 신의 계시를 듣기도 하고, 예언도 하지. 누군가를 서주하기도 하고. 아무튼 내 말은 그게 다 사기라는 거야."

끝까지 듣지도 않고 마후유는 뛰어나갔다. 그들 속으로 달려가, 갑작스러운 일에 놀란 여자의 품에서 팀을 빼앗고는 외쳤다.

"그만해!"

그 순간 펀치드 페이스가 주춤주춤 뒤로 물러나면서 짓기 시작했지만, 브루스가 짧게 호통치자 불만스러워하면서도 입을 다물었다.

갑자기 사위가 조용해졌다. 쏠리는 시선에 움츠러들기는 했지만, 그래도 마후유는 용기를 내어 칼리라는 남자와 브루스를 차례대로 노려보았다.

"이 아이에게 무슨 짓을 한 거죠?"

브루스가 아무 말이 없자 칼리가 대신 대답했다.

"노래를 불러 줬을 뿐인데."

억센 사투리가 섞여 알아듣기 힘들었다.

"올바른 밸런스를 되찾기 위한 노래야. 이 세상 모든 것은 밸런스가 중요한데, 이 아이의 마음은 그게 무너졌어."

움찔 놀랐지만, 혐오감이 앞섰다.

"내가 언제 그런 부탁을 했죠. 괜한 간섭 말아요!"

자신의 목소리가 자기 귀에도 신경질적으로 들렸지만, 멈출 수가 없었다. 머릿속에서 엄마의 얼굴이 떠올랐다. 종교에 매달리다 못해 푹 빠져서 기도문을 읊조리며 딸을 증오하고 멀리했던 엄마의 얼굴이.

"주술이다 액풀이다, 미안하지만 난 그런 거 안 믿어요."

마후유는 브루스를 향해 언성을 높였다.

"정말 싫다고요. 소름이 끼칠 정도로. 내가 없는 동안 이 아이를 봐 준 것은 고맙지만, 멋대로 이런 짓을 벌이는 것은 다른 문제잖아요. 앞으로 두 번 다시 이러지 말아요. 알겠어요? 두 번 다시."

칼리는 브루스를 힐끔 쳐다보고는 마후유는 들어도 모를 애매모호한 말을 중얼거렸다.

"뭐라고 한 거죠?"

분노와 두려움이 뒤섞여 목소리가 떨려 나왔다.

"저 사람이 지금 뭐라고 했는지, 가르쳐 줘요."

브루스는 표정 없는 얼굴로 통역을 해 주었다.

"마음의 밸런스가 무너진 사람은 팀보다 당신이라고 하는군."

"……."

마후유는 입술을 깨물고 칼리에게로 시선을 옮겼다.

체구가 작은 메디슨 맨이 슬쩍 어깨를 추어올렸다.

꼭 껴안는 마후유의 팔에 힘이 지나쳤는지 팀이 몸을 비틀며 칭얼거렸다. 그 순간, 브루스 옆에 서 있던 검은 머리 여자가 금방이라도 다가오고 싶다는 표정을 지었다.

마후유는 얼른 몸을 돌렸다.

여자가 마치 보호자 같은 태도를 보인 것이 못내 화가 났다.

가까이 온 마이클 곁을 그대로 지났다. 그가 부르는데 들은 척

도 하지 않고 마사 쪽으로 성큼성큼 걸어갔다. 그동안, 그녀는
등으로 쏟아지는 브루스와 여자의 시선을 강렬하게 의식하고
있었다.

# 17

전에는 혼자 있어도 이렇게 쓸쓸하다는 생각은 들지 않았다. 혼자 있는 게 너무 당연해서 타인과 함께 있는 애틋함이나 귀찮음을 미처 몰랐기 때문이다.

랠리의 따스한 피부가 그리웠다. 루시와 친구들의 와글와글한 명랑함도 그리웠다.

마후유는 어떻게든 다음 주에는 돌아가자고 생각했다.

"머피는 찌찌 안 나와?"

그녀의 봉긋한 가슴을 조심조심 어루만지면서 팀이 말했다. 낮에 목동들이 팀을 우사에 데리고 가 소들의 젖 짜는 모습을 보여 준 것 같다. 물론 요즘은 기계로 짜는 것이 보통이다.

"나, 손으로 짰어."

"그랬어? 대단하네."

무릎에 앉은 팀의 얼굴을 들여다보면서 마후유는 감탄했다.

"누가 가르쳐 줬는데?"

"응, 브루스."

팀의 발음은 브루스와 브루쯔의 중간쯤으로 들린다. 그날의 경험이 무척이나 즐거웠는지, 팀은 마후유가 뭐라 묻지 않아도 신이 나서 조잘거렸다.

장례식 날 이후, 저녁때가 되면 마지막 일과처럼 늘 이렇게 포
치에 나와 하루의 마지막 빛을 아쉬워한다. 거실에 있는 것보다
이렇게 나와 있는 것이 마음 편했다. 어차피 일라이자는 저녁을
먹고 나면 금방 자기 방으로 돌아갔고, 클레어가 일부러 말을 걸
어 주는 것은 고마웠지만 오래 같이 있다 보면 숨이 갑갑해졌다.

사막이 많은 애리조나에서는 낮과 밤의 온도 차가 심하다. 해
가 떨어진 후에 부는 바람이 의외로 쌀쌀해서 자칫하면 감기에
걸릴 것 같았다. 마후유는 더워서 싫다는 팀에게 억지로 카디건
을 입혔다.

"잘 쌌어?"

"응. 한 번 쭉 나왔어."

팀은 자랑스럽다는 듯이 조그만 턱을 위로 치켜들었다.

"아이, 머피는 찌찌 안 나와?"

"안 나와. 나는 젖소가 아니잖아."

"왜? 엄마는 찌찌 나왔는데."

그 순간, 자신의 얼굴이 굳어지는 것을 느낄 수 있었다. 묻고
있는 팀은 의기양양한데, 정작 마후유의 속마음은 편치 않았다.

"있지, 팀. 젖소도 그렇지만 여자도 아기를 낳고 엄마가 되어
야 찌찌가 나오는 거야. 알겠어?"

"흐음. 왜?"

"왜는 …… 하느님이 그렇게 정했으니까 그렇지."

하느님은 믿지도 않으면서, 하고 생각한다. 그러나 팀은 일단
은 수긍한 듯 보였다. 나름 편리한 대답이기는 하다.

"있지, 팀."

잠시 망설였지만, 마후유는 결국 묻지 않을 수 없었다.

"엄마 보고 싶어?"

그는 단박에 고개를 옆으로 저었다.

"왜?"

"엄마는 나 아프게 했어."

뜨끈한 슬픔이 마후유의 가슴에 차올랐다. 뭐라 대답할지 알면서도 팀을 시험한 것이었다. 분명하게 손으로 만질 수 있는 안심이 필요해서.

보호하고 있다고 생각하지만, 실제로는 자신이 보호받고 있는지도 몰랐다.

"약속할게, 팀."

그를 살며시 껴안고, 머리 위에 턱을 올려놓은 채 속삭였다.

"나는 절대 아프게 안 할게."

"…… 절대?"

팀이 그렇게 물었을 때, 저쪽에서 손잡이가 돌아가는 소리가 들렸다. 마후유가 돌아보자, 팀도 그녀의 가슴에 손을 대고 몸을 일으켰다. 현관에서 리처드가 나오고 있었다. 마후유는 조그만 소리로 팀을 부르고, 빙글 고개를 돌려 올려다보는 그에게 속삭였다.

"절대."

팀은 수줍은 듯이 웃었다.

"역시 여기 있었구나."

다가오면서 리처드가 말했다.

"나도 한자리 껴도 될까?"

"팀, 어떻게 할래?"

장난스럽게 마후유가 묻자, 팀은 심각하게 고민하는 것처럼 일부러 고개를 옆으로 살짝 기울이고는 어깨를 으쓱했다.

"좋아."

그 건방진 말투와 몸짓이 얼마나 귀여운지, 마후유와 리처드는 얼굴을 마주보며 동시에 웃음을 터뜨렸다. 리처드의 굵은 웃음소리에 자신의 웃음소리가 겹쳐진 그 순간, 심장에 식초를 들이부은 것처럼 온몸이 찌릿하게 아파 그녀는 웃음을 뚝 그쳤다.

소리 내어 웃기는 결혼식 후로 처음이었다. 마후유는 랠리가 세상을 떠난 지 불과 한 달도 안 지났는데 자신이 웃게 되었다는 사실에 충격을 느꼈다. 그런 날이 두 번 다시 올 수 있을까요, 하고 눈앞에 있는 리처드에게 물었던 것이 불과 보름 전 일이었다.

웃음을 되찾았는데, 이번에는 울고 싶어졌다.

안 돼, 침착해야 해. 그녀는 깊이 숨을 들이쉬었다.

갑자기 말이 없어진 마후유 옆에 앉아 리처드는 가슴 주머니에서 담배를 꺼냈다.

"어때, 한 대 피려나?"

"아니오, 전 ……."

아무 생각 없이 대답하고서야 깨달았다.

"담배를 전에도 피우셨나요?"

"그랬지, 한 해 전까지만 해도. 심장 때문에 한차례 입원한 후로는 의사가 끊으라고 잔소리해 대는 바람에 줄곧 피지 않았어."

"그런데 왜 다시?"

리처드가 손바닥으로 지포 라이터를 감싼 뒤 담배에 불을 붙였다. 찰칵, 뚜껑을 닫고 먼 곳을 바라보며 연기를 빨아들인다. 담배 끝이 선명한 빨간색으로 빛나, 마후유는 어느 틈에 사방이 꽤 어두워졌다는 것을 깨달았다.

"앞날이 창창한 녀석은 죽고, 이런 늙은이는 아직 살아 있구나."

혼자 중얼거리듯 리처드가 말했다.

"사람은 언제 어떻게 죽을지 알 수가 없지. 나나 네가 내일 아침에도 살아 있을 확률은 정확하게 반반. 별 탈 없이 눈을 뜨고 아침을 맞을 것인가, 아니면 숨이 멎어 있을 것인가, 둘 중 하나야. 당연한 사실인데, 보통 때는 아무도 의식하지 않지. 의식한다면 두려워서 살 수가 없을 테니 말이다. 그러나 나는 뼈저리게 알겠더구나. 그래서 하고 싶은 것까지 안 하고 참으면서 쪼잔하게 목숨을 부지하는 그런 궁상맞은 짓은 하지 않기로 했다."

"…… 무슨 말씀을 하시는지 잘 알겠어요."

마후유는 조용조용 말했다.

"하지만 리처드, 쪼잔하든 궁상맞든, 저는 아무튼 하루라도 더 오래 살아 계셨으면 좋겠어요. 이제 더는 누군가를 잃고 싶지 않아요."

2층 남쪽 창문에 불이 켜졌다. 방 안의 불빛을 등지고, 창가에 클레어의 검은 그림자가 다가섰다. 마후유에 이어 리처드가 올려다보는 순간, 클레어는 커튼을 확 치고 말았다.

갑자기 침묵이 어색하게 느껴졌다.

리처드는 천천히 연기를 뿜어내더니, 한쪽 다리를 들어 다른 쪽 무릎에 올리고 구둣바닥에 담배를 비벼 껐다.

"그래, 하루에 몇 개비로 줄여야겠구나. 나도 너를 울리고 싶지는 않으니까."

마후유가 미소 지으려는 때, 리처드가 다시 말을 이었다.

"그런데 말이야, 머피."

그는 벤치의 등받이에 기대어 팔짱을 꼈다.

"사실은 조사를 좀 해 봤어."

"뭘 말씀이죠?"

"이블린 말이야."

움찔 놀라는 마후유를 무릎에 앉은 팀이 이상하다는 듯 올려다보았다.

"차 안에서 내가 했던 말, 기억하느냐?"

"네."

"이래저래 좀 신경이 쓰여서 말이야. 사람을 시켜 어디 있는지 알아보도록 했다. 의외로 쉽게 찾아냈어. 지금 필라델피아의 병원에 입원해 있다는구나."

"필라델피아요?"

마후유는 미간을 찡그렸다.

"플로리다에 있는 줄 알았는데요."

"그게, 뉴욕으로 돌아가고 싶었던 모양이야."

"그런데 입원이라면, 무슨 병인가요? 저 …… 많이 안 좋은 건가요?"

리처드가 입을 꾹 다문 채 아랫입술에 힘을 주었다.

"약물중독이라고 하는구나."

마후유는 어이가 없었다.

"마지막으로 만난 남자가 좋지 않았던 거겠지. 랠리에게서 가져간 돈도 제 손으로 다 축냈는지, 아니면 남자에게 뜯겼는지…… 아무튼 아이를 맡길 수 있는 상황도 아니고, 본인에게도 그럴 의사가 없어. 아니지, 이미 뭘 제대로 판단할 수 있는 정신 상태가 아니야."

마후유는 꿀꺽 침을 삼켰다.

"그래서요?"

"그러니까 랠리가 죽고 없는 지금, 친권은 나와 클레어에게 인계된다는 뜻이다."

"그 말씀은 …… 두 분이 이 아이를 맡고 싶다는 뜻인가요?"

"그렇다고 하면, 어떻게 할 생각이냐?"

마후유는 천천히 고개를 숙였다.

"제가 뭘 어떻게 할 수 있겠어요. …… 법을 이기지는 못하죠. 두 분이 맡겠다고 하시면 피 한 방울 섞이지 않은 저는 아무 말도 ……."

"흠. 그러니까 그 말은, 가능하다면 네가 이 아이를 보살피고 싶다는 뜻이냐?"

"그야 물론 당연하죠."

"네가 지금 단언한 것처럼, 이 아이와 너는 피 한 방울 섞이지 않았다. 네 남편이자 이 아이의 아빠였던 남자도 이제 없고. 게다가 이 아이는 마음에 깊은 상처를 안고 있을 뿐더러, 자칫하면 차별을 받을 수도 있는 운명까지 짊어지고 있어. 머피, 신중하게 생각해 보거라. 한때의 감정이 아니라, 냉정하게 생각해 보라는 뜻이야. 앞으로 네가 새 인생을 시작하려 할 때, 이 아이가 발목을 잡을 수도 있다는 생각은 하지 않느냐?"

머릿속에 루시와 산드라가 했던 말이 어른거렸다.

'만에 하나 할아버지가 팀을 맡아 키우겠다고 하면, 안 된다고 고집 피우지 마. 그 아이에게는 그편이 행복할지도 모르니까.'

'만약 다시 데려온다면, 우리도 힘을 다해 도울게. 아이를 위해 가장 좋은 선택을 하길 바라.'

마후유는 무거워진 팀을 꼭 끌어안았다. 이제 슬슬 잠이 오는지, 그는 또 엄지손가락을 입에 물고 있었다.

"새 인생이라는 게 뭐죠. 랠리와 함께한 추억이 제 안에서 색이 바래는 날은 없을 거예요. 그 사람과 지낸 시간이든, 앞으로의 시간이든, 낡은 것도 새로운 것도 없어요. 과거도 미래도, 모두 다 연결된 제 인생이죠. 도중에 다시 시작하는 그런 일은 …… 숨이 끊어져 죽을 때까지 계속되는, 그 여정이 전부 다 제 것이에요. 그렇지 않나요?"

"그래, 듣고 보니 그렇구나. 그래서 팀은 네가 짊어져야 할 짐이라는 거냐?"

"아니요. 오히려 이 아이가 제 손을 잡아 끌어당겨 주고 있어요. 제가 이 아이에게 휘둘리고 있는 게 아니라고요. 남들 눈에는 어떻게 보일지 모르겠지만요."

흠, 하고는 리처드가 다시 말을 이었다.

"그렇다면 내가 만약 …… 만약에 말이다, 어디까지나 만약에 내가 너를 신뢰하고 이 아이를 맡기겠다고 하면, 어떻게 하겠느냐?"

귓속에서 툭툭 맥박이 울렸다.

그 소리를 들으면서 마후유는 대답했다.

"리처드, 당신을 껴안고 키스할지도 모르죠."

"…… 흠."

앞의 두 번과는 다른 '흠'이었다.

"알겠다. 이 얘기는 일단 제쳐 놓자꾸나. 아무튼 이블린과 옥신각신할 일은 없어졌다는 얘기를 전하고 싶었다. 안심했겠지?"

"네."

마후유는 싱긋 웃었다.

"아직 절반이지만요."

리처드는 그렇게 대답하는 그녀를 멀뚱멀뚱 쳐다보았다.

"왜요?"

"응? 아니다. 이렇게 보니 도무지 믿기지가 않아서 말이야. 네가 목동들에게 고함을 질렀다는 게."

마후유의 얼굴에서 미소가 떨어져 나갔다.

"마이클에게 들으셨나요? 아니면 브루스?"

"브루스는 그런 말 하지 않는다."

"…… 그렇겠죠. 저도 그렇게 생각해요."

"하지만 마이클도 아니다. 그 자리에 있던 목동이야. 그들에게는 그날 생긴 일을 대장에게 보고할 의무가 있거든. 그 대장을 통해서 내 귀에도 들어온 거다."

"여기서는 뭘 숨길 수가 없네요."

"전에 네가 말했던 것처럼, 이곳은 조그만 마을이야. 어떤 소문이든 당일 중에 거의 모두의 귀에 들어가지."

마후유는 아무 말 하지 않았다. 팀은 어느 틈엔가 그녀의 가슴에 볼을 대고 새근새근 잠들어 있었다.

"그런데 말이다, 머피. 메디슨 맨이 하는 일을 왜 그렇게까지 꺼리는 것이냐? 듣자 하니, 그런 기도나 주술을 아주 싫어한다고, 소름이 끼친다는 말까지 했다던데."

"그런 거, 다 사기잖아요."

마후유는 작은 소리로 대답했다.

바람이 파랗게 저문 목초지 위를 스치고 지나갔다. 리처드는 잠시 바람소리를 듣고 있다가, 문득 이런 말을 꺼냈다.

"너는 신을 믿느냐?"

당황한 그녀의 얼굴을 보고 리처드는 씩 웃어 보였다.

"평소의 나 같았으면 불쑥 이런 질문을 하지 않았을 게다. 종교란 것은 나이나 종족, 성적 취향과 마찬가지로 아주 개인적인 일이니까 말이야. 그런데 너에게는 꼭 물어보고 싶었다."

"기독교의 신을 말씀하는 건가요?"

"어떤 의미로 받아들여도 상관없다. 아, 그럼 다른 종교의 신은 믿는다는 얘기냐?"

"아니요. 저는 종교가 없습니다."

"흠. 무슨 확고한 신념이 있어서 종교를 갖지 않는 게냐? 아니면 별 생각 없이?"

"아마 전자일 거예요. 종교는 인간의 나약함이 만들어 낸 편의에 불과하다고 생각하거든요."

리처드는 말없이 고개만 끄덕였다.

"그렇다면 한 가지 더 물어보자. 인간의 힘을 초월하는 것이 존재한다고 생각하느냐?"

"네, 그건 ……."

마후유는 우물쭈물 대답했다.

"그렇게 생각해요. 하지만 오해하지 마세요. 딱히 종교나 초자연적인, 그런 의미가 아니라 ……."

"그래, 안다. 아주 당연한 것이라고, 그렇게 말하고 싶은 거겠지."

— 당연한 것.

마후유는 고개를 끄덕였다.

"네. 맞아요."

"그런데 그 당연한 것을 우리는 종종 잊어버리곤 하지."

"……."

"인간이 가장 위대한 것처럼 착각을 하고 있잖아. 이렇게 대자연 속에서 살아온 나조차 그런 생각을 할 때가 있으니, 뉴욕 같은 대도시에서 온통 사람이 만들어 낸 것에 둘러싸여 생활하는 사람들은 충분히 그럴 만도 하다고 생각한다."

포치의 불빛이 살짝 약해졌다가 다시 밝아졌다. 조그만 날벌레들이 미친 듯이 불 주변을 날아다녔다.

"그런데 말이야. 인디언들은 세계를 달리 보고 있어. 그야말로 그 '당연한 것'을, 사람 위에 어떤 거대한 힘이 있다는 것을 아침부터 밤까지, 그리고 평생 잊지 않으려 애쓰지. 그런 태도를 가리켜 그들의 종교라고 일컫는 자도 있지만, 나는 그렇게 생각지 않는다. 그것이 종교라면 그들은 종교를 사는 셈이 되지. 그들이 대지와 하늘을 자신들의 부모라 여기고, 살아 있는 모든 것을 형제라 여기는 것은, 그저 시적인 표현이 아니야. 그들은 진심으로 믿고 있어. 태양을 향해 진심으로 기도하고, 대지에 기도하고, 하늘을 나는 새에게 기도하지. 신성한 의식을 중시하고, 자신들의 육체와 정신을 높은 곳으로 끌어올리기 위해 모진 고행을 견뎌 내기도 하고. 그리고 지금은 하나하나에 의미가 담긴 그 전통을 어떻게든 지켜 나가려 하고 있지. 어떠냐, 머피. 너는 그런 것마저 사기라고, 문명에 역행하는 어리석은 짓이라고 생각하느냐?"

마후유가 잠시 머뭇거리다가 마침내 고개를 내젓자 리처드는 만족스럽다는 듯이 고개를 끄덕였다.

"요컨대 뭐가 사기고 뭐가 그렇지 않은지, 사실은 우리가 판단할 수 있는 문제가 아니라는 생각이 드는구나. 이 세상이 과연 이 세상의 것만으로 성립되어 있을까? 만약 그렇지 않다면, 우리는 뭘 얼마만큼 알고 있는 것일까?"

시아버지가 마치 오컬트와 뉴에이지 잡지에나 실릴 법한 얘기를 하다니. 마후유가 놀라자 리처드는 아주 진지한 표정으로 그녀를 똑바로 쳐다보았다. 깊은 파란색 눈동자에는 티끌만큼의 그늘도 주저도 없었다.

"물론 모든 인디언이 그런 정신세계를 갖고 있는 것은 아니야. 아니, 전체로 보면 오히려 적은 수일 게야. 백인에 동화되려고 애쓴 나머지 동료들에게 '애플'이라고 불리는 자들도 있으니. 껍질은 빨간데 속은 하얗다고 야유하는 뜻으로 말이다."

"저도 '바나나'라고 불린 적이 있어요. 대학 다닐 때 같은 과

친구들에게요."

"호오. 어떤 생각이 들었지?"

"그런 말을 잘도 한다 싶었죠."

"하하하."

"듣고 보니, 그럴지도 모르겠다는 생각도 들었고요."

리처드가 이상하다는 표정을 지었다.

"그럼 너는 알맹이가 백인이냐?"

"그렇지는 않죠. 다만 전 제가 일본 사람이란 게 싫어요."

"어째서?"

마후유는 대답하지 않았다.

"뭐, 됐다. 말하고 싶지 않으면 억지로 하지 않아도 된다. 아무튼 메디슨 맨 말인데."

"…… 네."

"머피, 그들의 역할은 말이지, 아주 먼 옛날부터 인디언들이 중요시했던 생각을 과거로부터 물려받아 다음 세대로 전하는 것이야. 그들은 절대 수상한 토속 종교의 주술사가 아니란다. 무지몽매한 사람들과 광신자들을 부추기는 교조도 아니고. 이야기하는 사람이고, 샤먼이며, 치유하는 사람이기도 해. 신성하지만 또 우리와 가까운 존재지. 낮에 네가 만난 칼리는 뭐 그렇게 지위가 높은 메디슨 맨은 아닌 듯하지만, 그래도 난 사기꾼은 아니라고 생각한다. 지금 이 나라에서 '미국인'이 아니라 인간이기를 선택한 사람들에게 메디슨 맨은 그야말로 없어서는 안 될 존재야. 말하자면 혼의 길잡이랄까."

리처드가 잠시 침묵해 마후유도 말을 않고 있자 귀뚜라미가 울기 시작했다. 포치의 돌계단 뒤에서 들려오는 벌레 소리가 마치 이를 살살 가는 소리 같다. 벌써 아홉 시가 지났는데 여름밤은 푸른색이 조금 짙어졌을 뿐 좀처럼 캄캄한 어둠이 내리지 않는다.

마후유는 팀이 깨지 않게 조심조심 다시 안았다. 잠이 들면 어린아이는 두 배로 무거워진다. 그의 손발은 축 늘어지고, 입에 넣었던 엄지손가락도 지금은 가슴 위에서 말라가고 있었다.

"죄송해요. 제가 잘못 생각하고 있었나 봐요. 사실은 저 스스로도 왜 그렇게 과민 반응을 했는지 이상할 정도예요."

"나라도 괜찮다면 얘기를 들어 주마."

"무슨 말씀을요. 그렇게 대단한 일은 아니에요."

"대단한 일이 아니라면 소름까지는 끼치지 않았겠지."

"아니에요, 정말 …… 그냥 개인적으로 신앙이나 주술적인 것에 좋지 않은 기억이 있을 뿐이에요. 그 탓에 종교 알레르기 같은 게 생겨서. 죄송합니다. 그 자리에 있던 다른 사람들을 불쾌하게 만들었어요."

고개를 숙이고 있어도 리처드가 자신을 탐색하듯 쳐다보고 있다는 것을 느낄 수 있었다. 그 시선에서 벗어나고 싶어 마후유는 물었다.

"저, 한 가지 물어봐도 될까요?"

"뭐지?"

"낮에 브루스랑 다른 사람들과 같이 있던 여자요. 아시나요? 검은 머리를 뒤로 틀어 올리고, 호리호리한 사람이었는데."

"아, 데릴라로군. 데릴라 베게이. 그녀는 나바호 출신이야. 브루스의 사촌 누나지."

"어머나."

"실버 위드라는 다른 이름도 있고. 나바호 말로는 뭐라고 하는지 모르겠지만."

"은색 풀? 예쁜 이름이네요."

"평소 사용하는 이름과 다른 인디언 이름을 갖고 있는 이들이 많아. 데릴라는 한 해 전쯤부터 이 목장에 살고 있어. 남편이 여기서 일하게 되어서 말이지. 그런데, 그녀가 왜?"

"그게 …… 마음을 써서 팀을 안아 주었는데, 제가 무례하게 굴었거든요."

리처드는 곤히 자고 있는 손자를 바라보았다.

"데릴라는 아이를 둘 낳았지만 둘 다 잃었어. 첫째 아이는 조산이라 미숙아로 태어난 탓에 하루를 못 버텼지. 둘째 아이는 팀만할 때 독감에 걸렸는데 폐렴까지 겹쳐서 죽었고. 보호구역에 무료 진료소가 있기는 하지만, 경험이 없는 젊은 의사들이 대부분이라. 데릴라의 아이도 오진이 원인이었지. 끔찍한 일이지만, 그리 드문 일은 아니라고 들었다."

"그런 일이 ……."

자신도 모르게 몸을 움직였는데, 팀이 잠든 채로 칭얼거렸다.

"데릴라와 브루스는 어머니끼리 자매인 이종사촌지간이야. 나바호 족은 형제와 사촌을 구별하지 않아서, 사촌끼리도 누나 동생이라 부르지."

"그런데 누나와 동생이 전혀 닮지 않았던데요."

"그래. 브루스는 특히 절반은 나바호가 아니니까."

"네?"

"브루스의 아버지는 백인이야."

"…… 그렇군요."

마후유는 그의 눈동자 색을 떠올렸다. 구릿빛 피부에 박힌 짙은 파란색 눈동자. 브루스는 아마 아버지 쪽에서 그 눈동자를 물려받았으리라. 그 점을 제외하면 그의 몸은 팀과 아주 비슷하다. 나바호 족 어머니에 백인 아버지. 그가 팀에게 마음을 쓰는 이유는 그 때문인지도 모르겠다.

"사실은 줄곧 궁금했어요."

마후유는 팀의 카디건 앞섶을 여며 주며 말했다.

"마이클과 브루스 말이에요. 왜 마이클은 브루스를 그렇게 매정하게 대하는 거죠? 몰아세우기도 하고요. 무슨 특별한 이유라도 있나요?"

고개를 든 순간 그녀는 깜짝 놀랐다. 리처드의 얼굴이 마치 다른 사람처럼 험악하게 변해 있었다.

"죄송해요. 제가 괜한 질문을 드린 것 같네요. 기분 나쁘게 생각지 마세요."

리처드는 잠자코 말이 없었다.

"그럼 …… 전, 이만 ……."

무안해서 팀을 들쳐 안고 일어서려던 때였다. 리처드가 한 손을 들어 그녀를 제지했다.

마후유는 천천히 다시 앉았다.

"같은 이유다."

그가 잘 들리지 않을 정도로 낮게 말했다.

"마이클이 브루스를 매정하게 대하는 이유와 클레어가 나와 침실을 따로 쓰는 이유는 똑같아. …… 이렇게까지 얘기했는 데도 아직 모르는 게냐?"

팀의 몸이 무릎에서 미끄러지려는 것을 마후유는 가까스로 잡았다.

"그렇다면 …… 설마."

"그래. 브루스의 아버지는 바로 나다. 어머니는 보호구역에 살던 나바호였고. 착하고 좋은 여자였어. 마음씨도, 생긴 것도."

리처드는 지친 표정으로 마후유를 보았다.

"어이가 없겠지? 거창한 말을 잔뜩 늘어놓았지만 결국 나는 바람피운 남편에 불과해. 몇 번이나 말했듯이, 이 목장에서는 비밀이 존재하지 않는다. 열다섯 살이 된 그 녀석을 내 옆에 두려고 데려왔을 때, 그때껏 아무에게도 말한 적이 없는데 다들 녀석이 누구의 핏줄인지 알고 있었어. 물론 클레어도. 그로부터 십오 년 동안, 나는 녀석을 내 아들이라고 인정한 적이 단 한 번도 없다. 녀석이 여기 있는 것만으로 가족들이 충분히 큰 상처를 입었으니까 말이다."

"그렇다면 왜 곁에 데려왔나요?"

리처드가 쓴웃음을 지었다.

"그 무렵, 랠리는 대학원생이었다. 그리고 이미 이곳을 떠날 결심을 굳히고 있었지. 숨기고 있었지만, 알고 있었어. 나는 …… 나는, 당황했다. 그리고 만약 막내 마이클까지 다른 길을 택해 이곳을 떠나 버린다면, 힘들게 일군 이 목장을 대체 누구에게 물려주면 좋다는 말인가, 그런 생각이 들어 견딜 수가 없었다.”

“…… 그 심정, 이해할 수 있어요.”

“지금은 마이클이 이곳 운영에 점차적으로 개입하고 있고, 브루스도 묵묵히 일을 잘해 주고 있다. 하지만 나는 결국 아들 셋을 모두 잃었다고 생각한다. 랠리는 죽음으로 잃었고, 마이클과 브루스는 나를 원망하고 있고. 그들만이 아니지, 클레어 역시 그렇고, 일라이자도 그렇지 않을까. 나는 가족을 다 잃었어.”

“…….”

“그럴 만도 하지. 자업자득이야.”

마후유는 뭐라 할 말이 없었다. 이 노인이 안고 있는 고독의 질은 자신의 것과 미묘하게 다른 것 같았다.

“리처드.”

마후유가 속삭이듯 그의 이름을 불렀다.

“전부 잃은 것은 아니에요. 팀이 있잖아요. 이 아이는 할아버지를 무척 좋아해요. 뉴욕에 가더라도 언제든 또 데려올게요.”

리처드는 후후 웃었다.

“아주 당연히 데리고 갈 생각이로구나. 너에게 맡기겠다고 아직 결정하지 않았다고 했을 텐데.”

“얼른 결정해 주세요. 참, 이 아이에게도 다른 이름을 하나 지어 주세요. 아주 멋진 이름으로.”

마후유는 미소 지으며 말했다.

“백인인 내가 지어 주는 인디언 이름에 무슨 의미가 있겠느냐. 그 사람에게 딱 맞는 이름은 부족의 장로나 메디슨 맨이 정하는 것이야.”

"그럼 혹시 브루스에게도 그런 이름이 있나요?"

"물론 있다마다. 그 녀석다운 아주 좋은 이름이 있지. 알고 싶으냐?"

마후유가 고개를 끄덕이자, 그는 대답했다.

"이글 하트. 독수리 심장이다."

 아버지의 피

19세기 중엽. 남서부로 점진적으로 진출한 백인들에게 인디언은 '구제(驅除)'되어야 마땅한 미개한 야만인이었다.

전설적인 개척자 키트 카슨(Kit Carson)이 이끄는 군대는 협곡으로 숨어들어 간 나바호의 집과 밭을 불태우고, 과수를 베었으며, 가축을 도살했다. 나바호들은 굶주림 때문에 결국 항복할 수밖에 없었다.

할아버지와 아버지로부터, 그리고 위대한 정령으로부터 물려받은 토지 대부분이 백인들 손에 넘어가고 말았다. 그것은 나바호뿐만 아니라 모든 인디언들이 짊어져야 하는 가혹한 운명이었다. 그들은 '백인에게 방해가 되지 않는 곳'으로 쫓겨났고, 얼마 지나서는 그 땅에서도 다시 쫓겨났다. 불과 몇 년 사이에 몇만 명이나 되는 인디언들이 고향과 멀리 떨어진 곳에서 병과 굶주림에 쓰러져 죽어갔다.

그리고 합중국은 마침내 그들과 조약을 맺었다. 정해진 보호구역에서 얌전히 살면 최소한의 생활을 보장한다는 약속이었다. 그 조약은 지금도 효력을 갖고 있다.

보호구역 안에 세워진 학교에서도 학생들은 올바른 역사 교육을 받을 수 없었다. 자치가 허용되어 있기는 하나, 나바호 부족의회 의사당 건물 바로 뒤에 있는 인디언 관리국이 모든 것을 감독했다. 얼마 전까지만 해도 학교 교육은 '자신이 원주민이라는 것을 잊게 하고, 그들의 골수를 하얗게 만들기 위한 교육'을 의미했다.

"아메리카 원주민 대부분은 아주 먼 옛날, 아시아 대륙에서 얼어붙은 바다를 걸어서 건너왔다고 알려져 있지."

마리아 야데는 열 명 남짓한 5학년 아이들을 돌아보며 방긋 웃었다.

"물론 백인 학자들은 그렇게 얘기해. 하지만 선생님은 나바호의 창세 신화를 믿는단다. 우리의 조상은 '첫 남자'와 '첫 여자', 그리고 코요테들과 함께 땅속에서 솟아 나왔다는 그 얘기 말이야. 그런데 생각해 보면, 안심하고 살 수 있는 장소를 찾기 위해 떠난 그들의 멀고 먼 여정은, 우리의 할아버지와 또 그 할아버지의 아버지들이 걸어온 고난의 역사와 비슷하지 않나 싶어."

보호구역 안 마을에는 규모는 작아도 초, 중, 고등학교가 다 있었다. 다만 출석률은 학년이 올라갈수록 낮아져 고등학교는 기껏해야 30퍼센트에 지나지 않는다. 공부가 하기 싫어 도망 다니는 아이들이 많아서가 아니라, 학교에 가고 싶어도 부모의 일을 거들기 바빠 가지 못하는 아이도 있다. 밭에 옥수수를 뿌리는 일이든 양털을 깎는 일이든, 생계가 걸린 문제라서 다들 어쩔 수가 없다. 그러나 낙제 제도가 없기 때문에 학생들은 아무리 성적이 나빠도 일정한 나이가 되면 자동적으로 졸업한다. 대부분의 보호구역 아이들이 고등학교를 졸업하고도 대학에 진학하지 못하는 것은 그 때문이었다.

하지만 순수한 나바호 원주민인 마리아 야더가 가르치는 것은 성적표와는 무관한 분야였다. 이 학교에서는 일반적인 교과목 외에도 일주일에 한 번 '민족 교육'을 하는 특별한 시간을 갖고 있다. 원주민의 전통을 어떻게든 절멸시키려는 움직임이 계속되는 가운데, 이 학교는 전통을 되살리려는 시도를 하는 새로운 모델로서 주목을 모으고 있었다. 마리아는 과거의 장로를 대신해 아이들에게 나바호의 전통과 독자적인 문화를 전하는 자신의 역할을 자랑스럽게 여겼다.

불쑥 그녀가 교실 뒤쪽으로 시선을 던졌다. 또 그 두 아이다. 제일 구석에 나란히 앉은 조지 고먼과 토머스 티가 조잘조잘 떠들면서 서로를 쿡쿡 찌르고 있다. 토머스가 뭐라고 할 때마다 조지는 토실토실 살찐 동그란 어깨를 떨면서 웃음을 참았다.

"야테고 나나드(조용히 해요)!"

마리아가 주의를 주는데도 정신없이 떠드느라 둘은 알아듣지 못한다. 마리아가 무서운 표정을 짓고 교탁에 늘 놓아두는 나무 열매로 손을 뻗으려 하는 순간, 조지 바로 앞자리의 브루스 베날리가 뒤를 획 돌아보며 친구에게 말했다.

"어이 …… 너희들, 마리아 선생님이 번개신 예비차이 같은 얼굴로 노려보고 있잖아."

둘은 움찔 놀라서 얼굴을 들었지만, 조지가 이내 히죽거리며 브루스를 쿡 찔렀다.

"거짓말, 하나도 화 안 났는데 뭐."

"뭐라고?"

앞으로 몸을 돌린 브루스가 본 것은 젊은 여자 선생님이 웃음을 터뜨리기 직전의 표정이었다.

"이글 하트, 도와줘서 고마워"라고 말하면서 마리아는 팔짱을 꼈다.

"그래도 이왕 정령에 비유할 거면 남자 번개신 말고 '체인징 우먼(변하는 여자)'으로 불러 줬다면 좋았을 텐데."

그러자 소년은 평소의 버릇대로 어깨를 으쓱하며 말했다.

"체인징 우먼이 더 무서운데도요?"

마리아는 결국 웃음을 터뜨리고 말았다.

"선생님이 한 방 먹었네. 하지만 마침 잘됐어. 남자와 여자 얘기가 나온 김에, 우리 오늘은 오래전부터 나바호 족에게 전해 내려오는 분류법에 대해서 공부하기로 해요."

마리아는 칠판 왼쪽에 커다랗게 'man'이라 쓰고 오른쪽에는 'woman'이라고 쓴 후, 한가운데에 선을 죽 그었다.

"우리가 사용하는 호건은 짓는 방법과 기둥의 숫자에 따라 남성용 호건과 여성용 호건으로 나뉘죠. 그와 마찬가지로 이 세상 모든 것은 남성과 여성으로 분류할 수 있어요. 강을 예로 들면, 콜로라도 강은 남성이고, 리오그란데 강은 여성이죠."

칠판의 좌우에 분필로 스슥스슥 각각의 이름을 써 내려간다.

"식물도 그래요. 쑥은 남성, 미역취는 여성이죠. 터키석도 그렇고요. 짙은 파란색은 남자 돌, 밝은 초록색은 여자 돌이라 불리죠."


브루스 베날리, 이글 하트는 학교에서 마리아 야더가 가르치는 내용에 대해서는 사실 선생님보다 더 잘 알고 있었다. 어렸을 때부터 할아버지 우든 레그와 롱 토커 같은 어르신들에게 가르침을 받은 덕이다.

다른 집 아이들도 그런 교육을 받으며 성장하는 줄 알았는데, 마을에 사는 친구들이 '디네'의 방식을 거의 모른다는 것을 알고서 브루스는 무척 놀랐다.

할아버지 할머니와 함께 산 적이 없는 친구들은 길 위로 뱀이 지나갔을 때, 그 흔적을 발로 지우며 지나가지 않았다. 흔적을 지우지 않으면 뱀이 집까지 따라올 수도 있다고, 브루스가 가르쳐 주어도 웃기만 할 뿐이었다. 부모 모르게 뭔가를 하면서도 아무렇지 않게 생각했고, 더욱이 아침의 첫 물을 어떻게 마셔야 하는지도, 기도문도 모른다는 점은 믿기지가 않을 정도였다. 나바호가 올리는 밤 기도의 노래는 보이저 호를 타고 밤의 저편을 여행한다고 하는데도.

친구들뿐만 아니라 그들의 부모도 그랬다. 그들의 부모는 무더운 여름날, 딸 앞에서 함부로 셔츠를 벗었고, 마치 백인처럼 사람을 엄지손가락으로 가리키기도 했다. 상대의 얘기가 잠시라도 끊기면, 얘기가 다 끝났는지 확인할 짬도 주지 않은 채 이내 자기 얘기를 꺼냈다. 조심성 있는 나바호라면 절대 하지 말아야 할 행동들이다.

이글 하트가 집에 돌아와 그런 얘기를 하면, 할아버지는 엄한 표정으로 이렇게 말했다.

"할아버지와 할머니에게서 아이를 떼어 놓는 것이 얼마나 부자연스러운 일인지, 젊은 부모들이 잘 모르는 게야. 어린 나무를 땅에서 뽑아 놓고 물을 주지 않는 것이나 다름없는 일인데."

하지만 예로부터 내려오는 사고방식과 습관이 아예 사라진 것은 아니었다. 개중에는 백인 문화가 아무리 밀려들어 와도 끈질기게 남아 있는 것도 있다. 정령에 대한 경외심과 두려움도 그 하나였다. 대부분의 나바호는 주술과 점을 아직도 믿고 있으며, 병에 걸렸을 때도 마지막에는 병원이 아니라 메디슨 맨에게 의지한다. 메디슨 맨이 달여 주는 약을 먹거나 주술 의식을 치르거나, 또는 전통 노래꾼 하탈리(hataali)가 부르는 축복의 노래 호즈호지(hozhoji)를 듣는 편이 한결 기분이 개운해지기 때문이다.

"하기야, 병은 마음에서 온다고 하니까."

오랜만에 집으로 돌아온 빌 베날리는 아버지 우든 레그를 찾아왔던 상담자가 안심한 표정으로 돌아가는 것을 보고, 빈정거리듯 그렇게 말했다.

우든 레그의 아들 빌은 올해 나이 서른여덟 살. 그가 100마일이나 떨어진 플래그스태프에서 여행사를 운영하는 것은 보호구역에 있으면서 늘 위대한 메디슨 맨인 아버지와 비교당하는 것이 싫었기 때문이다.

"브루스, 너 아냐? 매일 밤 UFO에 기도를 했더니 암이 나았다고 주장하는 여자도 있대, 네브라스카라던가. 아무튼 그거 우리 아버지 주술보다 효과가 더 좋은 거 아니냐."

빌은 영악하게 생긴 얼굴을 히죽 일그러뜨리며 조카의 등을 툭 쳤다.

이글 하트를 아직도 '브루스'라고, 굳이 백인 아버지가 지어 준 이름으로 부르는 사람은 가족과 친척 중에서 빌뿐이었다. 게

다가 그는 한 번 결혼했다가 이혼하고 지금은 근친 관계의 씨족 여자와 사귀고 있는 터라, 친척들 모두 눈살을 찌푸리고 있다.

나바호 족은 80개 정도의 씨족으로 나누어진다. 각기 '소금', '사슴의 샘', '떠돌이' 등의 이름이 있고, 가까운 씨족끼리의 결혼은 아무리 혈연이 멀다 해도 금기시되고 있다.

모계 사회인 나바호에서는 자식이 어머니 씨족에 속하기 때문에 우든 레그 가족은 빌이나 이글 하트나 모두 돌아가신 할머니와 같은 '흐르는 물' 씨족인데, 빌이 지금 사귀고 있는 여자는 '진흙' 씨족, 즉 우든 레그와 같은 씨족 출신이었다.

빌은 그게 말이나 되느냐고 따졌다. 백인 사회에서는 사촌끼리도 결혼할 수 있는데, '진흙' 씨족인 그녀와는 기껏해야 증증 증조모대가 육촌이었을 테니, 그 정도로 먼 혈연이라고 하면서.

그런데 그는 그녀와 사귀면서도 결혼은 하려 하지 않았다.

"어리석은 놈, 그놈은 그저 내게 반항하기 위해서 그 여자와 사귀는 게야."

우든 레그는 그렇게 빌을 평했다.

하나에서 열까지 그런 식이었다. 빌은 무슨 일이 있을 때마다 나바호의 해묵은 사고방식과 그것을 지키려는 아버지에게 반발했고, 어떻게든 거기에서 벗어나 자유로워지려고 발버둥 쳤다.

"모두가 데니스 뱅크스(Dennis Banks)나 토머스 반야차(Thomas Banyacya)처럼 생각하는 건 아니라고."

빌은 유명한 원주민 지도자들의 이름을 들먹이면서 피식거렸다.

"이미 지나간 시대를 그리워해 봤자 아무것도 변하지 않아. 안 그러냐, 브루스. 보호구역에서 백 년이나 꼼짝 않고 있는 아버지들 세대는 모르겠지만, 미국은 더이상 옛날의 미국이 아니야. 지금은 완전히 백인들의 나라야. 나라 정책이 강압적이라느니, 우리 땅을 돌려달라느니, 이제 그렇게 떠들고 야단을 떨어 봐야 아무 소용없어, 어쩔 수 없는 일이라고. 우리는 이런 시대에 태어났어. 그러니까 포기하고 알아서 적당히 잘 살아갈 수밖에 없겠지. 백인들을 등쳐 먹으면서 말이야."

그는 사업에 사용하는 명함을 '빌 베날리'라는 이름 대신 '빌 러닝 호스(질주하는 말)', 소년 시절 아버지에게 받은 인디언 이름으로 만들었다. 물론 일부러 그렇게 한 것이다. 뿐만 아니라 머리까지 길게 길러 나바호 식으로 틀어 올리고 다닌다.

"이렇게 해야 손님들이 좋아하거든."

잎담배 끝을 질겅거리면서 빌은 말했다.

"자기들만 신나면 얼마든지 돈주머니를 푸니까. 기본적으로 뱃속 편한 백인들이 아니면 이 먼 서부 촌구석까지 오지 않거든. 결국 그놈들이 바라는 것은, 지금도 머리에 깃털 꽂고 벌거벗은 채 북 치고 춤추는 '인디언'이야. 그러니 나는 그 기대에 부응해서 서비스를 제공하는 거지. 그럴싸하게 생긴 놈 하나 찾아서 메디슨 맨처럼 치장하고, 인디언만이 알 수 있는 지혜를 주절거리게 하는 거야. 아버지 하늘이 어쩌고저쩌고, 바람의 말은 이렇게 하면 들을 수 있다는 둥. …… 뭐야, 그런 눈으로 보지 마. 너도 참 한심하다. 손님들은 기뻐 날뛰면서 내게 고마워한다고. 이렇게 훌륭한 메디슨 맨을 만난 덕분에 인생관이 바뀌었다며 감동한 나머지 눈물을 흘리는 사람도 있어. 사람을 기쁘게 하는 건 좋은 일이잖아, 안 그래? 브루스, 아버지에게 세뇌당하기 전에 이거 하나만은 꼭 새겨라. 진짜가 되려고 굳이 고생스럽게 애쓸 필요 없어. 진짜처럼 보이면 그걸로 충분해. 대부분의 사람들이 원하는 건 바로 그거라고. 생각해 봐, 진짜면 뭐해. 누가 여기까지 와서 술독에 빠져 휘청거리는 진짜 인디언을 보고 싶어 하겠냐. 영화와 책의 영향으로 인디언은 백인보다 영적으로 고결하다는 '상식'이 머리에 콱 박혀 있는데. 영예로운 제로니모(Geronimo)와 마뉴엘리토(Manuelito)의 후예가 길바닥에 멍석 깔고 싸구려 액세서리나 팔고, 정부에서 온정으로 배급하는 푸드 티켓이나 거머쥔 채 계산대 앞에 줄 서 있는 꼴을 보고 싶겠어? 아무도 진짜를 원하지 않아. 나는 그 사람들이 보고 싶어 하는 걸 보여 줄 뿐이야. 이거야말로 사람들을 돕는 일 아닌가, 안 그래?"

이용할 수 있는 것은 이용해야 한다. 빌 삼촌이 툭하면 하는 말이다.

그러나 이글 하트는 마침내 깨닫게 되었다. 호건에 들어올 때면 삼촌은 언제나 동쪽을 향한 입구에 들어서자마자 태양처럼 남쪽으로 돌아 서쪽에 앉는다. 뱀이 지나간 흔적을 뒷굽으로 지우는 것을 본 적도 있다. 물론 무의식적으로 그렇게 했을 것이다. 습관이란 본인이 미처 알아차리지 못할 만큼 몸 깊은 곳에 각인되기에 습관인 것이다.

할아버지의 오랜 벗인 롱 토커의 말이 떠올랐다.

"달은 떠올랐다가 질 때까지 그 모양이 바뀌지 않는 법이다."

인간의 본질은 평생 변하지 않는다, 디네로 태어난 자는 죽을 때까지 디네다, 당사자가 아무리 아니라고 우겨도. 롱 토커는 그런 의미로 그 말을 한 것이었다.

그런 말조차 빌 삼촌은 '그야말로 인디언다운 말장난'이라고 해석할지도 모르겠지만.

십 년을 마치 하루처럼 아무 변화 없이 살던 할아버지 주변에도 지난 몇 년 사이에 몇 가지 변화가 있었다.

우든 레그의 셋째 딸 도로시의 가족이 살던 호건은 창고로 용도가 변했고, 도로시와 그녀의 남편 사이먼과 딸 데릴라 세 사람은 바로 옆에 집을 새로 지어 살게 되었다. 호건이 아니라 백인의 집 같은 목조 주택이었다.

몇 달이 지나자, 창고로 사용하던 호건에 다섯째 딸 아마 가족이 옮겨와 살기 시작했다. 아마는 이글 하트의 죽은 어머니 바로 밑의 여동생으로, 남편 프랭크와 어린 딸과 함께 살고 있다. 프랭크는 이렇다 할 직업이 없었다. 한때 보호구역을 떠나 조그만 회사에 취직했지만, 동료와 상사의 놀림과 조소를 견디다 못해 돌아오고 말았다. '어이, 추장' 하는 소리에 돌아보면 '아우' 하고 놀려 대곤 했다. 그렇게 사소한 일이라도 쌓이고 쌓이다 보니 일할 의욕이 사라졌다.

이 부근에서 할 수 있는 일은 광부나 접시 닦이, 기껏해야 일일 노무직 정도지만, 그래도 보호구역 안에 있는 한은 일하지 않아도 먹고살 수 있는 정도의 생활 보조금과 푸드 티켓을 정부로부터 지급받는다. 그러다 보니 남자들은 점점 더 일할 의욕을 잃어 갔다. 일주일에 한 번 생활 보조금을 받으면, 그 길로 술집에

간다. 보호구역 안에는 알코올이 금지되어 있지만, 경계선에서 한발만 밖으로 나가도 그들에게 비싼 술을 팔아먹으려고 대기하고 있는 백인들의 가게가 얼마든지 있다.

프랭크 역시 알코올중독 직전이었다. 하루 일해 번 돈이 조금 모이면 그 길로 친구들과 마셔서 없애는 통에, 그들이 사는 호건에서는 일 년 내내 아마가 남편에게 호통치는 소리가 끊이지 않았다.

우든 레그와 이글 하트는 아직도 가장 오래된 호건에서 살고 있었다.

"우리 집에 와서 같이 살아요."

도로시는 번번이 그렇게 말했지만, 그럴 때마다 우든 레그는 고집스럽게 고개를 옆으로 저었다.

"머지않아 내가 죽으면, 전해 내려오는 예법대로 이 안에 매장하고 입구를 막아다오. 그리 먼 얘기가 아니야."

자칫 프랭크에게 알려져 죄를 짓게 되면 곤란하다는 이유로 이글 하트는 입 다물고 있지만, 사실 우든 레그는 호건 바닥에 구멍을 파고, 제 손으로 만든 옥수수 술을 숨겨 놓고 있다. 가끔 롱 토커와 함께 그 술을 한잔하는 것이 더없는 낙이었다.

"백인들처럼 악독하게 장사를 하는 것도 아니고, 다른 사람에게 폐를 끼치는 것도 아니잖으냐."

그는 손자에게 그렇게 변명했다. 역시 꺼림칙하기는 한 모양이다. 아무튼 그 한 가지가 위대한 메디슨 맨 우든 레그의 사소한 흠집이었다.

그들이 사는 황야에는 자신들이 사는 집과 양 떼 울타리, 그리고 정성 들여 키운 거대한 목화나무 외에 사람의 손으로 만든 것은 하나도 없었다. 보이는 것은 한없는 하늘과 대지와 바위산뿐이었다.

다행히 두 해 전에 전기가 들어왔다. 아들 빌은 텔레비전을 사 주겠다고 했지만, 우든 레그는 단호하게 거절했다. 텔레비전 없이도 지금까지 문제없이 살았으니 앞으로도 아무 문제없을 것이라면서.

최근에는 수도도 전보다 가까운 곳까지 들어왔다. 덕분에 물을 긷기 위해 마을까지 가는 일은 없어졌다. 하지만 황야에서는 물이야말로 가장 귀중한 것이다. 이글 하트가 황야에 처음 왔던 날 할아버지에게 배운 것은, 물을 입에 머금고 조금씩 손에 뱉으면서 세수를 하는 방법이었다. 커피를 마신 컵을 헹군 물까지 한 방울 남기지 말고 마시라는 말까지 들었을 정도다.

보름에 한 번 간격으로 이글 하트는 할아버지와 함께 픽업트럭을 타고 물을 받으러 나갔다. 커다란 드럼통 세 개를 짐칸에 싣고, 길이라고 할 수도 없는 길을 덜컹덜컹 삼십 분 쯤 달려 수도가 있는 촌락에 가서, 물물교환소 앞에 설치된 수도에 호스를 연결해 짐칸에 있는 드럼통에 물을 받는다. 돌아가는 길에는 물을 쏟지 않게 조심조심 운전하는 탓에 올 때보다 시간이 세 배는 더 걸린다.

간혹 볼일이 있어 친리에 갈 때는 도로시와 아마, 또는 사촌 누나 데릴라까지 같이 타고 가는 일도 있었다. 나이가 세 살 많은 데릴라는 마침 이성에 눈을 뜬 시기여서, 전처럼 친근하게 말을 걸어 주지 않았다.

두 달이나 세 달에 한 번꼴로 리처드 샌더슨이 만나러 왔다.

"근처에 볼일이 있어서."

아버지는 마치 인사말처럼 늘 그렇게 말했지만, 차에는 이글 하트에게 줄 옷과 운동화, 공책 등이 산더미처럼 실려 있었다.

아버지는 보호구역 밖에 있는 목장에서 다 셀 수 없을 만큼 많은 양과 소를 키우고 있다고 했다. 나바호의 세계에서 가축의 수는 그대로 남자의 경제력을 뜻한다. 이글 하트 자신은 아직 아버지의 목장을 본 적 없었지만, 키우는 가축의 수만으로도 얼마나 유복하게 생활하는지 짐작할 수 있었다.

그러나 그는 언젠가 아버지의 선물을 있는 그대로 좋아하지 못하는 자신을 깨닫게 되었다. 옷과 신발 사이즈가 마치 자로 잰 것처럼 딱 맞는 이유를 알았기 때문이다. 아버지는 다른 아들들의 체격을 보면서 이글 하트의 사이즈를 가늠했던 것이다.

아버지는 거의 대부분의 사람을 말 한마디, 또는 눈짓 하나로 굴복시키는 신기한 힘을 갖고 있었다. 그런 아버지와 매일 함께 사는 '형제'를 생각하면 부아가 치밀었다.

그가 보호구역 밖 세계를 의식하기 시작한 것은 바로 그때부터였다.


어느덧 이글 하트는 8학년이 되었다. 초중학교의 마지막 학년이다.

키만 훌쩍 큰 탓에 손발은 호리호리하고 얼굴에도 아직 앳된 티가 남아 있었지만, 눈매만은 유난히 어른스러웠다.

아버지의 눈동자보다 한결 짙은 푸른색 눈동자. 도로시는 그 눈동자를 '라피스 라줄리(청금석)' 같다고 했고, 우든 레그는 '해가 진 뒤 한 시간 지난 동쪽 하늘'이라고 표현했지만, 그런 말을 들을 때마다 이글 하트는 돌아가신 어머니가 그리워졌다. 어렸을 때, 어머니는 양손으로 그의 두 볼을 감싸며 곧잘 이렇게 말했다.

"어머나, 어떻게 된 일일까. 황야에 피어야 할 루피너스 꽃이 네 눈에 피었네."

그러나 그는 요즘 그 눈동자를 죽을 때까지 지워지지 않는 각인처럼 느끼고 있었다. 거울을 볼 때마다 의식하는 정도는 아니지만, 간혹 이쪽도 저쪽도 아닌 자신이 답답하고 짜증스러울 때가 있다.

친구들과 똑같은 구릿빛 피부에 검은 머리. 그런데 왜 눈동자만 이런 색으로 태어났을까.

마을에서 스치는 백인 관광객들은 그와 시선이 마주치면 일단 눈길을 획 피했다가, 호기심을 억누르지 못하고 힐금힐금 훔쳐보았다. 그러고는 옆에 있는 백인의 귀에 소곤거렸다. 어머, 저 아이 좀 봐. 틀림없이 혼혈일 거야.

나바호들 속에 있기 때문에 더 눈에 띄는지도 모르겠다고 이글 하트는 생각했다.

이제 자랄 만큼 자랐으니 목장에 와서 살지 않겠냐는 아버지의 제안을 그는 진지하게 생각해 보기로 했다. 할아버지는 "너의 판단에 맡기겠다"고 했다.

롱 토커가 강아지 한 마리를 데려온 것은 그해 초여름이었다.

"여어!" 하면서 다 찌그러진 똥차에서 내린 그는 조수석 바닥에서 강아지 한 마리를 집어 들고는 이글 하트를 향해 휙 내던졌다.

"여섯 마리가 태어났는데, 다들 약해서 말이야. 그놈 한 마리만 살아남았어."

요즘 들어 눈이 잘 보이지 않는다는 둥 귀가 잘 들리지 않는다는 둥 투덜대기만 하는 롱 토커는 덜컹거리는 길을 차를 몰고 오느라 아픈 허리를 주먹으로 툭툭 두드렸다.

"아무래도 코요테의 피가 섞인 것 같아. 네가 어디 잘 키워 봐. 우리는 지금 있는 녀석들로도 충분해. 나 혼자서는 그 녀석들 보살피는 것만도 힘에 부쳐."

나바호는 개를 애완동물로 키우는 습관이 없다. 보통 양을 치고 지키는 일꾼으로 개를 키우는데, 그렇지 않은 경우에도 집에는 반드시 개가 있어야 한다는 식으로 한두 마리가 꼭 하는 일 없이 어슬렁거린다. 주인이라고 해서 쓰다듬고 예뻐해 주는 것도 아니다. 그저 먹이를 줄 뿐이다. 할아버지 가족도 염소와 양을 쫓고 모으기 위한 목적으로 개를 네 마리 키우고 있었다.

그런데 그 강아지에게 코요테의 피가 섞였을지도 모르겠다는 말을 듣는 순간, 이글 하트의 마음속에 싹튼 감정은 그때껏 다른 어떤 개에게서도 느끼지 못한 …… 아니, 개뿐만 아니라 사람에게도 품어 보지 못한 특별한 것이었다. 지켜 주고 싶다고 생각했다.

계절은 여름이어도 황야의 밤은 얼어붙을 듯 춥다. 할아버지에게 몇 번이나 부탁해 간신히 허락을 받은 그는 침대 밑에 낡은 담요를 깔고 거기에다 강아지를 재웠다. 달이 뜨지 않는 밤이면 자신의 코끝조차 보이지 않는 어둠 속에서, 잠든 할아버지의 숨소리 사이사이로 희미하게 섞이는 강아지의 숨소리와 잠꼬대를 들으면 얼굴에 절로 웃음이 번졌다.

오른쪽 눈가에 검은 테두리가 있어 '펀치드 페이스'라고 이름을 지었다. 펀치드 페이스는 스쿨버스에 태워 주지 않아 학교에는 같이 갈 수 없었지만, 나머지 시간엔 언제나 이글 하트와 함께였다. 백인이 하는 것처럼 예절을 가르치거나 목줄을 하지 않아도 사람 말을 잘 따랐고, 다른 개들과 협력해서 양을 몰고, 무리를 따르지 않는 양의 뒷굽을 살짝 깨물어 울타리 안으로 들여보내는 방법도 금방 익혔다. 그리고 이글 하트가 걸음을 멈추면 그 발치에 얌전히 기대어 앉아 고개를 갸웃거리며 검은 눈으로 그를 올려다보곤 했다.

"아비가 코요테라면서? 피는 못 속이지. 두고 봐, 언젠가는 양을 잡아먹을 거야."

빌 삼촌이 농담으로 그렇게 말했을 때였다.

"그런 일은 절대 있을 수 없어."

이글 하트는 버럭 화를 냈다.

"펀치는 코요테가 아니란 말이야!"

"알았다, 알았어. 내가 잘못했다고."

조카의 험악한 표정에 빌은 놀라서 사과했다.

"뭘 그렇게 화를 내. 기껏 개 한 마리 가지고."

그러나 이글 하트가 화를 낸 것은 빌이 자신의 개를 나쁘게 말했기 때문만은 아니었다. 뱃속에서 부글거리는 수많은 분노가 뒤엉켜 어쩌다 그때 한꺼번에 분출하고 만 것이다.

'피는 못 속인다.' 지금까지 몇 번이나 들은 말이다. 좋은 의미로든 나쁜 의미로든, 친족 어른들은 이글 하트의 경우에만 '피'를 문제 삼았다. 백인과 달리 그를 차별하지는 않았는데도 그는 구별당하고 있는 것처럼 느꼈다. 그리고 그 느낌은 큰 상처가 되었다. 말로 표현하지는 않았지만, 자신은 디네가 아니지 않을까 하는 고민은 처음 할아버지에게 왔던 때보다 한층 깊게 그의 가슴을 좀먹어 갔다. 게다가 나바호 사이에서 '코요테'라고 불리는 것은 '저놈은 가족을 굶기고 있다'는 말 다음 가는 모욕이었다. 욕설이 많지 않은 나바호의 언어 중에서 최악의 말이다. 코요테의 피가 섞였다고 놀림을 당하는 펀치드 페이스에게서 자신의 모습을 본 이글 하트는, 백인인 자기 아버지가 코요테라 불린 것처럼 분하고 약이 올랐다.

몸에 흐르는 백인의 피와 나바호의 피.

누가 자신을 일컬어 디네가 아니라고 하면 그것도 언어도단이지만, 백인의 피를 부정당해도 화가 났다. 결국 그는 일 년 내내 누군가에게 화가 난 상태로 지내야 했다.

"화내지 말거라."

우든 레그는 손자를 나무랐다.

"화를 내는 것은 나쁜 정령의 힘에 굴복하는 일이야. 늘 말하지 않더냐. 중요한 것은 균형이라고. 하늘과 대지. 빛과 그림자. 물과 불. 남자와 여자. 모든 것을 풍성하게 유지하는 원천은 바로 균형이다. 분노에 자신을 맡기면 균형이 무너지고 만단다. 이글 하트, 어려운 일이 아니야. 네 몸속에 흐르는 두 가지 피를 양쪽 다 받아들이면 되는 일이야. 앞으로 나바호들 사이에서 살려고 한다면, 사람들은 너에게 그 누구보다 나바호다움을 요구하게 될 게야. 또 백인들 사회에서 살겠다면, 백인 이상으로 유능하지 않으면 그들이 너를 인정하지 않을 게야. 하나 너는 그 양쪽을 다 해낼 수 있을 게다. 너는 정령으로부터 '독수리의 심장'을 물려받은 아이니 말이야."

그러나 자신 같은 인간은 백인 사회에서 생활하는 편이 오히려 낫지 않을까, 이글 하트는 생각하기 시작했다. 백인들은 눈동자가 파랗다고 자신을 특별하게 취급하는 일은 없지 않을까. 그들은 자신의 구릿빛 피부만을 보려 할 것이다. 인디언이라는 이유만으로 속이 상하는 일은 있겠지만, 적어도 그 사회에서는 그냥 인디언으로 살 수 있지 않을까, 하고.


열다섯 살이 된 해 가을, 이글 하트는 마침내 아버지의 목장에서 생활하게 되었다. 그를 데리러 온 아버지의 트럭에 실은 짐은 가방 하나뿐이었지만, 펀치드 페이스는 함께였다.

그날, 사이먼과 프랭크는 일을 하러 나갔고, 아마의 딸과 데릴라는 그와 작별 인사를 나눈 뒤 학교에 가고 없었다.

우든 레그 역시 누군가를 치료하러 간다면서 이른 아침에 픽업트럭을 몰고 나갔다. 아마와 도로시도 그가 어디로 갔는지 몰랐다.

"어쩌면 치료를 하러 나간 게 아닐지도 모르겠네."

도로시는 번들거리는 나바호 스타일의 플레어 치마를 들춰올려 눈가를 꾹꾹 누르면서 말했다.

"할아버지가 완고하기는 해도, 눈물이 많은 면도 있잖아. 너를 차분하게 보낼 자신이 없었나 봐. 보나마나 지금쯤 산 위에서 너를 위해 기도하고 있을 거야."

"두 번 다시 만날 수 없을 것 같은 게, 꼭 기숙 학교에 너를 빼앗기는 느낌이네."

아마도 눈물을 글썽이며 말했다.

아마 자신도 어린 시절에 그랬지만, 얼마 전까지만 해도 아이들은 모두 인디언 관리국 직원의 손에 끌려 강제적으로 기숙 학교에 들어가야 했다. 부모 곁을 떠나 다른 주에 있는 기숙 학교로 끌려간 아이들은 철저하게 백인의 문화를 교육받았다. 부족어는 금지되었고, 어쩌다 자기도 모르게 부족어를 사용하면 그 벌로 몇 년이나 부모를 만날 수 없었다. 아마의 잠재의식에는 그 당시의 공포심이 도사리고 있어, 지금도 사람을 잘 믿지 못한다.

"괜찮아요."

이글 하트는 두 이모를 안심시키려 그렇게 말했다.

"언제든 올 수 있어요. 빌 삼촌보다 착실하게 꼬박꼬박 찾아올게요."

도로시는 투실투실한 팔로 그를 꼭 껴안았다. 조카는 어느 틈에 다 큰 어른만큼이나 키가 컸다.

"빌 같은 '애플'은 절대 되지 마, 부탁이야. 태어나고 자란 땅을 버린 인디언은 행복해질 수 없어. 우리들 디네가 이렇게 지금까지 살아남은 것은 조상에게 물려받은 땅을 버리지 않았기 때문이야. 알겠니, 이글 하트? 네 어머니가 이 땅에서 너를 낳았다는 사실을 잊지 말거라. 어디에 가든 네 영혼은 이 땅을 떠날 수 없으니까."

차가 달리기 시작해 팔 년을 지낸 호건이 점차 멀어지자, 목이 꽉 메어 숨을 쉬기도 힘들어졌다. 옆에서 운전하는 아버지에게 눈물을 보이지 않으려 고개를 푹 숙이고, 두 다리 사이에 앉아 있는 펀치드 페이스의 목덜미를 긁어 주는 척했다.

빌 삼촌처럼은 되라고 해도 그러기 쉽지 않다고 이글 하트는 생각했다. 삼촌의 삶에 끌리지 않는다고 하면, 그건 거짓말이다. 하지만 삼촌처럼 백인을 멋대로 농락하고 조롱하자니 자기 몸에 흐르는 백인의 피가 방해를 했다. 그보다는 삼촌과 반대로 나바호의 삶에서 자부심을 찾는 쪽이 그나마 편했다.

아버지가 입을 연 것은 삼십 분이나 흐른 다음이었다.

"전에 내가 했던 말, 기억하느냐?"

아버지의 머리칼은 태양과 같은 색이었다.

곁눈질을 하면서 이글 하트는 대답했다.

"응, 기억하고 있어."

아버지는 얼굴을 찌푸렸다.

"앞으로 사람들 앞에서는 존댓말을 사용하도록 해라. 전에도 말했던 것처럼 나는 너를 아들로 맞을 수는 없다. 공개적으로 그렇게 하기에는, 슬퍼할 사람이 너무 많아서 말이지."

"…… 알아."

그렇게 대답한 뒤에 이글 하트는 "요"를 덧붙였다.

백인 사회에서 남자가 아내를 여럿 거느리면 바람직하게 여기지 않는다는 것은 알고 있었다. 자신의 존재가 아버지 가족을 괴롭히고, 가족의 고통이 아버지의 괴로움이 된다면 아들이라고 밝히지 않는 것쯤은 아무 일도 아니었다. 아버지가 자신을 아들로 인정한다는 사실은 변하지 않는다. 변하지 않는다면, 굳이 말할 필요가 없다. 나바호는 언제나 그렇게 생각한다. 어떤 일이든 말로 떠벌리는 행위는 어리석다 여긴다. 자신과, 자신이 꼭 알아주었으면 하는 상대가 서로를 이해하고 파악하고 있으면 그것으로 충분하다.

할아버지가 평소에 기독교 전도사나 목사 들을 믿지 말라고 누누이 말한 것도 그 때문이었다.

그들은 '신의 진실'을 목청을 돋우어 얘기하고 싶어 한다. 커다란 목소리로 회개하지 않으면 벌을 받는다고 한다. 자신이 어떤 인간인지를 생각하기 전에, 자신이 타인을 위해 뭘 할 수 있는지를 생각하라고 한다. 왜 그렇게 크게 소리를 질러야 하는지 도무지 이해할 수 없다고 할아버지는 자주 말했다. 그들의 말이 정말 진실이라면, 작은 목소리로 말해도 들릴 텐데, 하면서. 애당초 자신이 누구인지도 모르는 사람이 타인을 위해 뭘 해 봤자 좋은 결과가 있을 리 없다.

차는 한 번도 지나간 적 없는 길을 달렸다. 풍경이 쑥쑥 바뀌면서 이글 하트의 마음속 감상은 새로운 생활에 대한 기대감으로 변해 갔다.

마침내 차가 샌더슨 목축회사의 정문을 지나고 촌락을 지났다. 그러고도 몇 마일을 더 가서야 멈췄다. 한낮의 햇살 속에 빛나는 석조 건물이 보였을 때, 이글 하트는 정부의 공공기관이라고 생각했다. 아버지와 그 가족이 사는 집이라는 말을 들은 후에도 전혀 믿을 수가 없었다. 윈도우 록 마을에 있는 부족의회 의사당보다도 컸다.

그런데 차는 그 집 앞까지 가지 않았다. 조금 못 미쳐서 옆으로 돌더니, 푸른 목초지를 한참 달리다 옆으로 길쭉한 건물 두 동이 나타나자 그 앞에서 멈췄다.

한쪽이 마사라는 것은 코를 찌르는 후텁지근한 냄새로 알 수 있었다. 안을 들여다보지 않아도 여러 마리 말의 기척을 느낄 수 있었다. 함께 트럭에서 내린 펀치드 페이스가 불안하게 코를 킁킁거렸다.

"오늘부터 네가 살 곳이다."

아버지가 가리킨 곳은 다른 건물 쪽이었다. 문에서 희끗희끗한 머리를 짧게 깎은 남자가 나왔다. 사십 대 초반쯤일까, 덩치가 몹시 크다. 청바지 위에 체크무늬 셔츠를 입고 있다. 투박한 얼굴에는 아무런 표정도 어려 있지 않은 듯했지만, 이글 하트는 남자의 얼굴 한 꺼풀 아래에서 은밀한 호기심을 감지하고 말았다.

"잭 에반스다. 모르는 게 있으면 뭐든 이 사람에게 묻도록 해."

아버지가 말했다.

모르는 것은 고사하고 아는 게 하나도 없다고 이글 하트는 생각했지만, 말하지는 않았다.

"에반스, 이 녀석을 잘 키워 봐. 말은 안장 없이도 너끈히 탈 수 있고 힘도 좋으니까. 기억력도 좋을 거야, 아마."

"이름이 뭐지?"

그 물음에 아버지가 대답하기 전 이글 하트가 얼른 대답했다.

"브루스."

아버지는 놀란 듯이 눈썹을 올리고 그를 내려다보았지만, 역시나 아무 말도 하지 않았다.

"브루스라. 잘 부탁한다."

히죽 웃으면서 에반스가 이글 하트의 어깨를 툭 쳤다.

"우선 네 잠자리를 안내해 주지. 아, 그 개는 뭐라고 하지?"

"펀치드 페이스."

"하하하. 어울리는 이름이군."

에반스가 어깨에 팔을 두르고 있어 고개만 돌려 돌아봤을 때, 아버지는 이미 차에 올라타 있었다. 그리고 그를 향해 한 손을 들어 보이고는 왔던 길을 되돌아갔다.

"섭섭하냐?"

움찔 놀라 자기도 모르게 에반스를 올려다보자, 남자가 또 히죽 웃었다.

"별로."

이 사람은 알고 있다. 그렇게 직감했다. 어쩌면 다른 사람들도 다 아는지 모른다. 목장주가 외간 여자를, 그것도 인디언 여자를 만들어 아들까지 낳았다는 사실을. 그러나 설령 목장의 모든 사람이 알고 있다 한들 제 입으로는 절대 말하지 않겠노라고 그는 결심했다. 아버지를 실망시키고 싶지 않았다. 그에게 유능하다고 인정받고 싶기 때문이었다.

그러나 한편 이글 하트는 아버지에게 일종의 실망감도 느끼고 있었다. 과거 어머니를 자주 찾던 시절의 아버지는, 어린 그에게 멋지고 위대한 존재였다. 그런 아버지를 겁주거나 동요케 할 수 있는 것은 절대 없다고 믿었다.

하지만 아버지 또한 인간이었다. 그것도 어쩌면 의외로 아주 나약한 인간일지도 몰랐다. 아버지가 두려워하는 것은 자신과의 관계가 가족에게 상처를 줄 뿐만 아니라 그 때문에 아버지 자신의 이름에 먹칠을 하게 될 수도 있다는 것이라고 이글 하트 는 느꼈다.

에반스가 이름을 물었을 때 얼른 '브루스'라고 대답한 것은 단순히 백인 사회에서 살아가기 위한 각오 때문이 아니었다. 앞으로 아버지는 그 이름을 부를 때마다 자신이 갓난아기에게 그 이름을 지어 주었던 날을 떠올리게 될 것이다. 과거에 사랑했던 나바호 여자의 얼굴도 되새기지 않을 수 없을 것이다.

타인에게 아버지가 지어 준 이름으로 불린다는 것.

그것은 아버지에 대한 조촐한 복수이기도 했다.

# PART 3. 애리조나

# 18

월트 맥키벤은 유언장 수정에 관한 얘기를 언제 리처드에게 꺼내면 좋을지 때를 가늠하고 있었다.

리처드는 두 해 전쯤에 유언장을 썼는데, 랠리가 죽고 없는 지금 그 내용이 달라져야 마땅하다. 그렇다면 최대한 빨리 유언장을 다시 쓰는 것이 바람직하다.

맏아들을 잃은 지 채 한 달도 지나지 않은 리처드에게 그런 얘기를 꺼내자니 영 내키지 않았지만, 그렇다고 마냥 꾸물거릴 수도 없었다. 리처드의 건강이 해가 다르게 쇠하고 있는 데다 골치 아픈 지병도 있어, 작년 여름에는 협심증 발작으로 입원까지 했다. 무슨 일이 터진 후에는 이미 늦다.

유언은 법률보다 우선하고, 내용이 어떻든 반드시 지켜져야 한다. 가령 전 재산을 애완 거북이에게 남긴다는 내용이어도 그렇다. 미처 고쳐 쓰지 못한 유언장이 훗날 가정불화의 씨앗이 되는 것은 리처드 자신도 원치 않을 것이다.

그런데도 월트는 좀처럼 사촌 형에게 연락을 취하지 못하고 있다. 얼굴을 마주하고 싶지 않았고, 가능하면 통화도 피하고 싶었다. 리처드와 클레어 사이에 벌써 오래전부터 부부 관계가 없다는 것은 알고 있지만, 그런데도 그와 대화를 나누다 보면 질투심에 위가 바짝바짝 타들어 가는 것 같고, 그 옛날에 시력을 잃은 오른쪽 눈의 상처까지 욱신욱신 아파 온다.

게다가 눈치가 빠른 리처드 앞에서 혹시 들통이 나지는 않을까 하는 두려움도 있었다. 예전부터 직접 만나지 않고는 도저히 처리할 수 없는 일로 자택을 찾아갔을 때, 거실에서 리처드와 얘기를 나누는 동안 클레어가 들어오면 심장이 쿵쿵거리고 손바닥에 땀이 흥건히 배는가 하면 서류를 넘기는 손이 부들부들 떨리기까지 했다. 태연하게 눈앞의 소파에 앉는 클레어가 얄밉게 느껴질 정도였다. 소파에 앉아 남편을 비아냥거리면 클레어는 속이 후련해질 테지만, 월트로서는 견디기 힘든 고통이었다. 리처드에게 발각이 될까 봐 두려워서가 아니라, 그런 태도 자체가 남편에 대한 그녀의 집착을 보여주는 것이기 때문이었다.

의뢰인과 접촉하지 않고서 고문 변호사 노릇을 할 수는 없다. 차라리 그만둘까 몇 번이나 생각했다. 그러나 정작 결심이 서지 않았다.

리처드에게는 큰 빚을 졌다. 그가 은혜를 베풀지 않았더라면 오늘날의 자신은 없었을 것이다. 게다가 샌더슨가에서 받는 급료는 자잘한 다른 일까지 전부 합친 연 수입의 절반 가까이나 차지하고 있다. 샌더슨가의 고문 변호사라는 이름 하나만으로도 신용을 얻을 수 있는데, 어지간히 바보가 아닌 이상 그 모든 것을 내팽개칠 수 없다. 뒤집어 말하면 자칫 경솔하게 그만두었다간 앞으로의 인생을 망칠 수도 있다는 얘기가 된다.

그러나 가장 견딜 수 없는 것은 …… 그만두면 클레어를 자주 만날 수 있는 구실이 없어진다는 점이다.

말로는 강한 척하지만 그녀의 몸과 마음이 자신을 필요로 한다는 것은 잘 알고 있었다. 나이 치고는 젊어 보여도, 오십 대 중반이나 되어 새로운 상대를 찾는다는 게 그리 쉬운 일은 아니다. 절대 비밀을 지켜야 한다는 조건이 붙으면 더욱이 그렇다. 그녀를 숭배한다는 점에서, 클레어에게 월트는 최상의 조건을 갖춘 공범자일 것이다.

고문 변호사직을 그만둘 생각이 없는 이상 리처드에게 하루빨리 연락을 취해야 한다. 이렇게 꾸물꾸물 미루는 것은 직무 태만에 해당한다. …… 잘 알고 있으면서도 월트는 좀처럼 전화기로 손을 뻗지 못했다.

리처드가 느닷없이 플래그스태프 교외에 있는 그의 집을 찾아온 것은 그가 그런 와중에 있는 때, 랠리의 장례식을 치른 지 나흘째 되는 일요일 오후였다.

"전화를 걸어 보고 오시지 그랬습니다."

놀란 가슴을 숨기면서 월트가 말했다.

"집에 없는 때가 아니어서 다행이군요."

하지만 속으로는 '클레어가 있는 때가 아니어서' 다행이라고 생각하고 있었다.

월트는 사촌 형에게 소파를 권하고, 서둘러 그 주변을 정리했다. 테이블 위에 놓아둔 서류와 신문 등을 옆으로 밀쳐 놓는다.

가정부가 일주일에 한 번씩 오가고 있지만, 이삼 일 지나면 이렇게 너저분해지고 만다. 그러나 클레어는 아무리 집 안이 어지럽고 너저분해도 개의치 않았다. 그의 사생활에는 조금도 관심이 없는 것이다.

"우선 용건부터 말하지."

사촌 동생이 권한 소파에 앉기도 전에 리처드는 말을 꺼냈다.

"유언장을 다시 써야겠어."

"놀랍군요."

월트는 정리를 하다 말고 허리를 폈다.

"나도 언제 그 얘기를 꺼낼까 하던 참이었는데 말입니다."

마호가니 장식장을 열고 안에서 유리잔 두 개와 버번을 꺼내 슬쩍 들어 보인다.

"조금은 괜찮겠죠?"

"아, 그러지."

버번을 손가락 두 마디 높이만큼 잔에 따라, 하나를 리처드에게 건네고 월트도 소파에 마주 앉았다.

"다시 쓰기는 해야겠지만, 그렇게 대폭 수정하는 것은 아니겠죠? 래리에게 상속하려 했던 몫을 변경하는 것뿐이니까."

"아니, 그렇지 않아."

리처드가 월트의 말을 끊었다.

"전에 쓴 유언장은 백지화하고, 아예 다시 썼으면 해."

놀라는 월트의 표정을 보고서 리처드가 덧붙여 말했다.

"자네 몫은 더 많이 챙겨 주지."

월트는 울컥했지만, 얼굴에는 드러나지 않게 조심했다.

본인에게 별다른 악의는 없겠지만, 사촌 형은 옛날부터 종종 이렇게 무심한 말을 한다. 그에게는 이 애리조나 천지에 자기 마음대로 움직이지 못하는 사람은 없다고 여기는 오만함이 있었다. 여자들은 그의 그런 점에 강한 매력을 느끼는 것이리라.

"월트, 자네 말이야."

버번을 홀짝거리면서 리처드가 말했다.

"머피라는 여자를 어떻게 생각하나?"

월트는 랠리의 장례식 때 묘지에서 본 일본인을 떠올렸다. 눈물조차 흘리지 않는 다부짐이 오히려 애처로웠다. 잔뜩 긴장한 채 창백한 얼굴로 랠리 아들의 손을 꼭 잡고 있었지만, 그러지 않고는 똑바로 서 있을 수도 없을 것처럼 보였다. 물론 리처드는 그녀에게도 유산을 남기려 할 것이다.

"아주 착실해 보이는, 훌륭한 여자던데요. 그런데 안타깝게도 ……."

"그녀가 팀을 키우고 싶어 하는 것 같아."

"호오?"

의외는 아니었다. 그렇다면 그녀 몫이 다소 많아질 것인가.

"그런데 말이죠, 이블린이라고 했던가요, 팀의 친엄마 말입니다. 그녀가 뭐라고 하지 않을까요?"

"그쪽은 이미 다 알아봤으니까, 염두에 두지 않아도 상관없어."

"그렇다면 아무 문제 없겠죠. 정말 키우고 싶어 한다면, 그렇게 하도록 두면 되는 일이죠. 형님이나 클레어 형수나, 그렇게 어린 아이를 키울 수 있는 나이가 아니잖아요. 몸이 남아나지 않을 텐데."

"아주 딱 부러지게 말하는군."

리처드가 쓸쓸하게 웃었다.

"하지만 맞는 말이지. 내가 할 수 있는 일은 기껏해야 장차 손자가 금전적으로 고생하지 않도록 넉넉하게 유산을 남겨 주는 일밖에 없으니."

"신탁 형태로 남기는 게 좋겠죠."

월트가 그렇게 제안했다. 신탁으로 남기면 사전에 정한 나이가 될 때까지 어느 누구도 그 유산에 손댈 수 없다. 설사 부모라 해도 그렇다.

"물론 그럴 생각이야. 팀 개인의 몫에 한해서는. 그 아이는 틀림없는 랠리의 아들이고, 내 피를 이어받은 손자야. 클레어도 꽤나 귀여워하는 것 같으니까, 팀에 대해서는 별 걱정을 안 해. 그 아이보다는 그녀가 영 마음에 걸리는군."

"그녀라면, 마후유 말입니까?"

"그래. 전에 쓴 유언장을 무효로 하고 싶은 것도 그 때문이야."

월트가 눈살을 찌푸렸다.

"그 일본 여자에게 대체 얼마나 물려줄 생각인데요?"

리처드는 피곤한 기색으로 소파 등받이에 기대어 한숨을 내쉬었다.

"월트, 지금 내게는 신뢰할 수 있는 사람이 자네밖에 없어. 한심한 노릇이지만 ……."

다리를 비꿔 꼬고 짙은 호박색 액체가 담긴 잔을 흔들면서 그는 말했다.

"자네도 잘 알다시피 난 젊은 시절부터 후회란 것을 정말 싫어했지. 지금까지 앞만 보면서 늘 하고 싶은 대로 살아올 수 있었던 것도, 무슨 일이 있을 때마다 후회하지 않는 것만 생각하고 그걸 기준으로 길을 선택한 덕분이야. 그러니 내게는 망설임이란 게 있을 수 없었어. 앞날을 위해 좋겠다고 생각되면 당장 눈앞에 있는 상대의 심정을 짓밟아야 하는 일도 있었지만, 그래도 어쩔 수 없다 여겼지. 웃는 사람이 있으면 우는 사람도 있는 법이다, 이게 나의 인생이다, 방해하는 사람은 누구든 가만 두지 않겠다, 그렇게 말이야. 그런데 요즘 와서 돌아보니 …… 내가 지나온 인생을 후회하고 있는 게 아닐까 싶은 기분이 들어."

"그런 얘기를 왜 내게 하는 거죠? 참회라도 하려는 겁니까?"

"아니야, 이 나이에 참회는 무슨. 괜히 늙은이의 감상만으로 가벼이 회개를 했다가, 죽은 뒤 저세상에 가서까지 후회하고 싶지 않네."

리처드는 엷은 미소를 머금고 버번을 홀짝였다.

"지금까지 상처를 줘 온 사람들에게 새삼스레 사과를 한다고 해서 어떻게 되는 것도 아니잖아. 지나간 시간은 돌아오지 않는 법이니까. 물론 각자에게 충분한 보상은 할 생각이야. 하지만 나머지 부분에 관해서는 최후의 순간까지 늘 제멋대로 굴던 리처드 샌더슨을 관철하겠어."

월트는 유리잔을 탁 내려놓고, 상대를 응시했다.

"…… 그 말은?"

"그 말은 …… 일단 한 잔 더 마셔야겠군."

# 19

꿈속에서 소리를 지르는 바람에 모두 사라지고 말았다.

'모처럼 무슨 일이 생길 것 같았는데 …….'

눈두덩에 엷고 부드러운 빛이 느껴진다. 출렁이는 물결 위에 떠 있는 듯 어슴푸레한 잠 속에서, 눈을 반짝 뜨고 싶지 않았다. 조금만 더 이렇게 있고 싶었다.

조금 전까지 꾸던 꿈의 잔재가 사방에 떠다니는 것 같아, 그걸 붙잡으려고 무심결에 움찔 손을 뻗는다. 잠결에 시트 사이로 손을 밀어 넣고 오른쪽 옆에서 자고 있을 랠리의 몸을 더듬는다.

손가락에 아무것도 닿지 않는다.

'아이 참 랠리는, 이렇게 침대 끝에서 자면 떨어 …….'

그러다 침대 프레임을 잡았다.

눈을 떴다.

커튼 너머에서 비치는 이른 아침의 햇살이 하얀 베개와 시트를 엷은 파란색으로 물들이고 있었다. 새들이 조심스럽게 울기 시작했다.

목이 조금 아팠다. 이곳에 온 후로 눈을 뜰 때면 늘 그렇다. 공기가 건조한 탓이리라. 꿀꺽 침을 삼키고, 마후유는 뜨거운 숨을 토했다.

랠리를 막 잃었을 때 느꼈던, 뾰족한 칼끝으로 콕콕 찌르는 듯한 슬픔은 이제 거의 누그러들었다. 그 대신 아무리 떨쳐 버리려 해도 쫓아오는 우울이 마치 거미줄처럼 마후유의 온몸을 휘감고 있었다. 그리고 심장 언저리에 뭔지 모를 써늘한 덩어리가 박혀 있는 기분이 들었다. 브루스의 팔찌에 박힌 커다란 터키석 같은 것이.

그 사건 후, 마후유는 생리가 끊겼다. 랠리가 날짜를 꼬박꼬박 챙겨 주었기 때문에, 충격 탓이라는 것은 알고 있었다. 만약 그의 아이를 잉태했다면, 하고 마후유는 생각했다. 그랬다면 이렇게 허망하지는 않을까.

몸을 뒤척이자 풀을 먹여 빳빳한 시트가 스치는 메마른 소리가 났다.

왼쪽에 나란히 놓인 침대에서는 팀이 아직도 새근새근 자고 있다. 똑바로 누워 두 손은 만세를 부르는 꼴로 뻗고 있다. 아이다운 숨소리가 들린다.

불현듯, 한 가지 기억이 또 떠오르고 말았다. 사건 다음 날, 첼시에 있는 집으로 돌아갔을 때의 팀이다. 식당에서 산드라가 그에게 그림책을 읽어 주고 있었다. 마후유를 보고는 얼른 뛰어와 "아빠는?" 하고 물었을 때의 그 고통.

마후유는 또 침을 꿀꺽 삼켰다.

랠리가 죽고 난 후의 기억은 이렇게 잔향이 코끝을 스치듯 조금씩 되살아나 퍼즐의 빈 부분을 메워 간다. 그런데 그 순간마다 다소 희미해졌던 슬픔과 고통이 원래의 날카로움을 고스란히 되찾아 아무런 준비도 안 된 마후유를 노상강도처럼 뒤에서 푹 찌른다.

차라리 기억이 아예 떠오르지 않으면 좋을 텐데, 하고 생각한다. 절대 랠리를 잊고 싶지 않은 반면, 먼 기억이 되는 날이 하루빨리 오길 바라기도 한다.

언젠가는 그의 얼굴과 몸짓과 목소리를 평온한 심정으로 떠올리는 때가 올까. 그러고 보니 요즘은 그가 통 떠오르지 않는다며 애처로운 미안함을 음미할 때가 언젠가는 정말 올까.

잠든 팀의 얼굴을 마후유는 오래도록 쳐다보았다. 어디가 랠리의 어린 시절을 닮았을까, 생각하면서.


그다음 눈을 떴을 때는 태양이 꽤나 높이 떠 있었다.

언제 다시 잠이 들었는지, 이번에는 루시와 함께 기다리고 있을 고양이 스노 부츠가 담요를 타고 오는 꿈을 꾸었다.

멍하니 바라본 옆 침대가 텅 비어 있어, 깜짝 놀라 벌떡 일어나려던 마후유는 이불을 잡아당기는 듯한 무게감에, 아직도 꿈속에 있나 착각했다.

허리 바로 오른쪽 옆 담요 위에 팀이 그야말로 고양이처럼 몸을 웅크리고 자고 있었다. 침대 끝에는 디즈니 그림책 한 권과 클레어가 사 준 곰돌이 인형. 자다가 눈을 떴는데, 마후유를 깨우지 않으려고 혼자 놀다 그만 잠이 든 것이리라.

사이드 테이블에 놓인 시계는 아홉 시 반이 넘은 시간을 가리키고 있었다. 또 이렇게 늦잠을 자고 말았다.

그저께 밤 때문에 생활 리듬이 깨지고 말았다. 포치에서 마후유와 리처드가 얘기를 나누는 사이에 팀은 잠시 잠이 들었었다.

방으로 데려가려고 안아 올린 순간, 잠이 깨어서는 한동안 잠들지 않았다. 마후유 자신도 시아버지에게 들은 얘기가 머릿속에서 빙빙 맴돌아 눈이 말똥말똥해지는 바람에 새벽까지 잠을 못이뤘다. 그 탓에 생체 시계가 헛돌고 있는 것이다.

내일 아침에는 알람을 맞춰 놓는 한이 있더라도 일찍 일어나야겠다고 마후유는 생각했다. 저혈압 체질이라 아침에 잘 일어나지 못하는 일라이자에게 클레어가 '게으르다'고 잔소리하는 것을 들은 적도 있다. 실제로 가족들이 아침을 다 먹은 후 쉬고 있는 자리에 어정어정 내려가는 것은, 누가 뭐라 하지 않는다는 것을 알고 있어도 상당히 어색한 일이다.

마후유는 팀의 머리를 마구 쓰다듬었다.

"팀. …… 팀."

그가 '으음 ……' 하고 웅얼거렸다.

"팀, 이제 일어나야지. 해님이 놀리겠다."

팀은 느릿느릿 몸을 뒤척여 엎드리더니 눈을 비비면서 한 손으로 침대를 짚고 몸을 일으켰다. 침대에 납죽 앉은 채 두 손으로 다시 눈을 비볐다.

"안녕, 팀."

마후유의 목소리에 겨우 눈을 뜬다. 삼 초 정도 눈을 깜박이던 팀의 얼굴에 잔물결처럼 미소가 퍼졌다.

"머피, …… 일어났어?"

"응, 그럼. 일어났지. 미안해, 혼자 놀게 해서. 심심했어?"

팀은 대답하지 않고 그녀의 목을 껴안고 어리광을 부렸다. 땀에 젖은 뜨끈한 머리에서 막 잠에서 깬 어린아이 특유의 시큼하고도 달금한 냄새가 났다.

침대에서 나와 하얀 블라우스 아래 짙은 감색 플레어스커트를 입었다. 팀에게는 하얀 티셔츠와 회색 반바지를 입혔다. 캐주얼이기는 하지만, 그래도 상중이라는 마음의 표시였다.

가능하면 오늘은 정원사를 도와 정원이라도 손질하고 싶었다. 아니면 샌드위치나 간식거리를 만들어 팀과 함께 산책이라도 나서 볼까.

뉴욕의 번잡함을 그리워하면서도 자연 속에서 평온함을 찾아가는 자신이 정말 신기했다. 도시의 분주함과 자극으로 기분을 무마할 수 없는 만큼 이곳에서는 가슴에 뚫린 구멍과 똑바로 마주해야 하는데, 어떻게 치유되는 것처럼 느낄 수 있는 것일까.

팀의 손을 잡고 계단을 내려가, 뒷문을 통해 포치로 나갔다. 집 안에 있는 구불구불 복잡한 복도를 따라 거실로 가는 것보다 일단 바깥으로 나가서 포치를 따라 돌아가는 편이 시간도 빠르고 기분도 상쾌하다.

불어 오는 바람에서 흙과 풀 냄새가 난다. 저 멀리 협곡에서도 오늘은 훨씬 더 강한 바람이 불고 있을 것이다.

보여 주고 싶은 것이 얼마나 많은지 모르겠구나.

리처드는 그렇게 말했다. 그가 말한 대로, 서부는 동부와 다른 의미에서 무척 아름다운 곳이었다. 이런 곳에서 살다 보면, 창조주의 존재를 순순히 믿게 되지 않을까 싶다.

그러나 바쁜 도시 생활에 익숙해진 몸에는, 자신의 내면과 마주하는 시간이 매일 이렇게 많은 것도 정신 건강에 좋지 않은 것 같았다. 마이클과 리처드가 어떻게든 기운을 북돋아 주려고 애쓰는 것은 고맙지만, 그 친절에 안주하고 있다가는 두 번 다시 사회로 복귀할 수 없을 것 같아 조금 두렵다. 이제 그만 뉴욕으로 돌아가, 대학은 어떻게 할 것인지, 동구네 회사 일은 언제부터 거들 것인지, 팀을 위해서는 뭘 얼마나 해 줄 수 있는지, 그런 실질적이고 건설적인 문제로 고민하는 편이 좋을 듯하다. 오늘 밤쯤, 슬슬 돌아가 봐야겠다는 말을 꺼내도록 하자.

포치의 모퉁이를 돌아 현관 쪽으로 가려는데, 팀이 마후유의 손을 잡아당기며 2층을 가리켰다.

"할머니!"

그제 밤처럼 2층 남쪽 창가에 클레어가 서 있었다. 수화기를 귀에 대고 무슨 얘기를 그리 열심히 하는지 이쪽을 보지 못한 것 같다.

"손 흔들어 봐."

마후유의 말에 팀은 신이 나서 손을 흔들었다. 그런데 이쪽을 알아본 클레어가 얼른 몸을 돌려 창가를 떠났다. 팀은 안타깝다는 듯이 부루퉁해서 돌아본다.

"아쉽네. 할머니가 못 보셨나 봐."

거짓말이었다. 클레어가 등을 돌린 것은 마후유와 눈길이 마주쳤기 때문이었다. 클레어의 신경을 거스를 만한 일을 했나 싶어 마후유는 이리저리 생각해 봤다. 이틀 연달아 늦잠을 잔 것밖에 짐작되는 일이 없다.

부엌에 해리엇은 없었다. 옆에 있는 다이닝 룸도 휑하고, 저택 전체가 고요했다.

마이클은 벌써 나갔을 것이다. 어제 듣기로, 매물로 내놓은 피닉스의 물건을 보겠다는 사람이 있어 다녀온다고 했다. 그도 꽤나 바쁜 사람이다.

리처드는 아마 동쪽 서재에 있을 것이다. 평일 낮에는 대개 그곳에서, 의논거리를 들고 찾아오는 목동 우두머리를 만나거나 부동산 관련 서류를 훑어보고, 여기저기에 전화를 걸곤 한다.

그렇게 쉴 틈 없이 일하는데 몸은 괜찮은 것일까. 어제는 일요일인데도 어딘가로 외출을 했다. 돌아온 시간도 마후유보다 훨씬 늦었다. 젊은 시절에 건강했던 사람일수록 나이를 먹어도 자신의 건강을 과신하고 무리하는 경향이 있다고 들었다. 마치 친아버지라도 되는 것처럼 걱정스러워 오늘 밤에는 잔소리를 좀 해야겠다고 생각하다가 마후유는 자신의 심경 변화에 당황하고 말았다.

그를 너무 좋아하게 되면 곤란하다. 내가 좋아하는 사람들에게는 당치 않은 일이 생길 수도 있고, 헤어질 때 괴로울 뿐이다.

다이닝 테이블 위에 종이 냅킨으로 덮은 빵과 도넛이 있었다. 냉장고에는 샐러드와 과일. 마후유는 팀에게 갓 짜 온 우유를 꺼내 주었다.

미후유가 얇은 빵을 한 장 먹고, 팀이 두 개째 도넛을 막 다 먹은 때였다. 갑자기 의자에서 주르륵 내려간 팀이 창가로 뛰어가 손바닥으로 유리창을 탕탕 두드렸다.

"왜 그러니?"

마후유도 테이블 저쪽으로 돌아 팀 옆으로 갔다.

"창문을 두드리면 위험해."

팀의 손을 꼭 쥐고, 도넛의 기름과 설탕으로 끈끈해진 창문 너머를 내다보았다.

"브루쓰!"

건물 바로 앞 오솔길에서, 그가 말에서 내리는 중이었다.

무심결에 힘이 빠진 마후유의 손을 뿌리치고 팀이 또 유리창을 두드렸다.

"아이, 안 된다니까."

얼른 손을 잡았을 때는, 이미 늦었다.

말고삐를 나무 울타리에 묶다가 몸을 이쪽으로 튼 브루스가 잠시 이리저리 시선을 돌리더니 창가에 있는 팀을 발견하자 하얀 이를 드러내며 웃었다. 검은 카우보이모자 챙에 가린 그의 눈이 팀 뒤에 있는 마후유를 발견하자마자 고양이처럼 스윽 가늘어졌다.

그냥 무시할 줄만 알았는데, 그는 마후유를 향해 입술 한쪽 끝을 슬쩍 올려보였다. 한 손으로 모자챙을 약간 들어 올리며 인사하고는 성큼성큼 밖으로 걸어갔다. 어깨가 거의 흔들리지 않는 독특한 걸음걸이였다.

홀로 남은 황갈색 말이 조용히 제자리걸음을 하며 방향을 바꾸었다. 고개를 숙이고 코끝으로 발치에 있는 풀을 더듬는다. 벌써부터 쨍쨍한 햇살이 말의 엉덩이를 비춰 기름을 바른 것처럼 번들번들 빛났다.

"황갈색."

팀이 가리키며 말했다.

"응?"

마후유는 깜짝 놀라며 팀을 보았다.

"잘 아네, 우리 팀. 그것도 브루스가 가르쳐 준 거야?"

"응."

팀은 대답하며 창틀을 잡고 얼굴을 늘었다.

"있잖아, 머피. 말은 말이지, 다리가, 음, 다리가 네 개 있는 동물 중에서, 머리가 제일 좋대. 알아?"

"아니. 그렇구나. 난 몰랐어."

"응. 그렇대."

팀은 자랑스럽게 콧구멍을 발랑거린다.

마후유는 믿기지 않는 심정으로 팀을 내려다보았다. 팀은 반년 전까지만 해도 상상도 할 수 없었던 표정을 짓고 있었다.

다른 사람의 안색만 살피던 팀은 과연 어디로 사라져 버린 것일까. 특히 이곳에 와서 보름 정도 지내는 사이에 그는 눈에 보이게 밝고 활발해졌다. 혈색도 좋아지고, 키도 자란 것처럼 보인다. 자기 입으로 먼저 말하고 질문하는 일이 늘었을 뿐만 아니라, 몸짓과 표정도 어린애다워졌다. 때로는 사내아이다운 장난을 치고, 쑥스럽게 미소 짓는 일도 생겼다. 앤드류 비스티에게 배운 행동도 그 후로는 하지 않고 있다. 그런 수단을 쓰지 않고서도 타인과 즐겁게 관계할 수 있다는 것을 스스로 경험을 통해 터득한 것이리라.

이 아이는 드넓은 환경이, 또는 귀여워해 주는 많은 사람들에게 둘러싸인 생활이 성격에 맞는지도 모르겠다. 그런 생각이 들자 마후유는 기분이 복잡해졌다. 역시 베이비시터와 단둘이 좁은 방에 갇혀 있던 날들이 마음의 회복을 지연시켰던 것일까. 다시 그런 생활로 돌아가면 팀은 또 웃음을 잃게 될까.

팀에게 가장 좋은 환경은 자신이 함께하는 것이라고, 누가 확실하게 보장해 준다면 얼마나 편할까 생각했다.

제아무리 친구들이 물심양면으로 협력해 준다 해도, 앞으로 평생을 그들과 함께할 수 있는 것은 아니다. 랠리가 남겨 준 재산 역시 얼마간 도움이 되겠지만, 그저 먹이고 학교에 보내는 것만으로는 정상적인 인간으로 성장할 수 없다. 팀이 원하는 만큼의 충분한 애정을 과연 쏟을 수 있을까? 고민하고 망설일 때 힘을 실어 준 랠리는 이제 없다. 떠나 버렸다.

그녀 자신조차 아직 받아들이지 못하는 현실을 어린 팀이 어떤 식으로 여기고 있는지, 마후유는 겁이 나서 물어볼 수가 없었다. 그는 '죽음'이 무엇인지 이해하고 있을 것이다. 전에 카나리아를 제 손으로 죽인 일도 있으니까. 그러나 일라이자에게 "너희 아빠는 죽었다"라는 말을 확실하게 들은 후로 팀이 한 번도 아빠에 대해 묻지 않은 것은 그 죽음을 이해했기 때문인지, 아니면 그저 의식 밖으로 몰아냈을 뿐인지, 그걸 알 수 없었다.

앞으로 언젠가 팀의 꿈속에서 아빠가 죽는 장면이 몇 번이나 되풀이되면, 그때는 어떻게 해야 좋을까? 그런 고통을 당하는 것은 나 하나로 족하다. 하지만 전에 잭슨은 이렇게 말했다. 정신적인 외상은 저절로 낫는 법이 없다고. 어린 시절에 겪은 마음의 상처는 당사자조차 잊어버렸을 즈음에 심한 염증을 일으켜 그 사람을 고통스럽게 한다고.

브루스는 등 뒤로 손을 돌려 리처드의 서재 문을 닫았다. 성큼

성큼 복도를 가로질러 계단을 내려가려 할 때였다. 문득 그를 내려다보는 시선을 느끼고 고개를 들었다.

거대한 소의 머리가 그를 내려다보고 있었다.

층계참 벽에 걸려 있는 박제된 소의 두상은 샌더슨 목장의 초대 종우다. 현재 목장에 방목되고 있는 소들, 그러니까 그의 자손들에 비하면 뿔이 길고 생긴 것도 들소에 가깝다. 거뭇거뭇한 유리 눈알이 금방이라도 움직일 것처럼 살아 있다.

저 유리 눈은 이 저택에서 산 그 누구보다 오랜 세월을 소리 없이 지켜보았다. 그리고 앞으로도 또 오랜 세월을 지켜보리라. 이 목장과 이 저택이 누구의 소유가 되든.

브루스는 카우보이모자를 살짝 들어 올려 종우에게 경의를 표한 후, 다시 깊숙이 눌러 쓰고는 남은 계단을 내려갔다.

그는 그 소 앞에서는 모자를 벗지만 리처드 앞에서는 벗지 않는다. 다른 목동들이 목장주 앞에 서면 반드시 모자를 벗어 가슴에 대는 탓에, 브루스가 그러지 않는 것은 명백한 의사 표명으로 간주되었다. 즉 나는 리처드에게 고용된 사람이 아니라는 선언으로.

벌써 몇 년 전부터 브루스는 아버지 앞에서 예의 차리기를 그만두었다. 그보다 전에는 아버지에 대한 기대를 그만두었다.

목장에서 살게 된 당시, 브루스는 한동안 목동들에게 시달림을 당했다. 다들 그의 출생에 대해 알고 있음에도, 그 사실이 공개적으로 인정받는 일은 없으리란 기묘한 상황이 목동들의 내면에 도사리고 있던 잔인함을 부추겼다. 그들은 불만스러운 대우와 가혹한 노동, 그리고 여자 없는 생활에서 쌓인 울분과 서러움을 고용주의 사생아를 괴롭히며 풀었다.

농담을 섞어 가며 서로 장난을 칠 때조차 그들은 일부러 브루스에게 들리도록 '사생아'라는 말을 연발했다. 날이면 날마다 혼자 목초지에 끝도 없이 구멍을 파고 막대기를 세워야 했던 적도 있었다. 군은살이 터져 손은 피투성이가 되고, 지겹도록 계속되는 단순 작업에 머리가 돌아 버릴 것 같았다. 그런가 하면 말을 길들이고 있는 그의 고삐 쥔 손을 채찍으로 때리는 바람에 말에서 떨어져 늑골이 부러진 일도 있었다. 눈초리가 마음에 들지 않는다, 물을 궁상맞게 사용한다는 이유로 몰매를 맞은 일도 있었다.

때로는 그런 일에 이복동생인 마이클이 합세하기도 했다. 누나인 일라이자는 또 일라이자대로, 별거 아닌 일을 브루스에게 시키고는 요란스럽게 잔소리를 해 대며 즐겼다.

그에 비해 클레어는 좀 더 교묘한 방법으로 브루스를 괴롭혔다. 가족끼리 어디에 갈 때면 굳이 브루스에게 운전을 시키고, 짐을 들게 했다. 그런 반면 가족끼리 보내는 단란한 시간이나 대화에는 절대 껴 주지 않았다. 가족들 앞에서(특히 리처드 앞에서) 고용인 취급하는 것으로 브루스가 자신의 처지를 새삼 깨닫도록 한 것이다. 너는 절대 이 가족의 일원이 될 수 없다고.

브루스는 아버지를 생각해서 늘 꾹 참았다. 그가 목동들이나 아버지의 가족에게 반발하면, 아버지는 어느 쪽을 두둔해야 할지 어려운 판단에 내몰릴 것이다. 아버지를 그런 곤경에 빠뜨리고 싶지 않았고, 그 시련을 묵묵히 이겨 내면 아버지의 신뢰를 얻을 수 있지 않을까 생각했다.

그런데 아버지는 브루스 신변에 어떤 일이 벌어지고 있는지 다 알면서도 단 한 번도 도움의 손길을 내밀어 주지 않았다. 목동들 사이에 생기는 알력은 전부 목동 우두머리에게 맡긴다, 그만 특별 취급할 수 없다는 것이 그 이유였다.

다만 딱 한 명, 그의 편이 되어 준 사람이 있었다. 여덟 살 위의 형, 랠리였다. 대학원 방학 때만 집으로 돌아오는 그는 브루스를 먼 곳으로 데리고 나가, 그의 무거운 입을 열게 했다. 그의 불만과 의문과 고민거리를 들어 주고, 가능하면 그에 답해 주려 했다. 아버지에게는 어떤 기대를 해 봐야 소용없다는 것을 깨우쳐 준 사람도 그였다.

"아버지에게는 아버지 나름의 사정과 책임이 있어, 브루스. 누가 뭐라고 비난하든, 아버지는 그걸 내던지지 않을 거야. 그러니까 너 스스로 힘을 길러서, 앞으로 언젠가 결착을 지을 수밖에 없어. 만약 네가 지금 이대로 평생을 살아도 괜찮다면 얘기는 달라지겠지만."

그래서 결착을 지었다. 목장에 온 지 삼 년이 지나, 브루스가 열여덟 살이 되었을 때였다.

무슨 일이 있을 때마다 집요하게 브루스를 집적거리며 낄낄대던 한 목동이 소똥이 담긴 양동이를 들고 가던 브루스의 다리를 걸어 그만 고꾸라지고 말았다. 땅에 쏟아진 똥에 얼굴을 처박은 그가 일어나기도 전에, 옆에 있던 펀치드 페이스가 남자의 허벅지를 물었다. 남자는 비명을 지르면서 개를 걷어찼고, 그러다 못해 올가미를 개의 목에 걸어 우사 대들보에 매달려고 했다.

브루스는 반격에 나섰다. 남자에게 달려들어 주먹을 휘둘렀다. 첫 한 방에 그의 콧대가 뭉개졌다. 다음 한 방에 이빨이 두 개 부러져 나갔다. 그리고 그의 가슴에 무릎을 꽂았다. 동료들이 죽을힘을 다해 뜯어말렸을 때, 남자는 이미 너덜너덜한 만신창이 상태였다.

삼 년 동안 브루스는 목동들 사이에서 수위를 다투는 건장한 체구를 자랑하게 되었다. 지금까지 누가 무슨 짓을 하든, 저항다운 저항을 하지 않았던 탓에 아무도 그 변화를 눈치채지 못하고 있었던 것이다.

그 후로 브루스에게 함부로 집적대는 바보는 없었다. 힘의 세계에서는 강한 자가 무조건 우위다. 그리고 몇 년이 더 지나자, 목동들의 새 우두머리가 된 잭 에반스도 그의 강한 힘을 인정하게 되었다. 그 무렵부터 브루스는 아버지 앞에서 모자를 벗지 않기로 했다.

그 점에 대해서 리처드가 뭐라고 꼬투리를 잡은 적은 없다.

조금 전에도 그랬다. 브루스를 서재로 불러 얘기하는 이 분 정도 사이, 아버지는 브루스의 눈을 몇 초 이상 똑바로 쳐다보지 않았다. 아마 어딘가 켕기는 것이리라. 이해할 수는 있었지만 동정하고 싶은 마음은 없었다.

1층으로 내려와, 복도 모퉁이를 돌아 부엌으로 향한다. 거실 앞을 지날 때, 이야기 소리가 들렸다.

"머피, 우유."

"그렇게 말하면 안 되지. 부탁할 때는, '우유 주세요'라고 하는 거야."

"우, 유, 주세요."

"자, 여기 있어요."

브루스가 부엌 입구에 다가섰을 때, 이쪽으로 등을 보이고 선 그녀는 팀의 잔에 우유를 따르고 있었다. 팀은 그녀 몸에 가려 보이지 않았다. 한 손으로 테이블을 짚고 앞으로 몸을 구부리고 있는 탓에, 그녀가 입고 있는 하얀 블라우스 밖으로 속옷의 선이 어렴풋이 비쳐 보였다.

브루스는 가만히 지켜보기로 했다.

마후유는 그가 지금까지 만나 본 적 없는 타입의 여자였다.

'머피는, 뭐랄까 …… 아주 특별해.'

전에 전화에서 랠리가 그렇게 말했을 때, 듣고 있는 이쪽의 목덜미가 간질간질해져 어이가 없었는데, 정작 사람을 만나고 보니 형이 한 말의 의미를 알 수 있을 것 같았다. 그녀를 바라보면 심심하지 않은 것만은 분명하다.

우유를 다 따른 그녀가 종이 냅킨을 한 장 뽑아 안쪽 창가로 다가가서는 뽀득뽀득 유리창을 닦기 시작했다. 아까 팀이 유리창을 두드렸을 때 손자국이 남은 모양이다. 꼼꼼한 사람이다.

브루스는 부엌으로 들어갔다. 알아본 팀이 "아" 하고 소리를 냈을 때, 그는 벌써 테이블 옆에 서 있었다.

"응? 왜?"

돌아본 그녀가 이상할 정도로 깜짝 놀랐다. 그 바람에 종이 냅킨이 손에서 떨어졌다.

"아이, 놀랐잖아요!"

그녀가 손바닥으로 가슴을 눌렀다.

"놀래려는 마음은 없었는데."

"그럼, 왜 발소리도 나지 않게 조용조용 들어와요?"

브루스는 피식 웃었다. 나바호 족들은 보통 자연스럽게 이렇게 걷는데, 다른 사람들에게는 특별하게 느껴지는 듯하다.

"그냥 습관일 뿐, 일부러 이렇게 걷는 건 아니야."

그가 말하고는, 테이블에 놓인 우유를 팀이 사용한 잔에 따라 단숨에 마셨다. 손등으로 입가를 닦으면서 힐끔 그녀를 관찰한다.

처음 만났을 때에 비해 몹시 야윈 것 같다. 그림자마저 가냘프다. 조금 더 여위면 속이 다 들여다보일 것 같다. 제대로 먹지를 않는 거겠지, 하고 테이블을 내려다보았지만 접시에는 빵 부스러기밖에 남아 있지 않아, 아무것도 알 수 없었다.

아무튼 리처드가 부탁한 대로 하면 그만이다.

"말 탈래요?"

"에?"

그녀가 되물었다.

"지금 뭐라고 했어요?"

"말을 타지 않겠느냐, 그렇게 말했는데."

그렇게 대놓고 뜻밖이라는 표정을 지을 것까지야 없지 않은가.

"나, 말은 한 번도 타 본 적 없어요."

"타 본 적이 없으면, 타면 안 되는 겁니까?"

"그래도 …… 잘 못 타니까."

"잘 탈 거라는 기대는 애당초 하지 않아요. 아니면 내일 엉덩이가 아플까 봐 싫은 건가?"

그녀가 얼굴을 찡그렸다.

"그런 뜻은 아닌데."

"괜찮으면 팀을 태워도 좋고."

그 말이 떨어지자마자 의자에 앉아 있던 팀이 엉덩이를 들썩거렸다.

"탈래, 탈래!"

팀이 외쳤다.

"황갈색!"

브루스가 웃었다.

"좋아, 황갈색."

그리고 그녀를 돌아보았다.

"어쩌렵니까?"

"어쩌기는 ……."

그녀는 어이가 없다는 듯이 한숨을 내쉬고 말했다.

"이미 그렇게 정하고, 말을 꺼낸 거잖아요."

## 20

이렇게 놀아도 괜찮으냐고 물었더니 그는 이것도 일이라고 대답했다.

"일? 우리랑 놀아 주는 게 일이라고요?"

"그럼. 목장주가 직접 지시한 일이지."

"기운 좀 나게, 밖으로 데리고 나가라고 하시던가요?"

"그렇게까지 말하지는 않았어. 억지로라도 운동을 시키라고 했을 뿐."

청바지로 갈아입은 마후유가 마주한 것은 온몸에 흰색과 갈색 점이 커다랗게 박힌 점박이 말이었다.

"이거, 소야?"

팀은 그렇게 평했다.

가까이에서 보니 말은 생각보다 큰 동물이었다. 용기를 내서 발판을 딛고 브루스의 어깨를 빌려 안장에 올라탄 것까지는 좋았는데, 너무 높아 현기증이 일었다.

브루스는 웨스턴 부츠 앞코를 등자에 쑥 밀어 넣고 팀을 태운 안장 뒤에 천천히 올라타 고삐를 쥐었다. 그러자 말이 그 자리에서 제자리걸음을 하면서 방향을 바꾸었다. 마치 자동차에 올라탄 사람이 무의식적으로 시동을 걸고 기어를 넣는 것처럼 자연스러운 동작이었다.

당연히 브루스가 고삐를 잡아 줄 것이라고 생각했는데, 그는 마후유가 탄 말의 엉덩이를 툭 치면서 이렇게 말했다.

"빨리 가."

그런데 말이 걷기 시작하고 얼마 지나 간신히 사방을 돌아볼 여유가 생기자, 이렇게 흥분되는 경험은 둘도 없을 정도였다. 눈높이가 달라지자 세계가 전혀 다르게 보였다. 경치가 저 멀리까지 보였고, 지면이 멀어진 만큼 하늘이 가까이 다가왔다.

사람의 걸음걸이보다는 빠른데, 자전거처럼 페달을 밟아 움직이지 않아도 된다. 오토바이보다 훨씬 조용하고, 자동차처럼 외부를 차단하지도 않는다. 그리고 무엇보다 큰 매력은 말이 살아 있는 동물이라는 것 — 그것도 실로 아름다운 동물이라는 것이었다. 안장에 앉아 있어도 강인한 근육의 움직임이 엉덩이와 허벅지에 고스란히 전해진다. 고삐를 쥔 손 아래에서는 갈기가 바람에 휘날리고, 걸음을 내디딜 때마다 긴 목이 오르내린다. 몸을 앞으로 구부리고 손을 뻗어 목에서 가슴으로 이어지는 따스한 피부를 쓰다듬자, 굵은 핏줄이 꿈틀거리는 것까지 손바닥에 느껴지고 햇볕에 눌은 듯한 냄새가 피어올랐다. 바로 옆에서는 힘찬 숨소리가 들려왔다.

브루스는 앞에 태운 팀이 떨어지지 않게 두 팔로 껴안은 채 고삐를 살짝 쥐고 있었다. 그의 카우보이모자를 쓴 팀은 신이 나서 사방을 두리번거리고 있다.

브루스는 정말 타는 것이 귀찮은 것처럼 말을 다뤘다. 몸 어디에도 힘이 들어가 있지 않았다. 고삐를 쥐고 있든 말든 상관없다는 듯이 말의 움직임에 그저 몸을 맡긴 채 좌우로 흔들렸다. 그런데도 어떻게 말이 그의 뜻을 미리 알아차리는 것처럼 기민하게 움직이는지, 마후유는 신기할 따름이었다.

저 앞 멀리, 마치 그랜드 캐니언의 일부를 고스란히 옮겨다 놓은 것 같은 평평한 대지가 옆으로 길게 뻗어 있다. 한없이 펼쳐지는 목초지 위로는 파란색 하늘이 덮여 있고, 더 높은 하늘에서는 엷은 구름이 뭉글거리고 있었다.

말과 사람이 오가는 길이 아니라 벌판을 가로지르는 탓에 말발굽이 한여름의 무성한 풀을 밟을 때마다 향기로운 냄새가 피어올랐다. 여기저기에 들꽃이 무리 지어 피어 있기도 했다. 애처로운 분홍색 플록스, 마가렛과 비슷하게 생긴 노란 꽃, 꼿꼿하게 서 있는 파란색 층층이부채꽃, 빨간 꽃 머리를 무거운 듯이 흔들고 있는 엉겅퀴. 지금까지 본 적 없는 모습의 꽃도 많았다. 비도 잘 내리지 않는 곳인데 어쩌면 이리도 싱그럽게 피어 있는 것일까.

"집에 있는 정원보다 훨씬 아름답네."

마후유가 그렇게 말하자, 브루스가 슬쩍 고개를 끄덕였다.

"원래 있어야 할 장소에 피어 있으니 그렇지. 자신이 있어야 할 곳을 잘못 찾은 꽃은 잘 피지도 않을 뿐더러 열매도 맺지 못하는 법이니까. 그런데도 백인은 모든 것을 자신들의 방식에 맞게 복종시키려 하니, 원. 이렇게 풍요로운 자연에 둘러싸여 있는데 억지로 잔디를 깔고 장미를 심어 정원을 가꿀 필요가 어디 있어? 그렇게 힘으로 만든 정원에 그들이 얼마나 많은 물을 뿌려 대는지 알아? 나바호 같으면 한 세대가 반달은 쓸 물을 매일 뿌려 대고 있다고. 어리석기 짝이 없는 짓이지."

나란히 서서 천천히 걸어가는 말들의 발치에서 펀치드 페이스
가 앞서거니 뒤서거니 따라 걷고 있다. 자세히 보니, 털이 여기
저기 빠졌고 조금만 달려도 숨을 헉헉거렸다.

"몇 살이나 된 거죠? 나이가 꽤 많아 보이는데."

마후유가 물었다.

브루스는 뜻밖이다 싶을 만큼 자애로운 눈빛으로 개를 내려다
보았다.

"십삼 년 되었나."

"그렇게나! 이렇게 멀리까지 데리고 나오다니, 좀 가엾네."

"그래도 두고 오면 이삼 일 삐쳐 있을 걸. 나이는 먹었지만, 그
래도 아직은 자기가 도움이 된다고 생각하고 싶은 거겠지."

말이 귀를 쫑긋거리며 푸르르 크게 숨을 쉬어 마후유는 몸에
힘을 주고 말았다.

"무서워하면 오히려 얕잡아 봐. 안심해도 괜찮아. 제일 얌전한
말이니까. 히힝 하고 울지 않는 게 신기할 정도야."

브루스가 말했다. 안장 앞에서 팀이 키득키득 웃었다.

"말을 다룰 때, 가장 중요한 게 뭔지 알아?"

그는 마후유가 아니라 팀에게 가르치듯이 물었다.

"너를 믿는다, 그 마음을 전하는 거야."

무슨 뜻인지 아는지 모르는지, 팀은 그저 신이 나서 까르르 웃
는다.

"말만 잘 다루는 게 아니네."

"그 말은?"

"아이도 잘 다룬다는 뜻이에요."

브루스가 마후유 쪽으로 얼굴을 돌렸다.

"난 다루지 않아. 마주할 뿐이지."

여유로운 걸음에 맞춰 말발굽 소리 여덟 개가 연이어 들린다. 점박이 말이 조금 뒤처진 틈을 타, 마후유는 뒤에서 힐금힐금 브루스를 훔쳐보았다.

보면 볼수록 독특한 역삼각형이다. 마치 이집트 벽화에 그려진 사람들처럼 상반신은 크고 하반신은 가늘다. 짙은 감색 반소매 셔츠의 소매는 어깨까지 걷어 올렸고, 햇볕에 탄 팔뚝과 목덜미는 땀이 밴 탓에 더욱이 1센트짜리 새 동전 같은 빛으로 반짝였다. 팀을 껴안거나 고삐를 잡아당길 때마다 두 팔의 우람한 근육이 불끈거리는 것을 보고 있자니, 왠지 맥박이 불규칙해졌다. 어이가 없다고 마후유는 눈살을 찌푸렸다. 남자의 팔을 보면서 섹시하다고 생각하다니, 자신이 어떻게 된 게 아닐까 싶었다. 하나로 묶은, 견갑골까지 내려오는 긴 머리가 바람이 불어올 때마다 말꼬리와 같은 방향으로 휘날린다. 신기하게도 긴 머리는 그의 남자다움을 조금도 헤치고 있지 않았다. 가끔은 땋기도 할까. 전에 사진으로 본 수 족 남자는 땋은 머리를 얼굴 양쪽으로 늘어뜨리고 있었는데, 어쩌면 부족에 따라 스타일이 다른지도 모르겠다.

어머니를 잃은 브루스를 할아버지가 거둬 키웠다는 것. 그리고 '이글 하트'라는 이름을 지어 주었다는 것. 열다섯 살 때부터 목장에서 살게 된 사연과 샌더슨가 모자와의 갈등 ……. 그날 밤 리처드가 들려준 그 정경들은 언젠가 보았던 영화의 장면처럼 마후유의 뇌리에 각인되어 있었다.

아무것도 없는 황야에서 메디슨 맨의 손에 자라면, 발소리가 나지 않게 걷는 법을 체득하는 것일까. 이렇게 멀리까지 가자고 할 줄이야. 처음에는 너무도 뜻밖이라 놀랐는데, 그의 생각에서가 아니라 리처드의 지시가 있었다는 말을 들었을 때에는 안도감과 약간의 실망을 동시에 느꼈다.

"뒷굽으로 배를 차!"

그 말에 퍼뜩 얼굴을 들어 보니, 어느 틈에 거리가 한참 벌어져 있었다. 브루스는 황갈색의 옆구리를 이쪽으로 틀고 기다리고 있었다.

마후유가 등자에 발을 낀 채 조심스럽게 옆구리를 차려는데, 앞서 기미를 알아차린 말이 후다다닥 앞으로 뛰어갔다. 엉겁결에 안장 머리를 꽉 잡는다. 떨어지지 않게 안장을 두 무릎으로 꽉 죄고 안장 앞의 돌기와 고삐를 쥐고 있는 것만 해도 힘에 부쳤는데, 옆으로 가자 브루스가 의외로 칭찬해 주었다.

"생각보다 감이 좋은데. 조금만 연습하면 잘 탈 수 있겠어."

"혹시."

혀를 깨물지 않게 말하기가 쉽지 않았다.

"마이클이나 일라이자도 당신만큼 말을 잘 타요?"

"마이클은 웬만큼 타지. 하지만 일라이자는 영 아니야. 어렸을 때 천둥소리에 놀란 말 위에서 떨어지는 바람에 팔뼈가 부러진 적이 있거든. 그 후로는 한 번도 타지 않았어."

"브루스 ……, 그런 얘기는 더 빨리 해 줘야죠."

"왜?"

"그 얘기를 먼저 들었으면, 절대 타지 않았을 테니까."

"흥. 그럴 것 같으니 말을 하지 않았지."

그가 히죽 웃었다.

순수한 네이티브의 눈동자는 검은색이라고, 그날 밤 리처드는 말했다. 브루스의 눈동자는 아버지와 랠리보다 훨씬 색이 짙지만, 오늘 같은 강한 햇살 아래에서는 투명한 사파이어 블루로 보인다. 튀어나온 광대뼈와 코의 모양은 아마도 나바호의 핏줄일 텐데 눈썹의 모양과 눈가, 그리고 투박한 턱 선은 가까이에서 보면 아닌 게 아니라 리처드를 닮은 것처럼 보이기도 한다. 입술이 약간 랠리를 닮았다고 생각하는 순간, 마후유의 심장이 바짝 쪼그라들었다.

"어디로 가는 거죠?"

브루스가 입을 쩍 벌리고 하품을 했다.

"…… 딱히. 산책하는 김에 돌아다니면서 풀의 상태를 보고 있을 뿐인데."

"그게 다예요?"

"그것도 중요한 일이야. 이렇게 천천히 움직이면 울타리에 이상이 없는지도 점검할 수 있고. 동료들 중에는 아이언 호스로 다니는 편이 빠르다고 하는 사람도 있지만."

"아이언 호스?"

"오토바이 말이야. 하지만 나는 살아 있는 말이 성격에 맞아."

그가 대답했다. 마후유는 잠자코 있다가, 과감하게 물어보았다.

"리처드가 왜 우리를 상대해 주라고 당신에게 부탁했을까요?"

"글쎄. 아마 서비스라고 생각하는 거겠지. 이왕 타는 거 인디언과 타는 편이 서부 분위기를 만끽할 수 있을 거라고 말이야."

마후유는 자신도 모르게 그를 노려보았다.

"그렇게 일부러 자신을 빈정거리면서 다른 사람의 반응을 살피는 거, 좋지 않은 버릇이에요. 자기 입으로 '인디언'이라고 말하면 상대가 입을 다물 거라고 생각하는 거죠?"

브루스가 쓸쓸하게 웃었다.

"무슨 뜻이죠?"

"아니. 그런 식으로 생각하는 사람은 많지만, 그렇게 대 놓고 말한 사람은 당신이 처음이라서. 일본 사람은 보통 말을 분명하게 하지 않는다고 들었는데."

"그건 맞는 말이에요. 나도 일본에서 자랐기 때문에, 지금까지 하고 싶은 말의 절반도 하지 못한 걸요."

"……."

브루스는 맥이 쭉 빠진 표정으로 그녀를 보았다.

사실은 마후유 그녀도 자신에게 맥이 빠져 있었다. 다른 사람에게는 절대 그러지 못하는데, 브루스에게는 그만 얄밉게 말하고 만다.

애당초 출발이 좋지 않았다. '첫인상을 줄 수 있는 기회는 한 번 뿐이다'라는 말을 누가 했는지 모르겠지만, 카페테리아에서의 첫 만남은 — 정확하게 말하면 그와의 첫 대면은 아니었지만 — 최악이었다. 아마 브루스도 그렇지 않았을까.

"저 ……."

마지못해 마후유는 말했다.

"미안해요. 말이 좀 지나쳤어요. 일부러 데리고 나와 주었는데
……. 이렇게 말할 생각도 없었고."

"글쎄, 정말 그럴지 의심스러운데."

그가 매정하게 말했다. 마후유는 잠자코 있었다.

"그 후에 샌더슨가에서 지내는 건 어때?"

그러고 보니, 몽고점 소동에 대해 고마웠다는 인사를 아직 하
지 않았다. 그녀는 한층 거북스러운 심정으로 말했다.

"그러네요. 그때는 고마웠어요. 당신이 와서 설명해 주지 않았
더라면, 내 말을 절대 믿어 주지 않았을 테니까."

"고맙다고 하는 사람이 하고 싶은 말은 술술 잘도 하는군."

"그러니까 미안하다고 사과했잖아요."

풀이 죽은 마후유의 모습을 보자 성이 풀렸는지 브루스는 흥,
하고 웃었다.

"아무튼 됐어. 그 여자들과는 잘 지내고 있나?"

어떻게 대답할지 고민했지만, 마후유는 결국 솔직하게 대답하
기로 했다.

"가족으로 여기는 것 같지는 않지만, 그냥 손님으로 있기에는
마음 편해요."

"흐음."

브루스는 무슨 할 말이라도 있는 눈빛으로 그녀를 쳐다봤다.

"그런데 한 가지 물어봐도 될까요?"

"글쎄. 일단 물어보지 그래."

마후유는 또 용기를 내어 물었다.

"당신은 네이티브 아메리칸으로 태어난 것을 후회하나요?"

"그 용어부터가 마음에 들지 않는군."

마후유는 당황하고 말았다.

"어째서죠?"

"호칭을 바꾼다고 뭐라 달라지는 게 아니라서 말이지."

그는 마후유와 반대쪽 땅에 퉤 하고 침을 뱉었다.

"지금 와서 표면적인 호칭을 '인디언'에서 '네이티브 아메리칸'으로 바꾸는 정도로 그동안에 한 짓을 무마하려는 속셈이라면 곤란하지. 실제로 정부는 지금도 우리 인디언들을 짐으로밖에 여기지 않으니까. 그 사람들이 보호구역에 사는 인디언들을 위해 뭔가 하려고 하는 건 선거를 앞두었을 때뿐이야. 어떻게든 이유를 붙여서 돈을 지급하지. 그 돈을 받는다고 생활이 윤택해지는 것은 절대 아닌데 말이야. 알코올중독 환자가 늘어날 뿐이지. 하지만 정치가들은 전혀 상관하지 않아. 아니, 알코올중독으로 빨리 죽어 주면 일거양득이라고 여길지도 모르겠군."

"그런 …… 아무리 그래도 그렇지, 그럴 리가."

"피해망상이라고 생각하나?"

브루스가 이를 드러내고 웃었다.

"착하시군, 부인. 당신은 아무것도 몰라. 결국 우리에 대한 백인들의 의식은 지난 몇백 년 동안 조금도 변하지 않았다고. 그 사람들에게는 아직도 '좋은 인디언은 죽은 인디언' 뿐이야."

"아무래도 말이 지나친 것 같네요. 백인 중에도 당신들의 삶의 방식을 배우려는 사람들이 많다고요."

"하. 뭘 배운다는 거지? 곪은 배에 마리화나와 페요테 선인장을 쓸어 넣고 환각에 빠져서 무슨 특별한 비전이라도 보는 것처럼 우쭐하고, 스웨트 로지(몸과 마음을 정화하는 사우나)에서 땀을 흘리고 개운해하는 그런 사람들에게 뭘 배울 수 있다면, 나도 한 수 배우고 싶군. 당신이 말하는 그런 사람들은 늘 이렇게 말하지. 우리들이 잃어버린 것을 인디언은 지금도 간직하고 있다고 말이야. 우리처럼 자연 속에서 아무것도 없는 생활을 하면, 문명 사회에서 잃어버린 무엇을 되찾을 수 있다고 생각하나."

"나름 일리 있는 말 아닌가요?"

"아니지. 그 사람들은 아무리 버둥거려 봐야 헛수고일 거야."

브루스는 다소 심술궂게 웃으면서 고개를 저었다.

"왜냐, 그들이 찾고 싶어 하는 것은 사실 잃어버린 게 아니라, 그들에게는 애당초 없었던 것이기 때문이지."

마후유가 무심결에 고삐를 잡아당기자, 말이 걸음을 뚝 멈췄다. 덩달아 브루스의 황갈색 말까지 그 자리에 섰다.

마후유가 호기심에 이끌려 물었다.

"뭐죠, 그게?"

브루스는 지금까지의 그 어떤 순간보다 똑바로 마후유의 눈을 쳐다보았다.

"어머니."

"뭐라고요?"

"대지 말이야."

브루스의 얼굴에 자부심인지 경외심인지 모를 표정이 어려 있었다.

"우리는 이 대지에서 태어났고, 죽으면 이곳으로 돌아와 다른 생명의 거름이 돼. 평소에 의식을 하든 안 하든, 그런 생각은 우리 인디언들이 살아갈 희망조차 잃었을 때에도 마지막 버팀목 구실을 하지. 그런데 백인은 다르잖아. 그들은 뒤늦게 이 땅에 왔으면서 누구의 소유도 아닌 이 대지를 자신들 것이라고 우기면서 그곳에 살던 인디언들을 몰아냈어. 그들의 편의에 따라 우리는 여기저기 옮겨 다니게 되었지. 백인에게 거슬리지 않는 땅, 선인장밖에 자라지 않는 땅으로 말이야. 그리고 그들은 우리를 쫓아낸 땅에 금을 긋고 울타리를 세웠어. 우리의 어머니를 조각조각 나눠서 사고팔았고. 그렇게 해서 그들과 대지와의 연대는 끊어지고 만 거야. 그러니 지금 와서 돌이킬 수는 없지. 이 땅과 이어질 기회가 주어지지 않은 게 아닌데, 그걸 놓치고 말았어. 그래서 이제 그들에게는 뿌리 내릴 땅이 없는 거야. 아무리 돌아가고 싶어도 돌아갈 장소가 없는 거라고."

마후유가 잠자코 입을 다물고 있자, 그가 다시 말을 꺼냈다.

"왜, 이런 말을 들어도 소름 끼치나?"

"…… 아니요."

마후유는 부끄러운 기억만 떠오르게 하는 그가 또 얄미워졌다. 그와 함께 있으면 왠지 자신의 성격이 나빠지는 듯한 기분이 든다.

"그 일은 잊어 줄래요? 그땐 내가 좀 어떻게 됐었나 봐요. 그러니까 당신의 사촌 누나 …… 데릴라 씨? 그분에게도 사과하고 싶어요."

"그녀 이름을 어떻게 알고 있지?"

"리처드에게 물어봤을 뿐이에요."

말들이 귀를 쫑긋 세웠다가 다시 늘어뜨렸다. 마후유의 귀에도 비행기 소리가 들렸다. 눈을 잔뜩 찌푸리고 하늘을 올려다본 팀이 손가락으로 가리키며 말했다.

"연기 나."

"연기가 아냐. 저건 비행기구름이라고 하는 거야."

높은 하늘에는 바람이 세게 부는 모양이다. 자를 대고 그은 것처럼 똑바르던 비행기구름이 순식간에 사방으로 흩어졌다. 팀과 함께 하늘을 올려다보는 브루스의 옆얼굴에 대고 마후유가 말했다.

"질문이 한 가지 더 있어요."

"또 있다고?"

"……."

"뭐지?"

"랠리와는 전화로 자주 얘기했나요?"

"전화?"

"전에 그랬잖아요. 랠리가 건 전화에서 들었다고."

"아아, 그 변태 자식 말이군."

그대로 하늘을 올려다보면서 그가 대답했다.

"자주랄 건 없지. 그때도 어쩌다 통화한 거였으니까."

"무슨 일로 건 거였죠?"

"잊어버렸는데."

"혹시 결혼식에 와 달라고 부탁하지 않았나요?"

"그럴 리가. 그저 부리는 사람에게 그럴 리가 없지."

그렇게 대답하고서야 브루스가 마후유를 돌아보았다.

"그런 건 왜 묻지?"

"······."

마후유가 등자를 살짝 흔들자, 점박이 말이 황갈색 말을 앞질러 나갔다. 황갈색이 바로 뒤따라 왔다. 보조를 맞춰 바로 옆에 바짝 말을 대고, 브루스가 말했다.

"랠리가 무슨 말을 했나 보군."

"무슨 말이라니, 그게 뭔데요?"

"그걸 묻는 거지."

마후유는 그를 힐끔 보았다.

"랠리는 그냥, 빨리 동생을 소개해 주고 싶다는 말만 했어요."

브루스의 귀와 볼이 딱딱하게 굳는 것을 알 수 있었다.

"이름까지는 듣지 못해서, 난 마이클을 뜻하는 말이라고만 생각했는데. 하지만 ······ 당신을 가리킨 거였죠?"

비행기 소리가 멀어져, 이제는 희미하게밖에 들리지 않는다. 대신 종달새 비슷한 새의 지저귐이 영롱하게 울려 퍼졌다.

"그런 얘기를 누구에게 들었지?"

그렇게 묻는 브루스의 목소리가 평소보다 한층 낮았다.

"목동들 중 누구인가? 아니면 해리엇?"

"아니, 리처드였어요."

"뭐라고? 말도 안 돼."

그가 눈을 희번득거렸다.

"말이 안 된다고 해도 사실이 그런 걸 어쩔 수 없죠."

"거짓말."

"믿지 않아도 상관없어요."

브루스가 입을 꾹 다물었다.

팀이 쓰고 있던 카우보이모자는 하늘을 올려다볼 때 등 뒤로 떨어져, 브루스의 배와 팀의 등 사이에 끼여 있었다. 그것을 꺼내 다시 팀의 머리에 씌워 주면서 그가 간신히 다시 입을 열었다.

"놀랄 일이군. 믿을 수가 없어. 아니, 믿기는 하지만 …… 믿을 수가 없군. 대체 리처드에게 어떤 마술을 부린 거지? 샌더슨가의 남자들이 당신 손에 걸리니 다들 흐물흐물 맥을 못 추는군. 뭐, 비결이라도 있으면 배우고 싶은데."

빈정거리는 그의 말투에 마후유는 속이 상했다. 그녀가 꼭 마이클과 리처드의 비위를 맞춰 줬다는 말처럼 들렸다.

"내가 그 속사정을 알아서 당신이 불쾌해졌다면 사과할게요. 난 그저 …… 우리가 그 일에 대해서 얘기하는 게 잘못은 아니라고 생각했기 때문에, 말을 꺼낸 것뿐이에요. 리처드는 당신에게 말하면 안 된다는 입단속을 하지 않았고, 랠리 역시 내게 당신을 동생으로 소개하려 했는걸요."

퉁명한 목소리로 말했다.

브루스는 한참이나 말이 없다가, 마침내 입을 열었다.

"나도 딱히 악의가 있어서 그렇게 말한 건 아니야."

"순 거짓말. 악의로 똘똘 뭉쳐 있으면서."

마후유는 한숨을 쉬었다.

"아무래도 사람의 배려를 받아 본 경험이 별로 없어서 말이지. 그래서 배려를 하는 것도 서툰 모양이야."

그는 또 흥, 하고 헛웃음을 쳤다.

"그러고 보니 오래전에 랠리가 이런 말을 했지. 돈이나 음식과 달라서 애정과 배려는 본인이 충분히 받아 충족된 상태가 아니면 타인에게 나눠 주고 싶어도 그러기가 쉽지 않다고 말이야."

그 순간, 마후유는 숨이 막혔다.

— 당신을 좀 닮았어.

랠리는 동생 브루스를 그렇게 말했었다.

정확하게 말하자면 비슷한 것과는 조금 다를지도 모르겠다. 같은 악몽을 공유하고 있다는 표현이 보다 사실에 가깝다.

자신을 있는 그대로 받아들여 주지 않는 세계에 대한 불신, 어떤 것에도, 심지어 자신에게조차 다가갈 수 없는 답답함, 눈에 보이지 않는 벽이 진정한 자기자신을 가로막고 있는 듯한 소외감, 앉으나 서나 무언가에 쫓기는 듯한 느낌에 한시도 가만히 있을 수 없는 초조함, 공포 ……. 도무지 어찌할 수 없는 고뇌 중 어느 것 하나도 랠리가 정말 이해한다고 느낀 적이 없었다. 그는 마후유를 진심으로 사랑했지만, 그런 고뇌를 상상하는 것조차 힘겨웠을 것이다. 사랑받고 자랐고, 주위의 사랑을 당연하게 여기며 어른으로 성장한 그에게 이해하라고 하는 것 자체가 무리다. 랠리는 마치 숨을 쉬듯 자연스럽게 사람을 사랑할 수 있었고, 마후유 역시 랠리가 그런 남자였기에 마음을 주었고, 그 옆에서 편안할 수 있었다. 하지만 동시에 랠리가 사랑해 주면 사랑해 줄수록, 그의 사랑을 절절하게 느끼면 느낄수록 외톨이가 되어 갔다. 랠리를 알고, 또 그로 인해 자신을 알게 되는 과정은 그와 일궈 나갈 수 있는 것의 한계가 명확해지는 과정이기도 했기 때문이다.

푸드득, 날갯짓 소리가 나더니 발치에서 메추라기처럼 생긴 새가 날아올랐다. 앞서 가던 펀치드 페이스가 깜짝 놀라 껑충껑충 뛰면서 몇 번인가 짖었다.

비스듬한 언덕을 올라가기 시작하자 한쪽에 조그만 숲이 나타
났다. 이 부근에 수맥이 있는 듯하다. 거리상으로는 저택과 그렇
게 멀리 떨어져 있지 않은데, 지형 때문인지 잡초의 색이 훨씬
싱그럽다. 언덕을 다 올라가자, 갑자기 시야가 확 트였다. 눈에
보이는 저 먼 끝까지, 소들이 무수히 흩어져 있었다. 북쪽의 방
목지다.

일본에서 흔히 보는 홀스타인종이 아니라, 온몸이 갈색에 뿔
이 긴 소였다. 이 소들을 몇십 마리, 몇백 마리씩 한꺼번에 몰면
서 겨울 목초지로 이동하는 광경은 그야말로 박진감 넘치는 장
관이리라.

"쉬."

팀이 말했다.

"좋아, 그럼 내려서 좀 쉴까."

마후유가 반응하기 전에, 말에서 스르륵 내린 브루스가 팀을
안아 내렸다. 그리고 말에서 내리려는 그녀에게 손을 내밀었다.
왼발을 등자에 낀 채 오른발로 발 디딜 자리를 찾고 있는데 점
박이 말이 움직이려 하자, 그는 그녀를 뒤에서 부축하면서 쉿,
하고 소리를 냈다. 말은 금방 움직임을 멈췄지만, 목덜미에 그의
숨결이 닿은 마후유 쪽은 영 그렇지 못했다. 그에게서 땀과 마른
풀, 그리고 무두질한 가죽 냄새가 났다.

늘 하던 대로 팀에게 오줌을 뉘려 하는 마후유에게 브루스가
말 두 마리의 고삐를 건네고는 남자끼리 저만치로 걸어갔다. 그
런데도 시야를 가리는 것이 전혀 없어 말소리와 함께 듣고 싶지

않은 소리까지 다 들렸다.

"브루쯔. 왜 브루쯔 거는 내 거랑 달라?"

팀의 목소리가 진지했다.

기다리고 있던 마후유는 혼자 얼굴을 붉혔다.

"다르다고?"

브루스의 목소리는 재미있어 하는 투였다.

"응. 브루쯔 거는 아빠 거랑 똑같아."

발치에서 펀치드 페이스가 고개를 옆으로 기울인 채 안절부절 못하는 마후유를 올려다보았다. 그녀가 얼굴을 찡그리자, 개는 반대쪽으로 얼굴을 기울였다.

"왜 그렇게 털이 부숭부숭해?"

여기까지 들린다는 것을 브루스는 알고 있을까. 알고 있다면, 나중에 과연 어떤 표정으로 대하면 좋단 말인가?

그런데도 그가 "그건 말이지" 하고 말을 꺼냈을 때, 마후유는 자신도 모르게 귀를 쫑긋 세우고 말았다.

"중요한 곳에는 털이 나는 법이거든. 그러니까 머리에도 털이 나는 거지. 그리고 여기도 아주 중요한 곳이거든. 그래서 부숭부숭한 거야."

"흠, 그렇구나. 그래서 머피도 부숭부숭한 거구나."

마후유는 얼굴이 화끈 달아올랐다. 껄껄 웃는 브루스의 웃음소리가 들려왔다.

"그럼, 내 거는 왜 매끈매끈해?"

"네 거는 아직 오줌 눌 때만 쓰잖아."

"응."

"그러니까 반만 중요한 거지. 그래서 아직 매끈매끈한 거야."

"흠. 그러면 브루쯔는 나머지 반을 어디에다 써?"

"그건 네가 부숭부숭해졌을 때 가르쳐 줄게."

둘이 돌아왔을 때, 마후유는 아무것도 못 들은 척하느라 애를 먹었다. 브루스가 싱글거리면서 이쪽을 보고 있다.

"왜요?"

"아니, 아무것도 아냐. 당신이야말로 하고 싶은 말이 있는 표정인데."

"그 …… 그러고 보니, 내가 아까 물었던 첫 번째 질문에 아직 대답해 주지 않았어요."

"뭘 물었더라."

"시치미 떼기는."

브루스는 안장 돌기에 걸쳐 둔 카우보이모자를 쓰면서 투덜거렸다.

"당신은 말이야, 질문이 너무 많아. 팀보다 더 골치가 아프다니까."

말을 되받았다가는 괜히 긁어 부스럼일 것 같아 입 다물고 있던 마후유는 무슨 말이라도 하지 않으면 좀 전의 얘기 소리를 다 들었다고 털어놓는 것이나 다름없다는 것을 문득 깨달았다. 다시 벌게진 얼굴로 브루스를 쳐다본다. 그는 시침 뗀 표정을 하고 핀치드 페이스와 함께 이리 뛰고 저리 뛰는 팀을 바라보고 있었다.

말들은 고개를 푹 숙이고 발치에 돋은 풀을 뜯고 있다. 매끈매끈 빛나는 엉덩이에 등에가 앉자 허벅지로 이어지는 근육이 불끈거리면서 긴 꼬리가 좌우로 흔들리더니, 벌레가 날아가 버렸다.

"만약 내가 어떤 후회를 하고 있다면 ……."

그가 불쑥 말을 뱉었다.

"그건 인디언으로 태어난 게 아니라, 백인의 피를 이어받았다는 거겠지."

마후유는 고개 숙이고, 말들의 고삐를 쥔 채 그 자리에 쪼그려 앉았다. 점박이 말이 마후유의 머리 냄새를 맡는다.

"혹시 …… 팀도 언젠가는 그런 생각을 할까요?"

"Who knows?"

마후유는 풀을 뜯어 손가락에 감았다가 풀었다가를 되풀이했다. 그의 말이 옳다. 그런 걸, 과연 누가 알 수 있을까.

브루스가 옆에 와 앉아서 그녀가 쥔 고삐를 받아들었다. 약간 구부린 무릎에 투박한 손을 얹고 알록달록한 끈으로 엮은 고삐를 만지작거린다.

"당신은 상상도 할 수 없을 거야. 언제나 경계선에서 살아야 하는 인간의 답답함을. 양쪽 모두에 속해 있는 건 맞는데, 어느 쪽에도 녹아들 수 없지. 차라리 양쪽 모두에서 자유로워지면 좋을 텐데, 어느 한쪽도 버릴 수가 없어. 자신이 누구인지, 어떤 인간으로 살면 좋을지 모르겠어서 늘 둘로 갈라져 있는 고통을 당신이 어떻게 알겠어."

"아니, 알아요."

그가 어리둥절한 표정으로 돌아본다.

"나도 똑같으니까."

무슨 말을 하려는 그를 손짓으로 제지하고 마후유는 말을 계속했다.

"괜히 공감하는 게 아니에요. 나는 부모님이 모두 일본 사람이지만, 당신이 하는 말의 의미를 정말 잘 안다고요."

뭐라고 되물을 줄 알았는데, 브루스는 말없이 그녀를 쳐다만 보았다.

팀이 펀치드 페이스와 함께 언덕 저 아래까지 뛰어 내려갔다. 까르르 웃는 낭랑한 소리가 사방에 울린다. 소들이 뛰어드는 그에게 놀라 귀찮다는 듯이 멀어진다. 팀이 펀치를 부르는 소리가 바람을 타고 날아와, 바로 귀에 대고 말하는 것처럼 또렷하게 들렸다.

문득 자신을 돌아보니, 마후유는 얘기하고 있었다. 잭슨에게는 털어놓았지만 랠리에게는 하지 못했던 얘기, 랠리에게는 했지만 잭슨에게는 하지 못했던 얘기를 브루스에게는 다 털어놓고 있었다. 그의 앞에서는 얘기해 봐야 어차피 이해하지 못할 거라고 생각하면서 주저할 필요가 없었다. 이해해 줄 거라고 여겨서가 아니라, 이해하지 못하더라도 상관없다는 생각이 들 정도로 담담할 수 있었기 때문이리라.

"내게 다가오는 사람은 전부 불행해진다고 …… 엄마가 내게 그런 징크스를 세뇌했기 때문에, 사람들과 절대 필요 이상 가까워지려 하지 않았어요. 하지만 그런 한편으로 난, 내가 있을 곳을 찾고 있었죠. 그 절박한 SOS에 답해 준 사람이 랠리였어요."

한 마디 한 마디 말의 감촉과 냄새를 확인한 후에 그 자리에 내려놓듯이, 마후유는 천천히 얘기했다.

"아버지는 스스로 목숨을 끊는 것으로 나를 버렸죠. 엄마는 나를 철저하게 거부했고. 일본에서는 …… 일본 사람들은 참 이상해요. 자기와 다른 사람을 만나면, 다 같이 우르르 달려들어서는 배제하려고 하거든요. 초등학교 다닐 때는 일본어를 제대로 읽지 못한다, 이름이 이상하다는 이유로 따돌림을 당했고, 중학교에 들어가서는 영어를 잘 한다는 이유로 또 따돌림을 당했어요. 학생들만 그런 게 아니었어요. 담임이 영어 선생님이었는데, 영어 발음이 너무 좋다고 나를 싫어했어요. 수업 때도 나만 쏙 빼고 다른 아이들에게 시키고. 난 틀림없는 일본 사람인데, 일본 사람이 점점 싫어졌어요. 열여덟 살이 되면 미국 국적을 취득해서 어떻게든 이 나라를 뛰쳐나가겠다고 생각하면서 최대한 소리 없이, 눈에 띄지 않게, 튀지 않게 살았어요. 그러다 뉴욕에 왔을 때는, 정말 속이 후련했죠. 이제 아무것도 나를 속박하지 못한다, 일본인 흉내는 그만 내도 된다, 그렇게 마음도 편해졌고. 하지만 결국 그 도시 역시 마찬가지였어요. 이 나라 사람들은 나를 이방인으로밖에 보지 않아요. 당신이 조금 전에 백인은 이 대지와 단절되고 말았다고 했는데, 나 역시 그럴지도 모르겠어요. 자기가 태어난 나라를 스스로 단절했으니까, 지금 와서 돌아갈 곳이 없다는 기분이 드는 건지도 모르죠. 게다가 …… 랠리와 팀을 만나, 누군가를 애틋하게 여긴다는 게 뭔지 알게 되면서, 이제야 겨우 내가 있을 곳을 찾았다고 생각했는데, 그런 사고가 있었잖아요. 역시 엄마가 했던 그 말, 랠리가 숨을 거두면서 절대 그렇게 생각해서는 안 된다고 해서 노력하고는 있지만, 그래도 역시 그 징크스가 유효하다고 생각하니까, 너무 괴로워서 …….
몸도 너무 무겁고, 견딜 수가 없어요. 물에 푹 젖은 옷을 입고 있는 것처럼. 내가 아직도 이렇게 이 몸을 내던지지 않고 있는 건 딱 하나, 팀이 있기 때문에, 그 이유밖에 없어요."

"머 ― 피 ― !"

언덕 아래에서 팀이 있는 힘을 다해 헉헉 기어 올라왔다. 광활한 풍경 속에서, 그의 몸은 사방에 널려 있는 돌멩이보다 더 작아 보인다. 마후유는 손을 흔들다가 갑자기 걱정스러워 하늘을 올려다보았다. 행여 독수리나 매가 날고 있다면, 팀을 낚아채 갈지도 모르겠다고 생각했다. 그런 일이 벌어져도 이상하지 않을 정도로 그의 몸이 애처로워 보였던 것이다.

펀치드 페이스가 마후유와 브루스가 있는 곳에 먼저 도착해 씩씩거리며 숨을 몰아쉬었다.

"이런 맹추, 무리하면 안 되지."

브루스가 말했다.

두 볼이 빨갛게 달아오른 모습으로 두 사람 앞에 뛰어온 팀은 경주에 져 약이 오르는지 손가락 두 개를 총처럼 겨누고는 먼저 개를 쏘고, 그다음 말을 쏘고, 그리고 브루스를 향해 "탕!" 하고 쏘았다. 브루스가 "윽!" 하면서 가슴을 누르고 눈을 희번덕거리며 뒤로 쓰러지는 것을 본 팀은 신이 나서 웃었다.

"안 돼. 그만해."

마후유가 괴로운 듯이 신음했다.

깔깔 웃으면서 팀이 브루스의 배에 올라탄다. 말들이 놀라 한두 걸음 뒤로 물러났다.

브루스는 한 손에 고삐를 쥔 채, 몸을 버둥거리며 장난치는 팀을 다른 손으로 꽉 안고서 벌떡 일어났다. 그가 팔 안에서 바둥거리는 팀의 머리를 누르면서 마후유를 본다. 그녀의 얼굴은 창백했고 꼭 다문 입술에도 핏기 하나 없었다.

브루스가 엉덩이를 탁 치자, 팀은 꺄악 비명을 지르면서 다시 펀치드 페이스 쪽으로 뛰어갔다.

"기운이 펄펄 넘치는데, 당신은 뭘 그렇게 걱정하는 거지?"

"…… 딱히."

"당신은 좀 지나치게 예민해."

"알고 있어요."

"아이들은 다 저런 장난을 한다고. 그러니까 그 사건의 영향이라고 볼 수 없어."

"그래요."

마후유는 두 손으로 볼을 비비면서 겨우 미소 지었다.

"그건 그래요. 다만 ……."

"기억이 난 건가."

"……."

브루스가 뒤로 쓰러졌을 때 어깨와 팔에 묻은 모래를 털었다.

"아, 잠깐."

마후유가 등을 털어 주면서 머리에 붙은 풀을 떼어 내자, 브루스는 평소보다 한결 누그러진 표정으로 그녀를 보았다.

"당신은 왜 울지 않으려고 그렇게 애를 쓰는 거지? 뉴욕에서 여기로 오는 동안에도, 아침에 본 당신 눈이 부어 있었던 적은 한 번밖에 없었어."

마이클은 아무것도 알아차리지 못했는데. 그렇게 생각하면서 그녀는 고개를 숙였다. 보지 않는 척하면서 다 보고 있었다니.

"밖으로 나가려는 감정을 억지로 꾹꾹 가두면, 언젠가는 영혼이 병들게 돼. 울고 싶을 때는 펑펑 울면 되잖아. 눈물은 부끄러운 게 아니라고. 자기 자신을 치유하기 위한 약 같은 것이니까."

마후유는 눈을 내리깐 채 아무 대꾸도 하지 못했다.

"있을 곳은 앞으로 다시 찾으면 되잖아. 새들도 둥지가 망가지면 이듬해에 다른 나뭇가지에 둥지를 지어. 포기할 거 없다고. 아직 젊잖아."

"그 말, 상당히 무책임하게 들리네요."

"그야 그럴 수밖에. 난 당신에게 아무 책임도 없으니까."

마후유는 피식 웃었다.

"좋은 거 하나 가르쳐 주지. '오르막이 힘겨울 때에는 내리막이 얼마나 편할지를 생각하라.'"

"누가 한 말이에요?"

브루스가 예의 그 몸짓으로 어깨를 으쓱했다.

"나바호 족의 격언."

# 21

"아무래도 일이 좀 골치 아프게 된 것 같아."

월트 맥키벤이 그렇게 말했을 때, 클레어는 무슨 소리인지 잘 못 알아들었다.

"유언장 말이야."

월트는 전화로 말하는 게 좀 답답한 눈치였다.

"리처드가 유언장 내용을 바꾸면 바로 알려 달라고 당신이 그랬잖아."

물론 그것은 변호사로서 의뢰인의 비밀을 지켜야 하는 의무를 무시한 행동이었다. 지금까지 다른 의뢰인의 비밀을 누설한 적은 단 한 번도 없었다. 철벽같은 월트의 의지도 클레어 앞에서는 힘을 못 쓰는 것이다.

"그래서 새로운 내용은?"

클레어가 다그쳐 물었다.

"골치가 아프다니, 무슨 뜻이지? 설마 그 인디언이 우리보다 많이 받게 되는 건 아니 ……."

"그게 아니야, 클레어. 브루스는 아니야."

"그럼 누가 어떻게 된다는 거야?"

"우선,"

월트는 말을 잇기가 난처하다는 듯이 헛기침을 했다.

"당신은 저택과 현금을 상속하게 될 거야. 마이클은 목장 전체와 현금, 일라이자도 현금과 플로리다에 있는 별장. 브루스는 현금뿐이지만, 그래도 액수는 충분하니까 그로서는 그편이 자유롭겠지."

"월트."

그녀가 절제된 목소리로 물었다.

"내가 물은 말에 대답해 줘."

그가 다시 헛기침을 했다.

"남은 현금과 자잘한 물건은, 전에 쓴 내용과 똑같이 친척과 고용인들에게 고루 분배될 텐데 ……. 아, 그 …… 피닉스와 캘리포니아 각지에 흩어져 있는 부동산은, 그게 …… 머피와 팀이 각각 절반씩 상속하게 됐어."

"뭐라고?"

클레어의 목소리가 높아졌다. 어떻게, 그럴 수가. 창문 아래 포치에서 당사자인 마후유와 팀이 올려다보며 손을 흔들고 있다는 것을 알았지만, 클레어는 자신도 모르게 그들을 등지고 말았다.

"아직 더 있어."

월트가 거의 포기한 목소리로 말을 이었다.

"리처드가 사망한 시점에도 마후유가 팀을 양육하고 있을 경우, 가게 다섯 채의 권리가 추가로 그녀에게 넘어갈 거야. 그러나 만약 그렇지 않을 경우에는, 그러니까 그녀가 어떤 사정으로 인해 팀을 양육하지 않고 있을 경우에는."

"팀을 키우는 사람에게 가게의 권리를 넘긴다는 얘기군."

"아니, 그게 그렇지가 않아. 그 경우, 팀을 맡게 된 사람과 당신 가족, 그리고 브루스에게 각각 한 채씩 분배돼."

"아니 왜 그렇게 되는 거야? 그럼 그 여자에게만 좋은 일이잖아!"

클레어가 소리를 질렀다.

"…… 뭐, 그런 셈이지. 리처드는 그 아가씨가 어지간히 마음에 든 모양이야. 아무튼 클레어, 잘 알겠지? 만약 마후유가 가게까지 상속하게 될 경우, 전체적으로 보면 아내인 당신이나 아들인 마이클보다 그녀의 상속분이 더 많다는 얘기야."

그것은 분노라는 말로 표현할 수 있을 만큼 간단한 일이 아니었다.

전화를 끊고 정신을 차렸을 때에는 창문 커튼이 절반이나 뜯겨져 축 늘어져 있었다. 가장 먼저 손에 닿은 게 커튼이었던 것이다. 우뚝 선 채 한참을 얼이 빠진 것처럼 벽의 한 점을 쳐다보던 클레어는 불현듯 두 주먹을 꽉 쥐고 천장을 올려다보며 소리 없는 비명을 질렀다. 몸속 깊은 곳에서 끓어오르는 거무칙칙한 감정에 가슴이 풀무처럼 물결친다. 테이블에 놓인 잡지를 좍좍 찢어발기고, 그러고도 분이 풀리지 않아 침대에서 깃털 베개를 집어 있는 힘껏 헤드보드로 내던졌다. 그리고 다시 또 집어 높이 쳐든다. …… 다시 한 번. …… 몇 번이나 내던지다 보니 이음매가 터져 하얀 깃털이 덩어리째 공중에서 흩어져 싸락눈처럼 온 방에 휘날렸다. 숨을 깊이 들이쉬는 바람에 깃털 하나가 목구멍에 들러붙었다. 클레어는 컥컥 기침을 하면서 침대에 쓰러졌다.

호흡이 격하게 흐트러지고 심장마저 터져 나갈 것 같았다.

미쳐 날뛰는 감정은 조금도 진정될 줄을 몰랐다. 월트가 한 말이 뇌혈관을 뚫고 나올 것처럼 머릿속에서 난동을 부리고 있다. 그 말을 듣는 순간 느꼈던 폭발적인 분노가 지금은 기름 부은 불길처럼 온몸을 뒤덮고 손가락 끝까지 태우고 있었다. 초조함이 머리칼 속을 독벌레처럼 기어 다녀 클레어는 손톱을 바짝 세우고 피가 배어 나올 정도로 머리를 긁었다.

"리처드에게 항의를 하고 싶으면, 그렇게 해도 괜찮아."

월트는 그렇게 말했다.

"단, 그러려면 내가 유언장의 내용을 누설했다는 사실도 얘기해야 할 테니까, 당연히 당신과 나의 관계도 세상에 드러나게 되겠지. 그 때문에 당신은 모든 상속권을 잃게 될지도 모르지만, 만약 그래도 좋다, 이렇게 부당한 취급은 간과할 수 없다고 생각한다면, 클레어 …… 난 각오를 하겠어. 나 역시 모든 것을 잃게 되겠지만, 당신은 얻을 수 있을 테니까."

말도 안 되는 소리, 그녀는 생각했다. 대체 뭐가 어떻게 이상해지면 그런 발상을 할 수 있다는 말인가. 월트는 지나치게 낭만적이다. 그야 물론 리처드가 죽고 나면 유언 집행을 기다릴 수밖에 달리 방법이 없지만, 그렇다고 지금 당장 모든 것을 잃고 싶지는 않다.

어떻게든 무슨 수를 써야 한다. 이렇게 부당한 처사를 어떻게 용인할 수 있단 말인가. 이것은 리처드의 배신이다. 과거 인디언 여자와 사랑에 빠졌고, 그 여자와 아이까지 낳았고, 그것도 모자라 그 아이를 곁에 불러들인 것조차 사소한 일로 느껴질 만큼,

이건 참담한 배신 행위였다.

지금까지 수십 년 동안, 리처드가 제아무리 마음대로 굴어도 그 뒤에서 샌더슨가의 재산을 지키는 역할은 정부인인 클레어만이 할 수 있는 것이었다. 그 자부심과 긍지만으로 그녀는 자신을 곧추세워 왔다. 몸매에서 섹스 테크닉까지, 젊은 애인과 비교당하는 모욕감을 견뎌 낸 것도 그 자부심이 있었기에 가능한 일이었다. 여자 놀음은 어차피 한때의 불장난이다, 나이를 먹은 그 옆에 남아 있을 사람은 자신이다. 줄곧 그렇게 생각하면서 질투와 고통을 억눌러 왔다.

그런데 그 사람은. 클레어는 피가 나는 데도 아랑곳 않고 엄지손가락을 깨물었다. 이렇게 마지막까지 나를 배신하고 또 조롱하려는 것인가. 그가 쌓았고, 내가 지켜 온 재산의 절반 이상을 고스란히 그 보잘 것 없는 여자에게 넘기려는 것인가. 서류상 로렌스의 아내라고는 하나, 이 집에 굴러든 지 한 달도 채 안 되는 근본조차 알 수 없는 그 일본 여자에게 ……

명치 언저리에 뭔지 모를 사악한 것이 꿈틀거리기 시작했다. 금방이라도 온몸이 비늘로 좍 덮이면서 독사로 변해 버릴 것만 같은 기분이 들었다.

차라리 그렇게 되면 좋을 텐데. 클레어는 이를 갈았다. 그러면 ―.

그러면 제일 먼저 누구를 물 것인가.

# 22

랠리의 장례식이 끝나고 엿새째 되는 날, 그러니까 처음 말을 탔던 그다음 날이었다. 마후유는 팀을 안고 사인승 포드 트럭 조수석에 기어오르면서도 자신이 이 차를 타고 어디로 가는지 전혀 모르고 있었다.

아무튼 좌석에 엉덩이를 내려놓는 순간, 등 뒤에서 컹 하고 짖는 소리가 나 깜짝 놀랐다. 펀치드 페이스가 뒷좌석에 엎드려 이빨 사이로 살색 혀를 축 늘어뜨리고는 꼬리를 흔들고 있었다.

운전석에 브루스가 올라타자 차가 흔들리면서 기우뚱 왼쪽으로 기울었다.

마후유는 저택의 포치를 올려다보았다. 브루스를 따라가라고 한 사람은 리처드였는데, 정작 그는 보이지 않고 현관 옆 창문 안에 서 있는 일라이자의 모습이 보였다. 이쪽을 노려보고 있었다. 마후유는 우울해졌다.

차를 몰기 시작한 브루스에게 어디로 가는 거냐고 묻자, 그는 갤럽이라고 짧게 대답했다. 그리고 앞에 있는 사물함에서 지도를 꺼내 마후유에게 건넸다.

지도상에서 갤럽은 I-40 도중, 뉴멕시코 주와의 경계 너머에 바로 있는 조그만 마을이었다. 거리는 80마일 정도 될까. 브루스는 뉴욕에서 목장으로 올 때 지났던 길이라고 했는데, 마후유는 전혀 기억에 없었다. 아마, 순식간에 지나쳐 버린 탓이리라.

그 마을에는 리처드가 사람을 고용해 운영하는 기념품 가게가 하나 있다. 가게는 플래그스태프와 피닉스, 그리고 산타페와 타오스에도 각각 한 군데씩 있는데, 나바호 족이 만든 직물과 은 공예품을 중심으로 호피 족, 주니 족, 푸에블로 족, 아파치 족 등 여러 부족에서 수집한 수공예품을 취급하면서도 다른 기념품 가게에 비해 양심적인 가격으로 팔기 때문에 다섯 군데 모두 꽤 성업 중이라고 브루스가 설명해 주었다.

"그래서 당신은 갤럽의 가게에 무슨 볼일이 있는데?"

"내가?"

자못 뜻밖이라는 듯이 브루스가 되물었다.

"난 볼일이 없어. 당신 볼일로 가는 거 아닌가?"

"그럴 리가. 나도 볼일이 없는데."

브루스가 눈만 돌려 그녀를 슬쩍 보고는 한쪽 눈썹을 찡긋 올렸다.

"리처드에게서 아무 말 못 들은 거야?"

"무슨 말? 난 그저, 오늘은 당신과 같이 움직이라는 말밖에 듣지 못했어. 따리가 보면 안다고 ……. 그래서 현관 밖으로 나와 봤더니 당신이 차 문을 열고 대기하고 있었어. 그러니까 납치를 당한 거나 다름없지."

그렇게 말해 놓고는 얼른 덧붙였다.

"오해는 말아요. 지금 한 말은 당신이 '인디언'이라는 사실과는 무관하니까."

브루스가 히죽 웃었다.

"난 아무 말 안 했는데."

팀이 몸을 뻗대면서 마후유의 품에서 벗어나려 했다.

"뒤로 갈래."

"위험해서 안 돼."

"갈 거야."

"가게 해 줘. 천천히 운전할 테니까 걱정 말고."

브루스의 말을 반신반의하며 팔에서 힘을 빼자, 팀은 좌석 사이로 빠져나가 뒷좌석에 가서는 납죽 엎드려 있는 펀치드 페이스의 몸을 얼른 껴안았다.

마후유는 고개를 돌려 지켜보고 있다가, 팀이 펀치의 입안에 팔꿈치까지 손을 쑥 밀어 넣는 것을 보고는 걱정이 되고 말았다.

"저 개, 절대 안 물어?"

"그럼."

"아이가 아프게 괴롭혀도?"

"팀이 펀치의 코를 깨물지만 않으면."

"깨물 수도 있잖아."

브루스가 키득 웃었다.

"그럴 때는 팀도 아픈 맛을 봐야겠지."

"너무하네."

"너무한 게 아니지. 상대를 아프게 하면, 그 앙갚음이 돌아오는 건 당연한 일이잖아. 팀도 언젠가는 배워야 해. 더구나 만에 하나 무는 일이 생긴다 해도, 펀치는 정도를 알고 있어. 그렇지 않고 어떻게 양을 몰 수 있겠어."

"…… 그래도."

"몇 번이나 말하지만, 당신은 팀을 지나치게 과보호하고 있다고. 랠리도 그렇게 말했을 텐데."

아픈 곳을 찔려, 마후유는 아무 대꾸도 하지 않았다.

"걱정 마. 펀치는 내 말이라면 반드시 들으니까, 진짜야. 가령 갈빗살을 우적우적 먹고 있을 때라도, 내가 내려놓으라고 하면 바로 내려놓는다고."

"그만해요. 괜히 더 걱정 되잖아."

브루스가 소리 내어 웃었다.

마후유는 어쩔 줄 몰랐다. 어제의 친밀감이 계속되는 것은 기뻤지만, 상대가 이렇게나 순순히 방패를 내릴 줄은 몰랐기에 어떻게 반응하면 좋을지 알 수 없었다. 브루스의 팔과 자신의 팔이 아주 가까운 거리에 있다는 것까지 갑자기 의식하고는, 바로 또 자의식 과잉이라고 반성했다.

"뉴욕으로 돌아간다면서."

놀라서 브루스를 보았다. 꽤나 소식이 빠르다. 이제 그만 돌아가고 싶다고 리처드에게 말한 게 바로 어제 저녁 식사 자리였다. 리처드 자신은 "그래" 하면서 미소만 지었을 뿐 별다른 말이 없었는데, 마이클은 물론 클레어까지 더 있다 가라고 진지하게 만류해서 뜻밖이었다.

"주말에는 돌아가고 싶어요."

"그러니까, 그 때문이야. 갤럽에 가는 건. 당신은 그 가게에서 친구와 지인에게 줄 선물을 마음대로 고르면 돼."

"어머."

"리처드로서는 엄청난 배려를 한 거지."

도로변 여기저기에 이 길이 과거 루트 66이었음을 알리는 표식이 서 있었다. 옛날에는 대륙의 대동맥 역할을 했던 유서 깊은 길이었는데, 지금은 도시와 도시를 잇는 고속도로가 사방팔방으로 뻗어 있는 탓에 쓸모가 없어지고 말았다. 스쳐 지나가는 조그만 촌락과 마을에는, 마치 깜박 두고 간 채 아무도 찾으러 오지 않는 짐 같은 서글픈 분위기가 떠돌고 있었다. 길은 쇠락해 오가는 사람도 거의 없고, 메인 스트리트에도 빈집과 문 닫은 가게만 눈에 띈다.

차가 도중에 나바호 인디언 보호구역 한끝을 스치고 지나갔다. 그래 봐야 '지금부터 나바호 랜드가 시작됩니다' 하고 쓰인 나무 팻말이 서 있을 뿐이다.

"면적으로 치면 미국의 인디언 보호구역 중에서 가장 넓어. 전에 삼촌에게 들은 적이 있는데, 아아, 기억이 안 나는군. 일본의 북쪽에 있는 커다란 섬을 뭐라고 했더라. 호 …… 호케이도?"

마후유는 후훗 웃었다.

"혹시 홋카이도를 말하는 건가요?"

"아, 그래."

마후유가 웃자, 브루스는 부루퉁한 표정이다.

"홋카이도가 왜요?"

"일본에서 온 관광객에게 나바호 인디언 보호구역의 넓이를 설명할 때, 그 섬과 비슷하다고 하면 된다고 삼촌에게 배웠거든. 삼촌은 자기가 하는 여행사를 내게 물려주고 싶어 해서 말이야. 만날 때마다 자기 회사에 있는 스태프 아가씨를 내게 소개해 주려고 안달이지. 가정을 꾸리면 마음이 달라질 거라고 생각하는 모양이야."

마후유는 웃었다.

"일본인 관광객이 그렇게 많아요?"

"꽤 많지. 어쩌면 그 절반은 중국 사람일지도 모르지만, 나는 구별이 안 되니까."

마후유는 창밖으로 눈을 돌렸다. 사방은 넓기만 할 뿐 아무 쓸모도 없을 듯한 사막만이 한없이 펼쳐져 있었다.

십오 분 정도 달리자, 주 경계선임을 알리는 간판이 점차 다가왔다. 그리고 지금 회색 픽업트럭은 그 간판을 막 지나 뉴멕시코 주에 들어섰다. 동시에 다시 보호구역을 떠난 셈이다.

브루스가 라디오를 틀었다. 언젠가 들었던 주문 비슷한 노랫소리가 흘러나왔다. 단조로운 노래가 끝난 후에 뭐라고 웅얼거리는 소리가 이어진다.

마후유가 나바호 말이냐고 묻자, 브루스는 그렇다고 대답했다.

"당신, 이거 전부 알아들어요?"

"당연하지. 가족과는 이 말로 얘기하는데."

"그럼 전에 당신이 읽었던 신문도 나바호어로 쓰인 거예요?"

"아니, 그건 영어. 나바호에게는, 아니지 인디언 말은 글자가 없어. 기껏해야 그림문자 정도지."

갤럽에 도착할 때까지 두 사람이 나눈 대화는 거의 대부분 그렇게 두서없었다. 서로의 태생이나 현재의 생활에 깊이 파고드는 얘기는 하지 않았지만 마후유로서는 오히려 그 편이 절절하게 마음에 와 닿았다. 뉴욕에서 이리로 내려오는 여행 때는 그렇게 말이 없던 브루스가 어제부터 이런저런 얘기를 꺼내는 것도 의외였지만, 두서없는 얘기를 나누면서 시간을 보낼 수 있는 것은 서로가 상대를 기피하지 않는다는 사실을 감지했기 때문이리라. 간혹 얄밉게 빈정거리는 말조차 어제와는 다른 의미를 품고 있는 것처럼 느껴졌다.

　가게는 석조 호텔 안에 있었다.

　유리문 안을 들여다보기만 해도 품목이 얼마나 풍부한지 알수 있었다. 벽에는 모피와 깃털을 사용한 장식물과 나바호의 러그, 거미줄 모양의 벽걸이 등이 빈틈없이 빽빽하게 걸려 있다. 조명을 받아 반짝이는 유리 케이스 너머에 술통처럼 투실투실한 중년의 원주민 여자가 있었다. 해리엣도 뚱뚱하지만, 몸집이 그 두 배는 될 것 같았다. 매기라는 이름의 그녀는 브루스를 보자마자 환하게 웃었고, 팀의 손을 이끌고 뒤따라 들어간 마후유도 기다리고 있었다며 웃는 얼굴로 반갑게 맞아 주었다. 리처드에게서 연락이 있었던 모양이다.

　오랜만에 하는 쇼핑이었다.

　언뜻 비슷해 보이는 은과 터키석 세공품이라도 자세히 보면 부족에 따라 각각의 특징이 드러났다. 아티스트의 솜씨에 따라서도 완성도가 꽤나 다르다. 가격은 품질에 정비례했다.

　마후유는 루시와 산드라를 위해 주니 족의 상감 세공 피어스와 목걸이를 고르고, 동구 것으로는 호피 족의 심플한 은 버클을, 그리고 로젠슈타인 부인을 위해서는 소박한 무늬가 새겨진 푸에블로 족의 토기 물뿌리개를 골랐다. 이거라면 정원의 꽃에도 물을 줄 수 있을 것 같았다.

터키석은 부적 같은 구실도 한다는 매기의 권유에 따라 팀에게도 조그만 초커를 사 주기로 했다.

"쓰리 핑크 뷰티라는 광산에서 난 돌이예요."

매기가 설명했다.

"파란색이 참 곱죠."

은 비즈를 연결한 줄과 터키석의 맑은 파란색이 팀의 피부색에 잘 받아, 목에 걸기만 했는데도 순식간에 나바호 족 사내아이다워 보인다.

"잘 어울리네."

마후유가 칭찬하자 팀은 부끄러움과 기쁨이 뒤섞인, 뭐라 표현하기 어려운 표정으로 웃었다.

마지막으로 마후유 자신의 것으로 동글동글한 터키석에 은으로 만든 깃털이 달린 나바호 족의 피어스를 고르고 신용카드를 꺼내려 할 때였다.

"마후유."

브루스가 처음으로 그녀의 이름을 불렀다.

깜짝 놀라 다가가자, 그는 매기에게 니비호 말로 뭐라고 말하는 중이었다. 매기는 유리 케이스에서 은으로 된 나바호 족의 팔찌를 꺼냈다.

"어때?"

너비 1센티미터 정도의 광택 없는 은팔찌 한가운데에 투명한 청록색 터키석이 박혀 있고, 그 주위에 하얀 돌과 검은 돌이 조르륵 박혀 있었다. 은 자체에도 넝쿨무늬와 꽃무늬가 새겨져 있다.

"정말 예쁘다. 세공이 참 섬세하네요. 이것도 나바호 족이 만든 거예요?"

"그래. 실은 데릴라가 만든 거야."

"정말요? 디자인도 그녀가 직접 했나요?"

"그럼."

브루스가 꺼내 보여준 팔찌 뒷면에는 조그맣게 'SW'라는 글자가 새겨져 있었다.

"그녀의 인디언 이름 이니셜이야."

"실버 위드 말이죠?"

브루스가 뜻밖이라는 표정을 짓는다.

"그 얘기도 리처드에게 들었어요."

마후유가 말했다. 당신의 인디언 이름도, 하고 말하려다 그만두었다.

"이 주위에 조르륵 박혀 있는 조그만 돌은 뭐예요?"

"진주와 전복, 그리고 흑요석이군. 각기 동쪽과 서쪽, 북쪽을 의미하지. 터키석은 남쪽이고. 동시에 낮을 상징하고 겨울을 뜻하는 돌이기도 해."

"겨울을 뜻한다고요? 터키석이 겨울을 나타내는 돌이란 말이에요?"

"왜 그러지?"

"…… 아니, 그냥."

느닷없이 브루스가 마후유의 손을 턱 잡는가 싶더니, 손목에 그 팔찌를 끼웠다.

"뭐 하는 거죠?"

"당신 거야."

"아니, 자, 잠깐. 난 이렇게 비싼 거 살 수 없어요."

브루스가 웃었다.

"참 바보로군. 당신이 돈을 내면, 리처드가 일부러 이 가게로 보낸 의미가 없잖아."

"나도 그렇게 들었어요."

매기도 옆에서 거들었다.

"그래도 …… 이럴 순 없어요."

"왜지? 오너의 첫째 며느리가 가게에서 돈을 낸다는 얘기는 금시초문인데."

결국 마후유는 친구들에게 줄 선물을 포함해서 단돈 1달러도 내지 못했다. 픽업으로 돌아와서도 못내 꺼림칙해하는 그녀를 보고서 브루스는 어이가 없다는 듯 고개를 저었다.

"뉴욕에 돌아가 좀 기다리면, 지금 그 가게에서 보낸 러그가 도착할 거야."

"그건 또 왜요!"

"리처드는 당신이 어떤 걸 마음에 들어 하는지 잘 물어보라고 했지만, 굳이 묻지 않아도 알겠더군. 제일 안쪽 벽에 걸린 거 맞지?"

마후유가 잠자코 대답이 없자 브루스는 키득 웃었다.

"안목이 꽤 높던데."

"가격은 꽤 높은 정도가 아니라 어마어마했어."

"당신도 참 궁상스럽군."

"지금 받은 것만 해도 상당한 금액일 텐데."

"고작 몇백 불 정도야. 리처드에게는 기껏해야 팁 정도라고."

팁이라는 그의 말에 마후유는 퍼뜩 깨달았다. 목장에 도착한 날, 클레어는 서랍에서 지폐를 꺼내 브루스에게 건넸다. 그의 성격을 아는 지금은 클레어의 진의도 알 수 있다. 왜 그렇게 엉뚱한 화제를 꺼냈고, 리처드와 마이클이 보는 앞에서 왜 굳이 브루스에게 팁을 줬는지.

마후유는 또 기분이 암울해지고 말았다. 그 저택은 아무래도 숨이 막힌다. 랠리가 집을 떠난 것도 이해가 간다.

마후유가 조수석에 앉자, 팀을 뒷좌석에 태우고 문을 닫은 브루스가 운전석에 올라탔다.

"한 군데 더 들러야 해."

"어디를?"

"친리. 여기서 60마일 정도야."

"거기에는 무슨 볼일이 있는데요?"

브루스가 기어를 넣고 마후유를 힐금 쳐다보았다.

"가끔은 질문하지 않고 가만히 있을 수 없나?"

# 23

그날 오후, 리처드는 심장의 이상을 감지했다. 계단을 겨우 절반 올랐을 뿐인데 숨이 차고 눈앞이 어질어질하면서 맥박이 빨라졌다. 층계참에서 한숨 돌리지 않고는 계단에 발을 올리는 것조차 버거울 정도였다.

요즘 무리를 한 탓이 큰지도 모른다. 생각해 보면, 결혼식 때문에 뉴욕에 가기 전부터 거의 휴식다운 휴식을 취하지 못했다. 집이 일터를 겸하고 있다 보니, 어쩔 수 없이 균형감이 무너져 난감해지곤 한다.

서재로 들어간 그는 거대한 마호가니 책상 뒤쪽으로 돌아가, 소가죽 안락의자에 쓰러지다시피 앉아 깊은 한숨을 몰아쉬었다. 나이를 먹었다는 것을 인정하고 싶지 않았다. 의사가 몇 종류나 되는 알약과 캡슐을 처방해 주었지만, 백혈구 수치를 낮추는 약처럼 꼭 필요한 약이 아니면 먹지 않으려 하고 있다. 늘 이정도는 조금 쉬면 금방 나을 것이라고 여겼다.

"자네는 그 고집 때문에 꼴까닥 목숨을 잃을 거야."

학창 시절 친구인 의사 테오도르 스톤은 그렇게 말했다. 그럴지도 모르겠다고 리처드 자신도 생각했다.

문을 두드리는 소리가 울렸다.

리처드는 자세를 똑바로 고쳐 앉고 이마에 밴 땀을 손바닥으로 닦아 낸 후에 대답했다.

그는 들어온 사람이 아내라는 것을 알고서 놀랐다.

클레어가 이 서재에 발을 들여놓은 것이 과연 몇 년 만일까. 침실을 따로 쓰기 전부터 클레어는 이미 리처드의 사업이나 리처드 본인에게 관심을 잃은 것 같았다. 그리고 지금 그 관심은 사치를 부리는 것과 사교계에서 얼마나 정중한 대접을 받느냐 하는 두 가지에 집중되어 있는 듯 했다. 그렇다고 그런 아내를 비난할 마음은 눈곱만큼도 없었다. 모든 원인은 과거 자신이 행한 외도에 있다. 마후유에게 자업자득이라고 했던 말에 거짓은 없다.

그러나 아직까지도 자신을 정당화하려는, 스스로를 동정하고 싶어 하는 마음이 어딘가에 남아 있는 것도 사실이다. 집에서는 얻을 수 없었던 마음의 평안을 다른 여자에게 찾고 만 자신의 나약함이 얼마나 많은 인간을 불행하게 만들었는지 잘 알고 있지만, 다시 한 번 같은 인생을 살게 된다면 다른 선택을 하게 될지, 영 자신이 없다. 흑요석 같은 눈동자의 나바호 여인 '스마일링 버드'에게 마음을 빼앗겨, 어떻게든 제 것으로 만들려 했으리라.

한편, 그 전에 클레어와 결혼하지 않는 선택을 했을까 하면, 그것도 알 수 없다. 그와 클레어는 먼 친척 사이였다. 어린 시절, 해마다 소몰이를 거들러 오는 부모님을 따라 목장을 찾는 그녀를 보는 것이 리처드에게는 더없는 낙이었다. 클레어는 아름다웠다. 그 아름다움은 해를 더할수록 더해 갔다. 마침내 그녀를 얻었을 때, 리처드는 주위의 온 남자들에게 원망을 샀다. 그렇다. 과거에는 그녀를 사랑했던 날들이 분명히 있었다. 그 시절에는 그녀의 강한 성정과 그 너머로 언뜻언뜻 보이는 여린 면까지 사랑스러웠다.

책상으로 다가오는 아내를, 리처드는 감회에 젖은 기분으로 지켜보았다. 클레어는 지금도 충분히 아름답지만, 그는 이미 그 아름다움에 마음이 흔들리지 않는다. 오히려 고의로 그러는 것인지 아니면 무의식적인 것인지, 그녀의 온몸을 휘감고 있는 비장함에 무언의 압박을 느끼고 우울해질 뿐이었다. 그녀를 보면 실수로 깨뜨린 도자기를 바라보는 듯한 기분이 든다. 깨뜨린 것은 잘못이지만, 산산이 깨진 조각을 이렇게 오래 보일 일은 없지 않은가.

책상 앞에 서자, 클레어는 말했다.

"당신과 의논할 일이 있어요."

"희한한 일도 다 있군."

그는 다시 의자 등받이에 몸을 기댔다.

"당신은 무슨 일이든 스스로 결정하는 사람 아니었나."

"리처드, 당신과 말다툼 하자고 온 거 아니에요."

지금도 날마다 검은 드레스를 차려입는 그녀는 인내심을 갖고 말했다.

"아주 중요한 일이에요. 그래도 바쁘다고 하면, 나중에 다시 오겠지만."

리처드는 팔걸이에 팔을 올려놓고, 가슴 앞에서 두 손을 깍지 꼈다. 양손의 엄지손가락을 마주 대면서 클레어를 올려다본다.

그녀가 이렇게 몸을 낮추는 걸 보면, 부탁할 일이 있다는 뜻일까.

"괜찮아. 뭐지?"

그가 물었다.

"팀 말인데요 ······."

그녀가 신경질적으로 머리가 내려오지도 않았는데 귀 뒤로 넘기는 시늉을 했다.

"당신, 정말 그 아이를 마후유에게 맡길 작정인가요?"

"그러면 안 되나?"

"그런 뜻이 아니잖아요. 그 아이는 로렌스의 아들, 샌더슨가의 직계 자손이라고요. 그런 아이를, 어떻게 마후유에게 맡길 생각을? 친엄마라면 몰라도, 그녀는 새빨간 남이에요."

"남이 아니지. 랠리의 아내야. 그리고 아주 참한 아가씨잖아. 친엄마보다 훨씬 믿음이 가던데. 그리고 그녀는 무엇보다 팀을 아주 귀여워하고 있어. 팀도 그녀를 잘 따르고. 아니면 뭐지? 당신이 생각하는 사람이 따로 있기라도 한 건가?"

몇 초간 망설인 후, 클레어가 말했다.

"왜 우리가 키우면 안 되는 거죠?"

리처드가 눈을 번쩍 떴다.

"그 말, 진심으로 하는 건가?"

"내가 농담이나 하려고 당신을 방해하겠어요?"

그만 빈정거리고 만 것을 얼버무리듯, 그녀가 슬쩍 헛기침을 했다.

"리처드, 생각해 봐요. 앞으로 마후유가 샌더슨이라는 이름으로 계속 살지, 어떻게 알겠어요? 아직 그렇게 젊은 여자에게 제

핏줄도 아닌 어린아이를 떠넘기는 거, 불쌍하다고 생각지 않나
요?"

"그 점에 대해서는 내가 마후유 본인에게 분명하게 확인했어.
그녀에게 팀은 부담스러운 존재가 아니라 오히려 삶의 버팀목
이라고 하더군. 그건 옆에서 봐도 잘 알 수 있잖아."

"지금이야 당연히 그렇겠죠. 하지만 언젠가 때가 되어 그녀가
재기하면, 그래서 로렌스와 결혼하기 전의 생활로 돌아가면, 그
아이가 걸림돌이 될 게 뻔하잖아요. 그때 가서 우리가 맡는 것보
다 아직 어린 지금이 ……."

리처드가 한 손을 들어 그녀의 말을 가로막았다.

"때가 돼서 재기를 한다고, 어떻게 모든 것이 이전으로 돌아간
다고 할 수 있지? 우리의 관계를 보면 잘 알 수 있을 텐데."

아내의 안색이 바뀌는 것을 확인하면서 그는 말을 계속했다.

"랠리의 죽음은 그녀에게 아주 특별한 의미가 있는 사건이야.
그녀는 자세하게 말하려 하지 않지만, 내 눈도 그냥 박혀 있는
게 아니니까 말이지. 남편의 갑작스러운 죽음을 그저 슬퍼하는
것만으로는 보이지 않잖아. 바꿔 말해서, 랠리는 그녀에게 남편
과 애인 그 이상의 존재였다는 거겠지. 그런 버팀목을 잃은 지
금, 그녀에게서 팀까지 빼앗으면 어떻게 되겠어?"

"그녀를 위해서는 좋을지도 모르죠. 하지만 팀을 위해서는요?
당신, 그 생각은 해 봤어요?"

"물론이지. 그런데 ……."

"뭐죠?"

"놀랍군. 당신이 왜 갑자기 그런 말을 꺼내는 건지 말이야."

"그건 ……."

클레어가 눈을 내리깔았다.

"마후유가 끝내 팀을 데리고 간다고 생각하니까, 너무 서운해서 ……."

"이봐, 클레어."

리처드가 깨우치듯이 말했다.

"그래, 팀은 아직 어리지. 그러니까 예뻐해 주면 금방 우리를 따르게 되겠지. 하지만 우리는 이미 젊지 않아. 게다가 부부 사이가 좋다 할 수도 없고. 그런 우리가 그 아이를 맡는다고 해서, 잘 키울 수 있을 것 같나, 응?"

"리처드."

그를 똑바로 쳐다보는 클레어의 눈에는 어딘지 모르게 궁지에 몰린 듯한, 열에 들뜬 듯한 빛이 담겨 있었다.

"부탁이니까, 내 말 좀 들어 봐요. 그러니까 더욱이 그 아이를 맡아 키우고 싶은 거예요. 우리, 다시 시작할 수 없을까요?"

"다시 시작한다고? 뭘 말이지?"

"당신과 나 사이의 모든 걸. 피차 서로에게 부족한 부분이 많았지만, 앞으로 죽을 때까지 계속 이렇게 살면 괴롭기만 하고 의미도 없잖아요. 그러니까, 내 말은 ……."

그녀가 말을 더듬었다.

"팀이 우리에게 좋은 계기가 되지 않을까요. 우리가 서로를 되찾기 위한."

눈을 두세 번 깜박이는 동안은 리처드에게도 클레어의 제안이 무척이나 매력적으로 느껴졌다.

세 아이가 한창 자라던 시절, 그는 집에 엉덩이를 붙이고 있는 일이 거의 없었다. 아이들 교육은 모두 클레어에게 맡긴 채였다. 밖에서 일하는 것이 성격에 맞았고, 일하지 않는 시간에는 늘 스마일링 버드와 어린 브루스와 함께 지냈다.

그 모든 과오를 클레어는 용서해 주겠다고 한다. 배신한 쪽은 리처드인데, 그녀 스스로 양보하겠다고 한다. 자존심이 센 그녀가 얼마나 마음을 굳게 다지고 그 말을 꺼냈는지는 그도 충분히 알 수 있었다. 앞으로 몇 년을 살지 모르지만, 남은 시간을 그녀와 둘이 어린 손자를 키우는 데 써도 좋지 않을까 ……?

그러나 그의 귀는 자신의 입에서 흘러나오는 말을 들었다.

"피차 쓸데없는 애는 쓰지 말자고, 클레어. 지금 이대로 산다고 해서, 불편할 게 뭐 있어? 당신은 당신 하고 싶은 대로 하면 돼. 남은 인생을 즐기며 살 수 있을 만큼의 돈은 줄 테니까. 그러니까 나도 나 하고 싶은 대로 하게 해 주면 좋겠군."

"나는 돈 때문에 ……."

"그럼, 한 푼도 필요 없다는 말인가?"

클레어가 입을 다물었다.

"그것 보라고."

"왜 그렇게 심하게 말하는 거죠?"

"말투의 문제가 아니잖아."

"당신이란 사람 ……."

"무슨 말이 하고 싶은 거지?"

"정말 냉정하군요."

"새삼스럽게 알았다는 식으로 말하지 않았으면 좋겠군."

"……."

"할 얘기 다 끝났으면, 나는 그만 일을 해야겠어."

아내의 몸이 기우뚱 옆으로 기우는 것처럼 보였다. 그 순간, 리처드는 그녀가 울부짖든지 뭐라고 외치지 않을까 생각했는데, 클레어는 그저 창백한 얼굴로 그를 내려다보더니 더는 아무 말도 않고 몸을 돌렸다.

책상에 놓인 안경을 집으려고 몸을 일으킨 리처드가 움직임을 멈춘 것은, 문손잡이를 잡은 클레어의 가녀린 어깨를 봤을 때였다.

깜짝 놀랐다.

얼마나 늙어 보이는지. 그렇게 대단한 그녀도 뒷모습에서 묻어 나오는 나이까지는 숨길 수 없었던 것이다.

자신도 모르게 불러 세우려 했는데, 한발 늦었다. "클" 하고 소리를 냈을 때 그녀의 모습은 이미 문밖으로 사라지고, 찰칵 문이 닫히는 소리만 남았을 뿐이었다.

책상에 팔꿈치를 대고 리처드는 긴 한숨을 내쉬었다. 손바닥으로 무거운 머리를 받쳤다. 지금의 언쟁으로 또다시 맥박이 빨라졌다. 이마에는 식은땀이 돋아 있다. 손끝도 왠지 차갑다.

역시 고집 부리지 말고 약의 힘을 빌렸어야 했다. 자신의 뒷모습을 스스로 볼 수는 없으니, 아마 자신도 그녀 이상으로 볼품없는 꼴을 하고 있을 것이다. 요컨대 이제 무리를 할 수 있는 나이가 아닌 것이다.

약 봉투를 꺼내려고 책상 서랍을 열었을 때, 눈앞이 이상하게 어둡다는 것을 알고 창밖의 하늘을 올려다보았다. 이제야 비가

와 줄 모양인가.

그런데 그게 아니었다. 어둡게 보이는 것은 그에게 문제가 있어서였다.

갑자기 심장이 기계로 꽉 조이는 것처럼 조여들면서 숨을 쉴 수가 없었다. 격통이 가슴을 짓눌렀다. 아팠다. 목소리가 나오지 않았다. 한 해 전 심장 발작 때보다 몇 배는 심했다.

후들거리는 무릎에 혼신의 힘을 주면서 일어난 그는 식은땀을 줄줄 흘리면서 뭐라도 잡으려고 손을 뻗었다. 자신의 손가락이 괭이처럼 굽어 있는 것이 희미하게 보였다. 간신히 손에 닿은 것을 잡으려다 그만 놓치고 말았다.

유리가 깨지는 소리가 났다.

죽음이란, 이렇게나 덧없는 것이던가?

그가 마지막으로 본 것은 엄청난 속도로 눈앞에 다가온 바닥이었다.

# 24

"대부분의 사람들은 어둠 속에서 생을 마치지."

나무 침대에 걸터앉은 메디슨 맨이 마른 나뭇가지를 비벼 대는 듯한 목소리로 천천히 말했다. 다행이 영어였다.

호건 안은 좁고 창문이 없는 탓에 문을 활짝 열어도 어두웠다. 지금은 마후유의 코에도 익숙해졌지만, 처음 들어왔을 때는 눅눅한 먼지 냄새가 났다. 사발을 엎어 놓은 모양의 움막 안쪽은 소용돌이 모양으로 촘촘하게 얽은 통나무가 받치고 있고, 흙바닥에는 오래된 러그 몇 장이 깔려 있다. 원형 공간의 한가운데에는 드럼통을 잘라 활용한 간이 스토브가 있고, 굴뚝은 돔처럼 위를 덮고 있는 천장을 뚫고 나가 하늘로 뻗어 있었다.

브루스의 할아버지 우든 레그는 올해 나이 여든네 살이라고 한다. 보호구역에 사는 나바호 족치고는 오래 사는 편이라고 하는데, 한쪽 다리가 의족인 노인은 이 없는 입으로 웃었다. 작은 체구에 깡마른 몸, 동그란 머리는 조그맣고, 지위가 높은 메디슨 맨이라고 들은 것에 비해 차림새가 아주 소박했다. 셔츠와 오래 입어 낡은 검은 바지, 이마에는 널찍한 검은 천을 두르고 있다. 언뜻 봐서는 어디에나 흔히 있는 마음씨 좋은 할아버지 같다. 분위기도 온화해서 일본 집 툇마루에 앉혀 놓아도 위화감이 없을 듯하다. 다만, 틀어 올린 은색의 긴 머리와 부드러운 가운데에서도 때로 날카롭게 빛나는 눈이 어쩌다 한 번씩 그를 수수께끼에 싸인 존재로 보이게 했다. 깊고 자글자글하게 패인 무수한 주름 사이에 모든 답이 담겨 있는 것처럼 느껴진다.

브루스가 그녀를 이리로 데리고 온 지 두 시간쯤 지났을까. 활짝 열린 문 앞에 호건의 그림자가 길게 늘어져 있는 것을 보면 태양이 꽤나 서쪽으로 기운 것 같다. 처음에 같이 앉아 있던 팀은 밖에 나가 또래 아이들과 함께 개를 데리고 뛰어놀고 있다.

우든 레그와 얘기를 나누는 동안, 마후유는 브루스가 같은 호건 안에 있다는 사실을 몇 번이나 잊을 뻔 했다. 브루스는 구석의 어둠 속에서, 거의 토벽에 동화되어 있었다. 필요한 때가 아니면 입도 열지 않았다. 마후유로서는 왜 그가 할아버지에게 자신을 소개해 주었는지 궁금했지만, 당사자인 우든 레그 앞에서 묻는 것도 실례일 것 같아 잠자코 있는 수밖에 없었다.

브루스는 친리라고 했지만, 실제로 이곳은 친리에서 못 미친 곳에 있는 그저 허허벌판 한가운데다.

큰 도로에서 빠져나와 들어간 샛길 끝에 호건 두 채와 조그만 집 두 채가 보였을 때, 마후유는 이런 곳에서도 사람이 산다는 것을 알고 아연해졌다. 수도도 우물도 없다. 지글지글 타들어 가는 햇볕을 가려 주는 것은 거대한 목화나무 한 그루, 그 외에는 뻣뻣한 풀이 드문드문 돋아 있을 뿐 황야와 적갈색 바위산밖에 없었다.

리처드는 이들의 가난을 잘 알고 있었을 텐데, 하고 마후유는 암울한 기분으로 생각했다. 조금이라도 원조를 하려는 생각은 없었던 걸까? 그러면 같은 보호구역 안에서라도 마을 가까운 곳에 조금 더 넓은 집을 지어 살 수 있을 텐데.

브루스가 운전하는 픽업이 샛길로 들어서자, 차 소리를 들은 개들이 제일 먼저 달려 나와 폭죽이라도 터뜨린 것처럼 짖어 댔다. 이어 아이들이 달려 나왔다. 각 집에 나뉘어 살고 있는 일가족이 몇 명이나 우르르 몰려나와 트럭을 에워쌌다. 나이 든 여자들은 색깔이 선명한 벨벳 블라우스에 새틴 플레어스커트를 입고 있었고, 터키석 액세서리를 있는 대로 여기저기 치장하고 있었다. 그런데 어떻게 된 일인지 데릴라, 실버 위드의 모습도 있었다.

마후유가 지난번 목장에서의 무례를 사과하자, 그녀는 깔끔한 영어로 이렇게 대답했다.

"나는 괜찮으니까, 당신도 신경 쓰지 말아요."

그러고 나서 마후유가 손목에 새로 낀 팔찌를 가리키며 방긋 웃었다. 브루스가 오늘 이곳에 들를 예정이라고 해서, 친정에도 올 겸 놀러 왔다고 한다.

"팀을 안고 싶어서 이렇게 왔지 뭐야."

브루스는 나바호 말로 다른 가족에게 마후유와 팀을 소개했다. 뭐라고 했는지는 제대로 알 수 없었지만, 그가 얘기를 끝내자 브루스의 이모 도로시와 아마가 눈물을 글썽이며 마후유와 팀을 번갈아 그 넓은 품에 꼭 안았다. 그리고 더 이상 자세한 사연은 캐묻지 않고 딸과 사위와 함께 양을 한 마리 잡았다.

그때껏 느릿느릿했던 행동에 비하면, 준비에 들어간 그들의 움직임은 마치 딴사람처럼 재빠르고 빈틈없었다. 시끌시끌한 것이 꼭 축제날 분위기였다. 아이들, 그러니까 우든 레그의 증손자 되는 아이들이 몇 명 울타리에 기어 올라가 어느 양이 좋은지 품평을 시작했다. 아마의 사위가 울타리 안으로 들어가자, 양들은 위험을 감지했는지 메에메에 눈을 희번득거리며 사방으로 도망쳤다. 좁은 통로에 몰린, 얼굴이 넓적하고 긴 한 마리가 뒷발이 잡힌 채 땅에 쓰러졌다. 사위가 발을 묶자 포기한 듯이 더는 움직이지 않았다.

데릴라가 속이 깊은 접시를 들고 나와 양의 목 밑에 대었을 때, 마후유는 엉겹결에 두 손으로 팀의 눈을 가리고 자신도 고개를 돌렸다. 부모들의 행동을 바라보는 아이들 얼굴에 아무 표정이 없다는 게 이상해서 견딜 수가 없었다.

목을 가르자, 양은 휴우욱 하는 소리를 냈다. 그리고 목화나무 굵은 가지에 매달려 말끔하게 겉가죽이 벗겨졌다.

바람이 불어 목화나무의 자잘한 솜털이 하늘에 무수히 떠다녔다. 역광을 받자 다이아몬드 부스러기처럼 부드럽게 빛나 보였다.

미끄덩거리는 하얀색 살이 햇살에 드러났다. 위와 장 등의 내장이 도려내져 양동이에 담긴다. 머리와 다리가 잘려 나간다. 버릴 것은 무엇 하나 없었다.

오늘, 저녁 식사에 초대된 모양이다. 지금 막 죽인 양을 먹는 걸까 생각하자 마후유는 솔직히 조금도 식욕이 일지 않았다. 하지만 브루스가 나바호 족에게 양은 최고의 음식이며, 일 년에 몇 번 특별한 손님이 올 때나 행사가 있을 때만 잡는다고 하니, 못

먹겠다고 사양할 수만은 없을 것 같았다.

여자들이 집 안으로 들어가 음식 준비를 시작하자, 우든 레그는 자신의 호건으로 마후유를 불러들이고, 러그 위에 쿠션을 놓고는 앉으라고 권했다. 마치 몰래 장난을 치는 어린아이처럼 밖을 기웃거리며 비밀이라고 속삭이고는 버번 비슷한 술도 한 잔 따라 주려 했지만, 원래 술을 잘 못 마시는 마후유는 잔에 따르기 전에 정중하게 거절했다. 브루스는 그걸 보고 현명한 선택이라고 했다.

마침내 그가 할아버지에게 랠리 사건을 얘기하기 시작했다. 이곳에 온 후로 그는 '랠리'라는 이름을 한 번도 입에 담지 않았다. 죽은 사람의 이름을 입에 담는 것은 나바호 족들의 터부 중 하나인 듯하다.

처음에는 영어로 말하더니 중간부터 나바호 말로 바꿔 얘기했다. 우든 레그가 잘 이해할 수 있도록 하기 위함인지 아니면 마후유가 알아듣지 못하도록 하려는 뜻인지, 옆에서 듣고 있던 그녀는 둘 다 맞겠다 여겼는데, 아무래도 후자인 것 같다는 생각이 들기 시작한 것은 얘기하는 중에 '보스턴'이라는 단어와 '재팬'이라는 단어가 귀에 들어왔기 때문이었다. 브루스는 마후유의 태생에 대해서도 할아버지에게 얘기하는 듯했다.

'왜죠?'

브루스에게 눈치를 주었지만, 완전히 무시당하고 말았다.

그가 얘기를 끝냈다. 한참이나 수제 파이프를 흔들고만 있던 늙은 메디슨 맨이 천천히 입을 열려 했을 때, 마후유는 연민이나 위로의 말이 나올 줄 알았다.

그런데 쪼그라든 것처럼 주름 잡힌 그 입에서 나온 말은 그녀로서는 전혀 예상치 못한 것이었다.

"대부분의 사람들은 어둠 속에서 생을 마치지."

노인이 파이프에 불을 붙였다.

"그중에는 주변이 어둠이라는 것조차 모르는 이도 있지. 언젠가 빛이 비쳐 주기를 그저 묵묵히 기다리는 이도 있고. 하나 …… 물론 다른 방법도 있어. 우리들은 — 그러려고 생각하면 — 빛이 비치는 쪽으로 제 발로 갈 수도 있어."

대체 우든 레그는 무슨 말을 하려는 걸까. 랠리의 죽음에 관해서일까. 랠리가 어둠 속에서 생을 마쳤다는 따위의 말은 듣고 싶지 않았다. 아니면 과거에 자살한 아버지나 종교에 심취했던 엄마에 대해 말하고 있는 것일까. 그것도 아니면 내 삶에 대해서?

몇 가지로 해석할 수 있는 가능성이 있어 마후유는 뭐라 대꾸하면 좋을지 몰랐다. 그러나 우든 레그는 딱히 그녀의 대답을 기대하고 있는 것 같지는 않았다.

바깥에서 뛰어노는 아이들의 웃음소리가 한층 높아졌다. 마후유는 앉은 채 살며시 몸을 기울여 문 밖을 내다보았다. 아이들은 모두 울타리 안에서 새끼 양을 쫓으면서 꺄악 꺄악 소리를 지르고, 펀치드 페이스와 다른 개들까지 합세해 뭐가 뭔지 모를 놀이를 하고 있었다.

팀은 또래 친구들과 노는 경험이 거의 처음일 텐데, 조금도 주눅 든 모습이 아니다. 제멋대로 놀게 해도 길을 잃어버리거나 차에 치이거나 유괴당할 염려가 없다는 것이, 이곳에서는 당연한 일일 테지만 마후유로서는 신선한 충격이었다. 치안이 좋은 일본에서도 부모는 아이에게서 한시도 눈을 떼지 않는다. 뉴욕은 두말할 것도 없다. 아이 혼자 놔둔 채 잠시 집을 비우기만 해도 아동학대로 처벌을 받는다.

그녀는 브루스를 돌아보았다.

"설마 저 부근에 방울뱀이 있는 건 아니겠죠?"

어둠 속에 있어 브루스의 표정이 잘 보이지 않았지만, 그가 내쉬는 한숨은 전해졌다.

"당신은 꼭 그렇게 걱정거리를 만들어야 안심이 되는 건가?"

우든 레그가 키들키들 웃었다.

"괜찮아, 마후유. 방울뱀은 더 건조한 바위산에나 있어. 이 부근에 나타나는 일은 좀처럼 없으니까."

그는 꺼져 가는 파이프를 몇 번이나 빨고 연기를 뿜어냈다.

"아이를 키우는 것은, 많은 어른들의 손이 필요한 아주 큰일이지. 그러나 보다 좋은 것은 많은 아이들 속에서 자라는 것이야. 아이들은 어른이 가르치는 것의 몇 배를 친구들에게서 배우지."

우든 레그는 쉬운 단어와 단순한 문형의 영어를 구사했다. 이가 없는 탓에 공기가 새어 알아듣기 어려웠지만, 투박한 말투에는 자신도 모르게 귀를 기울이게 되는 울림이 있었다.

많은 어른들과 많은 친구들. 자신은 그 어느 쪽도 팀에게 해줄 수 없지 않을까, 마후유는 생각했다.

"하지만 제가 어렸을 때 친구들에게 배운 것은, 정말 시답잖은 것들뿐이었어요. 심술과 약한 사람을 괴롭히고 친구를 따돌리는 것 …… 전부 그런 것들."

우든 레그가 미소를 지었다.

"그것도 귀중한 경험 아니겠나."

"그럴까요."

"이 세계에는 낮도 있거니와 밤도 있지. 어느 쪽이 좋다고는 할 수 없어. 양쪽 다 필요하니까. 사랑하는 것과 미워하는 것도 마찬가지지. 기쁨과 슬픔도. 태어나고 죽는 것도 ……. 어느 것이나 한쪽만 취할 수는 없지. 어느 한쪽을 취하면 다른 한쪽도 따라오는 법이니까. 그러나 그 자체는 나쁜 것이 아니지. 모든 것은 균형의 문제야."

균형. 아닌 게 아니라 전에 목장에서 만났던 메디슨 맨도 똑같은 말을 했던 기억이 있다.

"마후유 ……."

마후유가 얼굴을 들었다. 하지만 노인은 그녀를 부른 것이 아니었다. 어딘지 모를 공중을 바라보면서, 그 이름을 입안에서 음미하듯 읊조린 것이었다. 그리고 천천히 그녀를 내려다보았다.

"일본 글자에는 하나하나에 다 의미가 있다고 들은 적이 있는데, 정말인가?"

"어머나, 잘 아시네요."

놀라는 그녀의 표정을 보고서 우든 레그는 눈가에 미소를 머금었다.

"나바호 족 '코드 토커'라고 혹시 아나?"

마후유는 고개를 가로저었다.

"지난번 전쟁이 끝날 무렵에 난 이오지마 전선에 배치돼 있었어. 나 외에도 수백 명이나 되는 나바호 족 젊은이들이 뉴기니아와 과달카날로 동원되었지. 군사령부가 전선과의 연락을 전부 나바호어로 전환한다는 계획을 세웠거든. 정찰기는 '부엉이', 폭탄은 '달걀', 잠수함은 '쇠 물고기'. 이렇게 말이야. 알파벳도 모두 나바호 말로 전환되었지. 우리 암호 대원들에게는 꽤나 좋은 시절이었어. 백인이 나바호 족을 귀히 여긴 것은 전후를 불문하고 그 시대뿐이었으니까 말이야. 그리고 일본군은 끝내 암호를 해독하지 못했어. …… 뭐, 아주 옛날 얘기지만. 아무튼 그 시절에 알았지. 일본 사람들 이름은 나바호 족과 마찬가지로, 각각에 의미가 있다는 것을 말이야. 가르쳐 주지 않겠나. '마후유'는 어떤 뜻이지?"

별다른 의미는 없다고 얼버무리기에는 이미 타이밍을 놓치고 말았다.

그녀는 무릎에 놓은 자신의 손목으로 눈길을 떨어뜨리고 아까 브루스가 억지로 끼워 준 팔찌를 보았다. 액운을 쫓는다는 터키석. 겨울을 뜻하는 그 투명한 색의 돌이 소리 없이 거기에 있었다.

"마후유는 ……."

조그만 목소리로 그녀는 대답했다.

"영어로 하면 '한겨울(midwinter)'이란 뜻이에요."

"호오."

"그런데 왜 그 이름이 괴롭힘의 이유가 되지?"

"그러게요. …… 드문 이름이기는 해요. 게다가 어둡고 추운 느낌이 든다고, 그래서였겠죠. 그러니까 괴롭히는 이유는 사실 뭐든 상관없었던 거요."

"그 말은, 일본 사람은 겨울이라는 계절을 나쁜 이미지로밖에 생각지 않는다는 뜻인가?"

"반드시 그렇다고만은 할 수 없죠. 하지만 순수하게 계절로만 생각한다면, 아마 그럴 거예요. 그것도 '마후유'라고 하면 아무래도 …… 보통은 아이에게 그런 이름을 지어 주지 않아요. 저 역시 이 이름을 그다지 좋아하지 않고요. 그러니까 가능하면 마후유가 아니라, 머피라고 불러 주시면 고맙겠어요."

마지막에는 브루스를 흘끗 보면서 그녀는 말했다.

"왜 싫어하지? 좋은 이름인데."

"저는 그렇게 생각지 않아요."

"내가 말했지, 마후유. 모든 것은 균형이야."

노인은 몸을 앞으로 숙이며 그녀의 눈 속을 들여다보았다.

"나무들은 겨울이 되면 모든 잎을 떨어뜨리지. 꽃은 시들고 열매도 다 떨어져. 동물은 겨울잠에 들거나 죽지. 대지는 눈과 얼음으로 뒤덮이고. 어둡고 춥다고, 마후유는 그래서 싫다고 하는군. 하지만 그것 모두가 뭘 위해서라고 생각하나? 다시 돌아올 봄을 맞이하기 위함이야. 준비를 갖추고, 다시 새싹을 틔우기 위해서지. 새로운 생명을 낳고 키우기 위함이지. 알겠나, 마후유. 봄은 봄에 시작되는 것이 아니야. 봄은 겨울에 시작되지. 겨울 없이는 봄도, 여름도 있을 수 없어. 삶은 죽음을 양식으로 삼는다네. 그리고 죽음 또한 삶을 양식으로 삼지. 왜냐, 생명이 탄생할 때, 이미 죽음이 시작되기 때문이야. 알겠나? 모든 것은 돌고 도는 법. …… 마후유는 아직 한참을 더 살아야 하지. 남편의 죽음을 양식으로 살아갈 수도 있을 거야."

"……"

"마후유는 자신의 이름이 싫다고 하지만, 그 이름이 '한겨울'을 뜻한다면, 난 좋은 이름이라고 생각해. 모든 생명을 그 안에 보듬고 있는, 실로 좋은 이름이야. 일본 사람도 정령에게 이름을 받는 것인가?"

"아니요, 그렇지 않아요. 이름은 주로 부모가 지어 주죠."

"그렇군. 마후유에게 그런 이름을 지어 준 사람이 그대를 무척이나 사랑했나 보군."

"그럴 리가요."

마후유는 피식 웃었다.

"그저 한겨울에 태어났다고 해서, 그렇게 지었을 뿐이에요."

"흐음. 우리 인디언들은 태어난 계절을 그 인간의 계절로 생각해. 그래서 인디언 아이의 생일은 하루만이 아니지. 겨울에 태어난 아이는 해마다 겨울이 오면 그 계절 내내 생일 축하를 받을 수 있어. 내 손자, 브루스의 경우는……."

우든 레그가 브루스 쪽을 턱으로 가리켰다.

"마침 지금이 그의 계절이지."

"여름에 태어나다니, 부럽네요. 나도 여름에 태어났다면 한여름이란 뜻의 '마나쓰'란 이름이었을지도 모르는데. 우든 레그 씨, 당신의 말씀은 충분히 이해하겠지만, 역시 콤플렉스란 것은 그렇게 간단히 지워지지 않는 것 같아요."

노인은 미소 지었다.

"마후유, 잘 생각해 보라고. 빨간 꽃 옆에 하얀 꽃이 피어 있어. 그 두 꽃이 서로 같은 척하는 것은 의미가 없지. 모두가 다른 건 당연한 일이야. 달라서 아름다운 것이지. 나는 나바호고 그대는 그렇지 않다는 것, 그대의 이름은 마후유고 그대가 아닌 사람의 이름은 그렇지 않다는 것의 다름은 같은 무거움이야. 바꿔 말하면 같은 가벼움이기도 하지. 요컨대, 모두가 다르다는 것을 있는 그대로 인정하면 될 뿐이라고."

마우휴는 잠자코 두 손을 꼭 쥐고 있었다.

이 노인은 나바호라는 사실에 자부심을 갖고 있다고 그녀는 생각했다. 자부심을 갈가리 찢겨 본 경험이 있는 사람이 아니고는 자부심이 뭔지를 모른다. 그러고 보니 전에 데니스 잭슨 의사도 부모님 손에 자랐다는 것에 자부심을 느낀다고 말했었다. 그들과 자신의 가장 큰 차이는 바로 거기에 있는지도 모른다. 그들은 자신의 두 다리로 땅을 꾹 밟고 있는데 나는 그렇지 않다. 한군데에 뿌리를 내리지 못하는 부초다.

연로한 메디슨 맨의 눈동자는 늙었어도 여전히 삶의 자신감이라고 부를 만한 어떤 것으로 가득 차 있었다. 마후유는 자신이 아주 하잘것없는, 시시한 인간처럼 느껴졌다. 허허벌판 한가운데에 서 있는 집만 보고 가난하다고 판단하고, 이내 리처드를 비난하려 들다니 …….

"사실은 어쩌면 좋을지 모르겠어요."

마후유기 중얼거렸다.

"솔직히 말해서, 내가 지금 어디에 있는지조차 잘 모르겠어요. 왠지 …… 나도 모르는 사이에 아주 멀리 와 버린 것만 같고."

우든 레그는 물끄러미 그녀를 쳐다보았다.

그리고 브루스 쪽을 향하고서 나바호어로 몇 마디 말을 주고받더니 앉아 있던 나무 침대에서 천천히 일어나 마후유에게 말했다.

"잠깐 기다려요."

우든 레그가 밖으로 나가자, 양을 쫓아다니다 지친 아이들이 우르르 몰려드는 것이 보였다. 증조할아버지가 손님을 대하는 동안은 호건에 들어오지 못하게 가르친 듯하다.

마후유는 브루스 쪽으로 얼굴을 돌렸다.

"할아버지가 뭘 하시려는 거죠? 아니지, 그보다 당신은 왜 나를 이리로 데려왔어요?"

브루스가 무릎을 세우고 꿈지럭거리며 자세를 고쳤다.

"그냥 두고 보면 되잖아. 당신을 잡아먹을 것도 아닌데."

팀이 불쑥 호건 안으로 뛰어 들어와 품에 안기는 바람에 마후유는 뒤로 자빠질 뻔했다.

"머피, 머피, 있지, 나, 안았다. 아기 양!"

"어머나, 대단하네."

마후유가 한 손을 뒤에 대고 몸을 받치면서 팀의 발갛게 달아오른 얼굴을 들여다보았다.

"그런데 팀, 너 뭘 만졌어? 손이 왜 이렇게 끈끈해."

"양털 기름이겠지. 피부에 좋은 거야. 팀, 마후유 얼굴에도 발라 줘."

그녀의 비명과 팀의 환성이 뒤섞이는 참에 우든 레그가 돌아왔다. 한 손에는 조그만 가죽 주머니를, 다른 팔에는 작은 북을 껴안고 있다. 팀이 뭘 감지했는지 갑자기 얌전해졌다.

마후유는 브루스를 쏘아보았다. 그는 시치미를 뗐다.

우든 레그는 마후유의 눈앞에 서자 가죽 주머니 안에서 노란 가루를 꺼내 그녀 머리에 획 뿌렸다.

"자, 잠깐만요. 이게 뭐 ……."

"가만히 있어요."

노인은 노란 가루를 얼굴과 가슴 언저리에 비벼 댔다. 목장에서 메디슨 맨이 사용했던 것과 똑같은 옥수수 꽃가루인 것 같았다.

팀에게도 노란 가루를 똑같이 뿌리더니, 우든 레그는 두 사람 앞의 땅바닥에 마른풀 다발을 놓고 불을 지폈다. 연기가 피어오르는 것을 확인하자 늙은 메디슨 맨이 정좌를 하고 앉았다.

"죄송하지만, 저는 이런 걸 ……."

"아무 말 말아요."

코가 찌릿해지는 이상한 연기 냄새가 났다. 약초와 노간주나무의 잔가지일까. 마후유는 최대한 연기를 들이마시지 않으려고 했지만, 바로 코앞에서 불을 피우고 있으니 맡지 않을 수 없었다.

구릿빛 손바닥이 그녀 이마에 살짝 닿아, 그녀는 자기도 모르게 움찔 몸을 뒤로 젖혔다.

늙은 메디슨 맨은 낮고 쉰 목소리로 주문 같기도 하고 기도처럼 들리기도 하는 말을 웅얼거리기 시작했다.

그가 이마에서 거둔 손으로 북을 치기 시작했다. 거의 들리지 않을 만큼 소리가 작았다가 점차 커진다. 웅얼거림에도 가락이 붙으면서 단조로운 멜로디가 반복된다.

어느 틈엔가 증조할아버지의 주술을 보려는 아이들이 문으로 안을 들여다보고 있었다. 밖에도 다른 가족들이 모여 있는 듯했다. 아이들 뒤에서 무표정한 얼굴들이 번갈아 얼굴을 들이밀고 바라보다 떠난다. 백인에 비해 표정의 변화가 별로 없는 탓에 마치 화가 난 것처럼 보인다.

처음 얼마간 마후유는 어떤 태도를 취하면 좋을지 몰라 어쩔 수 없이 우든 레그의 주름진 얼굴을 빤히 쳐다보았다. 불안해서 엉덩이가 근질근질했다. 이렇게 연극적인 행위를 언제까지 상대하고 있어야 하나 싶어, 브루스가 원망스러웠다.

그런데 우든 레그의 표정이 너무도 진지했다. 우스운 개그로 치부하기에는 너무도 진지했다. 보고 있는 마후유 쪽이 미안해질 정도의 진지함이었다.

그는 주술의 효용과 기도를 올려야 하는 정령의 존재를 굳게 믿고 있었고, 그렇기에 마후유와 팀을 위해 이런 행위를 하고 있는 것이었다. 그가 진심으로 믿는 이상, 그것은 이미 형식적인 '의식'이 아니다. 의식이 아니라면 과연 무엇이란 말인가? 연극적인 행위가 아니라 진짜라는 것일까?

마후유는 도무지 알 수가 없었다.

어쩌면 정령이 실제로 존재하느냐를 따지는 건 중요한 문제가 아닌지도 모른다. 기도하는 쪽이 정령의 존재를 의심 없이 믿는다면, 그것은 존재한다. 믿지 않으면 존재하지 않는다. 오히려 중요한 것은 상상력이 미치지 않은 무언가가 존재할 수도 있다는 가능성을 받아들이느냐 받아들이지 않느냐 하는 문제가 아닐까. 그리고 그것은 결국은 상대방의 문제가 아니라, 나 자신의 문제가 아닐까.

단조로운 멜로디 탓인지, 아니면 낮게 울리는 북소리 탓인지 마후유는 자연스레 눈을 감고 싶어졌다.

그리고, 그렇게 했다.

점차 주변이 의식에서 멀어져 갔다. 무릎에 앉은 팀의 무게만이 느껴졌다. 귀에는 북소리와 북소리 사이사이로 파고들 듯 울리는 노랫소리만 들렸다.

마침내 북소리가 마후유의 심장 박동과 일치하자 노랫소리가 모공으로 흘러들어와 그녀 자신의 혈류와 하나가 되었다.

마후유는 자신이 거대한 강이 된 듯한 기분이 들었다. 넓고 깊은, 한시도 멈추지 않고 유유히 흐르는 물의 흐름 …… 어제를 후회하지 않고 내일을 염려하지 않으며, 언젠가 바다에 도착할 날을 위해 여유롭게 흘러가는 강 ……. 마후유는 때로는 붉은 바위 사이 계곡을, 때로는 햇살이 비치는 숲 아래를 흘러갔다. 수면의 반짝임이 그녀의 눈꺼풀 안쪽에서도 반짝거렸다.

팀이 몸을 움직여 퍼뜩 눈을 뜨자, 노랫소리도 북소리도 들리지 않았다. 그 순간, 사방이 물에 차 있는 듯한 착각이 일었다. 하지만 사방을 메우고 있는 것은 연기 냄새뿐이었다.

약초는 불이 다 꺼져, 땅바닥에 소복하게 재로 쌓여 있었다.

"그대 안에 아름다움과 조화가 되돌아오기를."

우든 레그는 북을 조용히 옆에 내려놓았다.

"지금 노래는 그것을 비는 기도였어."

마후유는 말없이 머리를 숙였다.

"꼭 기억해요, 마후유. 눈에 보이는 것이 모두 진실은 아니야. 사람들은 해답을 자기 밖에서 찾으려 하지. 밖에 있으면 눈에 보여 안심할 수 있으니까. 그러나 거기에 현혹되어서는 안 돼. 진정한 해답은 늘 자기 안에 있는 법. 눈에 보이지 않는 것, 손으로 만질 수 없는 것, 귀에 들리지 않는 것, 그 안에 진실이 숨겨져 있는 법이야. 그렇다는 것을 믿으면서 붙잡고 손에서 놓지 않기란 쉽지 않지. 그러나 불가능하지는 않아."

아무 말이 없는 마후유를, 무릎에 앉은 팀이 고개를 비틀어 올려다보았다.

그녀는 그 이마에 살며시 키스를 했다. 노란 가루에서는 약간 씁쓰름한 맛이 났다.

"아무리 힘이 센 독수리라도 날개를 묶으면 날 수 없는 법이야."

우든 레그의 목소리는 긴 노래를 부르고 난 다음이라 그런지, 다소 낭랑했다.

"그대의 영혼도 마찬가지지. 마후유, 그대는 힘이 센 날개를 갖고 있는데, 지금은 꽁꽁 묶여 있어. 과감하게 그 속박에서 벗어나도록 해요. 영혼이 날개를 지닌다는 것은 결코 쉬운 일이 아니야. 차라리 그런 것 없이 어둠 속에 꼼짝 않고 있는 편이 행복하다고 생각하는 사람도 있겠지. 얻을 수 없는 것을 얻으려 애쓰면 괴롭고 힘들 뿐이다, 그런 행위야말로 저 하늘의 달을 따 달라고 떼를 부리는 것이나 다름없지 않은가. 그러나 마후유, 아무리 고통스러워도 얻으려 하지 않으면 아무것도 얻을 수 없고, 자신의 날개로 날지 않고는 내면 깊은 곳으로 내려가 해답을 찾을 수 없어."

모두가 도로시의 집에 모였다. 집이 좁은 데다 다들 덩치가 커서 부엌은 물론 침실에까지 사람들이 북적거리고, 팀을 비롯해 테이블에 앉을 마음이 없는 아이들은 각기 앉고 싶은 곳에 앉아 뼈에 붙은 살을 뜯었다.

나바호 요리는 생각했던 것보다 익숙한 맛이라 먹기 쉬웠다. 단맛이 나지 않는 튀김 빵이라고 할까, 주식인 프라이 빵과 소금으로 간을 맞춘 양고기 스튜를 비롯해 간과 내장 요리, 개중에는 소시지 비슷한 것도 있었다. 그 진한 맛에 감동한 마후유가 요리법을 묻자, 여자들 중에서 영어를 가장 잘하는 데릴라가 가르쳐 주었다.

"아까 양의 목을 땄잖아요. 그때 받은 피에 피망과 양파를 섞고, 기름도 좀 넣고, 그 다음에 소금과 후추로 간을 하고, 깨끗하게 씻어 낸 위에 그걸 전부 꼭꼭 채워서 찌면 돼요. 간단하죠."

마후유는 간신히 미소를 머금어 보였다. 비스듬히 저쪽에 앉은 브루스가 웃음을 참고 있었다.

"일본 사람들은 어떤 걸 먹지?"

아마의 사위가 물었다.

"산 물고기를 그대로 잘라서 날것으로 먹는다고 하던데, 정말인가?"

"네, 맞아요. 정말이에요."

옆에 있는 아이들이 저마다 우웩, 하는 소리를 냈다.

"고래와 문어도 먹는다고 들었는데."

"네. 지금은 그렇게 대중적이지 않지만, 그래도 고래는 먹어요. 맛은 양고기와 별로 다르지 않고. 문어도 맛있고요."

새 접시를 들고 나온 도로시가 고개를 절레절레 흔들었다.

"마후유, 이쪽 사람이 되기를 정말 잘 했네. 일본 사람들은 야만스러워서 못 쓰겠어. 자, 어서 이것도 먹어요. 주빈은 이걸 먹어야지."

"그게 뭐죠?"

"양의 눈알이야."

마후유는 호일에 싸 구운 눈알 중 하나를 겨우겨우 입에 집어넣으면서 자신도 놀랐다.

물론 금방이라도 토할 것처럼 저항감이 있었다. 하지만 그녀는 동구와 함께 예의 사업에 대해서 얘기할 때, 나라가 다르면 당연히 그 나라 나름의 문화가 있으니, 그에 따르지 않는 것은 때로 굉장한 실례가 될 수 있다는 것을 이미 배워 알고 있었다.

나바호의 땅은 미국이면서 미국이 아니다. 일단은 자치도 허용되는 하나의 나라다. 귀중한 양의 눈알을 주빈에게 권하는 것이 그들의 최고 대접이라면, 제 발로 찾아온 손님은 아니어도 그것을 먹어야 할 의무가 있으리라. 재난이 따로 없었지만, 마후유는 그렇게 생각했다.

테이블에 둘러앉은 모두가 그녀의 입을 지켜보고 있었다.

입에 들어간 눈알은 의외로 컸다. 호일에 들러붙었다가 떨어져 우둘투둘한 부분이 혓바닥에 고스란히 느껴졌다. 그녀는 어금니로 살며시 눈알을 깨물었다. 부드러운데 탄력이 있어 좀처럼 터지지 않았다. 에잇, 하는 심정으로 꽉 깨물자, 방울토마토를 깨물었을 때처럼 톡 소리가 나면서 터졌다. 입안에 뜨거운 즙이 퍼졌다. 맛을 볼 여유 따위는 없었다. 눈알이라는 사실을 애써 생각지 않으려 하면서 필사적으로 씹어 삼켰다.

테이블 주위에서 짝짝 박수 소리가 일었다. 그녀가 상당한 용기를 내어 눈알을 먹었다는 것이 모두에게 알려지고 말았지만, 그래도 도전한 용기를 칭찬해 준 것이다. 와인이나 맥주를 마시고 싶었지만, 보호구역 안에서는 알코올이 금지되어 있다. 우든 레그의 술은 가족에게도 비밀인 밀주인 듯하다.

박수는 됐으니까, 하고 마후유는 생각했다. 물이나 좀 주세요.

그때 누군가의 손이 눈앞에다 물잔을 쑥 내밀었다.

브루스가 건너편에서 물 주전자를 한 손에 들고 여전히 히죽거리며 그녀를 보고 있었다.

# 25

일곱 시 반이 되었는데도 태양은 아직 서쪽 하늘에 머물러 있었다.

픽업트럭을 타고 달리기 시작한 지 얼마쯤 지나자, 신나게 떠들고 놀았던 팀은 뒷좌석에서 펀치드 페이스와 뒤엉켜 잠이 들고 말았다. 입을 반쯤 벌리고, 죽부인이라도 되듯 개의 몸을 껴안은 손에는 데릴라가 준 목각 인형 카치나가 쥐여 있다.

데릴라는 카치나가 정령의 모습을 조각한 나무 인형이라고 가르쳐 주었다. 원래는 호피 족이나 주니 족의 것이었지만, 나바호 족도 영향을 받아 독자적인 카치나를 만들게 되었다고 한다. 원주민들의 장식물 대부분이 그렇듯이 카치나도 액운을 막는 수호신의 의미를 갖고 있다. 성스러운 물건인 동시에 아이들에게는 장난감이기도 하다.

팀이 받은 카치나는 전에 일라이자 방에 있던 새 인간 인형과 아주 비슷했다. 독수리 머리에 팔에는 날개가 달린 인형. 소박한 세공 탓에 오히려 원시적인 힘이 넘쳐, 보는 이를 압도하는 인형이었다.

그런데 왜 일라이자는 그렇게 낡은 카치나를 소중하게 간직하고 있던 것일까. 게다가 브루스의 눈에 띄지 않게 하려고 왜 그렇게 허둥지둥 감췄을까.

그 이유를 아마도 브루스는 알고 있을 것이다. 하지만 마후유는 묻지 않았다. 일라이자를 배려해서가 아니었다.

사이드미러에 비친 저녁놀의 그라데이션을 바라보면서 그녀는 저녁을 먹을 때 브루스가 건네준 한 잔의 물을 생각했다. 그때, 테이블 상좌에 앉아 있던 늙은 메디슨 맨은 천천히 입을 열어, 나바호 족이 가장 중시하는 '아름다움과 조화'를 늘 몸 안에 유지하기 위한 방법이라면서 물을 올바르게 마시는 법을 가르쳐 주었다.

아무것도 섞이지 않은 정갈하고 좋은 물을 잔에 떠서 매일 아침 태양의 빛이 처음 비치는 곳에 둔다. 강의 상류의 물이면 더욱 좋다. 아침에 눈을 뜨면 우선 네 방향과 하늘과 대지에게 감사를 올리고(뭘 감사하면 좋을지 모른다면, 그것은 마음이 탁한 증거라고 우든 레그는 말했다), 그리고 눈에 보이는 모든 삼라만상을 그 한 잔의 물과 함께 천천히 천천히 마신다. 그러면 세계는 그 사람의 일부가 되고, 그 사람 또한 세계의 일부가 된다. 그렇게만 해도 사람의 마음과 몸이 올바르게 정돈된다고.

마후유는 불현듯, 그런 미신 같은 말을 듣고서도 별다른 저항감을 느끼지 않는 자신이 의아하게 생각되었다. 그렇다고 매일 아침 정말 그런 귀찮은 일을 할 마음은 없었지만, 그래도 애리조나에 와서 지낸 짧은 기간 동안에 변화한 자신을 순순히 받아들이자고 생각했다. 나쁜 변화는 아닐 것이다. 타협이 아닌 이상, 용서하고 받아들일 수 있는 무엇이 늘어난다는 게 나쁜 일은 아닐 듯하다.

"모든 것은 마후유 그대의 선택에 달려 있어."

우든 레그는 그렇게 말했다.

"사람을 사랑할 수 있는 인간이 될 것인가. 증오에 휘둘리는 인간이 될 것인가. 행복을 위해 노력할 것인가. 불행의 내리막길을 굴러 떨어질 것인가. 태어나고 자란 환경이나 지금 처해 있는 상황은 아무 상관이 없어. 그대 자신이, 스스로 선택하는 거야."

잠든 팀의 얼굴을 돌아보며 마후유는 미소 지었다. 저녁을 먹은 후, 팀은 마후유 옆에 와서 심각한 표정으로 살며시 귀에 속삭였다.

"머피, 있지. 브루쯔 할아버지, 사실은 외계인 E.T. 아니야?"

듣고 보니 과연 비슷하다 싶어, 마후유는 웃음을 참으면서 되물었다.

"왜 그렇게 생각하는데?"

"치, 아까 집게손가락을 위로 올리고 '아파!' 그랬잖아."

우든 레그의 손가락이 문틈에 끼였을 때였다.

"혼자서 뭘 그렇게 웃고 있지?"

브루스가 묻자 마후유는 브루스에게도 그 얘기를 들려주었다.

"아, 당신도 E.T.를 알아요?"

"그 정도는 알지."

브루스도 웃으면서 대답했다.

"그런데 그거 꽤 오래전 영화 아닌가."

"팀이 좋아하는 영화에요. 벌써 몇 번을 봤는지 모를 정도라니까요. 랠리가 예전에 비디오를 사 줬거든요. 그 사람, 얼마나 감동을 잘 하는지, 그런 영화를 정말 좋아했어요."

"여전히 신문 삼 면에 실린 기사를 읽고 질질 짜곤 했나 보군."

"툭하면 그랬어요. 텔레비전을 보면서도 누가 죽는 장면이나 떨어져 지내던 가족이 다시 만나는 장면이 나오면 그냥 눈물이 주룩주룩. 그래서 휴지를 통째로 건네 ……."

마후유가 갑자기 입을 다물었다.

약간 열린 창문으로 이제 한껏 시원해진 바람이 들어와 화끈거리는 피부를 식혀 주었다. 마른 모래 냄새와 허브 같은 풀 내음이 섞여 있었다.

이렇게 조금씩 랠리와의 추억을 얘기하게 되는 걸까.

그녀는 더없이 슬펐다. 하지만 랠리의 죽음으로 비롯된 아픔이 점차 가슴속에 묻혀 가는 것은 어쩔 수 없는 일이라는 느낌도 들었다.

우든 레그의 말이 옳다. 나는 앞으로도 한참을 더 살아가야 한다. 산다는 것은 무언가를 뒤에 남기고 앞으로 나아가는 것이다. 끊임없이 소중한 무엇과 헤어지는 것이다. 그렇기에 이렇듯 가슴이 아픈 것이다.

지금 회색 픽업트럭은 타오르는 저녁 하늘을 뒤에 남기고, 짙은 남색 어둠 속으로 달려가고 있다. 브루스의 눈동자와 똑같은 빛깔의 어둠이었다.

똑바로 난 길 양쪽으로 어둠에 젖어든 황야가 펼쳐진다.

달은 벌써 오래전부터 하늘 높은 곳에서 밤을 기다리고 있었다.


저택 앞 로터리에 차가 도착한 것은 밤 아홉 시 반이나 되어서였다. 사방은 완전한 어둠이었지만, 반달보다 약간 큰 달 덕분에 충분히 밝았다. 목장 문을 지날 때 말을 걸어 깨웠던 팀이 이제야 꾸물꾸물 일어나 눈을 비볐다.

"이렇게 많이 자서, 다시 잠들려면 힘들겠네."

"오늘은 괜찮지 않을까. 낮에 그렇게 요란하게 놀았으니까 많이 지쳤을 거야."

브루스가 먼저 내려, 조수석에서 내리려는 마후유에게 손을 내밀어 준 후, 뒷문을 열었다. 펀치드 페이스가 풀쩍 뛰어내려 마후유를 올려다보고 하품을 하면서 꼬리를 흔든다. 브루스가 쭉 내민 팔을 팀이 껴안자, 그는 팔뚝에 아이를 매단 채 땅에 내려놓았다.

팀이 신기하다는 듯이 그의 팔을 만졌다.

"브루쯔."

"응."

"여기, 감자 들어 있지?"

마후유는 몸을 구부리고 있던 브루스와 마주보고는 풋, 웃음을 터뜨렸다. '어째 우리, 꼭 끌어 모은 가족 같네' 하고 마후유는 생각했다. 줄곧 같이 살아온 것도 아닌데, 이렇게나 가깝다. 어쩌면 오늘밤은 오랜만에 악몽을 꾸지 않고 잘 수 있을지도 모르겠다.

멀리서 코요테가 달을 우러러 짖기 시작했다. 펀치드 페이스가 귀를 쫑긋 세운다.

마후유는 브루스의 눈을 올려다보았다.

"고마웠어요."

"나는 그저 리처드가 시킨 대로 했을 뿐이야."

"할아버지를 만나게 한 것까지는 아니잖아요."

"데리고 갈 거라는 얘기는 했어."

"리처드에게?"

"물론이지. 귀가가 늦어져서 걱정을 끼치면 심장에 좋지 않으니까 말이야."

"저 말이죠."

마후유는 여유로운 기분으로 용기를 냈다.

"내가 고맙다고 말하고 싶었던 것은, 당신이 해 준 것에 대해서가 아니에요. 당신이 있어 준 것에 대해서지."

"홍, 오늘 밤은 꽤나 귀엽게 구는군."

브루스가 콧방귀를 뀌고는 농담처럼 말했다.

"하지만 내가 지금까지 여자에게 들은 말 중에서 두 번째로 기쁜 칭찬이었어."

"첫 번째는?"

"그거야 어떤 남자든 마찬가지 아닌가?"

"어머나, 그럼 들은 적이 있다는 말이네요?"

"글쎄. 상상에 맡기겠어."

마후유기 키들키들 웃으면서 잘 자라고 인사하자, 팀도 그렇게 말하면서 손을 흔들었다.

한 손에 카치나를 쥔 팀의 손을 꼭 잡고 걸음을 내딛으려는 때였다. 팀이 갑자기 멈춰 섰다.

"왜?"

"머피, 잠깐만."

"왜? 뭔데?"

"혼자서 걸어가 봐."

"왜?"

"그냥, 혼자서 걸어가 봐."

마후유가 브루스를 돌아보았다. 그가 어깨를 으쓱했다.

영문도 모르는 채 마후유는 팀을 그 자리에 남겨 두고 앞으로 걸어갔다. 대여섯 걸음을 걷자 팀이 말했다.

"스톱."

그는 마후유가 걷는 내내 달을 노려보고 있었다.

"왜 그러는데?"

팀은 대답 대신 타박타박 걷기 시작했다. 달을 똑바로 올려다보면서 마후유 옆까지 와서는 발치에서 걸음을 딱 멈췄다.

"왜 그러는데, 팀?"

"역시."

팀의 얼굴이 반짝거렸다.

"달님이 나랑 걷고 있어."

"뭐?"

"머피가 걸을 때는 달님이 움직이지 않았어. 그런데 내가 걸을 때는 따라왔어. 그러니까 나랑 걷는 거야."

마후유는 또 브루스를 돌아보았다. 픽업에 기대어 팔짱을 끼고 있던 그는 눈으로만 웃었다.

"브루스."

마후유 입에서 자기도 모르게 말이 나왔다.

"팀이 천재 아닌가 모르겠네."

"그런 걸, 아들 바보라고 하는 거야."

"그래도."

팀은 로터리를 타박타박 걸어 다니면서 달이 자기를 따라오는 것을 확인하고는 좋아했다.

"저 나이 때는 ……."

마후유가 중얼거렸다.

"정말 달이라도 딸 수 있겠지. 저렇게 원하는 것에 손이 닿으면 좋을 텐데."

"…… 왜, 닿지 않는 건가?"

마후유는 밤바람을 깊이 들이마셨다. 그리고 천천히 한숨을 내쉬었다.

"그러네요. 애당초 없는 것을 갖게 해 달라고 떼를 쓴 건지도 모르지만. 내가 원하는 것, 소중하게 여기는 것은 모두 내 손이 닿지 않는 곳으로 가 버렸어요."

그렇게 말한 마후유는 후후 웃고는, 아직도 아쉬운 표정인 팀의 손을 잡고 포치로 올라가는 계단을 밟았다.

살며시 현관으로 들어선다. 모두들 각자의 방으로 돌아가 쉬고 있으리라. 리처드도 쉬고 있을까. 고마웠다는 인사를 짧게나마 하고 싶었는데 …….

손을 뒤로 돌려 조용히 문을 닫고 별 생각 없이 계단을 올려다본 마후유는 그만 움찔 놀라 그 자리에 서고 말았다.

목욕 가운 차림의 일라이자가 계단 중간쯤에 서서 이쪽을 쏘아보고 있었다.

"이렇게 늦은 시간까지 둘이 뭘 한 거지."

천천히 계단을 내려오면서 일라이자가 말했다.

"랠리가 죽은 지 한 달도 지나지 않았는데, 참 대단한 여자네. 부끄러운 줄도 모르고."

팀이 마후유의 다리에 매달렸다. 그 머리를 껴안고 마후유가 말했다.

"그 말, 취소해요. 우리는 그런 말을 들어야 할 짓은 전혀 하지 않았으니까."

"허, 우리?"

일라이자가 마후유 앞에 턱 버티고 섰다.

"우리라고? 흥, 입에 침이라도 바르고 거짓말을 하시지. 들어올 때 딱 보고 알았다고. 싱글싱글 행복한 표정이잖아. 그게 어디 막 남편을 잃은 미망인의 얼굴이야? 오빠는 정말 여자 운이 없나 보네. 불쌍하게 이런 암캐 때문에 그렇게 일찍 떠나 버리다니."

"무, 무……."

심장만 깊은 바닷속으로 쿵 가라앉는 느낌이었다.

"랠리의 죽음이 왜 내 탓이죠?"

"어머나, 너 모르니? 아무도 안 가르쳐 줬나 본데, 내가 말해 주지. 너를 만나지 않았으면 랠리 오빠는 죽지 않았을 거라고."

마후유는 비틀거리며 뒷걸음질을 쳤다. 등이 현관문에 부딪쳐 소리가 났다.

생각지 않게 급소를 찌른 일라이자는 우쭐거리며 말을 이어 갔다.

"안 그러냐고. 그날, 그런 곳에서 너랑 결혼식을 올리지 않았더라면, 랠리가 사건에 휘말릴 리가 없잖아. 오빠는 그냥 교회에서 식을 올리자고 했을 테지, 안 그래? 그런데 네가 고집을 부리는 바람에 시청에서 하게 된 거잖아. 그러니까 보라고, 원인을 따지면 네 탓이지."

달짝지근한 냄새가 코를 찌른다. 마후유는 힘없는 목소리로 말했다.

"술 마셨군요."

"그래서 뭐? 술 취해서 시비 건다고 생각하는 거야? 유감이네, 이게 나의 솔직한 마음이야. 랠리는 네가 죽인 거야."

그 순간, 일라이자가 휙 뒤로 밀쳐지며 휘청거렸다. 놀라서 내려다보니, 팀이 두 팔을 쑥 내밀고 씩씩거리며 그녀를 노려보고 있었다.

"…… 정말 못 참겠어!"

일라이자가 악을 썼다.

"이제 단 하루도 못 참겠어. 나가. 지금 당장 이 아이를 데리고 나가라고. 너희들을 보기만 해도 속이 부글거려서 못 견디겠어. 너의 그 위선적인 태도를 보면 더더욱. 너는 이 아이를 사랑하는 게 아니잖아. 자기가 외로우니까, 옆에 두고 이용하고 있을 뿐이라고. 그런데 왜 디들 너만 감싸고 애지중지하느냐고. 왜 디들 너만 좋아하는 거냔 말이야? 남자들 눈에는 왜 너의 본성이 보이지 않는 거지?"

"나만 좋아한다니."

"그렇잖아! 충분히 그렇다고. 그 무뚝뚝한 브루스가 너한테만은 친절하……"

"뭐라고요?"

입을 잘못 놀렸다는 것처럼 일라이자가 입술을 깨물었다. 점점 빨개지는 얼굴을 분하다는 듯이 옆으로 휙 돌린다.

마후유는 팀을 끌어안고 머리에 손을 올렸다.

"그를 …… 좋아하는군요."

"말도 안 되는 소리 마! 사람을 뭐로 보는 거야? 누가 그런 사생아 인디언 자식을!"

찰칵, 문이 열렸다. 마후유가 깜짝 놀라 돌아보자, 거기에 브루스가 서 있었다. 손에 갈색 종이봉투를 들고 있는 것을 보고서야, 낮에 가게에서 산 물건을 차에 두고 왔다는 기억이 났다.

"목소리 한번 우렁차군."

그가 입술을 비틀며 말했다.

"계속하시지. 사생아 인디언 자식이 어쨌다고?"

빨갛던 일라지아의 얼굴에서 핏기가 싹 가셨다. 무슨 말인가 하려고 몇 번이나 입을 뻐끔거리던 그녀는 끝내 아무 말도 하지 못한 채, 금방이라도 쓰러질 것처럼 창백한 얼굴로 마후유를 쳐다보았다.

"너를 증오할 거야."

밀려드는 증오심을 손 내밀면 만질 수 있을 것만 같아, 마후유는 아무 말도 하지 못했다.

"네가 여기 온 후로 모든 게 다 엉망진창이야. 오늘만 해도 그렇지. 너희 둘이 재미나게 지내는 동안, 무슨 일이 있었는지 알기나 해?"

"글쎄, 모르겠는데. 무슨 일이 있었나?"

브루스가 물었다.

"아빠가 쓰러졌다고. 지금쯤 병원에서 죽어 가고 있을 거야."

마후유는 절로 터져 나오는 비명을 삼키고 두 손으로 입을 막았다.

"…… 심장이군."

"그래, 심근경색 일보 직전이었어. 엄마가 이상한 소리를 듣고 뛰어갔을 때는 이미 의식이 없었다고."

"위독한가?"

"집중 치료실에 들어갔어. 지금은 엄마와 마이클이 지키고 있고. 하지만 …… 낮에는 마이클도 없었고, 엄마랑 둘이서 허둥지둥 니트로글리세린을 먹이고 몸을 마사지하고, 병원에 전화를 걸고 ……."

말을 하는 도중에 일라이자가 왈칵 눈물을 쏟았다.

"당신을 찾았는데, 왜 하필 이런 때 없는 거야! 어딜 그렇게 놀러 다닌 거냐고, 일하는 사람 주제에."

"놀러 간 게 아니야, 일이었다. 리처드가 부탁한 일."

"허, 기가 막혀서. 재미있는 일이어서 좋았겠네. 그런 일이라면 내가 대신하고 싶을 정도네."

"일라이자."

"착각하지 마. 당신을 찾은 건, 병원까지 헬기를 조종해 줄 사람이 필요해서였어. 그뿐이야."

"결국 누가 조종했지?"

"앨런. 해리와 제임스가 와서 헬기에 실었어. 그때는 의식이 돌아오기는 했지만, 얼굴이랑 손발이 너무 차가워서 …… 그대로 죽는 줄 알았다고."

브루스는 긴 한숨을 내쉬었다.

"그래서, 의사는 뭐래?"

"원래 심장 혈관이 굵어서 그나마 다행이었다고 ……. 오늘 밤이 고비래. 앞으로 한 번 더 큰 발작을 일으키면, 그때는 위험한가 봐. 나이 때문에 면역력이 약해진 만큼, 지병도 안심할 수 없대."

일라이자가 고개를 숙이고 손가락으로 머리칼을 쓸어 올렸다.

"참 알 수가 없지. 부부 사이가 그렇게 싸늘해 보였는데, 엄마가 거의 제정신이 아니었어. 내일은 내가 가서 교대할 생각이지만."

"내일은 내가 데려다주지."

"됐어, 앨런이 ……."

일라이자가 갑자기 입을 다물었다.

"좋아, 그렇게 해 줘."

그리고 생각났다는 듯이 마후유를 힐끗 흘겨보았다.

"랠리도 그렇거니와 아빠도 그렇고, 너를 알게 된 후로 좋은 일은 하나도 없어. 악귀라는 말은 너 같은 사람을 가리키는 거겠지."

"그만해, 일라이자. 그녀 탓이 아니라는 것쯤, 잘 알잖아."

브루스가 말했다.

"어머, 친절하기도 하셔라. 당신이 그렇게나 다른 사람을 감싸다니, 처음이네."

일라이자가 고개를 휙 돌리고는 말했다.

"둘이서 잘해 보세요. 나는 자야겠어. 피곤해 죽겠으니까."

그러고 나서 그녀는 계단을 올라갔다. 한 번도 돌아보지 않았다. 2층에서 문이 쾅 닫히는 소리가 났다.

다시 한 번 긴 한숨을 내쉰 브루스가 마후유를 돌아보며 줄곧 손에 쥐고 있던 종이봉투를 건네려고 하다가 불현듯 눈썹을 찌푸렸다.

"왜 그런 표정을 하고 있는 거지?"

마후유는 대답하지 않았다. 천천히 종이봉투를 받아들고, 엄지손가락을 입에 문 채 다리에 매달려 있는 팀의 머리를 살며시 쓰다듬는다.

"신경 쓸 거 없어. 그녀가 거의 인사처럼 하는 말이니까. 일라이자에게 남의 험담을 하지 말라고 하는 건, 코요테에게 달을 보고 짖지 말라고 하는 거나 다름없는 얘기야. 그런 것까지 일일이 신경 썼다가는 몸이 남아나지 않는다고."

고개를 옆으로 저으며 마후유는 간신히 입을 열었다. 거칠한 목소리가 밀려 나왔다.

"…… 똑같이 말했어요."

"뭘?"

"엄마가 내게 늘 했던 말. 넌 악귀다, 네가 그 사람을 죽였다, 너 때문에 모든 게 엉망진창이 되었다 ……. 엄마도 똑같은 말을 했어요."

어쩌면 이렇게도 그 말에서 벗어날 수 없는 것일까, 그녀는 생각했다. 아무리 도망쳐도 쫓아온다.

"잊어버려."

그가 낮은 목소리로 말했다.

"믿으려거든 랠리가 남긴 말을 믿어야지. 자기 탓이라 여기지 말라고 하지 않았나?"

"…… 그랬죠."

고개 숙이고 있던 마후유는 브루스의 품에 안기기 전까지, 그가 자신의 몸에 팔을 두르고 있다는 것을 몰랐다.

퍼뜩 놀라 그 가슴을 밀쳐내고, 얼른 팀을 안아 올렸다. 부끄러움에 얼굴을 들 수가 없었다.

"마후유, 오해하지 마. 나는 ……."

"아니, 괜찮아요. 미안해요."

온 힘을 다해 냉정하려 했다.

"멍하니 있다가 그냥 조금 놀랐을 뿐이에요. 바보같이."

"……."

"고마워요. 위로해 줘서."

"익숙하지가 않아서, 어수룩했나 보군."

"그렇지 않아요. 저 ……."

"그래. 잘 자."

"잘 자요."

팀을 안은 채 그의 옆을 지난 마후유는 일부러 천천히 복도를 걸었다. 돌아보고 싶은 기분과 도망치고 싶은 기분이 한데 엉켜 머리가 터질 것 같았다. 모퉁이를 돌아, 이제 브루스에게 보이지 않는다는 것을 알게 된 순간, 무릎에서 힘이 쭉 빠져 나갔다.

간신히 마음을 가다듬고 생각을 할 수 있게 된 것은 팀을 목욕

시키고 침대에 뉘인 다음이었다. 브루스 말대로 팀은 평소보다 몇 배는 지친 듯, 벌써 눈이 게슴츠레했다.

"머피."

잠이 쏟아지는 목소리로 그가 말했다. 침대에 걸터앉은 마후유는 팀의 이마로 내려온 머리칼을 뒤로 넘겨 주었다.

"응, 왜?"

"아빠는 이제 안 와?"

마후유의 손이 그 순간 움직임을 멈췄다.

"아빠, 죽었어?"

졸려 하는 팀의 눈에서 마후유는 시선을 뗄 수 없었다.

"그래. 아빠는 죽었어."

그녀가 대답했다.

"…… 할아버지는?"

"할아버지는 아직 괜찮아. 반드시 나으실 거야."

한참이나 말이 없던 팀이, 이번에는 조그만 목소리로 말했다.

"머피도 죽어?"

마후유는 미소를 머금었다. 그리고 솔직하게 대답했다.

"응, 언젠가는."

팀의 얼굴이 갑자기 일그러져, 그녀는 깜짝 놀랐다.

"싫어. 머피 죽는 거 싫어."

그가 칭얼거리기 시작했다.

"싫어. 죽으면 싫어."

"지금 당장은 아니야."

마후유는 당황스러워 얼른 덧붙였다.

"아직 한참 멀었어, 아마도."

"싫어, 싫어."

"하지만 팀, 어쩔 수 없는 일이야. 사람은 누구나, 언젠가는 죽어. 아무리 돈이 많고 아무리 착한 사람이라도, 언젠가 죽는 것은 다 똑같아."

"싫어, 싫어, 싫어."

졸린 탓도 있겠지만, 그는 이불 속에서 발을 바동거리며 울음을 터뜨렸다. 슬프다기보다는 화가 난다는 식의 울음이었다.

마후유는 어쩌면 좋을지 몰라, 팀을 뒤덮듯이 껴안았다. 이렇게 어린 아이에게, 너무 잔인한 사실을 가르쳐 줬는지도 모르겠다. 따스한 말로 위로를 건넸어야 했는지도 모르는데 …….

머리를 살살 쓰다듬어 주자 팀은 조금씩 조용해지더니 엄지손가락을 입에 물었다.

"팀."

가만히 부르기만 해도, "싫어" 하고 중얼거린다.

"그래, 맞아. 누구든 죽는 게 아무렇지 않을 리 없지. 그러니까 살아 있는 것을 함부로 죽이면 안 되는 거야."

팀은 검은 눈에 눈물을 머금은 채, 코를 훌쩍거렸다.

이럴 때, 내가 나바호의 자장가를 부를 수 있다면, 하고 마후유는 생각했다. 오늘 도로시의 집에서 저녁을 먹고 난 후였다. 제일 어린 아이가 칭얼거리자 데릴라가 얼른 안아 구석으로 데리고 가더니 살랑살랑 흔들면서 노래를 부르기 시작했다. 그때였다. 팀이 고개를 휙 돌리면서 데릴라에게 뛰어가, 그녀의 얼굴을 뚫어져라 쳐다보았다. 그러고는 데릴라의 노래가 끝날 때까지

치맛자락을 잡고는 옆을 떠나려 하지 않았다.

이블린이 불러 준 자장가와 같았는지도 모른다. 그럴 가능성이 충분하다. 하지만 마후유는 팀에게 군이 확인하지 않았다. 그렇게 혹독한 고통을 당하고도 팀이 엄마를 잊지 못하고 있다는 것을 분명하게 인지하고 싶지 않아서였다.

마후유는 어느 틈에 잠이 든 팀을 가만히 내려다보았다. 아직도 볼 위에 남은 눈물 자국을 살며시 닦아 준다.

창밖에서 달을 향해 짖는 코요테의 울음소리가 들려왔다.

"우-우-우-우-우-우-우!"

마치 자신을 조롱하는 것처럼 들린다.

'너는 이 아이를 사랑하는 게 아니잖아. 자기가 외로우니까, 옆에 두고 이용하고 있을 뿐이라고.'

마후유는 침대에서 일어나 팀이 바닥에 이리저리 벗어 던진 옷을 챙겼다. 팬티에 이어 조그만 셔츠를 집어 들었을 때, 걸음을 멈추고 그 셔츠에 코를 묻었다.

호건에서 피운 약초의 연기 냄새가 배어 있었다.

그것은 오늘 밤 브루스의 냄새이기도 했다.

# 26

"하마터면 정말 큰일 날 뻔했다고, 응? 진짜 알고 있는 거 맞아?"

심장외과 과장 테오도르 스톤이 리처드 머리 위에서 말했다.

"참 어이가 없어서 말도 안 나오는군. 처방해 준 약조차 제대로 먹지를 않다니 …… 내 진단을 뭐로 여기는 거냔 말이야. 어차피 말을 안 들을 거면, 내가 진료를 하든 학생이 진료를 하든 무슨 차이가 있겠어."

학창 시절을 함께 보낸 친구인 만큼 가차 없다.

"알았어, 알았다니까. 충분히 반성하고 있어."

"흥, 뭐가 그리 잘났다고. 아무튼 자네는 옛날부터 그랬다니까. 남의 충고는 절반밖에 듣지 않고 무슨 일이든 제멋대로 하지 않으면 성이 풀리지 않았어."

"이제 알았다니까 그러네."

리처드는 얼굴에 튄 침을 링거 바늘이 꽂혀 있는 팔을 슬금슬금 올려 닦아 냈다.

"그렇게 끔찍한 면상으로 고함치지 말라고. 그러다 이번에야말로 정말 심장이 멎으면 어쩌려고 그러나."

"아아, 그거 좋지. 한 번 멈춘 심장은 두 번 다시 멈추지 않으니까."

입원 다음 날 아침에 수술을 받은 리처드는 집중 치료실에서 개인 병실로 옮기기는 했지만, 사흘째인 오늘도 침대에서 몸을 일으킬 수 없다. 수술은 물론 성공적으로 끝났지만, 몸을 움직이는 것은 허용되지 않았다. 외부에는 알리지 말라고 한 덕분에 문병객들에게 시달리는 일은 없지만, 누운 채로 목동 우두머리에게 지시를 내리자니 영 내키지 않았다. 게다가 마이클이 곁에서 환자는 입도 벙긋 하지 말라는 식의 까칠한 표정을 짓고 있다.

침대 머리 절반을 올리는 정도는 괜찮지 않겠느냐고 스톤에게 제안해 보았다.

"사흘이나 베개에 머리를 붙이고 있자니, 내가 병든 노인 같지 않은가."

"멍청하기는. 자네가 병든 노인이 아니고 뭐겠어. 그 돌대가리가 현실을 똑바로 인식하기 전에는 이렇게 침대에 꽁꽁 묶어 둘 테니까, 알아서 하라고."

심장외과 과장은 그렇게 빈정거렸다.

심장에 혈액을 공급하는 두 관상동맥 중 한쪽이 막혀 가고 있었다고 한다. 그것도 심장에 가까운 부분이.

"이 지경을 하고도 심근경색까지 가지 않았으니, 참 운이 좋기는 좋은 사람일세."

스톤은 그렇게 말하면서 어이없어 했다.

옛날 같았으면 가슴을 열고 큰 수술을 했겠지만, 이번 수술에서는 사타구니를 새끼손가락 끝만큼 절개했을 뿐이다. 그곳을 통해 혈관에 아주 가느다란 관을 집어넣어 심장까지 도달하게 한 다음, 이번에 문제를 일으킨 혈관이 다시 막히지 않도록 망 형태의 조그만 금속 파이프를 삽입했다.

리처드는 수술 과정을 모니터를 통해 자신의 두 눈으로 보면서 수술을 받았다. 허벅지 안쪽으로 들어간 관의 끝이 막힌 부분을 콕콕 건드리자 혈류가 흐르면서, 그 순간 모세혈관 끝까지 피가 통하고 심장이 원래 모양으로 돌아오는 것을 알 수 있었다. 모니터를 주시하고 있던 스톤과 다른 의사들도 환호했다. 휘파람을 불고 박수를 치면서 서로의 어깨를 툭툭 쳤을 정도다.

상황이 그렇다 보니, 생사의 갈림길에서 오락가락했다는 실감은 거의 없었다. 서재에서 쓰러졌을 당시에는 아닌 게 아니라 이제 틀렸구나 싶었는데, 의식이 돌아온 후에는 별다른 통증도 없었다. 그저 체력을 완전히 소모한 탓에 움직일 수가 없을 뿐이었다.

지금, 널찍한 개인 병실 침대에 누워 천장을 쳐다보면서 달리할 일이 없는 리처드는 그때 상황을 되새기고 있다. 가슴에서 시작해 어깨까지 짓뭉개지는 듯한 통증, 누가 목을 조르기라도 하는 것처럼 숨을 쉴 수가 없었다. 온몸에서 솟구치는 땀에 입고 있던 옷이 푹 젖었다. 쓰러지는 도중에 책상 모서리에 몸이 부딪친 덕분에 그나마 머리에는 큰 충격이 없었던 듯하다.

현장을 발견한 것은 클레어였다고 한다. 리처드가 쓰러지면서 책상에서 떨어진 스탠드가 바닥으로 떨어져 깨졌고, 그 소리에 놀라 돌아와 봤다고 그녀는 말했다.

"리처드, 정신 차려요. 아직 안 돼. 아직 죽지 마."

아내의 그 말에 불현듯 리처드는 뭔가 께름칙하다고 어렴풋이 느꼈다.

…… 무슨 뜻으로 한 말이었을까?

한참을 골똘히 생각해 보았지만, 알 수 없었다. 링거 튜브가 연결되어 있는 탓에 몸을 움직일 수도 없는데, 머릿속까지 마음대로 할 수 없다니. 혹시 쓰러지면서 부딪친 부분이 안 좋아진 걸까, 아니면 자신도 모르게 노망이 들고 만 걸까?

이렇게 오래 누워만 있기는 처음이었다. 지금까지도 몇 번 입원한 적은 있지만, 침대에서 못 일어날 정도는 아니었다.

답답함을 어쩌지 못하고 있는데, 찰칵 문이 열리면서 뚱뚱한 간호부장이 들어왔다.

"자, 체온 잴게요."

이쪽이 병약해진 탓일까, 형식적인 명랑함이 오히려 짜증스럽다. 누워 지내는 노인들 대부분이 점점 괴팍해지는 이유를 알 것 같은 기분이 들었다.

부장이 위에서 들여다보았다.

"기분은 좀 어떠세요?"

리처드는 입술을 비틀면서 대답했다.

"좋다고 하면 퇴원시켜 줄 건가?"

# 27

브루스는 불을 지피고, 모아 놓은 커다란 돌 몇 개를 불 안에 던져 넣은 후, 충분히 달궈질 때까지 불 옆에 정좌하고 기다리기로 했다. 펀치드 페이스도 주인 이상으로 진지한 표정을 하고 옆에 앉았다.

나바호 남자에게 '카체'는 단순한 사우나가 아니라, 혼을 정화하기 위해 종교적인 의례를 치르는 곳이기도 하다. 브루스는 리처드의 허가를 얻어 목동들의 숙사 뒤쪽, 100피트 정도 떨어진 마른 강의 둔덕에 카체 비슷한 것을 만들어 두었다. 원래는 호건을 그대로 축소시켜 놓은 것처럼 돔 모양이지만, 브루스가 이곳에 만든 것은 둔덕에 안쪽으로 동굴을 파고 입구에 방수천과 담요를 커튼처럼 늘어뜨린 간이식이다.

그는 피어오르는 연보라색 연기를 바라보았다. 해가 기우는 하늘에 동그마니 뜬 샛별이 반짝이고 있다.

지난 며칠 동안 브루스는 헬기를 조정해 플레그스태프에 있는 병원을 몇 번이나 오갔다. 리처드의 병세는 호전되고 있었지만, 그래도 가족끼리 교대하면서 누군가는 매일 면회를 가고 있다. 브루스 자신은 그런 그들을 데리고 오갈 뿐, 아직 한 번도 병실로 문병을 가지 않았다. 마후유만이 얼굴을 비치지 않아도 되느냐고 살짝 물어 주었지만, 그날따라 마이클이 병실을 지키고 있어서 브루스는 고개를 옆으로 저었다. 심장 때문에 입원한 환자에게 군이 신경을 쓰게 하는 것도 잔인한 일이다. 마후유도 브루스의 심정을 간파한 듯 더 이상은 강권하지 않았다.

오늘도 오후에 클레어와 일라이자를 데리고 갔다가 조금 전 다시 돌아온 참이다. 두 사람의 대화를 얼핏 들어 보니, 마후유가 지난 주말에 돌아가기로 했던 예정을 연기해 이번 주 목요일에 돌아가기로 한 것 같았다. 그 일로 일라이자는 클레어에게 투정을 퍼부었다. 며칠만이라도 좋으니, 리처드를 위해서라도 더 있어 달라고 부탁한 사람이 다름 아닌 클레어였기 때문이다.

그러고 보니 오늘은 아직 마후유와 팀의 얼굴을 보지 못했다.

브루스는 연기가 스며 따가운 눈을 비비면서 기침을 했다.

…… 그래서 어쨌다는 것인가.

부삽 끝으로 불길 속의 돌을 쿡쿡 쑤신다. 어서 카체에 들어가 몸 안에 찌꺼기처럼 고여 있는 이런저런 것들을 모두 땀과 함께 밀어내 버리고 싶었다.

활활 타오르던 불길이 잦아들고, 돌이 빨갛게 달궈진 것을 확인하자 브루스는 뜨거운 돌을 부삽으로 떠 하나하나 옮기면서 동굴 바닥에 움푹 파 놓은 구멍에 쌓았다. 그러고는 다시 밖으로 나가 옷을 훌러덩 벗고 준비해 놓은 물 양동이를 손에 들고 동굴 안에 들어가 방수 천과 담요를 내렸다. 좁은 동굴 안은 돌에서 뿜어 나오는 열기로 이미 후끈했다. 위대한 어머니인 대지의 자궁이다. 어두컴컴한 동굴 한가운데에서 뜨겁게 달아오른 돌만 검붉은 빛을 발하고 있다.

납죽 정좌를 한 그는 '첫 남자'가 '성스런 사람들'에게 배웠다고 하는 카체의 노래를 낮게 읊조리듯 부르기 시작했다. 눈을 감고 있으니, 자신의 노랫소리가 토벽에 쭉쭉 빨려 들어가는 것을 느낄 수 있었다.

몇 분이 지나자 피부 표면에 배어 나온 땀이 굵은 방울이 되어 이마에서 코와 턱을 타고, 목덜미에서 움푹 파인 쇄골로, 가슴에서 배로, 어깨에서 등으로 흘러 마른 땅에 뚝뚝 떨어졌다.

그는 노래하면서 한 손으로 양동이의 물을 퍼 돌에 끼얹었다. 푸시시, 오른 김으로 사방이 자욱해졌다. 뜨거운 수증기가 온몸을 감싸고, 기관을 통해 들어와 폐를 채웠다. 털구멍이 죄 열리고, 바짝 말라 있던 세포 구석구석까지 수분이 전달되면서 내장의 움직임이 활발해지는 것을 느낄 수 있었다. 요 며칠 동안의 피로가 풀려 몸 밖으로 빠져나가는 듯 했다.

몇 번이나 돌에 물을 끼얹으며 수증기를 들이쉬고 있자 점차 머리가 멍해졌지만, 그는 자신의 내면에 아름다움과 조화가 완전히 돌아왔다고 느껴질 때까지 꼼짝 않고 앉아 노래를 계속 불렀다.

삼십 분쯤 지났을까. 너무 덥고 숨이 갑갑해서 더는 견딜 수 없어진 그는 입구를 막고 있는 방수 천과 담요를 걷어차고 밖으로 나갔다.

눈앞이 어질어질했다. 땀으로 흠뻑 젖은 몸에 밤바람이 물처럼 휘감긴다. 마른 강바닥의 보슬보슬한 모래를 움켜쥐고 온몸에 비벼 댄다. 모래는 물처럼 청정한 것이다. 몇 번이나 비벼 대자 땀도 마르고 피부는 한 꺼풀 벗겨 낸 것처럼 매끄러워졌다.

할아버지와 살던 시절에는 이렇게 모래로 땀을 닦아 내고 끝냈지만, 숙사로 돌아간 브루스는 비누 거품과 함께 샤워로 다시 한 번 몸을 씻어 냈다. 마음껏 물을 사용할 수 있는 샤워는 백인 사회에서 누릴 수 있는 최고의 사치였다. 하지만 적응이란 참 무서운 것이다. 이 사치와 맛있는 음식이 당연해지고 말았다. '청결'과 '불결'의 기준이 크게 달라진 지금, 브루스가 황야에 있는 예전의 집으로 돌아가 생활하는 것은 거의 불가능에 가깝다. 이 목장을 떠나 보호구역으로 돌아가지 않는 이유가 그게 전부는 아니지만, 중요한 이유 중 하나임에는 틀림없었다.

보송보송 마른 수건으로 귀 뒤를 닦으면서 그는 생각했다. 오늘 밤, 카체에 들어가지 않고는 견딜 수 없을 정도로 속이 부글부글 끓었던 것은 왜일까.

첫 번째 원인은 아마도 저녁때 클레어가 보인 태도였을 것이다. 병원에서 돌아오는 헬기에서 내려, 브루스가 운전하는 차를 타고 저택으로 가는 도중이었다. 왜 마후유와 팀을 붙잡았느냐고 집요하게 묻는 딸에게 클레어는 작은 소리로 대답했다.

"너와는 관계없는 일이야."

브루스는 백미러로 그 순간을 포착했지만, 곧장 시선을 앞으로 돌려 모르는 척했다.

말투가 좀 이상하다고 그는 생각했다. '너와는 관계없는 일이야.' 그것은 대부분의 경우, 뭔지 몰라도 숨기는 것이 있어 뒤가 켕기는 사람이 하는 말이다.

그리고 또 한 가지, 마음에 걸리는 것이 있다.

어제, 마이클과 마후유를 병원에 데려다 주고 기다리는 동안,

브루스는 시간도 보낼 겸 삼촌 빌 러닝 호스의 사무실을 찾아갔다. 나이를 먹어서도 장사꾼 기질은 여전해 소식이 빠른 삼촌은 리처드 샌더슨이 심장 발작으로 입원했다는 사실을 이미 알고 있었다. 그가 전부터 브루스에게 소개하고 싶어 안달하는 멕시코 여자 — 여행사 직원의 여동생으로 병원에서 헬퍼로 일하고 있다 — 가 오빠에게 얘기했고, 빌은 그에게서 들었다고 했다.

게다가 얘기는 거기서 끝이 아니었다. 그 헬퍼 샐리가 환자의 빨래를 들고 지하에 있는 세탁소로 갔을 때였다. 복도 구석에서 차림새가 말쑥한 백인과 나바호 청소부가 수군덕거리고 있는 것을 보았다. 샐리가 지나가려 하자 그들은 갑자기 입을 꾹 다물었지만, 그녀는 한쪽이 리처드 샌더슨 씨의 병실에 드나드는 젊은 남자라는 것을 알고 놀랐다. 그가 상대하고 있는 청소부는 근무 중에 몇 번이나 술 냄새를 풍긴 탓에 목이 잘릴 뻔한, 그다지 평이 좋지 않은 나바호였기 때문이다.

샐리의 착각이 아닌 이상, 그 '젊은 남자'는 마이클일 것이다. 그런데 …… 그 사내가 알코올중독 나바호에게 무슨 볼일이 있는 것일까.

점과 점을 잇는 선이 보이지 않았다.

브루스는 셔츠를 껴입으면서, 아무튼 그 일을 염두에 두기로 했다.

젖은 머리를 묶고, 목동들이 모여 있는 홀로 갔다. 텔레비전에서는 요란한 소리가 나고, 여기저기에 몇 명씩 모여 카드놀이를 하고 있었다. 흑발의 앨런이 같이하자고 불렀지만 거절했다. 브루스는 구석에 놓인 냉장고에서 캔 맥주 하나를 꺼내 들고 복도 끝에 있는 자기 방으로 돌아갔다. 침대에 벌렁 누워 헤드보드에 몸을 기대고 시원한 맥주를 들이킨다. 이 또한 보호구역에서는 누릴 수 없는 사치다.

브루스의 경우, 일자리가 없는 것은 아니다. 삼촌 빌은 소몰이나 하지 말고 자신의 여행사 일을 도우라고 야단이다. 아버지에게는 별다른 감정이 남아 있지 않는 데다 마이클과 클레어에게는 그렇게 매몰찬 푸대접을 받고 있는데, 왜 자신이 이곳을 떠나지 않는지 브루스는 지금까지 몇 번이나 자문했다.

그리고 도달한 결론은 딱 하나였다.

아버지를 제외한 샌더슨가의 사람들은 모두 그를 증오함으로써 자존심을 지키고 있다. 클레어와 리처드 사이가 싸늘하게 식은 것도 브루스 탓, 일라이자가 심술궂은 여자가 된 것도, 마이클이 비굴해진 것도, 그리고 무엇보다 가족이 뿔뿔이 흩어지게 된 것도 근원을 따지자면 브루스 탓. 스마일링 버드가 이미 죽어 증오할 수 없는 만큼, 모든 화살이 그를 향하고 있는 것이다. 표면적으로 평온한 일상을 보내는 것처럼 보이는 그들에게 브루스는 천칭의 좌우 균형을 맞추는 추 같은 존재다.

아무리 부당한 취급을 당해도 브루스는 클레어와 그녀 가족을 적극적으로 원망하고 싶지 않았다. 그들의 심정을 이해할 수 있어서가 아니라, 그저 오랜 세월을 함께하다 보니 그들에게 기묘한 연대감을 느끼게 되었기 때문이다.

설사 그것이 증오심이라고 해도, 일종의 연대임에는 틀림없다. 어쩌면 애정보다 한결 강한 연대일 수도 있다. 미움을 사는 것으로 되려 자신의 위치를 확인하다니 혹시 내게 피학 취미가 있는 것일까. 그는 속으로 피식 웃었다.

그렇다고 이곳에 언제까지나 머물 뜻은 없다. 언젠가는, 그렇다, 언젠가는 떠날 생각이다. 하지만 아직은 결심이 서지 않는다. 뭔가를 확인하지 않고는 떠날 수 없다는 기분이기는 한데, 그게 뭔지는 그 자신도 몰랐다.

문득 기척이 느껴져, 그는 침대 밑을 들여다보았다.

언제 숨어 들어왔는지, 펀치드 페이스가 눈을 잔뜩 치켜뜨며 이마에 주름을 만들고 그를 올려다보고 있었다. 요즘 들어 유난히 붙어 있고 싶어 하는 통에 난감하다. 이것도 심신이 늙은 탓일까. 브루스는 너그럽게 봐주기로 했다.

다시 헤드보드에 기대어 맥주 캔에 입을 대려다, 그는 손을 멈췄다. 구릿빛 손목에 낀 팔찌에서 파란색 터키석이 살아 있는 눈동자처럼 그를 보고 있었다. '이글 하트'라는 이름과 함께 할아버지에게 받은 이것은 남자 돌. 며칠 전 그가 마후유의 팔에 끼워 준 팔찌에는 여자 돌이 박혀 있다.

저녁 나절, 클레어와 일라이자를 태운 차를 저택 앞 로터리에 세웠을 때, 브루스는 무의식적으로 포치 쪽을 살폈다.

"누구를 찾는 걸까."

일라이자가 그렇게 빈정거리도록 그는 자신이 그러고 있었다는 것을 미처 몰랐다.

나바호는 어떤 것에 대한 욕구든 지나치게 억제하는 것을 바람직하다 여기지 않는다. 그러나 또한 지나치게 강한 욕구도 바람직하다 여기지 않는다.

요컨대, 그것이 그가 카체를 필요로 한 가장 큰 이유였다.

# 28

리처드 샌더슨이 수술을 받은 지 칠 일째인 8월의 마지막 수요일 아침이었다. 클레어는 격납고 구석에 선 채, 위가 쿡쿡 쑤시는 고통을 참고 있었다. 그녀는 기다리는 것을 싫어한다.

헬기는 이미 저쪽에서 대기 중이다. 조종석에 브루스의 검은 머리가 보인다. 이렇게 시간이 지체되는 것은 목동 우두머리 잭 에반스가 꿈지럭거리고 있기 때문이다. 그는 지금 격납고 안쪽에 있는 사무실에서 전화기를 든 채 쩔쩔매고 있다. 이웃 목장과의 경계선 건으로 또 옥신각신하고 있는 듯하다.

클레어는 팔짱을 끼고 엄지손가락으로 팔뚝을 정신없이 두드리면서, 유리창 너머에 있는 뒷모습을 노려보았다. 에반스는 젊었을 때부터 머리가 희끗희끗했지만, 대신 오십이 넘은 지금도 대머리 신세는 면하고 있다. 우람한 등에서 발산되는 위압감이 과연 오랜 세월 리치드의 오른팔 구실을 해 온 사내다 싶었다.

그녀는 손목시계를 들여다보았다.

마이클은 잘하고 있을까.

클레어는 오랜만에 두 자식의 성품을 떠올렸다. 일라이자는 그저 고집이 셀 뿐이고, 평소 착실해 보이다가도 정작 무슨 일이 생기면 격해지는 쪽은 마이클이다. 어렸을 때부터 그랬다. 먼저

싸움을 거는 쪽은 일라이자, 그러나 마지막에 승리를 거두는 쪽
은 마이클이었다. 죽은 로렌스는 언제나 중재역이었다.

클레어는 수정된 유언장의 내용을 마이클에게 전하면서 월트
맥키벤 변호사와 금전적인 거래를 했다고 거짓말을 했다. 마이
클은 금전적인 거래가 있었다는 것 자체에는 눈살을 찌푸렸지
만, 유언장의 내용을 알고는 격하게 분노했다. 소스라칠 만큼의
격정이었다. 긴 세월 충절을 바친 어머니를 배신한 아버지, 그리
고 자신들을 괄시한 아버지 때문에 그는 미친 듯이 화를 내었다.
마치 몸에서 시퍼런 불길이 치솟을 것처럼 난동을 부렸다.

그리고 긴 침묵이 있은 후, 마침내 마이클이 무겁게 입을 열
었다.

마후유에게는 안됐지만, 아버지로 하여금 유언장을 다시 쓰도
록 하기 위해서는 한 가지 방법밖에 없어요, 어머니.

클레어는 아들을 막지 않았다. 아니 오히려 그가 그렇게 말해
주기를 기다리고 있었다.

그야 물론 그 아가씨가 안됐기는 하지만, 자초지종을 따지자
면 더 불쌍한 것은 오히려 자신이 아닌가, 하고 생각했다. 지금
리처드는 병상에서 움직이지 못한다. 유난히 눈치가 빠른 브루
스도 헬기를 조정하게 하면 자리를 비울 수밖에 없다. 방해꾼 없
이 '사고'를 일으키려면 지금이어야 한다. 여차하면 월트가 나
서서 판사를 움직여 일을 무마해 줄 것이다. 그러자고 지금까지
돈을 뿌려 온 것이다.

강해진 햇살을 곁눈질하면서 클레어는 푸르르 몸을 떨었다.

앞으로 벌어질 일에 대한 두려움 때문은 아니었다. 오히려 두

려운 것은, 어이가 없을 정도로 양심의 가책을 받지 않는 자신의
모습이었다.

# 29

마이클이 말을 타고 멀리까지 나가 보자고 했을 때, 마후유는 거절하려고 했다. 요 이틀 정도 감기 기운이 있어 몸이 나른한 탓도 있었지만, 오늘따라 예민한 마이클의 모습을 보니 기분이 내키지 않았다. 피차 그리 유쾌한 길동무가 될 수 있을 것 같지 않았다.

그런데 그녀가 뭐라 말을 꺼내기 전에 마이클이 말했다.

"내일이면 뉴욕으로 돌아갈 거잖아. 마지막 추억을 만들어야지. 얼마 전에는 브루스와도 탔다고 들었는데."

마후유에게는 그 말이 이렇게 들렸다.

'브루스와는 같이 간 주제에, 내 청은 거절하는 건가?'

지나친 해석인지도 모르지만, 그래서 결국 응하고 말았다.

"다행이군. 실은 벌써 말을 끌고 나왔거든. 준비가 되면 부르러 올 테니까, 여기서 좀 기다려 줘."

마이클은 안심했다는 듯이 말했다.

"팀도 데려가면 안 될까요?"

그녀가 물었다.

"미안하지만, 안장 앞에 앉혔다가 떨어지면 어쩌려고. 걱정마, 해리엇이 잘 봐 줄 거야. 부탁했더니 두말 않고 승낙했으니까."

"…… 그렇군요."

앞으로도 자신이 밖에 나갈 때마다, 이렇게 팀을 누군가에게
맡겨야 한다고 생각하자 우울해졌다. 대학원을 중퇴하고 동구
와의 사업에 전념하는 편이 좋을까. 그렇게 되면 직장에도 데리
고 다니면서 보살펴 줄 수 있을지도 모른다. 물론 다른 동료에게
폐가 되지 않는다는 가정하에.

짐은 벌써 다 싸 두었다. 큰 짐은 우편으로 보내면 된다. 내일
은 아침 일찍 헬기를 타고 플래그스태프에 가서 리처드에게 인
사를 한 후, 피닉스로 갈 예정이다. 그다음 뉴욕까지는 비행기
다. 첼시의 집에 전화를 걸었더니, 산드라가 받았다. 팀도 같이
간다고 하자 무척 기뻐해 주었다.

팀에게 감색 폴로셔츠와 반바지를 마침 다 입혔는데, 해리엇
이 데리러 왔다.

"지금 축사에 가는 길인데, 팀도 데리고 가려고요."

해리엇이 만면에 미소를 머금고 팀을 내려다보며 말했다.

"팀, 병아리에게 모이 줄래? 아니면 또 소젖 짜게 해 줄까?"

팀은 신이 나서 해리엇의 손에 매달렸다.

"해리도 찌찌 나와?"

해리엇이 깔깔거리며 웃었다.

"얘는, 이상한 소리를 다 하네."

"응, 나와?"

"옛날에는 나왔지만, 지금은 안 나와."

"왜?"

"글쎄, 젖이 말라 버려서가 아닐까."

팀이 마후유를 돌아보았다.

"머피는 같이 안 가?"

"나중에 갈게."

"꼭이야."

"응. 약속할게."

마후유는 미소와 함께 대답했다.

# 30

마이클은 해리엣이 팀을 데리고 나간 것을 확인하자, 부엌에서 물을 끓이기 시작했다.

클레어가 타고 갈 헬기 소리는 아직 들리지 않았다. 이 저택의 상공을 지나갈 테니까, 출발하면 금방 알 수 있을 것이다.

리처드가 쓰러진 후, 클레어는 헌신적으로 남편을 보살폈다. 리처드는 지금도 여전히 심전도를 체크하기 위한 코드를 가슴에 덕지덕지 붙이고 있다. 병실 안에 있는 화장실에도 제 발로 갈 수 없을 뿐더러 침대에서 일어날 수도 없다. 무슨 일이 있을 때마다 일일이 간호사를 부르고 싶어 하지 않는 그를 위해 클레어가 변기를 갖다대 주고, 오물을 버리는 일도 한다. 발작과 수술로 인한 체력 소모에다 환자식 탓에 몸이 홀쭉해진 리처드는 이런저런 시중을 드는 클레어를 거추장스러워하면서도 어딘지 모르게 기꺼워하는 듯이 보였다.

그 대단한 아버지도 마음이 약해진 모양이다. 하지만 어머니의 태도는 어디까지가 진심이고 어디부터가 연기일까, 마이클은 생각한다.

종이봉투에서 페요테를 한 줌 집어 꺼낸 마이클은 커피용 유리 포트의 뚜껑을 열고 재빨리 안에 털어 넣었다. 손이 떨렸다.

카운터에 흘린 조각을 얼른 주워 모았다. 페요테 조각은 바짝 마른 갈색의 단추 모양 칩이다. 마후유가 뉴욕에 돌아가기 전까지 구하지 못하면 어쩌나 안절부절못했는데, 어제야 겨우 손에 들어왔다. 나바호 청소부에게 건넨 돈은 입막음 비용까지 쳐서 백 달러였다. 헐값이다.

포트에 끓인 물을 따르고 뚜껑을 덮은 후, 한참을 불린다. 칩이 물을 머금어 불기 시작하면서 물에도 색이 퍼지기 시작했다. 평범한 허브티를 우리고 있다고 착각할 것 같다.

마이클 자신은 페요테 차를 마셔 본 적이 없지만, 이곳에 살다 보면 그 효과가 어느 정도인지 저절로 알게 된다. 페요테는 환각을 유발하는 알칼로이드 성분이 있는 선인장의 일종이다. 말린 것을 씹어 먹거나 차로 우려 마시면, 감각이 과도하게 예민해지면서 불안과 공포, 또는 기쁨과 흥분이 고조되는 나머지 눈에 보이는 것들이 본래 모습을 잃고 움직이기 시작하고, 무지개빛으로 빛나고, 마침내는 자신과 타인의 구별마저 없어진다고 한다. 지금도 페요테를 사용해 흥분한 상태에서 격렬한 환각을 체험하고, 신과의 교류를 시도하는 원주민 종파가 있을 정도다.

마이클은 잘 알고 있었다. 사람 하나가 눈앞에서 죽는 것은 그리 쉬운 일이 아니다. 의심을 사지 않기 위해서는 오히려 자기 쪽에도 어느 정도 실수가 있는 편이 …… 그리고 자진해서 그 실수를 인정하는 편이 좋다. 그 경우, 보나마나 과실치사든지 원주민 외에는 허용되지 않는 페요테를 사용한 죄를 추궁당할 것이다. 양쪽 모두에 저촉된다 해도 그렇게 중죄는 아닐 것이다.

그가 멀리 나가자고 했을 때, 마후유는 잠시 머뭇거리는 것처럼 보였다. 아무래도 마음을 완전히 연 것은 아닌 듯하다. 그 원인은 충분히 짐작이 갔다. 그녀는 그 인디언 자식을 대하는 나의 태도가 마음에 들지 않는 것이다.

마이클은 마음속으로 혀를 찼다. 타인이 이 집의 속사정을 어떻게 알 수 있다는 말인가.

갈색 칩이 천천히 떠올랐다가 가라앉는다. 그는 그 모습에 홀린 것처럼 포트를 응시했다.

지금 이러고 있는데도 아직 현실감이 없었다. 꿈이라도 꾸고 있는 것이 아닐까. 설마 자신이 이런 상황에 몰릴 줄이야. 사람을 죽인다? 이 내가, 사람을 죽인다 ……?

마이클은 카운터에 올린 손을 꽉 쥐었다.

궁지에 몰린 것은 아니다. 선택한 것이다. 그러지 않을 수 없는 상황을 만든 것은 아버지였지만, 선택은 스스로 했다.

힐금 시계를 올려다본다. 아직 삼 분 정도밖에 지나지 않았다. 유리 포트 안의 액체는 점차 색이 짙어지고 있다.

계획하고 사전 준비를 하는 며칠 동안, 마이클은 특히 낮이면 몇 번이나 마음을 고쳐먹으려 했다. 재산 따위는 넘겨 주면 그만 아닌가. 어머니를 비롯해 나나 일라이자에게 나름의 재산은 남긴다고 하니, 그 이상 욕심을 부려 사람을 죽일 필요까지는 없지 않은가.

그러나 밤이 되면 정반대 생각으로 머리가 꽉 차곤 했다. 말이 안 된다. 재산 중에서도 가장 알짜를 왜 새빨간 남에게 넘겨야 하는가? 어느 길을 택하든 후회할 게 뻔하다. 어차피 후회할 거라면, 앞으로 긴긴 세월 억울함에 이를 갈며 살고 싶지 않다. 어머니에게 비참한 꼴을 당하게 하고 싶지도 않다. 마음만 정하면, 순식간에 끝나는 일이다 …….

그렇게 아름답고 정숙한 어머니를 배반하고, 비탄에 젖게 하고, 그러고도 모자라 유언까지 바꿔 쓴 아버지는 물론 증오스럽다. 하지만 그 짧은 기간에 아버지의 마음을 사로잡은 마후유도 증오스럽다. 어쩌면 아버지가 랠리를 그만큼 각별히 사랑했다는 뜻일지도 모르겠지만, 그 또한 화가 났다.

아버지는 언제나 내 쪽은 보려 하지 않았다. 병실 침대에 누워서도, 네놈에게는 맡길 수 없다는 투로 괜한 명령을 내린다. 죽지 못해 살아 있는 주제에, 하고 속으로 욕설을 지껄인다.

그리고 브루스. 그야말로 이 집안에 균열을 초래한 쐐기 그 자체다.

마이클에게 브루스는 존재 자체가 위협이었다.

자신의 대용품이 자기보다 아버지에게 더 큰 신뢰를 얻고 있다 …….. 그런 상황은 용납할 수 없었다. 아버지가 죽으면, 그때 가서는 정말 따끔한 맛을 보여 줄 것이다.

폭풍 속에서 바람의 방향을 가늠하기 어려운 것처럼, 오락가락하는 격렬한 갈등 속에서 그는 자신이 과연 누구를 가장 증오하는지 알 수 없어졌다. 어쩌면 그 누구보다 가장 증오스러운 사람은, 유언의 내용을 자신에게 알린 어머니 같다는 생각도 들었다.

"뭐 하는 거야?"

갑자기 뒤에서 목소리가 들려 마이클은 화들짝 놀랐다.

일라이자였다.

"이상한 냄새가 나네. 뭐야, 그거?"

"오 …… 오늘 아침은 웬일로 이렇게 일러."

마이클이 몸으로 가리려고 했지만, 한발 앞서 일라이자가 포트에 들어 있는 것을 알아차리고는 단박에 눈썹을 찌푸렸다.

"이, 이거, 설마 ……."

"아니야."

"뭐가 아니라는 거야, 이거 페요 ……."

"사실은."

마이클은 일라이자의 말을 가로막으며 어색하게 미소 지었다.

"마후유가 몰래 한번 해 보고 싶다고 해서. 뉴욕에서는 구하기 어렵다면서 말이야."

"거짓말 마. 그녀는 그런 타입이 아니라고."

"그런 타입?"

"호기심에 마약을 해 보려는 타입이 아니라는 뜻이야."

"호오, 그럼 어떤 타입이 해 보려고 하지?"

"나 같은 타입이지."

일라이자가 동생을 노려보며 말했다.

"마이클 너, 그게 어떤 건지 알기나 해? 시도해 본 적 없잖아."

마이클은 움찔 놀라 누나를 쳐다보았다.

"해 본 적 있다는 말이야?"

"그래, 대학 시절에 조금. 좋게 말할 때 그만 둬. 익숙하지 않은 사람에게는 별로 기분 좋은 게 아니니까. 그래도 궁금하면 마리화나 정도로 해."

마이클은 아래쪽 선반을 열어 안에서 스테인리스 물통을 꺼냈다. 그리고 투명한 포트에 담긴 액체를 조심스럽게 따랐다.

"마이클, 내 말 안 들려. 사람이 충고를 하면 제대로 들어야지. 응, 마이클."

"시끄러워!"

일라이자가 움찔했다.

아뿔싸, 하고 마이클은 생각했다. 누나를 곁눈으로 노려보면서 목소리를 죽였다.

"부탁할게, 일라이자. 그냥 내버려 둬. 나도 좋아서 하는 일이 아니라고. 누나는 아무것도 모르고, 아무것도 보지 못했어. 그럼 모든 게 잘될 거야."

일라이자가 그를 빤히 쳐다보았다.

"너, 대체 ……."

# 31

팀과 해리엣을 내보낸 후 마후유도 옷을 갈아입기 시작했다. 전에 브루스에게 배운 것이 떠올라 청바지를 리바이스 대신 랭글러로 입었다. 허벅지 안쪽의 바느질 자리가 달라 안장과 마찰을 일으키지 않기 때문에 말을 탈 때는 랭글러가 편하다고 했다.

브루스를 어제도 그제도 만나지 못했다. 클레어가 병원에 갔다가 돌아올 때는 가능하면 포치에서 맞으려고 했는데, 어제는 마침 해리엣과 얘기를 나누던 중이었고, 그제는 감기 탓인지 졸음이 쏟아져 꾸벅꾸벅 졸고 말았다. 낮과 밤의 기온 차가 너무 커서 나름대로 조심했는데 결국은 감기에 걸리고 말았다.

체력이 떨어졌다는 것을 절실하게 느낀다. 지난 며칠 동안 숙면을 취하지 못했다. 불길한 꿈이 끝없이 이어졌고, 새벽에는 잠들기가 겁나 그대로 계속 뜬눈으로 지새는 날이 많았다.

아무것도 깨끗하게 잊을 수 없는데, 마음에 걸리는 일만 하나둘 늘고 있다.

가령 일주일 전의 그 밤.

브루스의 품을 그런 식으로 밀쳐 낸 후회와 수치심에 마후유는 점점 마음이 무거워졌다. 이 나라에서는 친애의 표현으로 그렇게 껴안는 것이 아주 당연한 일이다. 어렸을 때부터 익숙한 몸짓인데, 어쩌다 그렇게 과민 반응을 보였는지 ……. 마치 남자와 여자 사이라는 것을 의식한 듯한 반응을 보이고 말았다. 어쩌면 브루스는 자신의 태생 탓이 아닐까 오해했을지도 모른다.

그다음 날, 일라이자와 마후유를 병원에 데리고 갈 때에도 브루스의 태도는 한결같았다. 그와의 거리가 조금 멀어진 듯한 기분이 들었지만, 애당초 가깝다고 느낀 것이 착각이었는지도 모른다. 게다가 전날 밤의 일에 대해 이쪽에서 먼저 말을 꺼내 오해를 풀 만큼의 용기도 없었다.

자신감은 없는 주제에 자의식만 팽배하다니, 대체 뭘까. 때로는 그런 자신의 성격이 정말 싫어진다.

말을 타고 가는 동안 너무 타지 않게 소매가 긴 면 셔츠를 입었다. 혼자 멍하게 기다리고 있자니 따분해서, 마후유는 방을 나왔다. 포치를 돌아 현관으로 들어가려고 하는데, 마침 물통을 손에 든 마이클이 부엌에서 나오다가 그녀를 보고 움찔 놀라며 걸음을 멈췄다.

"준비가 되면 데리러 간다고 했잖아."

갑작스러운 그의 냉담한 말투에 마후유는 그만 "미안해요"라고 사과하고 말았다.

"그럼, 천천히 준비해요. 난 부엌에서 차라도 마시고 있을 테니까."

"차는 여기, 이렇게 준비했어."

그가 물통을 들어 보였다.

"참을 수 없을 정도로 목이 마른 건 아니겠지?"

"네."

"그럼 곧바로 나가지. 차는 말을 타고 멀리 나가서 마시자고. 어디 한적한 장소에서 말이야."

# 32

클레어는 또 손목시계를 들여다보았다. 에반스는 아직도 전화를 끊지 못하고 있다.

골치가 아플 때에는 골치 아픈 일이 겹치는 법이다. 오늘은 병원에서 열 시에 약속이 있다. 심장외과의 테오도르 스톤이 직접 수술 과정을 녹화한 비디오와 그동안 체크한 심전도표를 보여주면서 심장 상태와 수술 후 경과를 설명하기로 되어 있다. 안 그래도 바쁜 사람을 기다리게 할 수는 없는데 ······.

잔뜩 짜증이 난 그녀가 겁이 나 정비 스태프는 옆에 다가오지도 않는다. 넓은 격납고 구석에 혼자 덩그러니 서 있던 클레어는 괜히 더 짜증이 났다.

잭 에반스는 족히 십 분 이상 기다리게 한 후에야 안에서 나오더니 클레어의 표정을 보고는 별일 아니라는 태도로 모자를 들어올렸다.

"이거 많이 기다리게 했습니다, 부인."

클레어는 힐끗 그를 쏘아보았다.

"당신 어머니는 어지간히 느긋한 사람이었나 봐."

"그렇지도 않습니다. 일찌감치 돌아가셨으니까요."

에반스가 히죽 웃었다.

"……."

가자는 말 한마디 없이 걸음을 내딛는 클레어 바로 뒤를 에반
스가 쫓는다. 시간이 별로 없다는 것을 누군가가 귀띔한 모양이
다. 두 사람이 다가오자 동시에 프로펠러의 회전 속도가 빨라지
면서 귀를 막지 않고는 견딜 수 없을 만큼 굉음이 커졌다. 바람
이 일어 피어오르는 모래 먼지에 클레어는 눈을 찌푸렸다.

그녀가 헬기의 계단을 밟으려 하자, 옆에서 에반스가 손을 쓱
내밀었다. 힐금 그를 돌아보고, 무표정하게 그 손을 잡고 헬기에
올랐다. 뒤에 남은 다리를 지면에서 떼려는 찰나, 에반스가 그녀
손을 꽉 잡았다. 뿌리치면 균형을 잃어 넘어질 수도 있다는 것을
알기 때문이다.

뒷좌석에 앉은 클레어는 뒤따라 시침 뗀 표정으로 올라타는
에반스를 노려보았다.

옛날부터 이 남자에게는 이런 버릇이 있었다. 리처드가 보지
않는 틈을 타 클레어에게 슬쩍 눈짓을 보내거나, 드레스를 입은
그녀의 가슴골을 지그시 쳐다보곤 하는 것이다. 다른 목동들은
엄두도 못 내는 짓이었다. 리처드가 거친 남자들을 통솔하는 그
의 수완을 높이 평가하는 탓에 클레어도 지금까지 그의 그런 태
도를 너그럽게 봐주어 왔는데, 아무래도 그게 잘못인 듯하다. 게
다가 리처드가 쓰러진 후로는 이렇게 병실까지 지시를 받으러
가기는 하지만, 사실상 자신이 목장의 주도권을 쥐고 있다는 자
부심에 배포가 더 커진 것 같다.

"에반스, 분명하게 말하는데 두 번 다시 이런 짓 하지 마."

클레어가 매몰차게 말했다.

그는 히죽히죽 웃기만 할 뿐 아무 말이 없다. 당신이 여자라면 남자가 그렇게 대해 주는 걸 싫어할 리 없다는 의미가 담긴 웃음이다.

높아지는 헬기의 굉음 속에서 클레어는 차분하게 말했다.

"잘 들어, 잭 에반스. 자신의 처지를 알아야지. 목동 우두머리가 되고 싶어 하는 사람은 얼마든지 있어."

에반스의 입가에서 서서히 웃음기가 사라졌다.

"알겠어?"

"…… 그럼요, 부인."

클레어는 창밖으로 눈을 돌렸다. 부글부글 끓는 기름 같은 햇살이 반사되어 눈 안쪽이 따끔따끔 아프다.

월트 맥키벤이 에반스의 절반이라도 좋으니 좀 대범할 수 있으면 얼마나 좋을까…… 생각해 본다. 베트남 전쟁의 격전지에서 살아남은 월트라면, 다소 냉철함이 부족한 마이클보다 한결 듬직할 텐데.

그런데 유언장에 대해 들은 클레어가 어떻게 할 방법이 없겠느냐고 다그쳤을 때, 그는 이렇게 대답했다.

"안타깝지만 클레어, 그건 무리야. 유언장은 모든 것에 우선하는 거라고. 이 나라에 사는 이상, 이 나라 법을 따를 수밖에 없어."

그런 말이 듣고 싶었던 게 아니었다. 그런 신중함 덕분에 월트는 베트남에서 살아 돌아올 수 있었겠지만, 지금의 클레어에게는 그의 성격이 답답할 뿐이었다.

헬기 동체가 둥실 떠올라 속도를 올리면서 약간 앞으로 기운 상태로 상승하기 시작했다. 지면이 갑자기 멀어졌다. 그녀는 가벼운 현기증을 떨쳐 내고 비로소 앞을 향했다.

덜컥 숨이 막혔다.

조종석에 앉은 검은 머리 남자는 브루스가 아닌 앨런이었다.

# 33

일라이자는 물에 퉁퉁 불은 채 포트에 남아 있는 페요테를 화장실 변기에 버리고 몇 번이나 물을 내렸다. 몇 번이나 물을 흘리고도 그 주변 하수관에 죄의 덩어리가 떠 있을 것 같아, 변기 레버를 계속 눌렀다.

동생과 마후유는 지금 막 각자 말을 타고 집을 나섰다. 돌아올 때는 사람 하나와 말 두 마리일 것이다.

무슨 일인지 다그쳐 마이클이 계획을 실토한 순간부터 일라이자는 떨리는 몸을 주체할 수 없었다. 차라리 듣지 않았다면 좋았을 걸, 하고 얼마나 후회했는지 모른다.

실패하면 좋겠다고도 생각했다. 아버지가 한 짓은 물론 괘씸하고 화가 나 눈앞이 노래지는 기분이었지만, 자신은 아무것도 모르는 상태에서 모든 준비가 끝나 이제 실행에 옮기는 일만 남았다고 듣자 …… 무서워서 견딜 수가 없었다.

어머니와 동생이 그런 짓을 저지르려는 이유가 재산 때문만은 아니라는 것도 안다. 그 두 사람은 자존심이 세다는 점에서 그야말로 모자지간이다. 부당한 취급을 참지 못하는 것이다. 리처드는 이미 언제 어떻게 될지 모르는 몸이다. 무슨 일이 벌어진 후에는 늦다. 마이클 말대로 남은 평생을 후회하고 싶지 않다면,

지금 이럴 수밖에 없다 ……. 일라이자는 있는 힘을 다해 자기 스스로를 납득시키려 했다.

어쩌면 클레어가 죽이고 싶도록 증오하는 사람은 사실 리처드 일지도 모른다. 동생 마이클은 클레어를 지나치게 신성시하고 있다. 무슨 일이 생길 때마다 어머니를 감싸고 배려하는 것은 좋은 일이지만, 그가 생각하는 만큼 ─ 또는 생각하고 싶어 하는 만큼 ─ 어머니는 약하지 않다. 아니 오히려 그 반대다. 이 집에 사는 누구보다 성정이 격하고 고집이 세다.

과거 리처드가 바람을 피운 것도 어머니에게 전혀 책임이 없는 것은 아니라고 일라이자는 생각한다. 그리고 지난 몇 년 동안 이어져 온 어머니와 월트의 관계를 눈치채고 있는 사람도 자기 뿐이라는 것을 알고 있었지만, 마이클에게는 결국 말하지 못했다. 이 판국에 그의 분노가 어디로 향할지 상상할 수 없었기 때문이다.

이런 짓을 해도 정말 발각되지 않고 넘어갈 수 있을까.

속이 메슥거리는 것을 참으면서 그녀는 부엌에서 포트를 씻었다.

브루스에게는 자신도 가담했다는 사실이 절대 알려져서는 안 된다. 고집스럽고 오만하고 아무에게도 마음을 열지 않는 그 남자가 어떻게 된 일인지 마후유와 팀에게만은 마음을 허락하고 있다. 그게 샘이 났고, 또 그런 자신이 견딜 수 없이 짜증스러웠다.

그날, 브루스가 그녀 손에 쥔 목각 카치나를 보고 만 순간, 일라이자는 거의 봉인하는 데 성공했다고 여겼던 감정이 봇물 터지듯 그를 향해 흘러가는 것에 당황했다.

아주 오래전 그가 장난감 삼아 그 카치나를 만들었을 때, 정령 같은 걸 정말 믿느냐고 하면서 일라이자는 대놓고 그를 무시했다. 그것을 지금까지 버리지 않고 간직하고 있는 것도, 다른 남자와 사귈 때마다 오래 가지 못하는 것도 …… 결국은 그 남자 탓이 아니었던가.

브루스가 열다섯 나이에 이 목장에 왔을 때부터, 일라이자의 눈에는 그밖에 보이지 않았다. 처음에는 얄미워서 그런 줄 알았다. 절반은 피가 섞인 형제라는 것을 알고 있었기 때문이다. 그런데 아무리 그를 사생아 인디언이라고 경멸한들, 그리고 자기 동생이라고 되뇌어 본들, 소용없었다. 그의 살짝 쉰 목소리가, 파란색 눈동자가, 눈길과 몸짓이, 근육의 움직임이, 고양이과의 커다란 짐승을 떠오르게 하는 행동이, 마치 악마처럼 그녀를 사로잡아 놓아 주지 않았다. 그리고 브루스는 일라이자의 그런 감정을 틀림없이 눈치채고 있을 것이다.

온몸이 학질에라도 걸린 것처럼 부들부들 떨리는데, 일라이자는 이를 악물고 참았다.

정신을 똑바로 차려야 한다. 벌써부터 이래서야 앞날이 뻔히 보인다. 사태는 이미 내 손을 떠났다. 바퀴는 이미 굴러가기 시작했다. 지금 와서 막을 수 있는 방법은 없다.

하지만 —.

심신이 녹초가 되어 식당 의자에 쓰러지듯 앉은 그녀는 바닥으로 망연히 눈길을 떨어뜨렸다.

하지만 만약 이 사건이 사고가 아니라는 것이 밝혀지고, 내가 묵인했다는 사실까지 브루스가 알게 된다면 …… 그는 얼마나 격렬하게 우리를, 또 나를 증오할 것인가.

# 34

다소는 세상을 등진 할아버지 특유의 엄격함 속에서 자란 브루스는 옛날부터 거짓말이라는 것을 하지 않는 아이였다. 성장한 후에도 그 점은 변하지 않았다. 다만, 진실도 좀처럼 말하지 않게 되었다.

그런 자신이, 설마 그녀의 얼굴이 보고 싶어 거짓말을 하게 될 줄이야……

브루스는 픽업트럭을 타고 저택을 향해 달려가면서, 그런 자신이 어처구니없어 씁쓸하게 웃었다. 오늘 병원에 가는 사람이 클레어와 에반스뿐이라는 것을 알았을 때, 그는 주저 없이 앨런을 찾아가 급한 볼일이 생겼다며 대신 헬기를 조종해 달라고 부탁했다. 마후유와 팀이 내일이면 돌아가니, 오늘을 놓칠 수 없었다.

빚이 될 만한 거리를 만들고 싶지 않았지만, 부탁을 받은 앨런은 옳거니 하는 표정이었다.

"그 대신, 지난번 카드에서 진 빚은 갚은 셈 쳐."

그러고는 별 문제 없다는 듯이 웃었다. 그가 너무도 쉽게 부탁을 받아 줘서, 브루스는 오히려 얼떨떨했다. 거짓말이 그냥 있는 게 아니로군, 하고 생각했다.

그러나 무엇보다 믿을 수 없는 것은 자신이 누군가에게 부탁을 했다는 사실이었다. 그렇군, 동료에게 부탁을 하거나 호의에 기댄다는 것은 이런 느낌이로군······.

조수석에서는 펀치드 페이스가 혀를 축 늘어뜨리고 분주하게 숨을 토하고 있다. 익숙한 탓인지 어지간한 흔들림에는 동요하는 기색이 없다.

브루스는 손을 뻗어 파트너의 목덜미를 긁어 주었다.

십이 년 전, 개 한 마리와 꾸러미 하나 달랑 껴안고 목장으로 왔던 날이 떠오른다. 처음 사흘 동안 그는 펀치드 페이스 외에는 누구 하나 의지하지 말자고 각오를 다졌다. 모두가 적이라 여겼다. 실제로 그렇게 단단히 결심한 덕에 오늘까지 살아남을 수 있었다.

그러나 잘 생각해 보면, 그 시절의 목동들은 지금 손가락으로 꼽을 수 있을 정도밖에 남아 있지 않다. 우두머리인 에반스를 포함해도 기껏해야 서너 명뿐이다.

잇달아 새 얼굴이 늘어나면 또 들고 나듯 몇 사람이 빠져나가, 샌더슨가와 브루스의 관계를 전혀 모르는 자가 늘어났다. 확인한 적은 없지만, 앨런도 그런 사람들 중 하나일 것이다. 그는 스페인 사람의 피를 사 분의 일 물려받은 백인으로, 여자에게 약한 것이 흠이지만 좋은 사람이다. 앨런뿐만 아니라, 자신이 마음을 열면 제법 친하게 지낼 수 있을 만한 동료가 몇 명 있다. 지금까지 같이 일하는 동료를 그런 눈으로 본 적이 단 한 번도 없었지만.

이제 자신을 겹겹이 무장한 채 주변 사람을 대할 필요는 없을지도 모른다. 황야에 사는 짐승처럼 늘 긴장하고 있지 않아도,

아무도 시비를 걸지 않고 빈틈을 노려 뒷통수를 치지도 않는다.

처음으로 그 사실을 깨달은 브루스는 갑자기 몸이 가벼워진 듯한 기분이 들었다. 눈을 뜨고 보니 어느 틈엔가 부화가 끝난 기분이었다. 불안이라는 동전의 뒷면 같은 해방감이 그를 솔직하게 만들었다.

계기는 그녀가 마련해 주었다고 브루스는 생각했다. 그를 이해해 준 유일한 사람이었던 형의 두 번째 아내. 한 달 전 남편을 잃은 일본 여자.

"어이."

브루스는 조수석에 있는 파트너를 향해 말을 던졌다.

"너도 내가 어떻게 된 것 같니?"

늙은 개는 희뿌연 막에 가린 눈동자를 주인에게 향하고 헥헥 웃었다.

마후유에게 끌리는 마음이 옳지 않다고는 생각지 않았다. 백인이나 일본인의 도덕이 어떻든 알 바 아니다. 그들과 나바호 족은 연애의 개념조차 다르다. 그러나 그녀를 향한 이 감정은 연애 감정이라기보다 오히려 동족 의식에 가깝다. 나바호 사이에서 살든 백인 사회에서 살든, 동료에게 동족 의식을 느낀 적은 지금까지 단 한 번도 없었는데, 인종도 다르거니와 핏줄도 다른 그녀에게 그런 감정을 느꼈다는 것도 신기한 일이었다.

리처드가 쓰러졌던 그날 밤, 그가 마후유를 끌어안은 것은 무슨 흑심이 있어서가 아니었다. 일라이자의 말에 상처 입고, 지칠 대로 지쳐 있는 그녀 얼굴을 보는 순간, 생각에 앞서 손이 움직이고 말았다. 그때 그녀의 반응을 떠올리면 브루스는 지금도 기분이 뒤숭숭해진다. 놀랐을 뿐이라는 그녀의 말은 아마 진심이었을 것이다. 그 말에, 이런 일에 익숙하지 않다고 답한 그의 말역시 거짓이 아니었다. 여자에게, 아니 다른 사람에게 이렇게 큰관심을 갖기는 처음이었다.

마후유와 자신은 마치 같은 나무로 조각한 두 개의 카치나 같다. 생긴 것은 전혀 다르지만, 그 내면에 있는 것은 같다.

차가 비스듬한 언덕길을 올라가면서 저택의 지붕이 목초지를 배경으로 조금씩 솟아올랐다.

마후유는 지금 집에 있을까. 그러나 막상 얼굴을 보면 무슨 말을 해야 하나, 브루스는 생각했다. 팀과 함께 어딘가로 데리고나가…… 데리고 나가……. 제길, 무슨 말을 하면 좋단 말인가. 아니지, 뭐라고 하면서 데리고 나가면 좋은가? 또 리처드가 아이를 봐 달라고 부탁했다고, 그렇게 말해야 하나?

그는 한숨을 쉬었다. 하루에 두 번이나 거짓말을 하게 되면, 짐이 무겁다.

그 순간, 겹겹이 이어지는 언덕 저 너머에서 무언가 움직이는것이 보여 브레이크를 밟았다.

운전석 유리창을 내리고 저 먼 곳을 지그시 바라본다.

하지만 한참을 기다려도 아무것도 나타나지 않았다. 그저 아지랑이가 아른거릴 뿐이었다. 언덕 저편으로 내려간 것일까, 아니면 애당초 아무것도 없었는데 있는 것처럼 보였을 뿐인가. 말을 탄 두 사람의 그림자가 보인 것 같았는데.

그는 어깨를 으쓱하고는 브레이크에서 발을 떼고 저택으로 이어지는 내리막길을 내려갔다.

# 35

조종간을 잡고 있던 앨런이 뒤를 돌아보자, 클레어가 물었다.

"어떻게 된 거지, 브루스는?"

그가 입을 열었다.

"갑 …… 볼일이 …… 습니다."

"뭐라고? 안 들려!"

"갑자기 볼일이, 생겼, 다고요!"

그가 그렇게 소리를 질렀다.

클레어는 의자 등받이에 기대어 눈썹을 찡그렸다.

불길한 예감이 들었다. 그 남자에게 일을 지시하는 리처드가 없는데, 갑자기 무슨 볼일이 생겼다는 것일까. 지금까지 브루스가 개인적인 사유로 일을 쉰 적은 한 번도 없었다. 백인 사회의 기준에서 보면 나바호는 어리석고 게으른 종족으로 유명하지만, 그런 가운데 브루스의 근면함은 비정상이라고 해도 좋을 정도였다.

샌더슨가의 피가 그렇게 만든지도 몰랐다.

클레어는 어금니를 악물었다.

오늘만큼은 절대 브루스가 저택 근처에서 어슬렁거리면 안 된다. 해리엇을 내보낸 마이클이 이제 방해꾼이 없다고 방심한 나머지 실수를 저지르지 않으리라는 보장이 없다.

초조해서 안절부절못한 채 십오 분을 참았다. 헬기가 병원 옥
상에 착륙하자 클레어는 에반스를 먼저 병실에 보내고, 자신은
층계참 구석에서 집으로 전화를 걸었다.

일라이자가 전화를 받았다.

"왜 마이클을 막지 않은 거야!"

그녀가 다짜고짜 악을 썼다.

"아니면 엄마가 부추긴 거야? 믿을 수가 없네. 어떻게 엄마라
는 사람이 자기 아들에게 그런 끔찍한 짓을 시킬 수 있어!"

클레어는 그렇게 입을 놀린 마이클이 어이없었다.

"아무튼 마이클을 빨리 바꿔 줘."

"벌써 나갔다고, 마후유 데리고!"

"…… 그럼 됐어."

클레어는 안도했다.

"그런데 일라이자, 너 오늘 브루스 봤니?"

"브루스? 브루스는 거기 있잖아 …… 아, 잠깐."

"왜?"

"지금, 차가 밖에."

수화기 저편에서 블라인드를 올리는 소리가 났다.

클레어의 맥박이 빨라졌다. 또다시 위가 욱신거리는 것을 참
으면서 기다린다.

"그야, 브루스야."

일라이자의 목소리가 바들바들 떨렸다.

"엄마, 이게 어떻게 된 일이야? 왜 브루스가 여기 온 거야? 설

마 그 사람이 뭘 알고 있는 건 아니겠지!"

"진정해, 일라이자."

"어떻게 진정하라는 거야! 어떻게 할 거야! 엄마랑 마이클은 대체 무슨 짓을 한 거냐고! 아아, 어떡해, 어쩌면 좋아. 난 도저히 아무것도 모르는 척 시치미 뗄 수 없어. 그럴 수 없다고!"

클레어는 혀를 찼다. 일이 골치 아프게 됐다. 일라이자가 이렇게 난리를 피우니, 의심해 달라는 것이나 다름없다. 브루스는 틀림없이 냄새를 맡을 것이다. 설사 마이클이 일을 무사히 치러 낸다 해도 그 남자는 나중에 일라이자의 태도를 의심하면서 두 가지를 연결시킬 것이다. 마이클이 살인자가 되고 만다. 어떻게 해야 하나. 지금 마이클을 막을 수 있는 방법은 없을까? 브루스가 지금 바로 일라이자에게 의심을 품고 캐묻는다면 어떻게 될까? 아아, 최악이다.

"잘 들어, 일라이자."

클레어는 침착한 목소리로 빠르게 말했다.

"너는 방에 들어가 나오지 마. 절대 브루스와 얼굴을 마주치지 않도록 해. 알았지?"

일라이자가 뭐라고 말하려는데 듣지 않고 전화를 끊었다. 그리고 클레어는 다시 옥상으로 뛰어올라 갔다.

"돌아가, 당장."

앨런에게 명령한다.

"네? 벌써요?"

"잔말 말고, 빨리. 서둘러!"

# 36

말을 타고 가는 길이 어느새 오르막길이 되었다. 그렇게 높은 산은 아니지만, 깎아지른 듯한 벼랑이 있다.

언덕길을 올라가면서 점차 풀이 적어지는 대신 불그스름한 모래 위를 구르는 돌과 바위가 많아지고 사방의 경치가 훤히 내려다보였다.

높은 곳에 오르니 목장 부지가 어떤 형태를 띠고 있는지 잘 알 수 있었다. 저 멀리까지 이어지는 대지 한가운데를 구불구불 꿰뚫고 있는 커다란 도랑은 아마 마른 강일 것이다. 비가 오면 강물이 흐를 새하얀 모래 위로 선명한 초록색 싹이 돋아 있다. 멀리서 보니 마치 에메랄드를 뿌려 놓은 것처럼 반짝반짝 빛난다.

마이클은 이 바위산을 목장 사람들이 '리틀 십 록(little ship rock)'이라 부른다고 가르쳐 주었다. 나바호 인디언 보호구역 북동부에 있는 '십 록'에서 따온 이름이다. 작다고 하기에도 바위라고 하기에도 거대한 느낌이 드는데, 생긴 모습은 과연 배를 닮았다. 높이는 15층 건물 정도 될까, 옆으로도 꽤나 너비가 넓다. 전체적으로는 울퉁불퉁하다. 밑에서 올려다보아도 꼭대기가 갑판 못지않은 평지라는 것을 알 수 있다. 뱃머리에 해당하는 부분은 허공을 향해 발코니처럼 툭 튀어나와 있다.

길 자체는 급경사가 아니었다. 하지만 지면이 약한 사암질인데다 간혹 벼랑 아래가 내려다보이는 곳이 있어 마후유는 가슴을 콩콩 떨면서 고삐를 꽉 잡았다. 일사병을 예방하기 위해 카우보이모자를 빌려 쓰기는 했지만 긴장한 탓인지 햇살이 뜨거운 것치고는 땀도 나지 않았다. 배어 나오는 것은 식은땀뿐이다. 말을 타는 것은 지금이 두 번째란 것을 마이클도 알고 있을 텐데, 왜 이런 곳까지 데리고 온 것일까.

"마이클, 말이 갑자기 달리면 어떻게 해요?"

그가 뒤돌아 불안해하는 마후유의 얼굴을 보고는 웃었다.

"그야 고삐를 잡아당겨서 세우는 게 보통이지만, 그게 안 되면 어떻게든 꽉 잡고 떨어지지 않도록 해야. 말이 설마 벼랑으로 몸을 던지기야 하겠어. 그러기 전에 멈출 거야. …… 왜 그러지? 별로 재미있어 보이지 않는데."

"그렇지 않아요."

"스릴 있지 않나?"

"네, 그러네요."

미소를 지어 보이면서도 마후유는 조금 아쉬웠다. 이왕 이렇게 멀리까지 올 거면 브루스와 함께였다면 더 좋았을 텐데. 그랬으면 팀도 데리고 올 수 있었고, 이렇게 겁나는 곳에 오지 않을 수도 있었을 것이다. 게다가 기분도 훨씬 느긋하고 편했을 것이다. 물론 그날 밤의 어색함이 해결되어야 가능한 일이지만, 그러기 위해서라도 그를 만나 솔직하게 얘기하고 싶었다.

한 달 전, 차를 타고 이곳으로 올 때에는 상상도 못했던 일이다. 마이클과 있는 것보다 브루스와 있는 편이 마음이 놓이다니.

마후유는 조용히 그와 말을 탔던 날의 일을 이리저리 생각해 보았다.

셋이서 올려다보았던 비행기구름. 팀이 엉뚱한 폭로를 하는 바람에 부끄러워서 죽을 뻔했던 일. 그리고 처음 들은 브루스의 웃음소리 ……. 불과 열흘 정도밖에 지나지 않았는데, 마치 꿈속에서 벌어진 사건처럼 아득하게 느껴진다.

앞서 가는 마이클은 브루스와는 아주 대조적으로 말의 움직임을 일일이 통제했다. 그의 엉덩이 아래에서 말은 약간 예민해졌는지, 쉴 새 없이 꼬리를 흔들고 있다.

"피곤한가?"

마이클이 돌아보며 물었다.

"그래도 여기 경치를 보여주고 싶었어."

과연 경치는 최고였다. 멀리 호를 그리고 있는 지평선까지 내다보였다. 말들의 발치 몇십 피트 앞에서 대지가 푹 꺼진다.

"목이 마르겠군."

"네, 아주."

"하긴 꽤나 더웠으니까."

마이클이 자기 말의 안장에서 물통 두 개를 꺼내 하나를 내밀었다.

"고마워요."

뚜껑에 액체를 따르고 마후유는 무심결에 냄새를 맡았다.

"뭐죠, 이거? 허브티 같은 건가요?"

"맞아, 인디언 차야."

마이클이 자기 물통에 입을 대고 차를 마셨다.

"처음 마셔 보는 거야? 쌉쌀한 맛이라서 익숙해지기 전에는 좀 거부감이 느껴지겠지만, 그래도 몸에는 좋지."

마후유는 한 모금 마셨다.

"흐음 …… 희한한 맛이네요."

"내가 끓였는데, 별로 맛이 없나 보군."

마이클은 몹시 미안하다는 표정을 지었다.

"미안해. 이것밖에 가지고 오지 않아서."

"아니, 괜찮아요."

마이클이 애써 준비해 온 것이니 마시지 않으면 오히려 마후유가 미안하다. 그녀는 방긋 웃고 한 모금 더 마셨다.

"일본 차는 더 쌉쌀한 걸요."

# 37

브루스는 현관 돌계단을 후다다닥 뛰어내려가, 픽업트럭의 문을 잡아 뜯을 듯이 열고는 올라탔다. 근처 풀숲에서 어슬렁거리다 시동 거는 소리를 들은 펀치드 페이스가 간발의 차로 짐칸에 올라탔다. 픽업트럭이 총알처럼 튀어나가자, 펀치는 데굴데굴 굴러 짐칸 모서리에 쿵 부딪쳤다.

십 분 전쯤 현관에 들어섰을 때, 계단 위에서 문이 닫히는 것이 보였다. 일라이자의 방이었다.

저택 안은 고요했다.

거실 앞을 지나 식당을 들여다보았지만 아무도 없었다. 마후유와 팀은 서쪽 건물의 침실에 있는 것일까? 아니면 외출을 했을까? 발길을 돌리려고 했다. 그러다 문득 뒤돌아 코를 킁킁거렸다.

안쪽 부엌으로 들어가자 냄새가 점차 짙어졌다. 전열기 위에는 주전자도 냄비도 없었다. 그러나 이건 분명히 무언가를 끓인 냄새다. 이 냄새 …… 전에 언젠가 맡아 본 기억이 있다.

뒤통수에서 경종이 울리기 시작했다.

그는 손가락으로 전열기 위를 쓱 훑고, 씻어서 엎어 놓은 그릇을 손에 들어 일일이 확인하고, 선반과 카운터 위를 샅샅이 체크했다. 그동안 기억 속에 있는 냄새를 줄줄이 끄집어내 지금 맡고 있는 냄새와 대조했다.

간신히 기억이 떠오른 것은, 카운터의 양념통 선반 뒤에 떨어져 있는 그것을 주웠을 때였다. 아주 조그만 조각이었지만, 틀림없었다. 얇게 잘라서 말린 페요테. 단추라고 불리는 칩이다. 브루스는 과거에 딱 한 번 의식을 위해 그것을 복용한 적이 있었다. 그런데 이런 것이 왜 여기 떨어져 있는 것일까?

뒤를 쫓기는 듯한 불안감 속에서, 브루스는 바짝 마른 선인장 조각을 빤히 쳐다보았다.

페요테.

알코올중독 나바호와 마이클.

마후유를 붙잡은 클레어.

'너와는 관계없는 일이야.'

불쑥, 점과 점이 이어졌다. 그는 칩을 손에 쥐고 계단을 뛰어 올라가 일라이자의 방문 손잡이를 돌렸다. 문은 잠겨 있었다.

"문 열어, 일라이자!"

대답이 없다.

그는 한 걸음 뒤로 물러나 손잡이 옆을 뒷굽으로 걷어찼다. 몇 번이나, 몇 번이나 걷어찼다. 마지막에는 온몸으로 부딪쳤다. 문이 쾅당 열리고 브루스의 몸이 방 안으로 굴렀다.

창가에서 잔뜩 웅크리고 있는 일라이자를 보는 순간, 브루스의 의혹은 확신으로 바뀌었다.

"마후유는? 마이클은 어디 간 거야?"

일라이자의 얼굴이 점점 일그러지면서 절규와 함께 울음이 터져 나왔다.

"브 …… 브루스, 부탁이야, 빨리 가서 구해 줘! …… 우리를 살려 줘!"

있는 힘을 다해 액셀을 밟은 브루스의 악문 이빨 사이로 신음이 새어 나왔다. 일라이자는 마이클이 마후유를 데리고 리틀 십록으로 갔을 거라고 말해 주었다. 그렇다면 아까 아지랑이 너머로 보였던 그림자가 사람이 틀림없었다는 얘기다.

그때 쫓아갔더라면 ……, 아니 최소한 삼십 분 일찍 저택으로 향했더라면. 그는 이를 뿌드득 갈았다. 마사로 돌아가 말로 바꿔 타고 갈 틈이 없었다. 차로는 그 바위산 중턱 이상 갈 수 없다. 나머지는 뛰어서 오르는 수밖에 없다.

힐금 백미러를 들여다보았다. 펀치드 페이스가 필사적인 꼴로 짐칸 바닥에 납죽 엎드려 있다.

'떨어지지 않게 힘 꽉 줘.'

그가 핸들을 완전히 틀자 픽업트럭이 덜컹거리면서 길에서 벗어나, 최단거리로 목초지를 향해 질주하기 시작했다.

# 38

"다 마신 거야?"

"네. 마실 만큼 마셨어요."

마후유가 바위에 걸터앉아 물통을 마이클에게 돌려주었다.

"너무 많이 마시면 땀만 나니까."

"날이 이렇게 더운데 충분히 마셔야지. 안 그러면 탈수증을 일으킬 수도 있다고. 한 잔 더 마셔 둬."

마이클이 다짜고짜 차를 따라 마후유에게 한 잔 더 내밀었다.

"현지 사람이 하는 말은 잠자코 듣는 게 좋아."

"걱정도 많네요."

마후유가 피식 웃고는 한 모금씩, 천천히 차를 마셨다.

잠시 후, 마이클이 약간 불안한 기색으로 일어나 키 작은 두송나무에 묶어 둔 말의 안장에 물통을 다시 집어넣었다.

"이리 와 봐, 머피. 저쪽이 정말 절경이야. 새가 된 기분을 만끽할 수 있어."

마이클이 앞장서서 벼랑 쪽으로 성큼성큼 걸어갔다.

"새가 된 기분은 그랜드 캐니언에서 마음껏 누렸어요."

그런데 마이클에게는 들리지 않은 것 같았다.

마후유는 한숨을 쉬면서 일어났다. 눈앞이 살짝 어질어질하고 속도 메슥거렸다. 보나마나 더위 탓이겠지. 해리엇이 팀에게 모자를 씌워 줬나 모르겠네.

벼랑 끝에 엉거주춤 앉아 있는 마이클에게 슬금슬금 다가간 마후유는 그에게서 몇 피트 떨어진 바위에 걸터앉았다. 그 언저리는 밑에서 올려다봤을 때, 툭 튀어나온 뱃머리에 해당하는 곳이었다.

"킹콩의 손바닥에 올라타면 이런 기분일까요."

"더 이쪽으로 오라고."

"나는 여기 있을래요. 마이클이 거기 앉아 있는 것만 봐도 온몸이 떨릴 정도니까."

마이클이 일어나 마후유 옆으로 왔다.

"겁이 꽤 많군."

놀리는 듯한 말투에 어딘지 모르게 긴장한 울림이 담겨 있었다.

그 역시 사실은 겁이 나는지도 모르겠다고 마후유는 생각했다. 여자 앞이라고 허세를 부리는 걸까.

속은 계속 메슥거리는데 왠지 모르게 기분이 들떠, 마후유는 키들키들 웃기 시작했다.

"갑자기 왜 웃지?"

"내가 …… 좀 이상하네요. 그냥, 좋아서."

"이제야 겨우 웃는군. 계속 침울한 표정이라 걱정했는데."

둘 다 말없이 지평선과 하늘을 바라보았다. 때로 마이클이 이쪽을 살피듯 힐금거리는 것을 느끼고, 마후유는 고개를 갸웃했다.

"왜요?"

"아니, 뭐."

마이클이 얼른 눈길을 돌렸다.

그의 머리에 비치는 햇살이 눈부셔 마후유는 현기증이 일 것 같았다. 이렇게 선명한 노란색일 리가 없는데, 마치 순금처럼 빛나 보였다.

"머피."

그가 속삭였다.

"지금 만나고 싶은 사람 있어?"

"만나고 싶은 사람 ⋯⋯ ?"

마후유는 열심히 생각하려 했다. 어떻게 된 거지. 의식을 집중하지 않으면 자신이 지금 무슨 생각을 하고 있었는지조차 금방 잊고 만다.

"가장 만나고 싶은 사람은 ⋯⋯."

마후유는 아슬아슬하게 말을 삼켰다. 내가 지금 무슨 말을 하려 한 거지. 그것도 마이클 앞에서.

"만나고 싶은 사람은 ⋯⋯ 그래요. 랠리겠지요, 역시."

"그래. 다행이군."

마이클이 말했다.

랠리를 만나고 싶다는 마음은 거짓이 아니었다. 그 어느 때보다 강렬하게 그를 만나고 싶었다. 애가 타서 견딜 수 없을 정도였다. 감정을 제대로 통제할 수 없게 되었다는 것을 알고, 그녀는 당황했다.

마이클이 뭐라고 얘기하고 있다. 그 목소리가 귀를 통해서가

아니라 뇌에 직접 울렸다. 속이 메슥거리는 것은 어느 정도 진정
되었는데, 대신 머리가 지끈거렸다. 정말 내가 어떻게 된 거지.
하늘이 …… 하늘이, 분홍색으로 보이다니.

눈을 깜박거리자 눈두덩 속에서 알록달록 선명한 색들이 맴돌
았다. 들어 본 적도 없는 음악이 귓가에 울리고, 그 소리가 너무
커서 아무 생각도 할 수 없었다. 눈앞에서 황금색 빛이 날아다니
고, 그 빛을 밀쳐내듯 빨간색과 파란색 무늬가 부풀었다 오그라
들었다 한다. 아름다운 아메바 같다. 더 이상 어떻게 할 수 없을
정도로 불안해진 그녀가 도움을 청하려고 옆에 있는 마이클을
보았다.

마이클의 얼굴이 있어야 할 장소에 하얀 아메바가 번들번들
빛나면서 부풀었다.

"마이클 …… ?"

"응?"

"그 얼굴 …… 어떻게 된 거야?"

"괜찮아. 걱정할 거 없어."

*괜찮아. 걱정할 거 없어.*

목소리는 들리는데, 의미를 알 수 없다. 자신의 심장 소리가 천
둥소리처럼 들린다. 그 소리에 맞춰 머리가 지끈지끈 울린다.
아, 내, 심장이 머리로 가 버렸구나. 그럼, 뇌는 어디로 간 거지?
마후유는 생각하고 또 생각했다. 아 참, 마이클이 들어 줬었나.
그래, 아까 내 것까지 안장에 묶었지 …….

*기억나 …… ?*

그가 뭐라고 말하고 있다.

기억나? 그랜드 캐니언에서 본, 커다란 독수리.

독수리? …… 아아, 독수리. 물론 기억하고 있다. 골짜기를 향해 급강하하던 독수리.

마후유는 지금 그 독수리가 된 거야 …… 하늘도 날 수 있어.

하늘을? 내가?

지금은 극채색의 빛이 머릿속 만화경에서 넘쳐흘러 밖으로 쏟아질 것 같았다. 사방의 바위가 언제 숨을 얻었는지 살아 일어나 꿈틀꿈틀 움직였다. 마후유의 몸을 타고 기어올라 넘어가는 것도 있었다.

뭔가를 하라고 시키는 것도 같은데, 명령하고 있다는 불쾌함은 없었다. 마후유는 빙그레 미소 지었다. 왠지 모르지만, 정말 즐겁다. 이렇게 즐거운 기분은 느껴 본 적이 없다.

그녀는 이제 손발이 필요 없을 것 같아 바위 위에 내버렸다. 몸이 가벼워지면서 둥실둥실 떠올라, 저 아래 세상 전부가 내려다보인다. 조금도 두렵지 않다. 그래, 난 독수리야. 드디어 묶여 있던 날개를 펼칠 수 있게 된 거야.

들려오는 목소리가 자신의 목소리와 뒤섞여 엉키기 시작했다. 그래. 그렇게 하면 틀림없어, 그럼.

이제 조금 남았어 …… 조금 더 가면 날 수 있어.

나는 벌써 날고 있는데. 이거 봐, 땅이 저렇게 멀리 있는데.

그대로 날아 봐 …… 어이, 과감하게 날아 보라고.

아이 참, 날고 있다니까.

좀 더 힘차게 날개를 펄럭이기 위해 마후유는 몸을 앞으로 기울이려 했다.

그때, 뭐가 폭발하는 것처럼 엄청난 굉음이 들리고 목이 터져라 외치는 소리가 들렸다. 소리가 점차 커져, 고막이 터질 것 같다. 고개를 빙빙 돌려 돌아본 마후유의 오른쪽 날개가 누군가의 손에 꽉 잡혀 뒤로 끌어당겨졌다. 그녀는 필사적으로 남은 날개를 퍼덕거려 몸에 휘감긴 쇠사슬 같은 것을 떨쳐내려 했다.

누군가 목이 찢어져라 외쳐 대고 있다. 부르고 있다. …… 누구를? …… 누가?

휘감긴 쇠사슬이 그녀를 하늘에서 끌어내리려고 했다. 온 힘을 다해 버둥거린다. 쇠사슬은 꿈쩍도 하지 않는다. 그만 날개가 양쪽 다 자유를 잃었다. 그녀의 의식은 벼랑 아래로 곤두박질치기 시작했다. 너무도 두려운 나머지 저항하고, 몸부림치고, 절망하고 …….

마침내 땅에 부딪치기 직전에, 어둠이 내려왔다.

# 39

뒤에서 두 팔을 꽉 잡은 브루스의 품 안에서 마후유는 정신을 잃었다. 그녀의 몸이 축 늘어졌다.

벼랑 끝에서 안전한 바위 뒤로 끌고 가려는데, 그에게 얻어맞고 쓰러져 있던 마이클이 일어나 반격에 나섰다. 고함을 지르면서 어마어마한 기세로 돌진해 온다. 옆구리를 머리로 박히는 바람에 헉 하고 숨을 토한 브루스의 몸이 저쪽으로 날아갔다. 마후유의 몸도 벼랑 끝으로 훌쩍 내던져졌다. 브루스는 허리를 꺾고 기침을 했다. 곧이어 턱에 주먹이 날아왔다. 그다음 주먹을 옆으로 피하자 휘청 앞으로 고꾸라지는 마이클의 뒷덜미를 팔꿈치로 가격했다. 흐물흐물 무너져 내리는 몸을 다시 걷어차자, 마이클이 데굴데굴 굴러 도망쳤다.

비틀비틀 일어나 거리를 두고 브루스를 노려본다.

묶여 있는 말들이 불온한 기운을 눈치채고 히히힝 울기 시작했다.

"어떻게 네놈이, 여길 ……."

"다 끝났어, 마이클."

산 중턱부터 뛰어 올라온 브루스가 거칠게 숨을 몰아쉬었다.

"다 끝났다고. 그만 포기해."

"그럴 수는 없지. 씨팔, 여길 어떻게 안 거야? 제기랄, 일라이 자로군. 그렇지?"

"진정하라고, 마이클. 아직은 돌이킬 수 있어. 넌 아직 죄를 짓지 않았잖아."

"입 다물어!"

"이 이상 뭘 어쩔 거야, 어? 나까지 죽일 작정이야? 사람을 둘이나 죽이고 의심받지 않을 방법이, 정말 있다고 생각하는 거야?"

마이클은 대답하지 않았다. 신음을 뱉으며 또다시 덤벼든다. 생각보다 민첩하다. 몸은 호리호리하지만 키도 크고 팔 길이도 브루스보다 길다.

첫 번째 주먹은 팔로 막아 피했다. 두 번째 주먹도 피하려고 했는데, 속임수였다. 마이클의 무릎이 늑골을 파고들어 숨이 턱 막혔다. 옆으로 쓰러질 것 같았지만 겨우겨우 버티면서 상대의 허리를 껴안아 그대로 힘껏 조였다. 마이클이 욕설을 지껄였다. 상대의 다리에 다리를 걸고 부둥켜안은 채 뒤로 쓰러졌다. 한쪽 주먹이 몸과 바위 사이에 끼여 짓뭉개졌지만, 그래도 힘을 늦추지 않았다.

마이클이 신음히면서 팔을 뿌리치려고 했다. 한 손으로 브루스의 목을 움켜쥐고 밑에서 위로 조르면서 손톱을 세운다. 경동맥이 끊어질 수도 있겠다 싶어 팔을 풀고 몸을 떼는 찰나에 주먹을 날렸다. 스치기만 했다. 상대가 일어나려는 틈에 다시 주먹을 날렸다. 마이클의 코가 퍽 소리를 내면서 뭉개졌다. 순간적으로 기절한 그가 땅바닥에 나뒹굴었다.

브루스는 턱을 바짝 당기고 주먹을 쥔 채, 언제든 응전할 수 있는 태세로 마이클을 내려다보았다.

"다시 한 번 말하지, 마이클. 다 끝났어. 이제 허튼짓 그만해."

"씨팔 …… 씨팔 …… !"

마이클은 부러진 코를 누르고, 이리저리 비틀거리면서 잠긴 목소리로 악을 썼다.

"씨팔, 네놈이 우리 가족을 뿔뿔이 흩어 놨어! 네놈만 없었으면, 이런 일은 없었을 거라고."

"그건 아니지. 애당초 나 같은 사람 하나 때문에 뿔뿔이 흩어질 가족이었던 거겠지."

그때, 시야 끝에 움직이는 것이 스쳤다. 브루스는 그쪽으로 휙 고개를 돌리고, 의식을 되찾고 일어나려는 마후유를 보았다.

"이런, 움직이면 안 돼! 그대로 가만히 있어!"

페요테에 의한 환각 증상은 적어도 열두 시간 이상 지나야 완전히 사라진다.

"마후유! 거기 가만 있으라고!"

달려오는 브루스를 초점이 흐릿한 눈으로 올려다본 그녀는 자지러지는 소리를 질렀다. 정신을 잃기 전의 공포가 아직 계속되고 있는 데다 브루스라는 사실조차 인지하지 못하는 것이다. 절규하면서 흐느적흐느적 기어 벼랑 끝으로 도망치려고 한다.

"안 돼, 그쪽이 아니야!"

브루스가 간신히 쫓아가 그녀의 발목을 잡고 끌어당겼다. 껴안아 일으켜 세우고는 주먹으로 힘껏 아랫배를 쳤다.

스르륵 쓰러지는 그녀를 껴안아 자리에 눕힌 순간, 후두부를 돌로 얻어맞았다. 격렬한 아픔이 정수리에서 다리 끝까지 관통했다. 마이클은 맥없이 무너진 브루스의 옆얼굴을 걷어찼다. 자빠져 나뒹구는 순간, 어디가 벼랑 끝인지 감이 잡히지 않았다. 자칫 잘못 피하면 떨어진다.

그는 다음 발차기를 온몸으로 기다렸다.

이번에는 배였다. 신음하면서 재빨리 상대의 발을 꽉 잡고 옥죄었다. 마이클이 벗어나려고 발을 버둥거리는 방향으로 자신도 따라간다. 한 발로 껑충거리는 상대의 몸을 잡고 끌어당겨 쓰러뜨린 후, 그 위에 올라탔다.

엎치락뒤치락 몸싸움이 벌어졌다. 밑에 깔린 마이클이 주먹으로 옆구리를 마구 쳐 댄다. 브루스는 마이클의 턱과 반대쪽 뺨으로 주먹을 날렸지만, 그 순간 고통스럽게 신음하면서 자기도 모르게 눈을 감고 말았다. 마이클이 모래를 집어 던진 것이다. 눈을 뜰 수 없었다. 눈물이 넘쳐흐른다. 눈을 누르고 있는 손으로 주먹이 날아들었다. 턱에도 한 방. 이번에는 마이클이 브루스의 몸에 올라탔다. 목을 조른다.

"죽여 버릴 거야!"

쉰 목소리로 마이클이 외쳤다.

"이 개자식! 죽여 버릴 거라고!"

"나 …… 까지 죽이고 ……."

마이클의 손을 잡아떼려고 손가락에 힘을 주면서 브루스는 목소리를 쥐어짰다.

"…… 뭐 …… 뭐라고 …… 변명할 …… 생각이지 ……!"

서로의 코가 닿을 정도로 가까이에, 증오에 찬 마이클의 얼

굴이 있다. 눈물에 가려 부연 그 얼굴이 히죽, 흉측하게 일그러
졌다.

"변명을 왜 해."

브루스는 소름이 좍 끼쳤다.

정말 죽일 작정이다. 사고로 위장할 생각조차 없다. 피가 거꾸
로 치솟은 이 남자의 머리에는 오로지 나를 죽이고 싶다는, 지금
까지 죽이고 싶도록 증오해 온 나를 정말 죽여 버리겠다는 생각
밖에 없는 것이다.

눈 속의 모래는 거의 빠졌는데 시야는 여전히 흐렸다. 뇌로 흘
러가야 할 피가 도중에 막혀, 머리가 두 배로 부푼 듯한 기분이
들었다. 브루스는 다리에 힘을 주고 몸을 비틀어 빠져나오려고
했다.

그러나 이내 소용없다는 것을 깨달았다. 돌에 얻어맞은 브루
스의 뒤통수가, 땅이 끝났다는 것을 느꼈다. 벼랑 끝이다. 갑자
기 빠른 속도로 의식이 멀어져 갔다. 징 …… 하는 이명이 울리
고 눈앞이 새하얘졌다.

'이게 끝인가 …….'

그때, 불현듯 몸 위에서 마이클의 무게가 사라졌다. 브루스는
움직이지 않았다. 마이클이 걷어차 벼랑 끝으로 떨어지게 될 것
을 각오했다.

— 아무 변화가 없다. 마이클은 뭘 하고 있는 거지?

뇌에 피가 콸콸 흘러드는 동시에 먼저 청력이, 이어서 시력이
서서히 돌아왔다. 쿵, 쿵, 쿵 …… 혈관을 흐르는 피 소리에 섞여
마이클의 비명과 짐승이 짖어 대는 소리가 뒤섞여 들렸다.

아직도 부연 눈을 찡그리고 브루스는 그제야 눈앞의 광경을 인식했다.

마이클의 왼팔을 물고 늘어진 것은 픽업트럭에서 기절해 있어야 할 펀치드 페이스였다. 송곳니를 드러내고 맹렬하게 으르렁대고 있었다.

마이클은 있는 대로 욕지거리를 퍼부으면서 팔을 휘둘렀다.

그러나 개는 예상 외로 무거웠다. 오히려 원심력에 끌려 비틀거리는 바람에 마이클의 한쪽 다리가 사암을 헛디디고 말았다.

앗, 하는 순간 마이클의 몸이 벼랑 끝을 비비듯 미끄러졌다. 브루스가 반사적으로 손을 뻗어 추락해 가는 몸 어딘가를 잡으려다 팔이 뒤엉켜 서로 팔짱을 긴 꼴이 되고 말았다. 마이클의 옆구리가 벼랑 끝에 닿아 그 바람에 브루스까지 끌려갔다.

틀렸군, 떨어지겠어!

눈을 꾹 감고 무의식적으로 팔을 풀려고 한 순간, 왼손과 오른발 부츠 끝이 바위틈에 걸렸다. 브루스는 이를 악물었다.

미끄러지던 몸이 고정되었다.

그는 엎드린 채 눈을 떴다. 마이클의 얼굴이 바로 앞에 있었다. 팔짱을 긴 채로 벼랑 끝 돌부리에 매달려 있다. 턱은 벼랑 끝에 걸쳐져 있고, 뭉개진 코에서는 피가 흐르고 있다.

"살려 줘! 떨어질 것 같아 …… 살려 줘!"

"침착해!"

브루스가 고함을 질렀다.

"진짜 떨어져 죽고 싶어?"

마이클이 버둥거림을 멈췄다. 그 역시 한쪽 다리는 바위에 걸려 있는 듯하다. 씩씩거리는 얕은 숨소리 사이로 칭얼거리는 어린애 같은 울음소리가 새어 나왔다.

"그쪽 손 내밀어!"

"안 돼 …… 씨팔, 네놈 개가!"

브루스는 몸을 한껏 뻗어 머리를 숙이고 벼랑 아래를 내려다보았다.

펀치드 페이스는 아직도 마이클의 왼쪽 팔을 문 채, 눈알을 희번덕거리면서 네 발로 허공을 긁어대고 있었다.

"펀치!"

내려다보는 주인의 얼굴을 확인하자마자, 발의 움직임이 멈췄다. 개는 위아래 턱을 제외하고는 온몸에서 힘을 빼고 축 늘어졌다. 꼬리가 한 번 좌우로 흔들렸다.

피가 마이클의 팔을 따라 손끝으로 흘러 저 아래로 떨어졌다. 그는 아프다는 말도 하지 않는다. 죽음의 공포에 짓눌려 아픔을 느낄 처지가 아닌 것이다.

바람이 불어와 브루스의 얼굴을 스치고 지나갔다. 엎드려 지면에 턱을 대고 있자니, 모래 먼지가 코와 입으로 들어왔다.

"그놈과 같이 ……."

브루스는 신음했다.

"그놈과 같이 팔을 들어 올릴 수 있겠나?"

마이클이 그 말을 듣고 왼팔을 올리려고 하는 순간 중심이 무너져 발이 바위에서 벗어나 엉켜 있던 팔이 스르륵 풀렸다.

"안 돼! 떨어지겠어!"

마이클이 자지러지는 비명을 질렀다.

"버둥거리지 말라고!"

"놓지 마, 브루스!"

마이클이 훌쩍거렸다.

"죽고 싶지 않아. 아직 죽고 싶지 않다고."

"염치가 좋군."

"제발, 브루스, 놓지 마. 부탁이야!"

"시끄러워. 꽉 잡고 있어."

그제야 브루스는 헬기 소리를 들었다. 꽤 가깝다. 고개만 비틀어 하늘을 살폈다. 메사를 뛰어넘듯 다가오고 있는 목장의 빨간 헬기가 보였다.

앨런이 돌아오는 것일까? 벌써?

헬기는 격납고 쪽으로 가지 않고 똑바로 그들을 향해 날아왔다. 조종간을 잡고 있는 앨런의 모습이 보인다. 알아본 것 같다. 천만다행이다!

브루스가 저쪽 바위 뒤에 쓰러져 있는 마후유를 곁눈질했다. 이제 됐다. 앨런이 곧 와 줄 것이다. 헬기를 선회해서 중턱의 평지에 착륙하기까지 앞으로 삼 분도 걸리지 않을 것이다.

주르륵, 마이클이 미끄러지면서 비명을 질렀다.

"조금만 더 버텨!"

브루스가 외쳤다.

마이클도 물론이지만, 그 이상으로 펀치드 페이스가 버텨 주기를 바랐다. 바로 눈앞에 있는데 손을 내밀어 줄 수 없다. 가까스로 지면을 움켜잡고 있는 왼손을 놓을 수도 없고, 오른손을 풀면 마이클과 함께 개까지 떨어진다.

그때 불쑥 마이클이 절망적인 눈빛으로 말했다.

"아, 안 되겠어 …… 힘이, 더는."

매달려 있는 팔을 부들부들 떨고 있다. 그 각도가 천천히 벌어졌다.

"바보야, 포기하지 말라고!"

마이클의 팔꿈치가 다 펴지면, 땀범벅인 팔을 붙잡는다는 것은 불가능하다. 어떻게든 그 시간을 조금이라도 연장하려고 브루스는 마이클의 팔꿈치를 자신의 팔로 바짝 조였다.

땀이 윤활유가 되어, 천천히 팔이 빠져나간다.

빠드득 소리가 나도록 이를 악문 채 불과 몇 피트 아래에 있는, 그러나 지금은 너무도 먼 펀치드 페이스의 얼굴을 들여다본다. 네 다리는 고통스럽게 허공에서 허우적거리고, 까만 코끝으로 거칠게 숨을 헉헉거리고 있다. 핏발 선 흰자위가 튀어나와 있다.

"펀치."

브루스는 힘겹게 신음했다. 헬기의 굉음 속에서도 주인의 목소리를 알아들은 펀치드 페이스가 희미하게 훅, 코로 숨을 토했다. 네 다리가 또 허망하게 허공을 긁는다.

"펀치."

브루스는 겨우겨우 그 말을 꺼냈다.

"…… 놔."

몇 초의 공백이 있었다. 마이클의 팔이 비명과 함께 점점 더 벌어졌다.

브루스가 다시 말했다.

"펀치, 놓으라고."

개는 눈을 끔벅이며 브루스를 쳐다보았다. 눈을 치켜뜨고 있는 탓에, 늘 그렇듯 이마가 쭈글쭈글 애처롭다. 주인의 눈을 쳐다본 채, 펀치드 페이스는 이내 포기한 것처럼 천천히 턱에서 힘을 뺐다.

마이클이 으으윽 신음하면서 자유로워진 왼손을 들어 무턱대고 바윗부리를 더듬는 동안, 브루스는 떨어지는 펀치를 보고 있을 수가 없었다. 헬기 소리 덕분에 살아 있는 펀치가 내는 마지막 소리를 들을 수 없어 그나마 다행이었다.

피투성이 마이클의 왼손을 잡았다. 마이클이 두 손으로 바윗부리를 잡고 기어오르려 안간힘을 썼다. 브루스는 몸을 일으켜 그의 벨트를 잡고 단숨에 휙 끌어올렸다.

마이클도 브루스도 힘을 다 소진하고 말았다.

엎드려 훌쩍이는 마이클 너머에서 마후유는 쓰러진 채 꼼짝도 하지 않는다. 브루스는 있는 힘을 쥐어짜면서 일어나 30피트 정도 떨어진 그녀에게 비틀비틀 다가갔다.

저린 오른팔과 손톱이 떨어져 나간 왼손의 고통을 참으면서 그녀를 살며시 안아 일으켰다. 그녀의 몸은 물로 채워진 가죽 주머니처럼 이리저리 출렁거려 제대로 붙잡을 곳이 없었다.

"마후유."

아직도 여전히 극채색 악몽 속에 있을 그녀는 고통스러운 신음을 뱉으면서 어린아이처럼 도리질을 했다. 의식이 없어도 청각은 평소의 몇 배나 예민해져 있을 것이다.

"괜찮아."

브루스의 그녀를 안심시키기 위해 낮은 목소리로 귓가에 속삭였다.

"그냥 편히 자고 있으면 돼."

말들이 히히힝 울어 그가 돌아보았다.

숨을 헉헉거리며 앨런이 비탈을 뛰어 올라오고 있었다. 마이클이 무사한 것을 확인하고, 브루스 옆으로 왔다.

"다친 데는?"

"어, 뭐, 괜찮아."

"그녀는 대체 어떻게 된 일이야?"

그 물음에는 답하지 않고 브루스는 되물었다.

"왜 이리 빨리 돌아왔지?"

"샌더슨 부인이 하얗게 질린 얼굴로 빨리 가자고 야단을 해서. 그랬더니 이 사단이 벌어져 있잖아. 예지 능력이라도 있는 걸까."

브루스는 피식 웃었다.

"넌 아마 오래 살 거다."

"그러니까 대체 어떻게 된 일이냐고?"

"앨런."

브루스는 동료의 얼굴을 쳐다보았다.

"더 이상 시시콜콜 알려 들지 마. 이 일은 그냥 잊어."

"어떻게 그냥 잊어. 안 되지, 그건."

"그럼 최소한 떠벌리지는 마."

잠시 망설인 후, 그는 한마디 덧붙였다.

"부탁이다."

말 울음소리가 또 들렸다.

브루스는 눈을 들었다.

말들 너머로 하루 만에 폭삭 늙어 버린 클레어의 창백한 얼굴이 있었다.

# 40

9월의 첫 번째 수요일, 페요테 사건이 생긴 날로부터 꼭 일주일이 지났다. 이른 아침 마후유는 팀의 손을 잡고 리처드의 병실에서 나왔다. 작별 인사를 하고 나온 참이었다.

그녀가 몸을 일으킬 수 있게 된 것은 불과 그제부터다. 안 그래도 감기 기운이 있었는데 충격과 피로가 겹친 탓에 열이 올라 며칠을 누워 지냈던 것이다. 랠리 사건이 있었던 때보다도 몸무게가 5킬로그램이나 줄었다. 다리가 휘청거려 병원의 리놀륨 복도를 걷는 데도 스펀지를 밟으며 걷는 듯한 느낌이 들었다.

병원 현관 앞에서 브루스가 픽업을 세워 놓고 기다리고 있었다.

"서둘러야지, 비행기 시간에 늦겠어."

"응."

팀을 조수석에 밀어 올리고 뒤이어 마후유도 올라탔다. 낮이 되면 또 날이 뜨거워지겠지만, 아침 여덟 시가 막 지난 지금은 맑은 공기에서 민트 같은 향이 났다.

"리처드는 좀 어때?"

"많이 회복되신 것 같아. 얼굴색도 아주 좋아지셨고. 당신도 한 번쯤은 만나러 가면 좋을 텐데."

"나는 됐어. 얼굴 보면 또 괜히 이런저런 말이 나올 것 같아."

리처드는 식사도 거의 평상시대로 먹고 있고, 앞으로 사오일 지나면 퇴원 허가도 떨어질 것이라고 한다.

그 모습을 봐서는, 클레어와 마이클이 이번 사건에 대해 아무 말도 전하지 않은 것 같았다. 리처드는 그날 클레어가 에반스를 혼자 두고 헬기로 먼저 돌아간 일에 대해 다소 의심을 품은 눈치였지만, 클레어가 잘 둘러 댄 모양이다. 일라이자가 브루스에게 그렇게 말했고, 그에게 그런 얘기를 전해 들었을 때 마후유는 안도했다. 그리고 자신의 순진함에 스스로 어이가 없었다.

그 후로 그들과는 만나지 않았다.

마후유는 사건에 대해 아무 책임도 물을 의사가 없다는 것을 브루스를 통해 클레어에게 전했다. 아내와 아들이 살인을 공모한 데다, 유언장의 내용을 아내에게 알린 사람이 신뢰하고 있던 사촌 동생이라는 걸 알면 리처드의 심장이 이번에야말로 멈춰 버릴 수도 있다.

마후유는 무엇보다 자신의 입에서 나온 말로 죄인을 만들고 싶지 않았다. 입을 닫고 있는 것이 옳은 일인지 아닌지는 알 수 없다. 죄를 저지른 자는 벌을 받아야 마땅하다고 한다면, 그럴지도 모르겠다는 생각도 들고, 그들을 조금도 원망하지 않는다면 그것도 거짓말이다. 클레어와 마이클이 평생 죄의식 속에서 살리라고 생각하는 것 자체가 사람이 어수룩해서인지도 모른다. 하지만 그래도 좋다고 생각한다. 지금은 그저 가만히 내버려 두었으면 하고 바랄 따름이다.

유언장의 자세한 내용을 듣고 싶냐고 브루스가 물었을 때, 그녀는 고개를 옆으로 저었다. 클레어와 마이클이 그렇게까지 절박하게 굴었던 걸 보면 자신에게 남긴 재산이 아마 상당할 것이다. 그러나 솔직히, 그걸 기뻐할 기분은 더더욱 아니었다. 이번에 클레어가 보여 준 헌신적인 간병으로 리처드가 또 유언장을 고쳐 쓸 마음이 생기면 좋으련만, 하고 진심으로 생각했다. 그리고 무엇보다 시아버지가 오래 살아 주기를 바랐다.

팀은 마후유의 무릎에 앉아 창밖으로 흐르는 경치를 바라보고 있었다. 여느 때와 분위기가 다르다는 것을 눈치챘는지 웬일로 얌전하다. 뒷좌석으로 가고 싶어 하지도 않았다. 그는 펀치드 페이스가 이제 없다는 것을 알고 있었다. 개를 묻은 구멍을 브루스와 함께 팠다고 한다.

마후유는 그 얘기를 브루스에게 들었다. 펀치드 페이스가 떨어져 죽은 자리에 구멍을 파고 그를 묻었다. 그리고 무덤 위에 어린 목화나무를 심었다. 앞으로는 이 흙이 펀치의 담요야. 이 나무는 펀치의 생명을 빨아먹으면서 커다랗게 클 거야. 그가 그렇게 말하자, 팀은 아빠도 이렇게 잠들어 있느냐고 물었다고 한다. 아빠 무덤에는 나무를 심지 않았는데, 하고. 브루스는 대답했다. 대신 네가 커다랗게 크면 되지.

"뉴욕에는 비가 온다는데."

마후유가 퍼뜩 정신을 차렸다.

"응, 뭐라고?"

"뉴욕에는 비가 내리고 있대."

"라디오에서?"

"응."

"오후에는 개지 않을까."

"그렇다고 하더군."

"그날도 그랬는데."

마후유가 불쑥 말했다.

"그날?"

"랠리의 프러포즈에 내가 예스라고 대답했던 날. 왠지 아주 오랜 옛날의, 누군가 다른 사람의 기억 같은 기분이지만, 겨우 석 달 전 일이네."

"이런 곳에 있어서 괜히 더 멀게 느껴지는 거 아닐까?"

"그럴지도 모르겠네. 돌아가면, 또 달라질지도."

밤이면 첼시의 집에 도착해 그리운 친구들과 재회할 수 있는데, 마후유의 기분은 생각했던 것보다 개운하지 않았다.

플래그스태프에서 피닉스까지 몇 시간 걸리는 거리를, 세스나나 헬기가 아니라 차로 데려다 달라고 부탁한 것은 그녀였다. 브루스와 팀, 셋이 지낼 수 있는 마지막 소중한 시간을 굉음에 시달리며 끝내고 싶지 않았다.

브루스는 왼쪽 깜빡이를 켜고 천천히 차선을 바꿔 앞서가던 낡은 트럭을 추월했다. 고속도로로 향하는 길은 텅 비어 있었다.

"이 정도면 여유롭게 도착할 수 있겠군."

"그래요. 다행이네."

브루스는 마후유를 힐끔 볼 뿐 아무 말도 하지 않았다.


벼랑 위에서 정신을 잃고 열 시간 만에 깨어났을 때, 마후유는 플래그스태프의 어느 호텔 방에 누워 있었다. 브루스와 그가 데리고 온 팀이 옆 침대에 앉아 그녀를 들여다보고 있었다.

"꿈을 꿨어요."

아직도 잠이 덜 깬 것처럼 멍한 상태에서, 그곳이 낯선 방이라는 것도 알아차리지 못한 채 그녀는 잠꼬대를 하듯 중얼거렸다.

"아주 이상한 꿈. 나는 커다란 새였고, 분홍색 하늘을 날고 있었는데, 저 아래쪽에서 당신이 나의 뇌수를 두고 누군가와 싸우고 있었어요."

그것은 꿈이 아니라 환각 속에서 본 현실이었다고 브루스가 알려 준 것은, 그날 밤이 깊어 그녀가 다시 눈을 떴을 때였다. 페요테 효과가 완전히 사라진 것을 분명하게 확인한 브루스는 그렇게 설명해 주었다.

처음에는 믿으려 하지 않았다. 자신이 마신 것은 페요테가 아니라 인디언 차였다, 클레어와 마이클이 그렇게 심한 짓을 할 리가 없다, 자기도 모르게 의식을 잃은 것은 아마 몸 상태가 좋지 않아서였을 거라고 고집을 부렸다.

그러나 그녀의 마음속 깊은 곳은, 브루스의 말이 거짓이 아니라는 것을 알고 있었다. 그의 상처투성이 얼굴과 손이 무엇보다 많은 것을 얘기해 주고 있었다.

간신히 그 사실을 받아들였을 때, 그녀를 덮친 것은 분노보다 한층 강하고 예리한, 폭력적이리만큼의 슬픔이었다. 굵고 뾰족한 작살 같은 것으로 심장이며 위를 마구 찔러 대는 것 같았다.

오클라호마시티에서의 그 밤 이후로, 그녀는 한 달 만에 눈물을 흘렸다. 견뎌 낼 수 있는 슬픔이 아니었다. 슬픔 자체보다는, 그것에 동반되는 육체적인 아픔 때문에 그녀는 울었다.

옆 침대에서 곤히 잠든 팀을 깨우지 않으려고 태아처럼 몸을 웅크린 채 주먹으로 입을 막고 터져 나오는 오열을 참고 있는데, 갑자기 등 쪽 침대가 천천히 가라앉았다. 언제 옆에 왔는지, 브루스는 그런 때에도 발소리를 내시 않았다.

브루스는 마후유의 손목을 잡아 주먹을 그만 깨물게 하고는, 소리 없는 강인함으로 그녀의 몸을 자기 쪽으로 돌려 껴안았다. 눈물은 마후유의 마음을 따라주지 않았다. 한 번 그치는 듯하더니, 이번에는 훨씬 격렬하게 펑펑 쏟아졌다. 마치 고통의 원천을 낳는 진통을 하는 것처럼.

브루스가 담요 위에 몸을 누이고 마후유에게 팔베개를 해 주었다. 다른 팔로는 담요째 그녀 몸을 꼭 안고 끌어당겼다. 그리고 귓가에 나바호 말을 부드럽게 읊조렸다.

그러다 불쑥 떠올랐다. 이게 처음이 아니라는 것을. 랠리가 죽은 날 밤, 방으로 데리고 가 준 사람은 틀림없이 마이클이었지만, 한밤중에 눈을 떠 붙잡고 매달리는 그녀를 달래 준 것은 다름 아닌 이 팔, 이 목소리였다. 가족에게 돌아간 마이클을 대신해서 옆에 있어 준 사람은 브루스였던 것이다.

의미를 알 수 없는 나바호 말이 마후유의 딱딱하게 굳은 마음을 풀어 주고, 몸속을 편안하게 해 주었다. 그 어떤 위로의 말도 이런 때에는 고통일 뿐이라는 것을 그는 알고 있는 것이리라. 자신과 브루스가 안고 있는 슬픔은 그 형태와 질이 비슷한가 보다고 마후유는 생각했다. 그 역시 믿었던 사람에게, 아니 인생 그 자체에 배신당한 아픔을 곱씹으며 살아왔을 것이다.

나중에 생각해 보아도, 그 후 그와 함께한 일에 선택의 여지는 없었다고 여겨졌다.

두 사람은 자신도 모르게 서로를 안고 있었다. 욕망 때문이 아니었다. 절박한 필요성 때문이었다. 그렇게 하지 않고는 치유되지 않는 것도 있다. 그때 그들이 꼭 껴안고 있었던 것은 지치고 상처 입은 서로의 몸이었으며 동시에 살고 싶다는 욕구, 살아가지 않으면 안 된다는 비장한 결의였다.

브루스는 랠리와는 순서도 방법도 아주 다르게 마후유를 안았다. 몸집도, 감촉도, 귀에 들리는 숨결도, 비슷한 것은 하나도 없었다. 그런데도 허리가 뒤로 꺾이도록 억세게 껴안은 그의 팔 안에서 마후유는 그리움을 닮은 안도감과 충족감이 온몸 구석구석까지 차오르는 것을 느꼈다. 브루스가 눈을 뜨고 자신을 보라고 말했다. 그녀는 그렇게 했다. 눈을 뜨고 있어도 죄책감은 밀려오지 않았다. 그의 얼굴에 랠리의 흔적을 덧씌우지도 않았다. 온 우주에 그와 자신밖에 존재하지 않는 듯했다. 그를 잃으면 완전히 외톨이가 될 것 같아, 그 고독을 지금 이 순간만이라도 어떻게든 지우려 마후유는 자신의 몸을 뒤덮고 있는 뜨겁고 확실한 무게에 매달렸다.

빨려 들어가듯 잠이 들어 새벽에 눈을 떴다. 아주 자연스럽게 다시 한 번 사랑을 나눴다.

도중에 팀이 칭얼거리면서 일어나 그들 침대로 기어올라 왔다. 두 사람이야 놀라서 얼어붙든 말든 팀은 브루스의 등에 올라타면서 칭얼거렸다.

"나도 말 탈 거야."

그러고는 등 위에서 그대로 잠이 들고 말았다.

일상 속에서는 까맣게 잊고 있지만, 모두가 한 번쯤은 이런 시절을 거쳐 지금에 이르렀다. 애처로운 심정으로 마후유는 먼 과거를 떠올렸다. 아빠와 엄마가 있었고, 둘 다 아직은 자상했고, 그것만으로도 만족스러웠던 날들 ……. 그 시절, 세상이 자신의 적이 될 수 있다고는 상상도 하지 못했다.

마후유는 팀이 목에 걸고 있는 터키석 초커가 살에 배기지 않게 자리를 바꿔 주었다. 그녀도 손목에 팔찌를 끼고 있다. 앞으로는 절대 빼지 말자고 생각한다. 겨울의 돌이 조금은 그녀를 지켜 줄지도 모른다.

마후유와 브루스는 가운데 팀을 끼고 팔로 서로의 몸을 안은 채 잠들었다. 침대가 조금 작았지만, 한없이 평온한 잠이었다.


"비 냄새가 나는데."

브루스가 차창을 내리고 말했다.

"뉴욕 냄새까지 맡을 수 있어? 대단한 코네."

"그런 게 아니라. 저길 보라고. 저 메사 위."

그가 웃었다.

언젠가 봤던 것처럼 검은 비의 장막이 하늘에서 대지로 비스듬히 펄럭거리고 있었다. 번개가 사방으로 번쩍거린다.

"이쪽까지 오겠는데."

그가 그렇게 예언한 지 오 분이 채 지나지 않아 픽업은 폭우 속에 갇혔다. 비구름이 다가왔을 뿐만 아니라, 도로도 비가 내리는 쪽으로 향해 있었던 것이다. 앞 유리창에 구멍이 뚫리지 않을까 걱정스러울 정도로 엄청난 폭우였다. 마른 대지의 목이 꿀꺽 꿀꺽 물을 마시는 광경이 눈에 보이는 듯하다. 바짝 말라 땅에 들러붙어 있던 초목이 물을 머금어, 차창을 닫고 있어도 축축하고 풍성한 냄새가 차 안에 고였다.

"이 냄새야."

브루스가 감정이 북받친다는 투로 말했다.

"비가 내리기 시작했을 때의 사막의 냄새. 뻗어 가는 초목의 냄새, 축복과 생명의 냄새."

그에게는 그것이 최고의 향수인 듯하다.

"애리조나에 와서 처음 보는 비네."

"아버지 하늘이 당신과의 이별을 아쉬워하나 보군."

마후유는 놀라서 브루스를 보았다.

"당신이 그런 말을 다 하다니, 놀랍네."

"왜, 인디언 같은 말을 해서?"

브루스가 놀리듯 눈썹을 찡긋 올렸다.

"하긴 어렸을 때는 장로들이 하는 말 전부를 그대로 받아들였지만, 조금 자라서는 이래저래 의심하게 되었지. 학교를 졸업할 무렵에는 반발감마저 느꼈고. 하지만 언제부터인가 자연스럽게 받아들이게 되었어. 내가 어떻게 거부하고 부정하든, 내 등뼈에는 할아버지들의 가르침이 똑똑하게 새겨져 있는걸. 등뼈를 뽑아 낼 수는 없잖아. 그럼 서 있을 수 없을 테니까."

비는 내리기 시작했을 때처럼 갑자기 그쳤다. 그 순간 사위가 조용해졌다. 비구름 바로 아래를 지나간 것이다. 아스팔트가 밀기지 않을 만큼 멀쩡하게 말라 있었다. 브루스가 와이퍼를 멈췄다. 태양과 반대쪽 하늘 가득히, 거대한 무지개가 세 겹으로 걸려 있었다.

"물론 백인들의 세상이 마음에 들기는 해."

그가 얘기를 계속했다.

"맛있는 식사와 일을 끝낸 후의 시원한 맥주, 드럼통 녹물 냄새가 나지 않는 물, 깨끗하고 푹신한 침대 ……. 그런데 뉴욕에 다녀와 보니까 알겠더라고. 그런 곳에서 한 달쯤 살면, 난 숨통이 막힐 거야."

차는 언덕을 넘어 긴 내리막길로 접어들고 있었다. 비 덕분에 반짝반짝 닦인 앞 유리창 너머로 끝없이 펼쳐지는 대지를 가리키며 브루스는 말했다.

"나는 여기, 이 땅이 아니면 살 수 없어. 당신이 기억할지 모르겠군. 할아버지의 호건 옆에 목화나무가 있었잖아. 우리 어머니가 그 나무 밑에 내 배꼽을 묻었어. 그때 이미 나는 이 대지와 이어진 거지. 성스러운 네 개의 산으로 둘러싸인 이 땅에 말이야."

"브루스. 아니, 이런 때는 이글 하트라고 불러야겠네. 당신은 정말 어엿한 나바호야. 어느 쪽에도 속하지 않는다고 했지만, 그건 거짓말이야. 당신은 이미 오래전에 나바호로 살기로 선택한 것 같은데."

"내가 선택했을 뿐이리면, 별 의미가 없지."

"아니, 있어. 사람은 스스로 선택할 수 있어. 누구든 선택한 삶을 살 수 있어."

마후유는 팀을 고쳐 안았다.

"난 일본 사람이기를 포기했다고 생각했는데, 그게 아니었어. 난 그냥 일본 사람과 생활하는 걸 그만두었을 뿐이야. 이제야 겨우 알겠어. 다른 자신이 되고 싶어 하는 것, 그것만으로는 부족했던 거지. 버렸다고 여긴 것과 화해하지 않고는, 그게 줄곧 따라 와. 어디서 살든, 마음이 쉴 수 없어."

"그래서? 어떻게 할 생각이지?"

그가 물었다.

용기가 필요했지만, 마후유는 과감하게 말을 꺼냈다.

"틈을 봐서 일본에 한 번 다녀올 생각이야. 도망치듯이 뛰쳐나온 후로 되돌아보지 않았거든. 그리고 …… 가능하면 …… 엄마를 만나 보려고 해."

"만나서 어쩔 건데?"

"모르겠어. 서로를 이해할 수 있으면 좋겠다, 그런 건 아니야. 그럴 수 있을 거라는 생각도 없고. 다만, 나는 철이 든 후로 엄마 눈을 똑바로 쳐다본 일이 단 한 번도 없어. 무서워서 한 번도 쳐다보지 못했어. 그런데 어쩌면 지금은 괜찮지 않을까 싶어. 그것만이라도 시도해 보고 싶어. 하찮은 집착이라 여길지도 모르겠지만, 그렇게라도 하지 않으면 평생 그 사람에게서 해방될 수 없을 것 같은 기분이야."

"내 생각에 …… 당신 엄마가 종교에 빠진 것도, 어떤 의미에서는 자기 내면의 균형을 되찾으려는 마지막 선택이 아니었을까 싶은데. 용서하라는 말은 하지 않겠지만, 그래도 이해하려고 애쓰는 정도는 해 봐."

"그 두 가지가 내 귀에는 똑같은 말처럼 들리는데."

브루스는 핸들을 잡은 채 한참 앞을 쳐다보다가, 다시 말했다.

"일본에 갔다가, 뉴욕으로 다시 돌아올 거지?"

"뉴욕이 내가 있을 곳인걸."

마후유는 미소 짓고 잠시 생각한 후 말을 이었다.

"아까 내가 한 말을 한 가지 정정해야겠어."

"뭘?"

"아까 내가, 사람은 누구든 선택한 삶을 살 수 있다고 했는데, 그렇지 않아. 역시 사람은 아무리 몸부림쳐도 그 사람 자신 외에는 될 수 없어. 당신이 나바호인 것처럼, 나는 이곳에서는 절대 오래 살 수 없어. …… 정말 안타까운 일이지만."

"그래. 알고 있어."

새파란 하늘과 적갈색 대지의 한가운데로 하얀 길이 똑바로 뻗어 있다. 대지에서 바람이 불어오면, 아스팔트 위를 가로지르는 빨간 모래 띠가 해변으로 밀려오는 파도처럼 부서지며 춤춘다.

"참 재미없네. 왜 한 가지를 선택하면, 다른 것은 포기해야 되는 건지 모르겠어."

마후유는 억지로 웃었다.

"어쩔 수 없잖아. 한 구멍에서 나무가 두 그루 자라나는 법은 없으니까."

"그것도 당신 등뼈에서 나온 말이야?"

"아니. 그냥 경험에서 나온 말."

그렇게 말하고서 브루스가 키득키득 웃었다.

"참 신기하군."

"왜?"

"이렇게 이별을 얘기하고 있는데, 당신과 헤어진다는 실감이 전혀 없으니 말이야."

마후유는 브루스를 돌아보았다. 그의 파란 눈동자와 마주치자, 눈을 내리깐다. 무릎 위에 누운 팀의 머리를 살살 쓰다듬으면서 그녀는 말했다.

"이 아이를 보러 금방 또 올 거야."

브루스는 그 대답에 만족하는 눈치였다.

팀을 여기 두고 가겠다는 결심을, 마후유가 리처드에게 털어놓은 것은 어제 일이다. 시아버지는 한참이나 말이 없었지만, 반대하지는 않았다. 그리고 이렇게 물었다.

"심사숙고 끝에 내린 결론이겠지?"

"랠리가 남기고 간 것에 의지하지 않고 살 수 있게 되면, 그때 데리러 올게요."

마후유는 그렇게 대답했다. 그다음 일은, 그때 팀의 상황을 봐서 결정하는 수밖에 없다. 그가 스스로 선택할 수도 있다.

데릴라 실버 위드 부부가 팀을 키우고 싶다는 말을 꺼낸 것이 계기였다. 그들의 집은 목장 안에 있으니까, 매일 브루스를 만날 수도 있다. 팀은 그 말을 듣고서야, 마후유와 떨어져 지내는 것을 받아들였다. 그도 그 나름대로 한 가지를 선택하면 다른 한 가지는 포기해야 한다는 것을 이해한 것이다.

그러나 정작 마후유는 그렇게 결정을 내린 후에도 한동안 주저했다. 팀이 이런 말을 했을 때야 비로소 포기할 수 있었다.

"머피도 같이 여기 있자."

그는 브루스에게 우리랑 같이 가자는 말을 하지 않았다. 그것은 즉, 뉴욕에 있는 것보다 여기서 마음대로 뛰어노는 편이 행복하다는 말이나 다름없었다.


점심때가 되기 전에 피닉스 공항에 도착했다.

마후유는 차 문을 열고 내리려는 브루스를 만류했다.

"배웅하지 마. 짐도 없는데."

큰 짐은 택배로 먼저 보냈다. 마후유는 가방 하나밖에 들고 있지 않았다.

팀을 조수석에 남겨 놓고 그녀는 차에서 내렸다. 그의 손이 끼지 않도록 조심스레 문을 닫아 주고, 차창으로 내민 볼에 키스를 한다.

"착하게 잘 지내고 있을 거지?"

"…… 응."

팀이 고개를 까딱 숙였다.

"머피, 언제 올 거야?"

"금방. 팀이 잘 지내고 있으면, 금방."

팀이 마후유의 목을 끌어안았다. 끓어오르는 감정을 억누른 채 껴안아 주면서 그의 어깨 너머로 브루스를 쳐다보았다. 그와는 포옹도 키스도 하지 않았다.

팀의 팔을 살며시 풀면서 마후유는 "그럼" 하고 말했다.

"그래, 건강하라고."

"바이바이" 하고 인사하는 팀에게 다시 한 번 키스를 해 주고, 마후유는 등을 돌려 공항 건물 안으로 들어갔다.

모퉁이를 돌 때, 딱 한 번 돌아보았다. 팀이 아직도 이쪽을 바라보며 조그만 손을 흔들고 있었다. 차창으로 몸을 내밀고 뭐라고 크게 외치고 있었다.

한달음에 되돌아가고 싶었다.

겨우겨우 손을 들어, 그녀도 흔들었다.

안쪽 운전석은 어두워서 보이지 않았다.


탑승 수속을 마친 후, 마후유는 전화기를 꺼냈다.

"어떻게 된 거야!"

그렇게 외친 것은 루시였다.

그리움에 마후유는 가슴이 먹먹해졌다.

"온다고 하더니, 며칠이 지나도 안 오고. 지난주에는 알지도 못하는 남자가 전화를 걸어서, 네가 아직 갈 수 없다고 하지를 않나. 목소리가 엄청 좋은 남자였는데, 이유를 물어도 말해 주지 않았어. 얼마나 무뚝뚝하던지. 혹시 유괴된 건 아닐까 진짜 걱정 했단 말이야. 하하하하. 정말, 어떻게 된 거야?"

"감기 때문에 열이 올라서 꼼짝도 못했어. 이제 괜찮아."

마후유는 그렇게 대답했다.

"지금 어디야?"

"피닉스. 조금 있으면 비행기 탈 거야."

"와우, 정말? 시차가 두 시간이었던가. 그러니까, 음, 일곱 시 쯤에는 도착하겠네. 차 몰고 공항으로 데리러 갈게."

"너, 운전할 수 있게 된 거야?"

"헤헤, 무슨. 동구 시킬 거야. 나도 같이 갈 거지만."

여전한 루시의 목소리를 들으면서, 팀과 브루스 앞에서는 무너지지 않으려 단단히 긴장했던 마음이 풀어졌다. 목소리에 눈물이 섞여 들어, 마후유는 일부러 명랑하게 물었다.

"그동안 별일 없었어?"

"음, 있었다고도 할 수 있고, 없었다고도 할 수 있어. 로젠슈타인 부인은 아직 살아 계셔. 너 대신 매일 아침 확인하고 있으니까 걱정할 거 없고. 그리고 스노 부츠도 잘 있고. 매일 네 침대에서 자고 있어. 쳇, 먹이는 내가 주고 있는데, 배은망덕하게. 산드라에게 애인이 생긴 것 같아. 얼마 전에 같이 있는 거 봤거든. 진짜 미인이야. 그리고 …… 음 …….."

"뭔데?"

"있지, 동구가 생각보다 용기 있는 녀석인 것 같아."

"동구가? 왜, 무슨 일 있었어?"

"…… 나랑 엮였어."

"뭐? 거짓말."

"머피, 너 그 말 참 실례다."

마후유는 그러고도 한참이나 루시의 수다를 귀 기울여 들었다. 이렇게 전화를 통해 얘기하면서, 처음 깨달았다. 그녀의 목소리 톤이 마주보고 얘기할 때와 다르게 정말 평온하고 기분 좋았다.

정신을 차리고 보니, 전화기 저쪽에서 루시가 불안해하고 있었다.

"왜? 머피, 왜 그러는데?"

"응, 아니야. …… 미안."

마후유는 더는 참기를 포기했다. 눈물이 바닥으로 뚝뚝 떨어졌다. 옆에서 통화하고 있던 남자가 깜짝 놀라 마후유를 돌아보왔다.

"말해 봐. 무슨 일 있었어? 혹시 그 집 사람들이 따돌리던?"

"아니, 그런 거 아니야."

그건 거짓말이었지만, 그래서 우는 것은 아니었다.

"그럼, 왜 우는데!"

"있지."

마후유는 코를 훌쩍거렸다.

"지금 막 아주 소중한 사람들이랑 헤어졌어. 그뿐이야."

마후유의 울음소리를 루시는 한참이나 말없이 그저 들어 주었다.

그리고 말했다.

"빨리 와, 조심하고. 머피, 다들 기다리고 있어."


브루스는 공항에서 조금 떨어진 공터에 차를 세우고, 팀을 안아 내렸다가 다시 짐칸에 태워 주었다. 팀이 마후유가 탄 비행기가 날아가는 걸 보고 싶다고 한 것이다.

"여기서 보고 있으면, 머피가 탄 비행기가 보여?"

"글쎄, 어떨지. 보이면 좋겠지만."

브루스는 짐칸에 몸을 기댔다. 손바닥으로 햇살을 가리고 눈부신 하늘을 올려다본다.

구름이 군데군데 떠 있었지만, 날씨는 가슴이 아릴 정도로 좋았다. 독수리 한 마리가 저 높은 하늘을 날고 있었다. 문득 가벼운 기시감에 눈앞이 어찔했다.

팀은 조금이라도 하늘에 다가가려고 브루스의 어깨에 손을 짚고 짐칸 테두리에 올라섰다.

"어이, 떨어지겠다."

"싫어, 머피 볼 거야."

"그래, 보일 거야. 꼭 보일 거야."


이코노미석이 아닌 자리에 앉기는 난생처음이었다.

티켓은 물론 브루스가 예약해 주었지만, 티켓을 마후유에게 건넬 때 그는 히죽 웃으면서 이렇게 말했다. 당신이나 내가 내는 거 아니니까, 안심해.

기내에는 손님이 별로 없었다. 옆자리도 비어 있었다. 울다 지친 몸에 여유롭고 푸근한 좌석이 고마웠다.

활주로를 향해 미끄러지듯이 천천히 이동하는 비행기 창문으로 마후유는 아지랑이가 아른거리는 공항을 바라보았다. 각 나라의 비행기가 정연하게 줄지어 있고, 정비공들이 분주하게 움직이고 있다. 창밖의 네모난 풍경이 잠깐 정지했다가 기장의 목소리가 흐르면서 귀를 찢을 듯한 엔진 소리가 높아졌다.

마침내 기체가 맹렬하게 속도를 올리기 시작했다. 둥실 떠오른 기체가 점점 고도를 높여 마침내 수평을 유지할 때까지, 마후유는 창문에 들러붙을 것처럼 계속 아래 세상을 내려다보았다.

"음료는 뭐로 하시겠어요?"

고개를 돌려 퉁퉁 부은 눈으로 올려다보자, 스튜어디스가 방긋 웃어 주었다.

"칵테일도 준비되어 있는데요."

맛이 강한 것은 마시고 싶지 않았다.

"시원한 물로 주세요."

마후유는 그렇게만 말했다.

하늘에서 내려다보는 도시는 마치 신기루처럼 허망했다.

시가지 바깥쪽으로는 끝없는 황야가 펼쳐졌다. 이미 눈에 익은 황량한 풍경 바로 위에서 비행기가 날개를 기울이고 천천히, 큰 원을 그리며 선회했다.

두 사람은 지금쯤 어디를 달리고 있을까.

마후유는 도로에 줄지은 개미처럼 조그만 차들 하나하나를 뚫어져라 내려다보았다.

돌아갈 때에도 그들은 빗속을 뚫으면서 그 향기로웠던 냄새를 맡을까.

스튜어디스가 얼음이 담긴 고급스러운 유리잔과 생수를 가져다 주었다. 냉방은 잘 되어 있는데, 눈앞에 놓인 유리잔에 금방 자잘한 물방울이 맺혔다.

선회를 끝낸 기체가 다시 수평으로 돌아갔다. 창문으로 눈부신 태양의 빛이 그대로 쏟아진다. 앞뒤 자리의 승객들이 잇달아 블라인드를 내렸다.

마후유는 조금 더 바깥을 바라보고 싶었다.

시야의 절반을 차지하는 적갈색 대지를 바라보면서, 얼음 위로 물을 콸콸 따른다. 유리잔을 입에 대려다, 손을 멈칫했다.

아침의 첫 물은 아니지만, 상관없다고 생각했다.

아름답고 맑은 한 잔의 물을, 그녀는 금빛 햇살 속에 살며시 내려놓았다.

정시에 이륙했다면 아마 저 비행기일 거야, 하고 브루스는 팀에게 가르쳐 주었다. 그러나 정작 팀 자신이 마후유가 정말 가버렸다는 것을 받아들이기까지, 그 후에도 날아가는 비행기를 몇 대는 더 확인해야 했다.

날아가는 비행기를 여덟 번 센 후에, 브루스가 말했다.

"이제 그만 갈까?"

팀은 아직도 미련이 남는 눈치였다.

"…… 응."

그럼에도 시큰둥한 표정으로 고개를 끄덕였다.

짐칸에서 내려 주려고 브루스가 손을 뻗었을 때였다. 팀이 "아" 하는 소리를 냈다.

"왜?"

짐칸과 운전석을 가르는 창문으로 다가간 팀이 쇠틀에 걸려 있는 것을 집어 가져왔다.

"이거, 무슨 날개야?"

언제부터 거기에 있었던 것일까. 먼 길을 달려오는 동안에도 줄곧 거기 걸려 있었던 것일까.

브루스는 그를 안아 내려주었다.

"소중하게 간직해야겠는데."

브루스는 팀의 머리를 마구 쓰다듬었다.

"이건 네 날개야."

"내 날개?"

"응. 네가 발견해 주기를 계속 기다리고 있었으니까."

점박이 독수리의 날개를, 팀은 앞뒤로 뒤집으면서 신기하게 쳐다보았다.

"이리 와."

브루스가 고개를 기울이고 말했다.

"가자, 파트너."

팀이 어리둥절한 눈빛으로 그를 올려다보았다.

"너에게 가르쳐 줄 게 내게도 있을 것 같다."

팀을 조수석에 태우고 문을 닫기 직전, 브루스는 그만 늘 하던 버릇대로 부를 뻔 했다.

어이, 펀치. 안 타면 그냥 두고 간다.

코끝이 찡해졌다. 뜨거운 숨을 토하면서 그 격한 감정을 억누르고, 그는 몸을 접어 운전석에 올라탔다.

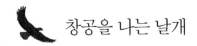 창공을 나는 날개

 

두루뭉술 통통한 은색 기체가 햇살을 반사하며 동쪽으로 멀어진다.

그 반짝임이 하늘 저편으로 사라질 때까지 지켜본 독수리는 꼬리 날개를 살짝 기울여 방향을 잡고는, 불어오는 바람의 힘을 빌려 재빨리 방향을 틀었다.

호박색 두 눈이 바삐 움직이면서 그의 왕국을 빈틈없이 내려다본다.

하얗게 빛나는 거리. 파랗고 맑은 물의 흐름.

울퉁불퉁한 바위산과 녹색 반점이 흩어져 있는 황야.

그는 그것들의 이름을 모르지만, 동시에 잘 알고 있다.

저 먼 아래 세상, 대지를 뚫고 똑바로 나 있는 길을 따라 차 한 대가 서쪽 지평으로 달려가고 있다. 그 뒤로 이는 모래 먼지.

내려다보면서 날아가는 독수리의 날개가 태양을 가로지르자, 순간의 그림자가 빛나는 보닛을 쓰다듬는다 ……. 🖋 *end.*

마후유.

찬바람 부는 허허로운 벌판에 홀로 서 있는 것처럼

쓸쓸한 이름이다.

이 이름은 어린 시절의 가혹한 기억으로

웅크린 인생을 사는 한 여인을 상징하기도 한다.

이른바 트라우마, 정신적 외상이

그녀의 인생을 짓누르고 있다.

그녀는 그 이름을 업처럼 짊어지고 있다.


어찌 해도 잘 풀리지 않는 인생이 있다.

 사랑하는 아빠의 죽음의 현장을 우연히 목격했을 뿐인데, 엄마는 그런 딸에게 '악귀'라는 저주를 퍼붓는다. 엄마는 누군가를 원망하면서 그 대상에게 화풀이를 하지 않고는 견디지 못하는 나약한 정신의 표상이다. 그러니 어린 딸의 충격을 껴안는 대신 자신의 아픔을 딸에게 전가할 수밖에 없다. 가장 가까운 가족, 그것도 상처를 보듬고 안아 줘야 하는 엄마라는 울타리마저 잃은 채, 딸은 그 이름처럼 찬바람 부는 세상에 홀로 노출된다.

 그녀가 그 이름의 올가미에서 벗어나려는 몸부림은 오로지 내면으로의 침잠으로만 나타난다. 사는 장소를 바꾸고 몸담은 환경을 바꾸어도 그녀가 사람과의 만남을 늘 두려워하고 자신을 자유롭게 풀어놓지 못하는 것은 '악귀'라는 말에 뒤따르는 '네게 다가오는 사람은 불행해질 것'이라는 덫 때문이다.

소설은 이 여인 앞에 '랠리'라는 구세주 같은 인물이 나타나면서 시작된다. 새로운 사랑이다. 내면의 두려움 때문에 사랑을 사랑으로 인식하지 못하는 그녀에게 랠리의 해맑고 거리낌 없는 정신은 지나치게 눈부셔 혼란을 야기할 뿐이다.

'랠리'의 인도로 마후유가 그 혼란에서 빠져나오는 스토리.

거기에서 그치지 않는다. 이 웅장하고 스케일이 큰 소설에는 현대 최고의 도시 뉴욕에서 거친 애리조나의 황야를 오가는 광활한 무대가 있고, 부모에 의한 아동 학대가 있고, 미국이 안고 있는 인종 문제가 있고, 지금도 인간의 고결한 영혼을 존중하는 인디언들의 경구가 있으며, 인간을 한없이 품는 대자연이라는 어머니가 있다.

또한 가족 간의 역할 분담이 제대로 이루어지지 않아 외로움과 질투와 갈증에 허덕이는 한 가족의 드라마가 있고, 그리고 마지막으로 사람은 무엇으로 구원받을 수 있는지를 묻는 심오한 질문이 있다.

김난주

# 날개

| | |
|---|---|
| 초판 1쇄 찍음 | 2016년 4월 10일 |
| 초판 1쇄 펴냄 | 2016년 4월 15일 |

| | |
|---|---|
| 지은이 | 무라야마 유카 |
| 옮긴이 | 김난주 |
| 펴낸이 | 정용수 |
| 펴낸곳 | 도서출판 예문사 |

박지원이 편집장을, 홍희정이 책임편집을, 서은영이 표지와 내지 꾸밈을 맡다.

| | |
|---|---|
| 출판등록 | 1993. 2. 19. 제11-76호 |
| 주소 | 경기도 파주시 직지길 460(출판도시) 도서출판 예문사 |
| 대표전화 | 031-955-0550 |
| 대표팩스 | 031-955-0605 |
| 이메일 | yms1993@chol.com |
| 홈페이지 | http://www.yeamoonsa.com |
| 단행본 사업부 블로그 | http://blog.naver.com/yeamoonsa3 |

| | |
|---|---|
| ISBN | 978-89-274-1700-2  03830 |